LE GRAND PASSAGE

Né à Providence (Rhode Island) en 1933, Cormac McCarthy a passé sa jeunesse dans le Tennessee. Couronnée par de nombreux prix littéraires, dont le National Book Critics Circle Award et le National Book Award, son oeuvre est considérée aujourd'hui comme l'une des plus marquantes de la littérature américaine contemporaine.

DU MÊME AUTEUR

Le Gardien du verger
prix Faulkner 1965
Robert Laffont 1967
Éditions de L'Olivier, nouvelle traduction, 1996
et « Points », n° P685

L'Obscurité du dehors
Actes Sud, 1991
et « Points », n° P567

Un enfant de Dieu
Actes Sud, 1992
et « Points », n° P611

De si jolis chevaux
(La Trilogie des confins, I)
Actes Sud, 1993, 2001
et « Points », n° P490

Suttree
Actes Sud, 1994
Seuil, « Points », n° P489

Méridien de sang
Éditions de l'Olivier, 1998
et « Points », n° P827

Des villes dans la plaine
(La Trilogie des confins, III)
Éditions de l'Olivier, 1999
et « Points », n° P961

No country for old men
(Non, ce pays n'est pour le vieil homme)
Éditions de l'Olivier, 2007
et « Points », n° P1829

La Route
Éditions de l'Olivier, 2008

Cormac McCarthy

LE GRAND PASSAGE

La Trilogie des confins (2)

ROMAN

Traduit de l'américain
par François Hirsch et Patricia Schaeffer

Éditions du Seuil

TEXTE INTÉGRAL

TEXTE ORIGINAL
The Crossing
ÉDITEUR ORIGINAL
Alfred A. Knopf, Inc. 1994

ISBN 978-2-02-041393-0
(ISBN 2-87929-122-4, 1re édition brochée)

Nous adressons nos vifs remerciements à M. André Galtier, lieutenant de louveterie dans le massif du Mercantour, pour les conseils qu'il a bien voulu nous donner sur les procédés et le vocabulaire du piégeage. Nous tenons également à remercier M. Serge Holtz, spécialiste de l'équitation western, de nous avoir aidés à mieux comprendre le lancer du lasso et à trouver les mots français pour le décrire. Et M. Claude Bleton, qui s'est chargé de revoir les passages en espagnol et leur traduction.

Les traducteurs

1

QUAND ILS ARRIVÈRENT AU SUD après avoir quitté Grant County Boyd n'était guère qu'un nouveau-né et le comté récemment constitué baptisé Hidalgo était lui-même à peine plus âgé que l'enfant. Au pays qu'ils avaient laissé gisaient les ossements d'une sœur et les ossements d'une grand-mère maternelle. Le nouveau pays était riche et sauvage. On pouvait aller à cheval jusqu'au Mexique sans rencontrer une seule clôture en travers du chemin. Il transportait Boyd devant lui dans l'arçon de sa selle et lui décrivait le paysage qu'ils traversaient et lui annonçait les noms des animaux et des oiseaux à la fois en espagnol et en anglais. Dans la nouvelle maison ils couchaient dans la chambre contiguë à la cuisine et la nuit quand il restait éveillé il écoutait son frère respirer dans l'obscurité et il lui racontait tout bas pendant qu'il dormait les projets qu'il avait faits pour eux et la vie qu'ils mèneraient.

Par une nuit d'hiver de cette première année il se réveilla aux cris des loups dans les collines basses à l'ouest de la maison et il savait qu'ils allaient débouler sur la plaine dans la neige fraîche pour traquer l'antilope au clair de lune. Il saisit son pantalon suspendu au pied du lit et prit sa chemise et sa veste matelassée et sortit ses bottes de dessous le lit et alla à la cuisine et s'habilla dans le noir à la timide chaleur du fourneau et examina ses bottes à la lueur de la fenêtre pour reconnaître le pied gauche du droit et les enfila et se redressa et alla à la porte de la cuisine et sortit et referma la porte derrière lui.

Quand il passa devant l'écurie les chevaux l'appelèrent

avec de petits bruits plaintifs dans le froid. La neige crissait sous ses bottes et son haleine montait en fumée dans la lumière bleuâtre. Une heure plus tard il était tapi dans la neige dans le lit à sec de la rivière où il savait à leurs traces dans le sable des coulées, à leurs traces dans la neige, que c'était par là qu'arrivaient les loups.

Ils étaient déjà sur la plaine et en traversant le banc de gravier au coude de la rivière au sud dans la vallée il vit l'endroit où ils étaient passés avant lui. Il continua sur les genoux et sur les coudes, les mains rentrées dans ses manches pour les protéger de la neige, et une fois arrivé au dernier des petits genévriers noirs là où la large vallée passait au pied des pics des Animas il s'accroupit sans bruit, restant un instant immobile pour maîtriser sa respiration, puis il se releva lentement et regarda devant lui.

Ils couraient dans la plaine à la poursuite des antilopes et les antilopes se déplaçaient comme des fantômes dans la neige et voltaient et tournoyaient et la poudre sèche soufflait autour d'elles dans la froide lueur de la lune et leur haleine montait en pâle fumée dans le froid comme si elles avaient brûlé d'on ne savait quel feu intérieur et les loups se tordaient et tournoyaient et bondissaient dans un tel silence qu'ils semblaient d'un autre monde tout à fait différent. Ils continuèrent leur course le long de la vallée et tournèrent et continuèrent au loin sur la plaine jusqu'à n'être plus que d'infimes silhouettes dans cette vague blancheur puis ils disparurent.

Il avait très froid. Il attendait. Tout était très tranquille. Il voyait à son haleine dans quelle direction soufflait le vent et il regardait son haleine continuellement apparaître et disparaître et apparaître et disparaître devant lui dans le froid et il attendit un long moment. Puis il les vit arriver. Bondissant et se tordant. Dansant. Leurs narines fouillant la neige. Bondissant et courant et se dressant deux à deux pour danser debout et se remettant à courir.

Il y en avait sept et ils passèrent à une vingtaine de pieds de l'endroit où il attendait allongé par terre. Il voyait leurs yeux en amande à la lueur de la lune. Il entendait leur respiration. Ils savaient. À la présence électrique de leur savoir dans l'air il sentait qu'ils savaient. Ils s'agglutinaient et se frottaient l'un contre l'autre leur museau et se léchaient. Puis ils s'arrêtèrent. Ils se tenaient immobiles, les oreilles pointées. Quelques-uns avec une patte de devant levée contre la poitrine. Ils le regardaient. Il ne respirait pas. Ils ne respiraient pas. Ils restaient immobiles. Puis ils firent demi-tour et repartirent sans bruit. Quand il rentra à la maison Boyd était réveillé mais il ne lui dit pas où il était allé ni ce qu'il avait vu. Il n'en dit jamais rien à personne.

L'hiver où Boyd eut quatorze ans les arbres qui poussaient dans le lit à sec de la rivière perdirent très tôt leurs feuilles et jour après jour le ciel était gris et les arbres découpaient leurs pâles silhouettes sur l'horizon. Au pied de ces mâts nus la terre sous un vent froid qui s'était mis à souffler du nord filait vers une échéance dont les comptes ne seraient apurés et datés qu'une fois toute créance depuis longtemps caduque, telle est cette histoire. Parmi les pâles peupliers avec leurs branches pareilles à des ossements et leurs troncs dont tombait l'écorce pâle ou verte ou plus sombre serrés dans une boucle du lit de la rivière au-dessous de la maison se dressaient des arbres si massifs qu'il y avait dans ce peuplement sur l'autre rive une souche sciée sur laquelle les hivers passés des conducteurs de troupeau montaient une tente à provisions de six pieds sur quatre, si large était ce billot. Quand il partait à cheval pour ramener du bois il regardait son ombre et l'ombre du cheval et du travois enjamber ces palissades tronc d'arbre après tronc d'arbre. Boyd montait derrière dans le travois la hache à la main comme s'il avait été chargé de veiller sur le bois qu'ils ramassaient et il regardait vers l'ouest de ses yeux plissés là où le soleil frémissait dans un lac rouge desséché sous les pentes nues des montagnes tandis que les silhouettes des antilopes piétinaient et dodelinaient de la tête parmi les bêtes du troupeau sur la plaine de l'avant-pays.

Ils franchirent le lit de la rivière sur les feuilles sèches et continuèrent jusqu'à un réservoir ou à un trou d'eau qu'il y avait là et il mit pied à terre et abreuva le cheval tandis que Boyd partait le long de la berge quêtant les signes de rats musqués. L'Indien accroupi sur ses talons ne leva même pas les yeux quand Boyd passa devant lui ce qui fait qu'à l'instant où il sentit sa présence et où il se retourna l'Indien contemplait sa ceinture et même alors il attendit qu'il s'arrête pour lever les yeux. Il aurait pu le toucher en allongeant le bras. L'Indien était accroupi au pied d'une mince jonchaie de joncs carrizo et même pas caché et pourtant Boyd ne l'avait pas vu. Il tenait en travers de ses genoux un vieux fusil à un coup à percussion annulaire calibre 32 et il attendait dans la pénombre du crépuscule que vienne boire quelque chose à tuer. Il regarda Boyd dans les yeux. Boyd dans les siens. Des yeux si sombres qu'il semblait n'y avoir place que pour la pupille. Des yeux où le soleil se couchait. Où l'enfant était debout à côté du soleil.

Il ne savait pas jusqu'alors qu'on pouvait se voir dans les yeux des autres ni qu'on pouvait y voir des choses comme des soleils. Il était là dédoublé au fond de ces sombres puits, les cheveux si pâles, si maigre et étrange, l'enfant qu'il était. Comme s'il avait eu devant lui un enfant du même sang que lui qui se serait perdu et réapparaissait maintenant à la vitre d'un autre monde où le soleil rouge n'en finissait pas de sombrer. Comme s'il s'était trouvé devant un labyrinthe où ces orphelins si proches de son cœur s'étaient égarés au cours de leur voyage dans la vie pour arriver enfin au-delà du mur de cet antique regard sans retour possible maintenant ni jamais.

De l'endroit où il était il ne pouvait voir ni son frère ni le cheval. Il voyait les lents anneaux dériver à la surface de l'eau là où le cheval buvait de l'autre côté de la jonchaie et il voyait la légère ondulation des muscles sous la peau de la mâchoire mince et glabre de l'Indien.

L'Indien tourna la tête et regarda le réservoir. Il n'y avait pas d'autre son que le bruit des gouttes d'eau tombant du chanfrein levé du cheval. Il regarda Boyd.

Petit salopard, dit-il.

J'ai rien fait.

Qui est-ce qui est là avec toi ?

Mon frère.

Quel âge il a ?

Seize ans.

L'Indien se releva. Il fut aussitôt debout, immédiatement et sans effort, et regarda de l'autre côté du réservoir là où se trouvait Billy avec le cheval qu'il tenait en main, puis il fixa de nouveau Boyd. Il portait une vieille veste en loques taillée dans une couverture et un vieux Stetson crasseux à la calotte en cloche et ses bottes étaient raccommodées avec du fil de fer.

Qu'est-ce que vous fichez ici ?

On est venus chercher du bois.

Vous avez rien à manger ?

Non.

Où vous habitez ?

Boyd hésita.

Je t'ai demandé où c'est que vous habitez.

Il fit un geste vers l'aval.

Loin ?

J'en sais rien.

Petit salopard.

Il mit le fusil sur son épaule et fit quelques pas le long du réservoir et s'arrêta les yeux fixés sur le cheval et sur Billy de l'autre côté de l'eau.

Salut, fit Billy.

L'Indien cracha. Vous avez tout foutu en l'air dans le pays, hein ? dit-il.

On savait pas qu'y avait quelqu'un ici.

Vous avez rien à manger ?

Non.

Où vous habitez ?

À peu près à deux miles vers l'aval.

Y a pas quéque chose à manger chez vous ?

Si.

Si je vais jusque-là vous m'apporterez quéque chose dehors ?

Vous pouvez venir à la maison. Ma mère vous donnera à manger.

J'veux pas venir chez vous. J'veux que vous m'apportiez quéque chose dehors.

D'accord.

Vous allez m'apporter quéque chose dehors ?

Oui.

Très bien alors.

Billy tenait le cheval en main. Le cheval n'avait pas détaché les yeux de l'Indien. Boyd, dit-il, viens.

Vous avez des chiens là-bas ?

Un seulement.

Vous le rentrerez ?

D'accord. Je le rentrerai.

Vous le rentrerez dans la maison quelque part où il aboiera pas ?

D'accord.

J'vais pas venir chez vous pour qu'on me tire dessus.

Je le rentrerai.

Très bien alors.

Boyd. Viens. Allons-nous-en.

Boyd était de l'autre côté du réservoir et le regardait.

Viens. Il va faire nuit ici dans un rien de temps.

Va-t'en et fais ce que te dit ton frère.

On vous embêtait pas.

Viens Boyd. Allons-nous-en.

Il traversa le banc de gravier et grimpa sur le travois.

Monte ici, dit Billy.

Il descendit du tas de branchages qu'ils avaient ramassés et se retourna pour regarder encore une fois l'Indien puis il leva le bras et saisit la main que Billy lui tendait et se hissa derrière lui sur le cheval.

Comment on vous trouvera ? dit Billy.

L'Indien était debout avec le fusil en travers de ses épaules, les mains suspendues par-dessus. En sortant de la maison t'as qu'à marcher vers la lune, dit-il.

Et si elle est pas encore levée ?

L'Indien cracha. Tu crois que je te dirais de marcher vers une lune qui serait pas là ? Filez maintenant.

Billy pressa sa botte contre les flancs du cheval et ils partirent entre les arbres. Les perches du travois traînant de petites gerbes de feuilles mortes dans un chuchotement sec. Le soleil bas à l'ouest sur l'horizon. L'Indien les regardait s'éloigner. Le cadet avait passé un bras autour de la taille de son frère, son visage rouge dans le soleil, ses cheveux quasi blanc-rose dans le soleil. Son frère lui avait sans doute dit de ne pas se retourner car il ne se retournait pas. Quand ils eurent traversé le lit à sec de la rivière et qu'ils remontèrent dans la plaine le soleil était déjà derrière les pics des Peloncillos à l'ouest et le ciel occidental était coloré de rouge sombre sous les échancrures des nuages. Ils prirent au sud le long des arides talus ravinés de la rivière et quand Billy se retourna l'Indien suivait à un demi-mile derrière eux dans la pénombre du crépuscule, le fusil négligemment tenu d'une main.

Comment ça se fait que tu te retournes ? dit Boyd.

Je me retourne, c'est tout.

Est-ce qu'on va lui apporter à souper ?

Oui. J'crois qu'on peut faire ça.

C'est pas parce qu'on peut faire quelque chose que c'est une bonne idée, dit Boyd.

Je sais.

IL OBSERVAIT LE CIEL NOCTURNE à travers la vitre de la salle. Les premières étoiles découpées au sud sur la voûte obscure étaient suspendues dans la vannerie morte des arbres le long de la rivière. La lumière de la lune pas encore levée baignait l'orient d'une brume sulfureuse au-dessus de la vallée. Il vit la lumière s'éteindre le long de la prairie du désert et la coupole de la lune sortir de terre blanche et grasse et fibreuse. Puis il descendit de la chaise où il était agenouillé et alla chercher son frère.

Billy avait mis de côté un steak et des biscuits et une

tasse en fer-blanc remplie de haricots, le tout enveloppé dans un chiffon et caché derrière la vaisselle sur l'étagère du garde-manger près de la porte de la cuisine. Il fit sortir Boyd le premier et resta un moment à écouter puis il le suivit. Le chien se mit à geindre et à gratter contre la porte du fumoir quand ils passèrent devant et il lui dit de se taire et le chien se tint coi. Ils continuèrent le long de la clôture en se baissant et coupèrent ensuite vers les arbres. Quand ils arrivèrent à la rivière la lune était déjà haut dans le ciel et l'Indien était là de nouveau avec le fusil passé comme un joug derrière sa nuque. Ils pouvaient voir sa respiration dans le froid. Il fit demi-tour et ils traversèrent derrière lui la coulée de gravier et ils prirent vers l'aval par la piste du bétail sur l'autre rive à la limite de la prairie. Il y avait de la fumée de bois dans l'air. À un quart de mile en contrebas de la maison ils arrivèrent à son feu de bivouac entre les peupliers et il posa le fusil debout contre un tronc d'arbre et se retourna et les regarda.

Apporte ça ici, dit-il.

Billy s'avança vers le feu et prit le balluchon qu'il tenait serré sous son coude et le lui tendit. L'Indien le saisit et s'accroupit devant le feu toujours sans effort avec la même aisance de marionnette et posa le linge par terre devant lui et l'ouvrit et souleva la tasse de haricots et la mit à chauffer contre les braises puis il prit un biscuit et le steak et mordit dedans.

Vous allez noircir la tasse, dit Billy. Il faut que je la rapporte à la maison.

L'Indien mastiquait. Ses sombres yeux mi-clos dans la lumière du feu. Y a pas de café chez toi, dit-il.

Y en a pas de moulu.

Tu peux pas en moudre ?

Pas sans qu'on m'entende ça j'peux pas.

L'Indien mit l'autre moitié du biscuit dans sa bouche et se pencha légèrement en avant et sortit un couteau de quelque part sur sa personne et allongea le bras et remua les haricots dans la tasse avec le couteau et leva les yeux sur Billy et passa la lame le long de sa langue un côté puis l'autre en faisant lentement le geste de l'affûter et planta le couteau au bout de la grume contre laquelle était dressé le foyer.

Y a longtemps que vous habitez ici, dit-il.

Ça fait dix ans.

Dix ans. La terre appartient à ta famille ?

Non.

Il allongea le bras et prit le deuxième biscuit et le broya entre les carrés de ses dents blanches et resta assis à mastiquer.

D'où est-ce que vous êtes ? dit Billy.

De partout.

Et où est-ce que vous allez ?

L'Indien se pencha et retira le couteau de la bûche et recommença à remuer les haricots et lécha de nouveau la lame et passa la lame dans l'anse et souleva des braises la tasse charbonneuse et la posa par terre devant lui et se mit à manger les haricots à la pointe du couteau.

Qu'est-ce qu'y a d'autre chez toi ?

Pardon ?

J'ai dit qu'est-ce qu'y a d'autre chez toi ?

Il releva la tête et contempla les deux garçons debout devant lui dans la lumière du feu, mastiquant lentement, les yeux mi-clos.

Quoi par exemple ?

Par exemple n'importe quoi. Par exemple quéque chose que j'pourrais vendre.

On n'a rien.

Rien du tout ?

Non.

Il mastiquait.

Vous habitez dans une maison vide ?

Non.

Alors vous avez bien quéque chose.

Y a des meubles et des affaires. Des ustensiles de cuisine.

Vous avez pas des cartouches de fusil ?

Si. Quelques-unes.

Quel calibre ?

Elles iront pas pour votre fusil.

Quel calibre ?

Du 44.

T'as qu'à m'en apporter deux ou trois.

Billy montra d'un signe de tête le fusil posé contre l'arbre. C'est pas un calibre 44.

Ça a pas d'importance. J'peux les échanger.

J'peux pas vous apporter de cartouches. Mon père s'en apercevra.

Alors pourquoi t'en as parlé ?

On ferait mieux d'y aller, dit Boyd.

Il faut qu'on rapporte la tasse.

Qu'est-ce que vous avez d'autre ? dit l'Indien.

On a rien, dit Boyd.

Je t'ai rien demandé à toi. Qu'est-ce que vous avez d'autre ?

J'en sais rien. Je verrai ce que je peux trouver.

L'Indien mit l'autre moitié du deuxième biscuit dans sa bouche. Il abaissa la main et tâta la tasse du bout des doigts et la prit et vida le reste des haricots dans sa bouche ouverte et essuya du doigt l'intérieur de la tasse tout autour et lécha son doigt jusqu'à la dernière trace de nourriture et reposa la tasse par terre.

Apporte-moi un peu de vot' café, dit-il.

J'peux pas le moudre ils m'entendront.

Apportes-en quand même. Je le pilerai avec une pierre.

D'accord.

Il a qu'à rester ici.

Pour quoi faire ?

Pour me tenir compagnie.

Pour vous tenir compagnie.

C'est ça.

Il a pas besoin de rester ici.

J'vais pas lui faire de mal.

Ça je le sais. Parce qu'il va pas rester.

L'Indien se passait la langue sur les dents. Vous avez pas des pièges ?

Non on a pas de pièges.

Il les regarda tous deux. Il se curait bruyamment les dents. Bon foutez le camp alors. Rapporte-moi un peu de sucre.

D'accord. Rendez-moi la tasse.

Tu pourras la reprendre quand tu reviendras.

Quand ils arrivèrent à la piste du bétail Billy tourna la tête et regarda Boyd et la lueur du feu visible entre les arbres. Au loin sur la plaine la lune était si claire qu'on aurait pu compter les bêtes.

On va pas lui apporter de café hein ? dit Boyd.

Non.

Qu'est-ce qu'on va faire rapport à la tasse ?

Rien.

Et si maman demande où elle est ?

Y a qu'à dire la vérité. Lui dire que je l'ai donnée à un Indien. Lui dire qu'il y a un Indien qui est venu à la maison et que je lui ai donnée.

D'accord.

Moi aussi je risque de me faire tirer les oreilles.

Et moi donc.

Dis-lui que c'est moi qui lui ai donnée.

J'en ai bien l'intention.

Ils traversaient le terrain nu en direction de la clôture et des lumières de la maison.

D'abord on n'aurait jamais dû y aller, dit Boyd.

Billy ne répondait pas.

On aurait dû ?

Non.

Alors pourquoi on y est allés ?

J'en sais rien.

Il faisait encore sombre le matin quand leur père entra dans leur chambre.

Billy, dit-il.

Billy se dressa dans son lit et regarda son père dans le rectangle de lumière qui venait de la cuisine.

Qu'est-ce que fait le chien enfermé dans le fumoir ?

J'ai oublié de lui ouvrir.

T'as oublié de lui ouvrir ?

Oui.

Qu'est-ce qu'il faisait là-dedans pour commencer ?

Il fut d'un bond hors du lit sur le sol froid et saisit ses vêtements. Je vais tout de suite lui ouvrir, dit-il.

Son père resta un moment sur le seuil puis retraversa la cuisine et gagna l'entrée. Dans la lumière qui filtrait par la porte ouverte Billy pouvait voir Boyd qui dormait pelotonné dans l'autre lit. Il enfila son pantalon et prit ses bottes sur le plancher et sortit.

Le temps de donner aux bêtes et de les abreuver il faisait jour et il sella Bird et sauta en selle et sortit de l'écurie et alla jusqu'à la rivière pour chercher l'Indien ou pour voir s'il était encore là. Le chien suivait sur les talons du cheval. Ils traversèrent le pâturage et prirent vers l'aval puis entre les arbres. Il raccourcit les rênes et resta en selle. Le chien s'était arrêté à côté de lui et tâtait l'air, levant son museau dans une succession de brèves saccades, triant et reconstituant une image des événements de la nuit précédente. De nouveau Billy lança le cheval en avant.

Quand il arriva au bivouac de l'Indien le foyer était froid et noir. Le cheval faisait des écarts et piétinait nerveusement et le chien tournait autour des cendres mortes le nez au ras du sol et le poil hérissé sur son dos.

Quand il rentra à la maison sa mère avait préparé le petit déjeuner et il accrocha son chapeau et avança une chaise et se servit des œufs sur son assiette. Boyd avait déjà commencé à manger.

Où est papa ? dit-il.

Tu dois même pas sentir l'odeur tant que t'as pas dit ton bénédicité.

Oui maman.

Il baissa la tête et dit à voix basse les mots de la prière et tendit la main pour prendre un biscuit.

Où est papa ?

Il est au lit. Il a fini de manger.

À quelle heure est-ce qu'il est rentré ?

Il y a à peu près deux heures. Il a passé toute la nuit à cheval.

Pourquoi ça ?

Sans doute parce qu'il avait envie de rentrer à la maison.

Combien de temps il va dormir ?

Jusqu'à ce qu'il se réveille je suppose. Tu poses encore plus de questions que Boyd.

C'est pas moi qui ai posé la première, dit Boyd.

Après le petit déjeuner ils allèrent à l'écurie. Où tu crois qu'il est allé ? dit Boyd.

Il est parti.

D'où tu crois qu'il venait ?

J'en sais rien. C'étaient des bottes mexicaines qu'il avait aux pieds. Ce qu'il en restait. C'est qu'un vagabond.

Tu sais pas de quoi un Indien est capable, dit Boyd.

Et toi qu'est-ce que tu connais des Indiens ? dit Billy.

Toi t'en connais rien.

Tu sais pas ce que n'importe qui est capable de faire.

Boyd sortit un vieux tournevis usé d'un seau d'outils et de brosses accroché au poteau de l'écurie et prit un licol accroché à la barre d'attache et ouvrit la porte de la stalle où il remisait son cheval et entra et passa le licol au cheval et ressortit avec le cheval en main. Il fit un nœud de cravate à la longe sur la barre d'attache et laissa sa main descendre le long de la jambe de l'animal pour qu'il lui présente son sabot et il nettoya la fourchette du sabot et l'examina puis le reposa sur le sol.

Laisse-moi regarder, dit Billy.

Y a rien d'anormal.

Alors laisse-moi regarder.

Vas-y.

Billy souleva le sabot du cheval et le serra entre ses genoux et l'examina. Ça m'a l'air d'aller, dit-il.

Je viens de te le dire.

Fais-le marcher pour voir.

Boyd détacha la corde et traversa l'allée centrale avec le cheval qu'il menait à la longe et revint.

Tu vas chercher ta selle ? dit Billy.

J'crois que oui si t'es d'accord.

Il alla la chercher dans la sellerie et jeta le tapis de selle sur le cheval et souleva la lourde selle et manœuvra pour la mettre en place et tira le latigo et attacha la sangle de derrière et attendit.

Tu l'as habitué à ce truc-là, dit Billy. T'as qu'à lui donner un bon coup pour le dégonfler.

Il me tape pas dessus, je lui tape pas dessus non plus, dit Boyd.

Billy cracha dans la paille sèche sur le plancher de l'écurie. Ils attendaient. Le cheval poussa un gros soupir. Boyd tendit le latigo et ferma la boucle.

Ils passèrent toute la matinée à inspecter les vaches dans le pâturage d'Ibañez. Les vaches gardaient leurs distances et leur retournaient leurs regards, du bétail haut sur pattes et la face blanche tachetée, en partie mexicain, avec quelques longues-cornes, et de toutes les teintes. Ils furent de retour pour le repas de midi, traînant au bout d'une corde une génisse d'un an qu'ils remisèrent dans le corral en rondins au-dessus de l'écurie pour que leur père l'examine, et ils rentrèrent dans la maison et se rafraîchirent. Leur père était déjà à table. Mes garçons, dit-il.

Asseyez-vous, dit leur mère. Elle posa sur la table un plat de steaks frits. Un saladier de haricots. Quand ils eurent dit le bénédicité elle tendit le plat à leur père et il embrocha un steak qu'il déposa sur son assiette et passa le plat à Billy.

Papa dit qu'il y a un loup sur nos terres, dit-elle.

Billy tenait le plat d'une main, son couteau en l'air.

Un loup ? dit Boyd.

Son père acquiesça. Elle a tué un veau d'assez bonne taille à l'entrée du ravin de Foster.

Quand ça ? dit Billy.

Ça fait une semaine ou plus probablement. Le cadet d'Oliver a suivi ses traces loin dans les montagnes. Elle venait du Mexique. Elle a traversé au col de San Luis et elle est montée par le versant ouest des Animas et elle a débouché quelque part à l'entrée du ravin de Taylor et après ça elle est redescendue et elle a traversé la vallée et elle est arrivée dans les Peloncillos. Et elle est remontée jusqu'en haut dans la neige. Y avait deux pouces de neige là où elle a tué le veau.

Comment tu sais que c'est une femelle ? dit Boyd.

Ça alors ! Comment tu crois qu'il le sait ?

Ça se voyait là où elle a fait ses besoins, dit son père.

Oh, dit Boyd.

Qu'est-ce que tu comptes faire ? dit Billy.

À mon avis on ferait mieux de l'attraper. Tu ne crois pas ?

Oui.

Si le père Echols était ici il l'attraperait, dit Boyd.

M. Echols.

Si M. Echols était ici il l'attraperait.

Oui certainement. Mais il y est pas.

APRÈS LE DÉJEUNER ils firent tous les trois à cheval les neuf miles qu'il y avait de chez eux au SK Barre [1] et restèrent en selle et commencèrent à appeler en direction de la maison. La petite-fille de M. Sanders passa la tête dehors et alla chercher le patron et tout le monde s'assit sur la galerie pendant que leur père racontait à M. Sanders l'histoire du loup. M. Sanders était assis les coudes sur les genoux et contemplait les lattes du plancher de la galerie entre ses bottes et approuvait de la tête et de temps à autre il faisait tomber la cendre du bout de sa cigarette avec son petit doigt. Quand leur père eut terminé il leva les yeux. Ses yeux étaient très bleus et très beaux à demi cachés dans les replis burinés de son visage. Comme s'il y avait eu là quelque chose que la rigueur du pays n'avait pu toucher.

Les pièges à Echols et tout son attirail sont encore chez lui là-haut au chalet, dit-il. Je crois pas qu'il verrait d'inconvénient à ce que vous preniez ce qui peut vous servir. Il

1. Les ranchs sont désignés par les symboles et les lettres qu'ils utilisent pour le marquage de leur bétail.

jeta le mégot de sa cigarette dans la cour et sourit aux deux garçons et posa ses mains sur ses genoux et se leva.

Attendez que j'aille chercher les clefs, dit-il.

Le chalet quand ils ouvrirent leur parut sombre et moisi et il y régnait une odeur de cire, comme de viande fraîchement tuée. Leur père s'arrêta un instant sur le seuil puis entra. Dans la pièce de devant il y avait un vieux canapé, un lit, un bureau. Ils traversèrent la cuisine et continuèrent jusqu'à la resserre, au fond de la maison. Là dans la lumière poussiéreuse que laissait passer l'unique et étroite fenêtre était rangée sur des rayons de planches de pin grossièrement sciées une collection de pots à confiture et de bouteilles aux bouchons de verre dépoli et de vieux bocaux de pharmacien qui portaient tous d'antiques étiquettes octogonales encadrées de rouge sur lesquelles étaient indiqués dans l'écriture nette de M. Echols le contenu et les dates. De sombres liquides dans les bocaux. Des viscères desséchés. Un foie, une vessie, des reins. Les entrailles du fauve qui rêve de l'homme et en a ainsi rêvé dans des rêves sans fin depuis une centaine de milliers d'années et davantage. Qui rêve de ce dieu inférieur et malfaisant venu sur terre pâle et nu et étranger pour exterminer tout son clan et tous les siens et les chasser de chez eux. Un dieu insatiable que ne pouvait satisfaire nul renoncement, nulle mesure de sang. Les bocaux étaient pris dans une toile d'araignée de poussière et la lumière qui s'insinuait entre eux faisait de la petite pièce avec sa verrerie d'apothicaire une étrange basilique consacrée à une pratique qui serait aussi prompte à disparaître d'entre les métiers des hommes que le fauve auquel elle devait son existence. Leur père prit un des bocaux et le fit tourner dans sa main et le remit bien à sa place dans son auréole de poussière. Sur un des rayons du bas il y avait un coffret à munitions aux coins en queue d'aronde contenant à peu près une douzaine de fioles ou de flacons sans étiquette. Les mots Matrice n° 7 étaient inscrits à la craie rouge sur le couvercle du coffret. Leur père examina un des flacons dans la lumière et le secoua et tourna et retira le bouchon et porta le flacon ouvert à ses narines.

Grand Dieu, dit-il.

Fais-le-moi sentir, dit Boyd.

Non, dit son père. Il fourra le flacon dans sa poche et ils se mirent à la recherche des pièges mais il n'y avait pas moyen de les trouver. Ils cherchèrent ailleurs dans tout le chalet et sur la galerie et dans le fumoir. Ils découvrirent accrochés au mur du fumoir de vieux pièges n° 3 à ressort en long qui étaient des pièges à coyotes mais ce furent les seuls qu'ils purent trouver

Ils doivent être ici quelque part.

Ils se remirent à chercher. Au bout d'un moment Boyd revint de la cuisine.

Je les ai, dit-il.

Ils étaient rangés dans deux caisses en bois sur lesquelles avait été empilé le bois à brûler. Ils étaient enduits d'une graisse qui aurait pu être du saindoux et ils étaient encaqués dans les caisses comme des harengs.

Qu'est-ce qui t'a donné l'idée de chercher là-dessous ? dit son père.

T'as dit qu'ils devaient être quelque part.

Il étala de vieux journaux par terre sur le linoléum de la cuisine et commença à sortir les pièges. Les ressorts étaient tournés vers l'intérieur pour tenir moins de place et les chaînes enroulées autour. Il en déplia une. La chaîne gluante de graisse se déroula avec un bruit sourd. Elle portait un anneau d'attache au milieu et elle était munie d'un lourd émerillon à une extrémité et d'une griffe à l'autre. Ils s'assirent à croupetons pour l'examiner. Le piège semblait énorme. Ça m'a plutôt l'air d'un piège à ours, dit Billy.

C'est un piège à loup. Un Newhouse quatre et demi.

Il en disposa huit par terre et essuya la graisse sur ses mains avec du papier journal. Ils remirent le couvercle sur la caisse et empilèrent les bûches par-dessus les caisses comme Boyd les avait trouvées et leur père retourna dans la resserre et quand il revint il portait une caisse en bois à fond de toile métallique et un sac en papier rempli de copeaux de sciage et une hotte en osier pour y mettre les pièges. Puis ils sortirent et refermèrent le cadenas de la porte d'entrée et remontèrent à cheval et reprirent le chemin de la maison.

M. Sanders sortit sur la galerie mais ils ne descendirent pas de cheval.

Restez donc pour le souper, dit M. Sanders.

On ferait mieux de rentrer. Je te remercie.

Très bien.

J'ai pris huit pièges.

D'accord.

On va voir comment ça marche.

Très bien. J'crois pas que ça vous donne trop de mal. Elle n'a pas été assez longtemps dans le coin pour avoir déjà ses habitudes.

Echols disait qu'il n'en reste plus un seul qui a encore ses habitudes.

Il devrait le savoir. Cet homme-là c'est un demi-loup.

Leur père approuva. Il se tourna légèrement dans la selle et regarda au loin. Puis il regarda de nouveau le vieil homme.

T'as jamais senti ce truc dont il se sert comme appât ?

Bien sûr que si.

Leur père approuva. Il leva la main et tourna bride et ils regagnèrent la route.

Après le souper ils installèrent sur le fourneau la baignoire en acier galvanisé et la remplirent à la main avec des seaux et y versèrent une louche de lessive et y mirent les pièges pour les faire bouillir. Ils alimentèrent le feu jusqu'à l'heure du coucher et ensuite ils changèrent l'eau et remirent les pièges dans les copeaux de sciage et chargèrent le fourneau à bloc et allèrent se coucher. Une fois Boyd se réveilla dans la nuit et il resta allongé dans son lit à écouter le silence dans la maison et dans l'obscurité et le fourneau qui craquait et la maison qui grinçait dans le vent soufflant sur la plaine. Quand il regarda du côté du lit de Billy le lit était vide et au bout d'un moment il se leva et alla à la cuisine Billy était assis devant la fenêtre à califourchon sur une chaise de cuisine tournée à l'envers. Il avait les bras croisés sur le dossier de la chaise et contemplait la lune au-dessus de la rivière et les arbres de la rivière et les montagnes au sud. Il se retourna et regarda Boyd debout dans l'encadrement de la porte.

Qu'est-ce que tu fais ? dit Boyd.

Je me suis levé pour m'occuper du feu.

Qu'est-ce que tu regardes ?

Je regarde rien. Y a rien à regarder.

Pourquoi t'es assis là ?

Billy ne répondait pas. Au bout d'un moment il dit : Retourne te coucher. Je reviens tout de suite.

Boyd s'avança dans la cuisine. Il alla jusqu'à la table. Billy s'était retourné et le regardait.

Qu'est-ce qui t'a réveillé ? dit-il.

Toi.

J'ai pas fait de bruit.

Je le sais.

QUAND BILLY se leva le lendemain matin son père était assis à la table de la cuisine avec un tablier de cuir sur les genoux et il portait une paire de vieux gants en peau de daim et frottait à la cire d'abeille l'acier d'un des pièges. Les autres pièges étaient étalés par terre sur une peau de veau. Ils avaient une sombre teinte bleu-noir. Il releva les yeux puis retira les gants et les posa sur le tablier avec le piège et posa le tablier par terre sur la peau de veau.

Aide-moi avec la baignoire, dit-il. Ensuite tu pourras finir de passer ceux-là à la cire.

Ce qu'il fit. Il les frottait soigneusement, faisant pénétrer la cire dans la palette et dans les inscriptions gravées sur la palette et dans les encoches dans lesquelles étaient accrochées les mâchoires et dans chaque maillon de la lourde chaîne de cinq pieds de long et dans la lourde griffe à deux dents fixée au bout de la chaîne. Puis son père sortit pour les accrocher dehors dans le froid là où les odeurs de la maison ne pouvaient pas les contaminer. Le lendemain matin quand son père entra dans leur chambre et l'appela il faisait encore nuit.

Billy.

Oui.

Le petit déjeuner sera sur la table dans cinq minutes.

Oui.

Quand ils sortirent de la cour à cheval le jour commençait à poindre, clair et froid. Les pièges étaient empilés dans la hotte d'osier que son père portait sur son dos les bretelles desserrées pour que le fond de la hotte s'appuie sur le troussequin de la selle derrière lui. Ils prirent plein sud. Au-dessus d'eux la Pointe Noire resplendissait de neige fraîche sous un soleil qui n'était pas encore levé au fond de la vallée. Quand ils traversèrent l'ancienne route de Fitzpatrick Wells là aussi il y avait du soleil et ils gagnèrent au soleil le haut du pâturage et commencèrent à grimper dans les Peloncillos.

En fin de matinée ils arrêtèrent leurs chevaux et restèrent en selle au bord de la prairie marécageuse sur le plateau là où gisait le veau mort. Quand ils arrivèrent entre les arbres il y avait de la neige dans les traces que le cheval de son père avait faites trois jours plus tôt et à l'ombre des arbres là où gisait le veau mort il y avait des plaques de neige qui n'avaient pas encore fondu et la neige était ensanglantée et piétinée et traversée et sillonnée de traces de coyotes et le veau était déchiqueté et des lambeaux dispersés sur la neige sanglante. Son père avait enlevé ses gants pour se rouler une cigarette et restait en selle et fumait, les gants qu'il tenait à la main reposant sur le pommeau de la selle.

Ne descends pas, dit-il. Va voir si tu peux trouver sa trace.

Ils inspectèrent le terrain. Les chevaux étaient mal à l'aise à cause du sang et les cavaliers leur parlaient d'un ton un peu railleur comme pour leur faire honte. Ils n'apercevaient aucune trace de la louve.

Son père descendit de cheval. Viens voir ici, dit-il.

Tu vas pas poser un piège ici ?

Non. Tu peux descendre.

Il sauta à terre. Son père avait fait glisser les bretelles de la hotte et posé la hotte dans la neige et il s'était agenouillé et il découvrit en soufflant sur la neige fraîche l'empreinte cristalline que la louve avait laissée sur le sol cinq nuits plus tôt.

C'est elle ?

C'est elle.

C'est son pied de devant.

Oui.

Elle est grande, hein ?

Oui.

Elle va pas repasser par ici ?

Non. Sûrement pas.

Billy se releva. Il regarda de l'autre côté de la prairie. Il y avait deux corbeaux perchés dans un arbre dénudé. Ils s'étaient probablement envolés quand les cavaliers avaient surgi sur leurs chevaux. À part cela il n'y avait rien.

Où crois-tu que le reste du troupeau a pu aller ?

J'en sais rien.

S'il y a une vache morte dans un pâturage est-ce que le reste du troupeau va y rester ?

Ça dépend de quoi elle est morte. Les bêtes ne vont pas rester dans un pâturage où il y a un loup.

Tu crois qu'elle a encore tué ailleurs à l'heure qu'il est ?

Son père se releva de l'endroit où il s'était accroupi à côté de la piste et ramassa la hotte. Ça se pourrait bien, dit-il. T'es prêt ?

Oui.

Ils se remirent en selle et traversèrent le marécage et entrèrent dans les bois de l'autre côté et suivirent la piste du bétail qui longeait la gorge. Billy observait les corbeaux. Au bout d'un moment ils se laissèrent tomber de l'arbre et retournèrent sans bruit à l'endroit où gisait le veau mort.

Son père posa le premier piège au-dessous de la brèche dans la montagne là où ils étaient certains que la louve avait traversé. Billy resta en selle et le regarda jeter la peau de veau par terre le poil vers le bas et descendre de cheval et y poser le pied et déposer la hotte.

Il sortit les gants de daim de la hotte et les enfila et creusa un trou dans le sol avec une truelle et posa la griffe dans le trou et tassa la chaîne par-dessus et recouvrit le trou. Ensuite il dégagea dans le sol un emplacement peu profond qui avait la même forme que les ressorts du piège et tout le reste. Il y plaça le piège pour s'assurer des dimensions et se remit à creuser un peu. À mesure qu'il creusait il rejetait la terre dans la boîte servant de tamis puis il posa la truelle à côté et retira de la hotte une paire de clés à vis dont il se servit pour tendre les ressorts jusqu'à ce que les mâchoires s'ouvrent. Il souleva le piège dans ses mains les yeux fixés sur l'encoche de la palette pendant qu'il tournait la vis de serrage et il ajusta la languette de détente. Accroupi comme il était dans l'ombre striée avec le soleil dans le dos et le piège qu'il tenait devant ses yeux sur l'arrière-plan du ciel matinal on eût dit qu'il réglait un plus antique, un plus subtil instrument. Un astrolabe ou un sextant. Comme un homme résolu à faire le point de sa position dans l'univers. Résolu à mesurer à l'arc ou à la corde l'espace entre son être et le monde qui est. Si un tel espace existe. S'il peut être connu. Il avança la main sous les mâchoires ouvertes et inclina légèrement la palette avec son pouce.

Il faut pas la faire descendre trop bas là où un écureuil pourrait la faire basculer. Mais c'est bougrement délicat.

Puis il retira la clé et installa le piège dans le trou. Il recouvrit les mâchoires et la palette du piège avec un carré de papier trempé dans de la cire d'abeille fondue et versa de la terre par-dessus en la filtrant méticuleusement à travers le tamis et saupoudra la terre d'humus et de débris de bois avec la truelle et s'accroupit pour examiner le placeau. Ça n'avait pas l'air bien méchant. Pour finir il sortit de la poche de sa veste le flacon contenant la potion de M. Echols et retira le bouchon et trempa une brindille dans le flacon et enfonça la brindille dans le sol à un pied du piège et reboucha le flacon et le remit dans sa poche.

Il se releva et tendit la hotte à Billy et se pencha et plia la peau de veau avec la terre dedans puis passa le pied dans l'étrier et s'enleva en selle et mit la peau sur l'arçon de la selle devant lui et recula pour éloigner le cheval du piège.

Tu crois que tu pourras en poser un ? dit-il.

Oui. J'crois que oui.

Son père acquiesça. Echols y allait avec son cheval déferré. Il avait fini par attacher autour des sabots du cheval des espèces de chaussons en peau de vache qu'il avait fabriqués exprès pour ça. Oliver m'a raconté qu'il tendait ses pièges sans jamais descendre de cheval. Qu'il tendait du haut de sa selle.

Comment il s'y prenait ?

Je me le demande.

Billy restait en selle avec la hotte en osier sur son genou.

Mets ça sur ton dos, dit son père. T'en auras besoin si c'est toi qui poses le prochain piège.

Oui, dit-il.

Arrivé midi ils avaient posé trois autres pièges et ils prirent leur repas dans un bosquet de chênes noirs à l'amont du ruisseau de Cloverdale. Appuyés en arrière sur les coudes ils mangeaient leurs sandwichs et regardaient au loin de l'autre côté de la vallée vers les Guadelupes et au sud-est au-delà de l'éperon des montagnes là où ils voyaient les nuages remonter la large vallée des Animas et plus loin dans les espaces bleus les montagnes du Mexique.

Tu crois qu'on va pouvoir l'attraper ? dit Billy.

Je ne serais pas ici si je le croyais pas.

Et si elle s'est déjà fait prendre avant ou si elle est déjà passée sur un terrain piégé ou quelque chose comme ça ?

Dans ce cas-là on aura du mal à l'attraper.

Y a plus de loups à part ceux qui viennent du Mexique, je suppose. C'est ça ?

Probablement pas.

Ils mangeaient. Quand son père eut terminé il plia le sac en papier dans lequel ils avaient apporté les sandwichs et le mit dans sa poche.

T'es prêt ? dit-il.

Oui.

Quand ils repassèrent à cheval par la cour et rentrèrent dans l'écurie il y avait treize heures qu'ils étaient partis et ils avaient les os rompus. Ils avaient passé les deux dernières heures à chevaucher dans le noir et la maison était plongée dans l'obscurité à part la lumière dans la cuisine.

Rentre et mange ton souper, dit son père.

Je peux attendre.

Vas-y. Je vais rentrer les chevaux.

LA LOUVE AVAIT TRAVERSÉ la ligne de la frontière internationale à peu près à l'endroit où elle coupait la trentième minute du cent huitième méridien et elle avait traversé l'ancienne route des Nations à un mile au nord de la frontière et suivi la rivière de Whitewater vers l'ouest jusque dans les montagnes de San Luis puis traversé par la brèche au nord de la chaîne des Animas et traversé ensuite le val des Animas et elle était arrivée dans les Peloncillos ainsi qu'il a été dit. Elle portait à la hanche une plaie croûteuse là où son compagnon l'avait mordue deux semaines auparavant quelque part dans les montagnes du Sonora. Il l'avait mordue parce qu'elle ne voulait pas l'abandonner. Dressé avec une patte de devant prise dans les mâchoires d'un piège en acier et lui montrant les dents en grognant pour l'éloigner de l'endroit où elle était tapie juste hors de portée de la chaîne. Elle avait les oreilles couchées et poussait des gémissements et refusait de partir. Au matin ils étaient arrivés à cheval. Depuis une pente une centaine de mètres plus loin elle l'avait vu se dresser pour leur tenir tête.

Elle avait erré pendant une semaine sur les pentes orientales de la sierra de la Madera. C'étaient des terres où ses ancêtres avaient traqué le chameau et de primitives caricatures de chevaux. Elle ne trouvait guère de nourriture. Presque tout le gibier éliminé du pays tuerie après tuerie, presque toutes les forêts abattues pour alimenter les chaudières des bocards des mines. Il y avait longtemps que les loups tuaient le bétail dans ce pays mais l'ignorance des animaux était pour eux une énigme. Les vaches mugissant et perdant leur sang et fuyant maladroitement à travers les prairies des montagnes avec leurs pieds en lame de pelle et leur confusion, hurlant et culbutant contre les clôtures et entraînant poteaux et fils dans leur fuite. Les éleveurs disaient que les loups traitaient le bétail avec une brutalité dont ils n'usaient pas envers les bêtes fauves. Comme si les vaches avaient éveillé en eux on ne savait quelle fureur. Comme s'ils s'étaient offensés d'on ne savait quelle violation d'un ordre ancien. D'anciens rites. D'anciens protocoles.

Elle traversa les eaux du Bavispe et prit au nord. Elle portait sa première litière et elle n'avait aucun moyen de savoir ce qui lui arrivait. Si elle quittait le pays ce n'était pas parce qu'il n'y avait plus de gibier mais parce que les loups étaient partis et qu'elle avait besoin d'eux. Quand elle tua le jeune veau dans la neige en haut du ravin de Foster dans la chaîne des Peloncillos au Nouveau-Mexique il y avait deux semaines qu'elle ne mangeait guère autre chose que de la charogne et elle avait des airs de bête traquée et n'avait trouvé de traces de loups nulle part. Elle mangea et se reposa et se remit à manger. Elle mangea jusqu'à ce que son ventre traîne à terre et elle ne revint pas. Elle ne retournait pas auprès d'un animal qu'elle avait tué. Elle ne traversait pas une route ou une voie ferrée en plein jour. Elle ne traversait pas deux fois au même endroit sous une clôture en fil de fer. Telles étaient les nouvelles lois. Des lois qui n'existaient pas autrefois. Désormais elles existaient.

Son errance vers l'ouest la conduisit dans le comté de Cochise, Arizona, où elle traversa le bras sud de la rivière dite du Squelette, prenant toujours à l'ouest jusqu'à l'entrée du canyon de la Faim et ensuite au sud vers les sources du canyon du Goret. De là elle repartit vers l'est dans les hautes terres entre Clanton et le ravin de Foster. À la nuit elle descendait dans les plaines des Animas et traquait les antilopes sauvages, les regardant s'enfuir et volter dans la poussière de leur propre passage qui s'élevait du fond du bassin comme une fumée, regardant l'articulation si exactement dessinée de leurs membres et le balancement de leurs têtes et la lente contraction et la lente extension de leur foulée, guettant parmi les bêtes de la harde un signe quelconque lui désignant sa proie.

À cette saison les biches portaient déjà des faons et comme elles avaient coutume d'avorter bien avant terme du petit dont elles ne voulaient pas elle trouva par deux fois ces pâles corps prématurés encore tièdes et hagards sur le sol, d'un bleu laiteux et presque transparent dans la lueur de l'aube comme les créatures fœtales d'un tout autre univers. Elle mangeait même leurs os là où les corps gisaient dans la neige aveugles et mourants. Avant le lever du soleil elle avait quitté la plaine et debout sur un promontoire ou une roche basse surplombant la vallée elle levait son museau et hurlait et hurlait encore dans ce terrible silence. Peut-être eût-elle quitté tout à fait le pays si elle n'avait senti soudain l'odeur d'un loup juste au pied de la haute brèche à l'ouest de la Pointe Noire. Elle s'arrêta comme si elle avait buté contre un mur.

Elle passa près d'une heure à tourner autour du piège triant et répertoriant les diverses odeurs pour les classer dans un ordre chronologique et tenter de reconstituer les événements qui avaient eu lieu ici. Quand elle repartit elle traversa le col et prit vers le sud en suivant les traces de chevaux vieilles maintenant de trente-six heures.

Le soir venu elle avait trouvé les huit placeaux et elle était de retour à la brèche dans la montagne où elle tournait autour du piège en gémissant. Puis elle commença à creuser. Elle creusa un trou le long du placeau jusqu'à ce qu'elle eût mis à nu les mâchoires du piège sous les mottes de terre qui s'éboulaient. Elle s'arrêta pour regarder. Puis elle se remit à creuser. Quand elle quitta le placeau le piège reposait à nu sur le sol avec à peine une poignée de terre sur le papier frotté à la cire recouvrant la palette et quand Billy et son père repassèrent par le col le lendemain matin ce fut ce qu'ils trouvèrent.

Son père descendit de cheval sur la peau de veau et inspecta le placeau tandis que Billy restait en selle et regardait. Il refit le placeau et se releva et hocha la tête d'un air sceptique. Ils inspectèrent les autres placeaux et quand ils revinrent le lendemain matin le premier piège était de nouveau à nu et quatre autres pareillement. Ils défirent trois de leurs placeaux et se servirent des pièges pour tendre sans appât le long de la piste.

Qu'est-ce qui va empêcher une vache de mettre le pied dedans ? dit Billy.

Rien, dit son père.

Trois jours plus tard ils trouvèrent encore un autre veau mort. Cinq jours plus tard l'un des placeaux là où ils avaient tendu sans appât le long de la piste avait été défoncé et le piège retourné et détendu.

Ils retournèrent le soir au SK Barre pour discuter encore une fois avec M. Sanders. Assis dans la cuisine ils expliquèrent au vieil homme ce qui s'était passé et le vieil homme les écouta en hochant la tête.

Echols m'a dit une fois qu'essayer d'avoir le dernier mot avec un loup c'est comme d'essayer d'avoir raison avec un gosse. C'est pas qu'ils sont plus malins. C'est simplement qu'ils n'ont pas grand-chose d'autre à penser. Je suis allé avec lui une fois ou deux. Il posait un piège quelque part et il n'y avait pas le moindre signe d'un animal qui passait par là et moi je lui demandais pourquoi il tendait à cet endroit-là et une fois sur deux il n'avait rien à répondre. Rien du tout.

Ils montèrent au chalet et prirent six autres pièges et les rapportèrent chez eux et les mirent à bouillir. Au matin quand leur mère entra dans la cuisine pour préparer le petit déjeuner Boyd était assis par terre et frottait les pièges à la cire.

Tu crois que ça te fera sortir de la quarantaine ? dit-elle.

Non.

Tu vas bouder longtemps ?

C'est pas moi qui boude.

Il peut être aussi têtu que toi.

Alors on en a pour un bout de temps, hein ?

Elle était au fourneau et le regardait penché sur son ouvrage. Puis elle se retourna et prit la poêle en fonte accrochée à la crémaillère et la posa sur le fourneau. Elle ouvrit la porte du foyer pour y mettre du bois mais il en avait déjà mis.

Quand ils eurent terminé leur petit déjeuner son père s'essuya la bouche et posa sa serviette sur la table et repoussa sa chaise.

Où sont les pièges ?

Suspendus à la corde à linge, dit Boyd.

Il se leva et quitta la pièce. Billy vida sa tasse et la posa sur la table devant lui.

Tu veux que je lui dise un mot ?

Non.

Très bien. J'lui dirai rien alors. Sans doute que ça servirait à rien de toute façon.

Quand son père revint de l'écurie dix minutes plus tard Boyd était en manches de chemise devant la pile de bois et fendait des bûches pour le fourneau.

Tu veux venir avec nous ? dit son père.

Je veux bien, dit Boyd.

Son père rentra dans la maison. Au bout d'un moment, Billy sortit.

Qu'est-ce qui te prend nom d'un chien ? dit-il.

Rien. Et toi, qu'est-ce qui te prend toi ?

Fais pas l'idiot. Va chercher ta veste et allons-y.

Il avait neigé dans les montagnes pendant la nuit et il y avait un pied de neige au col à l'ouest de la pointe Noire. Leur père menait son cheval par la bride dans la neige sur la piste de la louve et ils la suivirent toute la matinée à travers les hautes terres jusqu'à l'endroit où sa trace avait disparu faute de neige juste au-dessus de la route du ruisseau de Cloverdale. Il descendit de cheval et scruta au loin les terres nues où elle avait disparu puis il se remit en selle et ils firent demi-tour et remontèrent vers le col pour inspecter les pièges sur l'autre versant.

Elle va avoir des petits, dit-il.

Il posa encore quatre pièges sans appât sur la piste du bétail et ils rentrèrent. Boyd grelottait sur sa selle et ses lèvres étaient bleues. Son père ralentit l'allure pour qu'il le rejoigne et enleva sa veste et la lui tendit.

J'ai pas froid, dit Boyd.

Je ne t'ai pas demandé si t'avais froid. Mets ça.

Deux jours plus tard quand Billy et son père retournèrent inspecter la tendue l'un des pièges qu'ils avaient posés sans appât sur la piste au-dessous de la limite de la neige avait été défoncé et le piège arraché. À une centaine de pieds plus bas sur la piste il y avait un endroit où la boue s'était dissoute dans la neige fondante et la boue gardait l'empreinte d'une vache. Un peu plus loin ils trouvèrent le piège. Les dents de la griffe avaient accroché et la vache s'était dégagée en laissant un lambeau de peau ensanglantée roulé en accordéon au-dessous des mâchoires du piège.

Ils passèrent le reste de la matinée à chercher à travers les pâtures la vache estropiée mais ils ne purent la trouver.

Ça sera votre travail à toi et à Boyd pour demain, dit son père.

Oui.

Je ne veux pas qu'il parte de la maison à moitié nu comme l'autre jour.

Oui.

Ils trouvèrent la vache lui et Boyd au début de l'après-midi du lendemain. Elle se tenait à la lisière des cèdres et les observait. Le reste du bétail était dispersé plus bas le long de la prairie. C'était une vache déjà vieille et bréhaigne et elle était probablement seule quand elle s'était pris le pied dans le piège plus haut dans la montagne. Ils tournèrent et entrèrent dans les bois pour être au-dessus d'elle et la ramener plus facilement en terrain découvert mais quand elle comprit ce qu'ils s'apprêtaient à faire elle fit demi-tour et retourna au milieu des cèdres. Boyd poussa son cheval entre les arbres pour barrer le passage à la vache et attrapa la vache dans la boucle de son lasso et arrima le lasso et quand le lasso se raidit le latigo de la selle craqua et la selle s'envola de dessous ses fesses et disparut plus bas sur la pente derrière la vache en cognant et en rebondissant contre les troncs.

Il était tombé de son cheval en exécutant un saut périlleux en arrière et restait assis par terre et regardait la vache dégringoler la pente entre les cèdres et disparaître. Quand Billy le rejoignit il était déjà remonté à cru et ils se mirent à la recherche de la vache.

Ils trouvèrent presque aussitôt des débris de la selle et au bout d'un moment la selle elle-même ou ce qu'il en restait, rien que le cadre de bois avec des morceaux de cuir qui y étaient accrochés. Boyd s'apprêtait à descendre.

Nom d'un chien, laisse-la où elle est, dit Billy.

Boyd se laissa glisser à bas de son cheval. C'est pas pour la selle, dit-il. Il faut que je me débarrasse de mes vêtements. Ça me brûle comme du feu.

Ils ramenèrent au bout d'une corde la vache qui suivait en boitant et la rentrèrent et leur père sortit et soigna la patte avec de l'onguent Corona puis ils retournèrent tous dans la maison pour le souper.

Elle a démoli la selle de Boyd, dit Billy.

Est-ce qu'on peut la réparer ?

Il restait rien à réparer.

Le latigo a craqué ?

Oui.

Quand c'est la dernière fois que tu t'en es occupé ?

Cette vieille carcasse a jamais valu grand-chose, dit Boyd.

Cette vieille carcasse était la seule que t'avais, dit le père.

Le lendemain Billy alla tout seul inspecter les pièges. Un autre placeau avait été défoncé mais la vache n'avait laissé dans le piège que quelques lambeaux de peau et quelques rognures de sabot. Il neigea pendant la nuit.

Les pièges sont sous deux pieds de neige, dit le père. À quoi bon monter là-haut ?

Je veux voir par où elle passe.

Tu verras peut-être où elle a été. Je doute que ça te dise par où elle va passer demain ou après-demain.

Ça nous dira tout de même quelque chose.

Le père restait immobile sur sa chaise, les yeux fixés sur sa tasse de café. Très bien, dit-il. Mais n'éreinte pas ton cheval. On peut faire du mal à un cheval dans la neige. On peut faire du mal à un cheval dans la montagne dans la neige.

Oui.

Sa mère lui donna son déjeuner sur le pas de la porte de la cuisine.

Sois prudent, dit-elle.

Oui maman.

Sois rentré avant la nuit.

Oui maman. J'essayerai.

Essaye vraiment et t'auras pas d'ennuis.

Oui maman.

Au moment où il sortait de l'écurie monté sur Bird son père sortit de la maison en manches de chemise avec le fusil et la fonte de selle. Il les lui tendit.

Si jamais elle s'était prise dans un piège, reviens me chercher. À moins qu'elle ait la patte cassée. Si elle a la patte cassée, il faut l'abattre. Autrement elle finira par se dégager.

Oui.

Et ne rentre pas trop tard que ta mère se fasse pas de mauvais sang.

D'accord. Je rentrerai pas trop tard.

Il tourna le cheval et sortit par la barrière du bétail et prit la route vers le sud. Le chien était venu à la grille et le regardait s'éloigner. Il fit un bout de chemin sur la route puis il s'arrêta et mit pied à terre et sangla la fonte sur la selle et entrouvrit la culasse du fusil pour s'assurer qu'il y avait une cartouche dans la chambre puis il glissa le fusil dans la fonte et ferma la boucle et remonta et repartit. Les montagnes devant lui étaient d'une blancheur éblouissante dans le soleil. Elles semblaient toutes neuves à peine nées de la main d'un dieu imprévoyant qui peut-être ignorait encore à quoi elles pourraient servir. Aussi neuves que ça. Le cavalier allait sur son cheval avec un cœur plus grand que nature dans sa poitrine et le cheval jeune lui aussi secoua la tête et fit un écart sur la route et leva un pied de derrière et ils repartirent.

Arrivé au col le cheval avait de la neige jusqu'au ventre et il allait dans les congères avec une rare élégance et balançait sa bouche fumante au-dessus des récifs blancs et cristallins et regardait au loin à travers les bois sombres au flanc des montagnes ou pointait les oreilles au bruit des petits oiseaux d'hiver qui s'égaillaient sur leur passage. Il n'y avait pas de traces au col et il n'y avait pas non plus de bétail ni de traces de bétail dans les hauts pâturages de l'autre côté du col. Il faisait très froid. À un mile au sud du col ils traversèrent un ruisseau d'eau courante si noir dans la neige que le cheval hésita guettant le moindre mouvement de l'eau pour s'assurer qu'il n'était pas au bord d'une crevasse sans fond qui se serait ouverte dans la montagne pendant la nuit. À une centaine de mètres plus loin les traces de la louve rejoignaient la piste et continuaient sur la descente devant eux.

Il descendit dans la neige et lâcha les rênes et s'assit sur les talons et repoussa le bord de son chapeau en arrière avec son pouce. Sur le fond des petits cratères qu'elle avait creusés dans la neige étaient gravées ses empreintes parfaites. Le pied de devant plus large. Le pied de derrière plus étroit. Parfois les marques de ses allaites traînant à terre ou bien l'endroit où elle avait posé son nez. Il ferma les yeux et tenta de l'imaginer. Elle et les autres de sa race, loups et fantômes de loups parcourant la blancheur de cet univers d'en haut si parfaitement façonné pour leur usage qu'ils semblaient avoir été consultés lors de sa création. Il se releva et retourna à l'endroit où le cheval attendait. Il regarda au loin vers les montagnes du côté d'où elle était venue puis il se remit en selle et repartit.

Un mile plus loin elle avait abandonné la piste et traversé d'un seul élan les prairies à genévriers. Il mit pied à terre et conduisit le cheval en main par les rênes de bride. Elle faisait des bonds de dix pieds. À l'orée des bois elle avait bifurqué et continué au trot en longeant le bord supérieur du marécage. Il se remit en selle et redescendit jusqu'en bas du pâturage et remonta dans l'autre sens mais il ne put apercevoir aucun signe de ce qu'elle avait traqué. Il retrouva sa trace et la suivit en terrain découvert puis en descendant le long de l'adret et jusqu'à la terrasse en surplomb du ravin de Cloverdale et là elle avait mis en fuite un petit groupe de bétail qui s'était agglutiné entre les genévriers et elle avait poursuivi les bêtes jusqu'au moment où elles s'étaient jetées comme folles par-dessus bord glissant et culbutant dans une énorme chute dans la neige et là elle avait tué une génisse de deux ans à l'orée des arbres.

Elle était couchée sur le flanc à l'ombre du bois les yeux vitreux et la langue pendante et la louve l'avait entamée entre les pattes de derrière et elle avait mangé le foie et traîné les intestins sur la neige et dévoré plusieurs livres de viande à l'intérieur des cuisses. La génisse n'était pas tout à fait raide, pas tout à fait froide. Là où elle gisait elle avait fait fondre la neige jusqu'au ras du sol, traçant une sombre esquisse tout autour.

Le cheval ne voulait rien savoir. Il arquait l'encolure et roulait les yeux, de la vapeur sortait des embouchures de ses naseaux, pareille à des fumerolles. Billy lui tapota l'encolure et lui parla puis il descendit et attacha les rênes à une branche et fit le tour de l'animal mort pour l'examiner. Le seul œil qui regardait était bleu et voilé et il n'y avait dans cet œil ni reflet ni monde. Il n'y avait point de corbeaux alentour et point d'autres oiseaux. Tout était froid et silence. Il retourna à son cheval et sortit le fusil de la fonte de selle et vérifia encore une fois la chambre. Le mécanisme était raide à cause du froid. Il abaissa le chien avec le pouce et détacha les rênes et se remit en selle et tourna le cheval vers le bas de la pente à la lisière des bois, montant avec le fusil posé en travers sur les genoux.

Il la suivit toute la journée. Sans jamais la voir. Une fois il la délogea d'un creux dans un bosquet de l'adret où elle avait dormi au soleil à l'abri du vent. Ou il crut l'avoir délogée. Il s'agenouilla et posa la main dans l'herbe foulée pour voir si elle était encore tiède et il attendit un moment pour voir si une touffe ou une tige d'herbe allait se redresser mais aucune ne bougeait et la chaleur de l'herbe dans le creux était-elle la chaleur de la louve ou la chaleur du soleil il n'en savait rien. Il se remit en selle et repartit. Deux fois il perdit ses traces dans les prairies du ruisseau de Cloverdale où la neige avait fondu et deux fois il la retrouva dans le cercle qu'il décrivait en quête d'un signe de son passage. De l'autre côté de la route de Cloverdale il aperçut de la fumée et continua dans la descente et tomba sur trois vaqueros de Pendelton en train de déjeuner. Ils ne savaient pas qu'il y avait un loup dans les parages. Ils avaient l'air d'en douter. Ils se regardèrent.

Ils lui demandèrent de descendre de cheval, ce qu'il fit, et ils lui donnèrent une tasse de café et il sortit son déjeuner de dessous sa chemise et offrit ce qu'il avait. Ils mangeaient des haricots et des tortillas et suçaient de maigres os de chèvre et comme il n'y avait pas de quatrième assiette et pas moyen de partager avec un autre ce qu'un autre possédait ils interprétèrent une pantomime d'invitations et de refus et continuèrent à manger comme avant. Ils parlèrent du bétail et du temps et comme ils cherchaient tous du travail pour des parents restés au Mexique ils demandèrent si son père n'avait pas besoin de journaliers. Ils dirent que les traces qu'il avait suivies étaient sans doute celles d'un gros chien. Les traces étaient nettement visibles à moins d'un quart de mile de l'endroit où ils mangeaient mais ils ne manifestèrent pas la moindre envie d'aller les examiner. Il ne dit rien de la génisse morte.

Quand ils eurent fini de manger ils frottèrent leurs assiettes dans les cendres du foyer et les essuyèrent avec les tortillas et quand elles furent bien propres ils mangèrent les tortillas et rangèrent les assiettes dans leurs mochilas. Puis ils resserrèrent les latigos sur leurs chevaux et se mirent en selle. Il fit tomber le marc de sa tasse et essuya la tasse à sa chemise et la tendit au cavalier qui la lui avait donnée.

Adiós compadrito, dirent-ils. Hasta la vista. Ils touchèrent leurs chapeaux et firent demi-tour et s'éloignèrent et quand ils furent partis il alla chercher son cheval et sauta en selle et reprit la piste vers l'ouest dans la direction par où la louve était partie.

Le soir venu elle était de retour dans les montagnes. Il

la suivit à pied en menant le cheval par la bride. Il examinait les endroits où elle avait creusé mais il ne pouvait pas dire ce qu'elle cherchait en creusant ainsi. Il mesura ce qui restait de jour avec sa main au bout de son bras tendu sous le soleil et finalement il se remit en selle et tourna bride dans la neige humide pour remonter au col et rentrer.

Comme il faisait déjà nuit il passa à cheval devant la fenêtre de la cuisine et il se pencha et tapa à la vitre sans s'arrêter et continua jusque dans l'écurie. À la table du souper il leur raconta ce qu'il avait vu. Il leur parla de la génisse morte sur la montagne.

Là où elle a traversé pour revenir au canyon du Goret, dit son père. Est-ce que c'était une piste de bétail ?

Non père. On peut pas vraiment dire que c'était une piste.

Est-ce que tu pourrais y tendre un piège ?

Oui. J'aurais pu tendre s'il n'avait pas commencé à se faire tard.

T'as pas enlevé de pièges ?

Non père.

Tu veux retourner là-haut demain ?

Oui. Je voudrais bien.

Bon. Emporte deux pièges et tends-les sans appât. On ira ensemble dimanche visiter la tendue.

Je ne vois pas comment vous pouvez croire que le Seigneur va récompenser vos efforts si vous respectez pas le sabbat, dit leur mère.

Écoute maman on n'a peut-être pas un bœuf dans le fossé mais y en a un où on a certainement plusieurs génisses.

Je trouve que c'est un mauvais exemple pour les garçons.

Son père contemplait sa tasse. Puis il leva les yeux sur Billy. On ira lundi, dit-il.

Couchés dans la froide obscurité de leurs chambre ils écoutaient les criaillements des coyotes dehors dans les pâturages à l'ouest de la maison.

Tu crois que tu peux l'attraper ? dit Boyd.

J'en sais rien.

Qu'est-ce que tu vas en faire si tu l'attrapes ?

Qu'est-ce que tu veux dire ?

Je veux dire qu'est-ce que tu vas en faire.

Toucher la prime. Je suppose.

Ils étaient couchés dans le noir. On entendait le gémissement des coyotes. Au bout d'un moment Boyd dit : Je voulais dire comment est-ce que tu vas t'y prendre pour la tuer ?

J'suppose qu'on les tue avec le fusil. J'vois pas d'autre moyen.

J'aimerais la voir vivante.

Papa va peut-être t'emmener avec lui.

Sur quoi je vais monter ?

Tu pourrais monter à cru.

C'est ça, dit Boyd. J'pourrais monter à cru.

Ils étaient allongés dans le noir.

Il va te donner ma selle, dit Billy.

Et toi sur quoi tu vas monter ?

Il va m'en trouver une chez Martel.

Une neuve ?

Non. Fichtre non, pas une neuve.

Dehors le chien s'était mis à aboyer et leur père alla à la porte de la cuisine et cria le nom du chien et le chien se tut aussitôt. Les coyotes jappaient toujours.

Billy ?

Quoi.

Est-ce que papa a écrit à M. Echols ?

Oui.

Mais il a jamais reçu de réponse. Pas vrai ?

Non. Il en a pas reçu.

Billy ?

Quoi.

J'ai fait un rêve.

Quel rêve ?

Deux fois le même rêve.

Bon qu'est-ce que t'as rêvé ?

Y avait un grand feu là-bas sur le lac à sec.

Y a rien qui peut brûler sur un lac à sec.

Je le sais.

Qu'est-ce qui se passait ?

Les gens avaient pris feu. Le lac était en feu et y avait des gens qui flambaient.

Sans doute que t'avais mangé quelque chose.

J'ai fait le même rêve deux fois.

Peut-être que t'as mangé deux fois la même chose.

J'crois pas.

Ça veut rien dire. C'est qu'un cauchemar. Dors.

C'était clair comme en plein jour. Je le voyais.

On fait tout le temps des rêves. Ça ne veut rien dire.

Alors pourquoi on en fait ?

J'en sais rien. Dors.

Billy ?

Quoi ?

J'avais l'impression qu'il allait arriver un malheur.

Il va pas arriver de malheur. T'as fait un cauchemar c'est tout. Ça veut pas dire qu'il va arriver un malheur.

Qu'est-ce que ça veut dire, alors ?

Rien du tout. Dors.

DANS LES BOIS DES ADRETS la neige avait en partie fondu au soleil de la veille et avait gelé à nouveau pendant la nuit de sorte qu'il y avait une mince croûte sur le dessus, juste assez dure pour que des oiseaux y puissent marcher. Des souris. Sur la piste il vit l'endroit par où les vaches étaient descendues. Les pièges dans les montagnes étaient tous intacts sous la neige avec leurs mâchoires béantes pareilles à des trolls d'acier muets et insensibles et aveugles. Il défit trois placeaux, tenant entre ses mains gantées les pièges armés et avançant la main au-dessous de la mâchoire, et fit basculer la palette avec le pouce. Les pièges rebondirent violemment. Le choc métallique des mâchoires qui claquaient fut répercuté dans l'air froid. On ne pouvait rien voir de leur mouvement. Elles étaient ouvertes. Et au même instant elles se refermaient.

Il repartit avec les pièges empilées sous la peau de veau au fond de la hotte d'osier où ils ne risqueraient pas de tomber s'il se penchait sur le côté dans la selle pour éviter les branches basses. Arrivé là où la piste bifurquait il suivit la voie qu'elle avait prise la veille au soir et qui menait à l'ouest vers le canyon du Goret. Il tendit les pièges sur la piste et disposa des baguettes pour s'y repérer et revint par un itinéraire de son cru qui passait à un mile au sud puis descendit vers la route de Cloverdale pour visiter les deux derniers placeaux de la tendue.

Il y avait encore de la neige sur les tronçons les plus élevés de la route et il y avait des traces de pneus sur la route et des traces de chevaux et les traces de cerfs. Arrivé à la source il quitta la route et traversa par le pâturage et mit pied à terre et abreuva le cheval. À la hauteur du soleil il était près de midi et il comptait faire encore quatre miles jusqu'à Cloverdale puis revenir ensuite par la route.

Pendant que le cheval buvait un vieux bonhomme qui conduisait une camionnette Ford modèle A s'arrêta à l'autre bout de la clôture. Billy releva la tête du cheval et se mit en selle et retourna sur la route et s'arrêta à côté de la camionnette. Le type passa la tête par l'ouverture de la vitre et le regarda. Il regarda la hotte.

Qu'est-ce que tu pièges ? dit-il.

C'était un éleveur de la basse vallée frontalière et Billy le connaissait mais il ne dit pas son nom. Il savait que le vieux voulait l'entendre dire qu'il trappait les coyotes et il ne voulait pas mentir, ou pas mentir tout à fait.

Eh bien, dit-il. J'ai vu pas mal de traces de coyotes par ici.

Ça m'étonne pas, dit le vieux. Ils ont tout fait chez nous sauf peut-être venir s'asseoir à not' table.

Il scrutait la campagne de ses yeux pâles. Comme si les petits chacals roux pouvaient apparaître en plein jour sur la prairie. Il fit surgir de sa poche un paquet de cigarettes toutes faites et en sortit une d'une pichenette et la saisit entre ses lèvres et tendit le paquet.

Tu fumes ?

Non. Merci.

Il rangea le paquet et sortit de sa poche un briquet en

cuivre qui avait plutôt l'air d'un truc à souder les tuyaux, à brûler la peinture. Il appuya et une boule de flamme bleuâtre jaillit. Il alluma la cigarette et relâcha la mollette du briquet mais ça brûlait toujours. Il souffla dessus et l'agita dans sa main pour le refroidir. Il regarda Billy.

J'ai dû renoncer à y mettre du super, dit-il.

Oui.

T'es marié ?

Non. J'ai que seize ans.

Te marie pas. Les femmes sont dingues.

Oui.

On croit en avoir trouvé une qui l'est pas mais devine.

Quoi ?

Elle l'est aussi.

Oui.

T'as des gros pièges là-dedans ?

C'est-à-dire ?

Des numéros quatre, par exemple.

Non. En vérité j'ai pas de pièges du tout là-dedans. Ni des gros ni des petits.

Pourquoi t'as dit c'est-à-dire alors ?

Pardon ?

Le vieux tourna la tête vers la route. Y a un couguar qui est passé à peu près à un mile d'ici hier soir.

Y en a dans le coin, dit Billy.

J'ai un neveu qui a des chiens de race. Des bleus tiquetés de la lignée des Lee Brother. De foutrement beaux chiens. Mais ça lui plairait pas qu'ils se coincent la patte dans des pièges en acier.

Je vais retourner là-haut du côté du canyon du Goret, dit Billy. Et je continuerai jusqu'à la pointe Noire.

Le vieux fumait. Le cheval tourna la tête vers la camionnette et la renifla et détourna la tête.

Tu connais l'histoire du couguar du Texas et du couguar du Nouveau-Mexique ? dit le vieux.

Non monsieur. J'crois pas.

Y avait le couguar du Texas et le couguar du Nouveau-Mexique. Ils ont décidé de se séparer à la frontière pour aller chasser. Ils étaient d'accord pour se retrouver au printemps et voir comment ça avait marché et tout et quand ils se sont rejoints il paraît que le couguar qui avait été au Texas avait une mine que ça faisait peine à voir. Le couguar du Nouveau-Mexique le regarde et lui dit Seigneur t'as bougrement mauvaise mine fiston. Raconte ce qui t'est arrivé. Le couguar qui avait été au Texas a dit j'sais pas. Il a dit j'suis mort de faim ou presque. L'autre pauv' vieux couguar a dit très bien, il a dit raconte-moi tout ce que t'as fait. Tu t'y es p'têt' mal pris, qu'il lui a dit.

Alors le couguar du Texas a dit j'ai juste employé les bonnes vieilles méthodes. Il a dit j'suis juste grimpé en haut d'une branche au-dessus de la piste et chaque fois qu'y avait un Texan qui passait dessous, tu vois, j'poussais comme d'habitude un bon gros hurlement et après ça je lui sautais dessus. Voilà comment je m'y suis pris.

Alors le vieux couguar du Nouveau-Mexique le regarde et lui dit eh bien c'est étonnant que tu sois pas mort. C'est pas du tout comme ça qu'il faut s'y prendre avec les Texans et je me demande même comment t'as réussi à passer l'hiver. Il a dit d'abord quand tu gueules trop fort ça leur flanque une telle frousse qu'ils peuvent plus se retenir. Et quand tu leur sautes dessus comme tu dis que t'as fait ça les dégonfle comme une baudruche. Nom d'un chien, fiston. Et il te reste plus que les boucles et les bottes.

Le vieil homme s'affala sur le volant en s'esclaffant. Au bout d'un moment il se mit à tousser. Il releva la tête et essuya du doigt ses yeux mouillés et hocha la tête et regarda Billy.

T'as compris l'histoire ? dit-il. Voilà comment ils sont les Texans.

Billy souriait. Oui, dit-il.

T'es pas du Texas, par hasard ?

Non.

Je pensais pas que t'étais de là-bas. Bon j'ferais bien de me sauver. Si tu veux attraper des coyotes t'as qu'à venir chez moi.

D'accord.

Il ne dit pas où c'était chez lui. Il mit en prise et abaissa la manette de l'avance à l'allumage et s'ébranla et rejoignit la route.

LE LUNDI quand ils allèrent visiter les pièges la neige avait fondu partout sauf dans les failles exposées au nord ou dans les bois touffus sur le versant nord du col. Elle avait saccagé tous les placeaux sauf ceux qu'ils avaient aménagés sur la piste du canyon du Goret et elle s'était amusée à retourner les pièges et à les détendre.

Ils ramassèrent les pièges et son père fit deux nouveaux placeaux avec des pièges doubles, enterrant un piège au-dessous de l'autre et posant le piège du fond à l'envers. Puis il tendit sans appât tout autour. Quand il eut fini de préparer ces deux nouveaux placeaux ils rentrèrent et quand ils allèrent visiter la tendue le lendemain matin il y avait un coyote mort dans le premier placeau. Ils défirent entièrement ce placeau et Billy attacha le coyote derrière le troussequin de sa selle et ils repartirent. La vessie du coyote s'égouttait sur le flanc du cheval et ça avait une drôle d'odeur.

De quoi le coyote est mort ? dit-il.

J'en sais rien, dit son père. Ça arrive que des bêtes crèvent.

Le deuxième placeau avait été saccagé et les cinq pièges étaient tous détendus. Son père examina longuement l'endroit.

Il n'y avait pas de réponse d'Echols. Billy et Boyd firent le tour des pâturages les plus éloignés et commencèrent à rentrer le bétail. Ils trouvèrent encore deux veaux morts. Puis encore une génisse.

Ne lui dis rien s'il pose pas de questions, dit Billy.

Pourquoi pas ?

Ils restaient en selle, botte à botte. Boyd sur la vieille selle de Billy et Billy sur la selle mexicaine que son père avait échangée. Ils contemplaient le carnage dans les bois.

J'aurais pas cru qu'elle pourrait tuer une aussi grosse génisse, dit Billy.

Pourquoi il faut rien dire ? dit Boyd.

À quoi ça servirait qu'il se fasse du mauvais sang ?

Ils tournèrent bride pour rentrer.

Il voudrait peut-être tout de même être au courant, dit Boyd.

Quand c'est la dernière fois que ça t'a fait plaisir d'apprendre des mauvaises nouvelles ?

Et s'il la trouve ?

Il la trouvera.

Qu'est-ce que tu lui diras alors ? Que tu voulais pas qu'il se fasse du mauvais sang ?

Nom d'un chien. T'es pire que maman. Je regrette de t'avoir dit ça.

À présent il visitait les pièges tout seul. Il alla au SK Barre et emprunta la clef à M. Sanders et alla au chalet d'Echols et examina les étagères de la petite pharmacie dans la resserre. Il trouva d'autres fioles par terre dans une caisse. Des fioles poussiéreuses aux étiquettes souillées de graisse indiquant Couguar, Chat sauvage. Il y avait d'autres fioles aux étiquettes décollées et jaunies qui ne portaient que des numéros et il y avait des flacons de verre pourpre presque noir sans étiquettes du tout.

Il fourra dans sa poche quelques fioles anonymes et regagna la pièce de devant pour fouiller dans la caisse où était rangée la petite bibliothèque d'Echols. Il en sortit un livre intitulé *Le Piégeage des animaux à fourrure d'Amérique du Nord* par Stanley Hawbaker et s'assit par terre pour l'étudier mais Hawbaker était de Pennsylvanie et n'avait pas grand-chose à dire au sujet des loups. Quand il alla visiter les pièges le jour suivant ils étaient déterrés comme les autres fois.

IL PARTIT le lendemain matin par la route d'Animas et il lui fallut sept heures pour arriver jusque-là. Il fit halte à midi près d'une source dans une clairière d'antiques peupliers géants et mangea un steak froid et des biscuits et fit un bateau en papier avec le sac de son déjeuner et le laissa tournoyer et noircir et sombrer dans le bief limpide de la source.

La maison était dans la plaine au sud de la ville et aucune route n'y menait. Il y avait eu une piste autrefois et on pouvait voir là où elle passait jadis comme une trace d'une ancienne voie de chariots et il la suivit jusqu'au poteau d'angle de la clôture. Il attacha le cheval et alla à la porte et frappa et attendit en regardant les montagnes au-delà des plaines vers l'ouest. Il y avait quatre chevaux qui allaient au pas de ce côté-là dans la dernière montée et ils s'arrêtèrent et tournèrent la tête et regardèrent dans sa direction. Comme s'ils l'avaient entendu frapper à la porte à deux miles de distance. Il se retourna pour frapper encore une fois mais au même instant la porte s'ouvrit et une femme apparut sur le seuil les yeux fixés sur lui. Elle mangeait une pomme mais elle ne dit rien. Il se découvrit.

Buenas tardes, dit-il. El señor está ?

De ses robustes dents blanches elle croquait dans la pomme. Elle le regarda. El señor ? dit-elle.

Don Arnulfo.

Elle regarda derrière lui le cheval attaché au poteau de la clôture puis elle le regarda de nouveau. Elle mastiquait. Elle l'observait de ses yeux noirs.

Él está ? dit-il.

Je me le demande.

Qu'est-ce qu'il y a à se demander ? Il est ici ou il y est pas.

Ça se peut.

J'ai pas d'argent.

Elle mordit encore une fois dans la pomme. Cela fit un craquement sec. Il veut pas de votre argent, dit-elle.

Il restait sur le seuil avec son chapeau dans ses mains. Il regarda dans la direction où il avait vu les chevaux mais ils avaient disparu de l'autre côté de la montée.

D'accord, dit-elle

Il la regardait.

Il a été malade. Peut-être qu'il vous dira rien.

Bon. Il me dira quelque chose ou il ne me dira rien.

Peut-être que vous préférez revenir une autre fois.

Une autre fois je ne pourrai pas.

Elle haussa les épaules. Bueno, dit-elle. Pásale.

Elle maintenait la porte ouverte et il entra dans la basse maison de pisé. Gracias, dit-il.

Elle lui indiquait le chemin d'un mouvement du menton. Atrás, dit-elle.

Gracias.

Le vieil homme était couché dans une chambre ou plutôt une cellule obscure au fond de la maison. La pièce sentait la fumée de bois et le pétrole de lampe et la literie malpropre. Billy restait debout dans l'encadrement de la porte et essayait de distinguer ses traits. Il regarda par-dessus son épaule mais la femme était retournée à la cuisine. Il entra dans la chambre. Il y avait un lit en fer dans le coin. Une silhouette menue et sombre allongée sur le lit. Il y avait aussi dans la pièce une odeur de poussière ou d'argile. Comme si c'était cela peut-être l'odeur du vieillard. Mais après tout même le sol de la chambre était fait de boue séchée.

Il dit le nom du vieillard et le vieillard bougea dans sa literie. Adelante, soupira-t-il.

Il s'avança, toujours avec son chapeau à la main. Il passa comme une apparition à travers les rhombes de lumière striée qui entraient par la fenêtre du mur occidental. Des moutons de poussière se dispersaient en tourbillonnant. Il faisait froid dans la chambre et il voyait l'haleine du vieillard monter et disparaître en pâles volutes dans le froid. Il voyait les yeux noirs dans un visage desséché là où la tête du vieillard reposait sur la toile nue de son oreiller.

Güero, dit-il. Habla español ?

Sí señor.

La main du vieillard se souleva légèrement sur le lit et retomba. Dis-moi ce que tu veux, dit-il.

Je suis venu vous demander conseil rapport au piégeage des loups.

Des loups.

Oui.

Des loups, dit le vieillard. Aide-moi.

Pardon ?

Aide-moi.

Il gardait une main levée. Elle pendait tremblante dans le jour pauvre, une main désincarnée, commune à tous ou à personne. Billy étendit le bras et la saisit. Elle était froide et dure et exsangue. Une chose de cuir et d'os. Le vieillard fit un effort pour se redresser. Il gémit.

La almohada, dit-il.

Billy faillit poser son chapeau sur le lit mais il se ravisa. Le vieillard resserra soudain son étreinte et les yeux noirs se durcirent mais il ne dit rien. Billy remit son chapeau et étendit la main derrière le vieillard et prit l'oreiller mou et sale et l'appuya contre les barreaux métalliques de la tête du lit et le vieillard saisit son autre main et se pencha craintivement en arrière pour s'adosser à l'oreiller. Il leva les yeux sur Billy. Aussi frêle qu'il parût il avait de la force dans les doigts et il semblait hésiter à lâcher les mains de Billy avant de l'avoir regardé au fond des yeux. Il gémit.

Gracias, dit-il.

Por nada.

Bueno, dit le vieillard. Bueno. Il relâcha son étreinte et Billy dégagea sa main et enleva de nouveau son chapeau et le garda dans la main en le tenant par le bord.

Siéntate, dit le vieillard.

Il s'assit timidement au bord du mince matelas qui recouvrait les ressorts du lit. Le vieillard ne lâchait pas sa main.

Comment t'appelles-tu ?

Parham. Billy Parham.

Le vieillard se répéta le nom à voix basse. Te conozco ?

No señor. Estamos a las Charcas.

La Charca.

Sí.

Hay una historia allá.

Historia ?

Sí, dit le vieillard. Il était allongé la main de Billy toujours dans la sienne et les yeux fixés sur les minces lattes en bois d'allumettes du plafond. Una historia desgraciada. De obras desalmadas.

Billy dit qu'il ne connaissait pas cette histoire et qu'il serait curieux de l'entendre mais le vieillard dit que c'était aussi bien qu'il n'en sût rien car il y avait certaines choses dont rien de bon ne pouvait sortir et il pensait que cette histoire était justement une de celles-là. Son haleine rauque faiblissait et le bruit qu'elle faisait faiblissait et sa vague blancheur s'estompait aussi qui avait été un moment visible dans le froid de la chambre. Sa pression sur la main de Billy était toujours aussi ferme.

M. Sanders a dit que vous aviez une odeur que je pourrais vous acheter. Il a dit qu'il fallait que je vous le demande.

Le vieillard ne répondit pas.

Il m'en a donné que M. Echols avait chez lui mais le loup s'est mis à déterrer les pièges et à les détendre.

Dónde está el señor Echols ?

No sé. Se fué.

Él murió ?

Non monsieur. Pas que je sache.

Le vieillard ferma les yeux et les rouvrit. Il était allongé, adossé à la toile de l'oreiller, le cou légèrement de travers. À croire qu'on l'avait jeté là. Dans la lumière défaillante les yeux ne trahissaient rien. Il semblait scruter les ombres dans la chambre.

Il dit que c'est à la longueur des ombres qu'on sait que le jour décline. Il dit que les gens en concluent qu'on attache trop d'importance aux présages d'une heure aussi tardive, mais que ce n'est pas vrai.

J'ai trouvé un flacon où il y a écrit Matrice n° 7, dit Billy. Et un autre où il n'y a rien d'écrit du tout.

La matriz, dit le vieillard.

Il attendait que le vieillard continue mais le vieillard se taisait. Au bout d'un moment il lui demanda ce qu'il y avait dans la matrice mais le vieillard se contenta d'une moue dubitative de ses lèvres minces. Il tenait toujours la main de Billy et ils restèrent un moment ainsi. Billy allait poser une autre question quand le vieillard reprit la parole. Il dit que la matrice n'était pas une chose si facile à définir. Chaque chasseur devait avoir sa propre formule. Il dit que toute chose est à juste titre désignée par ses attributs qui sont dès lors à jamais dissociés de sa substance. Il dit qu'à son avis seules les louves pendant les chaleurs étaient une source appropriée. Billy dit que le loup dont il avait parlé était en réalité une louve et il demanda s'il devait tenir compte de cette circonstance dans le choix de ses stratégies, mais le vieillard dit qu'il n'y avait plus de loups.

Elle est venue du Mexique, dit Billy.

Le vieillard parut ne pas entendre. Il dit qu'Echols avait capturé tous les loups.

M. Sanders me dit que M. Echols est lui-même à moitié loup. Il dit qu'il sait ce que sait le loup avant que le loup lui-même le sache. Mais le vieil homme répondit que nul ne peut savoir ce que sait le loup.

Le soleil était bas à l'occident et la forme de la lumière entrant par la fenêtre restait suspendue d'un mur à l'autre. Comme le noyau d'un corps électrique dans l'espace évidé de la chambre. Finalement le vieillard répéta ses propres paroles. Il dit que le loup est une créature inconnaissable. Que ce qu'on retrouve dans le piège ce n'est que l'enveloppe et les dents. Pas davantage. Mais que le loup lui-même il est impossible de le connaître. Le loup ou ce que sait le loup. Autant demander ce que savent les pierres. Les arbres. L'univers.

Sa respiration devenait sibilante sous l'effort. Il toussa doucement et se tut. Puis il reprit la parole.

Es cazador, el lobo, dit-il. Cazador. Me entiendes ?

Billy n'était pas sûr de comprendre. Le vieillard continua en disant que le chasseur était un être différent de ce qu'imaginent les hommes. Il dit que les hommes croient que le sang de la victime mise à mort ne compte pas, mais le loup est plus clairvoyant. Il dit que le loup est d'abord une créature d'ordre et que le loup sait ce que les hommes ne savent pas : qu'il n'est d'autre ordre dans le monde que celui que la mort y a mis. Il dit pour finir que si les hommes boivent le sang de Dieu ils ne comprennent pas le sérieux de ce qu'ils font. Il dit que les hommes veulent être sérieux mais ne comprennent pas comment il faut s'y prendre pour l'être. Entre leurs actes et leur rites il y a l'univers et dans cet univers soufflent des tempêtes et les arbres se tordent dans le vent et tous les animaux que Dieu a créés vont et viennent mais ce monde-là les hommes ne le voient pas. Ils voient les actes de leurs propres mains ou bien ils voient ce qu'ils désignent d'un nom et qu'ils se désignent les uns aux autres mais le monde qu'il y a entre tout cela leur reste caché.

Tu veux capturer ce loup, dit le vieil homme. Peut-être que tu veux la peau pour te faire un peu d'argent. Peut-être que tu veux t'acheter des bottes ou quelque chose d'autre. Tu peux faire ça. Mais où est le loup ? Le loup est comme le copo de nieve.

Le flocon de neige.

Le flocon de neige. T'attrapes le flocon de neige mais quand tu regardes dans ta main il n'y est plus. Peut-être que tu le vois ce dechado. Mais avant que tu puisses le voir il est parti. Si tu veux le voir il faut que tu le voies sur son propre terrain. Tu le perds en le saisissant. Et d'où il va il ne peut pas retourner. Dieu lui-même ne peut le ramener.

Billy baissa les yeux sur les serres décharnées et noueuses qui retenaient sa main. La lumière qui tombait de la haute fenêtre avait pâli, le soleil s'était couché.

Escúchame, joven, soupira le vieillard. Si tu pouvais souffler assez fort tu pourrais d'un souffle faire disparaître le loup. Comme tu souffles le flocon de neige. Comme tu souffles la flamme d'une bougie. Le loup est fait comme est fait l'univers. Tu ne peux pas toucher à l'univers. Tu ne peux pas le tenir dans ta main parce que l'univers est fait de souffle et rien d'autre.

Il s'était un peu redressé pour prononcer cette homélie mais à présent il se laissait retomber contre la toile de l'oreiller et ses yeux ne semblaient contempler que les montants du toit au-dessus de sa tête. Il relâcha la froide pression de ses doigts maigres. Où est le soleil ? dit-il.

Se fué.

Ay. Ándale, joven. Ándale pues.

Billy retira sa main et se leva. Il mit son chapeau et toucha le bord.

Vaya con Dios.

Y tú, joven. Pourtant avant qu'il eût atteint la porte le vieillard le rappela. Il tourna la tête et s'arrêta.

Cuántos años tienes ?

Dieciséis.

Le vieillard était paisiblement allongé dans l'obscurité. Billy attendait.

Escúchame, joven, dit-il. Yo no sé nada. Esto es la verdad.

Está bien.

La matriz ne peut pas t'aider, dit le vieillard. Il dit que le jeune homme trouverait l'endroit où les actes de Dieu et les actes des hommes se confondaient. Où on ne pouvait distinguer entre les uns et les autres.

Et quelle sorte d'endroit c'est ? dit Billy.

Des endroits où le fer est déjà dans la terre, dit le vieillard. Des endroits où le feu a brûlé.

Y cómo se encuentra ?

Le vieillard dit qu'il n'était pas question de trouver un tel lieu mais plutôt de le reconnaître à l'instant où il apparaissait. Il dit que c'était en de tels lieux que Dieu résidait et conspirait à l'anéantissement de ce qu'il s'était donné tant de peine à créer.

C'est pour cela que je suis un hereje, un hérétique. Pour cela et rien d'autre.

Il faisait sombre dans la chambre. Il remercia encore une fois le vieillard mais le vieillard ne répondit pas ou s'il répondit il ne l'entendit pas. Il fit demi-tour et sortit.

La femme était adossée à la porte de la cuisine. Elle se profilait à contre-jour dans la lumière jaune et il apercevait sa silhouette à travers la robe mince. Elle ne semblait nullement inquiète de savoir que le vieillard était seul, couché dans le noir au fond de la maison. Elle demanda à Billy si le vieillard lui avait dit comment s'y prendre pour capturer le loup et il dit que non.

Elle se tapota la tempe. Il a du mal à se souvenir quelquefois. Il est vieux.

Oui m'dame.

Personne ne vient le voir. C'est dommage, non ?

Oui m'dame.

Pas même le curé. Il est venu une fois peut-être deux mais il ne vient plus.

Comment ça se fait ?

Elle haussa les épaules. Les gens disent qu'il est brujo. Tu sais ce que ça veut dire, brujo ?

Oui m'dame.

Ils disent qu'il est brujo. Ils disent que c'est un homme que Dieu a abandonné. Il est possédé du péché de Satan. Le péché d'orgullo. Tu sais ce que ça veut dire orgullo ?

Oui m'dame.

Il croit qu'il en sait plus long que le curé. Qu'il en sait plus long que le bon Dieu.

Il m'a dit qu'il ne savait rien.

Ah ! dit-elle. Ah. Tu crois ça ? Tu imagines ce vieillard ? Tu comprends la chose terrible que ça peut être de mourir sans Dieu ? D'être celui que Dieu a rejeté ? Penses-y.

Oui m'dame. Il faut que je parte.

Il toucha le bord de son chapeau et passa devant elle et sortit dans la pénombre du soir. Les lumières du village dispersées à travers la prairie reposaient au fond de cette vallée bleue, serpent flamboyant dans la fraîcheur du crépuscule. Quand il tourna la tête du côté de la maison la femme était toujours là dans l'encadrement de la porte.

Merci m'dame, dit-il.

Il est rien pour moi, criait-elle. No hay parentesco. Tu sais ce que ça veut dire parentesco ?

Oui m'dame.

Y a aucune parenté. C'était l'oncle de la femme défunte de mon défunt mari. Est-ce que ça compte ? Tu vois ? Et pourtant je le garde avec moi. Qui d'autre voudrait de cet homme-là ? Tu vois ? Personne ne s'en soucie.

Oui m'dame.

Penses-y.

Il prit les rênes qu'il avait passées autour du poteau et défit le nœud. Très bien, dit-il. J'y penserai.

Ça pourrait t'arriver à toi.

Oui m'dame.

Il sauta en selle et tourna bride et salua de la main. Les montagnes au sud dressaient leurs noires silhouettes sur un ciel violet. La neige si pâle sur les ubacs. Comme des espaces laissés là pour des messages.

La fe, s'écria-t-elle. La fe es todo.

Il tourna le cheval vers la piste ravinée et se mit en route. Quand il regarda par-dessus son épaule elle était toujours devant la porte ouverte. Debout dans le froid. Il regarda une dernière fois et la porte était toujours ouverte mais la femme n'était plus là et il se dit que le vieillard l'avait peut-être appelée. Mais ensuite il se dit que ce vieillard-là n'appelait sans doute personne.

DEUX JOURS PLUS TARD alors qu'il suivait à cheval la route de Cloverdale il fit machinalement un détour et alla jusqu'à l'endroit où les vaqueros avaient déjeuné et resta en selle les yeux fixés sur le foyer noir et mort. Quelque chose avait fouillé dans les cendres.

Il mit pied à terre et prit un bâton et gratta dans le foyer. Il se remit en selle et fit au pas le tour du bivouac. Il n'y avait pas de raison de penser que le charognard était autre chose qu'un coyote mais il continuait quand même. Il allait au pas et faisait élégamment tourner le cheval. Comme un cavalier à un concours. Il fit encore une fois le tour du foyer, un peu plus loin cette fois, et s'arrêta. Du côté au vent d'un rocher là où le sable s'était accumulé la louve avait laissé l'empreinte parfaite de son pied de devant.

Il redescendit de cheval et se mit à genoux en tenant les

rênes derrière son dos et souffla dans la terre meuble de la piste et poussa sur les bords délicats de l'empreinte avec le pouce. Puis il se remit en selle et retourna à la route et rentra.

Le lendemain quand il alla visiter les pièges qu'il avait posés avec la nouvelle odeur ils étaient sortis et détendus comme les autres fois. Il les retendit et posa deux autres pièges sans appât mais sans guère y croire. Quand il redescendit par le col à midi et qu'il regarda du côté du val de Cloverdale la première chose qu'il aperçut ce fut au loin la mince flèche de fumée du feu de cuisine des vaqueros.

Il resta un long moment en selle. Il posa la main sur le troussequin et se retourna pour regarder en direction du col et ensuite il regarda de nouveau du côté de la vallée. Puis il fit demi-tour et remonta dans la montagne.

Le temps de retirer les pièges et de les ranger dans la hotte et de redescendre dans la vallée et de traverser la route le soir tombait déjà. De nouveau il vérifia la hauteur du soleil à la largeur de sa main sur l'horizon. Il ne lui restait guère plus d'une heure de lumière.

Il mit pied à terre en arrivant à l'emplacement du feu et sortit la truelle de la hotte et s'accroupit et entreprit de dégager un espace parmi les cendres et le charbon de bois et les os des derniers repas. Au cœur du foyer il restait des braises incandescentes et il les écarta pour qu'elles refroidissent et creusa un trou dans la terre au-dessous du feu puis il sortit un piège de la hotte. Il ne songea même pas à mettre les gants de peau de daim.

Il tendit les ressorts avec les clés à vis et ouvrit les mâchoires et ajusta la languette de détente dans l'encoche et tourna la vis de serrage en surveillant le jeu au-dessus de la palette. Puis il retira les deux clés et plaça la griffe et la chaîne dans le trou et posa le piège dans le foyer.

Il posa en équilibre sur les mâchoires un des carrés de papier ciré pour éviter que des bouts de charbon ne glissent sous la palette et ne la bloquent et il saupoudra le piège de cendre avec la boîte servant de tamis et il refit l'entourage de charbon de bois et de baguettes carbonisées et remit en place les os et les rognures de peau noircie et répandit encore un peu de cendre sur le placeau puis il se releva et s'écarta et resta un moment à regarder le feu éteint et à essuyer la truelle contre les jambes de son pantalon. Finalement il ménagea une surface bien lisse dans le sable devant le foyer en arrachant de petites touffes d'herbe et de broussaille, et il y écrivit un message aux vaqueros en gravant les lettres en profondeur pour que le vent ne les efface pas. Il leur disait : Cuidado. Hay una trampa de lobos enterrada en el fuego. Puis il jeta le bâton et remit la truelle dans la hotte et passa les bretelles de la hotte sur ses épaules et remonta à cheval.

Il rejoignit la route en traversant le pâturage et dans le froid crépuscule bleu il se retourna et regarda une dernière fois du côté où il venait de poser le piège. Il se pencha et cracha. Vous feriez bien de lire mon message, dit-il. Si vous savez lire. Puis il fit demi-tour pour rentrer.

Il y avait deux heures que la nuit était tombée quand il entra dans la cuisine. Sa mère était au fourneau. Son père était encore à table et buvait son café. Le registre usé à couverture bleue qui leur servait de livre de comptes était posé au bord de la table.

Où t'étais ? dit son père.

Il s'assit et son père écouta sa réponse et quand il eut terminé son père hocha la tête.

Toute ma vie, dit-il, j'ai vu des gens arriver là où ils étaient censés aller à n'importe quelle heure après l'heure où ils avaient dit qu'ils arriveraient. J'en ai encore jamais entendu un qui ne pouvait pas donner de raisons.

Oui.

Mais y en a qu'une de raison.

Oui.

Tu sais laquelle ?

Non.

La raison c'est que ces gens-là ont pas de parole. C'est la seule qu'il y a jamais eu ou qu'il y aura jamais.

Oui.

Sa mère avait sorti son souper du réchauffoir au-dessus du fourneau et elle le posa devant lui et apporta les couverts.

Mange, dit-elle.

Elle sortit de la cuisine. Son père le regardait manger. Au bout d'un moment il se leva et alla à l'évier avec sa tasse et la rinça et la posa à l'envers sur le buffet. Je viendrai te réveiller demain matin, dit-il. Il faut que t'arrives là-bas avant qu'un de ces Mexicains se soit fait coincer le pied.

Oui.

On n'aurait jamais fini d'en entendre parler.

Oui.

On ne peut pas être sûrs qu'il y en a un qui sait lire.

Oui.

Il termina son souper et alla se coucher. Boyd était déjà endormi. Il resta longtemps réveillé à penser aux loups. Il essayait de voir le monde tel que le loup le voyait. Il essayait de l'imaginer courant les montagnes dans la nuit. Il se demandait si le loup est aussi inconnaissable que le vieillard le disait. Il se demandait quelle odeur pouvait avoir son univers, et quelle saveur. Il se demandait si le sang vivant dont il abreuvait sa gorge avait une autre saveur que l'épaisse teinture ferrugineuse qui était son propre sang d'homme. Ou que le sang de Dieu. Au matin il sortit avant le lever du jour et sella son cheval dans la froide obscurité de l'écurie. Il franchit la grille avant même que son père fût levé et il ne le revit jamais.

Sur la route qu'il suivait vers le sud il sentait l'odeur du bétail qui pâturait dans le noir au-delà de la tranchée et de la clôture. Quand il traversa Cloverdale le petit jour commençait seulement à poindre. Il prit la direction des montagnes vers la rivière de Cloverdale et continua. Dans son dos le soleil se levait sur le col de San Luis et son ombre toute neuve chevauchait devant lui mince et longiligne sur la route. Il passa devant la vieille piste de danse qu'il y avait dans les bois et deux heures plus tard quand il quitta la route et traversa le pâturage pour aller vers l'emplacement du feu où les vaqueros réchauffaient leur déjeuner la louve se dressa devant lui.

Le cheval s'arrêta et recula et frappa du pied. Il le retenait et lui tapotait l'encolure et lui parlait et surveillait la louve. Son cœur cognait au fond de sa poitrine comme une chose résolue à s'échapper. Elle était prise par le pied avant droit. La griffe s'était accrochée dans un cholla à moins d'une centaine de pieds du foyer et elle y était coincée. Il flatta le cheval et lui parla et abaissa la main et ouvrit la boucle de la fonte de selle et dégagea le fusil et descendit et lâcha les rênes. La louve se baissa un peu. Comme si elle avait voulu se cacher. Puis elle se redressa et le regarda et regarda au loin vers les montagnes.

Quand il approcha elle découvrit ses crocs mais sans grogner et sans poser sur lui le regard de ses yeux jaunes. L'os blanc était visible dans la plaie sanglante entre les mâchoires du piège. Il pouvait voir les allaites à travers le mince duvet du ventre et elle avait la queue rabattue entre les pattes de derrière et tirait sur le piège et se dressait.

Il fit quelques pas autour. Elle tourna et recula. Le soleil était déjà haut et la fourrure était d'un brun fauve virant au gris dans le soleil avec des touches plus pâles sur le col et une raie noire le long du dos et elle tournait et reculait de toute la longueur de la chaîne et ses flancs se contractaient et se gonflaient au rythme de sa respiration. Il s'accroupit et posa le fusil debout devant lui en gardant la poignée dans la main et resta ainsi un long moment à croupetons sur le sol.

Il n'était aucunement préparé à ce qui l'attendait. D'abord il ne s'était même pas demandé s'il aurait le temps de revenir à la ferme et de retourner avec son père avant que les vaqueros arrivent pour le déjeuner si jamais ils arrivaient. Il essaya de se rappeler ce que son père avait dit. Si elle avait une patte cassée ou si elle était prise par une patte. Il regarda la hauteur du soleil, puis du côté de la route. Quand il regarda de nouveau du côté de la louve, elle était couchée mais quand ses yeux se posèrent sur elle elle se releva. Le cheval immobile secoua la tête et le mors de bride tinta, mais elle ne prêtait aucune attention au cheval. Il se releva et revint sur ses pas et remit le fusil dans la fonte et prit les rênes et monta et tourna le cheval et partit vers la route. À mi-chemin il s'arrêta et se retourna et regarda par-dessus son épaule. La louve l'observait comme avant. Il resta un long moment ainsi. Le soleil chaud sur son dos. Le monde en suspens. Puis il retourna auprès de la louve sans descendre de cheval.

Elle se releva et se dressa avec ses flancs qui se contractaient et se dilataient. Elle gardait la tête baissée et sa langue pendait frémissante entre les longues incisives de sa mâchoire inférieure. Il défit l'attache de son lasso et passa le lasso sur son épaule et mit pied à terre. Il sortit plusieurs longueurs de cordelette de la mochila et les passa sous sa ceinture et décrocha le lasso et alla inspecter le terrain autour de la louve. Il ne pouvait pas compter sur le cheval parce qu'il risquait en se cabrant de tendre trop fort le lasso et de tuer la louve ou de l'arracher du piège ou les deux. Il décrivit un cercle autour de la louve en quête de quelque chose qui pourrait servir de borne d'amarrage pour la plaquer au sol. Il n'y avait rien d'assez près pour y passer le lasso et le rabattre et pour finir il retira sa veste et en fit un bandeau sur les yeux du cheval et fit avancer le cheval sous le vent de la louve et lâcha les rênes en espérant qu'il se tiendrait coi. Puis il laissa filer le lasso et forma sa boucle et la lança sur la louve. La louve passa au travers avec le piège et regarda la boucle puis Billy. Maintenant le lasso reposait sur la chaîne du piège. Il le regarda avec dégoût et le lâcha et partit un peu plus loin dans le désert et finit pas trouver un paloverde et y tailla un bâton de sept pieds de long terminé en fourche et revint en l'élaguant avec son couteau. La louve l'observait.

Il passa l'extrémité du bâton dans la boucle et tira vers lui. Il pensait que la louve allait mordre le bâton mais elle n'en fit rien. Une fois qu'il eut repris la boucle dans sa main il dut haler les dix mètres de lasso sur toute leur longueur en les faisant coulisser à travers l'œillet puis recommencer. Elle suivait très attentivement la trajectoire du lasso et quand le bout passa par-dessus la chaîne du piège pour s'échouer entre les herbes mortes elle se recoucha.

Il resserra la boucle et se rapprocha. Elle se dressa. Il lança la boucle et elle coucha les oreilles et esquiva et de nouveau elle découvrit ses crocs. Il fit deux autres tentatives et à la troisième la boucle s'accrocha autour du cou de la louve et il raidit le lasso.

Elle se dressa en se tordant sur ses pattes de derrière le lourd piège soulevé contre sa poitrine. Elle attaquait le lasso à coups de dents et agitait frénétiquement sa patte libre. Elle poussa un faible gémissement. C'était le premier son qu'elle faisait entendre.

Il fit quelques pas en arrière et la plaqua au sol à la faire suffoquer. Il retourna à reculons vers le cheval en donnant du mou puis passa le lasso autour de la corne de la selle et revint avec le bout libre. Il frémit en voyant sa patte ensanglantée écartée devant elle dans le piège mais il n'y avait rien à faire. Elle soulevait son arrière-train et labourait le sol et se contorsionnait et se débattait pour s'arracher au lasso et jetait sa tête de droite et de gauche et un instant elle réussit même à se mettre debout avant qu'il ne parvînt à la terrasser. Il s'accroupit à quelques pieds à peine de la louve avec le lasso serré dans ses mains et au bout d'un moment elle resta couchée à terre, haletant doucement. Elle leva vers lui ses yeux jaunes et les ferma avec lenteur puis les détourna.

Il se releva en gardant le pied sur le lasso et ressortit son couteau et allongea prudemment le bras et prit le bâton de paloverde. Il le raccourcit de trois pieds à partir de l'extrémité et remit le couteau dans sa poche et tira une cordelette de sa ceinture et y fit un nœud coulant qu'il prit entre ses dents. Puis retirant son pied il ramassa le bout du lasso et l'empoigna et s'approcha de la louve avec le bâton. Elle le surveillait de son œil en amande jaune foncé, plus sombre et ambré sur l'iris. Elle tirait sur le lasso, son visage dans la poussière, sa gueule ouverte et ses dents si blanches, d'une forme si parfaite. Il tendit encore la longueur de lasso arrimée à la corne de la selle. Il la raidit jusqu'à ce que la louve en eût le souffle coupé et il lui coinça le bâton entre les crocs.

Elle ne fit pas un bruit. Elle arquait et secouait la tête et mordait le bâton et essayait de s'en débarrasser. Il hala le lasso et la força à s'allonger de tout son long furieuse et convulsée et lui plaqua la mâchoire inférieure au sol avec le bâton et remit le pied sur le lasso avec sa botte presque à portée des dents. Puis il retira la cordelette de sa bouche et en passa le nœud autour du museau de la louve et le serra d'un seul coup et saisit la louve par une oreille et fit en un clin d'œil trois tours avec la cordelette autour des mâchoires et y fit un nœud de cravate et se laissa tomber à califourchon, à genoux avec la louve qui haletait entre ses jambes et happait l'air, sa langue se débattant derrière les crocs souillés de terre et de débris. Elle leva les yeux sur lui, délicat regard oblique où il y avait tout ce qu'il suffit de savoir de chaque jour, sinon de la peine de chaque jour. Puis elle ferma les yeux et il donna du mou au lasso et se releva et s'écarta et elle resta couchée, respirant avec peine, sa patte de devant tendue derrière elle dans le piège et le bâton dans la gueule. Il haletait lui aussi. Aussi froid qu'il fît il était à tordre. Il se retourna et regarda le cheval qui attendait, la tête encapuchonnée dans la veste. Nom d'une pipe, dit-il. Nom d'une pipe. Il lova la longueur molle de lasso qui traînait à terre et retourna auprès du cheval et leva le lasso et le suspendit à la corne de la selle et détacha les manches de sa veste des mâchoires du cheval et le décapuchonna et posa la veste en travers de la selle. Le cheval leva la tête et souffla et regarda vers la louve. Billy lui flatta l'encolure et lui parla et sortit les clés à vis de la mochila et reprit le rouleau du lasso sur son épaule et retourna à la louve.

Sans lui laisser le temps d'arriver jusqu'à elle, elle sauta en l'air et se précipita au bout de la chaîne du piège en se tordant et en secouant la tête et en se frappant la gueule avec son pied libre. Il raidit le lasso pour la clouer au sol et l'y maintenir. Une écume blanche bouillonnait entre les dents de la louve. Il s'approcha lentement et allongea le bras et saisit le bâton qu'elle avait entre les mâchoires et lui parla mais sa voix ne semblait avoir d'autre effet que de la faire frissonner. Il regarda la patte dans le piège. Ça avait l'air vilain. Il saisit le piège et posa la clé à vis sur le ressort et le détendit puis passa au deuxième ressort. Quand l'œilleton du ressort arriva au-dessous des flasques de la sole les mâchoires s'ouvrirent et la patte de devant blessée retomba molle et sanglante avec l'os blanc et luisant. Il avança la main pour la toucher mais elle retira brusquement sa patte et se dressa. Il était stupéfait de sa vivacité. Elle était debout et lui faisait face, les yeux à la hauteur des siens là où il était agenouillé, mais toujours sans croiser son regard. Il fit glisser à terre le lasso enroulé autour de son épaule et en saisit l'extrémité et en fit un double tour à son poignet. Puis il laissa filer le bout court par lequel il tenait la louve. Elle appuya sur le sol sa patte blessée et la retira aussitôt.

Vas-y, dit-il. Si tu crois que tu peux.

Elle volta et partit comme une flèche. Si vite. Il eut à peine le temps de caler un talon devant lui dans la poussière qu'elle était déjà en bout de corde. Elle fit un tonneau et atterrit sur le dos et le projeta en avant sur les coudes. Il se releva tant bien que mal mais elle était déjà repartie dans une autre direction et quand elle fut de nouveau en bout de corde elle faillit l'arracher de terre. Il fit volte-face et se cramponna des deux talons et fit encore un tour de lasso autour de son poignet. Elle s'était jetée du côté du cheval cette fois et le cheval renâcla et partit au trot vers la route avec les rênes qui traînaient à terre. Elle se mit à tourner en rond au bout du lasso jusqu'à ce qu'elle arrive au cholla où la griffe s'était déjà coincée une première fois lors de sa capture et le lasso s'enroula autour et elle resta prisonnière, suffoquant entre les épines.

Il se leva et alla jusqu'à elle. Elle était assise sur son derrière les oreilles couchées. De blancs rubans de bave pendaient à sa mâchoire. Il sortit son couteau et allongea la main et saisit le bâton qu'elle avait dans la gueule et lui parla et lui caressa le haut du crâne mais elle ne faisait que plisser les paupières et frissonner.

Ça sert à rien de faire la forte tête, lui dit-il.

Avec le couteau il raccourcit le long bâton de paloverde qui sortait de la gueule de la louve sur le côté et rangea le couteau dans sa poche et fit plusieurs fois le tour du cholla pour dégager le lasso puis l'ayant dégagé il partit un peu plus loin en terrain nu en traînant derrière lui la louve qui secouait la tête et se débattait. Il avait peine à croire qu'elle pût être aussi forte. Il était debout les jambes largement écartées avec le lasso tenu à deux mains en travers de ses cuisses et il se retourna et regarda au loin en quête d'un signe de son cheval. Elle continuait de se débattre et il reprit le bout du lasso et s'assit et en fit deux tours dans son poing et cala ses talons au sol et la laissa faire. Cette fois en arrivant en bout de corde elle s'envola littéralement et atterrit sur le dos et resta couchée à l'endroit où elle était retombée. Il s'agrippa au lasso et la tira vers lui sur le sol nu.

Relève-toi, dit-il. Tu t'es pas fait mal.

Il s'approcha. Elle gisait à terre et haletait. Il regarda la patte blessée. Il y avait un lambeau de peau arrachée rabattue autour de sa cheville comme une chaussette et la blessure était sale avec des brindilles et des feuilles collées par-dessus. Il s'agenouilla et toucha la louve. Viens, dit-il. T'as fait filer mon cheval alors maintenant allons le chercher.

Quand il l'eut traînée jusqu'à la route il était à bout de forces. Le cheval était une centaine de mètres plus loin en train de paître dans la tranchée. Il leva la tête et le regarda et se pencha et se remit à paître. Il noua le lasso à un poteau de clôture et prit à sa ceinture la dernière cordelette qu'il lui restait et attacha l'œillet au lasso pour que le nœud coulant ne risque pas de filer puis il se releva et retraversa le pâturage pour ramasser sa veste et reprendre le piège.

Quand il revint elle s'était entortillée contre le poteau de clôture et elle s'était à moitié étranglée en se débattant. Il lâcha le piège et s'agenouilla et détacha le lasso du poteau de clôture et le déroula sur toute sa longueur en le faisant passer et repasser entre les fils jusqu'à ce qu'il eût dégagé la louve. Elle se dressa et s'assit dans l'herbe poussiéreuse et jeta des regards farouches vers la route et les montagnes au loin avec l'écume qui moussait entre ses dents et tombait goutte à goutte du bâton de paloverde.

T'as pas pour deux sous de bon sens, dit-il.

Il se leva et enfila sa veste et fourra les clés à vis dans la poche de sa veste et suspendit le piège à son épaule par la chaîne puis traîna la louve jusqu'au milieu de la route et continua suivi de la louve qui dérapait sur des pattes raides en ratissant poussière et gravier.

Le cheval avait relevé la tête et les contemplait tout en mastiquant d'un air songeur. Puis il tourna et s'éloigna le long de la route.

Billy s'arrêta et le suivit des yeux. Puis il se retourna et regarda la louve. De loin lui parvenait le halètement de la Ford modèle A du vieil éleveur et il comprit qu'elle l'avait déjà entendu. Il raccourcit le lasso d'une ou deux longueurs et traîna la louve de l'autre côté de la tranchée et s'arrêta à la clôture et regarda la camionnette monter la côte et s'approcher avec son cortège de poussière et de bruit.

Le vieil homme ralentit et se pencha et écarquilla les yeux. La louve se tordait et se débattait et Billy était debout derrière elle et la retenait à deux mains. Le temps que la camionnette arrive à leur hauteur il était couché par terre avec la louve prise en ciseau entre ses cuisses à la hauteur du diaphragme et les bras autour de son cou. Le vieux s'arrêta sans descendre de sa camionnette, avec le moteur qui tournait au point mort, et abaissa la vitre. Crénom du diable, qu'est-ce que c'est que ça, crénom du diable ?

Vous pourriez pas arrêter votre moteur ? dit Billy.

Ma parole c'est un loup.

Oui. C'est ça.

Crénom du diable.

Le camion lui fait peur.

Peur ?

Oui.

Mais t'as perdu la raison ou quoi ? Si c't animal se

débarrasse de son harnachement tu vas te faire dévorer tout cru.

Sûr.

Qu'est-ce que tu vas en faire, de ce loup ?

C'est une femelle.

C'est quoi ?

Une femelle. Une louve.

Crénom du diable ! On s'en fout si c'est un mâle ou une femelle. Qu'est-ce que tu comptes en faire ?

La ramener chez nous. À la maison.

À la maison ?

Sûr.

Et pour quoi faire à la maison, nom d'un tonnerre du diable ?

Est-ce que vous ne pouvez pas arrêter ce truc-là ?

C'est pas tellement facile de le faire redémarrer.

Alors est-ce que je pourrais vous demander d'aller là-bas avec votre camionnette pour me chercher mon cheval et me le ramener. Elle va s'entortiller dans les fils de la clôture si je l'attache.

Ce que je voudrais c'est t'éviter de te faire bouffer, dit le vieux. Pourquoi tu veux la ramener chez toi ?

Excusez-moi mais c'est une longue histoire.

Eh bien, je voudrais bien l'entendre.

Billy jeta un coup d'œil sur la route là où paissait le cheval. Il regarda le vieux. Bon, dit-il. Mon père voulait que je revienne à la maison le chercher si jamais je la capturais mais j'ai pas voulu la laisser parce qu'il y a des vaqueros qui s'arrêtent par là-bas pour le déjeuner et je me suis dit qu'ils allaient sans doute l'abattre alors j'ai décidé de la ramener à la maison avec moi.

T'as toujours été fou ?

J'en sais rien. Jusqu'à maintenant j'ai jamais eu tellement d'occasions de m'en rendre compte.

Quel âge as-tu ?

Seize ans.

Seize ans.

Oui.

Eh bien t'as même pas le bon sens que not' Seigneur a donné à une oie. Tu le sais, ça ?

Vous avez peut-être raison.

Comment est-ce que tu peux croire que ton cheval va accepter un cirque pareil ?

Si je peux lui remettre la main dessus il aura pas tellement son mot à dire.

T'as l'intention de traîner cet animal derrière un cheval ?

C'est ça.

Comment tu comptes t'y prendre pour qu'elle se laisse faire ?

Elle a pas tellement le choix non plus.

Le vieux le dévisageait du haut de sa camionnette. Il descendit et ferma la portière et ajusta son chapeau et fit le tour et s'arrêta au bord du fossé. Il portait des pantalons de toile et une veste matelassée avec un col en velours côtelé et des bottes à talons droits et comme chapeau un authentique John B Stetson en vison.

Jusqu'où je peux m'approcher ? demanda-t-il.

Jusqu'où vous voulez.

Il traversa le fossé et s'avança et s'arrêta pour regarder la louve. Il regarda Billy puis encore un moment la louve.

Elle va mettre bas.

Oui.

C'est une rude chance que tu l'aies attrapée.

Oui.

On peut la toucher ?

Oui. On peut la toucher.

Le vieux s'accroupit et posa la main sur la louve. La louve arqua l'échine et commença à se contorsionner et le vieux retira aussitôt sa main. Puis il la toucha encore une fois. Il regarda Billy. Une louve, dit-il.

Oui.

Qu'est-ce que tu comptes en faire ?

J'sais pas.

J'suppose que tu vas encaisser la prime. Vendre la peau.

Oui.

Elle aime pas tant que ça qu'on la touche. Hein ?

Non m'sieur. Pas tant que ça.

Dans le temps quand on conduisait le bétail en haut de la vallée en venant de Ciénega Springs ou de par là-bas la première nuit tu vois on s'arrêtait souvent aux environs de Government Draw pour y bivouaquer et tu vois on les entendait dans toute la vallée. Les premières nuits un peu chaudes. On les entendait presque toujours dans ce coin-là de la vallée. J'en ai pas entendu un seul depuis des années.

Elle est venue du Mexique.

J'veux bien le croire. C'est toujours de là-bas que viennent tous les embêtements.

Il se releva et regarda au bout de la route là où paissait le cheval. Tu veux que je te donne un conseil, dit-il. Tu vas me laisser te chercher le fusil que je vois là-bas dans ta fonte de selle et tu vas tirer à cette saloperie une balle entre les deux yeux pour qu'on en finisse.

Si seulement je peux remettre la main sur mon cheval je me débrouillerai, dit Billy.

Bon. Fais comme tu veux.

Oui. J'y compte bien.

Le vieux hocha la tête. Bon, dit-il. Attends ici que j'aille te le chercher.

J'ai pas l'intention de m'en aller, dit Billy.

Le vieux retourna à la camionnette et monta et roula jusqu'à l'endroit où se trouvait le cheval. Quand le cheval vit la camionnette approcher il traversa la tranchée et resta contre la clôture et le vieux descendit et mena le cheval le long de la clôture et ayant ramassé les rênes qui traînaient il ramena le cheval sur la route. Billy était assis par terre et tenait la louve. Tout était silencieux. Il n'y avait pas d'autre bruit que le claquement amorti des sabots du cheval dans le gravier et le halètement régulier de la camionnette là où le vieux l'avait garée sur le bas-côté de la route avec le moteur qui tournait au point mort.

Quand il arriva à la route en traînant la louve le cheval recula et se figea, lui faisant face.

Tu ferais peut-être mieux d'attacher le cheval, dit le vieux.

Si vous voulez bien le tenir une minute je vais me débrouiller.

P'têt' que j'aimerais encore mieux tenir le loup.

Billy donna du mou, juste ce qu'il fallait pour que la louve puisse atteindre le bord de la tranchée mais pas assez pour qu'elle puisse aller jusqu'à la clôture. Il lova le lasso autour de la corne de la selle et lâcha la louve et elle s'élança sur trois pattes vers le fossé et arriva en bout de corde et fit un saut de l'ange renversé et se releva et s'accroupit dans la tranchée et se coucha et attendit. Billy se retourna et prit les rênes des mains du vieux et porta une phalange au bord de son chapeau.

Merci beaucoup, dit-il.

Y a pas de quoi. Ça a été une journée intéressante.

Oui. La mienne est pas terminée.

Sûrement que non. Fais bien attention à ce qu'elle enlève pas cette muselière, t'entends ? Elle te croquerait un de ces quartiers de ton individu que tu pourrais pas le faire tenir dans ton chapeau.

Sûr.

Il passa un pied dans l'étrier et s'enleva en selle et vérifia le lasso et rabattit son chapeau en arrière et fit un signe de tête au vieil homme. Merci beaucoup, dit-il.

Quand il poussa son cheval en avant la louve sortit du fossé à l'extrémité du lasso avec sa patte blessée levée à hauteur de sa poitrine et sauta sur la route et continua en se traînant derrière le cheval, les pattes raides et tout le corps rigide comme un animal empaillé. Il s'arrêta et jeta un coup d'œil derrière lui.

Le vieux était debout sur la route et les observait.

Monsieur ? dit-il.

Oui.

Vous feriez peut-être bien de remonter dans votre camionnette. Pour pas avoir à nous dépasser.

Ça me paraît une bonne idée.

Il s'éloigna sur la route et monta dans la camionnette et se retourna pour les regarder. Billy leva la main. Il crut que le vieux allait dire quelque chose mais le vieux ne dit rien et il leva la main et détourna la tête et repartit sur la route en direction de Cloverdale.

Il continua. Des rafales balayaient la poussière de la chaussée. Quand il regarda par-dessus son épaule la louve plissait son œil exposé au vent pour le protéger des tourbillons de gravier et elle suivait le cheval en boitant et en baissant la tête. Il s'arrêta et elle fit un petit pas en avant pour donner du mou au lasso puis elle tourna et redescendit dans la tranchée. Il allait repartir quand elle s'accroupit dans le fossé et commença à uriner. Quand elle eut fini elle se retourna et flaira l'endroit et vérifia le vent avec ses narines puis elle remonta sur la route et resta immobile avec la queue entre les jarrets et le vent qui traçait des petits sillons dans son pelage.

Billy resta longtemps en selle à l'observer. Puis il mit pied à terre et lâcha les rênes et prit sa gourde et s'approcha. Elle recula le long du lasso. Il mit la gourde en bandoulière et enjamba le lasso et le coinça dans le pli derrière son genou et tira la louve vers lui. La louve se débattit et se cabra mais il saisit le nœud coulant et le tordit dans son poing et traîna la louve dans l'herbe sur le bas-côté de la route et s'assit à califourchon par-dessus. C'était tout ce qu'il pouvait faire pour la tenir. Il fit basculer la gourde et dévissa le bouchon avec les dents. Sur la route le cheval frappait du pied et il lui parla et ensuite en tenant la louve par le bâton qu'elle avait dans la gueule et en pressant sa tête contre son genou il commença lentement à lui verser de l'eau entre les commissures des lèvres. Elle se figea. Son œil cessa de bouger. Puis elle commença à avaler.

Presque toute l'eau était perdue mais il continuait d'en verser un mince filet entre les dents de la louve le long du mors de paloverde. Quand la gourde fut vide il lâcha le bâton et la louve resta paisiblement couchée pour reprendre sa respiration. Il se leva et fit un pas en arrière mais elle ne bougeait pas. D'un moulinet il lança le bouchon sur la gourde au bout de sa chaîne et il le revissa et retourna auprès du cheval et suspendit la gourde par-dessus la mochila et regarda de nouveau la louve. Elle s'était relevée et l'observait. Il se remit en selle et poussa le cheval en avant. Quand il se retourna elle suivait en boitillant au bout du lasso. Quand il s'arrêtait elle s'arrêtait. Au bout d'une heure de route il fit une longue halte. Ils étaient arrivés à la clôture de Robertson. À une heure de cheval de là il y avait Cloverdale et la route du nord. Au sud commençait le vaste pays. L'herbe jaune ployait au vent et la lumière du soleil ruisselait sur la campagne en avant des nuages fugaces. Le cheval secoua la tête et tapa du pied et se tint coi. Merde. À Dieu vat ! dit Billy. À Dieu vat !

Il tourna son cheval et franchit la tranchée et arriva à la grande plaine qui s'étendait au loin devant lui au sud vers les montagnes du Mexique.

À midi ils franchirent une brèche basse sur l'éperon le plus oriental des Guadalupes et descendirent par la large vallée. Ils aperçurent des cavaliers au loin sur la plaine mais les cavaliers passèrent leur chemin. Dans l'après-midi finissant ils traversèrent les derniers cônes des collines sur ces terres volcaniques et une heure plus tard ils arrivèrent à la dernière clôture de ce pays.

C'était une longue clôture qui coupait le terrain d'est en ouest. De l'autre côté il y avait une piste de terre. Il mit le cheval face à l'est et suivit la clôture. Il y avait une piste de bétail tout du long de la clôture mais il restait à une corde de la clôture pour éviter que la louve traverse sous les fils et au bout d'un moment il arriva devant une maison.

Il fit halte sur une élévation de terrain et resta en selle pour examiner la maison. Ne voyant aucun endroit où il pourrait laisser la louve en sécurité il continua. À la barrière il mit pied à terre et détacha la chaîne et ouvrit et fit entrer louve et cheval et referma la barrière et se remit en selle. La louve s'était arrêtée tassée sur elle-même au milieu de la route avec le poil à l'envers comme une bête qu'on aurait sortie d'une canalisation par la queue et quand il poussa le cheval en avant elle se laissa glisser sur ses pattes bloquées. Il la regarda par-dessus son épaule. Si j'avais bouffé les vaches de ces gens-là, dit-il, moi non plus ça me dirait rien de leur faire une visite.

Avant qu'il ait pu repartir un terrible hurlement se fit entendre du côté de la maison et quand il regarda de ce côté-là trois molosses arrivaient ventre à terre sur la route.

Merde, grommela-t-il.

Il descendit de cheval et attacha les rênes au fil de fer en haut de la clôture et saisit le fusil dans la fonte de selle. Bird roulait des yeux fous et commençait à piétiner au milieu de la route. La louve s'était figée, la queue dressée et le poil hérissé. Le cheval volta et tira en arrière sur les rênes, le fil de la clôture se tendit comme la corde d'un arc. Il perçut dans la mêlée le craquement d'un crampon qui cédait et il eut soudain la vision cauchemardesque du cheval fuyant au galop sur la plaine avec la louve derrière au bout du lasso et les chiens lancés à leur trousse dans une folle poursuite et il arracha le lasso de la corne de la selle à l'instant où les rênes se rompaient et le cheval tourna sur lui-même et s'enfuit en martelant le sol et Billy fit volte-face avec le fusil et la louve pour repousser les chiens qui étaient tous là autour de lui soudain dans un enfer de hurlements et de mâchoires et d'yeux révulsés.

Ils tournoyaient, griffant la poussière de la route, et Billy tenait la louve serrée très fort contre sa jambe et tentait de les chasser en hurlant et en brandissant le canon du fusil. Il y en avait deux qui portaient encore des morceaux de chaîne à leur collier et le troisième n'avait pas de collier du tout. Dans ce chaotique tourbillon il sentait le frémissement électrique de la louve contre lui et les coups de marteau de son cœur.

C'étaient des chiens de troupeau et ils avaient beau tournoyer et hurler il savait qu'ils hésiteraient à s'attaquer à une chose sur quoi un être humain détenait un pouvoir absolu même si cette chose était un loup. Il pivotait en même temps qu'eux sur les talons et il en frappa un sur le côté du crâne avec le canon du fusil. Fichez-moi le camp ! criait-il. Fichez-moi le camp ! Mais déjà deux hommes arrivaient en courant.

Ils crièrent le nom des chiens et de fait deux des mastiffs cessèrent leur manège et regardèrent la route derrière eux.

Le troisième arqua l'échine et s'avança à petits pas furtifs sur la louve et la menaça d'un claquement de ses crocs et s'écarta et resta là à pousser des hurlements. L'un des hommes avait encore une serviette de table passée dans son col de chemise et respirait avec peine. Eh là-bas, Julie, dit-il. Fiche-moi le camp ! Damnation. Prends un bâton ou quelque chose, RL. Nom de Dieu.

L'autre défit la boucle de sa ceinture et arracha la ceinture des passants de son pantalon et commença à faire des moulinets avec la boucle. Aussitôt les chiens s'enfuirent en jappant. Le plus âgé des trois hommes s'arrêta et resta immobile les poings sur les hanches pour reprendre haleine. Il se tourna vers Billy. Il vit la serviette de table dans sa chemise et la retira et s'essuya le front avec et la fourra dans sa poche revolver. Tu pourrais me dire nom d'une pipe ce que tu fais ici ?

J'essaye d'empêcher ces maudits chiens de faire du mal à ma louve.

Fais pas le malin avec moi.

J'fais pas le malin. Je suis arrivé à votre clôture et je cherchais une barrière voilà tout. Je ne pouvais pas savoir que tous les diables de l'enfer allaient nous sauter dessus.

Qu'est-ce que t'imaginais que t'allais trouver ?

Je ne savais pas qu'il y avait des chiens ici.

Nom d'une pipe, t'as tout de même vu la maison ?

Oui.

L'homme le regarda en louchant. T'es le fils de Will Parham. Hein ?

Oui.

Comment tu t'appelles ?

Billy Parham.

Eh bien Billy ça a peut-être l'air d'une question stupide mais qu'est-ce que tu fais ici crénom du diable avec cette bête-là ?

Je l'ai capturée.

Ça je peux bien l'imaginer. C'est cette bête avec le bâton dans la gueule. Où est-ce que tu vas avec ça ?

Je rentrais chez nous.

Ça sûrement pas. T'allais de l'autre côté.

Je rentrais chez nous avec elle quand j'ai changé d'avis.

Et qu'est-ce que t'as décidé de faire ?

Billy ne répondit pas. Les chiens marchaient de long en large, le poil hérissé sur l'échine.

RL, ramène les chiens à la maison et rentre-les. Dis à la patronne que je reviens tout de suite.

Il s'adressa de nouveau à Billy. Comment tu comptes récupérer ton cheval ?

En allant le chercher, je suppose.

Eh bien y a pas loin de deux milles d'ici à la prochaine grille à bétail.

Billy tenait la louve. Il jeta un coup d'œil sur la route du côté où était parti le cheval.

Est-ce que cette bête peut monter dans un camion ? dit l'homme.

Billy lui lança un drôle de regard.

Crénom du diable, dit l'homme. Je veux que tu fasses ce que je te dis. RL, est-ce que tu peux l'emmener en camion pour qu'il récupère son cheval ?

Sûr. Est-ce que son cheval est difficile à attraper ?

Ton cheval est difficile à attraper ? dit l'homme.

Non monsieur.

Il dit que non.

Eh bien à moins que ça le démange de faire un tour en camion je crois que je peux aller chercher son cheval à sa place.

Dis plutôt que tu ne veux pas monter dans le camion avec un loup, parce que c'est ça la vérité, dit l'homme.

C'est pas que je ne veux pas. Je n'irai pas. Un point c'est tout.

Justement j'allais te dire que cette bête risque de sauter du plateau du camion alors pourquoi ne pas la prendre devant avec toi dans la cabine et faire monter ce garçon derrière ?

RL tenait les chiens par les chaînes qui traînaient à terre et y attachait le troisième avec sa ceinture. Je m'imagine en train de conduire avec un loup à côté de moi dans la cabine, dit-il. J'vois ça d'ici comme si j'y étais.

L'homme contemplait la louve. Il leva la main pour ajuster son chapeau mais il n'avait pas de chapeau ce qui fait qu'il se gratta la tête. Il regarda Billy. Et moi qui croyais connaître tous les détraqués de cette vallée, dit-il. Ça commence à grouiller de monde par ici. On peut même plus tenir le compte de ses voisins. Est-ce que t'as seulement soupé ?

Non monsieur.

Alors viens à la maison.

Qu'est-ce que vous voulez que je fasse d'elle ?

D'elle ?

La louve, ici.

J'suppose qu'elle aura qu'à attendre à la cuisine le temps qu'on ait fini de manger.

À la cuisine ?

Je blague, fiston. Crénom du diable. Si t'amènes cette bête dans la maison on entendra ma femme jusqu'à Albuquerque et y aura pas besoin des fils du téléphone.

Je ne veux pas la laisser dehors. Elle risque de se faire attaquer.

Je le sais. Allez, viens. C'est exclu que je la laisse dehors pour qu'on la voie. On viendrait m'attraper avec un filet à papillons.

Ils mirent la louve dans le fumoir et l'y laissèrent et allèrent à la cuisine. L'homme regarda le fusil que portait Billy mais il ne dit rien. Quand ils arrivèrent à la porte de la cuisine Billy posa le fusil debout contre le mur de la maison et l'homme lui tint la porte et ils entrèrent.

La femme avait mis le repas au-dessus du fourneau pour le tenir au chaud et il lui fallut tout ressortir et elle mit un couvert pour Billy. Ils entendaient RL dehors qui démarrait et ils se passèrent les plats, les bols de purée de pommes de terre et de haricots pintos et une platée de steaks frits. Quand son assiette fut chargée de tout ce qu'elle pouvait raisonnablement contenir il regarda l'homme. L'homme désigna son assiette d'un mouvement du menton.

On a déjà béni le repas une fois, dit-il. Alors si t'as rien de personnel à régler, tape là-dedans.

Oui.

Ils commencèrent à manger.

Maman, dit l'homme, vois un peu si tu pourrais pas lui faire dire où il compte aller avec ce lobo.

S'il ne veut pas le dire, il n'y est pas obligé, dit la femme.

Je vais la ramener au Mexique.

L'homme allongea le bras pour prendre le beurre. Bon, dit-il. Ça me semble plutôt une bonne idée.

Je vais la ramener là-bas et la remettre en liberté.

L'homme acquiesça. La remettre en liberté.

C'est ça.

Elle a des petits quelque part, hein ?

Non monsieur. Elle n'en a pas encore.

T'en es sûr ?

Oui. Elle va en avoir.

Qu'est-ce que t'as contre les Mexicains ?

Rien. J'ai rien contre les Mexicains.

Tu t'es seulement dit qu'ils pourraient avoir besoin d'un ou deux loups de plus.

Billy coupa un morceau de son steak et le leva à la pointe de sa fourchette. L'homme l'observait.

Où est-ce qu'ils en sont là-bas rapport aux serpents à sonnette, à ton avis ?

Je l'amène pas là-bas pour la donner. Je l'amène là-bas pour la remettre en liberté. C'est de là-bas qu'elle est venue.

L'homme avait pris du beurre sur son couteau et enduisait très méthodiquement le bord d'un biscuit. Puis il remit l'une sur l'autre les deux tranches du biscuit et regarda Billy.

T'es un bien curieux garçon, dit-il. Tu le savais ?

Non monsieur. J'ai toujours été tout à fait comme tout le monde autant que je sache.

Eh bien tu l'es pas.

Oui.

Dis-moi une chose. T'as pas l'intention d'abandonner cette bête juste de l'autre côté de la frontière, hein ? Parce que si c'est le cas je vais te suivre là-bas avec un fusil.

Je voulais la ramener dans les montagnes.

La ramener dans les montagnes, dit l'homme. Il examina le biscuit d'un air pensif puis y mordit lentement.

D'où vient ta famille ? dit la femme.

On habite aux Charcas.

Elle voulait dire avant ça, dit l'homme.

On est venus de Grant County. Et avant ça de De Baca.

L'homme acquiesça.

Ça fait un bon moment qu'on habite par ici.

Qu'est-ce que t'appelles un bon moment ?

Ça fera bientôt dix ans.

Dix ans, dit l'homme. Qu'est-ce que le temps passe, hein !

Mange ton souper, dit la femme. Ne fais pas attention à lui.

Ils mangeaient. Au bout d'un moment le camion entra dans la cour et longea la maison et la femme se leva de table et alla chercher l'assiette de RL dans le réchauffoir au-dessus du fourneau.

Quand ils sortirent de la cuisine après le souper c'était déjà le soir et il faisait plus froid et le soleil était bas au-dessus des montagnes à l'ouest. Bird était dans la cour attaché à la barrière avec un licol et la bride et les rênes étaient suspendues à la corne de la selle. La femme s'était arrêtée sur le seuil de la cuisine et les regardait traverser la cour en direction du fumoir.

Il faut faire bien attention en ouvrant la porte, dit l'homme. Si cette bête s'est débarrassée de sa muselière tu te diras que t'aurais mieux fait de prendre un bain dans une baignoire avec un alligator.

Oui, dit Billy.

L'homme souleva la clenche du loquet et Billy poussa prudemment la porte vers l'intérieur. La louve était sur ses pattes, acculée dans un coin. Il n'y avait pas de fenêtre dans le petit bâtiment d'adobe et elle plissa les yeux quand le rayon lumineux passa devant elle.

Elle se tient tranquille, dit Billy.

Il poussa la porte.

La pauvre bête, dit la femme.

L'éleveur se retourna et la regarda avec bonhomie.

Jane Ellen, dit-il, qu'est-ce que tu es venue faire ici ?

Ça m'a l'air vilain cette patte. Je vais aller chercher Jaime.

Tu vas aller faire quoi ?

Attendez ici.

Elle tourna les talons et commença à traverser la cour. À mi-chemin elle retira la veste qu'elle avait passée sur ses épaules et l'enfila. L'homme se pencha dans l'encadrement de la porte et hocha la tête.

Où est-ce qu'elle est allée ? dit Billy.

Une folie de plus, dit l'homme. On risque d'avoir une épidémie.

Il restait sur le seuil et se roulait une cigarette. Billy était assis par terre et tenait la louve par le lasso.

Tu ne t'es pas encore mis à ce truc-là ? dit l'homme.

Non.

T'as raison. Ne t'y mets pas.

Il fumait. Il regardait Billy. Combien est-ce que t'en demanderais, payé comptant ? dit-il.

Elle est pas à vendre.

Combien t'en demanderais si elle l'était ?

Rien. Puisqu'elle l'est pas.

Quand la femme revint elle était accompagnée d'un vieux Mexicain qui portait sous le bras un petit coffret métallique de couleur verte comme ceux où l'on range les actes officiels. Il salua le fermier et toucha son chapeau et entra dans le fumoir suivi de la femme. La femme portait un petit ballot de chiffons propres découpés dans de la toile à drap. Le Mexicain fit un signe de tête à Billy et toucha encore une fois son chapeau et s'agenouilla devant la louve et la regarda.

Puede detenerla ? dit-il.

Sí, dit Billy.

Necesitas más luz ? demanda la femme.

Sí, dit le Mexicain.

L'homme sortit dans la cour et jeta la cigarette et mit le

pied dessus. Ils avaient poussé la louve vers la porte et Billy la tenait pendant que le Mexicain lui saisissait le coude et examinait la patte de devant blessée. La femme posa par terre le coffret métallique et l'ouvrit et en sortit une fiole de teinture d'hamamélis dont elle imprégna un morceau de toile. Elle le tendit au Mexicain qui le prit et regarda Billy.

Estás listo, joven ?

Listo.

Il serra plus fort la louve et la prit en ciseau entre ses jambes. Le Mexicain saisit la patte de devant et commença à nettoyer la plaie.

Elle poussa un jappement étouffé et se rejeta en arrière en se tordant dans les bras de Billy et arracha sa patte des doigts du Mexicain.

Otra vez, dit le Mexicain.

Ils recommencèrent.

À la deuxième tentative elle projeta Billy de l'autre côté du fumoir et le Mexicain recula aussitôt. La femme avait déjà battu en retraite. La louve était debout avec la bave crachée et recrachée qui moussait entre ses crocs et Billy était dessous couché à terre et s'agrippait à son cou. Dehors dans la cour le fermier avait commencé à se rouler une autre cigarette mais cette fois il rangea la blague dans sa poche de chemise et rajusta son chapeau.

Retiens-la, dit-il. Enfer et damnation. Retiens-la juste une minute.

Il enjamba le seuil et tendit la main et empoigna la louve par le lasso et tordit le lasso dans son poing.

Si ça s'ébruite que j'ai donné les premiers secours à un loup je pourrai aller m'installer ailleurs, dit-il. Bon. Faites de vot' mieux. Ándale.

Ils terminèrent leur opération à la dernière lueur du soleil. Le Mexicain avait remis en place le bout de peau qui pendait et il était assis par terre et le cousait patiemment à l'aide d'une petite aiguille recourbée fixée à une pince hémostatique et quand il eut terminé il aspergea la peau d'onguent Corona et enroula un morceau de toile autour et y fit un nœud. RL était sorti et regardait depuis la porte en se curant les dents.

Est-ce que tu lui as fait boire un peu d'eau ? dit la femme.

Oui madame. Mais elle a beaucoup de mal à boire.

Sans doute qu'elle mordrait si on lui enlevait ce truc-là ?

L'éleveur enjamba la louve et sortit dans la cour. Mordre, dit-il. Seigneur Dieu tout-puissant !

Quand il repartit une demi-heure plus tard il faisait pratiquement nuit. Il avait laissé le piège chez l'éleveur en lui demandant de le lui garder et il emportait un énorme déjeuner enveloppé dans un linge qu'il avait mis dans la mochila avec le reste des chiffons de toile et le pot d'onguent Corona et il avait une vieille couverture de Saltillo enroulée et attachée derrière sa selle. Ses rênes de bride rompues avaient été raccommodées avec du cuir neuf et la louve portait un collier de chien en cuir de harnais muni d'une plaque de laiton sur laquelle étaient gravés le nom de l'éleveur et le numéro du Service d'aide rurale et Cloverdale Nouveau-Mexique. L'éleveur l'accompagna à pied jusqu'à la grille et dégagea le loquet et le fit basculer et Billy fit passer le cheval avec la louve qui suivait derrière et il se mit en selle.

Sois prudent, fiston, dit l'homme.

Oui. Je serai prudent. Merci.

J'avais dans l'idée de te garder ici. D'envoyer chercher ton père.

Oui. Je le savais.

Il voudra peut-être me flanquer son poing dans la figure pour me remercier.

Non. Sûrement pas.

Bon. Fais attention aux banditos.

Oui. J'ouvrirai l'œil. Merci à vous et à votre dame.

L'homme acquiesça. Billy leva la main et tourna le cheval et s'éloigna par les terres de plus en plus sombres avec la louve qui boitait derrière. L'homme restait à la barrière et les suivait des yeux. Là-bas au sud il y avait l'ombre des montagnes où ils cheminaient et il ne pouvait pas les distinguer en silhouette sur le ciel et bientôt ils furent engloutis et disparurent cheval et cavalier dans la nuit qui tombait. La dernière chose qu'il vit sur cette gaste venteuse ce fut le bandage blanc sur la patte de la louve animé d'un mouvement aléatoire et convulsif, pâle farfadet au loin et grotesque dans le froid et le noir qui gagnaient. Puis cela aussi finit par disparaître et il referma la barrière et repartit vers la maison.

AUX DERNIÈRES LUEURS DU CRÉPUSCULE ils traversèrent un large plateau volcanique encastré dans l'arène de collines. Les collines étaient d'un bleu sombre dans la pénombre bleue et les pieds arrondis du cheval faisaient un bruit mat sur le gravier du désert. La nuit tombante venait par l'est et l'obscurité qui passait au-dessus d'eux arriva dans une soudaine bouffée de froid et de silence et passa. Comme si l'obscurité avait elle-même une âme qui était l'assassin du soleil courant vers l'ouest, comme les hommes l'ont cru jadis, comme ils pourraient le croire encore un jour. Ils arrivèrent au bout de la plaine dans l'ultime lumière mourante homme et louve et cheval sur les terrasses des collines basses fortement érodées par le vent et ils traversèrent une clôture ou plutôt là où il y avait eu jadis une clôture, les fils de fer depuis longtemps tombés et enroulés et emportés et les petits piquets nus de bois de mesquite partant sans but dans la nuit, à la file comme un cortège de retraités voûtés et tortus. Ils franchirent le col dans l'obscurité et il arrêta son cheval et contempla les éclairs au sud loin au-dessus des plaines du Mexique. Le vent les cinglait entre les arbres du col et dans le vent il y avait des aiguilles de grésil. Il établit son bivouac à l'abri du vent au flanc d'un arroyo au sud du col et alla chercher du bois et fit un feu et donna à la louve toute l'eau qu'elle voulait bien boire. Puis il l'attacha au coude blanchi d'un tronc de peuplier et revint et dessella et entrava le cheval. Il déroula la couverture et la jeta sur ses épaules et prit la mochila et alla s'asseoir devant le feu. La louve était assise sur les hanches un peu plus bas dans le ravin et l'observait de ses yeux implacables si rouges à la lumière du feu. De temps à autre elle se baissait pour vérifier avec ses incisives le pansement sur sa patte mais elle n'avait pas de prise à cause du bâton qui lui bloquait les mâchoires.

Il sortit de la mochila un sandwich de steak et de pain blanc et déplia le papier et mangea. Les petites flammes tressaillaient dans le vent et les minces grêlons de glace arrivaient de biais dans l'obscurité et sifflaient dans les braises. Il mangeait et observait la louve. Elle pointa les oreilles et se tourna et regarda la nuit au loin mais ce qui passa quoi que ce fût passa et au bout d'un moment elle se dressa et contempla d'un œil morne ce terrain qu'elle n'avait pas choisi et elle tourna trois fois en rond et se recoucha face au feu la queue relevée sur son nez.

Toute la nuit il fut réveillé par le froid. Il se levait pour ranimer le feu et à chaque fois elle l'épiait. Quand reprenaient les flammes ses yeux brûlaient comme des lampes aux portes d'un autre monde. Un monde qui brûlait au bord d'un vide inconnaissable. Un monde fait de sang dans son noyau et son tégument car rien d'autre que le sang n'avait le pouvoir de faire vibrer ce vide qui menaçait à tout moment de le dévorer. Il s'était enroulé dans la couverture et observait la louve. Quand ces yeux et la nation dont ils étaient les témoins seraient à jamais retournés à leur origine avec leur dignité il y aurait peut-être d'autres feux et d'autres témoins et d'autres mondes offerts à d'autres regards. Mais ce ne serait pas ce monde-ci.

Pendant les quelques heures qui restaient jusqu'à l'aube il dormit en dépit du froid. Il se leva dans l'aube grise et serra la couverture autour de lui et s'agenouilla et tenta d'insuffler un peu de vie aux cendres mortes du feu. Il alla un peu plus loin voir le soleil se lever à l'orient. Un panache de nuages mouchetés s'étendait à travers le ciel neutre du désert. Le vent était tombé et l'aube muette.

Quand il approcha de la louve avec la gourde à la main elle ne l'accueillit pas le poil hérissé ou l'échine relevée. Il la toucha et elle s'écarta. Il la prit par le collier et la poussa contre le sol et s'assit et lui versa l'eau goutte à goutte entre les dents tandis que sa langue allait et venait et que son gosier se soulevait d'un mouvement spasmodique et que son œil oblique et froid épiait sa main. Il gardait l'autre main sous sa mâchoire, de l'autre côté, pour empêcher l'eau de se répandre, et elle vida la gourde jusqu'à la dernière goutte. Il restait assis près d'elle et la caressait. Puis il baissa la main et lui palpa le ventre. Elle se débattait et roulait des yeux farouches. Il lui parlait doucement. Il posa le plat de sa main entre ses allaites chaudes et nues. Il l'y laissa longtemps. Puis il sentit quelque chose bouger.

Quand il repartit pour traverser la vallée vers le sud l'herbe était toute dorée de soleil matinal. Il y avait des antilopes à la pâture sur la plaine à un demi-mile à l'est. Il regarda par-dessus son épaule pour voir si elle les avait remarquées mais il semblait que non. Elle allait d'un pas régulier de chien, en boitant derrière le cheval, et ce fut ainsi qu'ils franchirent vers midi la ligne de la frontière internationale et entrèrent au Mexique, dans l'État du Sonora, que rien sur ce terrain ne différenciait du pays qu'ils quittaient, et tout autre pourtant, totalement étranger. Il resta en selle et regarda au loin vers les collines rouges. Il apercevait à l'est un des obélisques de béton qui servaient de bornes frontières. Dans cette désolation on eût dit un monument à la mémoire d'une expédition perdue.

Deux heures plus tard ils avaient quitté la vallée et commencé à grimper à travers les collines basses. Une herbe rare et de l'ocotillo. Quelques maigres bovins s'enfuirent à leur approche. Un peu plus tard ils arrivèrent à la Cajón Bonita qui est la piste principale menant au sud à travers les montagnes et au bord de cette piste une heure plus tard ils arrivèrent à une petite ferme.

Il resta en selle et tira la louve par le lasso pour l'avoir plus près de lui et appela et attendit pour voir si des chiens allaient se montrer mais il n'en venait point. Il allait au pas. Il y avait trois maisons d'adobe tombant en ruine et devant une de ces masures un homme en haillons. L'endroit avait l'air d'un ancien relais de poste à l'abandon. Il poussa son cheval et s'arrêta devant l'homme et resta en selle, les mains croisées à hauteur des poignets sur le pommeau de la selle.

Adónde va ? dit l'homme.

A las montañas.

L'homme acquiesça. Il s'essuya le nez avec sa manche et se tourna et regarda vers les montagnes. Comme s'il ne les avait pas encore vraiment vues. Il regarda Billy et le cheval et la louve puis de nouveau Billy.

Es cazador usted ?

Sí.

Bueno, dit l'homme. Bueno.

La journée était froide malgré le soleil étincelant et pourtant l'homme était à moitié nu et on ne voyait pas non plus de fumée sortir des bâtiments. Il regarda la louve.

Es buena cazadora su perra ?

Billy regarda la louve. Sí, dit-il. Mejor no hay.

Es feroz ?

A veces.

Bueno, dit l'homme. Bueno. Il demanda à Billy s'il avait du tabac, s'il avait du café, s'il avait de la viande. Billy n'avait rien de tout cela et l'homme parut accepter cette inéluctable vérité. Il restait sur le seuil, penché en avant dans l'encadrement de la porte, les yeux baissés. Au bout d'un moment Billy comprit que l'homme conduisait un entretien où il était son propre interlocuteur.

Bueno, dit-il. Hasta luego.

L'homme leva le bras. Ses hardes flottaient autour de lui. Ándale, dit-il.

Il repartit. Quand il se retourna l'homme était encore devant l'entrée. Il avait de nouveau les yeux fixés sur la piste comme s'il avait voulu voir qui serait le prochain passant.

À la fin de l'après-midi quand il descendait de cheval et qu'il venait vers elle avec la gourde elle se baissait lentement sur ses pattes comme un animal de cirque et se mettait sur le flanc et attendait. L'œil jaune aux aguets, l'oreille animée de petits mouvements dans l'arc de sa rotation. De l'eau qu'il lui versait il ne savait pas ce qu'elle buvait ni de combien elle avait besoin. Il lui versait l'eau goutte à goutte entre les dents et regardait au fond de son œil. Il touchait la commissure plissée de ses lèvres. Il contemplait la grotte veinée et veloutée par laquelle pénétrait le monde audible. Il commençait à lui parler. Le cheval qui broutait au bord de la piste leva la tête pour le regarder.

Ils repartirent. La contrée qu'ils traversaient était un haut désert vallonné et la piste passait en haut des crêtes et bien qu'elle parût fréquentée il ne vit personne. Sur les pentes il y avait de l'acacia, du chêne nain. De vastes prairies de genévriers. Au soir un lapin surgit au milieu de la piste à une centaine de pieds devant lui et il raccourcit les rênes et mit deux doigts contre ses dents et siffla et le lapin se figea et il descendit et fit basculer le fusil en arrière pour le sortir de la fonte et l'arma, le tout d'un seul mouvement, et leva le fusil et tira.

Le cheval fit un violent écart. Saisissant les rênes au vol il le ramena vers lui et le rassura. La louve avait disparu dans les broussailles au bord de la piste. Le fusil à hauteur de la taille il manœuvra le levier pour extraire de la chambre la cartouche usée et l'attrapa et la fourra dans sa poche et rechargea et abaissa le chien avec son pouce et prit le lasso et laissa retomber les rênes et alla s'occuper de la louve.

Elle était toute tremblante dans les herbes au pied d'un petit genévrier tordu où elle avait essayé de se cacher. À son approche elle bondit au bout du lasso et se dressa en se débattant. Il posa le fusil debout contre un arbre et s'approcha en halant le lasso et la retint et lui parla mais il ne réussit pas à la calmer et elle n'arrêtait pas de trembler. Au bout d'un moment il reprit le fusil et retourna auprès du cheval et enfila le fusil dans la fonte de selle et partit le long de la piste chercher le lapin.

Il y avait au centre de la piste un long sillon qu'y avait tracé la balle du fusil et le lapin avait été projeté dans les buissons où il gisait avec les guirlandes grises de ses tripes accrochées aux branches. Il avait été pratiquement coupé en deux et Billy prit les deux morceaux tièdes et duveteux dans ses mains avec la tête qui dodelinait et il partit avec à travers les bois à la recherche d'un arbre abattu par le vent. Là il détacha à coups de talon l'écorce décollée et nettoya le bois en frottant et en soufflant et étendit le lapin dessus et sortit son couteau et assis à califourchon sur la grume il dépeça le lapin et le vida et trancha la tête et les pattes. Il découpa le foie et le cœur en dés sur la grume avec son couteau et s'attarda à les regarder. Ça n'avait pas l'air de grand-chose. Il s'essuya la main dans l'herbe flétrie et prit le lapin et commença à y tailler de minces filets sur le dos et la croupe et à les découper à leur tour en dés jusqu'à ce qu'il en eût une pleine poignée puis il les enveloppa dans la peau du lapin et plia le couteau et le rangea.

Il revint et embrocha le lapin mort sur une branche brisée de sapin et retourna à l'endroit où attendait la louve accroupie. Il s'assit sur les talons et allongea la main vers elle mais elle recula au bout de la corde. Il prit un petit morceau du foie du lapin et le lui tendit. Elle renifla délicatement. Il observait ses yeux et les interrogations qu'il y avait là. Il observait les narines de cuir. Elle détourna la tête sur le côté et quand il lui offrit de nouveau le morceau elle essaya de reculer.

T'as peut-être pas encore assez faim, dit-il. Mais ça va sûrement pas tarder.

Il établit son bivouac cette nuit-là dans une petite combe abritée sur le versant au vent de l'arête et il embrocha le lapin sur une baguette de paloverde et le mit à griller devant le feu avant d'aller s'occuper du cheval et de la louve. Quand il s'approcha elle se dressa sur ses pattes et il remarqua aussitôt que le pansement était parti. Puis il vit que le bâton entre ses dents était parti. Puis il vit que la cordelette qui lui ligotait les mâchoires était partie.

Elle lui faisait carrément face le poil hérissé le long de son dos. Le lasso qui était attaché à son collier et dont les boucles traînaient à terre était effiloché et mouillé là où elle l'avait rongé avec ses crocs.

Il s'arrêta et se figea. Il recula le long du lasso jusqu'à l'endroit où était le cheval et une fois là il détacha le lasso de la corne de la selle. Il ne quittait pas la louve des yeux.

Le bout libre du lasso serré dans sa main il commença à tourner en cercle autour de la louve. Elle tournait sur place sans le quitter des yeux. Il mit entre eux le tronc d'un petit sapin. Il s'efforçait de marcher d'un pas nonchalant mais il sentait qu'elle devinait chacun de ses motifs. Il lança le lasso en boucle pour l'accrocher à une haute branche puis le rattrapa et le tendit en marchant à reculons. À mesure qu'il le tendait les spirales molles émergeaient des hautes herbes et des aiguilles de pin et le lasso raidi tirait le collier sur le cou de la louve. Elle baissa la tête et suivit.

Quand elle fut sous la branche il tendit encore plus fort le lasso jusqu'au point où les pattes de devant furent pratiquement soulevées de terre puis il donna un peu de mou juste ce qu'il fallait et fit un nœud au lasso et attendit. Elle lui montrait les dents et tournait et essayait de se dégager mais il n'y avait pas moyen. Elle semblait hésiter. Au bout d'un moment elle leva sa patte blessée et se mit à la lécher.

Il retourna auprès du feu et y entassa tout le bois qu'il avait ramassé. Puis il prit la gourde et prit l'un des derniers sandwichs dans la mochila et le sortit de son papier et retourna auprès de la louve avec la gourde et le papier.

Elle le regarda creuser un trou dans l'herbe molle et elle le regarda le niveler avec l'arête de son talon. Puis il étala le papier dans le trou et le coinça avec une pierre et le remplit à ras bord avec l'eau de la gourde.

Il défit le nœud du lasso et recula en donnant du mou. Elle l'observait debout sur ses pattes. Il fit encore quelques pas en arrière et s'assit par terre sur les talons sans lâcher le lasso. Elle regarda le feu puis elle le regarda. Elle s'assit sur ses hanches et lécha ses babines à vif. Il se leva et s'approcha du trou et y versa encore de l'eau et en répandit tout autour. Puis il revissa le bouchon sur la gourde et la posa debout à côté du trou d'eau et recula et s'assit. Ils s'épiaient tous deux. Il faisait presque nuit. Elle se dressa et flaira le vent avec de petits mouvements de son nez qu'elle pointait en avant. Puis elle s'approcha.

En arrivant à l'eau elle la flaira d'un air méfiant et leva la tête pour le regarder. Elle observa à nouveau les flammes et la silhouette du cheval au-delà du feu. Ses yeux luisaient dans la lumière. Elle baissa le nez pour flairer l'eau. Ses yeux restaient fixés sur lui et ne cessaient pas de brûler et quand elle baissa la tête pour boire le reflet de ses yeux apparut dans l'eau sombre comme un double de loup qui aurait eu son gîte à l'intérieur de la terre ou attendu en secret jusqu'en d'aussi artificiels trous d'eau pour que la louve puisse toujours y trouver confirmation de son existence et ne soit jamais tout à fait abandonnée dans l'univers.

Il était accroupi et l'observait les deux mains serrées sur le lasso. Comme un homme à qui a été confiée la garde d'une chose dont il connaîtrait à peine la destination. Quand elle eut vidé le trou d'eau jusqu'à la dernière goutte elle se lécha les lèvres et le regarda et se pencha en avant et flaira la gourde. La gourde tomba et elle s'en écarta brusquement puis elle recula jusqu'à sa place sous la branche du sapin et se rassit et recommença à se lécher la patte.

Il tendit très fort le lasso accroché à l'arbre et y refit un nœud puis retourna auprès du feu. Il tourna le lapin sur sa broche et prit la peau du lapin avec les dés de viande dessus et fit demi-tour et l'agita devant elle. Puis il étala la peau et défit le nœud et donna du mou et partit à reculons avec le lasso dans la main.

Il l'observait.

Elle se penchait et humait l'air.

C'est du lapin, dit-il. J'suppose que t'en as encore jamais mangé.

Il attendit pour voir si elle allait s'approcher mais elle ne bougeait pas. Il estima la direction du vent à la fumée qui venait du feu et ramassa la peau et alla se placer sur le vent de la louve et de nouveau il lui présenta la peau dans sa main tendue tout en serrant le lasso dans son autre main. Il posa la peau par terre et recula mais elle ne bougeait toujours pas.

Il retourna au sapin et refit un nœud au lasso et revint auprès du feu. Le lapin sur la broche était à moitié carbonisé et à moitié cru et il s'assit et le mangea et s'aidant de son couteau il confectionna une muselière avec sa ceinture et deux longs morceaux de cuir découpés dans le quartier de sa selle. Puis il y façonna des fentes et des lanières tout en jetant de temps à autre un regard sur la louve qui reposait au pied de l'arbre avec le lasso tendu à la verticale dans l'éclat du feu.

J'suppose que t'attends que je dorme pour essayer de filer, dit-il.

Elle releva la tête et le regarda.

Ouais, dit-il. C'est à toi que je parle.

Quand la muselière fut prête il la fit tourner dans sa main et essaya la boucle. Ça avait l'air d'aller. Il plia le couteau et le rangea et fourra la muselière dans la poche arrière de son pantalon et sortit les derniers bouts de cordelette de la mochila et les suspendit à son anneau de ceinture et enleva les entraves des pieds du cheval et les mit dans son autre poche arrière. Puis il alla jusqu'à l'arbre auquel était attaché le lasso. La louve s'était dressée et attendait.

Il la tira lentement par son collier. Elle attaquait le lasso à coups de patte et essayait d'y mettre les dents. Il lui parla et tenta de la calmer mais comme ça paraissait inutile il la souleva et fit un nœud de cravate au lasso, ce qui la força à se mettre pratiquement debout, à moitié garrottée et sa tête touchant presque la branche au-dessus. Puis il se jeta à terre et rampa jusqu'à la louve qui se débattait dressée au-dessus de lui, et il lui lia les pattes de derrière avec une des entraves et passa le bout libre du lasso autour de l'entrave et y fit un nœud et roula sur le côté pour ne plus être sous la louve et se releva et recula. Puis il défit le nœud de cravate et déroulant d'une main le bout du lasso passé dans le collier il commença à la tirer vers lui par les pattes avec son autre main. Si quelqu'un voyait ça, lui dit-il, on viendrait me chercher pour me conduire à l'asile dans la même camisole que toi.

Quand il l'eut plaquée au sol il sortit la deuxième entrave et lui attacha les pattes de derrière au tronc du petit sapin servant de borne de tournage puis il dégagea des pattes l'extrémité du lasso et fit une boucle avec le ballant et se la passa sur l'épaule. Quand elle sentit le lasso se relâcher elle bondit pour mordre les cordelettes qui lui liaient les pattes. Il tira de nouveau pour la forcer à rester à terre puis il fit un long crochet jusqu'à la branche à laquelle était accroché le lasso. Il repassa le bout libre autour de la branche et s'écarta, ce qui força la louve à s'aplatir au sol.

Je sais que tu crois que je veux te tuer, dit-il. Mais c'est pas vrai.

Il noua le lasso au tronc d'un autre petit sapin rabougri et prit la cordelette qu'il avait passée à son anneau de ceinture et s'approcha de la louve plaquée à terre, tendue et frémissante et haletante dans ses liens. Il fit un nœud coulant au bout de la cordelette et essaya de la lui passer autour du nez. À la deuxième tentative elle saisit la cordelette dans sa gueule. Il s'arrêta. Il attendit qu'elle lâche prise. Les yeux jaunes le guettaient.

Lâche ça, dit-il.

Il saisit la cordelette et tira.

Allons, dit-il. C'est pas le moment de faire des bêtises. Ce n'était pas à la louve qu'il parlait. Si elle te saute dessus, dit-il, il restera même pas la boucle de ta ceinture.

Comme elle ne voulait pas lâcher la cordelette il empoigna le lasso à l'endroit où il était attaché au collier et tira jusqu'à ce qu'elle eût la respiration coupée. Puis il allongea le bras et saisit la cordelette et tout en gardant dans sa main le lasso raidi il lança la cordelette et la fit glisser autour de sa gueule et tira pour lui fermer les mâchoires et fit trois tours avec la cordelette et y fit un nœud de cravate et lâcha le lasso. Il se rassit. Le feu était mourant et pareillement la lumière. Très bien, dit-il. C'est pas le moment d'abandonner. Diable, t'as encore tes dix doigts.

Il sortit la muselière de sa poche et la lui passa sur le nez. Elle lui allait plutôt bien. Le nasal n'était pas assez serré et il reprit la muselière et sortit son couteau et découpa de nouvelles ouvertures et refit les lanières et lui remit la muselière et ferma la boucle derrière les oreilles. Puis il la resserra d'un cran. Il attacha au collier les deux lanières qui traînaient puis glissa le couteau de côté dans la muselière et coupa la cordelette qu'il lui avait nouée autour de la gueule.

Elle commença par aspirer une longue bouffée d'air. Puis elle essaya de mordre le cuir. Mais il s'était servi du cuir de la selle pour faire un large bosal qui enserrait le nez et elle n'arrivait pas à le saisir entre ses dents si raide était le cuir. Il libéra les pattes de derrière et recula. Elle se releva et se précipita et bondit au bout du lasso. Il s'accroupit dans les aiguilles de pin pour l'observer. Quand elle eut enfin renoncé il se leva et détacha le lasso et la conduisit près du feu.

Il pensait qu'elle serait terrifiée mais elle ne semblait pas avoir peur. Il arrima le lasso à mi-longueur à la corne de sa selle qu'il avait mise à sécher devant le feu et il sortit un morceau de toile à drap et le pot d'onguent et s'assit à califourchon sur la louve et nettoya et soigna la patte et refit un pansement. Il croyait qu'elle allait essayer de le mordre malgré la muselière mais elle n'en fit rien. Quand il eut terminé il la laissa se relever et elle se releva et alla jusqu'au bout du lasso et renifla le pansement et s'allongea sans le quitter des yeux.

Il dormit avec la selle pour oreiller. Deux fois dans la nuit il se réveilla en sentant la selle bouger sous sa tête et il saisit le lasso dans sa main et parla à la louve. Il s'était couché avec les pieds du côté du feu pour que le lasso lui passe sur les jambes et le réveille si la louve se mettait à tourner en rond dans la nuit en traînant la corde dans les braises. Il savait déjà qu'elle était plus rusée qu'un chien mais il ignorait encore à quel point. Des coyotes jappaient dans les collines un peu plus bas et il se tourna pour voir si elle les avait remarqués mais elle semblait dormir. Dès que son regard se posa sur la louve elle ouvrit pourtant les yeux. Il détourna la tête. Il attendit et au bout d'un moment il essaya de nouveau mais plus furtivement. Les yeux s'ouvrirent comme avant.

Sa tête dodelinait et il s'endormit et le feu baissait et il n'y eut bientôt plus que des braises et quand il se réveilla dans le froid le regard de la louve était fixé sur lui. Plus tard quand il rouvrit les yeux la lune était couchée, le feu presque éteint. Il faisait très froid. Les étoiles immuables à leurs places comme des découpures dans une lanterne en fer blanc. Il se leva et remit du bois dans le feu et ranima la flamme en agitant son chapeau. Les coyotes s'étaient tus et la nuit n'était que ténèbres et silence. Il avait fait un rêve et dans ce rêve un messager était venu des plaines du Sud avec quelque chose d'inscrit sur un bout de papier arraché à un registre mais il n'arrivait pas à le lire. Il regardait le messager mais le visage était noyé dans l'ombre et ses traits indistincts et il savait que le messager n'était qu'un messager et ne pouvait rien lui dire du message qu'il apportait.

Au matin il se leva et ranima le feu et s'accroupit devant en grelottant dans la couverture. Il mangea le dernier sandwich que la femme de l'éleveur lui avait préparé puis il sortit la peau du lapin de la mochila et alla auprès de la louve là où elle était couchée. Elle se leva à son approche. Il déplia la peau qui commençait à raidir et la lui tendit. Elle la renifla et le regarda et fit deux pas de côté et resta immobile les yeux braqués sur la peau du lapin et les oreilles légèrement rabattues en avant.

J'crois que pour un peu t'en mangerais.

Il alla chercher une branche cassée qu'il coupa à la longueur voulue et il en tailla une extrémité en mince spatule avec son couteau. Puis il revint et s'assit par terre et saisit la louve par le collier et la força à se coucher contre sa jambe et la maintint dans cette position jusqu'à ce qu'elle eût cessé de se débattre. Il étendit la peau par terre et brandit un bout de viande noire découpée dans le cœur et maintint contre lui la tête fauve et fit aller et venir la spatule sous ses narines pour qu'elle pût sentir l'odeur. Puis entourant de sa main son long museau il souleva avec son pouce l'étrange cuir noir de la lèvre supérieure. Elle ouvrit sa gueule et au même instant il glissa la spatule entre les lanières de cuir et entre ses dents et la retourna et la frotta contre sa langue jusqu'au dernier fragment et la retira.

Il pensait qu'elle allait sans doute mordre la spatule mais elle n'en fit rien. Elle referma sa gueule. Il vit sa langue bouger. Son gosier tressaillir. Quand elle rouvrit la gueule elle avait avalé la viande.

Lorsqu'elle eut mangé la maigre poignée de lapin il écarta la peau et essuya le bâton dans l'herbe et le mit dans sa poche et partit vers l'endroit où se trouvait le cheval la dernière fois qu'il l'avait aperçu. Le cheval était à mi-pente dans un creux tapissé d'herbe d'hiver et il le prit par la bride et le ramena au bivouac et le sella et attacha la louve à la corne de la selle avec le lasso et monta et partit vers le sud le long de la Cajón Bonita s'enfonçant de plus en plus loin dans les montagnes avec la louve sur les talons.

Il passa toute la journée à cheval. La louve semblait s'intéresser au paysage et relevait la tête et regardait vers l'ouest les ondulantes prairies d'herbe jaune qui s'étendaient jusqu'aux arêtes du col hérissées de hautes lechugillas. Il s'arrêta au sommet d'une pente pour laisser souffler le cheval et elle s'écarta pour uriner dans les herbes au bord de la piste puis elle se retourna et flaira l'endroit. À son approche les premiers voyageurs en route vers le nord qu'il croisait sur la piste avec leurs ânes de bât chargés s'arrêtèrent à une centaine de pas et lui cédèrent le passage. Ils le saluèrent avec réticence. La louve s'accroupit et se tassa dans l'herbe le crin hérissé. Puis le burro qui venait en tête sentit son odeur.

Ses narines s'ouvrirent comme deux trous dans de la boue humide et ses yeux se voilèrent de blanc. Il coucha les oreilles et arqua l'encolure et tapa des deux pieds de derrière, heurtant à mi-foulée une jambe du burro qui suivait. Cet animal fit une pirouette par-dessus le bord de la piste en hurlant et en un clin d'œil tout bascula dans la démence. Partout les burros faisaient craquer leurs harnais et dégringolaient au flanc de la pente comme d'énormes perdrix avec les muletiers derrière, les animaux rebondissant contre les arbres et tombant et roulant et se relevant et repartant au galop et le bois des primitives selles de bât volant en éclats et les paniers s'ouvrant dans leur chute et dévalant la pente de la montagne en tirant derrière eux les ballots de fourrures et de peaux et de couvertures et d'effets de toute sorte dont ils étaient remplis.

Il tendit les rênes du cheval qui piaffait et bondissait et se pencha et détacha le lasso de la corne de la selle. La louve s'était précipitée un peu plus bas en s'empêtrant dans le lasso autour d'un tronc d'arbre et il alla la chercher à cheval. Le temps qu'il revienne en la traînant derrière lui toute raide sur ses pattes et comme folle il n'y avait plus personne sur la piste, à part une vieille femme et une fille qui étaient assises au bord dans l'herbe et se passaient du tabac et se roulaient des cigarettes. La fille avait un ou deux ans de moins que lui et elle alluma sa cigarette avec un esclarajo et la passa à la vieille femme et souffla la fumée et rejeta la tête en arrière et le dévisagea d'un air effronté.

Il enroula le lasso et mit pied à terre et lâcha les rênes et suspendit le rouleau du lasso à la corne de la selle et toucha le bord de son chapeau avec deux doigts.

Buenos días, dit-il.

Elles inclinèrent la tête, et la vieille femme lui dit bonjour. La fille l'observait. Il suivit le lasso jusqu'à la louve accroupie dans l'herbe et il se mit à genoux et lui parla et la ramena sur la piste en la tenant par le collier.

Es americano, dit la femme.

Sí.

Elle tirait frénétiquement sur la cigarette et le regardait en louchant à travers la fumée.

Es feroz la perra, no ?

Bastante.

Elles portaient des robes de leur fabrication et des sandales taillées dans des rebuts de cuir et de la peau brute. La vieille femme portait sur ses épaules un châle ou un rebozo noir mais la fille était pratiquement nue dans sa mince robe de coton. Leur peau était sombre comme une peau d'Indien et leurs yeux noirs comme du jais et elles fumaient comme mangent les pauvres, ce qui est une forme de prière.

Es una loba, dit-il.

Cómo ? dit la femme.

Es una loba.

La femme regarda la louve. La fille regarda la louve et la femme.

De veras ? dit la femme.

Sí.

La fille semblait sur le point de se lever et de partir mais la femme se moqua et lui dit que le caballero voulait seulement plaisanter. Elle fit passer la cigarette à la commissure de ses lèvres et appela la louve. Elle tapotait le sol pour l'attirer.

Qué pasó con la pata ? dit-elle.

Il haussa les épaules. Il dit qu'elle s'était pris la patte dans un piège. De beaucoup plus bas au flanc de la montagne leur parvenaient les cris des muletiers.

Elle lui offrit de leur tabac mais il dit non merci. Elle haussa les épaules. Il dit qu'il regrettait ce qui était arrivé aux burros mais la vieille femme dit que les muletiers ne connaissaient pas leur métier et que de toute façon ils ne savaient pas se faire obéir de leurs bêtes. Elle dit que la révolution avait exterminé tous les hommes dignes de ce nom qu'il y avait dans le pays et n'avait laissé que les tontos. Elle dit qu'en plus les imbéciles n'engendraient que des gens de leur espèce comme on venait d'en avoir la preuve ici et que seules des idiotes pouvaient accepter d'avoir affaire à des hommes aussi stupides de sorte que leur progéniture était doublement condamnée. Elle tira encore une bouffée de sa cigarette qui n'était guère plus que de la cendre et elle la laissa tomber à terre et le regarda en louchant.

Me entiende ? dit-elle.

Sí, claro.

Elle examina la louve. Puis elle le regarda de nouveau. L'œil mi-clos était probablement le résultat d'une blessure mais lui donnait l'expression de quelqu'un qui exige de la franchise. Va a parir, dit-elle.

Sí.

Como la jovencita.

Il regarda la fille. Elle n'avait pas l'air d'être enceinte.

Elle leur tournait le dos et fumait, le regard perdu sur la campagne où il n'y avait rien à voir malgré quelques faible cris qui parvenaient encore en haut de la pente.

Es su hija ? dit-il.

Elle hocha la tête. Elle dit que la fille était la femme de son fils. Elle dit qu'ils étaient mariés mais qu'ils n'avaient pas d'argent pour payer le curé ce qui fait qu'ils n'avaient pas été mariés par le curé.

Los sacerdotes son ladrones, dit la fille. C'étaient les premiers mots qu'elle prononçait. La vieille femme hocha la tête en regardant la fille et écarquilla les yeux. Una revolucionaria, dit-elle. Una soldadera. Elle dit que ceux qui ne peuvent pas se souvenir du sang de la guerre sont les plus ardents au combat.

Il dit qu'il devait partir. Elle ne parut pas entendre. Elle dit que quand elle était petite elle avait vu de ses yeux fusiller un prêtre dans le village d'Ascención. Ils l'avaient mis debout contre le mur de sa propre église et ils l'avaient abattu à coups de fusil et s'en étaient allés. Après leur départ les femmes du village étaient venues et s'étaient agenouillées et avaient soulevé le corps du prêtre mais le prêtre était mort ou mourant et quelques-unes avaient trempé leurs mouchoirs dans le sang du prêtre et s'en étaient bénies comme si c'était le sang du Christ. Elle dit que quand des jeunes gens voyaient fusiller des prêtres dans la rue ça les faisait changer d'avis sur la religion. Elle dit que les jeunes d'aujourd'hui se moquaient pas mal de la religion ou des prêtres ou de la famille ou de leur pays ou de Dieu. Elle dit qu'elle croyait que le pays était frappé d'une malédiction et elle lui demanda son avis mais il dit qu'il ne savait pas grand-chose de ce pays.

Una maldición, dit-elle. Es cierto.

Tout bruit des muletiers s'était tu sur les pentes au-dessous d'eux. Il n'y avait que le bruit du vent. La fille acheva sa cigarette et se leva et la jeta sur la piste et la piétina avec sa huarache et l'écrasa dans la poussière comme s'il y avait eu dedans un peu de vie maléfique. Le vent faisait voleter ses cheveux et plaquait sur elle sa robe mince. Elle regarda

Billy. Elle dit que la vieille parlait toujours de malédictions et de prêtres morts et qu'elle était à moitié folle et qu'il ne fallait pas y faire attention.

Sabemos lo que sabemos, dit la vieille femme.

Sí, dit la fille. Lo que es nada.

La vieille femme tendit la main paume vers le haut dans la direction de la fille. Comme pour produire la preuve de ses affirmations. Elle invitait l'étranger à bien regarder celle qui savait. La fille pencha la tête en arrière. Elle dit qu'elle au moins elle savait qui était le père de son enfant. La vieille femme leva les bras au ciel. Ay ay ay ! dit-elle.

Billy maintenait la louve contre sa jambe avec le lasso. Il dit qu'il était temps qu'il parte.

La vieille femme tendit le menton vers la louve. Elle dit que la louve arriverait bientôt à terme.

Sí. De acuerdo.

La fille dit qu'il fallait lui enlever le hackamore.

La vieille femme regarda la fille. La fille dit que si la perra mettait bas pendant la nuit il faudrait qu'elle lèche ses chiots. Elle dit qu'il ne fallait pas lui laisser la muselière pendant la nuit parce que personne ne pouvait dire à combien elle était de son terme. Elle dit qu'il faudrait qu'elle lèche ses chiots. Elle dit que tout le monde savait ça.

Es verdad, dit la femme.

Billy toucha son chapeau. Il leur souhaita une bonne journée.

Es tan feroz la perra ? dit la fille.

Il dit que oui. Il dit qu'il ne fallait pas s'y fier.

Elle dit qu'elle voudrait bien avoir un chiot d'une chienne comme celle-là parce que ça ferait plus tard un bon chien de garde et il mordrait tous les gens qui passeraient un peu trop près. Todos que vengan alrededor, dit-elle. Et de la main elle fit un ample geste circulaire qui embrassait les pins et le vent dans les pins et les muletiers disparus et la vieille femme qui l'observait par-dessous le rebozo noir. Elle dit qu'un chien comme ça aboierait la nuit s'il y avait des voleurs autour ou n'importe qui dont on ne voulait pas.

Ay ay ! dit la vieille femme en roulant les yeux.

Il dit qu'il était temps qu'il parte. La vieille lui dit que Dieu vous accompagne et la jovencita lui dit de partir si tel était son désir et il retourna sur la piste avec la louve et alla chercher son cheval et arrima le lasso à la corne de la selle et monta. Quand il se retourna la fille était assise à côté de la vieille femme. Elles ne se parlaient pas, elles étaient seulement assises côte à côte, attendant que les muletiers reviennent. Il continua le long de la crête jusqu'au premier lacet de la piste et regarda encore une fois par-dessus son épaule mais elles n'avaient changé ni de place ni d'attitude et de loin elles paraissaient très abattues. Comme si son départ les avait soudain privées d'on ne savait quoi.

Le paysage aussi était immuable. Il avançait sur son cheval et les hautes montagnes au sud-ouest ne semblaient pas plus proches à la fin de la journée que si elles n'avaient été qu'une image au fond de la rétine. Vers le soir en passant par un peuplement de chênes nains il délogea une bande de dindons.

Ils étaient un peu plus bas occupés à se nourrir dans le bosquet et ils s'enfuirent au-dessus d'une coulée à sec et disparurent de l'autre côté dans les arbres. Il fit halte et les repéra d'un regard. Puis il quitta la piste et mit pied à terre et attacha le cheval et dégagea le lasso et attacha la louve à un arbre et prit le fusil et poussa le levier en avant pour s'assurer qu'il y avait une cartouche dans la chambre et commença à traverser le petit vallon en gardant un œil sur le soleil qui éclairait déjà les arbres par-derrière en haut du ravin à l'ouest.

Dans une clairière les dindons passaient et repassaient entre les lattes des troncs d'arbre dans la pénombre de plus en plus épaisse comme les oiseaux d'un stand de tir dans une baraque foraine. Il s'accroupit et prit sa respiration et commença à s'approcher lentement. Il était encore à une centaine de mètres au-dessus ou presque quand un des oiseaux sortit du quadrillage d'ombres et s'avança à découvert et s'arrêta et tendit le cou et fit encore quelques pas. Il arma le fusil et s'appuya d'une main au tronc d'un mince frêne et pressa le canon du fusil sur sa première phalange et du revers du pouce le bloqua contre l'arête de l'arbre et prit sa visée sur l'oiseau. Il tint compte de la gravité et de la chute latérale de la lumière sur le guidon du fusil et fit feu.

Le lourd fusil sursauta et l'écho du coup de feu fut répercuté de loin en loin sur les hauteurs. Le dindon gisait à terre, battant des ailes et convulsé. Les autres oiseaux s'égaillèrent, s'envolant en tous sens des branches d'arbres, quelques-uns passant presque à l'aplomb. Il se releva et s'élança vers l'oiseau tombé à terre.

Il y avait du sang partout dans le feuillage. L'oiseau était couché sur le côté et ses pattes pédalaient dans les feuilles et son cou était curieusement renversé en arrière. Il l'empoigna et le pressa contre le sol en gardant la main par-dessus. La balle avait brisé les os à la base du cou et déchiré l'épaule d'une aile et il constata qu'il avait bien failli le rater.

À eux deux lui et la louve ils mangèrent l'oiseau jusqu'à la dernière bouchée puis restèrent assis côte à côte auprès du feu. La louve tenue très court au bout du lasso tressaillait et tremblait à la moindre éruption parmi les braises. Sa peau quand il la touchait s'animait et vibrait comme celle d'un cheval. Il commença à lui parler de sa vie mais cela ne semblait pas apaiser ses craintes. Au bout d'un moment il lui fredonna une chanson.

Au matin quand ils repartirent il croisa un parti d'hommes à cheval, le premier qu'il rencontrait dans ces parages. Ils étaient cinq et montaient de bons chevaux et ils étaient tous armés. Ils arrêtèrent leurs chevaux sur la piste devant lui et le saluèrent d'un air presque narquois tandis que leurs yeux dressaient l'inventaire de tout ce qu'il avait avec lui. Vêtements, bottes, chapeau. Cheval et fusil. La selle mutilée. Pour finir ils examinèrent la louve. Qui s'était écartée et tentait de se dissimuler dans les fougères du plateau à quelques pieds de la piste.

Qué tienes allá, joven ? crièrent-ils.

Il restait en selle, les mains croisées sur le pommeau. Il se pencha et cracha. Il les examinait par-dessous le bord de son chapeau. L'un des hommes avait poussé son cheval en avant pour mieux voir la louve mais le cheval bronchait et regimbait et l'homme se baissa et le gifla sur la joue et lui scia rudement la bouche avec les rênes. La louve s'était plaquée au sol au bout du lasso, les oreilles couchées.

Cuánto quieres por tu lobo ? dit l'homme.

Il raidit la courte longueur de corde molle et l'arrima. No puedo venderlo, dit-il.

Por qué no ?

Il examinait le cavalier. No es mía, dit-il.

No ? De quién es ?

Il regarda la louve couchée à terre et tremblante. Il regarda au sud vers les montagnes bleues. Il dit que la louve avait été confiée à sa garde mais qu'il n'en était pas propriétaire et qu'il ne pouvait pas la vendre.

L'homme restait en selle, tenant les rênes d'une main nonchalante, l'autre main sur sa cuisse. Il tourna la tête et cracha sans détourner son regard de Billy. Et il répéta :

De quién es ?

Billy le regarda puis regarda les cavaliers qui attendaient sur la piste. Il dit que la louve appartenait à un grand propriétaire et avait été confiée à sa garde pour qu'il ne lui soit fait aucun mal.

Y este hacendado, dit le cavalier, él vive en la colonia Morales ?

Billy dit que c'était en effet là qu'il habitait et ailleurs aussi. L'homme l'examina longuement. Puis il poussa son cheval en avant et les autres cavaliers poussèrent leurs chevaux en avant au même instant que lui. Comme s'ils avaient été reliés par un invisible fil ou un principe invisible. Ils passèrent devant lui sur la piste. Ils étaient alignés dans l'ordre de l'âge et le dernier qui passa était de loin le plus jeune et au moment où il passait devant Billy il toucha du bout de l'index le bord de son chapeau. Suerte, muchacho, dit-il. Puis ils continuèrent et aucun ne se retourna.

Il faisait froid dans les montagnes et il y avait encore de la neige dans les cols des hautes chaînes et de la neige sur la sierra de la Caballera. Au-dessus du canyon de la Caballera la piste était couverte de neige sur près d'un mile. La neige sur la piste était de la neige fraîche et il fut surpris de voir le nombre des voyageurs qui avaient passé par là et il finit par se demander s'il n'y avait pas dans ces contrées des chemineaux assez méfiants pour quitter carrément la piste à l'approche d'un cavalier. Il examina plus attentivement le sol. Des traces d'hommes et de burros. Des traces de femmes. Quelques empreintes de bottes mais surtout les plates empreintes sans talon de huaraches qui laissaient d'improbables dessins de pneus d'automobiles sur ces hauteurs désolées. Il vit les traces d'enfants et les traces des chevaux des cavaliers qu'il avait croisés ce matin-là. Il vit les traces de gens qui marchaient nu-pieds dans la neige. Il continuait et tout en cheminant il regardait la louve pour voir si elle pourrait lui révéler la proximité de voyageurs tapis dans la neige au bord de la piste mais elle se contentait de trotter derrière le cheval en balançant son museau pour humer l'air et en marquant la neige de ses larges empreintes pour donner aux gens des sierras quelques motifs d'étonnement.

Ils bivouaquèrent cette nuit-là au fond d'un ravin pierreux et il conduisit la louve à une mare d'eau stagnante dans les rochers un peu plus bas et garda le lasso dans sa main pendant qu'elle descendait dans l'eau et qu'elle plongeait sa gueule dans la mare pour boire. Elle releva la tête et il vit sa glotte tressaillir et l'eau ruisseler de ses mâchoires. Il était assis parmi les pierres et tenait le lasso et regardait. L'eau était noire entre les rochers dans le crépuscule bleu de plus en plus sombre et l'haleine de la louve fumait au-dessus de la surface de l'eau. Elle baissait et relevait la tête, elle buvait à la manière des oiseaux.

Il soupa de deux tortillas aux haricots que lui avait données le seul autre groupe qu'il eût rencontré ce jour-là. C'étaient des mennonites qui se rendaient au nord avec une jeune fille pour chercher les secours d'un médecin. Ils avaient l'air de campagnards surgis d'une peinture du siècle dernier et ils parlaient peu. Ils n'avaient pas dit de quoi souffrait la fille. Les tortillas étaient dures comme du cuir et les haricots commençaient à fermenter mais il les mangea. La louve regardait. Les loups ne mangent pas de ça, lui dit-il. Alors regarde pas.

Il acheva de manger et but longuement à la gourde une froide rasade d'eau fraîchement puisée et ayant bu il fit un feu et fit le tour de son périmètre de lumière à la recherche de tout le bois qu'il pourrait ramasser. Il avait installé son petit bivouac à une bonne distance en contrebas de la piste mais la lueur en était visible d'assez loin dans ce paysage et il s'attendait un peu à ce que des voyageurs attardés viennent le rejoindre dans la nuit. Il n'en venait pas. Il était assis enveloppé dans la couverture tandis que la nuit se faisait de plus en plus froide et que les étoiles traversaient le ciel vers le sud incandescentes au-dessus des formes noires des montagnes là-bas où sans doute habitaient les loups et où étaient leurs demeures.

Le lendemain dans la vallée d'un adret il vit de petites fleurs bleues entre les rochers et vers midi il franchit une large brèche dans les montagnes et s'arrêta pour contempler au loin la vallée du Bavispe. Une vague brume bleue restait accrochée plus bas au-dessus des lacets de la piste. Il avait très faim et il resta en selle et ils aspirèrent le vent dans leurs narines lui et la louve puis repartirent d'un pas plus circonspect.

La fumée venait d'un ravin au-dessous de la piste où un groupe d'Indiens avaient fait halte pour le repas de midi. C'étaient des manœuvres des mines de l'Ouest-Chihuahua et leurs fronts étroits gardaient l'empreinte de la sangle de portage. Ils étaient six et traversaient le pays pour se rendre dans leurs villages dans le Sonora en emportant avec eux la dépouille d'un des leurs qui avait été tué sous un échafaudage. Il y avait trois jours qu'ils étaient en chemin et ils avaient encore trois jours de route devant eux et ils avaient eu de la chance avec le temps. La dépouille du mort reposait à l'écart du groupe parmi les feuilles sur un grossier catafalque fait de perches et de peau de vache. Elle était roulée dans de la toile et arrimée avec des liens d'herbe et de corde et la toile du linceul était entrelacée de rubans rouges et verts et couverte de branches d'yeuses des montagnes et l'un des Indiens restait assis à côté pour la protéger ou peut-être pour tenir compagnie au défunt. Ils parlaient un peu l'espagnol et ils l'invitèrent à manger sans trop de cérémonie, selon la coutume du pays. À la louve ils ne prêtèrent aucune attention. Accroupis dans de minces vêtements de leur fabrication ils mangeaient du pozole avec leurs doigts dans des bols de fer-blanc peints à la main et se passaient des uns aux autres un seau collectif contenant une infusion préparée avec une herbe de leur choix. Ils se léchèrent les doigts et les essuyèrent au revers de leurs bras et roulèrent dans des fanes de maïs leurs cigarettes de punche. Aucun ne lui demanda ce qu'il faisait. Ni d'où il était. Ni où il allait. Ils lui parlèrent d'oncles et de pères qui s'étaient enfuis en Arizona pour échapper aux guerres que leur livraient les Mexicains et il y en avait un qui était allé lui-même dans ce pays rien que pour voir, marchant à pied neuf jours durant à travers montagnes et déserts pour aller là-bas et neuf jours pour revenir. Il demanda à Billy s'il était d'Arizona et Billy dit que non et l'Indien acquiesça et dit que c'était une habitude parmi les hommes d'exagérer les vertus de leur pays natal.

Cette nuit-là depuis l'orée de la prairie où il avait établi son bivouac il aperçut des lueurs jaunes aux fenêtres des maisons d'un hameau sur les bords du Bavispe à une dizaine de miles au loin. La prairie était pleine de fleurs qui se fermaient au crépuscule pour se rouvrir à l'apparition de la lune. Il ne fit pas de feu. Ils étaient assis côte à côte lui et la louve dans l'obscurité et regardaient les ombres des choses surgir sur la prairie et passer et courir et disparaître et revenir. La louve était assise les oreilles en avant avec son nez qui effectuait continuellement de menues corrections dans l'air. Comme pour adresser des signes de connivence à la vie dans l'univers. Il était assis avec la couverture sur les épaules et regardait bouger les ombres tandis que la lune grimpait au-dessus des montagnes derrière lui et que les lueurs lointaines sur le Bavispe s'éteignaient l'une après l'autre et bientôt il n'y en eut plus du tout.

Au matin il resta en selle sur un banc de gravier et regarda longuement l'eau vive là où s'écoulait la large rivière limpide et il regarda longuement la lumière sur les bas-fonds de l'aval là où elle s'incurvait dans le coude de la rivière. Il desserra le lasso autour de la corne de la selle et descendit. Il conduisit louve et cheval sur les bas-fonds et ils burent tous trois l'eau de la rivière et l'eau était froide avec une saveur d'ardoise. Il se releva et s'essuya la bouche et regarda sur l'autre rive vers le sud les hautes chaînes sauvages des Pilares Teras dressées sous le soleil matinal.

Il ne trouvait pas de gué où la louve pût traverser sans nager. Mais il croyait pouvoir la maintenir à flot et il retourna jusqu'au banc de gravier en aval et une fois là il fit entrer le cheval dans la rivière.

Il n'était pas allé loin quand la louve commença à nager et il n'était pas allé loin quand il vit qu'elle peinait. Peut-être ne pouvait-elle pas respirer à cause de la muselière. Elle se mit à frapper l'eau avec un désespoir croissant et le pansement s'était détaché de sa patte de devant et dansait sur l'eau ce qui semblait la terrifier et elle essayait de faire demi-tour malgré le lasso. Il arrêta le cheval et le cheval tourna et resta là où il était avec les torrents d'eau qui lui éclaboussaient les jambes et tenta de résister à l'effort du lasso sur la corne de la selle mais déjà Billy avait lâché les rênes et il était debout dans la rivière avec de l'eau à mi-cuisses.

Il saisit la louve par le collier pour la maintenir au-dessus de l'eau et ce fut tout ce qu'il put faire pour rester debout. Il plaça son autre main sous son poitrail pour la soulever, sa main pressée sous les froids tétons de cuir qui étaient presque dépourvus de poils. Il essayait de la calmer mais elle battait l'eau avec frénésie. Le lasso dérivait en déroulant une longue spirale vers l'aval et tirait sur le collier et sans cesser de soutenir la louve il revint en arrière jusqu'au cheval avec les pierres qui glissaient sous ses bottes au fond de la rivière et l'eau qui déferlait contre ses mollets et il détacha le lasso et laissa l'extrémité flotter librement. La boucle du lasso se dévidait dans le sens du courant et finit par se redresser et resta à la surface ballottée au fil de l'eau.

La toile du pansement s'était détachée de la patte de la louve et s'en allait à la dérive. Il tourna la tête vers la berge. Juste à ce moment le cheval s'élança derrière lui, traversant gauchement et au petit trot les bas-fonds et remontant sur le banc de gravier où il tourna et s'arrêta l'haleine fumante dans le froid matinal puis repartit au pas vers l'aval en soufflant.

Il se débattait pour ramener la louve, lui parlant et lui maintenant la tête hors de l'eau. Quand ils arrivèrent aux bas-fonds où elle put reprendre pied il la lâcha et sortit de la rivière et s'arrêta sur le banc de gravier et tira le lasso hors de l'eau en l'enroulant pendant que la louve s'ébrouait. Quand il eut enroulé le lasso et qu'il l'eut accroché à son épaule il regarda tout autour pour voir où était son cheval. Plus loin en aval sur le banc de gravier il y avait botte à botte deux cavaliers qui l'observaient.

Rien chez ces hommes ne lui inspirait la moindre sympathie. Il regarda derrière eux l'endroit où son cheval broutait parmi les saules avec la crosse du fusil qui sortait de la fonte de selle. Il regarda la louve. Elle observait les cavaliers.

Ils étaient vêtus de treillis crasseux et portaient des chapeaux et des bottes et ils avaient des revolvers de la police fédérale américaine, des automatiques calibre 45 qui pendaient à leurs ceinturons dans des gaines de cuir noir. Ils avaient déjà poussé leurs chevaux en avant et venaient vers lui effrontément penchés dans leurs selles. Ils le rejoignirent sur sa gauche et l'un des deux types arrêta son cheval tandis que l'autre continuait et se postait derrière lui. Il se retourna pour les observer. Le premier cavalier lui fit un signe de tête. Puis il regarda vers l'aval là où se trouvait le cheval de Billy et il regarda la louve et de nouveau Billy.

De dónde viene ? dit-il.

América.

Il acquiesça. Il regarda vers l'autre rive. Il se pencha et cracha. Sus documentos, dit-il.

Documentos ?

Sí. Documentos.

No tengo ningunos documentos.

L'homme resta un moment à l'observer.

Qué es su nombre ? dit-il.

Billy Parham.

L'homme fit un petit mouvement du menton vers l'aval. Es su caballo ?

Sí. Claro.

La factura por favor.

Billy regarda l'autre cavalier mais le cavalier avait le soleil dans le dos et ses traits étaient dans l'ombre. Il regarda son interrogateur. Yo no tengo esos papeles, dit-il.

Pasaporte ?

Nada.

Le cavalier restait en selle, les mains croisés mollement sur les poignets.

Il fit un signe de tête à l'autre cavalier et l'autre cavalier s'écarta et partit le long du banc de gravier et rejoignit le cheval de Billy et le ramena. Billy s'assit sur le gravier et enleva ses bottes, l'une puis l'autre, et les vida de l'eau de la rivière et les remit. Il restait assis par terre les coudes sur les genoux et regardait la louve et regardait sur l'autre rive la haute chaîne des Pilares dressée dans le soleil. Il savait qu'il n'irait pas là-bas, en tout cas pas ce jour-là.

Ils prirent le sentier vers l'aval, le chef chevauchant en tête avec le fusil de Billy posé en travers de l'arçon de sa selle et Billy suivant sur son cheval derrière avec la louve sur les talons du cheval et le troisième cavalier fermant la marche à une centaine de pieds en arrière. Le sentier s'écartait de la rivière et passait par une large prairie où du bétail était à la pâture. Les bêtes levèrent la tête, leurs lentes mâchoires animées d'un va-et-vient latéral de broyeur, et contemplèrent les cavaliers et baissèrent la tête et se remirent à paître. Les cavaliers continuèrent par la prairie jusqu'à ce qu'ils arrivent à une route et une fois là ils tournèrent au sud le long de la route et continuèrent jusqu'à une petite localité où une poignée de masures en pisé se décomposaient au bord du chemin.

Ils longèrent la rue creusée d'ornières sans regarder ni à

droite ni à gauche. Quelques chiens se levèrent de leurs places attitrées où ils se chauffaient au soleil et commencèrent à suivre les chevaux et à renifler. Devant une bâtisse en adobe au bout de la rue les cavaliers s'arrêtèrent et descendirent de cheval et Billy attacha la louve aux ranchers d'un chariot qui se trouvait là et tout le monde entra.

La pièce sentait le moisi. Sur les murs il y avait des fresques déteintes et les traces à demi effacées d'une cimaise. Les vestiges d'une tenture de toile pendaient en lambeaux des hautes solives du plafond. Le sol était pavé de larges carreaux d'argile mate et n'était pas plus d'aplomb que les murs et les carreaux étaient brisés en plusieurs endroits là où des chevaux étaient passés. Les fenêtres n'occupaient que les façades sud et est et n'avaient point de vitres et les volets étaient clos là où il y avait encore des volets mais les autres laissaient passer le vent et la poussière et entrer et sortir les hirondelles. À l'autre extrémité de la salle se trouvait une vieille table de réfectoire et un fauteuil ciselé et décoré à haut dossier et derrière était posé contre le mur un semainier en métal dont le tiroir du haut avait été jadis fracturé à coups de hache. Il y avait partout sur les dalles poussiéreuses des traces d'oiseaux et de souris et de lézards et de chiens et de chats. Comme si la pièce avait été une perpétuelle énigme pour toutes les créatures du voisinage. Les cavaliers avaient fait halte sous les lianes de mousse qui pendaient du plafond et le chef s'avança vers une porte à deux battants ménagée dans un mur latéral avec le fusil au creux de son bras et frappa et cria quelque chose puis se découvrit et attendit.

Au bout de quelques minutes la porte s'ouvrit et un jeune mozo parut et ils échangèrent quelques mots lui et le cavalier et l'homme fit un signe de tête vers la rue et le mozo regarda la porte d'entrée et l'autre cavalier et Billy puis se retira et referma la porte. Ils attendaient. Dehors dans la rue des chiens avaient commencé à s'attrouper devant le bâtiment. On en voyait quelques-uns par la porte ouverte. Ils étaient assis les yeux fixés sur la louve à l'attache et se regardaient tandis qu'un bâtard scrofuleux couleur de cendre marchait de long en large devant eux la queue relevée et le poil hérissé sur son dos.

Ce fut un jeune et robuste alguazil qui parut dans l'encadrement de la porte. Il jeta un bref regard sur Billy et se tourna vers l'homme qui attendait avec le fusil de Billy.

Dónde está la loba ? dit-il.

Afuera.

Il acquiesça.

Ils remirent leurs chapeaux et traversèrent la pièce. L'homme qui tenait le fusil poussa Billy devant lui et de nouveau l'alguazil le regarda.

Cuántos años tiene ? dit-il.

Dieciséis.

Es su fusil ?

De mi padre.

No es ladrón usted ? Asesino ?

No.

Il leva le menton vers l'homme qui tenait le fusil et lui dit de rendre son fusil au jeune homme puis il sortit par la porte ouverte.

Sur la chaussée devant la maison il y avait bien deux douzaines de chiens et presque autant d'enfants. La louve avait rampé sous le chariot et s'était acculée au mur du bâtiment. Chaque croc de sa gueule était visible sous le treillis de la muselière de fortune. L'alguazil s'accroupit et rabattit son chapeau en arrière et appuya la paume de ses mains sur ses cuisses et l'examina. Il regarda Billy. Il lui demanda si elle était méchante et Billy dit que oui. Il lui demanda où il l'avait capturée et il dit dans les montagnes. L'homme acquiesça. Il se leva et parla à ses adjoints puis il tourna les talons et rentra dans le bâtiment. Les adjoints avaient l'air mal à l'aise et regardaient la louve.

Ils finirent par détacher le lasso et la tirèrent pour faire sortir la louve de dessous le chariot. Les chiens s'étaient mis à hurler et à courir de long en large et le gros chien gris chargea et donna un coup de dent dans l'arrière-train de la louve. La louve volta au milieu de la route et arqua l'échine. Les adjoints tiraient sur le lasso. Le chien gris s'avança par le côté pour un nouvel assaut et l'un des adjoints se retourna et lui décocha un coup de botte qui l'atteignit sous la mâchoire et lui ferma la gueule avec un claquement sec qui fit rire aux éclats les enfants.

Cependant le mozo était ressorti de la maison avec une clef et ils traînèrent la louve de l'autre côté de la rue et tournèrent la clef dans la serrure et enlevèrent la chaîne du portail d'une remise en adobe et poussèrent la louve à l'intérieur et refermèrent le portail à clef. Billy leur demanda ce qu'ils avaient l'intention de faire de la louve mais ils se contentèrent d'un haussement d'épaules et allèrent chercher leurs chevaux et se mirent en selle et repartirent au trot sur la route, inclinant la tête des chevaux tantôt d'un côté tantôt de l'autre et les faisant caracoler comme s'il y avait eu des femmes autour. Le mozo hocha la tête et rentra dans le bâtiment avec la clef.

Il passa l'après-midi assis devant la porte du bâtiment. Il avait sorti les cartouches du fusil et les avait séchées et avait séché le fusil et l'avait rechargé et l'avait remis dans la fonte de selle et il avait bu à sa gourde et versé le reste de l'eau dans la calotte de son chapeau et fait boire son cheval dans son chapeau et chassé la meute de chiens de la porte de la remise. Les rues étaient désertes, la journée fraîche et ensoleillée. Dans l'après-midi le mozo reparut sur le seuil et dit qu'on l'avait envoyé pour lui demander ce qu'il voulait. Il dit qu'il voulait sa louve. Le mozo inclina la tête et retourna dans le bâtiment. Quand il revint il dit qu'on l'avait envoyé lui dire que la louve était mise sous séquestre comme marchandise de contrebande mais qu'il était libre de partir grâce à la clémence de l'alguazil qui avait tenu compte de son jeune âge. Billy dit que la louve n'était pas une marchandise de contrebande mais qu'elle avait été confiée à sa garde et qu'il fallait qu'elle lui fût rendue. Le mozo écouta ces paroles puis tourna les talons et rentra dans la maison.

Il attendait. Il ne venait personne. À la fin de l'après-midi l'un des deux adjoints revint à la tête d'un cortège mal assorti. Juste derrière venait un petit mulet noir de la race de ceux qui travaillent dans les mines de ces contrées et derrière le mulet une carreta du temps jadis aux roues de bois rafistolées. Derrière la charrette une troupe disparate de campagnards, tous à pied, des femmes et des enfants, de jeunes garçons, beaucoup chargés de paquets ou portant des paniers ou des seaux.

Ils s'arrêtèrent devant la remise et l'adjoint sauta à terre et le charretier descendit de la rude caisse de bois de la charrette. Ayant mis pied à terre ils restèrent sur la route à boire du mescal au goulot d'une bouteille et au bout d'un moment le mozo sortit de la maison et ouvrit la remise avec la clef et l'adjoint tira bruyamment sur la chaîne passée entre les lattes de bois et ouvrit d'un seul coup les deux vantaux et attendit.

La louve était tapie dans l'angle opposé et elle se releva et se figea avec les yeux qui papillotaient. Le carretero fit un pas en arrière et se débarrassa de sa veste et la passa sur la tête du mulet et lui noua les manches sous les mâchoires et le saisit par le montant de la bride. L'adjoint entra dans la remise et ramassa le lasso et traîna la louve jusqu'à la porte. La foule recula. Enhardi par la boisson et la frayeur des badauds l'adjoint empoigna la louve par le collier et la traîna sur la route puis la souleva par le collier et par la queue et la hissa sur le plancher de la charrette en plaçant un genou sous son ventre à la façon des portefaix. Il tira le lasso tout du long contre les ridelles de la charrette et y fit un nœud de cravate entre les planches du tablier. Les gens sur la route observaient le moindre de ses gestes. Ils regardaient avec l'attention de gens qui pourraient être appelés à raconter ce qu'ils avaient vu. L'adjoint fit signe au carretero et le carretero détacha les manches nouées sous les mâchoires du mulet et retira la veste. Il prit les guides qui pendaient sous la gorge du mulet et attendit un moment en retenant l'animal pour voir ce qui allait se passer. Le mulet leva légèrement la tête pour humer l'air. Puis il se souleva sur les antérieurs et donna un coup de pied par-dessous la sangle de cuir et enfonça la planche du bas à laquelle la louve était attachée. La louve glissa et tomba de l'arrière sans protection de la charrette en traînant derrière elle la planche brisée tandis que les gens s'enfuyaient en criant. Le mulet poussa un hurlement et se jeta sur le côté dans ses harnais et rompit le limon et s'abattit sur la route et resta couché à terre en donnant de grands coups de pied.

Le carretero était robuste et agile et il sauta à califourchon sur l'encolure du petit mulet et lui mordit une oreille et la garda entre les dents le temps de lui remettre sa veste sur la tête. Il regarda autour de lui, haletant. L'adjoint qui s'apprêtait à remonter sur son cheval revint sur la route et saisit le lasso qui traînait et le tira violemment pour retenir la louve. Il défit le nœud qui retenait le lasso à la planche rompue et jeta la planche au loin et ramena la louve à la remise en la traînant sur ses pattes et la poussa à l'intérieur et referma le portail. Mire, cria le carretero toujours couché sur la route avec sa veste sur la tête du mulet, agitant la main vers l'épave. Mire. L'adjoint cracha dans la poussière et traversa la route et rentra dans la maison.

Le temps d'envoyer chercher quelqu'un pour réparer le limon de la charrette avec des morceaux de bois et de cuir brut et le temps de faire les réparations la journée était bien avancée. Les voyageurs qui avaient suivi la charrette au centre de la ville s'étaient rangés à l'ombre des bâtiments sur le côté ouest de la route et mangeaient leur déjeuner et buvaient de la limonade. À la fin de l'après-midi la charrette était réparée mais l'adjoint était introuvable. Un gamin fut envoyé aux nouvelles. Une heure passa avant que l'adjoint reparaisse et il ajusta son chapeau et jeta un coup d'œil sur le soleil et se baissa pour examiner la réparation que l'on venait de faire à la charrette comme s'il avait été aussi chargé d'inspecter ce genre de travaux, puis il rentra dans la maison. Quand il revint il était accompagné du mozo et ils allèrent à la remise de l'autre côté de la route et ouvrirent la serrure et enlevèrent les chaînes du portail et l'adjoint en ressortit une fois encore avec la louve.

Le carretero attendait avec la tête encapuchonnée du mulet contre sa poitrine. L'adjoint le regarda attentivement puis demanda un mozo de cuadra. Un jeune garçon s'avança. L'adjoint lui donna pour instruction de s'occuper du mulet et dit au carretero de monter dans la charrette. Le carretero lâcha le mulet avec une certaine réticence. Il fit un large crochet pour éviter la louve muselée et grimpa dans la charrette et dégagea les guides accrochées à l'étançon et se tint prêt. Une fois encore l'adjoint souleva la louve et la déposa sur le plancher de la charrette et l'attacha très court contre les planches de l'arrière. Le carretero regarda l'animal par-dessus son épaule et regarda l'adjoint. Il parcourut du regard les voyageurs qui attendaient et qui s'étaient maintenant regroupés jusqu'à ce que son regard rencontre les yeux du jeune étranger auquel la louve avait été confisquée. L'adjoint fit signe au mozo de cuadra et le mozo retira la veste du carretero de la tête du mulet et s'écarta. Le mulet fit un formidable bond en avant dans ses harnais. Le carretero bascula en arrière en se retenant à la planche du haut et en s'efforçant de ne pas tomber sur la louve et la louve se cabra au bout de sa laisse avec un morne grognement farouche. L'adjoint éclata de rire et éperonna son cheval et saisit la veste des mains du mozo et la fit tournoyer en l'air comme un lasso et la lança au carretero puis arrêta brusquement son cheval sur la route en riant tandis que mulet et charrette et louve et cocher traversaient la localité dans un grand tintamarre de bois et une éruption de poussière.

Les gens avaient commencé à ramasser leurs paquets. Billy alla chercher sa selle qu'il avait posée contre un mur de la maison et sella le cheval et boucla la fonte de selle et monta et tourna le cheval sur la piste ravinée. Les piétons reculèrent sur le bas-côté quand l'ombre du cheval arriva sur eux. Il les salua. Adónde vamos ? dit-il.

Ils levèrent les yeux sur lui. Des vieilles femmes en rebozo. Des jeunes filles qui portaient entre elles des paniers. A la feria, dirent-elles.

La feria ?

Sí señor.

Adónde ?

En el pueblo de Morelos.

Es lejos ?

Elles dirent qu'à cheval ce n'était pas loin. Unas pocas leguas, dirent-elles.

Il allait au pas à côté d'elles. Y adónde va con la loba ? dit-il.

A la feria, sin duda.

Il demanda pourquoi on emmenait la louve à la foire mais elles ne semblaient pas le savoir. Elles haussaient les épaules, elles marchaient à côté du cheval. Une vieille femme dit que le loup avait été amené depuis les sierras où il avait dévoré un grand nombre d'écoliers. Une autre dit qu'il avait été capturé en compagnie d'un jeune garçon qui s'était enfui tout nu dans les bois. Une autre encore dit que les chasseurs qui avaient ramené le loup depuis les montagnes avaient été poursuivis par d'autres loups qui hurlaient la nuit dissimulés dans le noir au-delà de la lueur des feux et que plusieurs de ces chasseurs avaient dit que ces loups-là n'étaient pas des vrais loups.

La route s'écartait de la rivière et des bas-fonds de la berge et filait vers le nord à travers une large vallée de montagne. Au crépuscule les gens firent halte dans une haute prairie et allumèrent un feu et commencèrent à préparer leur souper. Billy attacha son cheval et s'assit dans l'herbe sans être vraiment des leurs ni vraiment à part. Il dévissa le bouchon de sa gourde et but le reste de son eau et remit le bouchon et resta assis par terre avec le récipient vide dans ses mains. Au bout d'un moment un jeune garçon s'approcha et l'invita à venir auprès du feu.

Ils étaient d'une politesse étudiée. Ils l'appelaient caballero malgré ses seize ans et il était assis avec son chapeau rabattu en arrière et ses bottes croisées devant lui et il mangea des haricots et des napolitos et une machaca préparée avec de la viande de chèvre desséchée qui était rance et noire et fibreuse et en prévision du voyage saupoudrée de piments rouges séchés. Le gusta ? dirent-ils. Il dit que c'était très bon. Ils lui demandèrent d'où il venait et il dit Nuevo Mexico et ils se regardèrent et ils dirent qu'il devait être très triste si loin de son pays.

Dans la pénombre la prairie ressemblait à un campement de romanichels ou de réfugiés. Leurs rangs s'étaient accrus de nouveaux venus qui arrivaient le long de la route et de nouveaux brasiers s'allumaient entre lesquels des silhouettes passaient et repassaient dans les intervalles d'ombre. Des burros broutaient sur la pente de la prairie là où elle s'adossait au sombre ciel lilas vers l'ouest et les petites carretas se découpaient à contre-jour inclinées les unes derrière les autres sur leurs chambrières comme des charrettes à minerai. À présent plusieurs hommes avaient rejoint la compagnie et une bouteille de mescal passait de main en main. Au point du jour il en restait deux encore assis devant les cendres froides. Les femmes se levèrent pour préparer le petit déjeuner, ranimant le feu et aplatissant la pâte entre leurs paumes et étalant les tortillas sur un comal découpé dans de la tôle de toiture. Elles travaillaient avec une égale indifférence autour des hommes ivres assis par terre et autour des selles de bât sur lesquelles séchaient les couvertures.

La matinée était bien avancée quand la caravane se remit en route. Ceux qui étaient trop soûls pour continuer à pied bénéficiaient de tous les égards et on leur trouvait une place parmi les bagages dans les charrettes. Comme si un malheur les eût frappés qui pouvait atteindre n'importe qui parmi ceux qui se trouvaient là.

La route qu'ils suivaient passait par une contrée assez sauvage pour qu'ils n'y rencontrent nulle habitation et n'y croisent pas d'autre voyageur. Ils ne firent pas de halte pour midi mais arrivèrent bientôt à une brèche dans les montagnes d'où ils virent la rivière qui coulait en bas à deux miles plus loin et dressées le long du quadrilatère des quatre rues les rares maisons de Colonia Morelos pareilles aux cases d'une marelle dans la poussière.

Il laissa la compagnie installer son bivouac sur la plaine d'inondation au sud de la localité et continua en suivant la route vers l'aval pour essayer de retrouver la louve. La route était un chemin d'argile desséchée creusée d'ornières de chariots si dures qu'elles ne cédaient pas sous les sabots du cheval. La rivière était limpide et froide. Elle coulait au sud au sortir des hautes sierras et décrivait une boucle en arrivant à l'agglomération pour repartir vers le sud au pied de la paroi occidentale des Pilares. Il quitta la route et prit un sentier le long de la rivière et arrêta son cheval pour l'abreuver à l'eau froide des remous. Un vieillard avec un burro ramassait du bois de dérive sur les bancs de gravier. Les formes pâles et sinueuses du bois entassé sur le dos du burro ressemblaient à une tapisserie de squelettes. Billy poussa son cheval vers l'amont, le cheval traînant les sabots sur les graviers ronds de la rivière.

Le bourg où il entra était une ancienne colonie mormone qui datait du siècle dernier et il passa devant des bâtiments de briques au toit de tôle, une épicerie construite en briques avec une fausse façade en bois. Dans l'alameda en face de l'épicerie des banderoles étaient suspendues entre les arbres et les musiciens d'un petit orphéon avaient pris place dans le kiosque peut-être pour accueillir un dignitaire dont on attendait l'arrivée. Dans la rue devant les maisons et sur l'alameda des marchands ambulants vendaient des cacahouètes et des épis de maïs cuits à la vapeur et saupoudrés de piments rouges et des buñuelos et des natillas et des fruits dans des cornets en papier. Il mit pied à terre et attacha le cheval et sortit le fusil de la fonte de selle de crainte qu'il ne fût volé et partit vers l'alameda. Parmi les badauds venus à la fête il y avait dans ce petit square de boue séchée et d'arbres faméliques des visiteurs encore plus étrangers que lui, familles déguenillées allant et venant l'air hébété entre la toile rapiécée des tentes de bateleurs et mennonites dans leurs loques de colporteurs avec leurs chapeaux de paille et leurs salopettes et enfants quasi muets de stupeur devant un rideau de toile peinte illustrant d'abjectes anomalies de l'espèce humaine et Indiens Tarahumaras et Yaquis portant des arcs et des carquois et deux petits garçons apaches avec leurs bottes de peau de daim et l'œil grave et noir comme du jais descendus jusqu'ici de leur camp des sierras où les derniers survivants libres de leur tribu vivaient comme les ombres de la nation qu'ils avaient été et tous affichaient un tel sérieux que le misérable cirque offert à leurs regards aurait aussi bien pu être la célébration d'un nouvel ordre impie qui leur était imposé.

Il trouva assez facilement la louve mais il lui manquait les dix centavos nécessaires pour la voir. Une tente improvisée avec de la toile à drap avait été montée sur le petit tombereau d'une charrette et devant était placé un écriteau donnant un historique de sa vie et indiquant le nombre de personnes qu'elle avait sans aucun doute possible dévorées. Il attendit et regarda de rares curieux entrer et sortir. Ils ne paraissaient guère impressionnés par ce qu'ils venaient de voir. Quand il les interrogea sur la louve ils haussèrent les épaules. Ils dirent qu'un loup est un loup. Ils ne croyaient pas qu'elle eût mangé personne.

L'homme qui encaissait l'argent à l'entrée de la tente écouta en baissant la tête quand Billy lui expliqua sa situation. Il releva la tête et regarda Billy dans les yeux. Pásale, dit-il.

Elle était couchée sur le plancher de la charrette dans une litière de paille. On avait enlevé le lasso de son collier et muni le collier d'une chaîne et passé la chaîne entre les planches au fond de la charrette de sorte que tout ce qu'elle pouvait faire c'était se lever et se tenir debout. À côté d'elle était posé dans la paille un bol qui avait peut-être contenu de l'eau. Il y avait un jeune gars en faction les coudes pendant par-dessus la ridelle en haut de la charrette et une accouple tenue négligemment sur son épaule. En voyant entrer ce qu'il prit pour un spectateur payant il se redressa et commença à piquer la louve avec son bâton et à siffler pour l'exciter.

Elle semblait indifférente au contact de l'aiguillon. Elle était couchée sur le côté et respirait paisiblement. Il regarda la patte blessée. Il posa le fusil debout contre la charrette et l'appela.

Elle se releva aussitôt et tourna et resta debout à le regarder les oreilles dressées. Le gars qui tenait l'accouple le regarda par-dessus le bord de la charrette.

Il lui parla longuement et sachant que quoi qu'il dît le

jeune gars qui gardait la louve ne pouvait pas comprendre ce qu'il dirait il parla du fond du cœur. Il fit des promesses qu'il jura de tenir. Il fit serment de la conduire dans les montagnes où elle trouverait d'autres créatures de sa race. Elle l'observait de ses yeux jaunes où il n'y avait point de désespoir mais seulement le même insondable abîme de solitude qui taraudait le monde jusqu'au cœur. Il se retourna et regarda le gars. Il allait parler quand le bateleur se glissa à l'intérieur de la tente et siffla pour les avertir. Él viene, dit-il. Él viene.

Maldiciónes, dit le gars. Il jeta son bâton et avec le bateleur il commença à enlever les draps et à détacher les cordons des piquets plantés dans la boue séchée. Au moment où les draps s'affaissaient le carretero traversa l'alameda au pas de course et commença à les aider, saisissant les draps et leur criant de se dépêcher. L'instant d'après ils poussaient à reculons entre les brancards de la charrette le petit mulet aux yeux bandés et ajustaient le harnais et refermaient les boucles.

La tablilla, cria le carretero. Le gars saisit l'écriteau et le poussa sous le tas de cordes et de toile et le carretero monta dans la charrette et cria quelque chose au bateleur et le bateleur arracha le bandeau des yeux du mulet et mulet et charrette et louve et cocher gagnèrent la rue à grand bruit en cahotant. Les badauds se dispersaient devant eux et le carretero jeta un regard affolé derrière lui du côté de la route où l'alguazil et sa suite venaient d'entrer dans la ville par le sud, l'alguazil et ses acolytes et ses valets et ses amis et des mozos de estribo et des mozos de cuadra tous avec leur équipage scintillant au soleil, et trottant entre les jambes des chevaux au moins deux douzaines de chiens de chasse.

Billy avait déjà tourné les talons et se dirigeait vers la rue pour reprendre son cheval. Le temps de le détacher et de rentrer le fusil dans la fonte et de se mettre en selle et de tourner bride dans la rue l'alguazil et sa suite remontaient l'alameda par rangées de quatre ou de six en s'interpellant, beaucoup d'entre eux arborant la tenue criarde du norteño et du charro constellée et gansée d'argent, les coutures de leurs pantalons parées de coquillages d'argent. Ils montaient des selles ouvragées décorées d'argent avec des pommeaux plats de la largeur d'une assiette et quelques-uns étaient ivres sur leurs montures et levaient leurs énormes chapeaux dans des gestes d'une extravagante courtoisie pour saluer les femmes que leurs chevaux avaient refoulées contre les bâtiments ou dans les embrasures. Les chiens de chasse allaient d'un pas net à côté de leurs chevaux et eux seuls semblaient sobres et résolus et ils ne prêtaient aucune attention aux chiens de la ville qui se lançaient sur leurs traces le poil hérissé – en fait ils ne prêtaient aucune attention à rien. Il y en avait parmi eux des noirs de poil ou des noir et feu mais la plupart étaient des tiquetés bleus amenés du Nord dans ce pays des années plus tôt et certains par la teinte et le dessin de leur pelage ressemblaient tellement aux chevaux mouchetés qu'ils escortaient qu'ils semblaient taillés dans la même pièce de cuir. Les chevaux faisaient des écarts, piaffaient et encensaient et les cavaliers leur sciaient la bouche mais les chiens trottaient obstinément sur la route devant eux comme s'ils avaient eu d'autres soucis.

Il attendit au carrefour pour les laisser passer. Quelques-uns le saluèrent et lui souhaitèrent une bonne journée comme s'il avait été des leurs mais si l'alguazil en passant le reconnut sur son cheval à cette nouvelle étape du voyage il n'en laissa rien paraître. Quand ils furent passés chevaux et chiens et tout le reste il talonna son cheval et repartit sur la route derrière eux et derrière la carreta qui avait maintenant disparu du côté de l'amont.

L'HACIENDA DONT ILS FRANCHIRENT LE PORTAIL était située sur une plaine uniforme entre la route et les bancs de sable et de gravier du rio Batopito et portait le nom des montagnes par lesquelles ils venaient de passer en arrivant de l'est. Elle était baignée de brume au loin et traçait un long méandre mince de murs blanchis à la chaux sous les minces flèches vertes d'un boqueteau de cyprès. En aval c'étaient des plantations d'arbres fruitiers et de pécaniers en rangées bien ordonnées. Il tourna dans la longue allée à l'instant où le parti de chasseurs passait entre les vantaux du portail plus loin devant lui. Dans les champs il y avait des taureaux croisés d'une lignée nouvelle dans le pays avec de longues oreilles et une bosse dans le dos et les journaliers se relevèrent et restèrent un moment debout avec leurs courtes pioches à la main et le regardèrent passer. Il les salua d'un geste mais pour toute réponse ils se penchèrent sur leur travail comme avant.

Quand il franchit le portail ouvert il n'y avait aucun signe du groupe. Un mozo vint prendre son cheval et il descendit et lui tendit les rênes. Le mozo le jaugea à ses vêtements et désigna d'un signe de tête la porte des cuisines et quelques minutes plus tard il était assis à une table avec les domestiques du groupe des derniers arrivants au nombre peut-être d'une douzaine et tous en train de manger de grosses tranches de steak frit avec des haricots et des tortillas de froment sorties brûlantes du comal. Le carretero était assis au bout de la table.

Il enjamba le banc avec son assiette et s'assit et le carretero le salua mais quand il lui demanda ce qu'il était advenu du loup le carretero se borna à dire que le loup avait été conduit ici pour la feria et ne voulut rien dire d'autre.

Quand il eut mangé il se leva et rapporta son assiette au buffet et demanda à la cuisinière où pouvait être le patron mais elle se contenta de lever les yeux et fit un large mouvement qui embrassait les milliers d'hectares de terres au nord de la rivière là où s'étendait l'hacienda. Il la remercia et toucha son chapeau et sortit et traversa la cour. En face se trouvaient les écuries et une grange et la longue rangée des maisons de pisé où logeaient les journaliers.

Il trouva la louve enchaînée dans une stalle vide. Elle était debout dans un coin terrée contre le mur du fond et deux gars se penchaient par-dessus la porte de la stalle et sifflaient pour l'exciter et essayaient de lui cracher dessus. Il traversa l'écurie à la recherche de son cheval mais il n'y avait pas de chevaux dans l'écurie. Il ressortit dans la cour. De la campagne en amont où ils étaient allés faire courir les chiens l'alguazil et son groupe revenaient vers la maison. Dans le patio derrière la maison le carretero avait à nouveau attelé le mulet à sa charrette et pris place sur le siège. Le claquement sec des guides retentit à travers la cour comme une lointaine détonation et mulet et charrette s'ébranlèrent. Ils franchirent le portail juste au moment où les cavaliers et les chiens qui venaient en tête débouchaient sur la route devant eux.

Ces gens-là ne cèdent le passage ni aux mulets ni aux charrettes et le carretero rangea son attelage dans l'herbe sur le côté de la route pour leur faire place, se tenant bien droit dans la caisse de la charrette et enlevant avec panache son chapeau et cherchant des yeux l'alguazil parmi les cavaliers qui approchaient. De nouveau il fit claquer les guides. Le mulet repartit à contrecœur et de nouveau la charrette s'ébranla donnant de la bande et grinçant et cahotant sur le sol inégal du bas-côté. Quand les chiens et les cavaliers la dépassèrent le chien de tête leva le nez et saisit dans l'air les effluves qui venaient de la charrette et poussa un cri sourd et volta et se lança derrière la charrette branlante qui avançait cahin-caha sur l'accotement. Les autres chiens s'élancèrent à leur tour, l'épaule hérissée, balançant le museau. Le carretero tourna la tête avec inquiétude. Juste à ce moment le mulet bomba l'échine et allongea une ruade et secoua la charrette de droite et de gauche et se jeta au galop à travers champs poursuivi par les chiens criant à pleine gorge.

L'alguazil et ses affidés se dressaient sur leurs étriers et poussaient des cris pour exciter les chiens et ce n'étaient qu'éclats de rire et ululements. Quelques-uns parmi les plus jeunes cavaliers de la troupe éperonnèrent leurs montures et partirent au galop derrière le mulet et la charrette en déroute, en interpellant le carretero et en s'esclaffant. Le carretero s'agrippait aux ridelles et se penchait par-dessus bord en menaçant de son chapeau les chiens qui bondissaient en griffant la charrette de leurs ongles. Aussi haute que fût la charrette il y en eut plusieurs, trois ou quatre, qui réussirent à sauter à l'intérieur, et ils remuaient la paille, hurlant et geignant et pour finir levant la patte et urinant et se précipitant et se cognant aux ridelles et éclaboussant le carretero et s'éclaboussant et se livrant un bref combat puis se dressant les pattes de devant posées sur les ridelles du haut et appelant de leurs jappements les chiens qui couraient en bas à côté de la charrette.

Les cavaliers les dépassèrent en riant toujours et firent le tour de la charrette au grand galop et finalement il y en eut un qui prit son lasso et en passa la boucle autour de la tête du mulet ce qui força l'animal à s'arrêter. Ils poussaient des hurlements et s'interpellaient et finirent par disperser les chiens en les frappant avec le bout replié de leurs lassos et par ramener la charrette sur la route. Les chiens s'enfuirent à travers champs et les fillettes et les jeunes femmes qui travaillaient là poussèrent des cris stridents et se couvrirent la tête de leurs mains tandis que les hommes attendaient en serrant le manche de leurs binettes dans leurs poings. Sur la route l'alguazil cria quelque chose au carretero et sortit de sa poche une pièce d'argent et la lui lança avec une grande précision. Le carretero attrapa la pièce et en toucha le bord de son chapeau et descendit sur la route pour inspecter la charrette et les roues de bois aux jantes grossièrement goujonnées et les harnais et la récente réparation faite au limon. L'alguazil regarda en avant des cavaliers là où Billy qui était à pied sur la route s'était arrêté. Il sortit une autre pièce de sa poche et la lança en l'air d'une pichenette.

Por el Americano, cria-t-il.

Personne n'attrapa la pièce. Elle tomba dans la poussière et y resta. L'alguazil attendait. Il fit un signe de tête à Billy.

Pour toi, dit-il.

Les cavaliers l'observaient. Il se baissa et ramassa la pièce et l'alguazil inclina la tête et sourit mais il n'y eut ni remerciement ni main levée pour toucher le chapeau. Billy s'avança vers lui et tendit la pièce.

No puedo aceptarlo, dit-il.

L'alguazil fronça les sourcils et inclina vigoureusement la tête.

Sí, dit-il. Sí.

Billy était debout contre l'étrier de l'alguazil, agitant la pièce au bout de son bras tendu.

No ? dit l'alguazil. Y cómo no ?

Billy dit qu'il voulait la louve. Il dit qu'il ne pouvait pas la vendre. Il dit que s'il y avait une amende il travaillerait pour payer l'amende ou que s'il y avait un droit à acquitter pour obtenir un permis ou un péage à payer pour passer la frontière du pays il travaillerait pour les payer mais qu'il ne pouvait pas se séparer de la louve parce que la louve avait été confiée à sa garde.

L'alguazil l'écouta et quand il eut terminé il accepta la pièce puis la lança au carretero qui avait observé toute la scène car une pièce une fois donnée ne peut être reprise puis il fit demi-tour sur la route et appela ses hommes et tous repartirent vers l'hacienda en poussant les chiens devant eux et disparurent entre les vantaux ouverts du portail.

Billy regarda le carretero. Le carretero était remonté dans la charrette et il déroula les guides et regarda Billy. Il dit que c'était à lui que l'alguazil avait donné la pièce de monnaie. Il dit que si le jeune homme avait voulu la pièce il aurait dû la prendre quand on la lui avait offerte. Billy dit qu'il n'avait pas voulu de l'argent de cet homme avant et qu'il n'en voulait pas maintenant. Il dit que le carretero pouvait peut-être travailler pour un type comme ça mais pas lui. Mais le carretero se contenta de hocher la tête comme pour dire qu'il ne pensait pas que le jeune homme pût comprendre mais qu'un jour avec de la chance il comprendrait peut-être. Il dit qu'on ne savait jamais pour qui on travaillait. Puis il fit claquer les guides sur la croupe du mulet et repartit sur la route.

Billy retourna à l'écurie où la louve était enchaînée. Un vieux domestique avait été posté là pour la garder et pour veiller à ce que personne ne lui fît de mal. Il était assis dans la pénombre et fumait une cigarette adossé à la porte de l'écurie. Son chapeau était posé dans la paille à côté de lui. Quand Billy lui demanda s'il pouvait voir la louve il tira une profonde bouffée sur sa cigarette comme s'il avait voulu réfléchir à cette requête. Puis il dit que personne ne pouvait voir la louve sans l'autorisation de l'hacendado et que de toute façon il n'y avait pas assez de lumière pour la voir.

Billy restait sur le seuil. Le domestique ne dit rien d'autre et au bout d'un moment Billy tourna les talons et ressortit. Il retraversa la cour en direction de la maison et s'arrêta à la grille du patio pour regarder. Il y avait des hommes en train de rire et de boire et il y avait un veau que l'on avait mis à rôtir sur une broche au bas du mur de l'autre côté du patio et sous la lueur fumeuse des torches qui brûlaient dans le long crépuscule bleu du désert étaient dressées des tables chargées de hors-d'œuvre et d'entremets et de fruits, de quoi nourrir une centaine de personnes et davantage. Il fit demi-tour et partit derrière la maison à la recherche d'un valet d'écurie pour s'enquérir de son cheval. Une musique de mariachis retentit derrière lui dans la cour tandis que de nouveaux venus descendaient de cheval en arrivant à l'entrée, émergeant des formes noires des montagnes à l'est le long de la route accompagnés de chiens sur les talons de leurs chevaux et surgissant à la lumière devant les piliers du portail où des torches brûlaient dans des tuyaux de fer fichés dans le sol.

Les chevaux des visiteurs de rang inférieur comme lui étaient attachés à une barre avec des longes de licol au fond des establos et Bird était là. Il était encore sellé et la bride et les rênes de bride pendaient au pommeau de la selle et il mangeait du fourrage dans une mangeoire à auge double à revêtement de métal galvanisé clouée le long du mur. Quand Billy lui parla le cheval leva la tête et le regarda sans cesser de mastiquer.

Es su caballo ? dit le mozo.

Sí. Claro.

Todo está bien ?

Sí. Bien. Gracias.

Les mozos allaient d'un animal au suivant le long de la

rangée, enlevant les selles et étrillant les chevaux et versant du fourrage. Il demanda qu'on laisse son cheval sellé et ils dirent qu'ils feraient comme il voulait. Il regarda encore une fois son cheval. On dirait que t'as la bonne vie, dit-il.

Il fit le tour pour retourner à l'écurie et entra par la porte du fond et attendit. Il faisait presque noir dans l'entrée de l'écurie et le mozo qui était chargé de la louve semblait dormir. Il trouva une stalle vide et entra et entassa du foin dans un coin avec ses bottes et s'allongea avec son chapeau sur la poitrine et ferma les yeux. Il entendait les cris des mariachis et les hurlements des chiens enchaînés quelque part dans une remise et au bout d'un moment il s'endormit.

Il dormit et pendant son sommeil il fit un rêve et ce fut de son père qu'il rêva et dans son rêve son père était à pied et perdu dans le désert. Dans la lumière mourante de cette journée il voyait les yeux de son père. Son père était debout les yeux tournés vers l'ouest où le soleil avait disparu et où le vent qui fraîchissait venait des ténèbres. Les minuscules grains de sable étaient la seule chose que le vent pût remuer dans ce désert et ils tournoyaient dans un continuel grouillement migratoire. Comme si dans son ultime granulation le monde eût cherché le secours d'un point fixe pour échapper à son perpétuel tourbillon. Les yeux de son père scrutaient l'approche de la nuit dans le rougeoiement de plus en plus sombre au-delà de la limite du monde et ces yeux-là semblaient contempler avec une terrible sérénité le froid et le noir et le silence qui s'avançaient sur lui puis tout s'obscurcit et tout sombra et il entendit quelque part dans le silence une cloche solitaire carillonner et se taire et ensuite il se réveilla.

Des hommes qui traversaient en file l'écurie avec des torches à la main passaient devant la porte ouverte de la stalle où il avait dormi, leurs silhouettes démesurées vacillant sur les murs. Il se leva et mit son chapeau et sortit. Ils traînaient la louve par sa chaîne pour la sortir de sa stalle et elle se recroquevillait dans la lumière fuligineuse et reculait et tentait de se coller au sol pour protéger son ventre. Un type qui tenait un vieux manche de râteau se posta derrière elle pour la pousser et quelque part au loin de l'autre côté des logements des journaliers les chiens avaient entonné une nouvelle clameur.

Il leur emboîta le pas et les suivit à travers la cour maintenant plongée dans l'obscurité. Ils franchirent un portail ouvert en bois, un portail à chariots dont les vantaux étaient accrochés à des piliers en pierre, et le hurlement des chiens redoubla et la louve eut un mouvement de recul et se débattit pour échapper à sa chaîne. Parmi les types qui suivaient il y en avait qui tenaient à peine sur leurs jambes tant ils avaient bu et ils lui donnaient des coups de pied et la traitaient de cobarde. Ils longèrent la grange de pierre d'où la lumière qui filtrait des chenaux tombait sur le haut des murs, projetant du fond du bâtiment dans l'obscurité de la cour les ombres des solives. L'éclairage qui venait du dedans semblait tordre les murs et dans le tablier de lumière devant les portes ouvertes les ombres des personnages qui se trouvaient à l'intérieur titubèrent et disparurent et la compagnie entra en traînant la louve sur le sol de terre. On leur ouvrit un couloir avec force acclamations et force cris. Les hommes tendirent leurs torches à des mozos qui les éteignirent en les frottant dans la poussière et quand tout le monde eut franchi le seuil et fut à l'intérieur les mozos refermèrent les lourdes portes de bois et abaissèrent la barre.

Il se fraya un chemin à travers la foule. Il y avait une étrange uniformité entre les spectateurs rassemblés là et parmi les commerçants des bourgades limitrophes et les hacendados du voisinage et les modestes hidalgos de gotera venus jusqu'ici d'Agua Prieta et de Casas Grandes dans leurs costumes collants il y avait des artisans et des chasseurs et des intendants et des mayordomos des haciendas et des ejidos et il y avait des convoyeurs de troupeau et des vaqueros et quelques péons privilégiés. Il n'y avait pas de femmes. De l'autre côté tout le long du bâtiment étaient installés des tribunes ou des gradins montés sur de minces piliers et au centre de la grange il y avait une piste circulaire ou estacada d'une vingtaine de pieds de diamètre délimitée par une basse palissade de bois. Les planches de la palissade étaient noires du sang séché des dix mille coqs de combat qui avaient trouvé ici la mort et au centre de la piste se dressait un tuyau en fer récemment fiché dans le sol.

Il arrivait du fond de la grange à coups d'épaule quand les hommes jetèrent la louve par-dessus les planches et la poussèrent sur la piste. Les spectateurs dans les tribunes se levèrent pour mieux voir. L'homme qui était sur la piste enchaîna la louve au tuyau puis la traîna au bout de la chaîne et la força à se plaquer au sol pendant qu'on lui enlevait la muselière improvisée. Puis les hommes reculèrent et firent glisser le nœud coulant de la corde dont ils s'étaient servis pour la plaquer à terre. Elle se releva et regarda autour d'elle. Elle semblait petite et misérable et elle arquait le dos comme un chat. Le pansement était parti et elle ménageait sa patte en se déplaçant de biais pour aller et venir au bout de la chaîne, ses dents blanches scintillant dans la lumière qui tombait des torchères en métal accrochées au-dessus.

Les premières équipes de chiens étaient déjà là avec leurs meneurs et les chiens sautaient et tiraient sur leurs laisses et criaient et se mettaient debout en forçant sur leurs colliers. On en amena deux au pied de la palissade tandis que les spectateurs dans le public interpellaient leurs propriétaires et sifflaient et annonçaient leur mise. Les chiens étaient jeunes et timides. Les meneurs les poussèrent par-dessus la palissade sur la piste où ils se mirent à tourner en rond le poil hérissé et à menacer la louve de leurs cris en se regardant. Les meneurs les encourageaient de la voix et ils tournaient autour de la louve d'un air méfiant. La louve s'accroupit et découvrit ses crocs. Le public commençait à huer et vociférer et au bout d'un moment un homme qui se tenait de l'autre côté de la piste donna un coup de sifflet et les meneurs s'avancèrent et saisissant l'extrémité des chaînes qui traînaient à terre ils ramenèrent les chiens et leur firent repasser la palissade et les emmenèrent, les chiens se redressant dans leurs colliers et se retournant pour menacer encore une fois la louve de leurs aboiements.

Elle arpenta la piste et tourna en boitant sur trois pattes

puis elle s'accroupit au pied du tuyau de fer où elle semblait avoir fait son gîte. Ses yeux en amande parcoururent le cercle des visages de l'autre côté de la palissade et elle jeta un bref regard en haut vers les lampes. Elle s'assit sur ses coudes repliés puis se leva et fit le tour de la piste et revint et s'accroupit. Puis elle se releva. Une nouvelle équipe de chiens arrivait, poussée par-dessus la palissade, leurs ongles grattant le bois.

Quand les meneurs les eurent libérés les chiens bondirent et foncèrent sur la louve le crin en brosse sur l'échine et tous trois s'agglutinèrent aussitôt en une seule boule grondante de crocs nus et de chaînes entrechoquées. La louve luttait dans un total silence. Il y eut une mêlée dans la poussière puis un jappement aigu et l'un des chiens se mit à tourner en rond une patte de devant levée. La louve avait saisi l'autre chien par la mâchoire inférieure et elle le jeta à terre et se mit à quatre pattes par-dessus et relâcha sa prise sur la mâchoire et enfonça ses crocs dans la gorge et mordit encore une fois pour mieux assurer sa prise là où le cou musclé se prolongeait et disparaissait sous les plis flasques de la peau.

Billy avait réussi à se frayer un chemin jusqu'aux tribunes. Il resta debout à côté d'un pilier de pierre et il retira son chapeau pour que les gens qui se trouvaient derrière puissent voir mais constatant que personne d'autre n'avait enlevé le sien il le remit. Si on avait laissé faire la louve elle aurait sans doute tué le chien mais l'arbitre donna un coup de sifflet et l'un des meneurs s'approcha avec une tige de roseau de six pieds de long et souffla avec dans l'oreille de la louve. Elle lâcha prise et fit un bond en arrière et roula sur ses hanches. Les meneurs ramassèrent les chaînes et emmenèrent leurs chiens. Un homme s'approcha et enjamba la basse rambarde de bois et fit le tour de la piste avec un seau dont il puisait et répandait l'eau à la main d'un geste hébété de maraîcher somnambule, arrosant méthodiquement la poussière sur le sol de la piste où gisait la louve à bout de souffle. Billy tourna les talons et s'avança le long du public vers la porte du fond par laquelle on avait emmené les chiens et sortit dans la fraîche obscurité. Déjà un meneur franchissait la porte avec une nouvelle équipe de deux chiens.

De jeunes gars qui fumaient des cigarettes adossés au mur derrière la grange tournèrent la tête et le regardèrent dans la lumière que laissa passer la porte en s'ouvrant. Dans la remise de l'autre côté le hurlement des chiens faisait un vacarme assourdissant et continu.

Cuántos perros tienen ? leur demanda-t-il.

Le gars qui se trouvait le plus près de lui le regarda. Il dit qu'ils avaient quatre chiens. Y usted ? dit-il.

Il leur expliqua qu'il voulait dire combien de chiens en tout mais ils répondirent d'un haussement d'épaules.

Quién sabe ? dirent-ils. Bastante.

Il passa devant eux pour entrer dans le chenil. C'était un long bâtiment au toit de tôle et il prit une lanterne accrochée à un poteau et souleva la clenche de bois et ouvrit la porte et entra en levant bien haut la lanterne. Le long du mur les chiens sautaient et aboyaient et tiraient sur leurs chaînes. Il y en avait plus d'une trentaine dans la remise, pour la plupart des braques roux et des tiquetés bleus élevés dans le pays du Nord mais aussi des animaux quelconques issus de lignées du Nouveau Monde et des chiens qui n'étaient guère plus que des pit-bulls élevés pour le combat. Enchaînés à l'écart des autres au fond de la remise il y avait deux énormes airedales et quand la lumière de la lanterne éclaira leurs yeux Billy y aperçut quelque chose que même les chiens de combat ne possédaient pas à un tel degré de pureté et il battit en retraite, sans trop se fier aux chaînes qui les retenaient. Il sortit à reculons et referma la porte et rabattit la clenche et raccrocha la lanterne au poteau. Il salua d'un signe de tête les jeunes gens debout le long du mur et continua et retourna dans la grange.

Les rangs du public semblaient avoir encore grossi pendant sa brève absence. De l'autre côté de l'arène se tenaient les membres de l'orchestre de mariachis vêtus de costumes blancs qui ne leur allaient pas du tout. Il apercevait la louve de l'autre côté de la foule. Elle était assise sur les hanches avec la gueule grande ouverte et se jetait tantôt sur l'un tantôt sur l'autre des deux chiens qui tournaient en cercle autour d'elle. L'un des chiens avait eu l'oreille transpercée d'un coup de dent et les deux meneurs étaient tout éclaboussés du sang de leurs chiens qui tournaient en secouant la tête. Il s'ouvrit un passage à travers la foule et en arrivant à la palissade il l'enjamba et s'avança sur la piste.

On le prit d'abord pour un autre meneur mais ce fut des meneurs qu'il s'approcha. Ils étaient maintenant de l'autre côté de la piste assis sur les talons et mimant les postures d'attaque et de défense qu'ils voulaient faire adopter à leurs chiens et psalmodiant d'une voix pointue pour les exciter et se tordant et gesticulant dans une grotesque simulation du combat en cours. Quand celui dont il était le plus près le vit s'avancer il se releva et regarda du côté de l'arbitre. L'arbitre avait le sifflet à la bouche mais semblait avoir du mal à comprendre ce qu'il voyait. Billy s'avança devant les meneurs et franchit le périmètre du cercle de douze pieds de terre retournée délimité par la chaîne à laquelle la louve était attachée. Quelqu'un cria un avertissement et l'arbitre donna un coup de sifflet puis le silence s'abattit sur la grange. La louve haletait. Billy passa devant elle et empoigna le premier chien par la peau souple de la croupe et le tira en soulevant de terre son arrière-train et s'accroupit et empoigna sa chaîne et recula avec la chaîne dans la main et se retourna et la tendit au meneur. Le meneur prit la chaîne et tira contre sa jambe le chien bondissant. Qué pasó ? dit-il.

Mais déjà Billy s'occupait de l'autre chien. Plusieurs spectateurs commençaient à protester et la grange était secouée d'un murmure hostile. Les meneurs regardèrent du côté de l'arbitre. L'arbitre donna un nouveau coup de sifflet et fit un geste vers l'intrus. Cette fois Billy souleva le deuxième chien par sa chaîne et l'amena à l'autre meneur en le traînant sur ses pattes de derrière. Puis il retourna auprès de la louve.

Elle était debout les pattes écartées ses flancs se soulevant et s'abaissant et ses lèvres noires relevées découvrant les dents blanches et parfaites. Il s'accroupit et lui parla. Il n'avait aucun moyen de savoir si elle allait le mordre ou pas. Une poignée d'hommes avaient enjambé la palissade et avançaient sur lui mais en arrivant au périmètre de terre meuble ils s'arrêtèrent comme s'ils avaient buté contre un mur. Aucun ne lui adressa la parole. Tous paraissaient attendre pour voir ce qu'il allait faire. Il se releva et s'approcha du piquet de fer fiché dans le sol et enroula un tour de chaîne à son avant-bras et s'accroupit et empoigna la chaîne à la hauteur de l'anneau et essaya de se relever avec la chaîne. Personne ne bougeait, personne ne parlait. Il fit encore un tour de chaîne à son poignet et essaya encore une fois. Les perles de sueur sur son front brillaient dans la lumière. Il essaya encore une troisième fois sans pouvoir arracher le piquet et il se releva et se tourna et cette fois ce fut la louve qu'il saisit par son collier et il ouvrit l'émerillon et pressa contre sa cuisse la tête maculée de sang et de bave et attendit.

Que la louve fût maintenant libre retenue seulement par l'effort du bras sur son collier n'avait pas échappé aux hommes qui avaient fait irruption sur la piste. Ils se regardèrent. Quelques-uns commencèrent à battre en retraite. La louve était debout contre la cuisse du güero ses crocs découverts et ses flancs se gonflant et se contractant et elle ne faisait pas un mouvement.

Es mía, dit Billy.

Les gens sur les gradins commençaient à protester mais ceux qui se trouvaient un peu plus près de la louve désentravée semblaient hésiter sur la conduite à suivre. Ce ne fut finalement ni l'alguazil ni l'hacendado qui intervint mais le fils de l'hacendado. Ils s'écartèrent pour le laisser passer, un homme jeune qui gardait sur sa veste passementée le parfum des jeunes femmes avec lesquelles il avait dansé quelques instants plus tôt. Il enjamba la balustrade et s'avança sur la piste et s'arrêta avec les bottes écartées et les pouces passés négligemment sous l'écharpe bleue qu'il portait autour de la taille. S'il avait peur de la louve il n'en laissait rien paraître. Qué quieres joven ? dit-il.

Billy répéta ce qu'il avait dit aux cavaliers qu'il avait rencontrés sur la Cajón Bonita dans les montagnes du Nord. Il dit que la louve lui avait été confiée et qu'il en avait la garde mais le jeune hacendado eut un sourire contrit et hocha la tête et dit que le loup avait été capturé dans un piège dans les Pilares Teras qui sont des monts barbares et sauvages et que les adjoints de Don Beto l'avaient surpris en train de traverser la rivière au bourg d'Oaxaca et qu'il avait alors l'intention d'emmener le loup dans son propre pays où il l'aurait vendu en en tirant un bon prix.

Il parlait d'une voix claire et forte comme quelqu'un qui déclame pour la foule et quand il eut fini il resta debout là où il était, les mains croisées devant lui comme s'il n'y avait plus rien à dire.

Billy l'écoutait et tenait la louve. Il sentait le choc de sa respiration et le léger frémissement de son corps contre le sien. Il regarda le jeune hobereau et il regarda le cercle des visages dans la lumière. Il dit qu'il venait du comté d'Hidalgo dans l'État du Nouveau-Mexique et qu'il avait fait tout ce chemin pour amener la louve jusqu'ici. Il dit qu'il l'avait capturée dans un piège d'acier et qu'ils avaient cheminé six jours durant sur les pistes lui et la louve pour arriver jusqu'ici et qu'ils ne venaient certainement pas des Pilares mais que c'était au contraire pour aller dans cette sierra qu'ils avaient tenté de traverser la rivière quand la force du courant les avait contraints à faire demi-tour.

Le jeune hacendado détacha les mains de son ventre et les croisa dans le dos. Il se tourna et fit quelques pas comme s'il réfléchissait puis se tourna de nouveau et releva les yeux. Il demanda quel intérêt il pouvait avoir à amener la louve ici. Ce qu'il pouvait avoir à y gagner.

Para qué trajo la loba aquí ? De qué sirvió ? dit-il.

Billy écoutait et tenait la louve. Tout le monde attendait qu'il réponde mais il n'avait pas de réponse. Ses yeux parcoururent l'assemblée, scrutant les regards qui l'épiaient. L'arbitre attendait, toujours à la même place, sa montre de gousset toujours tendue devant lui. Les meneurs serraient plus fort les colliers de leurs chiens. L'homme à l'arrosoir attendait. Le jeune hacendado fit demi-tour et regarda le public. Il sourit et fit de nouveau face à Billy. Puis il reprit en anglais.

Vous pensez que ce pays est un pays où vous pouvez venir faire ce qui vous plaît.

J'ai jamais pensé ça. J'ai jamais tellement pensé à ce pays comme ça ou autrement.

C'est ça, dit l'hacendado.

On faisait que traverser, dit Billy. On dérangeait personne. Queríamos pasar, no más.

En contrebande ?

Billy détourna la tête et cracha par terre. Il sentait la louve se presser contre sa jambe. Il dit que les empreintes de la louve venaient du Mexique. Il dit que la louve ignorait tout des frontières. Le jeune hobereau inclina la tête comme s'il était d'accord mais il dit que peu importait ce que savait ou ne savait pas la louve et que si la louve avait traversé la frontière c'était sans doute tant pis pour la louve mais que de toute façon la frontière était bel et bien là.

Les spectateurs faisaient des signes approbateurs et échangeaient leurs réflexions en chuchotant. Ils regardèrent Billy, se demandant ce qu'il allait répondre. Billy se contenta de dire que si on le laissait partir il retournerait avec la louve en Amérique et qu'il payerait n'importe quelle amende qu'il pourrait avoir à payer mais l'hacendado hochait la tête. Il dit qu'il était trop tard pour ça et que de toute façon l'alguazil avait mis la louve sous séquestre et l'avait confisquée pour payer le prix du péage. Quand Billy dit qu'il ignorait qu'il aurait quelque chose à payer pour traverser le pays l'hacendado dit que dans ce cas il en savait à peu près aussi long que le loup.

Tout le monde attendait. Billy leva la tête vers les poutres du toit où la poussière et la fumée s'étaient accumulées et tournaient en lents rouleaux entre les lumières. Il chercha parmi les visages dans l'espoir d'en découvrir un auprès duquel plaider sa cause mais il ne vit rien. Il abaissa la main et ouvrit la boucle du collier de chien en cuir passé au cou de la louve et retira le collier et attendit. Ceux qui étaient en avant tentèrent de reculer dans la foule. Le jeune hobereau sortit un petit revolver de sa ceinture.

Agárrala, dit-il.

Il attendait. Plusieurs spectateurs avaient aussi sorti leurs armes. Il avait l'air d'un homme debout sur l'échafaud qui cherche parmi la foule un cœur compatissant. Quête inutile même si tous les hommes rassemblés là risquaient de se retrouver tôt ou tard à la même place que lui. Il regarda le jeune hobereau. Il savait qu'il était prêt à tirer sur la louve. Il allongea le bras et remit le collier au cou de la louve sur la fourrure ensanglantée et referma la boucle.

Ponga la cadena, dit l'hacendado.

Ce qu'il fit. Se baissant et soulevant la chaîne par l'émerillon et l'accrochant à l'anneau du collier. Puis il laissa retomber la chaîne et s'écarta de la louve. Les petits revolvers disparurent aussi silencieusement qu'ils avaient surgi.

Les gens s'écartèrent et le regardèrent sortir. Dehors la nuit était encore plus froide et l'air sentait la fumée de bois qui montait des feux de cuisine au-dessus des logements des journaliers. On referma la porte derrière lui. Le carré de lumière où il se trouvait rétrécit lentement dans l'ombre de la porte et fut bientôt rendu à l'obscurité. La barre qu'on remettait en place retomba avec un bruit sourd à l'intérieur. Il regagna dans le noir l'étable où étaient parqués les chevaux. Un jeune mozo se leva et le salua. Il répondit d'un signe de tête et longea l'étable et arriva à son cheval et fit glisser le licol et le suspendit à la barre d'attache et brida le cheval. Il déroula la couverture fixée derrière la selle et la jeta sur ses épaules. Puis il sauta en selle et passa derrière la rangée de chevaux et salua le mozo et porta la main à son chapeau et sortit en direction de la maison.

Le portail du patio était fermé. Il descendit et l'ouvrit et remonta à cheval. Il se baissa dans la selle pour franchir le linteau du portail et passa avec les étriers qui frottaient contre le plâtre et cliquetaient contre les chambranles de fer. Le patio était pavé de carreaux d'argile et au bruit qu'y firent les sabots du cheval les servantes à leur ouvrage levèrent les yeux. Elles tenaient dans leurs mains des nappes et des assiettes et des corbeilles d'osier. Le long des murs les lampes à pétrole brûlaient encore en haut de leurs perches et le staccato des ombres des chauves-souris chasseresses sillonnait le carrelage et disparaissait et resurgissait et repassait. Il traversa la cour à cheval et salua les femmes d'un signe de tête et se pencha de côté dans sa selle et prit une empanada dans une assiette et commença à manger sans quitter sa selle. Le cheval abaissa son long chanfrein sur la table mais il l'éloigna. L'empanada était fourrée de viande épicée et il la mangea et se baissa et en prit une autre. Les femmes s'étaient remises à leur ouvrage. Il finit le pâté puis il prit une pâtisserie sur un plat de gâteaux et la mangea tout en faisant avancer le cheval le long des tables. Les femmes s'écartaient devant lui. Il les salua encore une fois et leur souhaita une bonne nuit. Il prit encore un gâteau et fit le tour de la cour en le mangeant pendant que le cheval faisait des écarts à cause des chauves-souris qui passaient au-dessus puis il ressortit par le portail et descendit l'allée. Au bout d'un moment une des femmes traversa le patio et referma le portail derrière lui.

Arrivé à la route il prit au sud vers la ville en avançant doucement. Le hurlement des chiens faiblissait derrière lui. À l'est une demi-lune était suspendue de biais au-dessus des montagnes comme un œil rétréci par la colère.

Il avait atteint les premières lueurs du bourg quand il arrêta son cheval sur la route. Puis il fit demi-tour et revint.

En arrivant à la porte de la grange il dégagea un pied de l'étrier et cogna contre la porte avec le talon de sa botte. La porte trembla contre la barre de fermeture à l'intérieur. Il entendait les cris des hommes et il entendait les grondements des chiens dans la remise de l'autre côté de la grange. Personne ne venait. Il fit le tour à cheval vers le fond du bâtiment et prit par l'étroit passage entre les murs de la grange et de la remise où étaient parqués les chiens. Quelques hommes accroupis le long du mur se relevèrent. Il les salua et descendit de cheval et sortit le fusil de la fonte de selle et attacha les rênes ensemble et les accrocha au poteau au coin de la remise et passa devant les hommes et poussa la porte et entra.

Personne ne fit attention à lui. Il se fraya un chemin dans la foule et quand il arriva à la palissade la louve était seule sur la piste et c'était un triste spectacle. Elle était retournée au pied du poteau et s'était accroupie mais sa tête gisait dans la poussière et sa langue pendait dans la poussière et sa fourrure était souillée de poussière et de sang et les yeux jaunes ne regardaient plus rien. Elle se battait depuis bientôt deux heures et elle avait affronté par paires la plupart des chiens qu'on avait amenés à la foire. De l'autre côté de la palissade deux meneurs s'agrippaient de toutes leurs forces aux airedales et une discussion était en cours avec l'arbitre et le jeune hacendado. Il n'y avait personne près des airedales et ils tiraient dressés au bout de leurs laisses et entrechoquaient leurs crocs humides et secouaient violemment les meneurs. La poussière suspendue entre les lampes scintillait comme de la silice. L'arroseur attendait avec son seau d'eau à la main.

Il enjamba la palissade et s'avança vers la louve et manœuvra le levier pour charger la chambre du fusil et s'arrêta à dix pieds de la louve et épaula et visa la tête ensanglantée et fit feu.

L'écho de la détonation dans l'espace clos de la grange réduisit toute chose au silence. Les airedales se laissèrent tomber à quatre pattes et se mirent à couiner et à tourner en rond derrière les meneurs. Personne ne bougeait. La fumée bleue du fusil restait suspendue dans l'air. La louve était allongée à terre, morte.

Il abaissa le fusil et en sortit l'étui vide et l'attrapa au vol et le mit dans sa poche et referma le fusil et resta immobile avec le pouce sur la platine. Il regarda la foule. Personne ne parlait. Quelques spectateurs s'étaient tournés vers le fond mais au lieu du jeune hobereau l'homme qui s'avançait vers la piste n'était autre que l'adjoint de l'alguazil vu pour la dernière fois brandissant la veste du carretero et se lançant à sa poursuite le long de la rue principale du bourg un peu plus loin en amont. Il enjamba la palissade et s'avança sur la piste et exigea que Billy lui remît son fusil. Billy attendait. L'adjoint ouvrit le rabat à bouton-pression de sa gaine de revolver et sortit l'automatique calibre 45 déjà armé.

Déme la carabina, dit-il.

Billy regarda la louve. Il regarda la foule. Il avait les yeux noyés mais il ne désarma pas le fusil et ne fit pas un geste pour se défaire de son arme. L'adjoint leva le revolver et le pointa sur sa poitrine. Les spectateurs de l'autre côté de la palissade s'accroupirent ou se jetèrent à genoux et quelques-uns se couchèrent face contre terre les mains sur la tête. Il n'y avait pas d'autre bruit dans le silence que le faible gémissement d'un des chiens. Puis quelqu'un cria dans les tribunes. Bastante, dit la voix. No le molesta.

C'était l'alguazil. Toutes les têtes se tournèrent vers lui. Il était dans les travées en haut du rude échafaudage de planches, flanqué de part et d'autre d'hommes coiffés de chapeaux de pur castor premier choix, certains fumant des puros de même que l'alguazil. Il agita la main. Il dit que c'était fini. Il dit que le jeune homme n'avait qu'à poser son fusil et qu'on ne lui ferait pas de mal. L'adjoint abaissa son revolver, les spectateurs dans les tribunes se relevèrent et époussetèrent leurs vêtements. Billy posa le canon du fusil sur son épaule et abaissa le chien avec le pouce. Il se retourna et regarda l'alguazil. Du revers de la main l'alguazil fit un petit mouvement circulaire. Était-ce un signal pour lui ou pour le public en général il ne pouvait pas le savoir, mais les spectateurs recommencèrent à se parler et quelqu'un ouvrit la porte de la grange sur la fraîche nuit mexicaine.

L'homme auquel la fourrure avait été promise avait enjambé les planches et s'avançait. Il contourna la louve morte et s'arrêta en face d'elle en serrant dans sa main son couteau de ceinture. Billy lui demanda ce que valait la peau et l'homme haussa les épaules. Il observait attentivement Billy.

Cuánto quiere por él ? dit Billy.

El cuero ?

La loba.

L'homme regarda la louve et regarda Billy. Il dit que la peau valait cinquante pesos.

Acepta la carabina ? dit Billy.

L'homme leva les sourcils mais reprit aussitôt contenance. Es un Winchester ? dit-il.

Claro. Cuaranta y cuatro.

Il décrocha le fusil de son épaule et le lança à l'homme. L'homme ouvrit le levier de chargement et le referma. Il se baissa et ramassa la cartouche éjectée et l'essuya à sa manche de chemise et la remit dans le magasin. Il leva le fusil et prit sa visée sur les lampes du plafond. Le fusil valait bien une douzaine de peaux de loup en lambeaux mais il le palpa et le soupesa dans sa main et regarda attentivement Billy avant d'opiner du chef. Bueno, dit-il. Il mit le fusil sur son épaule et tendit la main. Billy regarda cette main puis la saisit lentement et leur marché fut scellé au centre de la piste tandis que les spectateurs passaient à la file devant eux pour gagner la porte ouverte. Au passage ils le scrutaient de leurs yeux sombres mais s'ils étaient déçus de leur soirée ils n'en laissaient rien paraître car ils étaient aussi les invités de l'hacendado et de l'alguazil et ils gardaient leurs sentiments pour eux selon la coutume du pays. L'homme demanda à Billy s'il avait d'autres cartouches pour le fusil mais Billy répondit d'un hochement de tête et se mit à genoux et souleva dans ses bras la forme molle de la louve qui toute maigre qu'elle fût était tout ce qu'il pouvait porter et traversa la piste et enjamba la palissade et gagna la porte du fond avec la tête qui se balançait et le lent filet de sang qui gouttait sur ses traces.

Quand il sortit à cheval de l'ombre du bâtiment avec la louve posée en travers de l'arçon de sa selle il l'avait enveloppée dans les restes de la toile que la femme de l'éleveur lui avait donnée. La cour était remplie de cavaliers sur le départ et des cris qu'ils se jetaient. Ça grouillait de chiens qui hurlaient autour des jambes de son cheval et le cheval faisait des écarts et piétinait et bottait pour les chasser et il passa devant la porte ouverte de la grange et franchit le portail et prit à travers champs en direction de la rivière, penché de côté dans sa selle et agitant son chapeau pour disperser les chiens les plus têtus. Vers le sud des fusées s'élevaient au-dessus de la ville en longues courbes crépitantes et éclataient dans l'obscurité et retombaient en lentes pluies incandescentes de confettis. Le craquement de leur explosion lui arrivait bien après l'éruption de lumière et dans chaque éruption de lumière s'accrochaient les fantômes indistincts de celles qui l'avaient précédée. Arrivé à la rivière il prit vers l'aval et traversa dans les remous des bas-fonds en suivant le courant puis longea les larges bancs de gravier. Des canards passèrent au-dessus de lui dans l'obscurité. Il entendait leurs ailes. Il les voyait découpés en silhouette monter sur l'horizon et disparaître au-dessus du sombre paysage vers l'ouest. Il dépassa le bourg et les petits lampions du carnaval et les formes brouillées des lampions sur les lents moutonnements noirs de l'eau le long de la berge. Les restes consumés d'une rosace de Sainte-Catherine fumaient encore derrière les saules noires. Il examina les pentes des montagnes, leur assise sur le sol. Le vent qui soufflait de la rivière avait une odeur de métal mouillé. Il sentait sa cuisse trempée du sang de la louve là où le sang avait traversé la toile et imbibé son pantalon et il pressa sa main sur sa jambe et goûta le sang qui n'avait pas une autre saveur que le sien. Le feu d'artifice était fini. Une moitié de lune restait suspendue au-dessus du cap noir des montagnes.

Au confluent des deux rivières il traversa la large plage de gravier et s'arrêta au gué sans descendre de cheval et ils regardèrent lui et le cheval vers le nord où la rivière sortait claire et froide du paysage obscur. Il faillit sortir son fusil de la fonte de selle pour le protéger de l'eau mais il fit avancer son cheval sur les bas-fonds.

Il sentait le choc amorti des sabots du cheval sur les galets arrondis au fond de la rivière et il entendait le battement de l'eau contre les jambes du cheval. L'eau arrivait au ventre du cheval et il en sentait le froid quand elle entrait dans ses bottes. Une dernière fusée solitaire monta dans le ciel au-dessus du bourg et les illumina au milieu de la rivière lui et la louve et illumina tout le paysage alentour, les arbres des rives étrangement enveloppés d'ombre, les rocs pâles. Un chien qui avait capté l'odeur de la louve sur le vent et les avait suivis seul jusque-là depuis le bourg se figea dressé sur trois pattes dans cette fausse lumière au milieu du banc de gravier puis toute chose fut rendue à l'obscurité d'où elle avait surgi.

Ils traversèrent le gué et sortirent ruisselants de la rivière et il se retourna sur la sombre silhouette du bourg puis il poussa le cheval entre les saules de la berge et les grands roseaux et prit à l'ouest vers les montagnes. Il fredonnait en chemin de vieilles chansons que son père lui avait chantées jadis et un tendre corrido en espagnol qui venait de sa grand-mère et où il était question de la mort d'une courageuse soldadera qui avait repris le fusil de son homme tué au combat et affronté l'ennemi dans une antique dévastation de mort. La nuit était claire et tandis qu'il chevauchait la lune disparut sous la corniche de la montagne et les étoiles commencèrent à apparaître à l'est là où le ciel était plus sombre. Ils remontèrent le lit à sec d'un ruisseau dans une nuit soudain plus froide, comme si la lune avait eu un peu de chaleur. Et il continua par les collines basses où il chevaucha toute la nuit durant en chantant doucement en chemin.

Quand il arriva aux premiers éboulis du talus au pied des hauts escarpements des Pilares l'aube n'était pas loin. Il arrêta le cheval dans un creux d'herbe épaisse et descendit et lâcha les rênes. Son pantalon était raide de sang. Il souleva la louve et la déposa à terre et déplia le drap. Elle était rigide et froide et sa fourrure était rêche du sang qui y avait séché. Il ramena le cheval par la bride au bord du ruisseau et le laissa là pour qu'il s'abreuve et explora les rives à la recherche de bois pour faire un feu. Des coyotes jappaient le long des collines au sud et leurs cris qui venaient des silhouettes sombres des falaises au-dessus de lui semblaient n'avoir que la nuit pour origine.

Il alluma le feu et souleva la louve du drap et alla au

ruisseau avec le drap et accroupi dans l'obscurité il en lava le sang dans l'eau puis il revint et découpa dans un micocoulier deux piquets terminés en V et les enfonça dans le sol avec une pierre et suspendit le drap à un bâton au-dessus comme sur des tréteaux. Aussitôt le drap se mit à fumer à la lueur du feu comme une toile brûlant dans un désert où les tenants d'un culte sacré auraient été enlevés par quelque secte rivale à moins peut-être qu'ils se soient enfuis dans la nuit épouvantés de leurs propres actes. Il drapa la couverture sur ses épaules et resta assis par terre grelottant de froid et attendant l'aube pour pouvoir trouver l'endroit où il enterrerait la louve. Au bout d'un moment le cheval revint du ruisseau en traînant sur les feuilles les rênes mouillées et s'arrêta à la limite du feu.

Il s'endormit la paume des mains tournée devant lui vers le ciel comme un pénitent au repos. Quand il se réveilla il faisait encore noir. Le feu n'était plus que quelques flammes grésillant sur les braises. Il enleva son chapeau et l'agita pour ranimer les flammes et alimenta le feu avec le bois qu'il avait ramassé. Il chercha des yeux le cheval mais ne le vit nulle part. Les coyotes continuaient de crier tout au long des remparts de pierre des Pilares et l'orient se teintait vaguement de gris. Il s'accroupit contre la louve et toucha sa fourrure. Il toucha les dents froides et parfaites. L'œil tourné vers le feu ne renvoyait aucune lumière et il le referma avec son pouce et s'assit contre elle et posa sa main sur le front ensanglanté et ferma lui aussi les yeux pour la voir courir à travers les montagnes, courir à la lueur des étoiles quand l'herbe était mouillée et que l'apparition du soleil n'avait pas encore anéanti la riche matrice des créatures qui étaient passées avant elle dans la nuit. Biches et lièvres et colombes et campagnols tous somptueusement enluminés sur l'air pour sa délectation, toutes les nations du monde possible ordonnées par Dieu où elle était une parmi d'autres et nullement distincte. Où la menait sa course les cris des coyotes s'interrompaient dans un claquement de mâchoires comme si une porte s'était refermée sur eux et tout n'était que terreur et émerveillement. Il souleva du feuillage la tête raidie pour la tenir entre ses mains ou plutôt il fit le geste de tenir ce qui ne peut être tenu, ce qui était déjà parti courir par les montagnes, à la fois terrible et d'une grande beauté, comme des fleurs qui se nourrissent de chair. Ce dont sont faits la chair et le sang et les os mais qu'ils ne peuvent eux-mêmes créer ni sur un autel ni par blessure de guerre. Ce qui, nous pouvons bien le croire, a le pouvoir de découper et de modeler et de ciseler la sombre forme du monde, sans nulle doute si le vent le peut, si la pluie le peut. Mais qui ne peut être tenu jamais être tenu et n'est point une fleur mais qui est prompt et qui est chasseresse et le vent lui-même en est terrifié et le monde ne peut pas le perdre.

2

Les entreprises vouées à l'échec divisent pour toujours une existence entre un alors et un maintenant. Il avait transporté la louve dans les montagnes en travers de l'arçon de sa selle et l'avait inhumée en haut d'un col sous un tumulus de pierres. Les petits louveteaux qu'elle avait dans son ventre sentirent le froid se resserrer sur eux et poussèrent des plaintes muettes dans le noir et il les ensevelit tous et empila les pierres par-dessus et repartit avec le cheval. Il continua d'errer sans but de plus en plus loin dans les montagnes. Il se tailla un arc dans une branche de houx, découpa des flèches dans des cannes de roseau. Il rêva de redevenir l'enfant qu'il n'avait jamais été.

Ils furent des semaines à parcourir le haut pays et ils étaient de plus en plus maigres et de plus en plus hâves homme et cheval et le cheval broutait les rares touffes d'herbe d'hiver dans les montagnes et rongeait les lichens sur les rochers et Billy chassait les truites avec ses flèches quand il les apercevait immobiles au-dessus de leurs ombres sur les pierres froides au fond des mares et il les mangeait et mangeait le fruit vert du nopal et un jour de grand vent qu'ils traversaient une haute brèche dans les montagnes un épervier passa devant le soleil et son ombre passa si vite dans l'herbe devant eux que le cheval fit un écart et Billy leva la tête au moment même où l'oiseau virait d'aplomb et il prit l'arc qu'il portait à l'épaule et encocha et lâcha une flèche et la regarda monter avec le vent qui froissait l'empenne fixée à la canne de roseau et il la regarda tourner et infléchir sa course et il vit l'épervier virevolter puis tendre soudain ses ailes avec la flèche fichée dans son pâle bréchet.

L'épervier tourna et glissa au fil du vent et disparut au-delà de l'éperon de la montagne, une seule plume tomba. Billy partit à cheval à la recherche de l'oiseau mais ne le trouva jamais. Il trouva une seule goutte de sang qui avait séché sur la roche et noirci au vent et rien d'autre. Il descendit et s'assit par terre à côté du cheval en plein vent et se fit une entaille dans le gras de la paume avec son couteau et regarda les lentes gouttelettes de sang tomber sur la pierre. Deux jours plus tard il arrêta son cheval sur un promontoire qui surplombait le rio Bavispe et la rivière coulait à l'envers. À moins que ce ne fût le soleil couchant à l'est derrière lui. Il établit son pauvre bivouac dans un brise-vent de genévriers et il attendit toute la nuit pour voir ce que ferait le soleil ou ce que ferait la rivière et au matin quand le jour se leva sur les montagnes au loin et sur la vaste plaine devant lui il comprit qu'il était revenu sur ses pas en traversant les montagnes et qu'il était retourné là où le cours de la rivière repartait vers le nord le long du versant oriental des sierras.

Il s'enfonça de plus en plus profond dans les montagnes. Il s'assit sur un tronc d'arbre abattu par le vent dans une haute forêt d'arbousiers et de frênes et coupa avec son couteau un morceau de corde à la longueur voulue pendant que le cheval le regardait. Il se leva et enfila la corde à travers les passants de son pantalon qui lui tombait des hanches et replia et rangea le couteau. C'est rien que tu peux manger, dit-il au cheval.

Dans ce haut pays sauvage il se couchait dans le froid et le noir et écoutait le vent et regardait mourir les dernières braises de son feu et les rouges fissures des tisons carbonisés qui se brisaient le long de leurs quadrillages insoupçonnés. Comme si dans le bois mis à l'épreuve du feu apparaissaient des géométries cachées et leurs lois qui ne pouvaient être pleinement révélées, tel est l'ordre du monde, que dans l'obscurité et la cendre. Il n'entendit point de loups. Déguenillé et à moitié affamé et son cheval fourbu il arriva une semaine plus tard dans la localité minière d'El Tigre.

Une douzaine de maisons disposées au hasard le long d'une pente dominant une petite vallée dans la montagne. Il n'y avait personne nulle part. Il restait en selle au milieu de la rue de terre et le cheval contemplait l'endroit d'un œil morne, les misérables masures faites de pisé et de baguettes de bois, avec leurs portes en peau de vache. Il poussa le cheval en avant et une femme sortit dans la rue et s'approcha de lui et resta debout contre son étrier et regarda le visage enfantin sous le chapeau et demanda s'il était malade. Il dit que non. Qu'il avait seulement faim. Elle lui dit de descendre, ce qu'il fit, et il fit glisser l'arc de son épaule et le suspendit à la corne de la selle et suivit la femme jusqu'à la maison avec le cheval derrière.

Il prit place dans une cuisine si bien abritée du soleil qu'elle était pratiquement dans le noir et il mangea des frijoles dans un bol d'argile avec une énorme cuiller en métal émaillé. L'unique lueur venait d'un trou à fumée pratiqué dans le plafond et la femme était là à genoux devant un petit brasero en terre et retournait des tortillas sur une vieille plaque d'argile fendue servant de comal tandis que la mince fumée montait le long du mur noirci et disparaissait au-dessus. Il entendait des poules qui caquetaient dehors et dans une pièce plus sombre encore derrière un rideau fait de toiles de sacs cousues ensemble quelqu'un dormait. La maison sentait la fumée et la graisse rance et la fumée avait l'odeur vaguement antiseptique du pin pignon. La femme retourna les tortillas avec ses doigts nus et les mit sur une assiette d'argile et les lui apporta. Il remercia et en plia une et la trempa dans les haricots et mangea.

De dónde viene ? dit-elle.

De los Estados Unidos.

De Tejas ?

Nuevo México.

Que lindo, dit-elle.

Lo conoce ?

No.

Elle le regardait manger.

Es minero ? dit-elle.

Vaquero.

Ay, vaquero.

Quand il eut fini de manger et bien essuyé le bol avec le dernier morceau de tortilla elle prit les assiettes et les emporta de l'autre côté de la pièce et les mit dans un seau. Une fois de retour elle s'assit en face de lui de l'autre côté de la table sur le banc de bois scié et l'examina. Adónde va ? dit-elle.

Il n'en savait rien. Il regarda vaguement à travers la pièce. Fixé au mur nu de pisé par un clou en bois il y avait un calendrier avec une illustration en couleur représentant une Buick modèle 1927. À côté de l'automobile se tenait une femme en manteau de fourrure coiffée d'un turban. Il dit qu'il ne savait pas où il allait. Ils restaient assis l'un en face de l'autre. D'un signe de tête il montra l'ouverture dissimulée par un rideau. Es su marido ? dit-il.

Elle dit que non. Elle dit que c'était sa sœur.

Il inclina la tête. Il regarda encore une fois à travers la pièce dont son premier coup d'œil avait de toute façon épuisé tous les détails puis il tendit le bras par-dessus son épaule et prit son chapeau accroché au montant de la chaise derrière lui et repoussa la chaise sur le sol d'argile et se leva.

Muchísimas gracias, dit-il.

Clarita, cria la femme.

Elle ne l'avait pas quitté des yeux et il se dit qu'elle était peut-être un peu détraquée. Elle appela de nouveau. Elle se retourna et regarda vers la pièce plongée dans l'obscurité derrière le rideau. Elle leva un doigt. Momentito, dit-elle. Elle se leva et passa dans l'autre pièce. Au bout de quelques minutes elle reparut. Elle avait écarté la toile de sac et d'un geste théâtral la maintenait contre le chambranle. La femme qui avait dormi pendant tout ce temps franchit la porte devant lui dans un peignoir en rayonne rose maculé de taches. Elle le regarda puis se tourna et regarda sa sœur.

C'était peut-être la cadette mais elles se ressemblaient beaucoup. De nouveau elle regarda Billy. Il était debout avec son chapeau à la main. La sœur restait derrière elle dans l'encadrement de la porte avec la toile de sac effrangée et poussiéreuse serrée contre elle comme pour suggérer que l'apparition de la dormeuse était une chose exceptionnelle et transitoire. Elle-même n'étant que l'annonciatrice d'une bonne nouvelle. La dormeuse tira sur son peignoir et étendit le bras et toucha d'une main le visage de Billy. Puis elle fit demi-tour et repassa le seuil et ne se montra plus. Billy remercia son hôtesse et mit son chapeau et écarta la porte de cuir grinçante et se retrouva dehors au soleil où attendait le cheval.

En sortant de la ville par une route où il n'y avait ni ornières ni empreintes de sabot ni d'autres signes de circulation il passa devant deux hommes debout dans une embrasure qui l'interpellèrent en gesticulant. Il avait de nouveau accroché l'arc à son épaule et il pensait qu'armé de la sorte et vêtu de loques noires de crasse sur son cheval exsangue il devait offrir un triste ou grotesque spectacle mais quand il regarda plus attentivement les deux railleurs il se dit qu'il ne pouvait guère paraître plus mal en point que ces deux-là et il continua son chemin.

Il traversa la petite vallée et continua à l'ouest dans les montagnes. Il n'avait aucun moyen de savoir depuis combien de temps il était dans ce pays mais en songeant en chemin à tout ce qu'il en avait vu de bon ou de mauvais il comprit que rien de ce qu'il pourrait encore y trouver ne l'effrayait. Dans les jours à venir il allait rencontrer des Indiens farouches qui vivaient au fond des sierras dans les chozas et les wickiups de leurs propriétés sordides et des Indiens plus farouches encore qui vivaient dans des grottes et qui sans doute le prenaient tous pour un fou vu les égards qu'ils lui témoignaient. Ils lui donnèrent à manger et les femmes lavèrent ses vêtements et les raccommodèrent et lui réparèrent ses bottes avec une alêne de leur fabrication et des ligaments provenant d'un pied d'épervier. Ils parlaient entre eux dans leur propre langue ou avec lui en mauvais espagnol. Ils dirent que la plupart des jeunes de chez eux étaient partis travailler dans les mines ou dans les villes ou dans les haciendas des Mexicains mais qu'ils se méfiaient des Mexicains. Ils faisaient du troc avec eux dans les petits villages au bord de la rivière et parfois ils s'attardaient un peu à l'écart de leurs feux pour assister à leurs fêtes mais à part cela ils ne fréquentaient que leurs semblables. Ils dirent que c'était l'habitude du pays de les blâmer de tous les crimes que commettaient les Mexicains et que les Mexicains se soûlaient et s'entre-tuaient et envoyaient ensuite les soldats les traquer dans les montagnes. Quand il leur dit d'où il venait il fut surpris de constater qu'ils connaissaient aussi ce pays-là mais qu'ils ne voulaient pas en parler. Personne n'essaya de lui vendre des chevaux. Personne ne lui demanda pourquoi il était venu. Ils l'avertirent seulement de se tenir à l'écart du pays yaqui à l'ouest parce que les Yaquis le tueraient. Puis les femmes enveloppèrent pour lui un repas composé de machaca, une viande desséchée qui avait la consistance du cuir, et de maïs carbonisé et de tortillas tachées de suie et un vieillard s'approcha et s'adressa à lui dans un espagnol qu'il pouvait à peine comprendre, lui parlant dans la figure avec une grande gravité et se tenant à sa selle par-devant et par-derrière de sorte que Billy était presque dans ses bras. Il était vêtu d'un accoutrement étrange et criard et sur ses habits étaient brodés des symboles qui avaient l'aspect géométrique d'un damier, peut-être d'un jeu. Il portait des bijoux de jade et d'argent et ses cheveux étaient longs et plus noirs que son âge ne semblait le justifier. Il dit à Billy qu'il était un huérfano mais qu'il devait cesser pourtant ses errances et se trouver une place dans le monde parce qu'errer de cette manière deviendrait pour lui une passion et que cette passion le rendrait étranger aux hommes et finalement à lui-même. Il dit que le monde ne peut être connu que tel qu'il existe dans le cœur des hommes. Car si le monde semble être un lieu où résident les hommes c'est dans l'homme en réalité que réside le monde et pour le connaître c'est donc là qu'il faut chercher et apprendre à connaître le cœur des hommes et pour cela il faut vivre avec les hommes sans se contenter de passer parmi eux. Il dit que si l'orphelin croyait peut-être qu'il n'avait plus sa place parmi les hommes il devait se débarrasser de ce sentiment parce qu'il y avait en lui une grandeur d'âme que les hommes pouvaient voir et que les hommes voudraient le connaître et que le monde aurait besoin de lui autant qu'il avait lui-même besoin du monde parce qu'ils ne faisaient qu'un. Il conclut en disant que si c'était en soi une bonne chose il y avait aussi là un danger comme en toute bonne chose. Puis il retira ses mains de la selle de Billy et s'écarta. Billy le remercia de ses paroles mais il dit qu'en réalité il n'était pas orphelin et il remercia les femmes qui étaient là et il tourna son cheval et se mit en chemin. Ils le regardaient s'éloigner. En passant devant les derniers wickiups de broussailles il regarda par-dessus son épaule et à ce moment le vieillard lui cria quelque chose. Eres, dit-il. Eres huérfano. Mais Billy se contenta de lever la main et de toucher son chapeau et continua.

Au bout de deux jours il arriva à une route de chariots qui coupait les sierras d'est en ouest. Les sous-bois verdoyaient d'yeuses et d'arbousiers, la route semblait peu fréquentée. En une journée de cheval il ne rencontra pas une âme. Il franchit un col d'altitude où la voie était si étroite que les roches portaient d'anciennes traces de moyeux de chariots et ici et là au-dessous du col se dressaient des tumulus de pierres, monuments funéraires de cette contrée où des voyageurs avaient été des années auparavant massacrés par des Indiens. Le pays semblait dépeuplé et vide et il ne vit point de gibier et ne vit point d'oiseaux et il n'y avait que le vent et le silence.

Arrivé à l'escarpement oriental il mit pied à terre et conduisit le cheval par la bride le long d'une banquette de pierre grise. Les petits genévriers qui poussaient le long de la corniche ployaient sous un vent tombé depuis longtemps. Sur la paroi verticale des falaises il y avait d'antiques pictogrammes d'hommes et d'animaux et de soleils et de lunes ainsi que d'autres représentations qui semblaient n'avoir aucun rapport avec le monde bien qu'elles en aient peut-être eu un autrefois. Il s'assit au soleil et contempla au loin le pays vers l'est, la large barranca du Bavispe et dans son prolongement la plaine des Carretas qui avait été jadis un fond marin et les petits champs morcelés et le jeune maïs verdoyant sur les anciennes terres de la Chichimeca où des prêtres étaient passés et où des soldats étaient passés et les bâtiments des missions tombés en poussière et au-delà de la plaine les chaînes des montagnes chaîne après chaîne dans de pâles nuances de bleu avec le sol du nord au sud éventré, canyon et chaîne, sierra et barranca, tout cela attendant comme dans un songe que le monde advienne, que le monde passe. Il vit un vautour solitaire suspendu immobile sur quelque haut vecteur choisi pour lui par le vent. Il vit la fumée d'une locomotive passer lentement sur la plaine à une quarantaine de miles.

Il sortit d'une poche déchirée une poignée de pignons et les étala sur un rocher et les fendit avec un caillou. Il avait pris l'habitude de parler à son cheval et il lui parlait à présent tout en cassant les pignons et quand il eut sorti les amandes de leurs coques il les prit dans le creux de sa main et les tendit devant lui. Le cheval le regarda et regarda les amandes et fit deux pas en avant en traînant les pieds et posa sa bouche caoutchouteuse dans sa paume.

Il essuya à la jambe de son pantalon la bave qu'il avait sur la main et s'assit pour casser et manger à son tour le reste des pignons sous les yeux du cheval qui regardait. Puis il se leva et alla au bord de l'escarpement et jeta le caillou qui partit en tournant sur lui-même et tomba et continua de tomber et disparut dans le silence. Il écoutait. D'en bas lui parvenait le bruit lointain de la pierre sur la pierre. Il revint et s'allongea sur la banquette de pierre chaude et appuya la tête au creux de son bras et regarda fixement l'obscurité au fond de la calotte de son chapeau. Sa maison avait fini par lui paraître lointaine et irréelle. Il y avait des moments où il n'arrivait plus à se souvenir du visage de son père.

Il dormit et dans son sommeil il rêva de sauvages qui

s'approchaient avec des massues les dents limées en pointes acérées. Ils se pressaient autour de lui et l'avertirent de leur ouvrage avant même de commencer. Il se réveilla et resta allongé, tendant l'oreille. Comme s'ils avaient encore été là, peut-être juste au-delà des ténèbres de son chapeau. Accroupis entre les rochers. Ciselant à la pierre dans la pierre les images du monde vivant qu'ils voulaient perpétuer et du monde mis à mort de leurs propres mains. Il souleva son chapeau et le posa sur sa poitrine et regarda le ciel bleu. Il se redressa et chercha des yeux son cheval mais le cheval était à quelques pieds à peine et l'attendait. Il se leva et remua ses épaules engourdies et mit son chapeau et ramassa les rênes qui traînaient et laissa sa main descendre le long de la jambe du cheval jusqu'à ce qu'il eût soulevé le pied et coincé le sabot entre ses genoux pour l'examiner. Le cheval avait depuis longtemps perdu ses fers et les sabots étaient longs et effrangés et il sortit son couteau de poche et rogna la paroi du sabot là où les bords s'écartaient puis il posa le pied du cheval et fit le tour de l'animal, inspectant et parant l'un après l'autre les autres sabots. Le continuel frottement des broussailles et des aiguilles dans les montagnes avait aboli tout vestige de l'écurie et il émanait du cheval une odeur forte et capiteuse. Le cheval avait des sabots sombres aux parois épaisses et avait en lui assez de sang de grullo pour devenir un cheval de montagne aussi bien par conformation que par penchant et comme là où Billy avait grandi les chevaux étaient un sujet de conversation plus ou moins continuel il savait que si le sang détermine la forme d'un jarret ou la largeur d'un visage il transmet de la même manière un être intérieur façonné selon un certain moule et pas un autre et plus leur vie dans les montagnes devenait primitive plus il sentait que le cheval était subtilement en guerre avec lui-même. Il ne croyait pas que le cheval le quitterait mais il était certain que le cheval y avait songé. Il finit de parer le dernier sabot de derrière et ramena l'animal sur l'étroite piste et se remit en selle et tourna et commença à descendre dans la gorge.

La route descendait la face granitique de la sierra comme

un ressort en spirale. Il était stupéfait à l'idée que des chariots avaient pu emprunter ces étroits lacets. Il y avait sur les bords de la route des éboulements où il mit pied à terre et où il conduisit le cheval en main et il y avait sur la route des rochers que personne n'aurait pu déplacer. Après les forêts de pins la descente continuait entre chênes et genévriers. Un terrain sauvage et déchiqueté. Partout l'envahissante verdure printanière des barrancas. Dans la lumière du soir un céladon tremblant. La descente lui prit sept heures, les dernières dans le noir.

Il dormit cette nuit-là dans un bras à sec de la rivière entre d'épais buissons de roseaux et de saules et au matin il prit au nord sur la piste le long de la rivière et la suivit jusqu'à ce qu'il trouve un gué. Échouées sur la rouge plaine alluviale de l'autre côté de la rivière étaient les ruines d'une ville en train de retourner à la terre dont elle avait été bâtie. Une seule fumée se dressait dans l'air bleu. Il poussa le cheval dans le gué et s'arrêta pour le laisser boire et il se pencha de côté dans sa selle et prit une poignée d'eau dans le creux de ses mains et se la passa sur le visage et en prit une autre pour boire. L'eau était froide et claire. Vers l'amont des martinets ou des hirondelles tournaient et se déployaient en passant très bas au-dessus de l'eau et le soleil matinal était tiède sur son visage. Il pressa les talons de ses bottes contre les flancs du cheval et le cheval sortit sa bouche ruisselante de la rivière et repartit lentement à travers le gué. Au milieu de la rivière il s'arrêta de nouveau et fit glisser l'arc de son épaule et le laissa filer dans le courant. L'arc tourna et s'agita dans les remous et fut emporté un peu plus bas dans le bief. Un pâle croissant de bois, tournant et partant à la dérive, abandonné en plein soleil sur l'eau. Le legs d'un archer noyé, d'un musicien, d'un faiseur de feu. Il finit de traverser le gué et continua entre les saules et les joncs de la rive et entra dans la ville.

La plupart des bâtiments qui tenaient encore étaient à l'autre bout de l'agglomération et il prit dans cette direction. Il passa devant l'épave d'une antique diligence à moitié démolie abandonnée dans un hall dont les portes étaient tombées à l'intérieur. Il passa devant un four en terre dans une cour au fond de laquelle guettaient les yeux d'un animal et il passa devant les ruines d'une énorme église d'adobe dont les poutres du toit gisaient parmi les gravats. L'homme qui se tenait dans l'embrasure au fond de l'église était encore plus pâle de peau qu'il ne l'était lui-même et il avait les cheveux blonds et les yeux bleu pâle et l'homme lui cria quelque chose d'abord en espagnol et ensuite en anglais. Il lui disait de descendre et d'entrer.

Il laissa le cheval à la porte de l'église et suivit l'homme à l'intérieur d'une petite pièce où un feu brûlait dans un fourneau improvisé avec de la tôle. La pièce contenait un petit lit ou une couchette et une longue table en pin aux pieds chantournés et plusieurs chaises à haut dossier comme en faisaient les mennonites de la région. Plusieurs chats de toute teinte étaient couchés un peu partout dans la pièce. L'homme désigna les chats d'un geste vague comme pour dire qu'il fallait les excuser puis il fit signe à Billy de s'asseoir. Billy avait retiré la couverture de ses épaules et la tenait dans ses mains. Il faisait très chaud dans la pièce mais l'homme s'était baissé et avait ouvert la porte du fourneau pour y remettre du bois. Sur le fourneau étaient posées une poêle en fer et une marmite et plusieurs casseroles noircies ainsi qu'une théière en argent à pieds de griffon horriblement cabossée et maculée de taches sombres qui formait un curieux contraste avec les autres ustensiles. L'homme se leva et referma la porte du fourneau avec le pied et allongea le bras pour prendre deux tasses et deux soucoupes de faïence et les posa sur la table. Un chat se leva et traversa la table et regarda tour à tour dans chacune des tasses puis se rassit. L'homme prit la théière posée sur le fourneau et remplit les tasses et remit la théière à sa place et regarda Billy.

Eres puros huesos, dit-il.

Tengo miedo es verdad.

Allez. Mets-toi à ton aise. Tu veux des œufs ?

Oui. J'crois que je pourrais manger des œufs.

Combien t'en veux ?

J'en mangerai trois.

Il n'y a pas de pain.

Quatre alors.

Il faut t'asseoir.

Bon.

Il prit un petit seau émaillé et sortit par la porte basse. Billy tira une chaise et s'assit. Il plia tant bien que mal la couverture et la posa sur la chaise à côté de lui et prit la tasse qui était près de lui et but une gorgée de café. Ce n'était pas du vrai café. Il ne savait pas ce que c'était. Il regarda à travers la pièce. Les chats l'observaient. Au bout d'un moment l'homme revint avec les œufs qui roulaient au fond du seau. Il souleva la poêle à frire et serrant les doigts sur le manche il regarda à l'intérieur comme dans une glace noire puis il la reposa sur le fourneau et y mit de la graisse qu'il avait puisée dans un pot d'argile avec une cuiller. Il regarda la graisse fondre puis cassa les œufs dans la poêle et les tourna avec la même cuiller. Quatre œufs, dit-il.

Oui.

L'homme se retourna et le regarda puis se remit à cuisiner. Billy se dit que ce n'était pas à lui que l'homme avait parlé. Quand les œufs furent prêts il prit une assiette et les servit avec la cuiller et posa sur le bord de l'assiette une fourchette d'argent noirci et posa l'assiette sur le bord de la table devant Billy. Il versa encore du café et remit la cafetière sur le fourneau et s'assit de l'autre côté de la table pour le regarder manger.

T'es perdu, dit-il.

La fourchette resta suspendue en l'air avec une bouchée d'œufs et Billy réfléchit à la question. J'crois pas, dit-il.

Le dernier gars qui est passé par ici était malade. Très malade.

Y a combien de temps ?

L'homme agita vaguement la main.

Qu'est-ce qui lui est arrivé ? dit Billy.

Il est mort.

Billy continuait de manger. J'suis pas malade, dit-il.

Il est enterré au cimetière.

Billy mangeait. J'suis pas malade, dit-il, et pas perdu non plus.

C'est la première personne qu'on y a enterrée depuis pas mal d'années, je peux te le dire.

Depuis combien d'années ?

J'en sais rien.

Qu'est-ce qu'il était venu faire ici ?

C'était un mineur qui venait des montagnes. Un piqueur. Il était tombé malade c'est pour ça qu'il est venu ici. Mais c'était trop tard. On n'a rien pu faire pour lui.

Y a beaucoup de monde qui habite ici ?

Personne. Rien que moi.

Alors vous êtes le seul à avoir essayé ?

Essayé quoi ?

De faire quelque chose pour lui.

Oui.

Billy leva les yeux sur l'homme. Il prit une bouchée. Quel jour on est ? dit-il.

On est dimanche.

Je voulais dire le combien du mois.

J'en sais rien.

Vous savez quel mois on est ?

Non.

Alors comment vous savez que c'est dimanche ?

Parce que c'est dimanche un jour sur sept.

Billy mangeait.

Je suis mormon. Ou je l'étais. Je suis né mormon.

Il n'était pas sûr de savoir ce que c'est qu'un mormon. Il regarda la pièce. Il regarda les chats.

Ils sont venus ici il y a bien des années. En 1896. Depuis l'Utah. Ils sont venus quand l'Utah est devenu un État des États-Unis. J'étais mormon. Ensuite je me suis converti à l'Église. Ensuite je suis devenu je ne sais quoi. Ensuite je suis devenu moi.

Qu'est-ce que vous faites ici ?

Je suis le curateur. Le gardien.

Le gardien de quoi ?

De l'église.

Elle est en ruine.

Oui. Évidemment. Elle s'est écroulée quand il y a eu le terremoto.

Où vous étiez quand il y a eu le terremoto ?

J'étais pas encore né.

Quand est-ce que c'est arrivé ?

En 1887.

Billy termina ses œufs et posa la fourchette sur l'assiette. Il regarda l'homme.

Ça fait combien de temps que vous êtes ici ?

Ça fait six ans maintenant.

C'était comme ça quand vous êtes arrivé ?

Oui.

Il souleva et vida sa tasse et la reposa sur la soucoupe. Merci pour le petit déjeuner, dit-il.

Y a pas de quoi.

Il semblait sur le point de se lever de sa chaise et de prendre congé. L'homme plongea la main dans sa poche de chemise et sortit du tabac et une petite bourse en toile où il y avait des feuilles à cigarette découpées dans des fanes de maïs. L'un des chats qui étaient allongés sur la banquette s'était levé et s'étirait, les pattes de derrière et celles de devant, et d'un bond il sauta sans bruit sur la table et alla à l'assiette de Billy et la renifla et s'accroupit sur ses coudes pliés et commença délicatement à lécher les restes d'œuf sur les dents de la fourchette. L'homme avait versé une pincée de tabac dans une feuille de maïs qu'il roulait entre ses doigts d'un mouvement de va-et-vient. Il poussa son nécessaire de l'autre côté de la table vers Billy.

Merci, dit Billy. Je m'y suis pas encore mis.

L'homme inclina la tête et planta à la commissure de ses lèvres la cigarette qu'il venait de confectionner et se leva et alla au fourneau. Il prit par terre un long copeau de bois dans une boîte qui en était pleine et ouvrit la porte du fourneau et se baissa pour allumer le copeau et alluma la cigarette avec. Puis il souffla sur le copeau et le remit dans la boîte et referma la porte du fourneau et retourna à la table avec la cafetière et remplit encore une fois la tasse de Billy. Sa propre tasse était noire et froide devant lui et il n'y avait pas touché. Il remit la cafetière sur le fourneau et fit le tour de la table et s'assit comme avant. Le chat se leva et se regarda dans la faïence blanche de l'assiette et s'écarta et s'assit et bâilla et commença à faire sa toilette.

Pourquoi vous êtes venu ici ? dit Billy.

Et toi ?

Pardon ?

Pourquoi t'es venu ici ?

Je ne suis pas venu ici. Je ne fais que passer.

L'homme tira sur la cigarette. Moi aussi, dit-il. C'est pareil pour moi.

Ça fait six ans que vous ne faites que passer ?

L'homme fit un petit geste de la main. Je suis arrivé ici comme un hérétique qui veut échapper à sa vie d'avant. Je fuyais.

Vous êtes venu ici pour vous cacher ?

Je suis venu à cause des dévastations.

Pardon ?

À cause des dévastations. Des ravages du terremoto.

Oui.

Je cherchais des preuves de l'intervention de la main de Dieu dans l'univers. J'avais acquis la conviction que la main de Dieu est une main courroucée et je pensais que les hommes n'ont pas prêté suffisamment d'attention aux miracles de l'anéantissement. Aux catastrophes d'une certaine amplitude. Je pensais qu'il y avait peut-être des preuves dont il n'avait pas été tenu compte. Je pensais que Dieu n'aurait pas pris la peine d'effacer toute trace de Sa main. J'éprouvais un très vif désir de savoir. Je pensais qu'Il aurait peut-être même pris un certain plaisir à laisser des indices.

Quelle sorte d'indices ?

Je ne sais pas. Quelque chose. Quelque chose d'imprévu. Quelque chose d'anormal, d'incongru. Quelque chose qui arrête l'œil. Une trace dans la poussière. Une babiole par terre. Pas une cause. Ça je peux te le dire. Pas une cause. Tout ce que peuvent faire les causes c'est se reproduire d'elles-mêmes. Elles conduisent au chaos. Ce que je voulais c'était savoir ce qu'Il avait dans la tête. Je ne pouvais pas croire qu'Il eût détruit Sa propre église sans raison.

Vous pensez que les gens qui habitaient ici avaient peut-être fait quelque chose de mal ?

L'homme tirait sur sa cigarette d'un air pensif.

Je me disais que c'était possible, oui. Possible. Comme dans les villes de la plaine. Je me disais qu'il y avait peut-être des preuves d'une chose assez abominable pour l'inciter à frapper de Sa main. Quelque chose dans les décombres. Dans la poussière. Sous les poutres. Quelque chose d'obscur. Qui pouvait savoir ?

Qu'est-ce que vous avez trouvé ?

Rien. Une poupée. Une assiette. Un os.

Il se pencha en avant et éteignit la cigarette dans un bol d'argile posé sur la table.

Je suis ici à cause de quelqu'un. D'un homme. Je suis venu pour refaire le chemin qu'il avait fait. Peut-être pour voir s'il n'y avait pas un autre itinéraire possible. Ce qu'il y avait à chercher ici ce n'était pas une chose matérielle. Les choses n'ont aucun sens indépendamment de leur histoire. Ce ne sont que des formes. D'une certaine taille et d'une certaine couleur. D'un certain poids. Dès que le sens en est perdu pour nous elles n'ont même plus de nom. D'un autre côté l'histoire ne peut jamais s'effacer de l'endroit du monde où elle s'est produite car elle est ce lieu. Et c'est cela qu'il y avait ici à découvrir. Le corrido. L'histoire. Et comme tous les corridos il ne racontait finalement qu'une seule histoire, car il n'y en a qu'une à raconter.

Les chats bougeaient et changeaient de posture, le feu craquait dans le fourneau. Dehors dans le village abandonné le plus profond silence.

Quelle est l'histoire ? dit Billy.

Il y avait un homme qui habitait au bourg de Caborca sur le rio Altar et c'était un vieil homme. Il était né à Caborca et c'est à Caborca qu'il est mort. Mais il a habité un certain temps dans cette ville-ci. À Huisiachepic.

Que sait Caborca de Huisiachepic, Huisiachepic de

Caborca ? Ce sont des mondes différents, il faut l'admettre. Même ainsi pourtant il n'y a qu'un seul monde et tout ce qui est imaginable lui est nécessaire. Car ce monde aussi qui nous semble une chose de pierre et de fleur et de sang n'est nullement une chose mais un conte. Et tout ce qui est dans ce monde est conte et chaque conte est la somme de tous les contes qui le composent et ceux-là aussi pourtant sont le conte lui-même et tout y est contenu. Toute chose est donc nécessaire. Chacune des moindres petites choses. C'est la dure leçon. Rien n'est superflu. Rien ne peut être dédaigné. Parce que les jointures nous sont cachées, vois-tu. La menuiserie. La façon dont est agencé le monde. Nous n'avons aucun moyen de savoir ce qui pourrait en être enlevé. Ce qui pourrait être omis. Nous n'avons aucun moyen de savoir ce qui pourrait rester debout et ce qui pourrait tomber. Et ces jointures qui nous sont cachées sont évidemment dans le conte lui-même et le conte n'a d'autre lieu de résidence ou d'autre présence que dans le récit qui en est fait et c'est là qu'il habite et qu'il élit domicile de sorte que le récit n'est jamais terminé. Le récit n'a pas de fin. Et que ce soit à Caborca ou à Huisiachepic ou en n'importe quel autre lieu quel qu'en soit le nom ou qu'il n'ait pas de nom du tout je répète que tous les récits ne font qu'un. Écoutés comme ils doivent l'être tous les récits ne font qu'un.

Billy contemplait dans sa tasse le disque noir du liquide qui n'était pas du café. Il regardait l'homme et il regardait les chats. Ils semblaient s'être assoupis tous tant qu'ils étaient et Billy songea que la voix de l'homme n'avait rien de nouveau pour eux et qu'il se parlait sans doute à lui-même faute d'une oreille venue par miracle d'ailleurs. Ou qu'il parlait aux chats.

Et l'homme qui habitait ici qu'est-ce qui lui est arrivé ?

Voilà. Les parents de cet homme ont été tués par un boulet de canon dans l'église de Caborca où ils étaient allés avec d'autres pour se protéger des hors-la-loi américains qui avaient envahi le pays. Tu sais peut-être quelque chose de l'histoire de ce pays. Quand les pierres et les gravats ont été déblayés l'enfant gisait entre les bras de sa mère morte. Le père du petit était étendu à côté et il a essayé de parler. Des gens l'ont soulevé. Le sang lui coulait de la bouche. Les gens se sont baissés pour écouter ce qu'il allait dire mais il n'a rien dit. Il avait la poitrine défoncée et quand il respirait il crachait du sang et il a levé la main en signe d'adieu et après ça il est mort.

On a amené le petit ici dans cette ville. Il ne se rappelait pas grand-chose de Caborca. Il se souvenait de son père. De certains détails. Il se souvenait de son père quand il le soulevait dans ses bras pour lui montrer les marionnettes dans l'alameda. De sa mère il se souvenait moins. Il ne se rappelait peut-être rien. Les épisodes de sa vie sont bien étranges. C'est l'histoire d'une malchance. Ou c'est ce qu'on pourrait croire. On n'est pas encore arrivé au bout.

C'est ici qu'il a grandi et qu'il est devenu un homme. Dans cette ville-ci. C'est ici qu'il a pris femme et au moment voulu par Dieu un fils leur est né.

Dans la première semaine de mai de l'an 1887 cet homme part en voyage en emmenant son fils avec lui. Il se rend à Bavispe et là il confie le garçon à la garde d'un oncle qui en est aussi le parrain. De Bavispe il se rend à Batopite où il doit prendre des dispositions pour la vente de sucre de certaines haciendas situées plus au sud. Il compte passer la nuit à Batopite. C'est un voyage auquel j'ai pensé bien des fois. À ce voyage et à cet homme. C'est un homme jeune. Il n'a peut-être pas encore la trentaine. Il monte un mulet. Le petit dans l'arçon de la selle devant lui. C'est le printemps et les fleurs sauvages s'épanouissent dans les prairies le long de la rivière. Il a promis de retourner avec un cadeau pour sa jeune femme. Il la revoit debout là-bas. Elle lui fait signe de la main au moment du départ. Il n'a pas d'autre portrait d'elle que celui qu'il emporte dans son cœur. Imagine la scène.

Peut-être qu'elle pleure. Là debout à le regarder s'éloigner jusqu'à ce qu'elle le perde de vue. Debout dans l'ombre même de cette église promise à la destruction. La vie est un souvenir, puis elle n'est rien. Toute loi est inscrite dans une graine.

L'homme avait levé les doigts au-dessus de la table pour situer la scène. Il avançait la main de gauche à droite pour indiquer l'emplacement des choses et la position probable du soleil et du cavalier ou de la femme qui était là. Comme s'il avait voulu modeler la topographie d'alors dans l'air d'aujourd'hui.

À Bavispe il y a une foire. Un cirque ambulant. Et l'homme soulève son jeune fils dans ses bras sous les lanternes de papier comme son père avant lui pour que l'enfant puisse voir. Un clown, un prestidigitateur, un homme brandissant des serpents dans ses mains nues. Le lendemain matin il part seul pour Batopite ainsi qu'il a été dit, laissant l'enfant derrière. Et là à Bavispe l'enfant est mort, écrasé dans le terremoto. Le parrain tenait l'enfant dans ses bras et pleurait. La ville de Batopite a été épargnée. Aujourd'hui encore on peut voir la grande faille dans la paroi de la montagne sur l'autre rive comme un énorme rictus. Et c'était tout ce qu'on pouvait savoir de la catastrophe à Batopite. Le seul signe qu'on pût en avoir. En revenant par la route de Bavispe le lendemain matin cet homme rencontre un voyageur à pied qui lui apprend la nouvelle. Il ne peut pas croire ce que lui dit cet homme et il talonne son mulet et quand il arrive à Bavispe tout est en ruine comme l'a dit le voyageur et la mort est partout à profusion.

Il entre dans la ville déjà terrifié à l'idée de ce qu'il va trouver. Il entend des coups de feu. Surgissent des chiens qui viennent de s'attaquer aux cadavres dans les décombres et qui s'enfuient devant lui et des hommes accourent avec des revolvers et s'arrêtent dans la rue en criant. Dans l'alameda les morts reposent sur des matelas confectionnés avec des roseaux de la rivière et des vieilles femmes habillées de noir vont et viennent entre les rangées avec des branches de feuillage vert pour éloigner les mouches. Le parrain s'avance et éclate en sanglots en se pressant contre l'étrier du mulet et comme il ne peut parler il prend les rênes dans ses mains et emmène l'homme en sanglotant. Ils traversent l'alameda où gisent les marchands et les paysans morts et leurs femmes mortes. Des écolières mortes. Étendues sur des roseaux dans l'alameda de Bavispe. Un chien mort en costume de carnaval. Un clown mort. Le plus jeune de tous, son fils broyé et sans vie. Il est descendu de cheval et là il s'est agenouillé et il a serré contre sa poitrine les restes sanglants de l'enfant. On est en l'an 1887.

Quelles pouvaient être ses pensées ? Qui ne pourrait sentir sa douleur ? Il retourne à Huisiachepic emportant en travers de la croupe de son mulet le cadavre de l'enfant dont Dieu avait béni sa maison. La mère de l'enfant l'attend à Huisiachepic et voilà le cadeau qu'il lui rapporte.

Un tel homme est comme un rêveur qui s'éveille d'un mauvais rêve pour vivre un malheur plus grand encore. Désormais tout ce qu'il aime n'est plus pour lui que souffrance. L'univers ne tourne plus sur son axe. Tout ce dont l'œil s'écarte menace de disparaître. Pour nous un tel homme a cessé d'exister. Il marche et parle. Mais il est lui-même moins que la plus mince des ombres parmi toutes les choses qu'il regarde. De lui il n'y a pas d'image possible. La plus petite tache sur la page exagère encore sa présence.

Qui rechercherait la compagnie d'un tel homme ? Ce qui parle à autrui en nous et qui est au-delà de nos paroles ou au-delà de cette façon qu'on a de lever ou de tourner la main pour dire c'est comme ça qu'est mon cœur, ou comme ceci. Tout cela c'était fini pour lui. Voilà.

Billy l'observait. L'homme avait les yeux brillants et il avait posé une main sur la table la paume vers le haut comme s'il y avait tenu cette chose même qui était perdue. Il referma son poing par-dessus.

Ensuite on le perd de vue pendant plusieurs années. Il abandonne sa femme dans les ruines de cette ville. Beaucoup de ses amis sont morts. De sa femme plus rien n'est connu. Lui il est au Guatemala. Il est à la Trinidad. Comment pourrait-il revenir ? Eût-il sauvé quelque chose de l'ensevelissement de sa vie il n'aurait peut-être pas eu besoin de revenir avec des fleurs et son chagrin. Mais de toute façon il ne restait rien de lui, pas la moindre part de lui-même pour faire quoi que ce soit, vois-tu.

Les hommes dont la vie a été épargnée dans de grandes catastrophes voient souvent dans leur salut l'intervention du destin. La main de la Providence. Cet homme voyait dans sa propre expérience ce qu'il avait peut-être oublié. Qu'il avait été depuis longtemps choisi pour un autre sort que le sort commun des hommes. Car ce qu'il lui était maintenant demandé d'accepter, c'est qu'il avait été par deux fois sauvé des cendres, de la poussière et des gravats. Pour quoi faire ? Tu aurais tort de croire qu'un tel choix est un bonheur pour l'élu, car ce n'en est pas un. Ayant eu la vie sauve il s'est trouvé privé à la fois d'ancêtres et de postérité. Il ne pouvait être qu'une bribe d'être humain. Ses droits à la vie commune des hommes devenaient bien minces, sans substance. Il n'était qu'un tronc sans racines ni branches. Même alors il y a peut-être eu un moment où il aurait pu aller à l'église pour prier. Mais l'église était par terre, en miettes. Et dans le sanctuaire de plus en plus obscur qu'il portait en lui le sol avait aussi tremblé, s'était aussi fissuré. Là aussi il y avait une ruine. Un vide s'était ouvert dans son âme et peut-être voyait-il avec une clarté nouvelle à quel point il n'était lui-même comme l'église qu'une chose de glaise et peut-être pensait-il que l'église ne serait pas relevée de ses ruines car pour entreprendre une telle tâche il faut d'abord que Dieu soit présent dans le cœur des hommes puisque c'est là et là seulement qu'une église trouve sa véritable existence sans quoi nul pouvoir ne peut la reconstruire. Il est devenu un hérétique. Voilà.

Après avoir beaucoup voyagé dans sa jeunesse cet homme a fini par reparaître dans la capitale et il y a travaillé pendant quelques années. Comme courrier. Comme porteur de dépêches. Il avait une sacoche de cuir et de toile fermée par une serrure. Il n'avait aucun moyen de savoir ce que disaient les dépêches pour lesquelles il n'éprouvait d'ailleurs aucune curiosité. Les façades de pierre des bâtiments entre lesquels le conduisaient ses tournées quotidiennes gardaient les marques d'anciennes fusillades. Dans les endroits hors d'atteinte restaient encore étalés çà et là les minces et sombres médaillons de plomb qui avaient été des balles tirées depuis les nids de mitrailleuses installés dans les rues. Les bureaux où il devait attendre étaient les bureaux d'où de hauts dignitaires avaient été emmenés sur le lieu de leur exécution. Est-il besoin de dire que notre homme n'avait aucune idée politique ? Ce n'était qu'un simple courrier. Il n'avait aucune confiance dans l'aptitude des hommes à agir raisonnablement de leur propre chef. Il était plutôt d'avis que tout acte a tôt fait d'échapper au pouvoir de son auteur pour être emporté dans une turbulence de conséquences imprévues. Il était persuadé qu'il y a dans le monde un autre calendrier, un autre ordre et que c'était de ce pouvoir qu'il tiendrait toute mission qui pourrait lui être confiée. En attendant il était prêt à répondre il ne savait trop à quoi.

L'homme se pencha en arrière, il regarda Billy et sourit. Ne te méprends pas sur mes paroles. Les événements du monde ne peuvent pas avoir une vie indépendante du monde. Et pourtant le monde lui-même ne peut avoir une vue temporelle des choses. Il ne peut avoir aucun motif de préférer certaines entreprises plutôt que d'autres. Le passage des armées et le passage des sables dans le désert sont une seule et même chose. Il n'y a pas de privilège, vois-tu ? Comment pourrait-il y en avoir ? Décrété par qui ? Cet homme n'avait pas cessé de croire en Dieu. Il n'en était pas arrivé non plus à une conception moderne de Dieu. Il y avait Dieu et il y avait le monde. Il savait que le monde l'oublierait mais que Dieu ne le pouvait pas. Et c'était bien cela pourtant qu'il souhaitait.

Il est facile de comprendre que seul le chagrin pourrait amener un homme à une telle vision des choses. Et pourtant un chagrin pour lequel il ne peut y avoir de secours n'est pas un chagrin. C'est une sœur éplorée qui voyage dans des vêtements de deuil. Les hommes ne se détournent pas si facilement de Dieu, vois-tu. Pas si facilement. Tout homme sait au fond de lui que quelque chose est averti de son existence. Quelque chose en est averti, dont on ne peut ni fuir ni se cacher. Imaginer qu'il peut en être autrement c'est imaginer l'innommable. Le problème n'a jamais été que cet homme a cessé de croire en Dieu. Non. C'est plutôt qu'il en était venu à croire des choses terribles au sujet de Dieu.

Donc il est maintenant à la retraite à Mexico. Il n'a pas d'amis. Dans la journée il va s'asseoir dans le parc. Le sol sous ses pieds est engraissé du sang des ancêtres. Il observe les passants. Il est maintenant convaincu que les buts et les significations dont ils s'imaginent que sont investis leurs mouvements ne sont en réalité qu'un moyen de les décrire. Il est persuadé que leurs gestes sont subordonnés à des mouvements plus vastes dans des configurations qui leur sont inconnues et ceux-là à leur tour à d'autres. Ces réflexions ne lui apportent aucun réconfort, je peux te le dire. Il voit que l'univers se dérobe. Tout autour de lui un énorme vide sans écho. C'est à ce moment-là qu'il a commencé à prier. Sans doute pas avec un motif très pur. Mais finalement à quoi ce motif pourrait-il ressembler ? Est-ce que Dieu peut être séduit ? Peut-on plaider auprès de Lui ou Lui demander de voir le bien-fondé de nos arguments ? Une créature issue de Sa main pourrait-elle rien faire d'autre pour Lui plaire davantage eût-elle agi autrement ? Peut-on Le surprendre ? Dans son cœur cet homme avait déjà commencé à conspirer contre Dieu mais il ne le savait pas encore. Il n'en a rien su jusqu'au moment où il a commencé à rêver de Lui.

Qui peut rêver de Dieu ? Cet homme en a rêvé. Dans ses rêves Dieu était très occupé. Quand on Lui parlait Il ne répondait pas. Quand on L'appelait Il n'entendait pas. L'homme Le voyait penché sur son ouvrage. Comme à travers une vitre. Assis dans l'unique lumière de Sa présence. En train de tisser le monde. Entre Ses mains le monde sortait du néant et entre Ses mains le monde retournait au néant. Interminablement. Interminablement. Voilà. Il y avait maintenant un Dieu à méditer. Un Dieu qui semblait asservi aux tâches mêmes qu'il S'était assignées. Un Dieu qui semblait doté du pouvoir insondable de soumettre toute chose à une impénétrable finalité. Le chaos lui-même ne sortait pas du cadre de cette matrice. Et quelque part dans cette tapisserie qu'était le monde en train de se faire et de se défaire il y avait un fil et ce fil c'était lui et il s'est réveillé en pleurant.

Un jour il s'est levé et a mis ses quelques affaires dans une vieille valise qu'il gardait sous son lit depuis des années et il a descendu l'escalier pour la dernière fois. Il portait sa Bible sous son bras. Comme le ministre itinérant d'une minuscule secte. Trois jours plus tard il est arrivé dans la ville de Caborca bénie soit sa mémoire. Debout au bord de la rivière, il regardait en clignant des yeux sous l'éclat du soleil la coupole suspendue dans l'air pur du désert sur le transept mutilé de l'église de La Puríssima Concepción de Nuestra Señora de Caborca. Voilà.

Le vieil homme hochait doucement la tête. Il avait pris son nécessaire sur la table et commencé à rouler une nouvelle cigarette. Avec un air de profonde méditation. Comme si sa confection avait été pour lui une énigme. Il se leva et alla au fourneau et alluma la cigarette avec le même copeau de bois carbonisé et inspecta le feu et referma la porte du fourneau et retourna à la table et s'assit comme avant.

Tu connais peut-être la ville de Caborca. L'église est très belle. Beaucoup de choses ont été détruites par les crues de la rivière au cours des années. Le sanctuaire et deux clochers. L'arrière de la nef et la plus grande partie du transept au sud. Ce qu'il en reste tient sur trois pattes, pour ainsi dire. La coupole est suspendue dans le ciel comme une apparition et y est ainsi suspendue depuis bien des années. De la manière la plus mystérieuse. Aucun maçon ne pourrait concevoir un tel édifice. Pendant des années les habitants de Caborca ont attendu qu'elle s'effondre. C'était comme quelque chose d'inachevé dans leurs vies. Qu'elle restât debout devenait la condition d'événements problématiques. On disait de certains hommes âgés et vénérables que la coupole s'écroulerait quand ils mourraient et ils mouraient et leurs enfants mouraient et la coupole continuait de flotter dans l'air pur et avec le temps elle a pris une telle signification dans l'esprit des habitants de cette ville qu'ils osaient à peine en parler.

Telle était la ville où il arrivait. Il ne se demandait peut-être même pas ce qui l'avait amené en cet endroit. C'était pourtant cela même qu'il cherchait. Sous ce toit menaçant il a étendu sa paillasse et allumé son feu et s'est préparé à accueillir ce qui lui avait échappé. Quel qu'en fût le nom. Là dans les ruines de cette église d'où on l'avait sorti des gravats et de la poussière soixante-dix ans plus tôt et d'où on l'avait rendu à la vie qu'il avait à vivre. Telle qu'elle était. Telle qu'elle était devenue. Telle qu'elle serait.

Le vieil homme tirait lentement sur sa cigarette. Il regardait monter la fumée. Comme si dans le lent déroulement de ses spirales se trouvaient les linéaments de l'histoire qu'il racontait. Rêve ou souvenir ou pierre bâtie. Il fit tomber la cendre dans le bol.

Les gens de la ville venaient pour regarder. Ils restaient à distance. Ils étaient curieux de voir ce que Dieu allait faire de cet homme. C'était peut-être un fou. Peut-être un saint. Il ne s'occupait pas d'eux. Il marchait de long en large et marmonnait penché sur sa Bible et feuilletait les pages. En haut sur la voûte les fresques dépeignant les événements mêmes sur lesquels il méditait. Sur la paroi occidentale de la coupole les nids d'argile des hirondelles collés sur les vêtements fanés des saints. Il marquait une pause de temps à autre dans son périple circulaire et levait bien haut son livre et tapotait une page du doigt et interpellait son Dieu à la cantonade. Voilà ce qu'ils voyaient. Un vieil ermite. Un homme sans passé. Certains disaient qu'un saint homme était venu parmi eux et d'autres un fou et beaucoup étaient choqués car ils n'avaient pas encore entendu parler à Dieu de cette façon-là. Pas encore vu Dieu se faire insulter dans Sa propre demeure.

Il semblait que ce que voulait cet homme c'était conclure un pacte de mitoyenneté avec son créateur. Une colindancia. Fixer des limites et des bornes. Veiller à ce que les lignes soient tirées et respectées. Qui pourrait croire un tel calcul possible ? Les limites du monde sont celles qui ont été conçues par Dieu. Il ne peut y avoir de calcul avec Dieu. Qu'y aurait-il à marchander ?

On a envoyé chercher le prêtre. Le prêtre est venu trouver notre homme et lui a parlé. Le prêtre à l'extérieur de l'église. Le paroissien solitaire à l'intérieur. Sous l'ombre de la voûte menaçante. À cet homme égaré le prêtre parle de la nature de Dieu et de l'esprit et de la volonté et du sens de la Grâce dans la vie des hommes et le vieil homme l'écoute et approuve d'un signe de tête certains arguments essentiels et quand le prêtre en a terminé le vieil homme lève bien haut son livre et se met à vitupérer le prêtre. Vous ne savez rien. Voilà ce qu'il lui crie. Vous ne savez rien.

Les gens avaient les yeux fixés sur le prêtre. Ils se demandaient ce qu'il allait répondre. Le prêtre a longuement regardé le vieil homme puis il est reparti. La conviction qu'il y avait dans les paroles du vieil homme avait ébranlé son cœur et il réfléchissait à ces paroles et il était troublé parce que les paroles du vieil homme exprimaient évidemment des vérités. Et si le vieil homme savait cela quoi d'autre encore devait-il savoir ?

Il est revenu le lendemain. Et encore le surlendemain. Des gens venaient en spectateurs. Les gens instruits de la ville. Pour entendre ce qui se disait de part et d'autre. Le vieil homme marchant de long en large sous l'ombre de la voûte. Le prêtre dehors. Le vieil homme feuilletant son livre avec une terrible dextérité. Comme un changeur comptant des billets. Le prêtre donnant la réplique au nom de ces grands principes théologiques qu'il interprétait avec tant de latitude. Tous deux hérétiques jusqu'à la moelle.

Il se pencha en avant et écrasa la cigarette. Il leva un doigt. Comme pour inviter à la prudence. Le soleil était entré dans la pièce par la fenêtre donnant au sud et des chats s'étaient levés pour s'étirer, pour changer de position.

À cette différence près pourtant, dit-il. À cette différence près. Le prêtre n'avait rien engagé. Il ne prenait aucun risque. Il n'était pas sur le même terrain que le vieillard à demi fou. Pas sous la même ombre. Il avait au contraire choisi de rester en dehors du fragile édifice de sa propre église et par ce choix il enlevait à ses propres paroles tout pouvoir de témoigner.

Mû par on ne sait quel instinct le vieil homme restait sur un terrain à la fois sacré et miné. C'était un choix de sa part, un geste. Tout le monde reconnaissait le pouvoir de son témoignage. La force de sa conviction sautait aux yeux. Dans ses paroles il n'y avait ni mesure ni modération. Dans sa nouvelle vie le libertin se montrait à visage découvert. Vois-tu ? Son arrogance allait jusqu'à mettre en jeu sa vie. Sur ce terrain plein de danger il s'était érigé en témoin, le seul témoin qu'il pourra jamais y avoir, et si certains voyaient dans ses yeux l'exaltation de la folie que pouvait-on chercher d'autre chez un homme qui avait provoqué le Dieu de l'univers sur un terrain choisi par ce Dieu ? Car il est dans la nature même d'un tel lieu d'être toujours dangereux et provisoire. Et c'est là en vérité que nous devons plaider notre cause, là ou nulle part.

Et le prêtre ? Un homme aux idées larges. D'esprit libéral. Un homme généreux même. Une sorte de philosophe. On pourrait dire pourtant que la voie qu'il suivait en ce monde était si large qu'il laissait à peine de trace. Il avait en lui une grande vénération pour le monde, ce prêtre. Il entendait la voix de la Divinité dans le murmure du vent, dans les arbres. Même les pierres étaient sacrées. C'était un homme raisonnable et il croyait qu'il y avait de l'amour dans son cœur.

Il n'y en avait pas. Et il n'est pas vrai que Dieu murmure dans les arbres. On ne peut pas se tromper sur Sa voix. Quand les hommes l'entendent ils tombent à genoux et leur âme se déchire et ils crient vers Lui et il n'y a en eux aucune crainte mais seulement cette frénésie du cœur née d'une si puissante aspiration et ils supplient que Sa présence perdure car ils savent dès le premier instant que si les hommes sans Dieu peuvent vivre assez heureux dans leur exil ceux à qui Il a parlé ne peuvent envisager la vie sans Lui mais seulement les ténèbres et le désespoir. Les arbres et les pierres n'en font pas partie. Voilà. Le prêtre avec la générosité même de son esprit était en péril mortel et ne le savait pas. Il croyait en un Dieu infini sans centre ni circonférence. Par cette absence même de forme il avait tenté de rendre

Dieu gérable. C'était son pacte de mitoyenneté, sa colindancia. À force de générosité il avait cédé tout le terrain. Et dans son pacte de mitoyenneté Dieu n'avait plus voix au chapitre du tout.

Voir Dieu partout c'est ne Le voir nulle part. On vit au jour le jour, chaque jour à peu près semblable au suivant, et puis un jour arrive sans préavis où l'on rencontre un homme, ou bien où l'on voit un homme, qui nous est peut-être déjà connu et qui est un homme comme tous les autres mais qui a fait un geste, par exemple en empilant ses affaires sur l'autel d'une église, et dans ce geste nous reconnaissons ce qui est enfoui dans nos cœurs et n'est jamais perdu pour nous et ne peut jamais l'être et c'est cet instant, vois-tu. L'instant. C'est ce à quoi nous aspirons et que nous avons peur de chercher et qui seul peut nous sauver.

Voilà. Le prêtre est reparti. Il est retourné à la ville. Le vieil homme à son testament. À sa déambulation et à ses arguties. Il était devenu une sorte de légiste. Il scrutait le dossier, non pour y trouver des preuves à l'honneur et à la gloire de son Créateur mais plutôt pour instruire contre Lui. Pour déceler de minces subtilités d'une plus sombre nature. De fausses indulgences. De menues tromperies. Des manquements à des promesses ou une main trop promptement levée. Pour dresser un réquisitoire contre Lui, vois-tu. Il comprenait ce que le prêtre ne pouvait pas comprendre. Que ce que nous cherchons c'est l'adversaire digne d'être affronté. Car nous nous précipitons pour retomber en gesticulant parmi des diables de ficelle et de chiffon et nous voudrions avoir quelque chose de ferme en face de nous. Quelque chose qui résiste et arrête notre main. Sinon notre être même n'aurait plus de contours et nous devrions nous aussi étendre les limites de notre territoire au point de perdre toute définition. Pour être finalement engloutis par le vide que nous ne voulions pas affronter sans trouver de résistance.

L'église de Caborca restait debout comme avant. Même le prêtre pouvait constater que le misérable retraité qui bivouaquait dans les gravats serait sans doute le seul paroissien qu'elle aurait jamais. Il est parti. Il a abandonné le vieillard à sa concession sous l'ombre de cette coupole dont certains disaient qu'on la voyait gîter sous les rafales de vent. Il essayait de sourire de l'attitude du vieil homme. Que l'église reste debout ou s'écroule, quel message de Dieu cela pouvait-il apporter ? Que la coupole bancale soit finalement le sanctuaire ou le sépulcre d'un vieil anachorète détraqué, que serait-ce de plus qu'un caprice du vent ? Il n'y aurait rien de changé. Rien de plus de connu. À la fin tout serait comme avant.

Les actes trouvent leur existence dans le témoin. Sans lui qui peut en parler ? Finalement on pourrait même dire que l'acte n'est rien, et le témoin tout. Le vieil homme avait sans doute compris qu'il y avait certaines contradictions dans sa position. Si les hommes n'étaient vraiment que des rebuts, comme il l'imaginait, n'aurait-il pas préféré tenir sa mission de l'Être même contre lequel était dirigé son réquisitoire ? Comme cela s'est produit chez beaucoup de philosophes ce qui semblait être d'abord une objection insurmontable à ses théories en est venu peu à peu à constituer un élément essentiel et finalement la clé de voûte de son raisonnement. Il voyait l'univers s'anéantir dans la multiplicité même de ses manifestations. Seul le témoin tenait bon. Et le témoin de ce témoin. Car ce qui est profondément vrai est vrai aussi dans le cœur des hommes et nul récit ne peut en contrefaire la vérité. C'était donc cela son idée. Si le monde n'est qu'un récit qui d'autre que le témoin peut lui donner vie ? Pourrait-il trouver ailleurs son existence ? Telle était de plus en plus sa vision des choses. Et il commençait à voir en Dieu une terrible tragédie. À penser que l'existence de l'être divin était compromise par l'absence même de cette chose simple. À penser qu'il ne pouvait y avoir de témoin de Dieu. Rien qui le fît toucher à sa finitude. Rien par quoi son existence pût lui être annoncée. Rien dont il pût s'écarter en disant je suis ici et là est un autre. Où cela est je ne suis pas. Il pouvait tout créer sauf ce qui lui dirait non.

Maintenant on peut parler de folie. Maintenant on peut

en parler sans risque. On peut peut-être dire que seul un dément peut déambuler de long en large et lacérer ses vêtements en se demandant si Dieu a des comptes à rendre. Alors que penser de cet homme qui prétend que si Dieu l'a sauvé non pas une mais deux fois des décombres de la terre c'est seulement pour produire un témoin qui dépose contre Lui ?

Le feu crépitait dans le fourneau. Il se pencha en arrière. Il pressa ses doigts bout à bout et joignit pensivement les mains. Comme pour éprouver la force d'une membrane. Un gros chat gris fit un tour sur la table et resta à le regarder. Une de ses oreilles était pratiquement absente et ses dents pendaient au-dehors. L'homme s'écarta un peu de la table et le chat sauta sur ses genoux et se roula en boule et s'aplatit et tourna la tête et regarda gravement Billy de l'autre côté de la table dans une pose de consultant. Un chat conseiller. L'homme posa une main sur l'animal comme pour s'assurer qu'il resterait là. Il regarda Billy. La tâche du narrateur n'est pas une tâche facile, dit-il. Il semble tenu de choisir son histoire entre beaucoup d'autres récits possibles. Mais il n'en est évidemment pas ainsi. Il s'agit plutôt d'en tirer plusieurs de l'unique. Le narrateur doit toujours chercher à inventer pour démentir l'affirmation – exprimée ou tacite – de l'auditeur qui prétend avoir déjà entendu l'histoire qu'on lui rapporte. Il définit les catégories dans lesquelles l'auditeur voudra ranger le récit à mesure qu'il lui sera conté. Mais il comprend qu'en réalité le récit lui-même ne peut se réduire à telle ou telle catégorie mais est au contraire la catégorie de toutes les catégories car rien n'est en dehors de ses limites. Tout est récit. N'en doute pas.

Le prêtre n'est plus revenu voir le vieillard, l'histoire restait inachevée. Bien entendu le vieillard n'a nullement cessé de déambuler et de vitupérer. Il n'avait pas du tout l'intention d'oublier les injustices de sa vie passée. Les dix mille insultes. Le catalogue de maux. Il avait la mentalité de la victime, vois-tu. Il n'oubliait rien. Du prêtre, que peut-on dire ? Comme il arrive à tous les prêtres son intelligence était obscurcie par l'illusion de la proximité de Dieu. Quel prêtre dénoncera son habit, fût-ce pour assurer son salut ? Et pourtant le vieillard n'était pas si loin de ses pensées et un jour on est venu le chercher en lui disant que le vieillard était tombé malade. Qu'il gisait sur son grabat et ne parlait à personne. Même pas à Dieu. Le prêtre va le voir et les choses sont bien comme on lui a dit. Il s'arrête au transept et il parle au vieillard. Il lui demande si c'est vrai qu'il est malade. Le vieillard contemple les fresques décolorées. Le va-et-vient des hirondelles. Il pose les yeux sur le prêtre, des yeux hagards et vides, puis il détourne son regard. Le prêtre voyant une chance dans la faiblesse d'autrui comme il est normal chez les humains a repris là où il en était resté il y avait de cela plusieurs semaines et a commencé une homélie à l'intention du vieillard sur le thème de la bonté de Dieu. Le vieillard se bouche les oreilles mais le prêtre s'approche. Finalement le vieillard se soulève de son grabat sur ses jambes vacillantes et commence à ramasser des cailloux parmi les décombres et à les lancer sur le prêtre et il le chasse.

Le prêtre est revenu trois jours plus tard et a recommencé à parler au vieillard mais le vieillard ne l'entendait plus. La nourriture, la cruche de lait – que le gens de Caborca avaient pris l'habitude de déposer pour lui à la limite de l'ombre – rien de tout cela n'avait été touché. Dieu avait été plus rusé que lui, évidemment. Comme s'il avait pu y avoir une autre issue ? Finalement tout se passait comme si Dieu avait retourné en sa faveur les prétentions hérétiques du vieillard. Le sentiment d'être un élu qui avait soutenu et tourmenté le retraité pendant toutes ces années trouvait maintenant une justification qu'il n'avait pas prévue et la vérité se révélait à son regard trouble dans toute sa terrifiante pureté. Il voyait qu'il était assurément un élu et que le Dieu de l'univers était encore plus terrible que ce qu'imaginent les hommes. On ne pouvait Lui échapper ni même L'ignorer ou Le contourner et il était bien vrai que toute chose jusqu'au raisonnement de l'hérétique était en Lui contenue sinon Dieu ne serait pas Dieu du tout.

Le prêtre était extrêmement ému de ce qu'il voyait et cela l'étonnait. Il a même fini par surmonter sa peur et il s'est risqué au chevet du vieillard sous la coupole de l'église en ruine. Cela a peut-être rendu courage au vieillard. Même à cette heure tardive sans doute pensait-il que le prêtre pourrait faire s'écrouler l'édifice alors qu'il avait lui-même échoué. Mais évidemment la coupole restait suspendue au-dessus de leurs têtes et au bout d'un moment le vieillard a commencé à parler. Il prend la main du prêtre comme si c'était la main d'un ami et il parle de sa vie et de ce qu'elle a été et de ce qu'elle est devenue. Il dit au prêtre ce qu'il a appris. À la fin il dit que nul ne peut voir sa vie tant que sa vie n'est pas achevée et à ce moment-là comment réparer ? Seule la Grâce de Dieu fait que nous sommes liés par ce fil de vie. Il serre la main du prêtre dans les siennes et il demande au prêtre de regarder leurs mains jointes et il dit regardez comme elles se ressemblent. La chair n'est qu'un mémento, mais elle dit la vérité. La voie de chacun est en fin de compte celle de tous. Il n'y a pas différents voyages car il n'y a pas d'hommes différents pour les entreprendre. Tous les hommes ne sont qu'un et il n'y a pas d'autre histoire à raconter. Mais le prêtre a interprété ses paroles comme une confession et quand le vieillard s'est tu il a commencé à prononcer la formule de l'absolution. Alors le vieillard saisit à mi-course le bras levé pour tracer le signe de la croix dans l'air immobile au-dessus de son lit de mort et l'arrête du regard. Il lâche l'autre main du prêtre et lève la sienne. Comme un homme qui va partir en voyage. C'est toi qu'il faut sauver, dit-il dans un souffle. C'est toi. Puis il est mort.

Dehors dans les rues couvertes de chiendent tout était silencieux. Les mains jointes de l'homme passaient et repassaient sur la tête du chat, lui lissant et lui couchant doucement les oreilles. L'intacte, la mutilée. Le chat allongé avec ses pattes de devant jointes contre sa poitrine, les yeux mi-clos. C'est mon chat guerrier, dit l'homme. Pero es el más dulce de todos. Y el más simpático.

Il leva les yeux. Il sourit. La tâche du narrateur n'est pas si simple. Bien sûr tu as deviné maintenant qui était le prêtre. Ou peut-être moins le prêtre que l'avocat du sacerdoce. Des vues du sacerdoce. Ce prêtre va essayer de s'accrocher quelque temps encore à sa vocation mais à la fin il n'aura plus la force de supporter le regard dans les yeux de ceux qui viennent lui demander conseil. Quel conseil aurait-il à donner, ce manieur de mots ? Il n'a pas de réponses aux questions que l'ex-courrier a rapportées de la capitale. Plus il y réfléchit plus elles deviennent insolubles. Plus il essaye ne serait-ce que de les formuler plus elles éludent toutes ses représentations et il comprend enfin que ces questions ce n'est pas le vieux retraité qui les pose mais lui.

Le vieillard a été enterré au cimetière de Caborca parmi ceux de son propre sang. Telles étaient les dispositions arrêtées par Dieu pour cet homme. Telle était sa colindancia, son pacte de mitoyenneté, et il en va peut-être de même pour chacun. À son dernier moment il avait dit au prêtre qu'il s'était fait une idée tout à fait fausse de Dieu mais qu'il était enfin arrivé malgré tout à une certaine compréhension de Dieu. Il voyait que les revendications qu'il adressait à Dieu étaient aussi présentes, intactes et inexprimées, dans le plus simple cœur. Sa querelle. Son discours. On les retrouvait dans la plus simple histoire. Car il est en ce monde non pas plusieurs mais un seul chemin et il n'est d'autre parcours sur le moindre de ses tronçons que le parcours fixé par Dieu et toutes les conséquences sont inscrites dans son tracé et hors de ce tracé il n'y a ni chemin ni conséquence ni rien. Il n'y en a jamais eu. Finalement, ce dont le prêtre a fini par se convaincre, c'est que la vérité nous est souvent apportée par des hommes qui en sont porteurs à leur insu. Ils portent en eux ce qui a poids et substance mais n'a pas de nom pour eux par quoi ils peuvent le désigner et l'évoquer. Ils vont et viennent ignorants de la vraie nature de leur condition, telles sont les ruses de la vérité et tels ses stratagèmes. Puis un jour, d'un geste machinal, d'un subtil mouvement d'abandon, ils déchaînent sans le savoir un tel tumulte sur un cœur soumis que ce cœur en est à jamais changé, à jamais arraché à la route qu'il comptait suivre, pour être au contraire jeté sur une voie qui lui était jusqu'alors inconnue. Cet homme neuf ne connaîtra ni l'heure de sa métamorphose ni sa source. Il n'aura lui-même rien fait pour connaître un tel bien. Mais il aura l'essentiel, vois-tu. Sans l'avoir cherché ni mérité. Il aura en sa possession cette insaisissable liberté que les hommes cherchent avec un désespoir infini.

Ce que le prêtre a fini par comprendre c'est que jamais la leçon d'une vie n'appartient à cette vie. Seul le témoin peut en prendre la mesure. Elle n'est vécue que pour l'autre. C'est pourquoi le prêtre voyait ce que l'anachorète ne pouvait voir. Que Dieu n'a pas besoin de témoin. Ni à charge ni à décharge. La vérité c'est plutôt que s'il n'y avait pas de Dieu il ne pourrait y avoir de témoin car le monde perdant toute identité seule resterait l'idée que chacun peut en avoir. Le prêtre voyait que nul d'entre les hommes n'est un élu puisqu'il n'y en a pas un seul qui ne le soit. Pour Dieu tout homme est un hérétique. Le premier acte de l'hérétique c'est de désigner son frère. Pour s'en libérer. Toute parole que nous prononçons est une vanité. Chaque souffle qui ne bénit pas est un affront. Écoute-moi bien maintenant. Il y en a un autre qui entendra ce que tu n'as jamais dit. Les pierres elles-mêmes sont faites d'air. Ce qu'elles ont le pouvoir d'écraser n'a jamais vécu. Tous tant que nous sommes nous ne serons à la fin que ce que nous avons pensé de Dieu. Cela et rien d'autre. Car rien n'est réel que Sa Grâce.

QUAND IL FUT EN SELLE l'homme resta un moment contre son étrier et le regarda, les yeux plissés sur lui dans le soleil matinal. Tu vas en Amérique ? dit-il.

Oui.

Pour retrouver ta famille.

Oui.

Ça fait combien de temps que tu les as pas vus ?

J'en sais rien.

Il regarda au loin le long de la rue. Cachée sous le chiendent entre les rangées de bâtiments écroulés. Les débris de briques d'adobe réduits par les pluies épisodiques de la région à des formes évoquant le labeur d'énormes colonies d'insectes. Pas le moindre son. Il regarda l'homme. J'sais même pas quel mois on est, dit-il.

Oui. Évidemment.

Le printemps arrive.

Rentre chez toi.

Oui, j'y compte bien.

L'homme fit un pas en arrière. Billy porta la main à son chapeau.

Je vous remercie pour le petit déjeuner.

Vaya con Dios, joven.

Gracias. Adiós.

Il tourna le cheval et commença à descendre la rue. À la sortie de la ville il prit vers la rivière et se retourna une dernière fois mais l'homme était parti.

DANS LES JOURS QUI SUIVIRENT il traversa et retraversa maintes et maintes fois la rivière. La route menait d'un gué à un autre, ou bien elle longeait les cônes de déjection découpés au pied des collines là où la rivière s'étalait et s'incurvait et repartait. Il traversa la ville de Tamichopa qui avait été rasée et incendiée par les Apaches la veille du dimanche des Rameaux en l'an 1758 et au début de la matinée il entra dans la ville de Bacerac qui était l'ancien bourg de Santa María fondé en l'an 1642 et où un enfant s'approcha spontanément et prit son cheval par le licol et lui fit traverser la rue.

Ils franchirent un portail où il dut se pencher sur l'encolure du cheval et par un hall blanchi à la chaux ils arrivèrent à un patio où un burro attaché à un poteau faisait tourner une meule à moudre le blé. Il descendit de cheval et on lui donna un linge pour se laver puis on le conduisit dans la maison et on lui servit son souper.

Il s'assit à une table de bois toute propre à côté de deux autres jeunes gars et on leur servit un succulent repas de potirons au four et de soupe à l'oignon et de tortillas et de haricots. Les garçons étaient encore plus jeunes que lui et ils lui jetaient des regards furtifs et attendaient qu'il parle puisque c'était lui l'aîné mais il se taisait et ils mangeaient en silence. On donna du fourrage à son cheval et à la tombée de la nuit on le conduisit au fond de la maison à un petit lit en fer recouvert d'un matelas de fanes de maïs. Il n'avait parlé à personne sauf pour dire merci. Il pensait qu'on l'avait pris pour quelqu'un d'autre. Il se réveilla une fois il ne savait pas à quelle heure et sursauta à la vue d'un personnage qui l'observait depuis l'encadrement de la porte mais ce n'était que la jarre d'argile accrochée là dans la mi-obscurité où l'on mettait l'eau à rafraîchir pendant la nuit et pas une autre sorte de personnage fait d'une autre sorte d'argile. Le prochain bruit qui lui parvint ce fut au point du jour le claquement des mains préparant les tortillas du petit déjeuner.

L'un des garçons lui apporta du café dans un bol sur un plateau. Il alla le boire dans la cour. Il entendait des femmes qui parlaient quelque part dans une autre partie de la maison et il buvait son café debout au soleil en regardant les colibris se pencher et s'envoler et se poser parmi les fleurs qui pendaient par-dessus le mur. Au bout d'un moment une femme parut sur le seuil et l'appela pour son petit déjeuner. Il se retourna avec sa tasse à la main et en se retournant il vit le cheval de son père passer dans la rue.

Il traversa le hall et s'arrêta en arrivant à la rue mais elle était déserte. Il alla au coin et regarda vers l'est et vers l'ouest et remonta la rue jusqu'à la place et regarda s'il voyait quelque chose sur la route principale menant au nord mais il n'y avait ni cheval ni cavalier. Il fit demi-tour et regagna la maison. Il guettait tout en marchant le bruit d'un cheval quelque part derrière les murs ou les portails devant lesquels il passait. Il resta un long moment devant la maison puis il rentra pour prendre son petit déjeuner.

Il mangeait seul dans la cuisine. Il semblait n'y avoir personne. Il finit de manger et se leva et sortit pour voir ce qu'était devenu son cheval puis il rentra dans la maison pour remercier les femmes mais il ne put trouver personne. Il appela mais personne ne répondit. Il était debout à l'entrée d'une pièce. Le haut plafond était tapissé de joncs et le mobilier se composait d'une vieille armoire en bois sombre amenée ici d'un autre pays et de deux lits en bois peints en bleu. Dans une niche sur le mur opposé un retable de la Vierge en métal peint et devant le retable un mince cierge allumé. Dans un coin un berceau d'enfant et dans le berceau un petit chien aux yeux embrumés qui levait la tête et guettait un indice de sa présence. Il retourna à la cuisine et chercha de quoi écrire. Finalement il versa un peu de farine d'un bol posé sur le buffet au-dessus de la table de planches et y inscrivit ses remerciements et sortit et reprit son cheval et traversa le hall avec le cheval en main et franchit le portail. Derrière dans le patio le mulet faisait inlassablement tourner la meule du broyeur. Il sauta en selle et suivit la petite rue poussiéreuse en saluant d'un signe de tête les gens devant lesquels il passait. Montant son cheval en jeune seigneur malgré ses guenilles. Emportant dans son ventre le repas offert qui était à la fois une nourriture et une dette. Car le partage du pain n'est pas chose si simple, ni sa reconnaissance. Orale ou écrite.

Dans la matinée il traversa la ville de Bavispe. Il passa son chemin. Une charrette à viande était arrêtée sur la plaza devant l'église et des vieilles dans des mantilles de mousseline noire s'affairaient autour des rubans de viande rouge sombre accrochés à la crémaillère, les soulevant et les examinant par en dessous avec une étrange lubricité. Il continua. Arrivé midi il était de retour dans la localité d'Oaxaca et il arrêta son cheval sur la route devant la maison de l'alguazil puis il cracha tranquillement dans la poussière et repartit. À midi le lendemain il repassa par la ville de Morelos et prit la route du nord vers Ojito. Toute la journée de gros nuages noirs défilèrent en direction du nord. Il traversa une dernière fois la rivière et monta à travers les basses collines déchiquetées où l'orage qui l'avait devancé l'accueillit par une grêle de glace. Ils s'abritèrent lui et le cheval dans un groupe d'anciens bâtiments à l'abandon au bord de la route. La grêle passa et une forte pluie lui succéda. L'eau dégoulinait de partout par le toit d'argile et le cheval était inquiet et mal à l'aise. Des effluves d'anciens désordres ou peut-être la proximité des murs. Il commençait à faire noir et il retira la selle de l'échine du cheval et se fit un lit dans le coin avec de la paille en vrac qu'il tassa à coups de botte. Le cheval sortit dans la pluie et il s'allongea sous la couverture là où il voyait à travers les murs écroulés la forme du cheval debout au bord de la route et la forme du cheval dans la muette fulgurance erratique des éclairs de l'orage qui se déplaçait vers l'ouest. Il dormit. Tard dans la nuit il se réveilla mais ce qui l'avait réveillé c'était seulement le silence parce que la pluie s'était arrêtée. Il se leva et sortit. La lune était à l'est au-dessus du sombre escarpement des montagnes. Les nappes d'eau immobiles dans les bas-fonds au-delà de la route étroite. Il n'y avait pas de vent et pourtant la surface inerte de l'eau chatoyait dans la lumière couleur d'os comme si quelque chose l'avait effleurée et dans l'eau la lune bilieuse frémit et chavira et se redressa et tout se remit en place comme avant.

Au matin il arriva au poste frontière de Douglas dans l'État d'Arizona. Le douanier le salua et il le salua en retour.

On dirait que t'es resté un peu plus longtemps que t'en avais l'intention, dit le douanier.

Billy restait en selle, les mains sur le pommeau. Il regarda le douanier du haut du cheval. Vous ne prêteriez pas un demi-dollar à un gars pour qu'il s'achète quelque chose à manger des fois ? dit-il.

Le douanier réfléchit un instant. Puis il plongea la main dans sa poche.

J'habite du côté de Cloverdale, dit Billy. Vous avez qu'à me dire vot' nom et je m'arrangerai pour vous rembourser.

Tiens, voilà.

Billy attrapa au creux de sa main la pièce qui tournait en l'air et fit un signe de tête et glissa la pièce dans sa poche de chemise. Comment vous vous appelez ?

John Gilchrist.

Vous êtes pas du coin.

Non.

Je m'appelle Billy Parham.

Enchanté de te connaître.

Je vous enverrai ce demi-dollar dès que j'aurai trouvé quelqu'un qui retourne par ici. Faut pas vous en faire pour ça.

Je m'en fais pas pour ça.

Billy restait en selle, les rênes molles entres ses doigts. Il regarda la large rue devant lui et les collines dénudées tout autour. Il regarda de nouveau Gilchrist.

Vous vous plaisez dans le pays ? dit-il.

Je m'y plais bien.

Billy approuva. Moi aussi, dit-il. Il toucha le bord de son chapeau. Merci, dit-il. Je vous suis reconnaissant. Puis il talonna son cheval sauvage et remonta la rue et entra en Amérique.

IL FUT TOUTE LA JOURNÉE sur l'ancienne route qui va de Douglas à Cloverdale. Le soir venu il était en haut des Guadalupes et il faisait froid et froid sur le col avec la nuit qui tombait déjà et le vent qui s'engouffrait dans la brèche. Il chevauchait penché mollement dans la selle les coudes ballant sur les côtés. Il lisait les noms et les dates gravés dans les rochers par des hommes morts depuis longtemps qui étaient passés par ici comme lui. Au-dessous dans le long crépuscule enténébré s'étendait la plaine des Animas. En descendant le versant occidental du col le cheval sut tout à coup où il était et il leva le nez et hennit et pressa le pas.

Il était minuit passé quand il arriva chez lui. Il n'y avait pas de lumières. Il alla à l'écurie pour rentrer le cheval et il n'y avait pas de chevaux dans l'écurie et il n'y avait pas de chien et avant même d'être arrivé au milieu de la travée il comprit qu'il y avait quelque chose de tout à fait anormal. Il retira la selle de l'échine du cheval et l'accrocha et jeta un peu de foin par terre et referma la porte de la stalle et se dirigea vers la maison et ouvrit la porte de la cuisine et entra.

La maison était vide. Il traversa toutes les pièces. Presque tout le mobilier était parti. Son petit lit de fer était le seul meuble qui restait dans la chambre contiguë à la cuisine, sans rien dessus que le matelas. Dans le placard quelques cintres en fil de fer. Il alla au garde-manger et trouva des pêches en conserve et resta dans le noir devant l'évier pendant qu'il les mangeait dans le bocal en verre avec une cuiller de cuisine en regardant par la fenêtre les prairies au sud bleues et silencieuses sous la lune levée et la clôture qui allait se perdre dans l'obscurité au pied des montagnes et l'ombre de la clôture qui coupait les terres comme des points de suture à la lueur de la lune. Il tourna le robinet de l'évier mais il n'y eut qu'un gargouillement sec puis rien. Il termina les pêches et alla dans la chambre de ses parents et resta sur le seuil à contempler le lit vide, les quelques vêtements en loques jetés sur le plancher. Il alla à la porte de devant et l'ouvrit et sortit sur la galerie. Il marcha jusqu'à la rivière et s'arrêta pour écouter. Au bout d'un moment il retourna à la maison et alla dans sa chambre et s'allongea sur son lit et au bout d'un moment il s'endormit.

Il était debout à l'aube le lendemain matin occupé à trier les bocaux sur les rayons du garde-manger. Il trouva des tomates à l'étuvée et les mangea et alla à l'écurie et trouva une brosse et fit sortir le cheval au soleil et passa un long moment à l'étriller. Puis il le ramena dans l'écurie et le sella et se mit en selle et sortit par le haut portail et prit au nord vers le SK Barre.

Quand il entra dans la cour le vieux Sanders était assis sur la galerie, plus ou moins comme il l'avait laissé la dernière fois. Il ne reconnut pas Billy. Il ne reconnut même pas le cheval. Mais il lui cria quand même de descendre.

C'est Billy Parham, cria Billy. Le vieil homme resta un instant sans répondre. Puis il cria quelque chose vers le fond de la maison. Leona, criait-il. Leona.

La jeune fille parut sur le seuil et mit une main en visière et regarda le cavalier. Puis elle sortit et s'arrêta la main posée sur l'épaule de son grand-père. Comme si c'était le cavalier qui apportait de mauvaises nouvelles au vieil homme.

QUAND IL FUT DE RETOUR à la maison il était midi passé. Il laissa dans la cour le cheval sellé et entra dans la maison et enleva son chapeau. Il fit le tour de toutes les pièces. Il pensait que le vieil homme était fou mais la jeune fille était une énigme. Il entra dans la chambre de ses parents et s'arrêta. Il resta un long moment sans bouger. Il vit que la toile du matelas gardait les empreintes rouillées des ressorts du sommier et il les contempla longuement. Puis il accrocha son chapeau à la poignée de la porte et traversa la pièce. Il s'arrêta contre le lit. Il baissa la main et empoigna le matelas et le tira pour le soulever du lit et le mit debout et le laissa retomber en arrière sur le plancher. Ce qui apparut de l'autre côté ce fut une énorme tache de sang séché presque noire et si épaisse qu'elle était craquelée et fissurée comme une sombre glaçure de céramique. Il en sortait une poussière vaguement acide. Il restait là. Ses mains battirent l'air et il saisit le montant du lit et s'y agrippa pour se retenir. Au bout d'un moment il leva les yeux et il alla à la fenêtre et regarda. Il regardait dehors. Là où la lumière de midi se répandait sur les champs. Sur la jeune verdure des peupliers le long de la rivière. Illuminant les pics des Animas. Il resta un long moment à regarder tout cela puis il tomba à genoux sur le plancher et sanglota dans ses mains.

Quand il traversa le bourg d'Animas les maisons semblaient abandonnées. Il s'arrêta à l'épicerie et remplit sa gourde au robinet sur le côté du bâtiment mais il n'entra pas. Cette nuit-là il dormit dans la plaine au nord de la ville. Il n'avait rien à manger et il ne fit pas de feu. Il passa toute la nuit à se réveiller et chaque fois qu'il se réveillait la signature de Cassiopée s'était encore déplacée autour de l'étoile Polaire et à chaque réveil tout était comme tout avait toujours été et serait toujours. À midi le lendemain il arriva à Lordsburg.

LE SHÉRIF LEVA LES YEUX de son bureau. Il pinça ses lèvres minces.

Je m'appelle Billy Parham, dit Billy.

Je sais qui tu es. Entre. Assieds-toi.

Il s'assit sur une chaise de l'autre côté du bureau du shérif et posa son chapeau sur son genou.

Où t'étais, fiston ?

Au Mexique.

Au Mexique.

Oui.

Pourquoi tu t'es enfui là-bas ?

J'me suis pas enfui.

T'avais des ennuis à la maison ?

Non monsieur. Tout allait bien avec papa.

Le shérif se pencha en arrière. Il se tapotait la lèvre inférieure avec l'index et contemplait le personnage déguenillé assis devant lui. Pâle de la poussière de la route. Hâve, émacié. Ses pantalons retenus par une corde.

Qu'est-ce que t'étais allé faire au Mexique ?

J'en sais rien. J'étais juste allé là-bas.

Y a un poil follet qui t'a poussé dans le derrière et t'as rien trouvé de mieux que de filer au Mexique. C'est ça que t'es en train de me dire ?

Oui. Plus ou moins.

Le shérif allongea le bras et poussa une liasse de papiers agrafés posée au bord de son bureau et aligna les feuilles avec son pouce. Il regarda Billy.

Qu'est-ce que tu sais de cette affaire, fiston ?

Rien du tout. Je suis venu ici pour vous demander ce qui s'était passé.

Le shérif l'observait. Très bien, dit-il. Si c'est ça ton histoire il faudra que tu t'y tiennes.

Ce n'est pas une histoire.

Très bien. On a amené des pisteurs là-bas. Il y a six chevaux qui sont partis de là-bas. M. Sanders dit qu'à son avis c'étaient les seuls chevaux qu'il y avait à la ferme. C'est exact ?

Oui. Il y en avait sept en comptant le mien.

Jay Tom et son fils disent qu'ils étaient deux et qu'ils sont repartis avec les chevaux environ deux heures avant le lever du jour.

Ils ont pu voir ça ?

Ils ont pu voir ça.

Ils sont arrivés à la maison à pied.

Oui.

Qu'est-ce que dit Boyd ?

Boyd ne dit rien. Il a filé pour se cacher. Il est resté allongé dans le froid toute la nuit et le lendemain il est allé chez les Sanders et ils ont rien compris à ce qu'il disait. Miller a pris le camion et il est allé là-bas et il a découvert toute cette horreur. Ils avaient été abattus avec un fusil de chasse.

Billy regardait la rue derrière le shérif. Il essayait d'avaler mais ne pouvait pas. Le shérif l'observait.

La première chose qu'ils ont faite c'est de ramasser le chien et de lui couper la gorge. Ensuite ils ont attendu pour voir si quelqu'un allait sortir. Ils ont attendu assez longtemps pour qu'il y en ait un qui aille pisser. Ils ont attendu pour être sûrs que tout le monde s'était rendormi une fois que le chien a eu fini d'aboyer et tout.

C'étaient des Mexicains ?

C'étaient des Indiens. En tout cas Jay Tom dit que c'étaient des Indiens. Je suppose qu'il devrait le savoir. Le chien n'est pas mort.

Quoi ?

J'ai dit que le chien n'est pas mort. Boyd l'a avec lui. La pauvre bête est muette comme une carpe.

Billy contemplait le chapeau crasseux posé de biais sur son genou.

Quel genre de fusil ils avaient ? dit le shérif.

Ils en avaient pas. Le seul fusil qu'on avait à la maison c'était une vieille carabine calibre 44 et je l'avais emportée avec moi.

Ça pouvait pas leur servir à grand-chose, hein ?

Non.

On n'a rien, aucun indice. Tu le sais.

Oui.

Et toi, t'en as ?

Si j'ai quoi ?

Tu sais quelque chose que tu ne m'as pas dit ?

Et vous, vous pouvez enquêter au Mexique ?

Non.

Alors quelle différence ça fait ?

C'est pas une réponse.

Non c'en est pas une. À peu près autant que la vôtre.

Le shérif resta un moment à l'observer.

Si tu crois que je ne prends pas tout ça à cœur, dit-il, tu te trompes lourdement.

Billy ne bougeait pas. Il se passa le revers du poignet sur un œil puis sur l'autre et se tourna et regarda de nouveau par la fenêtre. Il n'y avait pas de circulation dans la rue. De l'autre côté sur le trottoir deux femmes bavardaient en espagnol.

Pourrais-tu me donner une description des chevaux ?

Oui.

Est-ce qu'il y en avait un de marqué ?

Un seul. Celui qui s'appelait Niño. Papa l'avait acheté à un Mexicain.

Le shérif approuva. Bon, dit-il. Il se baissa et tira un tiroir de son bureau et sortit un coffret métallique et le posa sur le bureau et l'ouvrit.

Je ne crois pas que je sois censé te donner ces trucs-là,

dit-il. Mais je ne fais pas toujours ce qu'on me dit. T'as un endroit où garder ça ?

J'en sais rien. Qu'est-ce qu'il y a là-dedans ?

Des papiers. Le certificat de mariage. Les certificats de naissance. Il y a aussi des papiers sur les chevaux mais la plupart datent d'il y a plusieurs années. L'alliance de ta maman est là-dedans.

Et la montre de papa ?

Il n'y avait pas de montre. Il y a quelques ustensiles de ménage là-bas chez les Webster. Si tu veux je vais déposer ces papiers à la banque. Il n'y a même pas eu de curateur de désigné alors je ne vois pas ce que je peux faire d'autre.

Il devrait y avoir les papiers de Niño et ceux d'un autre cheval qui s'appelait Bailey.

Le shérif fit pivoter la boîte et la poussa de l'autre côté du bureau. Billy commença à chercher parmi les documents.

Qui est Margarita Evelyn Parham ? dit le shérif.

Ma sœur.

Où elle est ?

Elle est morte.

Comment ça se fait qu'elle a un prénom mexicain ?

On lui a donné le prénom de ma grand-mère.

Il repoussa le coffret de l'autre côté du bureau et referma le long de leurs trois plis les deux feuilles qu'il en avait retirées et les glissa sous sa chemise.

Tu veux rien d'autre ? dit le shérif.

Non.

Il referma le couvercle et remit le coffret dans le tiroir du bureau et poussa le tiroir et se pencha en arrière et regarda Billy. T'as pas l'intention de retourner là-bas ? dit-il.

J'ai pas encore décidé ce que j'allais faire. La première chose que je dois faire c'est aller chercher Boyd.

Aller chercher Boyd ?

C'est ça.

Boyd ira nulle part.

Il ira où j'irai.

Boyd est mineur. Ils ne vont certainement pas te laisser l'emmener. Diable, toi aussi t'es mineur.

Je demanderai pas la permission.

Fais bien attention, mon petit. N'entrave pas l'action de la justice.

J'en ai pas l'intention. Mais que la justice ne me mette pas de bâtons dans les roues.

Il prit son chapeau posé sur son genou et le garda un instant dans ses deux mains puis se leva. Merci pour les papiers, dit-il.

Le shérif posa les mains sur les bras de son fauteuil comme s'il allait se lever mais il restait assis. Et le signalement des chevaux ? dit-il. Tu ne veux pas me l'écrire ?

À quoi ça servirait ?

T'as pas appris les bonnes manières là-bas pendant que t'étais parti, hein ?

Non monsieur. Je ne crois pas. J'ai appris pas mal de choses mais sûrement pas les bonnes manières.

Le shérif tourna la tête vers la fenêtre. C'est ton cheval là-bas ?

Oui.

Je vois une fonte de selle. Où est le fusil ?

Je l'ai échangé.

Contre quoi ?

J'crois pas que je pourrai dire contre quoi je l'ai échangé.

Tu veux dire que tu veux pas le dire.

Non monsieur. Je veux dire que j'suis pas sûr de pouvoir trouver un mot pour ça.

Quand il sortit au soleil et détacha le cheval du compteur de stationnement les gens qui passaient dans la rue se retournèrent pour le regarder. Une créature venue des plateaux sauvages, une créature surgie du passé. Déguenillée, sale, l'œil et le ventre affamé. Tout à fait inexplicable. En ce personnage incongru ils contemplaient ce qu'ils enviaient le plus au monde et ce qu'ils méprisaient le plus. Si leurs cœurs battaient pour lui, il n'en était pas moins vrai que pour le moindre motif ils auraient aussi bien pu le tuer

LA MAISON OÙ SON FRÈRE était hébergé était située assez loin dans la partie est de la ville. Une petite maison aux murs de stuc avec une cour clôturée et une galerie sur le devant. Il attacha Bird à la clôture et poussa la barrière et remonta l'allée. Le chien s'avança au coin de la maison les crocs découverts et le poil dressé.

C'est moi, abruti, cria-t-il.

En entendant sa voix le chien coucha les oreilles et traversa la cour en se tortillant. Il n'avait pas aboyé et il ne gémit pas non plus.

Salut la maisonnée, cria Billy.

Le chien se frottait contre lui en se tortillant. Va-t'en, dit Billy.

Il appela de nouveau en direction de la maison puis il monta les marches de la galerie et frappa à la porte de devant et entra. Il ne venait personne. Il fit le tour de la maison. Quand il essaya la porte de la cuisine elle n'était pas fermée à clef et il la poussa et regarda à l'intérieur. C'est Billy Parham, cria-t-il.

Il entra et referma la porte. Bonjour, cria-t-il. Il traversa la cuisine et s'arrêta dans le couloir. Il allait appeler encore une fois quand la porte de la cuisine s'ouvrit derrière lui. Il se retourna et Boyd était là. Il tenait d'une main un seau en acier et de l'autre la poignée de la porte. Il avait grandi. Il s'adossa au chambranle.

Tu me croyais sans doute mort, dit Billy.

Si j't'avais cru mort, j'serais pas ici.

Il referma la porte et posa le seau sur la table de la cuisine. Il regarda Billy et il regarda la fenêtre. Quand Billy reprit la parole son frère ne le regardait pas mais Billy s'aperçut qu'il avait les yeux humides.

T'es prêt à partir ? dit-il.

Ouais, dit Boyd. Je t'attendais.

Ils prirent un fusil de chasse rangé dans un placard de la chambre à coucher et ils prirent dix-neuf dollars en pièces de monnaie et en petites coupures dans une boîte en porcelaine blanche qu'ils trouvèrent dans un tiroir du bureau et fourrèrent le tout dans une vieille bourse en cuir comme on en faisait autrefois. Ils prirent le couvre-pieds et ils trouvèrent une ceinture et des vêtements pour Billy et ils retirèrent toutes les cartouches d'une vareuse de chasse accrochée au mur près de la porte du fond, une balle de chevrotine double zéro et le reste du numéro cinq et du numéro sept, et ils prirent un sac à linge et le remplirent de boîtes de conserve et de pain et de lard et de biscuits et de pommes trouvés dans le garde-manger et ils sortirent et attachèrent le sac au pommeau et se mirent en selle et suivirent la petite rue sablonneuse montés en tandem sur le cheval avec le chien qui trottait derrière. Du fond d'une cour devant laquelle ils passaient une femme avec des pinces à linge dans la bouche les salua d'un signe de tête. Ils traversèrent la route principale et ils traversèrent les voies de la Southern Pacific Railway et prirent à l'ouest. À la nuit tombée ils établirent leur bivouac au milieu des salines à une quinzaine de miles à l'ouest de Lordsburg devant un feu où brûlaient des poteaux de clôture qu'ils avaient arrachés en tirant sur les crampons avec le cheval. À l'est et au sud il y avait de l'eau dans les cuvettes et dans un reste de jour des grues des sables se dressaient rivées à leur reflet pareilles à des statues d'identiques oiseaux dans un jardin dévasté où le désastre aurait tout emporté. Partout autour d'eux macéraient des galettes craquelées de boue sèche et les flammes des piquets de clôture s'effilochaient sous les rafales et les papiers roulés en boule d'où ils avaient sorti leurs provisions s'envolaient un par un et rebondissaient poussés par le vent dans l'obscurité qui s'épaississait.

Ils donnèrent au cheval les flocons d'avoine qu'ils avaient emportés de la maison et Billy embrocha du lard sur un fil de clôture et le suspendit au-dessus du feu pour le faire griller. Il regardait Boyd assis par terre avec le fusil de chasse sur les genoux.

Vous aviez fini par vous raccommoder papa et toi ?

Ouais. À moitié.

Et qui a fait la moitié du chemin ?

Boyd ne répondit pas.

Qu'est-ce que tu manges ?

Un sandwich aux raisins secs.

Billy hocha la tête. Il versa de l'eau de la gourde dans une boîte de fruits en conserve vide et posa la boîte sur les braises.

Qu'est-ce qui est arrivé à ta selle ? dit Boyd.

Billy regarda la selle dont le quartier était tailladé du côté hors montoir mais ne répondit pas.

Ils vont nous rechercher, dit Boyd.

Qu'ils nous recherchent.

Comment on va rembourser tout ce qu'on a pris ?

Billy le regarda. Tu ferais bien de te faire à l'idée que t'es un hors-la-loi, dit-il.

Même un hors-la-loi ne vole pas les gens qui l'ont hébergé et qui ont été bons pour lui.

On va l'entendre souvent, ce refrain-là ?

Boyd ne répondit pas. Ils mangèrent et déroulèrent leur couchage et allèrent dormir. Le vent souffla toute la nuit. Il attisait le feu et les braises et les cercles et les spirales de fil de fer chauffé au rouge s'embrasaient un instant comme l'armature incandescente d'un cœur énorme dans l'obscurité de la nuit puis s'assombrissaient et le vent réduisait les braises en cendres et balayait les cendres et raclait l'argile là où étaient l'instant d'avant braises et cendres jusqu'à ce qu'il ne reste plus d'autre trace du feu que le fil de fer noirci, et toutes les choses nocturnes passaient dans l'obscurité, inarticulées mais avec une destination malgré tout.

T'es réveillé ? dit Billy.

Oui.

Qu'est-ce que tu leur as dit ?

Rien.

Pourquoi ?

À quoi est-ce que ça aurait servi ?

Le vent soufflait. Les sables migrateurs tournoyaient.

Billy ?

Qu'est-ce qu'il y a ?

Ils connaissaient mon nom.

Ils connaissaient ton nom ?

Ils m'appelaient. Ils criaient Boyd. Boyd.

Ça veut rien dire. Dors.

Comme si on avait été amis.

Dors.

Billy ?

Quoi ?

C'est pas la peine de faire semblant que c'est mieux que c'est en réalité.

Billy ne répondait pas.

C'est comme c'est.

Je le sais. Dors.

Au matin pendant qu'ils mangeaient ils virent au-delà des plaines quelque chose prendre forme dans le soleil levant très loin sur l'argile aux teintes d'acier du lac de sel. Au bout d'un moment ils virent que c'était un cavalier. Il était peut-être à un mile de distance et il approchait dans une succession de minces et tremblantes images qui augmentaient soudain de longueur là où le sol était submergé puis rétrécissaient et s'agrandissaient de sorte que le cavalier semblait avancer puis reculer puis repartir en avant. Le soleil dans son ascension atteignait les récifs écarlates des nuages sur la rive orientale et le cavalier approchait, traversant un lac salé de dix miles de largeur et de trois pouces de profondeur. Billy se leva et alla chercher le fusil de chasse et revint et le posa sous la couverture et se rassit.

Ou le cheval était de la même teinte que le terrain ou bien sa robe en était souillée. Le cavalier avançait sur les bas-fonds d'eau stagnante et l'eau remuée sous les sabots du cheval luisait dans la lumière et disparaissait aussitôt comme une coulée de plomb dans une cuve. Il sortit du lac et suivit un sentier le long de la rive de sable sodique entre les rares touffes d'herbe jusqu'au moment où il arriva devant eux et arrêta son cheval couleur d'argile et les contempla par-dessous l'ombre de son chapeau. Il ne dit rien. Il les regarda et regarda l'autre rive du lac et se pencha et cracha et se remit à les regarder. Vous êtes pas ceux que je croyais.

Qui vous croyiez qu'on était ?

Le cavalier fit semblant de ne pas entendre. Qu'est-ce que vous faites ici ? dit-il.

On ne fait rien.

Il regarda Boyd. Il regarda le cheval. Qu'est-ce que t'as sous cette couverture ? dit-il.

Un fusil de chasse.

T'as l'intention de me tirer dessus ?

Non.

C'est ton frère ?

Il peut répondre lui-même.

T'es son frère ?

Ouais.

Qu'est-ce que vous faites ici ?

On fait que passer.

Passer ?

Ouais.

Passer pour aller où ?

On va à Douglas, dans l'Arizona.

Ah oui ?

On a des amis là-bas.

Vous en avez pas par ici ?

On n'est pas faits pour la ville.

Il est à vous ce cheval ?

Ouais.

Je sais qui vous êtes, dit l'homme.

Ils ne répondirent pas. L'homme tourna la tête pour regarder au-delà des salines où la mince couche d'eau stagnante s'étalait comme du plomb dans le matin sans vent. Il se pencha et cracha encore une fois et regarda Billy.

Je vais dire à M. Boruff ce que tu m'as dit. Que c'était juste deux vagabonds. Ou si vous voulez je vais vous attendre et vous retournerez avec moi.

On ne veut pas retourner. Merci.

Je vais te dire autre chose au cas où tu le saurais pas encore.

Allez-y.

Vous êtes pas encore au bout de vos peines.

Billy ne répondit pas.

Quel âge t'as ?

Dix-sept ans.

L'homme hocha la tête. Bon, dit-il. Faites bien attention à vous.

Dites-moi quelque chose, dit Billy.

D'accord.

Comment vous avez fait pour nous voir depuis là-bas ?

J'ai vu votre reflet. Des fois sur les salines on arrive à voir des choses qu'on est trop loin pour voir. Y en avait dans notre groupe qui disaient que vous étiez qu'un mirage mais M. Boruff était sûr du contraire. Il connaît ce pays. Il sait ce qu'il y a dedans et ce qui n'y est pas. Moi aussi.

Regardez bien dans une heure et vous verrez si on y est encore.

J'en ai bien l'intention.

Il les salua chacun son tour là où ils étaient assis sur cet estran désert et il regarda le chien muet.

Il est pas fameux comme chien de garde ?

On lui a coupé la gorge.

Je sais, dit le cavalier. Faites bien attention, mes garçons. Puis il fit demi-tour et retraversa les plaines et le lac. Il allait droit vers le soleil et il se déplaçait à contre-jour mais même avec le soleil déjà haut dans le ciel et sans l'avoir en plein dans les yeux, une fois remontés à cheval eux aussi et repartis vers le sud le long de la cuvette ils ne purent rien voir sur la rive opposée du lac où le cavalier avait disparu.

Un peu plus tard dans la matinée ils franchirent la ligne de démarcation de l'État d'Arizona. Ils traversèrent une chaîne basse et descendirent dans la vallée du San Simon là où il débouchait du nord et s'arrêtèrent à midi dans un bosquet de peupliers au bord de la rivière. Ils entravèrent le cheval et l'abreuvèrent et s'assirent tout nus sur les graviers d'un bief peu profond. Pâles, maigres, sales. Billy regardait son frère et son frère leva les yeux.

C'est pas la peine de me poser un tas de questions.

Je voulais rien te demander.

Ça viendra.

Ils étaient assis dans l'eau. Le chien les observait, assis dans l'herbe.

Il avait les bottes de papa, hein ? dit Billy.

Voilà que tu commences.

T'as de la chance de pas être mort toi aussi.

Je sais pas si c'est une telle chance.

C'est pas malin de dire ça.

T'en sais rien.

Qu'est-ce que je sais pas ?

Mais Boyd ne dit pas ce que c'était qu'il ne savait pas. Ils mangèrent des sardines et des biscuits à l'ombre des peupliers et ils firent un somme et l'après-midi ils repartirent.

À un moment j'ai pensé que t'étais peut-être allé en Californie, dit Boyd.

Qu'est-ce que je serais allé faire en Californie ?

J'en sais rien. Il y a des cow-boys en Californie.

Des cow-boys de Californie.

J'aimerais pas aller en Californie.

Moi non plus.

Je pourrais aller au Texas.

Pour quoi faire ?

J'en sais rien. J'y ai jamais été.

T'as jamais été nulle part. Alors est-ce que c'est une raison ?

C'est la seule que j'ai.

Ils continuèrent. Dans les ombres longilignes de grands lièvres s'enfuyaient et bondissaient et se figeaient tout à coup. Le chien muet ne leur accordait aucune attention.

Pourquoi la police peut pas aller au Mexique ? dit Boyd.

Parce que c'est la police américaine. Elle a pas d'autorité au Mexique.

Et la police mexicaine ?

Y a pas de police au Mexique. C'est rien qu'une bande de brigands.

Est-ce qu'on peut tuer un homme avec du numéro cinq ?

On peut si on est assez près. Ça ferait un de ces trous que tu pourrais y mettre le bras.

Le soir ils traversèrent la grand-route juste à l'est de Bowie et prirent par l'ancienne route du sud dans le massif de Dos Cabezas. Ils établirent leur bivouac et Billy alla chercher du bois dans le lit peu profond d'un arroyo pierreux et ils mangèrent et s'assirent devant le feu.

Tu crois qu'ils vont essayer de nous retrouver ? dit Boyd.

J'en sais rien. Ça se peut.

Il se pencha et remua les braises avec un bâton et jeta le bâton dans le feu. Billy l'observait.

Ils nous attraperont pas.

Je sais.

Pourquoi tu dis pas ce que t'as derrière la tête ?

J'ai rien derrière la tête.

C'était la faute de personne.

Boyd contemplait le feu. Des coyotes jappaient tout au long de l'arête au nord de leur bivouac.

Tu vas te rendre fou, dit Billy.

C'est déjà fait.

Il leva la tête. Ses pâles cheveux blonds paraissaient blancs. Avec ses quatorze ans il semblait approcher d'un âge qui n'a jamais été. Comme s'il avait été assis à cette place et que Dieu eût façonné les arbres et les rochers autour de lui. Comme s'il avait été sa propre réincarnation puis de nouveau lui-même. Et surtout il semblait empli d'une terrible tristesse. Comme s'il avait reçu la nouvelle d'un effroyable deuil dont personne d'autre n'eût encore entendu parler. D'une immense tragédie qui n'était imputable ni à un fait ni à un incident ni à un événement quelconque mais à la façon dont est fait le monde.

Le lendemain ils franchirent la haute brèche du col de l'Apache. Boyd était à califourchon derrière lui ses jambes maigres se balançant aux flancs du cheval et ils contemplèrent d'un même regard le pays qu'ils découvraient au sud. C'était une journée ensoleillée et il y avait du vent et des corneilles qui glissaient au-dessus des adrets dans l'air ascendant.

Voilà un endroit de plus où t'es jamais allé, dit Billy.

Y en a partout, hein ?

Tu vois cette ligne là-bas, là où la couleur change ?

Oui.

C'est le Mexique.

Ça m'a pas l'air d'être beaucoup plus près qu'avant.

Qu'est-ce que ça veut dire ?

Ça veut dire qu'on ferait bien d'y aller si on doit y aller.

À midi le lendemain ils arrivèrent à la route 666 et ils suivirent le macadam jusqu'au bout de la Sulphur Springs Valley. Ils passèrent par la ville d'Elfrida. Ils passèrent par la ville de McNeal. Le soir ils descendirent la rue principale de Douglas et s'arrêtèrent devant la baraque du poste frontière. Le douanier était debout à l'entrée et les salua. Il regarda le chien.

Où est Gilchrist ? dit Billy.

Il a congé. Il ne sera pas de retour avant demain matin.

Est-ce que je peux laisser un peu d'argent pour lui ?

Oui. Bien sûr que oui.

Passe-moi un demi-dollar, Boyd.

Boyd sortit la bourse de cuir de sa poche et l'ouvrit. Il n'y avait que des pièces de dix, cinq et un cent et il compta le nombre de pièces voulu et les prit dans le creux de sa paume et les tendit par-dessus l'épaule de Billy. Billy prit les pièces et les tria et les recompta et referma son poing par-dessus et se baissa et avança le poing.

Je lui dois un demi-dollar.

Très bien, dit le douanier.

Billy toucha le bord de son chapeau avec son index et poussa le cheval en avant.

Vous emmenez ce chien avec vous ? dit le douanier.

S'il veut bien venir.

Le douanier les regarda s'éloigner avec le chien qui trottait derrière. Ils traversèrent le petit pont. Le douanier mexicain les regarda et leur fit signe de passer et ils entrèrent dans Agua Prieta.

Je sais compter, dit Boyd.

Quoi ?

Je sais compter. T'avais pas besoin de recompter.

Billy tourna la tête et le regarda et détourna la tête.

D'accord, dit-il. Je recommencerai pas.

Ils achetèrent des gaufrettes de glace à un marchand ambulant et s'assirent au pied du cheval au bord du trottoir et regardèrent la rue reprendre vie pour la soirée. Le chien restait couché devant eux mal à l'aise dans la poussière avec les chiens de la ville qui passaient et tournaient en rond, arquant l'échine et reniflant son odeur.

Ils achetèrent de la farine et des haricots secs dans une épicerie et du sel et du café et des fruits secs et des piments séchés et ils achetèrent une petite poêle à frire en métal émaillé et une casserole avec un couvercle et une boîte d'allumettes de cuisine et quelques ustensiles et ils changèrent le reste de leur argent contre des pesos.

Te voilà riche, dit Billy.

Riche comme un nègre, dit Boyd.

C'est plus que j'avais quand j'suis arrivé ici.

Ça nous fait une belle jambe.

Ils quittèrent la route à la sortie sud de la ville et suivirent la rivière le long de son lit de galets gris pâle et arrivés dans le désert ils établirent leur bivouac dans le noir. Billy prépara leur souper et ils s'assirent et mangèrent en regardant le feu.

Il faut que t'arrêtes d'y penser, dit Billy.

J'y pense pas.

Alors à quoi tu penses ?

À rien.

C'est pas facile ça.

Suppose qu'il t'arrive quelque chose ?

Ne pense pas tout le temps à ce qui pourrait arriver.

Mais quand même.

Tu pourrais retourner.

Chez les Webster ?

Ouais.

Après qu'on les a volés et tout ?

C'est pas toi qui les as volés. Je croyais que tu pensais à rien.

Je pense à rien. Mais j'ai une drôle d'impression.

Billy se pencha et cracha dans le feu. Tu vas t'en sortir.

C'est déjà fait.

Ils furent toute la journée du lendemain à cheval le long de l'antique rivière qui coulait dans son lit de galets et au début de la soirée ils arrivèrent au hameau d'Ojito construit le long de la route. Boyd s'était endormi le visage contre le dos de son frère et il se redressa tout en sueur et chiffonné et il prit son chapeau écrasé entre eux sur ses genoux et le mit.

Où on est ? dit-il.

J'en sais rien.

J'ai faim.

Je sais. Moi aussi.

Tu crois qu'il y a à manger ici ?

J'en sais rien.

Ils arrêtèrent le cheval devant un homme debout sous le portail croulant d'une maison d'adobe et demandèrent s'il y avait quelque chose à manger dans le village et l'homme réfléchit un moment puis proposa de leur vendre un poulet. Ils continuèrent. Quand ils arrivèrent à l'endroit où la route vide débouchait sur le désert au sud un orage se préparait et la campagne paraissait bleue sous les nuages et sans cesse les minces filaments de foudre explosaient en stries verticales au-dessus des montagnes bleues dans un total silence comme des éclairs dans une cloche de verre. L'orage les rattrapa juste avant la nuit. La pluie balayait le désert en poussant devant elle des bandes de tourterelles sauvages et ils pénétrèrent dans une muraille liquide et furent immédiatement trempés jusqu'aux os. Une centaine de mètres plus loin ils mirent pied à terre et attendirent dans un bosquet au bord de la route, retenant le cheval et regardant la pluie rugissante s'abattre dans la boue. Le temps que l'orage soit passé il faisait nuit noire et ils grelottaient dans l'obscurité sans étoiles et ils écoutaient l'eau goutter dans le silence.

Qu'est-ce que tu veux faire maintenant ? dit Boyd.

Remonter et continuer, je crois.

Le cheval est trop mouillé pour qu'on ait envie de remonter dessus.

Il pourrait en dire autant de toi.

Il était minuit passé quand ils traversèrent la ville de Morelos. Le long de la rue la lumière des lampes baissait comme si elles se chargeaient d'obscurité. Il avait enveloppé Boyd dans sa veste et Boyd dormait ballotté contre son dos dans son sommeil et le cheval avançait tête basse avec un bruit de ventouse dans la boue et le chien louvoyait entre les flaques d'eau stagnante devant eux et ils prirent vers le sud la route où il avait suivi les voyageurs jusqu'à la foire au printemps de la même année il y avait de cela si longtemps.

Ils passèrent ce qui restait de la nuit dans une masure un peu à l'écart de la route et au matin ils firent un feu et préparèrent le petit déjeuner et firent sécher leurs vêtements puis sellèrent le cheval et repartirent vers le sud. Après trois jours encore de ce voyage et sept jours passés dans ce pays à traverser l'une après l'autre les sordides agglomérations de pisé qu'il y avait le long de la rivière ils entrèrent dans la ville de Bacerac. Devant une maison aux murs blanchis à la chaux deux chevaux étaient attachés la tête basse au pied d'un sureau. L'un des chevaux était un grand hongre rouan avec une marque fraîche sur la fesse gauche et l'autre c'était leur cheval Keno qui portait une selle mexicaine ouvragée.

Regarde là-bas, dit Boyd.

Je le vois. Descends.

Boyd se laissa glisser à terre et Billy descendit et lui passa les rênes et sortit le fusil de chasse de la fonte de selle. Le chien s'était arrêté sur la route et les observait. Billy ouvrit le fusil pour s'assurer qu'il était chargé et le referma et regarda Boyd.

Emmène le cheval là-bas et ne te montre pas.

D'accord.

Il regarda Boyd traverser la route avec le cheval en main

puis il se retourna et commença à marcher vers la maison. Le chien attendait, ses yeux allaient de l'un à l'autre. Puis Boyd le siffla.

Billy fit le tour de Keno et lui tapota l'encolure et le cheval pressa son front contre sa chemise et exhala un long souffle douceâtre contre lui. Il posa le fusil debout contre le tronc du sureau et souleva l'étrier et l'accrocha à la corne de la selle et tira le latigo et défit la courroie et détacha la sangle et saisit la selle par la corne et le troussequin et la souleva et la posa par terre. Puis il retira le tapis de selle et le suspendit à la corne de la selle et reprit le fusil et détacha le cheval et le conduisit là où Boyd attendait de l'autre côté de la rue.

Il remit le fusil dans la fonte et regarda encore une fois du côté de la maison. Monte Bird, dit-il.

Boyd sauta en selle et le regarda.

Emmène les chevaux par là et prends garde qu'on te voie pas depuis la maison. Je te rejoindrai à la sortie sud de la ville. Surtout reste caché. Je te trouverai.

Qu'est-ce que tu comptes faire ?

Je veux voir qui il y a là-dedans.

Et si c'est eux ?

C'est pas eux.

Qui tu crois qu'il y a là-dedans ?

J'en sais rien. J'ai l'impression que quelqu'un est mort. Vas-y maintenant.

Tu ferais mieux de prendre le fusil.

J'en ai pas besoin. Vas-y.

Il le regarda s'éloigner sur l'étroite rue de terre puis il fit demi-tour et repartit vers la maison.

Il frappa à la porte et attendit avec son chapeau à la main. Il ne venait personne. Il remit son chapeau et longea la maison et poussa sur un vieux portail vermoulu mais le portail était fermé de l'intérieur par une barre. Il regarda le haut du mur. Des tessons de bouteille étaient scellés dans la maçonnerie d'adobe. Il sortit son couteau et inséra la lame entre les vantaux et commença à faire glisser l'antique barre de bois demi-pouce par demi-pouce jusqu'à ce que l'extrémité sorte de l'arceau et il poussa la porte et entra et la referma. Il n'y àvait pas de marques par terre, rien n'était entré ni sorti. Il y avait des poules dans un arbre en plein jour. Ayant traversé le patio il arriva derrière la maison à une porte qui donnait sur un long couloir. Sur un petit banc étaient alignés des pots d'argile avec des plantes récemment arrosées et la terre était humide et les carreaux mouillés au-dessous du banc. De nouveau il se découvrit et il longea le couloir et s'arrêta dans l'encadrement d'une porte à l'autre bout. Dans une pièce plongée dans l'obscurité une femme était allongée dans un lit. Autour d'elle se tenaient ses répliques vêtues de rebozos sombres. Sur une table un cierge allumé.

La femme allongée dans le lit avait les yeux clos et tenait un rosaire de verre entre ses mains. Elle était morte. L'une des femmes agenouillées tourna la tête et le regarda. Puis elle regarda vers une partie de la pièce qu'il ne pouvait pas voir. Au bout d'un moment un homme s'approcha en enfilant son manteau et salua poliment le garçon debout sur le seuil.

Quién es ? dit-il.

Il était grand et blond et il parlait espagnol avec un accent étranger. Billy s'écarta et ils passèrent dans le couloir.

Estaba su caballo enfrente de la casa ?

L'homme s'arrêta, son manteau suspendu sur une épaule. Il regarda Billy et il regarda au bout du couloir. Estaba ? dit-il.

IL TROUVA BOYD caché avec les chevaux dans un bosquet de joncs carrizo au bord de la rivière au sud de la ville.

N'importe qui aurait pu te pister jusqu'ici.

Boyd ne répondit pas. Billy s'accroupit et brisa un roseau et le rompit encore une fois dans ses mains.

C'est un médecin allemand. Il a une facture pour le cheval. Ou il dit qu'il en a une. Il dit qu'il a des papiers que lui aurait donnés un maquignon de Casas Grandes, un nommé Soto.

Boyd avait écouté, le fusil à la main. Il remit le fusil dans la fonte de selle et se pencha et cracha.

Bon, dit-il. Je ne sais pas quels papiers il a mais c'est plus que ce qu'on a nous.

On a le cheval.

Boyd regardait l'eau de la rivière derrière le cheval. Ils vont nous descendre, dit-il.

Viens, dit Billy. Allons-nous-en.

T'es juste entré comme ça ?

Ouais.

Qu'est-ce que tu lui as dit ?

Allons-nous-en. On n'est pas venus ici pour s'amuser.

Qu'est-ce que tu lui as dit ?

Je lui ai dit la vérité. Que son cheval avait été volé par des Indiens.

Où il est à présent ?

Il a pris le cheval du mozo et il est parti vers l'aval pour essayer de les rattraper.

Il était armé ?

Oui. Il était armé.

Qu'est-ce qu'on va faire ?

Aller à Casas Grandes.

Où c'est ?

J'en sais rien.

Ils avaient laissé Keno dans la jonchaie avec une double entrave à laquelle ils avaient attaché le chien et ils étaient retournés au bourg. Assis par terre sur la place poussiéreuse ils regardaient un maigre vieillard accroupi de l'autre côté dessiner pour eux avec un bâton taillé en pointe une esquisse du pays qu'ils disaient vouloir visiter. Il traçait dans la poussière des cours d'eau et des promontoires et des pueblos et des chaînes de montagnes. Il commença par dessiner des arbres et des maisons. Des nuages. Un oiseau. Il y ajouta un croquis des cavaliers eux-mêmes courbés sur leurs montures. De temps à autre Billy se penchait pour poser des questions sur la longueur de telle ou telle section de leur itinéraire et alors le vieillard tournait la tête et regardait de ses yeux plissés le cheval immobile dans la rue et donnait sa réponse en nombre d'heures. Pendant tout ce temps quatre hommes regardaient, assis sur un banc à quelques pas de là, vêtus d'antiques costumes déteints au soleil. Quand le vieillard eut terminé, la carte qu'il avait dessinée occupait dans la poussière une surface de la taille d'une couverture. Il se releva et du plat de la main épousseta le fond de son pantalon.

Donne-lui un peso, dit Billy.

Boyd produisit le porte-monnaie et l'ouvrit et sortit la pièce et Billy la donna au vieillard et le vieillard la prit avec grâce et dignité et retira son chapeau et le remit et des poignées de main furent échangées et le vieillard fourra la pièce dans sa poche et traversa le misérable petit zócalo et disparut au bout de la rue sans se retourner. Quand il fut parti les hommes assis sur le banc se mirent à rire. L'un d'eux se leva pour mieux voir la carte.

Es un fantasma, dit-il.

Fantasma ?

Sí, sí. Claro.

Cómo ?

Cómo ? Porque el viejo está loco es cómo.

Loco ?

Completamente.

Billy regardait la carte. No es correcto ? dit-il.

L'homme leva les bras au ciel. Il dit que ce qu'ils avaient sous les yeux n'était qu'un décor. Il dit que de toute façon la question n'était pas de savoir si la carte était exacte, mais si l'on pouvait seulement en établir une. Il dit que dans ce pays il y avait des incendies et des séismes et des inondations et qu'il fallait connaître le pays lui-même et pas seulement quelques points de repère. D'ailleurs, dit-il, quand ce vieillard était-il allé dans ces montagnes pour la dernière fois ? Ou n'importe où ? En définitive sa carte n'était pas tellement une carte que la description d'un voyage. Et de quel voyage ? Qu'il avait fait il y avait combien de temps ?

Un dibujo de un viaje, dit-il. Un viaje pasado, un viaje antiguo.

Il leva la main avec dédain. Comme pour signifier qu'il n'y avait plus rien à dire. Billy regarda les trois autres hommes assis sur le banc. Ils observaient la scène avec une certaine lueur dans l'œil de sorte qu'il se demanda si on n'était pas en train de le faire marcher. Mais celui qui était assis à droite se pencha en avant et égrena la cendre de sa cigarette et s'adressant à celui qui était debout il dit qu'à tout prendre il y avait quand on voyage d'autres dangers que celui de se perdre en chemin. Il dit que les plans étaient une chose et les voyages une autre. Il dit que c'était une erreur de sous-estimer la bonne volonté dont témoignait le désir du vieillard de les mettre sur la bonne route car cela aussi comptait et leur apporterait force et réconfort dans leur périple.

L'homme qui était debout réfléchit à ces paroles puis il les effaça dans l'air devant lui d'un lent mouvement d'éventail de son index. Il dit qu'il n'était guère raisonnable de penser que les jeunes gens pouvaient juger de la crédibilité de cette carte. Il dit que de toute façon une mauvaise carte était pire que pas de carte du tout car elle entretenait chez le voyageur une confiance trompeuse et pouvait facilement lui faire négliger des instincts qui pourraient sans cela le guider, pourvu qu'il se place sous leur protection. Il dit qu'on courait à la catastrophe en se fiant à une carte fausse. Il pointa le doigt sur le croquis tracé dans la poussière. Comme pour les inviter à en contempler la futilité. Le deuxième homme assis sur le banc approuva d'un signe de tête et dit que la carte qu'ils avaient devant eux était pure folie et que les chiens de la rue allaient pisser dessus. Mais l'homme assis à droite se contenta de sourire et dit que de toute façon les chiens pisseraient aussi sur leurs tombes et qu'est-ce que ça prouvait ?

L'homme qui était debout dit que ce qui est valable dans un cas l'est dans tous et que de toute façon nos tombes n'ont aucun droit à faire valoir au-delà de leurs simples coordonnées et rien à nous apprendre quant aux moyens d'arriver là, sauf pour nous donner l'assurance que nous y arriverons bel et bien. Peut-être même que ceux qui reposent dans des tombes profanées – par les chiens de toute sorte – nous adresseraient de plus sévères mises en garde plus conformes aux réalités du monde. À ces mots l'homme qui était assis à gauche et qui n'avait encore rien dit du tout se leva en riant et fit signe aux deux garçons de le suivre et ils quittèrent la place avec lui et gagnèrent la rue, laissant les adversaires à leur veillée rustique sur les bancs du square. Billy détacha le cheval et ils attendirent pendant que l'homme leur montrait du doigt la piste menant à l'est et leur indiquait certains repères dans les montagnes et leur expliquait que la piste prenait fin au lieu-dit Las Ramadas et qu'ils devaient se fier à leur bonne étoile ou à leur amitié avec Dieu pour franchir la ligne de partage des eaux et trouver le chemin de Los Horcones. Il leur serra la main et sourit et leur souhaita bonne chance et ils demandèrent quelle distance il y avait jusqu'à Casas Grandes et l'homme leva la main avec le pouce replié contre la paume. Cuatro días, dit-il. Il regarda vers la place où les autres continuaient d'échanger leurs arguments et il dit qu'ils devaient assister le soir même aux obsèques de la femme d'un ami et qu'ils étaient d'une humeur très idiosincrasico et qu'il ne fallait pas y faire attention. Il dit qu'il savait par expérience que loin de rendre les hommes plus réfléchis ou plus sages la mort les conduit souvent à attribuer d'énormes conséquences à des choses triviales. Il leur demanda s'ils étaient frères et ils dirent que oui et il leur dit de veiller l'un sur l'autre en ce monde. Il tourna encore une fois la tête du côté des montagnes et il dit que les gens des sierras avaient de grands cœurs mais qu'ailleurs c'était autre chose. Puis il leur souhaita encore une fois bonne chance et demanda à Dieu de les accompagner et il s'écarta et leva la main en signe d'adieu.

Quand ils furent sortis du champ de vision des vieillards ils quittèrent la route et descendirent vers la rivière et suivirent le sentier de la berge pour rejoindre le cheval et le chien. Boyd enfourcha Keno et ils continuèrent jusqu'à ce qu'ils arrivent au gué où ils traversèrent la rivière et prirent la route qui menait à l'est dans les montagnes.

Ce qu'il pouvait y avoir de route cessa bientôt d'en être une. Au début, là où elle s'écartait pour la première fois de la rivière, elle avait la largeur d'un chariot ou elle était un peu plus large et elle avait été récemment nivelée ou passée au scraper et les broussailles avaient été coupées mais au-delà de la ville le cœur avait manqué pour poursuivre cette entreprise et ils se retrouvèrent sur un simple sentier qui grimpait dans les collines par un arroyo à sec. La nuit venait de tomber quand ils arrivèrent à une petite exploitation, un groupe de cabanes faites de perches de bois fichées dans une trinchera ou une terrasse consolidée avec des pierres. Ils établirent leur bivouac juste au-dessus de cet endroit sur le premier terrain plat qu'ils trouvèrent et ils mirent les entraves aux chevaux et allumèrent un feu. Au-dessous d'eux entre les pins rabougris et les genévriers ils apercevaient la lampe jaune d'une maison. Un peu plus tard pendant qu'ils faisaient bouillir leur seau de haricots un homme s'approcha sur la route avec une lanterne à la main. Il les appela depuis la route et Billy fit un pas vers le fusil appuyé contre un arbre et cria à l'homme d'avancer. L'homme alla jusqu'à leur feu. Il regarda le chien.

Buenas noches, dit-il.

Buenas noches.

Son americanos ?

Sí.

Il levait sa lanterne. Il regardait les silhouettes des chevaux dans l'obscurité au-delà du feu.

Dónde está el caballero ?

No hay otro caballero más que nosotros, dit Billy.

Le regard de l'homme allait et venait sur leurs maigres affaires. Billy savait que l'homme avait été envoyé pour les inviter à venir dans la maison mais l'homme n'en fit rien. Ils restèrent un moment à parler de tout et de rien puis l'homme prit congé. Il retourna à la route et ils le virent entre les arbres lever la lanterne à hauteur de son visage et soulever le verre au-dessous de l'anse et souffler la flamme. Puis il regagna la maison dans le noir.

Le lendemain leur parcours les conduisit dans les montagnes qui enserraient la vallée du Bavispe au pied du versant ouest. La piste devenait de plus en plus précaire, coupée d'affouillements où les cavaliers durent mettre pied à terre et conduire en main leurs chevaux qui peinaient sur le fond étroit de l'arroyo puis grimper par les lacets et il y avait des endroits où la piste bifurquait et leur imagination divaguait entre sapins et chênes nains. Ils bivouaquèrent cette nuit-là sur un ancien brûlis parmi des squelettes d'arbres et parmi les formes de rocs qui avaient explosé dans le terremoto un demi-siècle plus tôt et avaient dévalé la montagne sur leurs faces de clivage et broyant pierre contre pierre allumé l'incendie où les bois avaient brûlé vifs. Les troncs des arbres étêtés et brisés se penchaient dans toutes les postures possibles, pâles et morts dans le crépuscule, et à la dernière lueur du jour de petites chouettes voletaient dans un total silence à travers la clairière gagnée par l'obscurité.

Ils s'assirent devant le feu et firent la cuisine et mangèrent les derniers restes de leur lard avec des haricots et des tortillas et ils dormirent par terre dans leurs couvertures et le vent autour d'eux ne faisait pas de bruit dans les masses grises et les chouettes quand elles criaient dans la nuit criaient avec de petits cris noyés pareils aux plaintes des tourterelles.

Ils furent deux jours à travers le haut pays. Il tombait une pluie fine. Il faisait froid et ils chevauchaient enroulés dans leurs couvertures et le chien trottait devant, bélier muet et aveugle à la tête de son troupeau, et le souffle qui sortait des naseaux des chevaux montait en blanches volutes dans l'air mince. Billy proposa que Boyd et lui montent tour à tour le cheval sellé mais Boyd dit qu'il préférait monter Keno avec ou sans selle. Quand Billy proposa de mettre la selle sur Keno Boyd hocha la tête et talonna le cheval qu'il montait à cru.

Ils passèrent par les ruines d'anciennes scieries et ils

passèrent par une haute prairie piquetée de sombres souches mortes. Au soleil du soir ils virent depuis le versant opposé de la vallée les terrils d'une ancienne mine d'argent et campée dans des huttes de roseaux parmi les formes rouillées d'antiques machines une famille de mineurs gitans qui étaient venus là pour exploiter le puits de mine abandonné. Il y en avait de toute taille qui regardaient les cavaliers passer sur la pente d'en face. Alignés devant leurs feux de cuisine avec les mains en visière pour se protéger les yeux du soleil on eût dit un campement de militaires détraqués à la parade dans leurs guenilles. Ce soir-là il tua un lapin et ils s'arrêtèrent dans la longue lumière de la montagne et allumèrent un feu et firent cuire le lapin et le mangèrent et donnèrent ses entrailles au chien puis les os et quand ils eurent fini ils restèrent assis devant le feu, leurs yeux scrutant les braises.

Tu crois que les chevaux savent où on est ? dit Boyd.

Qu'est-ce que tu veux dire ?

Il leva les yeux. J'veux dire est-ce que tu crois qu'ils savent où on est ?

Nom d'une pipe qu'est-ce que c'est que cette question ?

Bon. C'est une question sur les chevaux. Je me demande s'ils ont idée de l'endroit où ils sont.

Nom d'une pipe, ils en ont aucune idée. Ils sont quelque part dans des montagnes, c'est tout. Tu veux dire est-ce qu'ils savent qu'ils sont au Mexique ?

Non. Mais si on était dans les Peloncillos ou quelque part comme ça ils sauraient où ils sont. Ils pourraient retrouver leur chemin pour rentrer si on les lâchait.

Est-ce que tu me demandes s'ils pourraient retrouver leur chemin de là où on est maintenant si on les lâchait ?

J'sais pas.

Alors qu'est-ce que tu demandes ?

Je demande s'ils savent où ils sont.

Billy contemplait les braises. J'vois pas ce que tu veux dire.

Bon. Laisse tomber.

Tu veux dire est-ce qu'ils ont une idée dans leur tête de l'endroit où se trouve la ferme ?

J'sais pas.

Même s'ils en avaient une ça ne veut pas dire qu'ils pourraient la retrouver.

Je voulais pas dire qu'ils pourraient la retrouver. Ils pourraient peut-être et peut-être pas.

Ils pourraient pas refaire tout le chemin de retour. Nom d'une pipe.

J'crois pas qu'ils pourraient retrouver le chemin. Je crois qu'ils savent où les choses se trouvent.

T'en sais plus que moi alors.

J'ai pas dit ça.

Non, c'est moi qui l'ai dit.

Il regardait Boyd. Boyd était assis avec la couverture sur ses épaules et ses misérables bottes croisées devant lui. Pourquoi tu vas pas te coucher ? dit-il.

Boyd se pencha et cracha dans les braises. Il resta un moment à regarder bouillir sa salive. Et toi pourquoi tu te couches pas ? dit-il.

Quand ils repartirent au matin la lumière était encore grise. La brume bougeait entre les arbres. Ils se mirent en route, curieux de voir ce qu'apporterait le jour et une heure plus tard ils arrêtèrent leurs chevaux sur le bord oriental de l'escarpement et regardèrent le soleil gonflé comme du verre en ébullition monter des plaines du Chihuahua pour recréer le monde à partir des ténèbres.

Arrivé midi ils étaient de nouveau sur la prairie, chevauchant dans des herbages meilleurs que tout ce qu'ils avaient traversé jusqu'ici, chevauchant dans des prairies d'andropogons et de bouteloues. L'après-midi ils virent loin au sud un haut rideau de minces cyprès verts et les murs blancs d'une hacienda. Chatoyant dans la chaleur comme un bateau blanc sur l'horizon. Lointaine et inconnaissable. Billy tourna la tête pour voir si Boyd l'avait vue mais Boyd regardait justement par là. Elle chatoyait et disparaissait dans la chaleur puis reparaissait juste au-dessus de l'horizon et restait suspendue dans le ciel. Quand il regarda de nouveau elle avait disparu tout à fait.

Dans le long crépuscule ils conduisirent les chevaux en main pour qu'ils se reposent. Il y avait un bouquet d'arbres pas très loin et ils se remirent en selle et prirent dans cette direction. Le chien trottait en tête la langue pendante et les prairies plongeaient fraîches et bleues tout autour et les formes des montagnes qu'ils avaient quittées se dressaient derrière eux noires et sans dimension contre le ciel du soir.

Ils se repéraient aux reflets des arbres sur le ciel devant eux et en approchant de la clairière ils délogèrent de leurs bauges les silhouettes mugissantes d'un troupeau. Les bêtes secouaient la nuque et partaient au trot dans l'obscurité. Les chevaux reniflaient l'air et l'herbe piétinée. Ils entrèrent dans le bois et les chevaux ralentirent et s'arrêtèrent puis s'avancèrent à pas prudents dans la sombre flaque d'eau stagnante.

Ils entravèrent Bird puis attachèrent Keno à un piquet en choisissant l'endroit pour qu'il tienne les vaches à distance pendant qu'ils dormiraient. Ils n'avaient rien à manger et ils n'allumèrent pas de feu et ne purent que se coucher par terre roulés dans leurs couvertures. Deux fois dans la nuit le cheval en broutant fit passer au-dessus d'eux la corde du lasso et Billy se réveilla et souleva la corde pour qu'elle ne réveille pas son frère endormi et il la remit dans l'herbe. Il était allongé dans le noir enveloppé dans la couverture et il écoutait les chevaux croquer l'herbe et renifler la bonne et forte odeur du bétail. Ensuite il se rendormit.

Au matin ils étaient assis tout nus dans l'eau sombre de la ciénega quand un groupe de vaqueros arriva à cheval. Les hommes abreuvèrent leurs montures à l'autre bout de l'étang et les saluèrent et leur dirent bon matin et sans descendre des chevaux qui buvaient ils se roulèrent des cigarettes en scrutant le paysage.

Adónde van ? crièrent-ils.

A Casas Grandes, dit Billy.

Ils inclinèrent la tête. Leurs chevaux levèrent leurs faces ruisselantes et regardèrent sans grande curiosité les formes pâles tapies dans l'eau et baissèrent la tête et se remirent à boire. Quand ils eurent fini les vaqueros leur souhaitèrent bon voyage et firent sortir les chevaux de l'étang et les emmenèrent au trot entre les arbres et repartirent vers le sud dans la direction d'où ils étaient venus.

Ils lavèrent leurs vêtements avec des saponaires et les suspendirent à un paloverde d'où ils ne pouvaient s'envoler à cause des épines. Des vêtements si durement éprouvés par leurs voyages qu'ils n'auraient guère pu les raccommoder. Leurs chemises presque transparentes, celle de Billy commençant à craquer dans le dos. Ils étalèrent leurs couvertures et s'étendirent nus sous les peupliers et dormirent avec leurs chapeaux sur les yeux tandis que les vaches qui s'étaient approchées entre les peupliers restaient là à les contempler.

Quand il se réveilla Boyd s'était redressé et regardait entre les arbres.

Qu'est-ce qu'il y a ?

Regarde là-bas.

Il se souleva et regarda de l'autre côté de l'étang. Trois enfants indiens étaient accroupis dans les roseaux et les épiaient. Quand il se leva avec la couverture sur les épaules ils partirent en courant.

Nom d'une pipe où est le chien ?

J'en sais rien. Qu'est-ce qu'il est censé faire ?

De l'autre côté des arbres montait la fumée d'un feu de bois et il entendait des voix. Il se drapa dans la couverture et alla chercher leurs habits et revint.

C'étaient des Tarahumaras et ils étaient à pied comme l'étaient toujours les gens de leur race et ils retournaient dans les sierras. Ils ne menaient pas de bétail, ils n'avaient pas de chiens. Ils ne parlaient pas l'espagnol. Les hommes portaient des pagnes blancs et des chapeaux de paille et pas grand-chose d'autre mais les femmes et les filles étaient vêtues de robes de couleurs vives avec plusieurs jupons. Quelques-unes étaient chaussées de huaraches mais la plupart étaient nu-pieds et leurs pieds chaussés ou non étaient comme un sabot d'animal ou un moignon et entourés de corne épaisse. Ils transportaient leurs affaires dans des ballots de toile tissée à la main et tout cela était empilé sous un arbre avec une demi-douzaine d'arcs en maho rouge et de carquois en peau de chèvre d'où dépassaient de longues flèches taillées dans des roseaux.

Les femmes qui vaquaient à leur feu de cuisine ne semblèrent pas leur prêter beaucoup d'attention quand elles les virent au bord de la clairière dans leurs loques fraîchement lavées. Un vieillard et un petit garçon grattaient des crincrins improvisés et le petit s'arrêta de jouer mais le vieillard continua. Les Tarahumaras faisaient ici provision d'eau depuis mille ans et une bonne part de ce que l'on pouvait voir du monde était passé par ici. Espagnols dans leurs armures et chasseurs et trappeurs et grands seigneurs avec leurs femmes et esclaves et fuyards et armées et révolutions et morts et mourants. Et tout ce qui était vu était dit et tout ce qui avait été dit était gravé dans la mémoire. Il y avait facilement de la place pour deux pâles et maigres orphelins venus du Nord coiffés d'immenses chapeaux. Ils s'assirent par terre un peu à l'écart des autres et mangèrent dans des assiettes en fer-blanc trop chaudes pour qu'ils les tournent entre leurs doigts une espèce de ratatouille où ils reconnurent des graines de courge et des fèves de mesquite et des bouts de céleri sauvage. Ils mangèrent avec leurs assiettes en équilibre sur la tige de leurs bottes les jambes écartées devant eux talon contre talon. Pendant qu'ils mangeaient une femme se détacha du feu et leur versa d'une calebasse un mucilage couleur de brique fait avec Dieu sait quoi. Ils se demandaient ce que c'était. Il n'y avait rien à boire. Personne ne parlait. Les Indiens étaient sombres de peau, presque noirs, et leur réticence et leur silence attestaient la vision d'un monde provisoire, contingent, profondément suspect. Il en émanait une méfiante concentration, comme s'ils avaient observé une trêve précaire. Toute leur attitude exprimait une vigilance tardive, désespérée. Comme si on les avait poussés sur de la glace fragile.

Quand ils eurent fini de manger ils remercièrent et se retirèrent. Rien ne fut admis. Rien ne fut dit. Quand ils repassèrent entre les arbres Billy se retourna mais personne pas même les enfants ne les avait regardés partir.

Les Tarahumaras levèrent le camp dans la soirée. Un grand calme descendit sur la clairière. Billy prit le fusil et partit dans l'herbe avec le chien pour inspecter la campagne dans le long crépuscule rouge. Les bêtes maigres couleur de suif qui les observaient depuis les peupliers et les acacias renâclèrent et partirent au trot. Il n'y avait rien à tuer que les tourterelles rieuses qui venaient ici pour boire et il ne voulait pas gaspiller une cartouche sur ce gibier-là. Il attendit sur un petit mamelon au milieu de la prairie et regarda le soleil se coucher derrière les montagnes à l'ouest et revint dans l'obscurité et au matin ils allèrent chercher les chevaux et sellèrent Bird et se remirent une fois de plus en route.

Ils arrivèrent au village mormon de Colonia Juárez à la fin de l'après-midi et traversèrent à cheval les vergers et les vignobles et cueillirent des pommes aux arbres et les mirent dans leurs vêtements. Ils traversèrent la rivière de Casas Grandes sur l'étroit pont de planches et passèrent devant les coquettes maisons à pans de bois blanchies à la chaux. La petite rue était plantée d'arbres et les maisons étaient bien entretenues avec un jardin et une pelouse et des clôtures de piquets blancs.

Qu'est-ce que c'est que cet endroit ? demanda Boyd.

J'en sais rien.

Ils continuèrent jusqu'au bout de la rue et passé le premier tournant sur l'étroite route poussiéreuse ils furent de nouveau dans le désert comme si la petite localité n'avait guère été qu'un songe. Le soir sur la route de Casas Grandes ils longèrent au pied du mur d'enceinte les ruines de l'antique ville d'adobe de Chichimeca. Parmi ces terriers et ces labyrinthes d'argile des feux de squatters brûlaient ici et là dans la pénombre et quand les squatters se dressaient et bougeaient ils projetaient sur les murs en ruine des ombres titubantes de stewards soûls et la lune se leva sur la ville morte et brilla sur les plates-formes fortifiées et les cryptes sans toits et les fours-fosses et les corrals de torchis et le jeu de paume plongé dans l'ombre où chassaient des engoulevents et sur les rigoles à sec où les débris de poteries et d'outils de pierre mêlés aux ossements de leurs artisans gisaient fossilisés dans le sol d'argile fissurée. Ils arrivèrent à Casas Grandes après avoir franchi les hauts remblais des voies ferrées de la Mexican Northeast Railroad et longèrent le dépôt et remontèrent la rue et attachèrent leurs chevaux devant un café et entrèrent. Vissées au plafond dans leurs réceptacles et projetant sur les tables une aveuglante lumière jaune il y avait là les premières ampoules électriques qu'ils voyaient depuis qu'ils avaient quitté Agua Prieta sur la frontière américaine. Ils s'assirent à une table et Boyd enleva son chapeau et le posa par terre. Il n'y avait personne dans le local. Au bout d'un moment une femme sortit de derrière le rideau tendu au fond dans l'encadrement d'une porte et s'avança et s'arrêta à leur table et les regarda. Elle n'avait pas de bloc pour y noter la commande et il ne semblait pas y avoir de menu. Billy lui demanda si elle avait des steaks et elle acquiesça et dit que oui. Ils passèrent leur commande et attendirent en regardant dehors par l'étroite fenêtre la rue sombre où étaient attachés les chevaux.

Qu'est-ce que tu penses ? dit Billy.

Qu'est-ce que je pense de quoi ?

De tout et de rien.

Boyd hocha la tête. Ses jambes maigres allongées devant lui. De l'autre côté de la rue une famille de mennonites passait le long des vitrines vaguement éclairées les hommes vêtus de leurs pantalons de salopette et les femmes derrière eux dans leurs robes informes décolorées par le soleil avec des paniers à provisions à la main.

Tu me fais la gueule ou quoi ?

Non.

À quoi tu penses ?

À rien.

Bon.

Boyd observait la rue. Au bout d'un moment il tourna la tête et regarda Billy. J'étais en train de penser que c'est trop facile, dit-il.

Qu'est-ce qui est trop facile ?

De tomber comme ça sur Keno. Et de le récupérer.

Ouais. Peut-être.

Il savait qu'ils n'auraient pas récupéré le cheval tant qu'ils n'auraient pas repassé la frontière avec et que rien n'était facile mais il ne le dit pas.

Tu te fies à rien, dit-il.

Non.

Les choses peuvent changer.

Je sais. Pas toutes.

Tu te fais de la bile pour tout. Mais ça n'y change rien. Pas vrai ?

Boyd contemplait la rue. Deux cavaliers passaient vêtus de ce qui semblait être les uniformes d'une fanfare. Tous deux regardèrent les chevaux à l'attache devant le café.

C'est vrai, dit Billy.

Boyd hocha la tête. Je ne sais pas, dit-il. J'sais pas comment les choses auraient tourné si je ne m'étais pas fait de bile.

Ils dormirent cette nuit-là dans un champ d'herbes poussiéreuses juste à côté des voies de chemin de fer et au matin ils se débarbouillèrent dans une rigole d'irrigation et se mirent en selle et retournèrent à la ville et mangèrent dans le même café. Billy demanda à la femme si elle savait où se trouvaient les bureaux d'un marchand de bestiaux du nom de Soto. Mais elle dit que non. Ils mangèrent un énorme petit déjeuner d'œufs et de chorizo et de tortillas de farine de froment comme ils n'en avaient pas encore vu par ici et ils payèrent avec ce qui était pratiquement tout ce qui restait de leur argent et sortirent et se mirent en selle et traversèrent la ville. Les bureaux de Soto étaient situés dans un bâtiment de briques à trois rues au sud du café. Billy regardait les reflets de deux cavaliers passer de l'autre côté de la rue sur la vitre de la fenêtre du bâtiment où les chevaux squelettiques se traînaient segment par segment le long des carreaux gauchis quand il vit apparaître à son tour le chien désarticulé et qu'il comprit que le cavalier qui allait en tête de cette peu reluisante cohorte c'était lui-même. Puis il vit que l'écriteau sur la vitre au-dessus de la tête du cavalier indiquait Ganaderos et au-dessus encore Soto y Gillian.

Regarde par ici, dit-il.

Je vois, dit Boyd.

Pourquoi t'as rien dit si tu l'as vu ?

Je le dis maintenant.

Ils arrêtèrent leurs chevaux dans la rue. Le chien était assis dans la poussière et attendait. Billy se pencha et cracha et tourna la tête vers Boyd.

Tu me permets de te poser une question ?

Vas-y.

Tu comptes faire la gueule longtemps ?

Jusqu'à ce que j'aie fini.

Billy acquiesça. Il contemplait leurs reflets dans la vitre. Il semblait avoir peine à comprendre comment ils y avaient fait leur apparition. Je me doutais que t'allais dire ça, dit-il. Mais Boyd avait vu qu'il contemplait le portrait des vagabonds déguenillés assortis à leurs chevaux tout de guingois dans le quadrillage confus de la fenêtre du maquignon avec le chien muet sur leurs talons et il leva le menton vers la vitre. Je regarde la même chose que toi, dit-il.

Ils retournèrent encore deux fois au bureau du ganadero avant de l'y trouver. Billy laissa Boyd dehors pour qu'il surveille les chevaux. Garde Keno bien caché, dit-il.

Tu me prends pour un imbécile, dit Boyd.

Il traversa la rue et arrivé à la porte il leva la main pour se protéger du miroitement de la lumière sur le verre et regarda à l'intérieur. Un bureau d'autrefois aux sombres lambris vernis, aux meubles de chêne foncé. Il ouvrit la porte et entra. La vitre de la porte trembla bruyamment quand il la referma et l'homme assis au bureau leva les yeux. Il tenait contre son oreille le combiné d'un ancien modèle de téléphone à pied. Bueno, dit-il. Bueno. Il fit un clin d'œil à Billy. D'une main il lui fit signe d'avancer. Billy enleva son chapeau.

Sí, sí. Bueno, dit le ganadero. Gracias. Es muy amable. Il remit le combiné dans sa fourche et écarta le téléphone.

Bueno, dit-il. Pendejo. Completamente sin vergüenza. Il leva les yeux sur Billy. Pásale, pásale.

Billy était devant le bureau son chapeau à la main.

Busco al señor Soto, dit-il.

No está.

Cuándo regresa ?

Todo el mundo quiere saber. Qui êtes-vous ?

Billy Parham.

Et qui c'est Billy Parham ?

Je suis de Cloverdale. État du Nouveau-Mexique.

Sans blague ?

Oui. Sans blague.

Et qu'est-ce que vous lui voulez, au señor Soto ?

Billy fit tourner son chapeau d'un quart de tour entre ses mains. Il regarda vers la fenêtre. L'homme suivit son regard.

Je suis le señor Gillian, dit-il. Je peux peut-être vous aider.

Il avait prononcé guillane.

Bon, dit Billy. Vous avez vendu un cheval à un médecin allemand, un docteur Haas.

L'homme inclina la tête. Il semblait impatient de connaître la suite.

Et je suis à la recherche de l'homme auquel vous avez acheté le cheval. Ça pourrait bien être un Indien.

Gillian se pencha en arrière dans son fauteuil. Il se tapota les dents du bas.

C'était un hongre bai foncé. Environ quinze mains et demie de haut. Ce qu'on pourrait appeler un castaño oscuro.

Je connais bien les caractéristiques de ce cheval. Inutile de vous le dire.

Oui. Vous lui avez peut-être vendu plus d'un cheval.

Oui. Ça aurait pu arriver mais ce n'est pas le cas. Pourquoi est-ce que vous vous intéressez à ce cheval ?

En fait ce n'est pas au cheval que je m'intéresse. Je veux seulement retrouver le type qui l'a vendu.

Qui est ce garçon dans la rue ?

Pardon ?

Ce garçon dans la rue.

C'est mon frère.

Pourquoi il est dehors ?

Il est très bien dehors.

Pourquoi vous ne lui dites pas d'entrer ?

Il est bien dehors.

Pourquoi vous ne le faites pas entrer ?

Billy regarda dehors par la vitre. Il remit son chapeau et sortit.

Je croyais que tu surveillais les chevaux, dit-il.

Ils sont là-bas, dit Boyd.

Les chevaux étaient dans une ruelle attachés par les rênes de bride au crampon d'un poteau télégraphique.

C'est une curieuse façon de laisser les chevaux.

Je les ai pas laissés. Je suis ici.

Il t'a vu. Il veut que tu entres.

Pour quoi faire ?

Je lui ai pas demandé.

Tu crois pas qu'on ferait mieux de repartir ?

T'en fais pas. Viens.

Boyd regarda vers la vitre du ganadero mais le soleil cognait sur le verre et il ne pouvait pas voir à l'intérieur.

Viens, dit Billy. Si on n'y retourne pas, il va se faire des idées.

Il s'en fait déjà.

Non, pas du tout.

Il regarda Boyd. Il regarda les chevaux au bout de la rue. Ces pauvres chevaux ont l'air bien mal en point, dit-il.

Je sais.

Il avait les mains derrière le dos, passées dans son pantalon, et grattait avec le talon de sa botte dans la poussière de la rue. Il regarda Boyd. On a fait un joli bout de chemin pour voir ce type, dit-il.

Boyd se pencha et cracha entre ses bottes. Bon, dit-il.

Gillian leva les yeux quand ils entrèrent. Billy retint la porte pour son frère et Boyd entra. Il n'avait pas enlevé son chapeau. Le ganadero se pencha en arrière dans son fauteuil et les examina tour à tour. Comme s'il avait été juge de leur consanguinité.

C'est mon frère Boyd, dit Billy.

Gillian lui fit signe d'avancer.

Il pense qu'on n'est pas présentables. Ça le gêne, dit Billy.

Il peut me le dire lui-même ce qui le gêne.

Boyd gardait les pouces dans sa ceinture. Il n'avait toujours pas enlevé son chapeau. Ce qui me gêne c'est pas si on est présentables ou pas, dit-il.

De nouveau le ganadero le regarda attentivement. Vous êtes du Texas, dit-il.

Du Texas ?

Oui.

Qu'est-ce qui vous a donné cette idée-là ?

Vous êtes venus ici du Texas, n'est-ce pas ?

J'ai jamais été au Texas de ma vie.

Comment ça se fait que vous connaissez le docteur Haas ?

Je le connais pas. J'ai même jamais vu ce monsieur.

Pourquoi vous vous intéressez à son cheval ?

C'est pas son cheval. Ce cheval nous a été volé dans notre propriété par des Indiens.

Et votre père vous a envoyés au Mexique pour retrouver ce cheval.

Il nous a envoyés nulle part. Il est mort. Ils l'ont tué et ma mère aussi avec un fusil de chasse et ils ont volé les chevaux.

Le ganadero fronça les sourcils. Il regarda Billy. Vous confirmez ça ? dit-il.

Je suis comme vous, dit Billy. Je suis impatient de connaître la suite.

Le ganadero les examina longuement. Il finit par dire qu'il était arrivé à la position qu'il occupait aujourd'hui en faisant le commerce des chevaux sur la route aussi bien dans leur pays que dans le sien et qu'il avait appris comme tout marchand de bestiaux doit l'apprendre que le meilleur moyen de reconstituer le passé des gens auxquels on a affaire c'est d'abord de ne jamais tenir compte de leurs propres versions des faits. Il ajouta qu'il se trompait rarement et qu'il était rarement surpris.

Ce que vous m'avez raconté ne tient pas debout, dit-il.

Très bien, dit Boyd. Pensez ce que vous voulez.

Le ganadero pivota légèrement dans son fauteuil. Il se tapota les dents. Il regarda Billy. Votre frère me prend pour un imbécile.

C'est ça.

Le ganadero arqua les sourcils. Vous êtes d'accord avec lui ?

Non monsieur. Je ne suis pas d'accord avec lui.

Comment tu peux le croire lui et pas moi ? dit Boyd.

Qui pourrait faire autrement ? dit le ganadero.

Je suppose que ça vous amuse d'entendre les gens raconter des mensonges.

Le ganadero dit que ça l'amusait en effet. Il dit que c'était une condition indispensable pour pouvoir faire le métier qu'il faisait. Il regarda Billy.

Hay otro más, dit-il. Quelque chose d'autre. Qu'est-ce que c'est ?

Je vous ai dit tout ce que je savais.

Mais pas tout ce qu'il y a à dire.

Il regarda Boyd. N'est-ce pas ? dit-il.

J'vois pas ce que vous pourriez me demander.

Le ganadero sourit. Il se leva péniblement de son bureau. Une fois debout il paraissait plus petit. Il alla à un semainier en chêne et ouvrit un tiroir et feuilleta des papiers et revint avec un dossier et s'assit et posa le dossier sur le bureau devant lui et l'ouvrit.

Vous lisez l'espagnol ? dit-il.

Oui.

Le ganadero lisait le document en suivant les lignes avec son index.

Le cheval a été acheté à une vente aux enchères le 2 mars. Il faisait partie d'un lot de vingt-trois chevaux.

Qui était le vendeur ?

La Babícora.

Il retourna le dossier ouvert et le poussa de l'autre côté

du bureau. Billy ne le regarda pas. Qu'est-ce que c'est que La Babícora ? dit-il.

Le ganadero leva ses sourcils broussailleux. Qu'est-ce que c'est que La Babícora ? dit-il.

Oui.

C'est un grand élevage. Il appartient à un de vos compatriotes, un señor Hearst.

Est-ce qu'ils vendent beaucoup de chevaux ?

Pas autant qu'ils en achètent.

Pourquoi ils ont vendu ce cheval ?

Quién sabe ? Le hongre n'est pas tellement populaire par ici. Il y a un préjugé, c'est ce que vous diriez j'imagine.

Billy regardait le contrat de vente.

Je vous en prie, dit le ganadero. Vous pouvez regarder.

Billy prit le dossier et examina la liste des chevaux du lot 41-86.

Qué es un bayo lobo ? dit-il.

Le ganadero haussa les épaules.

Il tourna la page. Il parcourut les descriptions. Ruano. Bayo. Bayo cebruno. Alazán. Alazán quemado. La moitié des chevaux avaient des robes dont il n'avait jamais entendu parler. Juments et chevaux, hongres et poulains. Il lut la description d'un cheval et pensa que c'était peut-être Niño. Puis il en vit une autre d'un cheval qui pouvait aussi être Niño. Il referma le dossier et le remit sur le bureau du ganadero.

Qu'est-ce que vous pensez ? dit le ganadero.

Qu'est-ce que je pense de quoi ?

Vous m'avez dit que c'est le vendeur du cheval qui vous a amenés ici et pas le cheval lui-même.

Oui.

Votre ami travaille peut-être pour le señor Hearst. Ça se pourrait.

Oui, ça se pourrait.

Ce n'est pas si facile de retrouver quelqu'un au Mexique.

Sûrement que non.

La montagne est grande.

Oui.

On risque de se perdre.

Oui.

Le ganadero tambourinait avec l'index sur le bras de son fauteuil. Comme un télégraphiste à la retraite. Otro más, dit-il. Qu'est-ce que c'est ?

Je ne sais pas.

Il se pencha en avant sur son bureau. Il regarda Boyd et il regarda les bottes de Boyd. Billy suivit son regard. Il cherchait les marques de courroies d'éperons.

Vous êtes loin de chez vous, dit-il. Inutile de le dire. Il leva les yeux sur Billy.

Oui, dit Billy.

Laissez-moi vous donner un conseil. Je m'y sens obligé.

D'accord.

Retournez chez vous.

On n'a pas de chez nous où retourner, dit Boyd.

Billy le regarda. Il n'avait toujours pas enlevé son chapeau.

Demande-lui donc pourquoi il veut qu'on retourne chez nous, dit Boyd.

Je vais vous le dire, pourquoi, dit le ganadero. Parce qu'il sait ce que vous ne savez peut-être pas. Que le passé ne se répare pas. Vous prenez tous les gens pour des idiots. Mais vous n'avez pas tellement de raisons d'être au Mexique. Pensez-y.

Allons-nous-en, dit Boyd.

On n'est pas loin de la vérité ici. Je ne sais pas ce qu'est cette vérité. Je ne suis pas un gitan diseur de bonne aventure. Mais je vois de gros ennuis en perspective. Vous devriez écouter votre frère. Il est plus âgé.

Vous aussi.

De nouveau le ganadero se pencha en arrière dans son fauteuil. Il regarda Billy. Votre frère est assez jeune pour croire que le passé existe encore, dit-il. Que les injustices qui y ont été commises n'attendent que lui pour être réparées. Peut-être que vous le croyez aussi ?

J'crois rien. Je suis simplement venu ici pour une affaire de chevaux.

Quelle réparation peut-il y avoir ? Quelle réparation peut-il y avoir pour quelque chose qui n'existe pas ? Vous voyez ? Et quelle réparation n'a pas de conséquences imprévues ? Quelle action n'est pas chargée d'un avenir qui nous est lui-même inconnu ?

J'ai déjà quitté ce pays une fois, dit Billy. C'est pas l'avenir qui m'y a ramené.

Le ganadero avait les mains posées l'une au-dessus de l'autre devant lui, avec un vide entre. Comme s'il tenait quelque chose d'invisible enfermé dans une boîte invisible. On ne sait jamais ce qu'on va déclencher, dit-il. Personne ne peut le savoir. Aucun prophète ne peut le prévoir. Les conséquences d'un acte sont souvent bien différentes de ce qu'on aurait imaginé. Vous devez être certain que le dessein qu'il y a dans votre cœur est assez vaste pour pouvoir supporter tous les retournements, tous les déboires. Vous voyez ? Le jeu en vaut rarement la chandelle.

Boyd attendait devant la porte. Billy se retourna et le regarda. Il regarda le ganadero. Le ganadero écarta l'air devant lui du revers de la main. Oui, oui, dit-il. Partez.

Dans la rue Billy se retourna pour voir si le ganadero les observait derrière la vitre.

Te retourne pas, dit Boyd. Tu sais bien qu'il nous regarde.

Ils sortirent de la ville par le sud et prirent la route de San Diego. Ils chevauchaient en silence, le chien muet tantôt trottant tantôt marchant devant eux les pieds à vif au milieu de la route sans ombre sous le soleil de midi.

T'as compris ce qu'il voulait dire ? dit Billy.

Boyd se tourna légèrement sur le cheval qu'il montait à cru et regarda par-dessus son épaule.

Ouais. J'ai compris ce qu'il voulait dire. Et toi ?

Ils traversèrent les dernières localités au sud de la ville. Dans les champs le long desquels ils passaient des hommes et des femmes cueillaient le coton entre les arbustes gris et fragiles. Ils abreuvèrent les chevaux à une rigole d'irrigation au bord de la route et desserrèrent le latigo pour que Bird puisse se dégonfler. Un peu plus loin, au-delà des champs morcelés, un homme labourait avec un bœuf attelé au joug par les cornes à une charrue qui n'avait qu'un seul manche. La charrue était d'un modèle périmé en Égypte et n'était guère qu'une racine d'arbre. Ils se remirent en selle et repartirent. Il regarda Boyd par-dessus son épaule. Si maigre sur le cheval sans harnachement. Son ombre plus maigre encore. Le grand cheval sombre de robe qui avançait sur la route avec ses larges articulations angulaires effrontément penchées dans la poussière, plus fidèle à l'image du cheval que le cheval qu'il montait. Tard dans la journée du sommet d'une côte où ils s'étaient arrêtés ils regardèrent au loin les parcelles de terre sombre où l'on avait ouvert les vannes, des champs fraîchement labourés où l'eau qui stagnait dans les sillons luisait à la lumière du soir comme un quadrillage de barres de métal bruni. Comme si les grilles d'une antique exploitation gisaient à terre, là-bas au-delà des rigoles bordées de peupliers, des oiseaux chanteurs du soir.

Peu à peu ils rejoignirent sur la route dans le soir tombant une fille qui marchait nu-pieds et portait sur la tête un ballot de vêtements pendant de chaque côté comme les bords d'un grand chapeau mou. De sorte qu'au moment où ils la dépassèrent dans un lent battement de sabots elle fut obligé de se tourner parallèlement à la route pour les voir. Ils la saluèrent et Billy lui dit bonsoir et elle dit bonsoir et ils continuèrent. Un peu plus loin ils arrivèrent à un endroit où le trop-plein des rigoles d'irrigation avait laissé de l'eau qui stagnait dans la tranchée de la route et ils mirent pied à terre et conduisirent leurs chevaux en main le long du remblai et s'assirent dans l'herbe et regardèrent des oies traverser sur leurs pattes raides les champs gagnés par l'obscurité. La fille passait sur la route. Ils crurent d'abord qu'elle fredonnait une chanson mais elle pleurait. Elle s'arrêta en voyant les chevaux. Les chevaux relevèrent la tête et regardèrent du côté de la route. Elle repartit et les chevaux baissèrent la tête et se remirent à boire. Quand ils ramenèrent les chevaux sur la route elle semblait toute petite et presque immobile au loin devant eux. Ils se remirent en selle et repartirent et au bout d'un moment ils la dépassèrent de nouveau.

Billy poussa son cheval de l'autre côté de la route, ce qui obligerait la fille, pour lui répondre, à tourner son visage vers l'ouest dans les derniers restes de lumière s'il lui adressait la parole au moment où il la dépassait. Mais en entendant les chevaux derrière elle sur la route elle traversa à son tour et quand il lui parla elle ne tourna même pas la tête et si elle lui répondit il n'entendit pas la réponse. Ils continuèrent. Au bout d'une centaine de pas il s'arrêta et mit pied à terre.

Qu'est-ce que tu fais ? dit Boyd.

Il regarda la fille derrière lui. Elle s'était arrêtée. Elle ne pouvait pas les éviter. Billy se retourna et souleva l'étrier du côté montoir et l'accrocha à la corne de la selle et vérifia le latigo.

Il va faire nuit, dit Boyd.

Il fait déjà nuit.

Alors allons-y.

On va y aller.

La fille s'était remise à marcher. Elle approchait lentement en restant de l'autre côté de la route. Quand elle les eut rejoints Billy lui demanda si elle voulait continuer à cheval. Elle ne répondit pas. Elle hocha la tête sous son balluchon puis elle pressa le pas. Billy la suivit des yeux. Il caressa le cheval et reprit les rênes et partit à pied sur la route en menant le cheval en main derrière lui. Boyd restait à cheval sur Keno et l'observait.

Qu'est-ce qui te prend ? dit-il.

Quoi ?

De lui proposer de monter ton cheval ?

Qu'est-ce que ça a de mal ?

Boyd poussa son cheval en avant et continua à côté de son frère. Qu'est-ce que tu fais ? dit-il.

Je mène mon cheval en main.

Mais nom d'une pipe qu'est-ce qui t'arrive ?

Il m'arrive rien.

Alors qu'est-ce que tu fais ?

Je mène mon cheval en main c'est tout. Comme toi tu montes le tien.

Tu parles.

T'as peur des filles ?

Peur des filles ?

Ouais.

Il leva les yeux sur Boyd. Mais Boyd hocha la tête et continua.

La petite silhouette de la fille diminuait dans l'obscurité devant eux. Il y avait encore des tourterelles qui venaient se poser dans les champs à l'ouest de la route. Ils les entendaient passer au-dessus de leur tête bien qu'il fît trop sombre pour les voir. Boyd avait pris de l'avance, il attendait sur la route. Au bout d'un moment Billy le rejoignit. Il était remonté en selle et ils continuèrent jambe à jambe.

Ils sortirent des terres irriguées et passèrent dans un bosquet d'arbres qui poussaient au bord de la route devant une masure de torchis et de baguettes de bois où brûlait la faible lueur orange d'une lampe à suif. Ils pensaient que c'était sans doute là qu'habitait la fille et ils furent surpris de la retrouver encore une fois sur la route devant eux.

Cette fois quand ils la rejoignirent il faisait nuit noire et Billy ralentit l'allure en arrivant à côté d'elle et lui demanda si elle avait encore un long chemin à faire et elle hésita un moment puis elle dit que non. Il lui proposa de porter son balluchon derrière lui sur le cheval pendant qu'elle continuerait à pied à côté mais elle refusa poliment. Elle lui disait señor. Elle regarda Boyd. L'idée lui vint qu'elle aurait pu se cacher dans le chaparral au bord de la route mais qu'elle ne l'avait pas fait. Ils lui dirent bonsoir et continuèrent et un peu plus tard ils rencontrèrent deux cavaliers sur la route qui allaient dans la direction d'où ils venaient et les cavaliers leur dirent quelques mots dans l'obscurité et passèrent leur chemin. Il arrêta son cheval et les suivit des yeux et Boyd fit halte à côté de lui.

T'as eu la même idée que moi ? dit Billy.

Tu veux l'attendre ? dit Boyd, les bras croisés sur le garrot de son cheval.

Ouais.

Bon. Tu crois qu'ils vont l'embêter ?

Billy ne répondit pas. Les chevaux firent un écart et se tinrent tranquilles. Au bout d'un moment il dit : Attendons ici une minute. Dans une minute elle nous aura rejoints. Alors on pourra partir.

Mais elle ne les avait pas rejoints au bout d'une minute et elle ne les rejoignit ni au bout de dix minutes ni au bout d'une demi-heure.

Retournons, dit Billy.

Boyd se pencha et cracha lentement sur la route et fit faire demi-tour à son cheval.

Ils n'avaient pas fait plus d'un mile quand ils aperçurent un feu quelque part devant eux entre les formes métalliques des buissons. La route tournait et le feu passa lentement à leur droite. Puis il reprit sa position. Un demi-mile plus loin ils arrêtèrent leurs chevaux. Le feu brûlait dans un petit bosquet de chênes un peu plus à l'est. La lueur qui en émanait restait captive sous le sombre dais de feuillage et des ombres avançaient et reculaient et le hennissement d'un cheval leur parvint de l'obscurité derrière le brasier.

Qu'est-ce que tu veux faire ? dit Boyd.

J'en sais rien. Laisse-moi réfléchir.

Ils restèrent un moment sur la route plongée dans l'obscurité.

T'as réfléchi maintenant ?

J'crois qu'il faut les prendre par surprise. C'est la seule chose à faire.

Ils vont deviner qu'on les a pistés.

Je le sais. On peut rien y changer.

Boyd regardait le feu entre les arbres.

Qu'est-ce que tu veux faire ? dit Billy.

Si on doit y aller autant y aller tout de suite.

Ils mirent pied à terre et menèrent leurs chevaux en main. Le chien était assis au milieu de la route et les observait. Puis il se releva et les suivit.

Quand ils arrivèrent sur le sol dénudé entre les arbres les deux hommes s'étaient dressés de l'autre côté du feu et les regardaient approcher. Leurs chevaux n'étaient nulle part en vue. La fille était assise par terre les jambes repliées sous sa jupe et son balluchon serré entre ses mains sur ses genoux. Quand elle vit qui venait d'arriver elle détourna la tête et garda les yeux fixés sur le feu.

Buenas noches, cria Billy.

Buenas noches, dirent-ils.

Ils s'arrêtèrent avec leurs chevaux qu'ils tenaient par le licol. On ne les avait pas invités à s'approcher. Le chien s'arrêta net en arrivant au périmètre de lumière puis recula un peu et se figea. Les hommes les observaient. Il y en avait un qui fumait une cigarette et il la porta à ses lèvres et aspira une mince bouffée et souffla un mince filet de fumée en direction du feu. Il fit un mouvement circulaire avec le bras, l'index pointé par terre. Il leur dit de faire le tour du feu avec leurs chevaux et de les conduire dans le bouquet d'arbres derrière eux. Nuestros caballos están allá, dit-il.

Está bien, dit Billy sans bouger.

L'homme n'était pas de cet avis. Il dit qu'il ne voulait pas que leurs chevaux salissent l'endroit où ils allaient dormir.

Billy le regarda. Il se tourna de profil et regarda son cheval. Il voyait courbées comme un sombre triptyque dans un presse-papiers en verre les silhouettes des deux hommes et de la fille brûler dans la lueur fugitive du feu au centre noir de l'œil du cheval. Il passa les rênes à Boyd derrière lui. Emmène-les là-bas, dit-il. Desselle pas Bird et desserre pas le latigo et les mets pas avec leurs chevaux.

Boyd passa devant lui avec les chevaux en main et passa devant les deux hommes et entra dans l'obscurité des arbres. Billy s'avança et salua d'un signe de tête et rabattit légèrement en arrière son chapeau qui lui tombait sur les yeux. Il s'arrêta devant le feu et le regarda. Puis il regarda la fille.

Cómo está ? dit-il.

Elle ne répondit pas. Quand il regarda de l'autre côté du feu le type qui fumait s'était assis sur les talons et le regardait à travers les mailles de la chaleur avec des yeux qui avaient la couleur du charbon mouillé. Par terre à côté de lui était posée une bouteille bouchée avec un épi de maïs.

De dónde viene ? dit-il.

América.

Tejas.

Nuevo México.

Nuevo México, dit l'homme. Adónde va ?

Billy l'observait. Son bras droit était replié en travers de la poitrine et coincé sous son coude gauche de sorte que son bras gauche se dressait à la verticale devant lui avec la cigarette entre les doigts dans une pose étrangement raffinée, étrangement délicate. De nouveau Billy regarda la fille puis de nouveau le type de l'autre côté du feu. Il n'avait pas de réponse à sa question.

Hemos perdido un caballo, dit-il. Lo buscamos.

L'homme ne répondit pas. Il tenait la cigarette entre ses doigts et abaissa le poignet d'un geste d'oiseau et se remit à fumer puis releva et garda levée la main qui tenait la cigarette. Boyd sortit d'entre les arbres et fit le tour du feu et s'arrêta mais le type ne le regardait pas. Il jeta le mégot de la cigarette dans le feu devant lui et se noua les bras autour des genoux et commença à se balancer d'avant en arrière dans un mouvement à peine perceptible. Il avança le menton vers Billy et demanda s'il les avait suivis pour voir leurs chevaux.

Non, dit Billy. Nuestro caballo es un caballo muy distinto. Lo conoceríamos en cualquier luz.

En disant cela il comprit aussitôt qu'il avait renoncé d'avance à la seule réponse plausible qu'il pourrait donner à la prochaine question de l'homme. Il regarda Boyd. Boyd l'avait aussi compris. L'homme se balançait, il les examinait. Qué quieren pues ? dit-il.

Nada, dit Billy. No queremos nada.

Nada, dit l'homme. Il prononçait le mot comme s'il le savourait. Il fit un petit mouvement latéral du menton comme pourrait le faire un homme qui considère diverses éventualités. Deux cavaliers qui en croisent deux autres sur une route dans l'obscurité et continuent leur chemin et rencontrent ensuite un voyageur à pied savent que les deux autres cavaliers ont croisé ce voyageur à pied et continué leur chemin. Cela c'était ce qui était connu. Les dents du type luisaient à la lueur du feu. Il retira quelque chose qu'il y avait entre et l'examina puis le mangea. Cuántos años tiene ? dit-il.

Yo ?

Quién más ?

Diecisiete.

L'homme acquiesça. Cuántos años tiene la muchacha ?

No lo sé.

Qué opina ?

Billy regarda la fille. Elle avait les yeux baissés sur ses genoux. Elle faisait peut-être quatorze ans.

Es muy joven, dit-il.

Bastante.

Doce quizás.

L'homme haussa les épaules. Il allongea le bras et prit la bouteille posée par terre et enleva le bouchon et but et garda la main sur le goulot. Il dit que du moment qu'elles étaient assez grandes pour saigner elles étaient assez grandes pour qu'on les saigne. Puis il tendit la bouteille par-dessus son épaule. Le type derrière lui fit un pas en avant et lui prit la bouteille et but. Un cheval passait sur la route. Le chien s'était relevé pour écouter. Le cavalier ne s'arrêta pas et le lent battement des sabots sur la boue séchée de la route faiblit peu à peu et le chien se recoucha. Le type debout but une deuxième rasade et rendit la bouteille. L'autre la prit et remit l'épi de maïs dans le goulot de la bouteille avec le talon de sa main puis il soupesa la bouteille dans sa main.

Quiere tomar ? dit-il.

No. Gracias.

De nouveau il soupesa la bouteille dans sa main puis il la lança en chandelle de l'autre côté du feu. Billy l'attrapa au vol et regarda le type. Il leva la bouteille dans la lumière. Le trouble mescal jaune roulait paresseusement entre les parois vitreuses et la forme lovée du ver de terre mort tournait au fond de la bouteille en dérivant lentement comme un petit fœtus égaré.

No quiero tomar, dit-il.

Tome, dit le type.

Il regarda de nouveau la bouteille. Les empreintes grasses qui maculaient le verre étaient visibles à la lueur du feu. Il regarda le type puis il retira l'épi du goulot.

Va chercher les chevaux, dit-il.

Boyd passa derrière lui. Le type l'observait. Adónde vas ? dit-il.

Vas-y, dit Billy.

Adónde va el muchacho ?

Está enfermo.

Boyd traversa en direction des arbres. Le chien se releva et le suivit des yeux. Le type se tourna et regarda de nouveau Billy. Billy leva la bouteille et commença à boire. Il but et abaissa la bouteille. Il avait les yeux qui pleuraient et il se les essuya avec le poignet et il regarda le type et leva la bouteille et se remit à boire.

Quand il abaissa la bouteille elle était presque vide. Il aspira une bouffée d'air et regarda le type mais le type regardait la fille. Elle s'était levée et regardait du côté des arbres. On sentait le sol trembler. Le type se leva et se retourna. Derrière lui l'autre s'était écarté du feu et partait en courant avec les bras levés dans une silencieuse exhortation. Il essayait d'arrêter les chevaux qui arrivaient d'entre les arbres en encensant et en faisant des bonds de côté pour ne pas se prendre les pieds dans les longes qui traînaient.

Demonios, dit le type. Billy lâcha la bouteille et lança le bouchon dans le feu et allongea le bras devant lui et saisit la fille par la main.

Vámonos, dit-il.

Elle se baissa et ramassa son balluchon. Boyd sortit du bosquet au galop. Il était penché sur l'encolure de Keno et il tenait d'une main les rênes du cheval de Billy et de l'autre le fusil de chasse et il tenait les rênes de son propre cheval entre les dents à la façon d'un écuyer de cirque.

Vámonos, souffla Billy, mais elle s'agrippait déjà à son bras.

Boyd faillit traverser le feu avec les chevaux et il arrêta

brutalement Keno qui piaffait et écarquillait les yeux. Il reprit les rênes entre ses dents et lança le fusil à Billy. Billy l'attrapa au vol et saisit la fille par le coude et la souleva sur le cheval. Les deux autres chevaux avaient disparu au loin sur la plaine sombre au sud du bivouac et le type qui lui avait lancé la bouteille de mescal revenait de l'obscurité avec un long couteau à lame mince dans la main gauche. À part le bruit des chevaux renâclant et piétinant tout était silencieux. Personne ne parlait. Le chien tournait nerveusement autour des chevaux. Vámonos, dit Billy. Quand il tourna la tête la fille était déjà sur la croupe du cheval entre la selle et le rouleau du couchage. Il saisit les rênes de la main de Boyd et les lança par-dessus la tête du cheval et arma le fusil d'une main comme un revolver. Il ne savait pas s'il était chargé ou non. Le mescal s'était emparé de son estomac comme un succube impie. Il passa le pied dans l'étrier et la fille en bonne amazone se plaqua contre le flanc du cheval et il lança sa jambe par-dessus pour s'enlever en selle et fit tourner le cheval. Le type était déjà sur lui et il lui pointa le fusil sur la poitrine. Le type s'élança pour saisir la bride mais le cheval fit un écart et Billy dégagea sa botte de l'étrier et lança le pied en avant et le type esquiva et lui traversa le gras du mollet avec son couteau, déchirant d'un seul coup la botte et le pantalon. Il scia la bouche du cheval et le talonna et le type se jeta sur la fille et saisit une poignée de sa robe à pleine main mais l'étoffe craqua et l'instant d'après ils s'enfuyaient au grand galop par la combe d'herbe basse et vers la route où Boyd les attendait à la lueur des étoiles sur son cheval piaffant. Il força à se relever le cheval qui s'était assis sur les hanches et encensait et il parla à la fille par-dessus son épaule. Está bien ? dit-il.

Sí, sí, fit-elle à mi-voix. Elle se penchait en avant pour retenir son balluchon les deux bras autour de la taille de Billy.

Allons-y, dit Boyd.

Ils repartirent vers le sud sur la route jambe à jambe au grand galop avec le chien derrière eux qui perdait du terrain à chaque foulée. Il n'y avait pas de lune mais il y avait tant d'étoiles dans ce pays que les cavaliers projetaient des ombres sur la route malgré tout. Dix minutes plus tard Boyd s'arrêta en tenant le cheval de Billy par les rênes pendant que Billy qui avait sauté à terre vomissait dans l'herbe de l'accotement les mains agrippées à ses genoux. Le chien émergeait hors d'haleine de l'obscurité et les chevaux regardaient Billy et frappaient du pied sur la route. Billy releva la tête et essuya ses yeux mouillés. Il regarda la fille. Elle était à califourchon sur le cheval, à moitié dévêtue, avec ses jambes nues qui pendaient sur les hanches du cheval. Il cracha et s'essuya la bouche au revers de sa manche et regarda sa botte. Puis il s'assit sur la route et retira la botte et regarda sa jambe. Il remit sa botte et se releva et ramassa le fusil sur la route et retourna auprès des chevaux. La jambe de son pantalon flottait autour de sa cheville.

Il faut quitter cette route, dit-il. Ils auront vite rattrapé leurs chevaux.

T'es blessé ?

Ça va. Allons-y.

Attends une minute qu'on écoute.

Ils tendirent l'oreille.

Ce satané chien respire trop fort pour qu'on entende quelque chose.

Attends une minute.

Billy prit les rênes et les fit passer par-dessus la tête du cheval et glissa sa botte dans l'étrier et la fille esquiva et il s'enleva en selle. Il est fou, dit-il. J'ai un frère qui est fou.

Mande ? dit la fille.

Attends une minute, dit Boyd.

Qu'est-ce que t'entends ?

Rien. Comment tu te sens ?

À peu près comme tu peux le penser.

Elle parle pas anglais, hein ?

Fichtre non. Comment est-ce qu'elle pourrait parler anglais ?

Boyd restait en selle, ses yeux scrutant l'obscurité le long de la route. Tu sais qu'ils vont se mettre à notre poursuite.

Billy fourra le fusil dans la fonte de selle. Foutre oui que je le sais, dit-il.

Dis pas de gros mots devant elle.

Quoi ?

Je t'ai dit de pas dire de gros mots devant elle.

Tu viens de dire qu'elle parle pas anglais.

N'empêche que c'est quand même un gros mot.

Ça tient pas debout. Et qu'est-ce qui t'a fait croire que ces cow-boys là-bas n'avaient pas de revolvers cachés sous leurs habits ?

J'ai jamais cru ça. C'est pour ça que je t'ai lancé le fusil.

Billy se pencha et cracha. Bon Dieu, dit-il.

Qu'est-ce que tu comptes faire de la fille ?

J'en sais rien. Bon sang. Comment je le saurais ?

Ils tournèrent les chevaux pour quitter la route et s'engagèrent sur une plaine sans arbres. Les plates montagnes noires au loin dressaient contre la limite inférieure du ciel leurs bords déchiquetés. La fille était assise droite et menue, se tenant d'une main à la ceinture de Billy. À les voir ainsi sur leurs chevaux à la lueur des étoiles entre les sombres corniches des sierras à l'est et à l'ouest on eût dit des cavaliers de légende ramenant en terre natale une reine d'un lointain pays enlevée à ses ravisseurs.

Ils établirent leur bivouac sur ces terres sèches au sommet d'une hauteur d'où la nuit plongeait autour d'eux dans un gouffre immense et ils attachèrent les chevaux à des piquets et laissèrent Bird sellé. La fille n'avait encore rien dit. Elle partit dans l'obscurité et ils ne la revirent qu'au matin.

À leur réveil il y avait un feu par terre et elle versait de l'eau de la gourde et la mettait à chauffer, allant et venant sans bruit dans la lumière grise. Billy l'observait, couché dans sa couverture. Elle avait sans doute trouvé d'autres vêtements dans ses affaires car elle portait de nouveau une jupe. Elle remuait l'eau dans le récipient de fer-blanc, mais que remuait-elle il n'en avait pas idée. Il ferma les yeux. Il entendit son frère dire quelque chose en espagnol et quand il regarda par-dessus sa couverture Boyd était accroupi auprès du feu, les jambes croisées, en train de boire dans sa tasse de fer-blanc.

Il se leva et roula son couchage et elle lui apporta une tasse de chocolat brûlant et retourna auprès du feu. Elle avait bruni des tortillas dans leur petite poêle et les avait fourrées de haricots et ils s'assirent auprès du feu et mangèrent leur petit déjeuner pendant que le ciel pâlissait autour d'eux.

Est-ce que t'as dessellé Bird ? dit Billy.

Non. C'est elle.

Il approuva. Ils se remirent à manger.

C'est grave ta blessure ? dit Boyd.

C'est juste une égratignure. Il a salement déchiré ma botte.

Ce pays vaut rien pour les vêtements.

C'est ce que je commence à trouver. Qu'est-ce qui t'a donné l'idée de faire filer leurs chevaux comme ça ?

J'en sais rien. Juste une idée.

T'as entendu ce qu'il a dit de la fille ?

Ouais. J'ai entendu.

Au lever du soleil ils levèrent le bivouac et repartirent une fois de plus vers le sud à travers la plaine de gravier et de créosote. À midi ils s'arrêtèrent à un puits dans le désert où chênes et sureaux poussaient en bouquets dans les bas-fonds et ils lâchèrent les chevaux et firent un somme par terre. Billy dormit avec le fusil au creux de son bras et quand il se réveilla la fille était assise les yeux fixés sur lui. Il lui demanda si elle pouvait monter à cru et elle dit que oui. Quand ils repartirent elle monta derrière Boyd pour ménager les chevaux. Il crut que Boyd aurait un mot à dire mais Boyd ne dit rien. Quand il regarda par-dessus son épaule la fille avait les deux bras autour de la taille de Boyd. Un peu plus tard quand il regarda de nouveau sa sombre chevelure était étalée sur l'épaule de son frère et elle dormait pressée contre son dos.

Au soir ils arrivèrent à l'hacienda de San Diego en haut d'une colline dominant les terres labourées qui s'étendaient jusqu'à la rivière de Casas Grandes et jusqu'à la Piedras

Verdes. Les ailes d'une éolienne tournaient dans la plaine au-dessous comme un jouet chinois et des chiens aboyaient au loin. Dans la lumière abrupte les montagnes d'ocre à vif dressaient leurs plis baignés d'ombres épaisses et dans le ciel vers le sud une douzaine de buses tournaient dans un lent carrousel de crêpe noir.

3

Il faisait presque nuit quand ils arrivèrent devant le bâtiment principal et s'engagèrent dans l'allée, passé les portiques aux minces colonnes de fer ouvragé, passé les murs de plâtre blancs avec le gré rouge des voussoirs et le filigrane de terre cuite en haut des parapets. La façade de la maison s'ornait d'un fronton de trois arches de pierre au-dessus desquelles étaient gravés les mots Hacienda de San Diego dont les lettres cintrées surmontaient les initiales L.T. Les hautes fenêtres palladiennes étaient fermées de volets et les volets étaient cassés et rongés par les intempéries et peinture et plâtre tombaient des murs et le plafond du portique n'était guère que des lattes de bois nu toutes maculées de taches d'humidité et gondolées. Ils traversèrent la cour vers ce qui semblait être les domicilios d'où montait de la fumée bien visible sur le ciel du soir et quand ils eurent franchi le haut portail de bois ils entrèrent dans la cour et restèrent en selle côte à côte.

Dans un angle de l'enceinte traînait la carcasse d'un antique modèle d'automobile de tourisme, une Dodge dépouillée depuis longtemps de ses roues et de ses essieux, de ses vitres et de ses sièges. À l'autre bout de la cour un feu de cuisine brûlait à même le sol et ils distinguaient à sa lueur deux chariots de caravane aux couleurs criardes entre lesquels pendait du linge et allant de l'un à l'autre devant le feu des hommes et des femmes en robes et kimonos qui semblaient faire partie d'un cirque.

Qué clase de lugar es éste ? dit Billy.

Es ejido, dit la fille.

Que clase de gente ?

No lo sé.

Il sauta à terre et la fille descendit du cheval de Boyd et vint prendre les rênes.

Qu'est-ce que c'est que ces gens-là ? dit Boyd.

J'en sais rien.

Ils entrèrent dans la cour, Billy et la fille à pied, la fille avec le cheval en main. Boyd les suivait à cheval. Les personnages qui s'affairaient de l'autre côté de la cour ne leur prêtaient aucune attention. Près du feu deux petits gars allumaient des lampions à une baguette enflammée et une fois allumés les passaient sur la terrasse accrochés à une perche par leur anse à un troisième qu'on voyait découpé en silhouette sur le ciel sombre quand il se penchait pour les suspendre au parapet. Peu à peu la cour en était illuminée et un coq se mit à chanter. D'autres gamins empilaient des bottes de foin contre un mur et devant le portail du fond des hommes déroulaient une toile peinte déchirée en maints endroits et durement éprouvée par les voyages.

Deux des personnages en costume semblaient engagés dans une vive discussion puis l'un d'eux fit un pas en arrière et ouvrit grand les bras. Comme pour donner la mesure de quelque chose d'énorme. Puis il se mit à chanter dans une langue étrangère. Tout mouvement cessa jusqu'à ce qu'il eût fini. Puis tout recommença.

Dónde están los domicilios ? dit Billy.

D'un mouvement de tête la fille désigna l'obscurité derrière les murs. Afuera, dit-elle.

Allons-y.

Je voudrais bien voir ça, dit Billy.

Tu sais même pas ce que c'est.

C'est quelque chose.

Billy prit les rênes des mains de la fille. Par-dessus son épaule il regarda le feu, les personnages rangés autour. On pourra revenir, dit-il. Ils commencent seulement à se préparer.

Ils allèrent à cheval jusqu'aux trois longues constructions d'adobe où logeaient les paysans et prirent entre une double haie de roquets hérissés et grondants le long du passage qui s'ouvrait entre les deux premiers bâtiments. La soirée était tiède et il y avait des feux de cuisine qui brûlaient dehors et dans la douce lumière un tintement amorti de vaisselle et le battement délicat des mains pétrissant les tortillas. Les gens allaient d'un feu à un autre et leurs voix portaient dans le noir et plus loin encore les notes d'une guitare sur le velours de la nuit d'été.

On leur donna des chambres tout au bout de la rangée et la fille dessella le cheval de Billy et emmena les deux chevaux pour les abreuver. Billy sortit une allumette en bois de sa poche de chemise et l'alluma en la frottant contre l'ongle de son pouce. Les deux chambres n'avaient qu'une seule porte et qu'une seule fenêtre et de hauts plafonds de poutres massives avec des chevrons de bois mince. Elles communiquaient par une porte basse et dans un coin de la chambre du fond il y avait une cheminée et un petit autel avec une vierge en bois peint. Une cruche contenant des herbes mortes. Un verre à boire au fond duquel restait un médaillon de cire noircie. Contre le mur se dressait un assemblage de perches de bois montées en châssis et tendues de bandes de cuir où restait encore le poil. La chose avait plutôt l'apparence d'un instrument aratoire primitif mais c'était en fait un lit. Billy éteignit l'allumette et sortit et resta sur le seuil. Boyd était assis sur la galerie et regardait la fille. Elle était à l'abreuvoir de l'autre côté de la cour et tenait les chevaux pendant qu'ils buvaient. Ils étaient entourés elle et les deux chevaux et le chien d'un demi-cercle de chiens de tout poil et de toute couleur assis là sur leur arrière-train mais elle n'y prêtait aucune attention. Elle attendait très patiemment pendant que les chevaux buvaient. Qu'ils relevaient leurs bouches ruisselantes et regardaient tout autour et se remettaient à boire. Elle ne touchait pas les chevaux et ne leur parlait pas. Elle attendait qu'ils aient fini de boire et ils burent longuement.

Ils prirent leur repas avec une famille du nom de Muñoz. Ils paraissaient sans doute durement éprouvés par le voyage car la femme n'avait de cesse qu'elle n'ait regarni leurs assiettes et l'homme faisait des petits mouvements avec ses mains pour les encourager à se servir. Il demanda à Billy d'où ils venaient et il écouta les nouvelles avec une sorte de tristesse ou de résignation. Comme si c'étaient là des choses qu'on ne pouvait empêcher. Ils mangeaient accroupis par terre avec des cuillers et des assiettes d'argile. La fille n'offrit aucune explication quant à ses origines et personne ne lui en demanda. Pendant qu'ils mangeaient une forte voix de ténor s'éleva au-dessus des toits des domicilios dans la nuit. Deux fois de suite elle parcourut toute la gamme en montant et en descendant. Le silence s'établit sur le campement. Un chien se mit à hurler. Les conversations ne reprirent que lorsque les gens eurent l'impression que c'était terminé pour l'instant. Un peu plus tard une sonnerie de cloches leur parvint d'ils ne savaient où dans le domaine et les gens commencèrent à se lever et à s'interpeller dans le long carillonnement de l'écho.

La femme avait rapporté son comal et ses casseroles dans la maison et elle était maintenant debout dans une embrasure éclairée par une lampe avec un enfant sur son bras. Elle vit Billy assis par terre et lui fit signe de se lever. Vámonos, cria-t-elle. Il leva la tête. Il dit qu'il n'avait pas d'argent mais elle continuait de le regarder comme si elle ne comprenait pas. Puis elle dit que tout le monde y allait et que ceux qui avaient de l'argent paieraient pour ceux qui n'en avaient pas. Elle dit qu'il fallait que tout le monde vienne. Il était inimaginable que quelqu'un reste en arrière. Qui pourrait le permettre ?

Il se leva et attendit. Il cherchait Boyd du regard mais il ne les voyait pas, ni lui ni la fille. Les retardataires arrivaient à la hâte à travers la fumée des feux de cuisine qui s'éteignaient. La femme avait fait glisser l'enfant sur son autre hanche et elle s'avança et prit Billy par la main comme si c'était aussi un enfant. Vámonos, dit-elle. Está bien.

Ils gravirent la pente derrière les autres, la foule avançant doucement à cause des vieux et les vieux leur disant de passer et d'aller devant. Personne n'acceptait. La maison vide en haut de la colline était morne et sombre mais de la musique venait de la longue cour entre les murs, là où il y avait eu jadis les ateliers et les écuries, les logements des vachers et des conducteurs de troupeau. De la lumière filtrait des hautes portes à encorbellement et des torchères à pétrole ou à goudron découpées dans des seaux brûlaient de chaque côté du portail de pierre de l'entrée où les gens faisaient la queue et avançaient chacun son tour avec leurs centavos et leurs pesos serrés au creux de leurs mains pour les remettre au portier qui se tenait là dans son costume noir bien net. Deux jeunes hommes qui portaient une litière passèrent dans la foule. La litière était faite de perches de bois et d'un morceau de drap et le vieillard qui y était couché portait veste et cravate et tenait dans sa main un rosaire en bois et contemplait d'un œil morose la voûte du ciel au-dessus de lui. Billy regarda l'enfant que portait la femme mais l'enfant était endormi. Quand ils arrivèrent à la grille la femme paya et le gardien la remercia et jeta les pièces de cuivre dans un seau posé par terre à côté de lui et ils entrèrent dans la cour.

Les petits chariots aux couleurs criardes avaient été poussés à l'autre bout du mur d'enceinte. Des lampes étaient disposées en demi-cercle sur le sol de terre battue et des lampes étaient accrochées à une corde tendue en l'air et dans la lumière qui montait les visages des jeunes garçons guettaient le long du parapet comme des rangées de masques de théâtre exposés là. Les mulets entre les brancards des chariots étaient parés de tresses et de paillettes et de fanfreluches de velours et mulets et chariots étaient les mêmes qui transportaient la troupe sur les petites routes du pays pour qu'elle se présente le soir vêtus des mêmes costumes pendant que s'allumaient les lampions et que le public se pressait sur la place ou l'alameda d'une bourgade perdue et qu'un homme passait et repassait arrosant la poussière avec un seau d'eau percé de trous qu'il balançait devant lui comme un encensoir et que derrière une bâche de chariot la prima donna allait et venait en silhouette dans des poses lascives s'habillant ou se retournant pour se regarder dans un miroir que personne ne voyait mais que tout le monde imaginait là.

Il suivit le spectacle avec intérêt mais sans y comprendre grand-chose. La troupe évoquait peut-être une aventure qui lui était arrivée dans ses voyages et ils chantaient en se criant au visage et pleuraient et pour finir le type en livrée bariolée de bouffon tua la femme et tua un autre homme peut-être son rival avec un poignard et de jeunes garçons se précipitèrent en tirant sur les bords du rideau pour le fermer et les mulets arrachés à leur sommeil relevèrent la tête dans leurs attelages et commencèrent à piaffer et à piétiner.

Il n'y eut pas d'applaudissements. Les gens restaient tranquillement assis par terre. Il y avait des femmes qui pleuraient. Au bout d'un moment le contremaître qui avait pris la parole avant la représentation sortit de derrière le rideau et remercia le public d'avoir assisté au spectacle et s'écarta sur le côté et salua pendant que les jeunes garçons rouvraient le rideau. Les acteurs s'avancèrent la main dans la main et saluèrent et firent la révérence et il y eut quelques applaudissements et le rideau se referma pour de bon.

Au matin avant qu'il fasse tout à fait jour il sortit de la cour et descendit à la rivière. Il s'avança sur le pont de planches qui enjambait les piliers de pierre et resta là à regarder les eaux froides et claires de la Casas Grandes qui coulaient des montagnes du Sud. Il se retourna et regarda vers l'aval. Debout à une centaine de pieds de là avec de l'eau jusqu'aux cuisses il vit la prima donna toute nue. Sa chevelure était défaite et mouillée et collait à son dos et touchait la surface. Il resta pétrifié. Elle se retourna et fit basculer sa chevelure devant elle et se pencha et la plongea dans l'eau. Ses seins se balançaient au-dessus de la rivière. Il enleva son chapeau et resta là avec le cœur qui battait très fort sous sa chemise. Elle se redressa et prit ses cheveux dans ses mains et les tordit pour les essorer. Sa peau si blanche. Le sombre duvet au bas de son ventre presque une indiscrétion.

De nouveau elle se pencha en avant et fit glisser sur l'eau

sa chevelure en se balançant tantôt d'un côté tantôt de l'autre puis elle se redressa et la rejeta derrière elle dans une grande gerbe d'écume et resta la tête inclinée en arrière et les yeux clos. Le soleil qui se levait au-dessus des chaînes grises à l'est éclairait les hautes couches d'air. Elle leva une main. Elle bougea son corps, elle jeta les deux mains en avant devant elle. Elle se pencha et saisit dans ses bras sa chevelure qui retombait et elle la garda dans ses bras et elle passa une main sur la surface de l'eau comme pour la bénir et il regardait et en regardant il sut que le monde qui avait toujours été partout devant lui avait échappé à son regard. Elle se tourna et il crut qu'elle allait peut-être chanter pour le soleil. Elle ouvrit les yeux et elle le vit debout sur le pont et elle tourna le dos et sortit lentement de la rivière et disparut de son champ de vision entre les fûts pâles des hauts peupliers et le soleil montait dans le ciel et la rivière coulait comme avant et rien n'était pareil et il ne croyait pas que rien le serait jamais.

Il regagna lentement les bâtiments. Dans la lumière du soleil levant les ombres des paysans qui partaient aux champs avec leurs binettes sur l'épaule passèrent une à une le long du mur est de la grange comme les personnages d'un drame agreste. Mme Muñoz lui donna son petit déjeuner et il sortit avec sa selle sur l'épaule et alla chercher son cheval et le sella et se mit en selle et partit visiter le pays.

Il était midi passé quand les caravanes qui transportaient la troupe d'opéra franchirent le portail et descendirent la colline et traversèrent le pont pour prendre vers le sud la route menant à Mata Ortíz, Las Varas et La Babícora. Dans la lumière crue de midi l'or fané de l'inscription et la peinture rouge délavée et les tapisseries déteintes au soleil semblaient avoir perdu beaucoup de leur éclat depuis la fête de la veille et les roulottes qui s'éloignaient lentement vers le sud dans un léger roulis et diminuaient dans la chaleur et la désolation semblaient vouées à une nouvelle et plus dure entreprise. Comme si la lumière du jour donné par Dieu avait modéré leurs ambitions. Comme si la lumière et la contrée qu'elle révélait étaient étrangères à leur véritable vocation. Il les observait depuis les terres vallonnées qu'il y avait au sud de l'hacienda où l'herbe se tordait au vent. Les caravanes passèrent lentement entre les peupliers de l'autre côté de la rivière, au pas traînant des petits mulets. Il se pencha et cracha et poussa son cheval en avant.

Dans l'après-midi il visita les pièces vides de l'ancienne résidence. Elles avaient été dépouillées de tous leurs meubles et de leurs lustres et les planches des parquets avaient été presque toutes arrachées. Des dindons erraient à travers les pièces devant lui. La maison sentait l'humidité et la vieille paille et des taches d'eau avaient dessiné sur les plâtres gondolés et fissurés de grandes cartes couleur sépia aux formes arbitraires, comme d'antiques royaumes défunts, d'anciens mondes. Dans un coin du salon un animal mort, cuir desséché et squelette. Un chien peut-être. Il ressortit dans la cour. Les briques crues de pisé étaient visibles à travers le plâtre des murs d'enceinte. Au milieu de l'espace découvert un puits à la margelle de pierre. Une cloche tintait au loin.

Le soir les hommes fumaient et bavardaient et allaient par petits groupes d'un feu à un autre. Mme Muñoz lui apporta sa botte et il l'examina à la lueur du feu. La longue déchirure que la lame avait faite dans le cuir avait été réparée avec une alêne et de la cordelette. Il la remercia et chaussa la botte. Les femmes étaient agenouillées sur le sol de terre et se penchaient sur les braises et elles tournaient à mains nues les tortillas sur les plaques de tôle brûlantes en laissant au bord de la pâte sans levain comme des bâtons sur les bords d'une soucoupe les empreintes de leurs doigts noirs du charbon de bois dont elles avaient nourri le feu. Interminable rituel interminablement répété, la multiplication de la grande hostie profane des Mexicains. La fille aida Mme Muñoz à préparer le repas et quand les hommes eurent mangé elle alla s'asseoir à côté de Boyd et mangea en silence. Boyd ne semblait pas lui accorder beaucoup d'attention. Il avait dit à Boyd qu'ils partiraient dans deux jours et à la façon dont elle le regardait de l'autre côté du feu il sut que Boyd le lui avait dit.

Elle travailla aux champs toute la journée du lendemain et quand elle rentra le soir elle alla se laver avec un bol et un torchon derrière le rideau puis elle alla s'asseoir dehors et regarda les gamins jouer au ballon sur le terrain de terre battue entre les bâtiments. Quand il arriva à cheval elle se leva et vint prendre les rênes de bride et elle lui demanda si elle pouvait venir avec eux.

Il mit pied à terre et enleva son chapeau et se passa les doigts dans ses cheveux trempés de sueur et remit son chapeau et la regarda. Non, dit-il.

Elle tenait le cheval par la bride. Ses yeux sombres baignés de larmes. Il lui demanda pourquoi elle voulait venir avec eux mais elle se contenta de hocher la tête. Il lui demanda si elle avait peur, s'il y avait quelque chose ici dont elle avait peur. Elle ne répondit pas. Il lui demanda quel âge elle avait et elle dit quatorze ans. Il acquiesça. Il traça un croissant dans la poussière avec le talon de sa botte. Il la regarda. Il lui demanda s'il y avait quelqu'un qui la cherchait.

Alguien la busca, dit-il.

Elle ne répondit pas.

No se puede quedar aquí ?

Elle hocha la tête. Elle dit qu'elle ne pouvait pas rester. Elle dit qu'elle ne savait pas où aller.

Il laissa son regard errer à travers la cour dans la paisible lumière du soir. Il dit que lui non plus il ne savait pas où aller alors à quoi pourrait-il lui servir mais elle ne fit que hocher la tête et dit qu'elle irait n'importe où ils iraient, que ça lui était égal.

À l'aube le lendemain pendant qu'il sellait son cheval les paysans s'approchèrent avec des présents de nourriture. Ils apportaient des tortillas et des chiles et de la viande séchée et des poulets vivants et des tommes entières de fromage tant et si bien qu'ils furent chargés de plus de provisions qu'ils pouvaient en emporter. Mme Muñoz donna quelque chose à Billy et quand elle se fut éloignée il vit que c'était une poignée de pièces de monnaie nouées dans un chiffon. Il voulut les lui rendre mais elle fit demi-tour et rentra chez elle sans un mot. Quand ils sortirent de la cour la fille était en croupe derrière Boyd les bras noués autour de sa taille sur le cheval qu'ils montaient à cru.

Ils furent toute la journée à cheval en route vers le sud et firent halte à midi au bord de la rivière et trouvèrent dans leurs provisions tout ce qu'il fallait pour un énorme déjeuner et dormirent sous les arbres. Tard dans l'après-midi à quelques miles au sud de Las Varas sur la route de Madera ils arrivèrent à un endroit où les chevaux s'arrêtèrent sur la route en renâclant.

Regarde là-bas, dit Boyd.

La troupe des chanteurs d'opéra était campée de l'autre côté de la route dans une prairie de fleurs sauvages. Les roulottes étaient garées côte à côte et un auvent de toile avait été tendu entre pour servir de pergola et dans l'ombre qu'elle offrait la prima donna se délassait dans un grand hamac de toile avec une théière posée sur une table à côté d'elle et un éventail japonais. La musique d'un Gramophone jaillissait par la porte ouverte de la roulotte et dans le champ derrière le bivouac des paysans étaient penchés sur leurs outils avec leurs chapeaux à la main et écoutaient.

Elle avait entendu les chevaux sur la route et elle s'assit dans son hamac et leva la main pour se protéger les yeux et regarder bien qu'elle eût le soleil dans le dos et que l'auvent lui fît de l'ombre de toute façon.

On dirait un camp de gitans, dit Billy.

Ce sont des gitans.

Qui dit ça ?

Tout le monde.

Les oreilles du cheval firent le tour de la boussole pour trouver la source de la musique.

Ils ont dû avoir un accident.

Qu'est-ce qui te fait croire ça ?

Ils auraient fait plus de chemin que ça.

Peut-être qu'ils ont simplement décidé de s'arrêter ici.

Pour quoi faire ? Y a rien à faire ici.

Billy se pencha et cracha. Tu crois qu'elle est toute seule ici ?

J'en sais rien.

Qu'est-ce que tu crois qui est arrivé aux chevaux ?

J'en sais rien.

Voilà qu'elle nous regarde avec sa lorgnette maintenant.

La prima donna avait pris sur la table une paire de petites jumelles de théâtre avec lesquelles elle observait la route.

Descendons.

D'accord.

Ils menèrent les chevaux en main le long de la route et il envoya la fille demander si la prima donna n'avait besoin de rien. La musique s'arrêta. La femme cria quelque chose vers le fond de la roulotte et au bout d'un moment la musique reprit.

Y a un mulet qui est mort, dit Boyd.

Comment tu le sais ?

Je le sais.

Billy parcourut le bivouac du regard. Il n'y avait aucun animal d'aucune sorte nulle part.

Ils ont sans doute entravé les mulets quelque part sous les chênes là-bas, dit-il.

Non, j'crois pas.

Quand la fille revint elle dit qu'un des mulets était mort.

Merde, dit Billy.

Quoi, dit Boyd.

Vous avez manigancé ça tous les deux, hein ?

Manigancé ?

Rapport au mulet. Elle t'a envoyé un signal ou quelque chose.

Pour me faire savoir qu'un mulet était mort.

C'est ça.

Boyd se pencha et cracha et hocha la tête. La fille attendait avec la main en visière au-dessus des yeux. Billy la regardait. Ses minces vêtements. Ses jambes couvertes de poussière. Ses pieds chaussés de huaraches faites de cuir de courroie et de peau brute. Il lui demanda depuis combien de temps les hommes étaient partis et elle dit depuis deux jours.

On ferait mieux d'aller voir si elle a besoin de rien.

Qu'est-ce que tu comptes faire si elle a besoin de quelque chose ?

Comme si je le savais.

Alors pourquoi est-ce qu'on ne continue pas.

Je croyais que c'était toi qui aimais bien jouer les Samaritains.

Boyd ne répondit pas. Il se remit en selle et Billy tourna la tête et le regarda. Il sortit une botte de l'étrier et se baissa et tendit la main à la fille et elle glissa le pied dans l'étrier et il l'aida à monter en croupe puis poussa le cheval en avant. Allons-y, dit-il. Si c'est la seule chose qui peut te satisfaire.

Il traversa le champ derrière eux. En les voyant approcher les paysans recommencèrent à biner la terre avec leurs courtes houes. Il rejoignit Boyd et ils arrêtèrent leurs chevaux jambe à jambe devant la prima donna penchée en arrière dans son hamac et lui dirent bonjour. Elle les salua. Elle les examinait par-dessus le bord de l'éventail ouvert. Il était orné d'une scène orientale et les baguettes étaient d'ivoire incrusté de fils d'argent.

Los hombres han salido por Madero ? dit Billy.

Elle inclina la tête. Elle dit qu'ils seraient de retour d'un instant à l'autre. Elle abaissa légèrement l'éventail et regarda vers la route du côté du sud. Comme s'ils allaient surgir à tout moment.

Billy restait en selle. Il semblait ne rien trouver d'autre à dire. Au bout d'un moment il enleva son chapeau.

Vous êtes des Américains, dit la femme.

Oui madame. Je suppose que la fille vous l'a dit.

Vous croyez que ça ne se voit pas ?

On n'a rien à cacher. Je voulais seulement vous demander si on pouvait faire quelque chose pour vous.

Ses sourcils peints se soulevèrent dans un mouvement de surprise.

Je croyais que vous aviez peut-être eu un accident.

Elle regarda Boyd. Boyd tourna la tête vers les montagnes au sud.

On va dans cette direction-là, dit Billy. Si vous voulez qu'on se charge d'une commission ou ce que vous voudrez.

Elle se redressa légèrement dans le hamac et cria quelque chose vers le fond de la caravane. Basta, fit-elle. Basta la música.

Elle écoutait, s'appuyant à la table d'une main. Au bout d'un moment la musique se tut et de nouveau elle s'inclina en arrière et regarda par-dessus les feuilles de son éventail le jeune cavalier sur son cheval à l'arrêt. Billy regarda du côté de la roulotte pensant que quelqu'un allait peut-être apparaître dans l'encadrement de la porte mais il ne vint personne.

De quoi le mulet est mort ? dit-il.

Le mulet, dit-elle. Ce mulet est mort parce qu'il a perdu tout son sang sur la route.

Pardon ?

Elle levait une main nonchalante devant elle, d'un geste ondulant de ses doigts bagués et fuselés. Comme pour évoquer l'ascension de l'âme de l'animal.

Ce mulet était bizarre mais c'était un mulet que personne ne pouvait raisonner. Il n'aurait jamais fallu charger Gasparito de s'occuper de ce mulet-là. Il n'avait pas le tempérament qu'il faut pour un mulet pareil. Maintenant vous voyez ce qui s'est passé.

Non madame.

Et l'alcool en plus. Dans ces cas-là l'alcool y est toujours pour quelque chose. Et puis la peur. Tout d'un coup voilà que les mulets se mettent à pousser des hurlements. Tienen mucho miedo. À pousser des hurlements. À glisser et à tomber dans le sang et à pousser des hurlements. Qu'est-ce qu'on peut dire à ces animaux-là ? Qu'est-ce qu'il faut faire pour mettre leur esprit en repos ?

Elle écarta la main d'un geste définitif. Comme pour tout jeter au vent dans l'aride et brûlante solitude, les chants des oiseaux dans la petite clairière, l'approche du soir. Est-ce que des animaux comme ceux-là peuvent jamais redevenir comme avant ? C'est exclu. Surtout des mulets de théâtre comme ces mulets-là. Ces mulets-là ne peuvent plus trouver de repos à présent. Plus jamais de repos. Vous voyez ?

Mais qu'est-ce qu'il avait fait à ce mulet ?

Il a essayé de lui trancher la tête avec une machette. Évidemment. Qu'est-ce que la petite vous a dit ? Elle ne parle pas anglais ?

Non madame. Tout ce qu'elle nous a dit c'est que le mulet est mort, c'est tout.

La prima donna regarda la fille d'un œil soupçonneux. Où vous l'avez trouvée, cette fille ?

Elle marchait à pied sur la route. J'aurais pas cru qu'on pouvait trancher la tête d'un mulet avec une machette.

Évidemment que non. Il n'y a qu'un abruti d'ivrogne pour essayer une chose pareille. Quand il a vu que la machette ne suffisait pas il s'y est pris avec une scie. Quand Rogelio l'a empoigné pour un peu il l'aurait haché en morceaux. Rogelio était écœuré. Écœuré. Ils sont tombés sur la route. Dans le sang et la poussière. En roulant sous les pieds des animaux. Le chariot a failli se renverser avec tout ce qu'il y avait dedans. Écœurant. Qu'est-ce qui se serait passé si quelqu'un était arrivé sur la route ? Qu'est-ce qui se serait passé s'il y avait eu du monde sur cette route juste à ce moment-là et que quelqu'un ait vu un tel spectacle ?

Qu'est-ce qui est arrivé au mulet ?

Au mulet ? Le mulet est mort. Évidemment.

Il n'y a eu personne pour l'abattre ou je ne sais quoi ?

Si. Mais je vais vous dire ce qui s'est passé. Je me suis approchée pour tirer sur ce mulet et l'abattre, mais qu'est-ce que vous croyez ? Rogelio m'a empêchée de le faire. Parce que ça ferait peur aux autres mulets, voilà ce qu'il m'a dit. Vous pouvez imaginer ça ? Au point où on en était de cette histoire ? Et ensuite il a voulu renvoyer Gasparito. Il dit que Gasparito est fou mais Gasparito n'est qu'un borrachón. Un ivrogne. De Vera Cruz évidemment. Et un gitan. Vous pouvez imaginer ça ?

Je croyais que vous étiez tous des gitans.

Elle se dressa dans son hamac. Cómo ? dit-elle. Cómo ? Quién lo dice ?

Todo el mundo.

Es mentira. Mentira. Me entiendes ? Elle se pencha et cracha deux fois par terre.

À ce moment la porte s'assombrit et un petit homme brun en manches de chemise apparut en clignant des yeux dans la lumière. La prima donna se retourna dans son hamac et tourna la tête. Comme si son apparition à l'entrée de la caravane avait jeté une ombre visible pour l'œil. Il regarda les visiteurs et leurs montures et sortit de la poche de sa chemise un paquet d'El Toros et planta une cigarette entre ses lèvres et fouilla dans sa poche à la recherche d'une allumette.

Buenas tardes, dit Billy.

L'homme inclina la tête.

Vous pensez qu'un gitan peut chanter un opéra ? disait la femme. Un gitan. Tout ce que les gitans peuvent faire c'est jouer de la guitare et peindre les chevaux. Et danser leurs danses de sauvages.

Elle se redressa dans son hamac et releva les épaules et écarta les mains devant elle. Puis elle fit entendre une longue note perçante qui n'était pas tout à fait un cri de douleur et pas tout à fait quelque chose d'autre. Les chevaux firent un écart et arquèrent l'encolure et les cavaliers eurent beau leur scier la bouche ils continuèrent de se tordre et de piétiner et de rouler des yeux blancs. Là-bas dans les champs les paysans s'étaient figés dans leurs sillons.

Vous savez ce que c'était ? dit-elle.

Non madame. Mais c'était rudement fort.

C'était le do agudo. Vous croyez qu'un gitan peut chanter cette note-là ? Un gitan qui croasse ?

Je ne crois pas que je me suis jamais posé la question.

Montrez-le-moi ce gitan-là, dit la prima donna. C'est un gitan que je voudrais bien voir.

Qui aurait l'idée de peindre un cheval ?

Les gitans évidemment. Qui d'autre ? Des peintres de chevaux. Des arracheurs de dents de chevaux.

Billy enleva son chapeau et s'essuya le front du revers de sa manche de chemise et remit son chapeau. L'homme qui était apparu dans l'encadrement de la porte était descendu au pied des marches de bois peint et s'était assis pour fumer. Il se pencha en avant et fit claquer ses doigts en direction du chien. Le chien recula.

C'est arrivé où c't accident avec le mulet ? demanda Billy.

Elle se souleva et indiqua la direction du bout de l'éventail refermé. Sur la route, dit-elle. À peine à une centaine de pas d'ici. Impossible de continuer. Et un mulet bien entraîné. Un mulet qui avait l'expérience du théâtre. Égorgé dans ses traits par un sale ivrogne.

L'homme assis sur les marches aspira profondément une dernière bouffée de sa cigarette et lança le mégot là où était le chien.

Vous avez un message pour votre compagnie si on les rencontre ? dit Billy.

Dites à Jaime qu'on va tous bien et qu'il vienne quand il pourra.

Qui est Jaime ?

Punchinello. C'est lui Punchinello.

Pardon ?

Le payaso. Le clowen.

Le clown.

Oui. Le clown.

Dans la pièce.

Oui.

J'pourrai pas le reconnaître sans son masque de guerre.

Mande ?

Comment je vais le reconnaître ?

Vous le reconnaîtrez.

Est-ce qu'il fait rire les gens ?

Il fait faire aux gens ce qu'il veut qu'ils fassent. Il lui arrive de faire pleurer les filles mais ça c'est une autre histoire.

Pourquoi il vous tue ?

La prima donna se pencha en arrière dans son hamac. Elle l'examina. Elle regarda les paysans au loin dans le champ. Au bout d'un moment elle se tourna vers l'homme assis sur les marches.

Díganos, Gaspar. Por qué me mata el punchinello ?

Il leva les yeux sur elle. Il regarda les cavaliers. Il dit que le polichinelle la tuait parce qu'il connaissait son secret. Te mata, dit-il, porque él sabe su secreto.

Paf, fit la prima donna. No es porque lo sé el suyo ?

No.

A pesar de lo que piensa la gente ?

A pesar de cualquier.

Y qué es este secreto ?

L'homme leva un pied devant lui et tourna sa botte pour l'inspecter. C'était une botte de cuir noir avec un laçage sur le côté, d'un modèle peu courant dans le pays. Il dit que le secret ici-bas, c'est que le masque est la vérité.

Le entendió ? dit la prima donna.

Il dit qu'il avait compris. Il lui demanda si elle était aussi de cet avis mais elle se contenta d'agiter une main nonchalante. C'est ce que dit le muletier, dit-elle. Quién sabe ?

Il a dit que c'était votre secret à vous.

Allons donc. Je n'ai pas de secret. De toute façon ça ne m'intéresse plus. D'être assassinée soir après soir. Ça finit par épuiser toutes vos forces. Tout votre pouvoir de réflexion. Mieux vaut se concentrer sur les petites choses.

Je crois que j'aurais dit qu'il était simplement jaloux.

Oui. Évidemment. Mais même la jalousie met vos forces à rude épreuve. Jaloux à Durango et une autre fois à Monclova et encore une autre fois à Monterrey. Jaloux quand il fait chaud et quand il pleut et quand il fait froid. Une jalousie pareille doit finir par épuiser la méchanceté d'un bon millier de cœurs, n'est-ce pas ? Comment s'y prendre ? Je crois qu'il vaut mieux s'intéresser à de petites choses. Les grandes viendront ensuite. C'est en se concentrant sur de petites choses qu'on peut aller de l'avant. Que nos efforts sont récompensés. Peut-être seulement sur la position de la tête. Sur le mouvement d'une main. Le muletier n'est qu'un spectateur. Il ne peut pas voir que pour celui qui porte le masque il n'y a rien de changé. L'acteur n'a d'autre pouvoir que de jouer comme on lui dit de le faire. Avec ou sans masque c'est tout un pour lui.

Elle prit les lorgnettes par leur tube et explora la campagne. La route. Les longues ombres sur la route. Et où allez-vous, vous trois ? dit-elle.

On est à la recherche de chevaux qui ont été volés.

Qui était chargé de garder ces chevaux ?

Personne ne répondit.

Elle regarda Boyd. Elle déplia l'éventail. Sur les feuilles plissées de papier de riz était peint un dragon aux gros yeux globuleux. Elle referma l'éventail. Pendant combien de temps allez-vous chercher ces chevaux ? dit-elle.

Aussi longtemps qu'il faudra.

Podría ser un viaje largo.

Quizás.

Les longs voyages finissent souvent par mal tourner.

Pardon ?

Vous verrez. Il est difficile même pour des frères de faire ensemble pareil voyage. La route a ses propres raisons et il n'y a pas deux voyageurs qui l'interprètent de la même façon. Si seulement ils arrivent à une interprétation quelconque. Écoutez les paroles des corridos de ce pays. Elles vous le diront. Et ensuite vous verrez dans votre propre vie ce que coûtent les choses. Il est peut-être vrai que rien n'est caché. Pourtant beaucoup de gens refusent de voir ce qui est là devant eux en pleine lumière. Vous verrez. La forme de la route c'est la route. Nulle autre route n'a cette forme sauf cette route-ci et elle seule. Et tout voyage commencé sur cette route devra s'achever. Que les chevaux soient retrouvés ou non.

Je crois qu'on ferait mieux de partir, dit Billy.

Ándale pues, dit la prima donna. Dieu vous accompagne.

Si je vois ce Punchinello sur la route je lui dirai que vous l'attendez.

Allons donc, dit la prima donna. Ne gaspillez pas votre salive.

Adiós.

Adiós.

Il regarda l'homme assis sur les marches. Hasta luego, dit-il.

L'homme inclina la tête. Adiós, dit-il.

Billy tourna son cheval. Il regarda par-dessus son épaule et toucha le bord de son chapeau. La prima donna ouvrit l'éventail d'un gracieux geste plongeant. Le muletier se pencha en avant avec les mains sur les genoux et tenta une dernière fois de cracher sur le chien puis ils traversèrent tous trois la prairie pour regagner la route. Quand il tourna la tête la prima donna les observait avec sa lorgnette de théâtre. Comme si elle avait pu mieux les jauger ainsi au moment où ils repartaient sur la route striée d'ombres, dans le crépuscule qui approchait. Limités à ce champ oculaire où le paysage surgissait du néant pour replonger dans le néant, les arbres et les rochers et au loin les montagnes obscurcies, tout cela strictement délimité et renfermant juste ce qu'il fallait et rien d'autre.

ILS ÉTABLIRENT LEUR BIVOUAC dans une chênaie à côté de la rivière et firent un feu et restèrent assis autour pendant que la fille préparait leur dîner avec le trésor qu'ils avaient emporté de l'ejido. Quand ils eurent mangé elle donna les restes au chien et rinça les assiettes et la casserole et alla s'occuper des chevaux. Ils repartirent tard le lendemain matin et à midi ils tournèrent leurs chevaux pour s'écarter de la route de terre et prirent un sentier le long d'un champ de poivriers puis vers les arbres et la rivière qui miroitait paisiblement dans la chaleur. Les chevaux pressèrent le pas. Le sentier tournait et suivait une rigole d'irrigation et descendait ensuite entre les arbres pour ressortir et longer un bosquet de saules de rivière et traverser une oseraie. Une brise fraîche venait de l'eau, les blancs panaches des joncs se balançaient et sifflaient doucement dans le vent. Au-delà des fougères un bruit de chute d'eau.

En sortant de l'oseraie ils arrivèrent à un gué marqué de nombreuses traces de pas là où se déversait le flot de la rigole. Au-dessus d'eux il y avait une mare alimentée par l'eau qui coulait d'un vieux ponceau fait de briques ondulées. L'eau se déversait dans la mare et il y avait là une demi-douzaine de gamins tout nus qui s'éclaboussaient. Ils virent les cavaliers qui arrivaient au gué et ils virent la fille mais ils n'y prêtèrent aucune attention.

Bon sang, fit Boyd.

Il enfonça les talons dans les côtes du cheval et le lança sur le sable des bas-fonds. Il ne tourna pas la tête pour regarder la fille derrière lui. Elle observait les gamins avec une bienveillante curiosité. Elle regarda Billy par-dessus son épaule et passa son autre bras autour de la taille de Boyd et ils continuèrent.

Quand ils arrivèrent à la rivière elle se laissa glisser à bas du cheval et prit les rênes et conduisit les deux animaux dans l'eau et desserra le latigo de Bird et resta à côté des chevaux pendant qu'ils buvaient. Boyd s'assit sur le talus de la rive avec une de ses bottes dans la main.

Qu'est-ce qu'il y a ? dit Billy.

Rien.

Il partit le long du banc de gravier en boitant avec sa botte dans la main et il ramassa un caillou rond et s'assit et enfonça le bras au fond de la botte et commença à taper avec le caillou.

T'as un clou dans ta botte ?

Ouais.

Dis-lui d'apporter le fusil.

Dis-lui, toi.

La fille était debout dans la rivière avec les chevaux.

Tráigame la escopeta, cria Billy.

Elle le regarda. Elle passa du côté hors montoir du cheval de Billy en pataugeant dans l'eau et sortit le fusil de la fonte de selle et le lui apporta. Il détacha le fût et ouvrit le fusil et sortit la cartouche et dégagea le canon et s'assit sur les talons devant Boyd.

Bon, dit-il. Passe-moi ta botte.

Boyd lui tendit la botte et il la posa par terre et plongea la main au fond de la botte et tâta à l'intérieur pour trouver le clou puis il plongea le canon du fusil dans la botte culasse en avant et tapa sur le clou avec la butée du canon et remit la main à l'intérieur et tâta encore une fois et rendit la botte à Boyd.

Ça pue ces machins-là ! dit-il.

Boyd remit la botte et se leva et se mit à marcher de long en large.

Billy remonta le fusil et poussa la cartouche dans la chambre avec le pouce et referma le fusil et le posa debout sur les graviers et s'assit en le tenant d'une main. La fille était retournée dans la rivière avec les chevaux.

Tu crois qu'elle les a vus ? dit Boyd.

Vu quoi ?

Les garçons tout nus.

Billy regarda de ses yeux plissés Boyd debout sur le gravier avec le soleil dans le dos. Et alors, dit-il. Sans doute que oui. J'ai pas l'impression qu'elle a perdu la vue depuis hier, tu ne crois pas ?

Boyd tourna la tête vers la fille qui était debout près des chevaux dans la rivière.

Elle a rien vu qu'elle aura pas déjà vu avant, dit Billy.

Qu'est-ce que c'est censé vouloir dire ?

Rien du tout.

Tu parles.

Ça ne veut rien dire du tout. Les gens en voient d'autres tout nus, c'est tout. Va pas encore me chercher des noises. Nom d'une pipe j'ai vu la chanteuse d'opéra dans la rivière nue comme au jour de sa naissance.

Tu parles.

Et comment que je l'ai vue. Elle prenait un bain. Elle se lavait la tête.

Quand ça ?

Elle se lavait la tête et elle s'essorait les cheveux comme une chemise.

Tu veux dire qu'elle était vraiment toute nue ?

Nue comme un ver.

Comment ça se fait que tu me l'as pas dit ?

T'as pas besoin de tout savoir.

Boyd se mordait la lèvre. Mais t'es allé lui parler, dit-il.

Quoi ?

T'es allé lui parler. Comme si t'avais jamais rien vu.

Et qu'est-ce que tu voulais que je fasse ? Que je commence par lui dire que je l'avais vue nue comme un ver ?

Boyd s'était accroupi sur le banc de gravier et il enleva son chapeau et resta assis sur les talons en le tenant à deux mains devant lui. Il regardait couler l'eau de la rivière. Tu crois qu'on aurait peut-être dû rester là-bas ? dit-il.

À l'ejido ?

Oui.

Et attendre que les chevaux viennent nous rejoindre je suppose.

Il ne répondit pas. Billy se leva et partit le long du banc de gravier. La fille ramena les chevaux et il remit le fusil dans la fonte de selle et regarda Boyd.

T'es prêt à repartir ? cria-t-il.

Ouais.

Il tendit les sangles sur son cheval et prit les rênes des mains de la fille. Quand il regarda Boyd, Boyd était toujours assis à la même place.

Qu'est-ce qu'il y a maintenant ? dit-il.

Boyd se leva lentement. Y a rien. Rien d'autre qu'avant. Il regarda Billy. Tu sais ce que je veux dire ?

Ouais, fit Billy. Je sais ce que tu veux dire.

EN TROIS JOURNÉES DE CHEVAL ils arrivèrent au carrefour où l'ancienne route de chariots descendait de La Norteña dans les sierras occidentales et coupait les hautes plaines de La Babícora pour continuer jusqu'à Namiquipa par le val de Santa María. C'étaient des journées sèches et torrides et le soir venu chevaux et cavaliers étaient de la couleur de la route. Ils coupaient à cheval par les champs jusqu'à la rivière et Billy jetait par terre la selle et les couvertures et pendant que la fille préparait le bivouac il emmenait les chevaux vers l'aval et se débarrassait de ses bottes et de ses vêtements et il entrait dans la rivière monté à cru sur son cheval en conduisant le cheval de Boyd par les rênes et il restait à cheval dans l'eau avec seulement son chapeau et regardait la poussière de la route se dissoudre et partir en taches pâles dans l'eau limpide et froide au fil du courant.

Les chevaux étaient en train de boire. Ils relevèrent la tête et regardèrent vers l'aval. Au bout d'un moment un vieillard qui conduisait une paire de bœufs avec une accouple sortit des bois sur l'autre rive. Les bœufs étaient attelés à un joug artisanal en bois de peuplier à ce point blanchi au soleil qu'ils semblaient porter sur la nuque un os antique altéré par le temps. Ils entrèrent dans la rivière de leur lente démarche chaloupée et regardèrent vers l'amont puis vers l'aval puis les chevaux de l'autre côté avant de se pencher pour boire. Le vieillard s'arrêta au bord de l'eau et regarda le garçon nu sur son cheval.

Cómo le va ? dit Billy.

Bien, gracias a Dios, dit le vieillard. Y usted ?

Bien.

Ils parlèrent du temps. Ils parlèrent des récoltes, dont le vieillard savait beaucoup de choses et le jeune homme rien. Le vieillard demanda à Billy s'il était vaquero et Billy dit que oui et le vieillard approuva. Il dit que les chevaux étaient de bons chevaux. Tout le monde pouvait le voir. Ses yeux se tournèrent vers l'aval là où la mince colonne bleue de la fumée du bivouac se dressait dans l'air immobile.

Mi hermano, dit Billy.

Le vieillard acquiesça. Il était vêtu de la manta blanc sale de cette contrée que les paysans portaient pour travailler aux champs, tels des internés échappés du dernier asile vêtus de leurs sordides costumes pour s'acharner dans une lente rage aveugle sur la terre elle-même. Les bœufs sortirent tour à tour de la rivière leurs bouches ruisselantes. Le vieillard abaissa vers eux son bâton comme s'il faisait le geste de bénir.

Le gustan, dit-il.

Claro, dit Billy.

Il les regardait boire. Il demanda au vieillard si les bœufs travaillaient volontiers et le vieillard réfléchit à la question puis il dit qu'il ne savait pas. Il dit que les bœufs n'avaient pas le choix. Il regarda les chevaux. Y los caballos ? dit-il.

Billy dit qu'il pensait que les chevaux travaillaient volontiers. Il dit qu'il y avait des chevaux qui aimaient bien leur travail. Ils aimaient bien travailler le bétail. Il dit que les chevaux étaient différents des bœufs.

Un martin-pêcheur passa au-dessus de la rivière et vira et jeta son cri et refit demi-tour au-dessus de la rivière et continua vers l'amont. Personne ne le regarda. Le vieillard dit que le bœuf était un animal proche de Dieu comme tout le monde le savait et que le silence et la rumination du bœuf étaient peut-être quelque chose comme l'ombre d'un plus grand silence, d'une plus profonde réflexion.

Il leva les yeux. Il sourit. Il dit que le bœuf avait en tout cas la sagesse de travailler afin de ne pas être tué et mangé et que c'était une chose bonne à savoir.

Il fit un pas en avant et d'un geste il fit sortir les bœufs de la rivière. Ils remontèrent d'un pas lourd et longèrent la rive de gravier et soufflèrent et tendirent la nuque. Le vieillard se retourna, son bâton sur l'épaule.

Está lejos de su casa ? dit-il.

Billy dit qu'il n'avait pas de maison.

Un nuage passa sur le visage du vieillard. Il dit que le jeune homme avait certainement une maison mais Billy dit qu'il n'en avait pas. Le vieillard dit qu'il y avait une place pour tout le monde ici-bas et qu'il prierait pour le jeune homme. Puis il repartit en menant les bœufs entre les saules et à travers le bois de sycomores dans l'obscurité naissante et il eut bientôt disparu.

Quand il revint auprès du feu il faisait presque noir. Le chien se leva et la fille vint chercher les chevaux satinés et ruisselants. Il fit le tour du feu et tourna sa selle qu'on avait mise là à sécher.

Elle veut aller voir sa mère à Namiquipa, dit Boyd.

Billy était debout les yeux posés sur son frère. Je crois qu'elle peut aller où ça lui chante, dit-il.

Elle veut que j'y aille avec elle.

Elle veut que t'y ailles avec elle ?
Ouais.
Pour quoi faire ?
J'en sais rien. Parce qu'elle a peur.
Billy contemplait les braises. Et c'est ça que tu veux faire ?
Non.
Alors à quoi bon en parler ?
Je lui ai dit qu'elle pouvait prendre le cheval.
Billy s'accroupit lentement avec les coudes sur les genoux. Il hocha la tête. Ça non, dit-il.
Elle peut pas y aller autrement.
Nom d'une pipe, qu'est-ce que tu crois qui va se passer si on la voit monter un cheval volé ? N'importe quel cheval nom d'une pipe, volé ou pas.
C'est pas un cheval volé.
Tu parles. Et comment tu comptes remettre la main dessus ?
Elle le ramènera.
Le cheval et le shérif avec. Pourquoi elle s'est enfuie si elle veut retourner ?
J'en sais rien.
Moi non plus. On a fait un bout de chemin pour retrouver ce cheval.
Je sais.
Billy cracha dans le feu. Sûr que j'aimerais pas être une femme dans ce pays. Qu'est-ce qu'elle compte faire une fois qu'elle sera revenue ?
Boyd ne répondit pas.
Elle sait dans quel pétrin on s'est fourrés ?
Oui.
Pourquoi elle ne me parle pas à moi ?
Elle a peur que tu la laisses tomber.
C'est pour ça qu'elle veut prendre le cheval.
Ouais. Sans doute.
Et qu'est-ce qui arrivera si je lui laisse pas le prendre ?
Je suppose qu'elle partira quand même.
Eh bien ! Qu'elle parte.

La fille revint. Ils se turent, tout en sachant qu'elle n'aurait pas pu comprendre ce qu'ils disaient. Elle disposa leurs ustensiles de cuisine sur les braises et partit chercher de l'eau à la rivière. Billy regarda Boyd.

Pour un peu tu filerais avec elle, hein ?

J'ai pas dans l'idée de filer.

Et si t'es au pied du mur.

J'sais pas ce qu'il faudrait pour ça.

Si tu pensais qu'elle allait se retrouver toute seule ou sans personne pour s'occuper d'elle ou que quelqu'un voulait lui faire du mal. Un truc comme ça. T'hésiterais pas à partir avec elle, hein ?

Boyd se pencha en avant et poussa avec ses doigts dans les minces braises les débris carbonisés de deux bouts de bois et s'essuya les doigts à la jambe de son pantalon. Non, dit-il sans regarder son frère. Sans doute que non.

Au matin ils retournèrent au carrefour et là ils prirent congé de la fille.

Combien d'argent on a ? dit Boyd.

Trois fois rien nom d'une pipe.

Pourquoi tu le lui donnes pas ?

Je m'y attendais. Avec quoi tu crois qu'on va manger ?

Donne-lui-en la moitié.

Bon.

Du haut du cheval qu'elle montait à cru elle regarda Boyd de ses yeux mouillés puis elle se laissa glisser à bas du cheval et enlaça Boyd. Billy les observait. Il regarda le ciel vers le sud chargé de nuages de mauvais temps. Il se baissa et cracha sur la route une salive sèche. Allons-y, dit-il.

Boyd aida la fille à se hisser sur le cheval et elle se retourna et le regarda en se mettant la main sur les lèvres puis elle fit tourner le cheval et partit sur l'étroite route de terre vers l'est.

ILS PRIRENT AU SUD sur la route poudreuse, en tandem une fois de plus sur le cheval de Billy. La poussière s'élevait en tournoyant du milieu de la route devant eux et les acacias sur le côté ployaient et sifflaient dans le vent. Tard dans l'après-midi le ciel s'obscurcit et des gouttes de pluie commencèrent à gicler par terre et à tomber en crépitant sur les bords de leurs chapeaux. Ils passèrent trois hommes à cheval sur la route. Des chevaux mal assortis et leur harnachement pire encore. Quand Billy regarda par-dessus son épaule deux des hommes lui retournèrent son regard.

Tu reconnaîtrais les Mexicains auxquels on a enlevé la fille ? dit-il.

J'en sais rien. J'crois pas. Et toi ?

J'en sais rien. Sans doute que non.

Ils continuèrent sous l'averse. Au bout d'un moment Boyd dit : Mais eux ils nous reconnaîtraient.

Oui, dit Billy. Sûr qu'ils nous reconnaîtraient.

La route se resserrait là où elle commençait à grimper dans la montagne. Alentour il n'y avait que des pins stériles et l'herbe rare et dure semblait un piètre fourrage pour nourrir un cheval. Ils allaient à pied chacun son tour dans les lacets, menant le cheval en main ou marchant à côté. Ils bivouaquaient la nuit dans les bois de pins et les nuits redevenaient froides et quand ils entrèrent dans le bourg de Las Varas ils n'avaient pas mangé depuis deux jours. Ils traversèrent les voies de chemin de fer et longèrent les vastes entrepôts de pisé avec leurs arcs-boutants d'argile et leurs pancartes annonçant puro maíz et compro maíz. Des dosseaux jaunâtres de bois de pin étaient empilés le long des voies de garage et l'air conservait l'odeur de la fumée du pin pignon. Ils passèrent devant la gare de chemin de fer, une construction basse aux murs enduits de stuc et au toit de tôle, et descendirent vers le centre de la ville. Les maisons étaient d'adobe avec des toits de bardeaux de bois goudronnés et il y avait des piles de bois de chauffage dans les cours et les clôtures étaient faites de dosses de pin. Un chien à la mine insolente auquel il manquait une patte arriva sur la route devant eux en boitant et se retourna pour leur barrer le passage.

Mords-le, Trooper, dit Boyd.

Merde, dit Billy.

Ils mangèrent dans ce qui passait pour un café dans cette primitive contrée. Trois tables dans une salle vide et pas de feu.

Je crois qu'il fait plus chaud dehors que là-dedans, dit Billy.

Boyd regarda par la vitre le cheval qu'ils avaient laissé dans la rue. Puis il regarda au fond du café.

Tu crois que c't estaminet est ouvert ?

Au bout d'un moment une femme entra par la porte du fond et se campa devant eux.

Qué tiene de comer ? dit Billy.

Tenemos cabrito.

Qué más ?

Enchiladas de pollo.

Qué más ?

Cabrito.

Je vais pas me mettre à manger du cabri, dit Billy.

Moi non plus.

Dos órdenes de las enchiladas, dit Billy, y café.

Elle inclina la tête et sortit.

Boyd serrait ses mains entre ses genoux pour les réchauffer. Dehors une fumée grise passait à travers les rues. Il n'y avait personne nulle part.

Qu'est-ce qu'il y a de pire à ton avis, d'avoir froid ou d'avoir faim ?

Le pire c'est les deux, si tu veux mon avis.

Quand la femme apporta les assiettes elle les posa sur la table et fit un geste menaçant vers l'entrée du café. Le chien était debout contre la fenêtre et regardait à l'intérieur. Boyd enleva son chapeau et fit une passe avec devant la vitre et le chien battit en retraite. Il remit son chapeau et prit sa fourchette. La femme alla au fond et revint avec deux tasses de café dans une main et un panier de tortillas de maïs dans l'autre. Boyd retira quelque chose de sa bouche et le posa sur l'assiette et commença à l'examiner.

Qu'est-ce que c'est ? dit Billy.

J'en sais rien. Ça m'a l'air d'une plume.

Ils déchiquetèrent les enchiladas dans l'espoir de trouver quelque chose de comestible à l'intérieur. Deux types entrèrent et les regardèrent et allèrent s'asseoir à la table du fond.

Mange les haricots, dit Billy.

Ouais, fit Boyd.

Avec leurs cuillers ils mirent les haricots dans les tortillas et les mangèrent et burent leur café. Les deux types au fond attendaient tranquillement leur repas.

Elle va nous demander ce qu'on leur reproche à ses enchiladas, dit Billy.

J'sais pas ce qu'elle va nous demander. Tu crois qu'il y a des gens qui mangent ces trucs-là ?

J'en sais rien. On peut les emporter pour les donner au chien.

T'as l'intention d'emporter la cuisine de cette bonne femme et de la donner au chien juste devant la porte de son café ?

Si le chien en veut.

Boyd repoussa sa chaise et se leva. Je vais chercher la casserole, dit-il. On fera manger le chien plus loin sur la route.

D'accord.

On aura qu'à lui dire qu'on emporte ça avec nous.

Quand il revint avec la casserole ils y versèrent la nourriture en grattant leurs assiettes et mirent le couvercle et restèrent un moment à boire leur café. La femme revint avec deux assiettes garnies d'une viande apparemment fort appétissante accompagnée de sauce et de riz et de pico de gallo.

Nom d'une pipe, dit Billy. Si ça a pas l'air bon.

Il appela pour demander l'addition et la femme vint leur dire que ça faisait sept pesos. Billy paya et pointa le menton vers le fond de la salle et demanda à la femme ce que c'était que mangeaient les deux messieurs.

Cabrito, dit-elle.

Quand ils sortirent dans la rue le chien se releva et attendit.

Nom d'une pipe, dit Billy. Donne-lui ça tout de suite.

Le soir sur la route de Boquilla ils rencontrèrent un groupe de vaqueros qui poussaient devant eux un troupeau de taurillons Corriente, peut-être un millier de têtes, des animaux quasi à l'état sauvage qu'ils emmenaient vers l'intérieur et les pacages du Naco près de la frontière. Il y avait deux jours qu'ils étaient en route avec leur bétail depuis la dépression de Quemada à la pointe méridionale de La Babícora et ils étaient sales et apparemment pas de ce monde avec leurs bêtes farouches et spectrales. Elles passèrent en mugissant dans un océan de poussière et les chevaux fantômes allaient au milieu du troupeau l'air maussade et l'œil rouge et tête basse. Quelques cavaliers saluèrent d'un signe de la main. Les jeunes güeros s'étaient arrêtés sur une élévation de terrain et avaient sauté à bas et se tenaient immobiles à côté du cheval et regardaient le lent et pâle chaos dériver avec le soleil vers l'ouest en laissant la terre fumer doucement derrière eux tandis que les derniers cris des cavaliers et les derniers mugissements du bétail allaient se perdre au loin dans le profond silence bleu du soir. Ils se remirent en selle et repartirent. À la nuit tombée ils traversèrent sur cette haute plaine un hameau où les maisons étaient en rondins avec des bardeaux de bois pour toiture. De la fumée et des odeurs de cuisine dérivaient dans l'air vif. Ils passèrent les rubans de lumière jaune qui tombaient sur la route par les fenêtres derrière lesquelles brûlaient des lampes et replongèrent dans les ténèbres et le froid. Au matin sur la même route ils rencontrèrent mouillés et la robe luisante, venant du lac des hauts plateaux qu'il y avait au sud de la route, leurs chevaux Bailey et Tom et Niño.

Ils avaient grimpé sur la route avec une demi-douzaine d'autres chevaux encore ruisselants et ils trottaient et secouaient la tête dans la fraîcheur matinale. Deux cavaliers avaient surgi derrière eux et les chassèrent de l'herbe où ils broutaient au bord de la route et les emmenèrent.

D'une pression sur l'encolure Billy fit tourner son cheval et l'amena au bord de la route et lançant sa jambe par-dessus le pommeau de la selle il se laissa tomber à terre et passa les rênes à Boyd. La manade approchait avec des mines intriguées, pointant les oreilles. Le cheval de leur père secoua la tête et fit entendre un long hennissement.

Si c'est pas quelque chose ? dit Billy. Si c'est pas quelque chose ?

Il observait les cavaliers. De jeunes garçons eux aussi. Peut-être de son âge. Ils étaient mouillés jusqu'aux genoux et les chevaux qu'ils montaient étaient mouillés. Ils avaient vu les cavaliers et ils les avaient vus arrêter leur cheval au bord de la route et ils se montraient plus circonspects. Billy sortit le fusil de la fonte de selle et l'ouvrit pour s'assurer qu'il était chargé et le referma d'un coup sec de bas en haut. Les chevaux qui approchaient s'arrêtèrent sur la route.

Prépare ta boucle, fit-il. Laisse pas partir Niño.

Il s'avança sur la route avec le fusil au creux du coude. Boyd se souleva pour passer le troussequin à califourchon et défit l'attache du lasso et laissa le lasso filer entre ses mains. Les autres chevaux s'étaient arrêtés mais Niño s'avançait vers le bas-côté de la route, la tête relevée, flairant l'air de ses naseaux.

Whoa Niño, dit Billy. Whoa mon gars.

Les deux cavaliers qui venaient derrière tendirent les rênes. Ils restèrent en selle sans trop savoir que faire. Billy avait traversé la route pour arrêter Niño et Niño secoua la tête et retourna sur la route.

Qué pasa ? crièrent les vaqueros.

Lance ton lasso sur ce fils de pute ou attrape le fusil.

Boyd leva la boucle. Niño avait déjà mesuré la distance entre l'homme à pied et l'homme à cheval et il se jeta en avant. Quand il vit arriver la corde du lasso il voulut s'arrêter mais il perdit l'équilibre sur l'argile tassée de la route et Boyd fit tourner une fois le lasso et le laissa retomber et s'accrocher à la tête du cheval et le lova à la corne de la selle. Bird volta et se planta sur la route et s'assit sur les hanches mais Niño se figea en sentant le choc du lasso et resta sur place sans bouger et poussa un hennissement et regarda les chevaux et les cavaliers derrière lui.

Qué están haciendo ? crièrent les cavaliers. Ils restaient

en selle sur leurs chevaux là où ils s'étaient arrêtés l'instant d'avant. Les autres chevaux s'étaient remis à brouter au bord de la route.

Prends de la petite corde et fais-moi un licol, dit Billy.

T'as l'intention de le monter ?

Oui.

Je peux le monter moi.

Non, je vais le monter. Fais-le plus long que ça. Plus long.

Boyd fit une boucle et un nœud au licol et coupa la corde avec son couteau de poche et lança le licol à Billy. Billy l'attrapa au vol et s'avança vers Niño le long du lasso en lui parlant doucement. Les deux cavaliers mirent leur chevaux en avant.

Il passa le licol sur la tête de Niño et desserra le lasso. Il continua de parler au cheval et de le caresser puis il retira le lasso et le laissa tomber à terre et mena le cheval là où Boyd attendait monté sur Bird. La boucle du lasso se dévida dans la poussière de la route. Les cavaliers s'arrêtèrent. Qué pasa ? crièrent-ils.

Billy lança le fusil à Boyd puis il sauta et se souleva en s'appuyant des deux mains sur le dos du cheval et lança une jambe par-dessus et s'assit et tendit le bras pour reprendre le fusil. Niño piétinait sur la route et secouait la tête.

Maintenant lance ton lasso sur notre vieux Bailey, dit Billy.

Boyd regarda les deux cavaliers sur la route. Il poussa son cheval en avant.

No moleste esos caballos, crièrent les cavaliers.

Billy amena Niño au bord de la route. Boyd avança sur les chevaux qui broutaient tranquillement l'herbe du bas-côté et lança sa boucle. Son geste anticipait la réaction de Bailey et quand le cheval releva la tête pour s'écarter il la releva dans la boucle. Billy observait la scène, monté sur le cheval de son père. Moi, dit-il au cheval, il faudrait que je m'y reprenne à dix fois.

Quiénes son ustedes ? dirent les cavaliers.

Billy poussa son cheval en avant. Somos propietarios de esos caballos, cria-t-il.

Les vaqueros restaient en selle. Derrière eux un camion qui venait de la direction de Boquilla était apparu sur la route. Il était trop loin pour qu'on pût l'entendre mais ils avaient sans doute saisi le regard des deux autres cavaliers car ils tournèrent la tête. Personne ne bougeait. Le camion approchait lentement dans un lamento aigu et croissant de pignons. La poussière soulevée par les roues flottait en lentes spirales sur les terres alentour. Billy écarta son cheval de la route et attendit avec le fusil posé debout sur sa cuisse. Le camion arriva. Il passa avec son moteur qui peinait. Le chauffeur regarda les chevaux puis le jeune gars à cheval avec le fusil. Sur le plateau du camion il y avait huit ou dix paysans tous agglutinés comme des conscrits et tandis que le camion s'éloignait ils fixaient d'un regard vide de toute expression les chevaux et les cavaliers dans la poussière et la fumée du moteur derrière eux sur la route.

Billy poussa Niño en avant. Mais quand il regarda où étaient les vaqueros il n'y en avait plus qu'un sur la route. L'autre était déjà reparti vers le sud à travers la campagne. Il traversa pour rejoindre les chevaux arrêtés qui broutaient et fit sortir du groupe leur cheval Tom et chassa les autres de la route et tourna et regarda Boyd. Allons-nous-en, dit-il.

Ils avancèrent sur le cavalier solitaire avec le cheval qui trottait librement devant eux et Boyd qui tirait Bailey derrière lui par le lasso. Le jeune vaquero les regardait approcher. Puis il fit sortir son cheval de la route et le conduisit dans les combes herbeuses et resta en selle pendant qu'ils passaient. Billy parcourut les champs du regard pour voir où était l'autre cavalier mais il avait disparu derrière une pente. Il ralentit l'allure : Adónde se fué su compadre ? cria-t-il au vaquero.

Le jeune vaquero ne répondit pas.

Il poussa son cheval en avant, le fusil posé droit contre son épaule. Il tourna la tête vers les chevaux en train de paître au bord de la route et il regarda de nouveau le vacher et rejoignit Boyd et ils continuèrent. À un quart de mile plus loin quand il se retourna le vaquero venait lentement sur la route derrière eux. Un peu plus loin il arrêta son cheval et se tourna de biais dans la selle avec le fusil sur son genou. Le vaquero s'arrêta aussi. Quand ils repartirent il repartit.

Cette fois on est en plein dedans.

On y est depuis qu'on est partis de chez nous, dit Boyd.

L'autre type est allé chercher de l'aide.

Je sais.

Notre vieux Niño n'a pas été monté souvent, on dirait ?

Non. Pas souvent.

Il regarda Boyd. Sale et déguenillé son chapeau rabattu en avant à cause du soleil et le visage dans l'ombre. On eût dit une nouvelle race de cavalier enfant survivant d'une guerre ou d'une épidémie ou d'une famine et oublié là dans ce pays.

À midi alors que chatoyaient au loin les murs bas de l'hacienda de Boquilla cinq cavaliers surgirent sur la route devant eux. Quatre d'entre eux avaient des fusils posés en travers de l'arçon de leurs selles ou tenus négligemment d'une main. Ils arrêtèrent brutalement leurs chevaux et les animaux frappèrent du pied et firent des écarts sur la route et les cavaliers qui étaient pourtant assez près les uns des autres s'interpellèrent d'une voix forte.

Les deux frères arrêtèrent leurs chevaux. Tom partit en avant au trot en pointant les oreilles. Billy se retourna dans sa selle. Il y avait trois autres cavaliers sur la route derrière eux. Il regarda Boyd. Le chien alla s'asseoir au bord de la route. Boyd se pencha et cracha et regarda au sud les prairies sans clôture, la forme du lac au loin gonflée du pâle reflet des nuages. Cinq ou six maigres bœufs louvets avaient dressé la tête pour contempler les chevaux sur la route. Il regarda les cavaliers derrière eux puis il regarda Billy.

Tu veux qu'on les sème ?

Non.

Nos chevaux sont plus frais.

Tu sais pas quels chevaux ils ont. De toute façon Bird pourrait pas suivre Niño.

Il examinait les cavaliers qui avançaient. Il tendit le fusil à Boyd. Range ça, dit-il. Sors les papiers.

Boyd tendit le bras derrière lui et commença à détacher la cordelette passée autour de l'écusson sur la poche extérieure de la sacoche.

Reste pas comme ça avec le fusil, dit Billy. Range-le.

Il rentra le fusil dans la fonte de selle. T'as beaucoup plus confiance que moi dans les papiers, dit-il.

Billy ne répondit pas. Il observait les cavaliers qui avançaient le long de la route tous les cinq de front maintenant tous avec leurs fusils debout devant eux sauf un. Tom s'était arrêté au bord de la route et poussa un hennissement à l'adresse des chevaux qui approchaient. L'un des cavaliers remit son fusil dans sa fonte et prit son lasso. Tom le vit approcher et fit demi-tour et s'écarta de la route mais le cavalier piqua son cheval et lança la boucle de son lasso et la passa à l'encolure de Tom. Le cheval se figea et s'arrêta au bord de la route et le cavalier lâcha le rouleau du lasso sur la route et tout le groupe s'avança.

Boyd tendit à Billy l'enveloppe marron où il y avait les papiers de Niño et Billy resta en selle tenant l'enveloppe d'une main et tenant mollement la corde du licol dans l'autre. L'intérieur de ses jambes était trempé de la sueur du cheval et il sentait l'odeur du cheval et le cheval piaffait et encensait et hennissait à l'approche des cavaliers.

Ils s'arrêtèrent quelques pas plus loin à peine. Le plus âgé les examina et fit un signe de tête. Bueno, dit-il. Bueno. Il n'avait qu'un bras et la manche droite de sa chemise était pliée et épinglée sur son épaule. Il montait son cheval avec les rênes nouées et portait un revolver à la ceinture. Il était coiffé d'un simple chapeau à calotte plate d'un modèle qu'on ne voyait plus dans la région et il était chaussé de bottes en cuir repoussé qui lui arrivaient aux genoux et il tenait une cravache. Il regarda Boyd et il regarda encore une fois Billy et l'enveloppe dans sa main.

Déme sus papeles, dit-il.

Lui donne pas les papiers, dit Boyd.

Comment est-ce que tu veux qu'il les voie ?

Los papeles, dit l'homme.

Billy poussa son cheval en avant et se pencha et tendit l'enveloppe puis recula et attendit. L'homme prit l'enveloppe entre ses dents et dégagea la rondelle puis sortit les papiers et les déplia et examina les cachets en les maintenant dans la lumière. Il feuilleta les papiers puis les replia et reprit l'enveloppe qu'il avait gardée sous l'aisselle et remit les papiers à l'intérieur et tendit l'enveloppe au cavalier qui se trouvait à sa droite.

Billy lui demanda s'il pouvait lire les papiers qui étaient en anglais mais l'homme ne répondit pas. Il se pencha légèrement pour mieux voir le cheval que montait Boyd. Il dit que les papiers n'avaient aucune valeur. Il dit qu'en considération de leur jeune âge il ne porterait pas plainte. Il dit que s'ils voulaient des explications ils pouvaient s'adresser au señor Lopez à La Babícora. Puis il se tourna et parla à l'homme qui était à sa droite et ce dernier fourra l'enveloppe sous sa chemise et lui et un autre homme mirent leurs chevaux en avant en tenant leurs fusils bien droit dans la main gauche. Boyd regarda Billy.

Lâche le cheval, dit Billy.

Boyd tenait le lasso dans sa main.

Fais ce que je te dis, dit Billy.

Boyd se pencha et desserra le nœud du lasso sous les mâchoires de Bailey et fit glisser le lasso de la tête de l'animal. Le cheval tourna et traversa le fossé au bord de la route et partit au trot. Billy descendit de Niño et lui enleva le licol dont il fouetta la croupe du cheval et le cheval tourna et partit derrière Bailey. Cependant les cavaliers qui suivaient les avaient rejoints et sans y être invités ils se lancèrent à la poursuite des chevaux. Le chef sourit. Il les salua en portant la main à son chapeau et saisit les rênes et fit brutalement tourner son cheval sur la route. Vámonos, dit-il. Puis ils repartirent lui et les quatre hommes à cheval armés de fusils et continuèrent vers Boquilla dans la direction d'où ils étaient venus. Au loin sur la plaine les jeunes vaqueros avaient rejoint les chevaux libres et les ramenaient sur la route vers l'ouest comme ils en avaient l'intention depuis le début et ils eurent tous bientôt disparu dans la miroitante torpeur de midi et il n'y eut plus que le silence. Billy était à pied sur la route et il se pencha et cracha.

Dis ce que t'as à dire, dit-il.

J'ai rien à dire.

Bon.

T'es prêt ?

Ouais.

Boyd rejeta sa botte en arrière et Billy s'appuya du pied sur l'étrier et se hissa sur la croupe du cheval derrière lui.

Ça c'est le comble de l'idiotie si tu veux mon avis.

Je croyais que t'avais rien à dire.

Boyd ne répondit pas. Le chien muet était allé se cacher dans les herbes au bord de la route. Il venait de reparaître et il attendait. Boyd aussi.

Qu'est-ce que t'attends maintenant ? dit Billy.

Que tu me dises de quel côté tu veux aller.

Nom d'une pipe de quel côté tu crois qu'on va ?

On est censés être à La Babícora de Santa Ana dans trois jours.

Eh bien on sera peut-être en retard.

Et les papiers ?

Nom d'une pipe ! À quoi est-ce que les papiers peuvent nous servir sans le cheval ? De toute façon tu viens de voir ce que valent les papiers dans ce pays.

Un des types qui est parti avec les chevaux avait un fusil dans sa fonte de selle.

Je l'ai vu. J'suis pas aveugle.

Boyd tourna le cheval et ils prirent vers l'ouest le long de la route. Le chien leur emboîta le pas et les suivit du côté hors montoir à l'ombre du cheval.

Tu veux abandonner ? dit Billy.

J'ai jamais parlé d'abandonner.

C'est pas comme chez nous par ici.

J'ai jamais dit que ça l'était.

T'as pas pour deux sous de bon sens. On est allés trop loin pour rentrer morts.

Boyd enfonça les talons de ses bottes dans les flancs du

cheval et le cheval allongea le pas. Tu crois qu'il y a un endroit assez loin pour ça ? dit-il.

Ils retrouvèrent les traces des deux cavaliers et des trois chevaux là où ils avaient rejoint la route et une heure plus tard ils étaient de retour à l'endroit au-dessus du lac où avaient débouché les chevaux la première fois qu'ils les avaient vus. Boyd allait lentement au bord de la route les yeux rivés au sol pour repérer l'endroit où les chevaux ferrés ou pas avaient quitté la route et pris au nord à travers les hautes prairies vallonnées.

Où crois-tu qu'ils sont allés ? dit-il.

J'en sais rien, dit Billy. Je sais même pas d'où ils venaient.

Ils continuèrent vers le nord tout l'après-midi. D'une hauteur juste au crépuscule ils aperçurent les cavaliers qui menaient devant eux les chevaux au nombre peut-être d'une douzaine maintenant à cinq miles de distance sur la fraîche prairie bleue.

Tu crois que c'est eux ? dit Boyd.

Il y a de fortes chances, dit Billy.

Ils continuèrent. Ils continuèrent jusqu'à la nuit tombée et quand il fit trop sombre pour voir ils arrêtèrent le cheval et tendirent l'oreille. Il n'y avait pas d'autre son que le passage du vent dans l'herbe. L'étoile du soir était bas sur l'horizon à l'ouest ronde et rouge comme un soleil racorni. Billy se laissa glisser à terre et prit les rênes des mains de son frère et conduisit le cheval en main.

Il fait noir comme dans le ventre d'une vache.

Je sais. Y a plein de nuages.

Juste ce qu'il faut pour se faire mordre par un serpent.

J'ai des bottes aux pieds. Pas le cheval.

Ils grimpèrent en haut d'une butte et Boyd se dressa dans les étriers.

Tu les vois ? dit Billy.

Non.

Qu'est-ce que tu vois ?

J'vois rien. Y a rien à voir. Y a que du noir sur du noir et encore pareil.

Ils ont peut-être pas encore eu le temps d'allumer un feu.

Ils vont peut-être continuer toute la nuit.

Ils avancèrent le long de l'arête.

Ils sont là-bas, dit Boyd.

Je les vois.

Ils traversèrent et redescendirent dans un creux de l'autre côté et cherchèrent un endroit abrité du vent. Boyd sauta à terre dans l'herbe de la cuvette et Billy lui tendit les rênes.

Trouve quelque chose à quoi l'attacher. Lui mets pas les entraves et n'essaye pas de l'attacher à un piquet. Il finirait avec leur manade.

Il retira la selle et les couvertures et la sacoche.

Tu veux faire du feu ? dit Boyd.

Qu'est-ce qu'on y brûlerait ?

Boyd partit dans le noir avec le cheval. Il revint au bout d'un moment.

J'vois rien à quoi l'attacher.

Laisse-moi faire.

Il fit une boucle au lasso et la passa sur la tête du cheval et lova l'autre bout à la corne de la selle.

Je dormirai avec la selle comme oreiller, dit-il. Il me réveillera s'il s'éloigne de plus de quarante pieds.

J'ai jamais vu une nuit aussi noire, dit Boyd.

Je sais. J'ai l'impression que ça tourne à la pluie.

Au matin quand ils longèrent à pied la crête de la colline et qu'ils regardèrent au loin vers le nord il n'y avait ni feu ni fumée de feu. Le mauvais temps était parti et la journée s'annonçait claire et tranquille. Il n'y avait rien nulle part dans les ondulations de la prairie.

Quel pays, dit Billy.

Tu crois qu'ils ont décampé ?

On va les retrouver.

Ils remontèrent à cheval et commencèrent à chercher des traces à un mile au nord. Ils découvrirent un feu mort et froid et Billy s'accroupit et souffla dans les cendres et cracha dans les débris carbonisés mais il n'y eut pas le moindre chuintement.

Ils ont sûrement pas allumé de feu ce matin.

Tu crois qu'ils nous ont vus ?

Non.

Impossible de dire quand ils sont partis d'ici ce matin.

Je sais.

Et s'ils se sont embusqués pour nous coincer dans un ravin ?

Nous coincer dans un ravin ?

Ouais.

Où est-ce que t'as entendu ce truc-là ?

J'en sais rien.

Ils sont embusqués nulle part. Ils se sont levés de bonne heure voilà tout.

Ils remontèrent et repartirent. Ils distinguaient les traces des chevaux là où ils étaient passés dans l'herbe.

Il faut qu'on prenne garde à pas leur tomber droit dessus en arrivant en haut d'unc pcntc, dit Boyd.

J'y ai pensé.

On pourrait perdre leur trace.

On va pas la perdre.

Et si on arrive sur un terrain dur ou sur de la caillasse ?

Et si c'est la fin du monde, dit Billy. T'y as pensé ?

Oui. J'y ai pensé.

À la fin de la matinée ils aperçurent les cavaliers qui allaient en file le long d'une crête à deux miles à l'est en poussant les chevaux devant eux. Une heure plus tard ils arrivèrent à une route qui allait d'est en ouest et firent halte et examinèrent le terrain. Dans la poussière il y avait les traces d'un grand troupeau de chevaux et ils regardèrent la route au loin vers l'est dans la direction qu'avait suivie la manade. Ils prirent la route vers l'est et avant midi ils virent devant eux le nuage intermittent de poussière qui montait des bas-fonds où étaient passés les chevaux. Une heure plus tard ils arrivèrent à un carrefour. Ou ils arrivèrent à un endroit où un ravin creusé d'ornières dégringolait des montagnes du Nord et coupait la route et continuait vers le sud à travers les terres vallonnées. Au milieu de la route monté sur un bon cheval de selle américain se tenait un petit homme brun d'âge indéfinissable coiffé d'un Stetson et chaussé de coûteuses bottes en cuir souple à talon fortement biscauté. Il avait rabattu le chapeau sur sa nuque et fumait tranquillement une cigarette et les regardait approcher. Billy ralentit le cheval et scruta le terrain pour voir s'il y avait d'autres chevaux, d'autres cavaliers. Il s'arrêta à une courte distance du cavalier et d'un mouvement du pouce il rabattit son chapeau en arrière, comme lui. Buenos días, dit-il.

L'homme les jaugea d'un bref regard de ses yeux noirs. Il avait les mains mollement croisées sur le pommeau de sa selle devant lui et la cigarette brûlait mollement entre ses doigts. Il fit un petit mouvement dans la selle et tourna la tête derrière lui vers la piste ravinée où le voile de poussière soulevé par la manade restait vaguement suspendu dans l'air comme un brouillard de pollen en été.

Quelles sont vos intentions ? dit-il.

Pardon ? dit Billy.

Quelles sont vos intentions ? Dites-moi quelles sont vos intentions.

Il leva sa cigarette et tira une lente bouffée et souffla lentement la fumée devant lui. Il ne semblait avoir aucune raison particulière de se presser.

Qui êtes-vous ? dit Billy.

Je m'appelle Quijada. Je travaille pour M. Simmons. Je suis l'intendant de la Nahuerichic.

Il restait en selle. De nouveau il tira lentement sur sa cigarette.

Dis-lui qu'on est à la recherche de nos chevaux, dit Boyd.

Je suis juge de ce que j'ai à lui dire, dit Billy.

Quels chevaux ? dit l'homme.

Les chevaux qui ont été volés dans notre propriété au Nouveau-Mexique.

Il les examinait. Il tourna le menton vers Boyd. C'est votre frère ?

Oui.

Il inclina la tête. Il tira encore une bouffée. Il jeta la cigarette sur la route. Le cheval regarda le mégot.

Vous comprenez que c'est une affaire sérieuse, dit-il.

Elle l'est pour nous.

De nouveau il inclina la tête. Suivez-moi, dit-il.

Il tourna son cheval et partit sur la route. Il ne se retourna pas pour voir s'ils suivaient mais ils suivaient. Il ne leur serait pas venu à l'idée de chevaucher à ses côtés.

Au milieu de l'après-midi ils étaient enveloppés de la poussière soulevée par la manade. Ils entendaient les chevaux sur la route devant eux mais ne pouvaient les voir. Quijada tourna son cheval pour quitter la route et coupa entre les pins et revint sur la route en avant du troupeau. Le convoyeur allait en tête et quand il vit Quijada il leva la main et les vaqueros mirent leurs chevaux en avant et arrêtèrent le troupeau et le convoyeur et Quijada restèrent en selle et discutèrent un moment. Le convoyeur regarda par-dessus son épaule les deux garçons montés en tandem sur le cheval décharné. Il appela les vaqueros. Les chevaux se pressaient les uns contre les autres et tournaient nerveusement en rond sur la route et l'un des cavaliers avait fait demi-tour et redescendait le long de la colonne en chassant les chevaux d'entre les arbres. Quand tous les chevaux furent rassemblés sur la route et calmés Quijada se tourna vers Billy.

Lesquels de ces chevaux sont à vous ? dit-il.

Billy se tourna dans la selle et regarda la manade. Il y avait une trentaine de chevaux sur la route, immobiles ou piaffant avec mauvaise humeur, levant et baissant la tête dans la poussière dorée qui chatoyait au soleil.

Le grand cheval bai, dit-il. Et le bai plus clair à côté. Celui avec l'étoile blanche sur le chanfrein. Et le truité là-bas derrière. Le tigré.

Sortez-les du lot, dit Quijada.

Oui, fit Billy. Il se tourna vers Boyd. Descends.

Laisse-moi faire, dit Boyd.

Descends.

Laissez-le faire, dit Quijada.

Billy regarda Quijada. Le convoyeur avait tourné son cheval et les deux hommes étaient botte à botte. Il lança la jambe par-dessus la fourche de la selle et se laissa tomber à terre et recula. Boyd s'avança dans la selle et prit le lasso et commença à former sa boucle, mettant le cheval en avant d'une pression des genoux et remontant le long du troupeau. Les vaqueros restaient en selle et fumaient, les yeux fixés sur lui. Il avançait lentement sans regarder les chevaux. Il avançait avec la boucle qui pendait côté montoir au flanc du cheval et soudain il la fit tourner très bas le long du rideau de pins qui bordait la route et d'un lancer en revers l'envoya par-dessus les têtes des chevaux qui commençaient à s'agiter et la laissa retomber autour de l'encolure de Niño et il leva le bras en l'air pour écarter la corde molle de l'échine des autres chevaux, tout cela d'un seul geste, et lova le lasso et appela d'un claquement de langue le cheval capturé et lui parla doucement pour le faire sortir du groupe. Les vaqueros regardaient, ils fumaient.

Niño s'avança. Bailey suivit, tous deux s'ouvrant un passage l'allure hésitante et l'œil exorbité entre les chevaux inconnus. Boyd les fit approcher derrière lui et continua au bord de la route. Il dévida le lasso et fit une boucle à l'autre bout de la corde et une fois arrivé à la queue du troupeau il passa la boucle au cou de Tom sans regarder. Puis il revint avec les trois chevaux derrière lui en longeant le bord de la route et quand il eut dépassé la tête du troupeau il s'arrêta avec les chevaux qui se pressaient contre Bird et l'un contre l'autre en levant et en secouant la tête.

Quijada se tourna et parla au convoyeur et le convoyeur acquiesça. Puis il se tourna et regarda Billy.

Emmenez vos chevaux, dit-il.

Billy tendit le bras et prit les rênes des mains de son frère et resta debout sur la route avec les chevaux qu'il tenait en main. Il faut que vous m'écriviez un papier, dit-il.

Quel genre de papier ?

Une renonciation ou un sauf-conduit ou une facture. Une autorisation avec votre nom dessus pour que je puisse sortir de cette propriété avec nos chevaux.

Quijada approuva. Il se tourna dans sa selle et souleva le rabat de sa sacoche et fouilla dans ses affaires et en sortit un petit calepin de cuir noir. Il l'ouvrit et retira un crayon de la reliure et commença à écrire.

Comment vous appelez-vous ? dit-il.

Billy Parham.

Il se remit à écrire. Quand il eut fini il arracha la feuille du calepin et remit le crayon dans la reliure et referma le calepin et tendit la feuille à Billy. Billy la prit et la plia sans la lire et enleva son chapeau et mit la feuille pliée sous le gros-grain et remit son chapeau.

Merci, dit-il. Je vous suis reconnaissant.

De nouveau Quijada inclina la tête et de nouveau il dit quelques mots au convoyeur. Le convoyeur appela les vaqueros. Boyd se baissa et prit les rênes et mena le cheval au pas sous les pins poussiéreux au bord de la route et tourna le cheval et resta en selle et ils regardèrent lui et les chevaux la manade s'ébranler poussée par les vaqueros. Le troupeau passait lentement. Les animaux s'agglutinaient et se dispersaient et écarquillaient les yeux et le vaquero qui fermait la marche regarda Boyd qui attendait sur son cheval parmi les chevaux entre les arbres et il leva la main et fit un petit geste du menton. Adiós, caballero, dit-il. Puis il prit sa place derrière la manade et tous continuèrent sur la route vers les montagnes.

DANS LA SOIRÉE ils firent boire les chevaux à un abreuvoir de pierres calcaires maçonnées. Les ailes de l'éolienne tournaient lentement au-dessus d'eux projetant en plus sombre sur la haute prairie un lent manège de longues ombres torses. Ils avaient sellé Niño pour le monter et Billy mit pied à terre et desserra la sangle pour qu'il se dégonfle et Boyd qui montait Bailey descendit et ils burent l'eau qui coulait du tuyau de l'installation et ils s'accroupirent et regardèrent les chevaux qui buvaient.

T'aimes bien regarder boire les chevaux, dit Billy.

Ouais.

Il acquiesça. Moi aussi.

À ton avis qu'est-ce que vaut le papier qu'il t'a donné ?

Sur ce domaine je dirais qu'il vaut de l'or.

Et pas grand-chose ailleurs.

Non. Pas grand-chose ailleurs.

Boyd arracha un brin d'herbe et le mit entre ses dents.

Pourquoi tu crois qu'il nous a laissés emmener les chevaux ?

Parce qu'il savait qu'ils étaient à nous.

Comment il le savait ?

Il le savait, c'est tout.

Il aurait quand même pu les garder.

Ouais. Il aurait pu.

Boyd cracha et remit le brin d'herbe entre ses dents. Il regardait les chevaux. Ça aussi ça a été un coup de chance, dit-il. De tomber comme ça sur les chevaux.

Je sais.

Tu crois qu'on aura encore des coups de chance comme ça ?

Pour retrouver les deux autres chevaux. C'est ça que tu veux dire ?

Ouais. Pour ça. Ou n'importe quoi.

Je me le demande.

Moi aussi.

Tu crois qu'elle sera là-bas comme elle l'a dit ?

Ouais. Elle y sera.

Ouais, dit Billy. J'crois qu'elle va revenir.

Des tourterelles qui venaient des terres arides du Sud virèrent et s'éloignèrent du réservoir en les voyant assis là. L'eau jaillissait du tuyau avec une froide sonorité métallique. À l'ouest le soleil qui descendait sous les amas de nuages avait refoulé la lumière dorée, laissant la campagne toute bleue et fraîche et silencieuse.

Tu penses qu'ils ont les autres chevaux, pas vrai ? dit Boyd.

Qui ?

Tu sais très bien qui je veux dire. Les cavaliers qui venaient de Boquilla.

J'en sais rien.

Mais c'est ce que tu penses.

Oui. C'est ça.

Il retira du gros-grain de son chapeau le papier que Quijada lui avait donné et le déplia et le lut et le replia et le remit dans son chapeau et remit son chapeau. Ça te plaît pas, hein ? dit-il.

À qui ça plairait ?

J'en sais rien, nom d'une pipe.

Qu'est-ce que tu crois que le père aurait fait ?

Tu le sais très bien ce qu'il aurait fait.

Boyd retira le brin d'herbe de ses dents et le passa dans la boutonnière de la poche de poitrine sur sa chemise en loques et y fit une boucle puis un nœud.

Ouais, mais il est pas ici pour le dire, c'est ça ?

J'en sais rien. Des fois je me dis qu'il aura toujours son mot à dire.

À MIDI LE LENDEMAIN ils arrivèrent à Boquilla y Anexas en poussant les chevaux devant eux. Boyd resta avec les chevaux pendant que Billy allait à l'épicerie acheter quarante pieds de corde de maguey d'un demi-pouce pour y découper des licols de fortune. La femme derrière le comptoir mesurait un morceau de toile qu'elle déroulait d'un coupon. Tout en maintenant la toile sous son menton elle y mesura la longueur de son bras et coupa la toile avec une règle et un couteau et la plia et la poussa vers une jeune fille qui attendait de l'autre côté du comptoir. La fille sortit des pièces de cuivre et d'antiques tlacos et d'anciens pesos et des billets froissés et la femme compta la somme et remercia et la fille partit avec le morceau de toile plié sous son bras. Quand elle sortit la femme s'approcha de la vitre et la regarda s'éloigner. Elle dit que la toile était pour le père de la fille. Billy dit que ça ferait une jolie chemise mais la femme dit que ce n'était pas pour faire une chemise mais pour tapisser le cercueil. Billy regarda dehors par la vitre. La femme dit que la famille de la fille n'était pas riche. Qu'elle avait appris ces fantaisies-là en travaillant pour la femme du propriétaire de l'hacienda et qu'elle venait de dépenser l'argent qu'elle avait économisée pour ses noces. La fille traversa la rue poussiéreuse avec l'étoffe sous le bras. Il y avait trois types au coin et tous trois détournèrent la tête en la voyant approcher puis deux des types la suivirent des yeux pendant qu'elle passait.

Ils étaient assis à l'ombre d'un mur de pisé blanchi à la chaux et mangeaient dans des papiers bruns maculés de graisse des tacos qu'ils avaient achetés à un marchand ambulant. Le chien les observait. Billy roula le papier en boule et s'essuya les mains à son pantalon et sortit le couteau et mesura une longueur de corde entre ses bras tendus.

On va rester ici ? dit Boyd.

Ouais. Pourquoi. T'as rendez-vous quelque part ?

Pourquoi on va pas là-bas s'asseoir dans l'alameda ?

D'accord.

Comment ça se fait à ton avis qu'ils ont pas marqué les chevaux ?

J'en sais rien. Sans doute qu'ils ont été vendus et revendus un peu partout dans le pays.

On ferait peut-être bien de les marquer.

Bon Dieu avec quoi tu comptes les marquer ?

J'en sais rien.

Billy coupa la corde et posa le couteau par terre et forma la boucle du bosal. Boyd mit le dernier bout de taco dans sa bouche et commença à le mâcher.

Qu'est-ce qu'il peut y avoir dans ces tacos ? dit-il.

Du chat.

Du chat ?

Sûr. T'as vu comment le chien te regardait ?

Ils ont pas fait ça, dit Boyd.

Tu vois des chats dans la rue ?

Il fait trop chaud dehors pour les chats.

T'en vois à l'ombre ?

Y en a peut-être couchés à l'ombre quelque part.

Combien de chats t'as vu ici ou ailleurs ?

Tu mangerais pas du chat, dit Boyd. Même pour me voir en manger.

J'pourrais.

Tu parles.

J'pourrais si j'avais assez faim.

T'as pas si faim que ça.

J'avais plutôt faim. Pas toi ?

Ouais. Mais j'ai plus faim à présent. On n'a pas bouffé du chat, hein ?

Non.

Tu t'en serais aperçu si on en avait mangé ?

Ouais. Toi aussi. Je croyais que tu voulais aller t'asseoir dans l'alameda.

Je t'attends.

Mais y a les lézards, dit Billy. On peut à peine faire la différence entre du lézard et du poulet.

Merde, dit Boyd.

Ils firent passer les chevaux de l'autre côté de la rue et à l'ombre des arbres peints et Billy noua des bouts de corde aux licols pour qu'ils traînent par terre et que les chevaux marchent dessus s'il leur prenait envie de leur fausser compagnie et Boyd s'allongea dans l'herbe brûlée et pourrie avec le chien pour oreiller et son chapeau sur les yeux et s'endormit. La rue resta déserte tout l'après-midi. Billy passa les licols aux chevaux et les attacha et alla s'étendre dans l'herbe et au bout d'un moment il s'endormit aussi.

Dans la soirée un cavalier solitaire monté sur un cheval un peu au-dessus de sa condition s'arrêta dans la rue en face de l'alameda et examina les deux garçons qui dormaient allongés par terre et examina leurs chevaux. Il se pencha et cracha. Puis il fit demi-tour et repartit dans la direction d'où il était venu.

Quand Billy se réveilla il se releva et regarda Boyd. Boyd s'était tourné sur le côté et avait passé son bras autour du chien. Il se baissa pour ramasser le chapeau de son frère qui avait roulé dans la poussière. Le chien ouvrit un œil et le regarda. Dans la rue il y avait cinq cavaliers qui approchaient.

Boyd, dit-il.

Boyd se redressa et sa main chercha son chapeau.

Ils arrivent par là, dit Billy. Il se leva et s'avança dans la rue et resserra le latigo de la selle de Bird et dénoua les rênes et sauta en selle. Boyd mit son chapeau et alla à l'endroit où se trouvaient les chevaux. Il détacha Niño et le mena en main jusqu'à un des petits bancs faits de lames de tôle et monta sur le banc et passa une jambe par-dessus le dos nu de l'animal tout cela d'un seul mouvement sans même arrêter le cheval et il tourna et continua jusqu'au bout de la rangée d'arbres et arriva à la rue. Les cavaliers approchaient. Billy regarda du côté de Boyd. Boyd était à cheval sur Niño légèrement penché en avant la paume des mains sur le garrot du cheval. Il se baissa et cracha et s'essuya la bouche du revers du poignet.

Ils approchaient lentement. Ils ne regardèrent même pas les chevaux à l'attache sous les arbres. À part cavalier manchot c'étaient tous de jeunes hommes et ils n'avaient pas l'air de porter des fusils.

Voilà notre copain, dit Billy.

Le jefe.

Je crois pas qu'il a grand-chose d'un chef.

Pourquoi ça ?

Il serait pas ici. Il aurait envoyé quelqu'un. Y en a d'autres que tu reconnais ?

Non. Pourquoi ?

Je me demande seulement combien ils peuvent être dans leur bande.

Le même homme chaussé des même bottes en cuir repoussé et coiffé du même chapeau plat tourna légèrement son cheval de biais devant eux comme s'il avait voulu passer. Puis il reprit sa position d'avant. Puis il arrêta le cheval devant eux et fit un signe de tête. Bueno, dit-il.

Quiero mis papeles, dit Billy.

Les jeunes hommes restés en arrière échangèrent un regard. Le manchot toisait les deux garçons. Il leur demanda si par hasard ils n'avaient pas perdu la raison. Billy ne répondit pas. Il sortit le papier de sa poche et le déplia. Il dit qu'il avait une facture pour les chevaux.

Factura de dónde ? dit le manchot.

De La Babícora.

L'homme tourna la tête et cracha dans la poussière de la rue sans détacher son regard de Billy. La Babícora, dit-il.

Sí.

Firmado por quién ?

Firmado por el señor Quijada.

L'homme restait immobile dans sa selle, le visage sans expression. Quijada no es alguacil, dit-il.

Es gerente, dit Billy.

Le manchot haussa les épaules. Il suspendit la boucle des rênes à la corne de sa selle et tendit son unique main. Permítame, dit-il.

Billy replia la feuille de papier et la mit dans sa poche de poitrine. Il dit qu'ils étaient venus chercher les deux autres chevaux. L'homme haussa les épaules. Il dit qu'il ne pouvait pas les aider. Il dit qu'il ne pouvait pas aider les jeunes Américains.

Nous n'avons pas besoin de votre aide, dit Billy.

Cómo ?

Mais Billy avait déjà fait tourner son cheval sur la droite et le faisait avancer au milieu de la rue. Reste là, Boyd, dit-il. Le jefe se tourna vers le cavalier qui se trouvait à sa droite. Il lui dit de s'occuper des chevaux. Te los encargo, dit-il.

No toque esos caballos, dit Billy.

Cómo ? dit le jefe. Cómo ?

Boyd sortit de dessous les arbres.

Reste là, dit Billy, fais comme je t'ai dit.

Deux cavaliers s'étaient approchés des chevaux à l'attache. Le troisième voulut barrer le passage au cheval de Boyd mais Boyd talonna son cheval pour l'éviter et passa devant lui et lança son cheval dans la rue.

Reste là, dit Billy.

Le cavalier fit tourner son cheval. Il regarda le jefe. Dans la rue Niño avait commencé à rouler des yeux blancs et à frapper du pied. Le manchot avait saisi les rênes de son cheval entre ses dents et avait tendu le bras en travers de sa poitrine et déboutonnait le rabat sur la gaine de l'arme qu'il portait au côté. L'œil révulsé de Niño avait sans doute alerté les autres chevaux qui se trouvaient dans la rue car le cheval du jefe commençait aussi à bondir et à encenser. S'arrachant son chapeau de la tête Billy se lança en avant et l'agita devant les yeux du cheval du jefe et le cheval du jefe se dressa tout droit et s'accroupit et fit deux pas en arrière. Le jefe empoigna le large pommeau plat de sa selle et à ce moment-là le cheval se remit à piaffer et fit un quart de tour et tomba en arrière dans la rue. Billy tourna son cheval et le cheval mit un pied dans le chapeau du jefe et l'envoya rouler plus loin. Au moment où il tournait Billy vit Niño se cabrer et il vit Boyd debout avec les talons de ses bottes dans les flancs du cheval. Le cheval du jefe était à genoux et il fit un effort pour se relever et partit dans la rue avec la boucle des rênes qui pendait et les étriers qui bringuebalaient. Le jefe gisait sur la chaussée. Son regard errait d'un côté à l'autre de la place, enregistrant les mouvements coléreux des chevaux tout autour. Il regarda son chapeau écrasé au milieu de la route.

Le revolver était par terre. Deux cavaliers de l'équipe du jefe essayaient de maîtriser les chevaux qui tiraient et se débattaient sous les arbres au bout des cordes de leurs licols et un autre était descendu de cheval pour porter secours à l'homme tombé à terre. Le quatrième cavalier avait tourné et regardait le revolver. Boyd se laissa glisser à bas de son cheval et lança les rênes par-dessus la tête du cheval, tout cela d'un seul mouvement, et d'un coup de pied il envoya le revolver au milieu de la rue. Niño voulut encore une fois se cabrer et faillit l'arracher au sol mais il le maîtrisa et s'avançant devant le cavalier qui avait déjà tourné il lui coupa la route et enfonça deux doigts dans les naseaux du cheval et le cheval recula en secouant la tête. Puis il s'élança dans la rue avec Niño qui trottait derrière lui sur la chaussée et il se baissa et ramassa le revolver et le fourra sous sa ceinture et saisissant une pleine poignée de crinière il sauta sur le cheval et fit une pirouette.

Billy était debout dans la rue. Un des vaqueros était descendu de cheval lui aussi et il y en avait deux qui étaient maintenant agenouillés dans la poussière de la rue pour aider le jefe à s'asseoir. Mais le jefe ne pouvait pas s'asseoir. Ils le relevèrent mais il bascula sur le côté comme un squelette désarticulé et retomba dans leurs bras. Ils croyaient sans doute qu'il était seulement assommé car ils n'arrêtaient pas de lui parler et de lui tapoter les joues. Un peu plus loin dans la rue un attroupement de badauds se formait déjà. Les deux autres cavaliers mirent pied à terre et lâchèrent les rênes et arrivèrent en courant.

Ça sert à rien, dit Billy.

L'un des vaqueros se retourna et le regarda. Cómo ? dit-il.

Es inútil, dit Billy. Se quebró el espinazo.

Mánde ?

Il s'est cassé les reins.

ILS QUITTÈRENT LA ROUTE à un mile au nord de la ville et continuèrent vers l'ouest jusqu'à ce qu'ils arrivent à la rivière. Boyd avait emmené les autres chevaux pendant que les cavaliers s'affairaient à genoux au milieu de la rue et tous les chevaux étaient maintenant avec eux. Il faisait presque noir. Ils étaient assis sur un banc de gravier et observaient les chevaux debout dans l'eau découpés en silhouette sur le ciel plus frais. Le chien entra dans l'eau et but et leva la tête et les regarda derrière lui.

T'as une idée maintenant ? dit Boyd.

Non. Aucune.

Ils regardaient les chevaux. Il y en avait neuf.

Y a sans doute chez eux un vieux capable de te pister un lézard dans un terremoto.

Sans doute.

Qu'est-ce qu'on va faire de leurs chevaux ?

J'en sais rien.

Boyd cracha.

S'ils récupèrent leurs chevaux ils nous ficheront peut-être la paix.

Sans blague.

Ils vont pas attendre jusqu'à demain matin.

Je sais.

Tu sais ce qu'ils vont nous faire ?

J'en ai une assez bonne idée.

Boyd lança une pierre dans l'eau. Le chien se retourna et regarda l'endroit où elle avait disparu.

On peut pas lâcher les chevaux sur ce terrain-là dans le noir, dit-il.

J'en ai pas l'intention.

Alors dis ce que t'as l'intention de faire.

Billy se leva et resta un instant à regarder boire les chevaux. Je crois qu'on devrait séparer leurs chevaux des nôtres et les mener jusqu'à cette crête là-bas et les chasser dans la direction de Boquilla. Ils y arriveront tôt ou tard.

D'accord.

Passe-moi le revolver.

Qu'est-ce que tu veux en faire ?

Le mettre dans la sacoche du type à qui il appartient.

Tu crois qu'il est mort ?

S'il l'est pas il le sera bientôt.

Alors quelle différence ça fait ?

Billy regardait les chevaux dans la rivière. Puis il regarda Boyd. Bon, dit-il, si ça fait pas de différence tu peux aussi bien me passer ce revolver.

Boyd sortit le revolver de dessous sa ceinture et le tendit dans sa main devant lui. Billy le fourra à son tour sous sa ceinture et entra dans la rivière et sauta sur Bird et sépara du groupe les cinq chevaux de Boquilla et les éloigna de la rivière.

Prends garde que nos chevaux ne les suivent pas, dit-il.

Ils vont pas les suivre.

Laisse personne te tenir compagnie pendant que je suis parti.

Vas-y.

Et n'allume pas de feu ni rien.

Vas-y. Tu me prends pour un idiot.

Il mit son cheval en avant et disparut de l'autre côté de la pente. Le soleil était bas dans le ciel et le soir frais des hautes terres tombait déjà. Les trois autres chevaux sortirent l'un après l'autre de la rivière et se mirent à paître dans l'herbe grasse le long de la berge. Le temps que Billy revienne il faisait noir. Il déboucha directement de la prairie sur leur bivouac.

Boyd se leva. Tu lui as lâché la bride, on dirait.

On le dirait. T'es prêt ?

Je t'attendais.

Alors allons-y.

Ils regroupèrent les chevaux et leur firent traverser la rivière et prirent vers l'intérieur. Les plaines alentour bleues et sans vie. À l'ouest un mince croissant de lune renversé pareil à un Graal et juste au-dessus la forme radieuse de Vénus comme une étoile tombant dans une barque. Ils restaient en terrain découvert en évitant de se rapprocher de la rivière et ils chevauchèrent toute la nuit et au matin ils s'arrêtèrent pour un bivouac sans eau dans un brûlis de troncs d'arbres morts et noirs et squelettiques en haut d'un petit monticule à un mile plus à l'ouest. Ils mirent pied à terre et cherchèrent un signe d'eau mais il n'y en avait pas.

Y a sûrement eu de l'eau ici dans le temps, dit Billy.

Le feu l'a peut-être séchée.

Une source ou une résurgence. Quelque chose.

Il n'y a pas d'herbe. Il n'y a rien.

C'est un ancien brûlis. Ça date d'il y a des années.

Qu'est-ce que tu veux faire ?

Prenons notre mal en patience. Il va bientôt faire jour.

D'accord.

Prends ton tapis de sol. Je vais monter la garde un moment.

Je voudrais bien avoir un tapis de sol.

Les hors-la-loi n'ont pas de bagages.

Ils attachèrent les chevaux et Billy s'assit avec le fusil

sur les genoux parmi les sombres ruines des arbres. La lune depuis longtemps couchée. Pas de vent.

Qu'est-ce qu'il voulait faire avec les papiers de Niño sans le cheval ? dit Boyd.

J'en sais rien. Trouver un cheval qui aille avec les papiers. Dors maintenant.

Les papiers c'est rien du tout.

Je sais.

J'ai une sacrée putain de faim.

Depuis quand tu jures comme ça ?

Depuis que j'ai plus rien à manger.

Bois un peu d'eau.

J'ai déjà bu.

Dors.

Le jour commençait à poindre à l'est. Billy se leva et tendit l'oreille.

Qu'est-ce que t'entends ? dit Boyd.

Rien.

C'est plutôt sinistre comme coin

Je sais. Dors.

Boyd était toujours assis avec le fusil sur les genoux. Ils entendaient les chevaux brouter l'herbe un peu plus loin sur la prairie.

Tu dors ? dit-il

Non.

J'ai récupéré les papiers.

Les papiers de Niño ?

Ouais.

Des clous.

Si, je te le jure.

Où ça ?

Ils étaient dans la mochila. J'allais remettre le revolver dedans et j'ai trouvé les papiers.

Ça alors !

Il était toujours assis avec le fusil et il écoutait les chevaux et le silence du monde au loin. Au bout d'un moment Boyd dit : Tu as remis le revolver ?

Non.

Et pourquoi ?

Je l'ai pas remis c'est tout.

Tu l'as ?

Ouais. Dors.

Quand il fit jour il se leva et partit inspecter les alentours. Le chien se leva et suivit. Il alla au sommet de la butte et s'accroupit en s'appuyant au fusil. Au nord à un mile plus loin sur la plaine des bêtes à la robe pâle étaient à la pâture. À part cela rien. Quand il eut regagné les arbres il resta un moment à regarder son frère dormir allongé par terre.

Boyd, dit-il.

Ouais.

T'es prêt à partir ?

Son frère se redressa et regarda autour de lui. Ouais, dit-il.

On pourrait prendre au nord pour retourner à l'hacienda. La dame nous cacherait.

En attendant quoi ?

J'en sais rien.

On a rendez-vous avec elle demain.

Je sais. On peut rien y faire.

Combien de temps il nous faudrait d'ici à l'hacienda ?

J'en sais rien. Partons.

Ils prirent au nord et continuèrent jusqu'à ce qu'ils arrivent en vue de la rivière. Il y avait du bétail à la pâture à la lisière des arbres dans les ravines des berges. Ils s'arrêtèrent et regardèrent au loin la haute prairie ondulante du côté du sud d'où ils venaient.

Tu crois qu'on pourrait tuer une vache avec un fusil de chasse ? dit Boyd.

À condition de tirer d'assez près. Oui.

Et avec un revolver ?

À condition d'être assez près pour l'abattre.

Qu'est-ce que ça veut dire assez près ?

On va pas se mettre à tirer sur les vaches. Allez, viens.

Il faut bien qu'on mange.

Quand ils arrivèrent à la rivière ils traversèrent par les bas-fonds et cherchèrent une route de l'autre côté mais il n'y avait pas de route. Ils prirent au nord le long de la rivière et au début de l'après-midi ils arrivèrent au hameau de San José, un groupe de masures de torchis basses et grisâtres. Des femmes qui les avaient aperçus sur la piste creusée d'ornières avec leur troupeau de chevaux jetèrent des regards inquiets par les basses embrasures des portes.

Y a quelque chose de bizarre ici, dit Boyd. Qu'est-ce que c'est, à ton avis ?

J'en sais rien.

Ils nous prennent peut-être pour des gitans.

Ou pour des voleurs de chevaux.

Perchée sur le toit d'une hutte basse une chèvre les observait de ses yeux d'agate.

Salut cabrón, dit Billy.

C'est un drôle d'endroit, fit Boyd.

Ils trouvèrent une femme qui voulait bien leur donner à manger et ils s'assirent sur une natte de roseaux tressés posée sur le sol d'argile et mangèrent de l'atole froid dans des bols grossiers d'argile crue. Quand ils essuyèrent le fond de leurs bols ils en retirèrent leurs tortillas souillées de cendre et de boue. Ils voulurent payer mais la femme refusa de prendre l'argent. Billy proposa ensuite de donner quelque chose pour les niños mais elle dit qu'il n'y avait pas de niños.

Ils établirent leur bivouac cette nuit-là dans un bosquet de peupliers au bord de la rivière et attachèrent les chevaux un peu plus loin dans l'herbe de la rive et ils se déshabillèrent et nagèrent dans la rivière dans l'obscurité. L'eau était froide et soyeuse. Le chien s'était assis sur la berge et les observait. Au matin Billy se leva avant l'aube et alla détacher Niño de son piquet et le ramena au camp et le sella et se mit en selle avec le fusil.

Où tu vas ? dit Boyd.

Voir si je peux nous trouver quelque chose à manger.

Bon.

Reste ici. J'serai pas parti longtemps.

Où tu veux que j'aille ?

J'en sais rien.

Qu'est-ce que je suis censé faire s'il vient quelqu'un ?

Il viendra personne.

Mais si jamais ?

Billy le regarda. Il était accroupi avec sa couverture sur les épaules et il était si maigre et misérable. Il le regarda et il regarda au loin derrière les fûts pâles des peupliers l'ondulante prairie du désert émergeant de la lueur grise de l'aube.

Je crois que ce que tu veux c'est que je te laisse le revolver.

Je crois que ce serait peut-être une bonne idée.

Tu sais comment t'en servir ?

Oui, nom d'une pipe.

Y a deux crans de sûreté.

Je sais.

Bon.

Il sortit le revolver de la sacoche et le lui tendit.

Y a une balle dans la chambre.

Bon.

La gaspille pas. Cette balle et ce qu'il y a dans le chargeur c'est les seules qu'on a pour ce revolver.

J'ai pas l'intention de tirer.

Bon.

Tu vas rester parti longtemps ?

Non. Sûrement pas.

Bon.

Il partit vers l'aval avec le fusil en travers de l'arçon de la selle. Il avait retiré la cartouche de chevrotine de la chambre et parmi les cartouches qu'ils avaient dans la sacoche il en avait trouvé deux qui étaient du numéro cinq et en avait chargé une dans le fusil et mis l'autre dans sa poche de chemise qu'il avait pris soin de boutonner. Il avançait lentement en observant la rivière entre les arbres. À un mile en aval il aperçut des canards sur l'eau. Il mit pied à terre et lâcha les rênes et prit le fusil et commença à les suivre en les épiant entre les saules de la berge. Il enleva son chapeau et le posa par terre. Quand le cheval derrière lui poussa un hennissement il regarda par-dessus son épaule et jura entre ses dents puis il se releva et regarda de nouveau du côté de la rivière. Les canards étaient toujours là. Trois milouinans sombres de plume sur l'étain paisible du bief. La brume s'élevant de la rivière comme de la fumée. Il s'avança prudemment entre les saules en se baissant. Le cheval se remit à corner. Les canards s'envolèrent.

Il se redressa et regarda par-dessus son épaule. Espèce d'idiot, dit-il. Mais le cheval ne le regardait pas. Il regardait de l'autre coté de la rivière. Il se retourna et il vit cinq hommes à cheval sur la rive d'en face.

Il se laissa tomber sur les mains et les genoux. Ils avançaient en file vers l'amont entre les arbres de l'autre rive. Ils ne l'avaient pas vu. Les canards virèrent là-haut dans l'éclat naissant du soleil et partirent vers l'aval. Les cavaliers levèrent les yeux, ils continuèrent. Niño était bien visible entre les saules mais ils ne l'avaient pas vu et le cheval ne poussa pas d'autres hennissements et ils passèrent et disparurent entre les arbres plus loin vers l'amont.

Il se releva et empoigna son chapeau et se l'enfonça sur le crâne et retourna à l'endroit où se trouvait le cheval en marchant prudemment pour ne pas l'effrayer et il prit les rênes et sauta en selle et fit tourner le cheval et le mit au galop.

Il s'éloigna de la rivière et fit un crochet sur la prairie. Les hautes branches des peupliers étaient déjà éclairées par le soleil. Il fouillait dans la mochila derrière lui pour trouver la cartouche de chevrotine. Il ne voyait plus les cavaliers nulle part sur l'autre rive et quand il aperçut ses propres chevaux à l'attache en train de brouter entre les arbres il tourna en direction du bivouac.

Sans qu'un seul mot fût échangé Boyd comprit ce qui se passait et partit chercher les chevaux. Billy sauta à terre et ramassa leurs couvertures et les roula et les attacha. Boyd revenait en courant le long de la rivière avec les chevaux qu'il poussait devant lui.

Enlève-leur les longes, cria Billy. Notre seule chance c'est de les semer.

Boyd se retourna. Il leva la main comme pour attraper

le cheval de tête qui sortait d'entre les arbres puis sa chemise se gonfla toute rouge soudain derrière lui et il tomba à terre.

Billy comprit ensuite qu'il avait vu la balle du fusil. Que le chuintement et le sifflement contre son oreille c'était le bruit de la balle qui passait et qu'il l'avait vue le temps d'une brève seconde à jamais figée passer devant ses yeux avec le soleil sur le bord du petit noyau de métal en rotation, le plomb lustré par les rayures du canon et ralenti dans sa course d'avoir traversé le corps de son frère mais se déplaçant encore malgré tout plus vite que le son et passant contre son oreille gauche avec le bruit de ventouse de l'air comme un chuchotement du vide et le faible grincement de l'onde de choc puis le ricochet contre une branche d'arbre de la balle qui à un cheveu près l'eût privé lui aussi de la vie et le bourdonnement de la balle qui s'éloignait au-dessus du désert derrière lui et enfin la détonation retardée du coup de feu.

Ce fut un bruit sec et sourd qui venait de l'autre rive et dont le désert renvoya l'écho. Il courait déjà entre les chevaux tournoyants et frénétiques et il retourna le corps de son frère qui gisait sur le sol ensanglanté. Mon Dieu, dit-il, mon Dieu.

Il lui souleva la tête. Sa chemise en haillons trempée de sang. Boyd, dit-il. Boyd.

J'ai mal, Billy.

Je sais.

J'ai mal.

Il y eut un autre coup de feu de l'autre côté de la rivière. Tous les chevaux s'étaient enfuis d'entre les arbres à part Niño qui piétinait ses rênes traînant à terre. Billy se tourna dans la direction d'où était parti le coup et leva la main. No tire, cria-t-il. No tire. Nos rendimos. Nos rendimos aquí.

Il y eut encore un coup de feu. Il allongea Boyd et partit en courant chercher le cheval et à l'instant où l'animal tournait pour s'enfuir il saisit les rênes qui traînaient. Il lui scia la bouche et l'emmena au trot là où gisait son frère et les deux pieds sur les rênes il souleva son frère puis se tourna et le hissa dans la selle et lança les rênes par-dessus la tête du cheval et saisit le pommeau et sauta à califourchon derrière Boyd et saisissant par la taille son frère qui vacillait dans la selle il se pencha et plongea ses talons dans le ventre de Niño.

Trois autres coups de feu claquèrent au moment où ils sortaient du bouquet d'arbres et débouchaient en terrain nu mais déjà il avait lancé le cheval au galop. Boyd brimbalait devant lui désarticulé et sanglant et il le crut mort. Il voyait les autres chevaux galoper sur la plaine devant eux. Un des chevaux avait perdu du terrain et avait l'air blessé. Le chien n'était nulle part en vue.

Le cheval qu'il dépassa était Bailey et il avait été touché juste au-dessus du jarret d'un postérieur gauche et quand il fut derrière il s'arrêta tout à fait. Quand Billy regarda par-dessus son épaule il était toujours au même endroit. Comme si le cœur lui avait manqué.

Il dépassa les deux autres chevaux sur une distance d'environ un mile et ils suivirent tous deux dans sa foulée. En se retournant il vit les cinq cavaliers qui le poursuivaient au grand galop dans une mince écharpe de poussière, plusieurs donnant des coups de cravache par en haut et par en bas, tous tenant leurs fusils sur le côté, tout cela clair et net dans le jeune soleil matinal. Quand il regarda devant lui il ne vit que de l'herbe et ici et là des agaves sur la plaine qui s'étendait au loin jusqu'aux flancs bleus des sierras. Il n'y avait pas un endroit où se cacher et pas un endroit où s'arrêter pour faire face. Il martelait Niño avec les talons de ses bottes. Bird et Tom commençaient déjà à perdre du terrain et il tourna la tête et leur cria quelque chose pour les encourager. Quand il regarda de nouveau devant lui il aperçut au loin une petite forme sombre qui traversait le paysage de gauche à droite dans une traînée de poussière et il comprit qu'il y avait une route de ce côté-là.

Il se pencha en avant en serrant son frère contre lui et il parla à Niño et lui talonna les flancs et dans un fracas assourdissant ils traversèrent la plaine déserte avec les étriers qui ballottaient et rebondissaient. Quand il regarda par-dessus son épaule Bird et Tom suivaient encore derrière et il comprit que Niño se fatiguait sous le poids des deux cavaliers qu'il supportait. Il eut l'impression que les cavaliers lancés à sa poursuite avaient perdu un peu de terrain puis il en vit un qui venait de s'arrêter et il vit le blanc panache de fumée sortir du fusil et il entendit le grêle craquement assourdi du coup de feu dans le vaste espace du désert mais ce fut tout. Devant lui le véhicule sur la route avait disparu dans le lointain, ne laissant qu'une pâle écharpe de poussière pour marquer son passage.

La route était de terre non revêtue et comme il n'y avait ni bordure ni fossé pour la signaler il y fut avant même de le savoir. Il tendit les rênes en dérapant et scia la bouche du cheval qui haletait. Bird arrivait droit sur lui et il essaya de l'arrêter mais quand il regarda vers le sud il vit sortir du désert et approcher péniblement un antique camion à plateau qui transportait des paysans. Il oublia Bird et tourna et poussa le cheval vers le sud le long de la route en faisant signe au camion avec son chapeau.

Le camion n'avait pas de freins et quand le chauffeur l'aperçut il commença à rétrograder dans un lent grincement de pignons. Les paysans se pressaient à l'avant du plateau les yeux rivés sur le jeune blessé.

Tómelo, leur cria-t-il. Tómelo. Le cheval piétinait et écarquillait les yeux et un homme tendit le bras et saisit les rênes et les attacha à un montant du plateau et d'autres mains se tendirent vers Boyd et plusieurs hommes sautèrent sur la route pour aider à le hisser sur le camion. Le sang versé faisait partie de leur vie et personne ne demanda ce qui lui était arrivé ni pourquoi. Ils l'appelaient el güerito et le passèrent à ceux qui étaient restés sur le camion et essuyèrent sur le devant de leurs chemises le sang qui leur avait taché les mains. Un guetteur s'était posté sur le plateau une main posée sur le toit de la cabine et observait les cavaliers au loin sur la plaine.

Pronto, cria-t-il. Pronto.

Vámonos, cria Billy au chauffeur. Il se pencha et reprit les rênes et frappa du tranchant de son poing contre la portière du camion. Les hommes qui étaient sur le plateau du camion tendirent les mains pour aider ceux qui étaient sur la route à remonter et le chauffeur mit en prise et ils furent projetés en avant. Un homme tendit une main tachée de sang et Billy la serra. Ils avaient aménagé une place pour Boyd avec des chemises et des serapes sur les rudes planches de bois du plateau. Billy ne pouvait pas savoir s'il était mort ou vivant. L'homme gardait sa main dans la sienne. No te preocupes, cria-t-il.

Gracias hombre. Es mi hermano.

Vámonos, cria l'homme. Le camion grimpait péniblement la route dans un bourdonnement sourd d'engrenages. Là-bas sur la prairie les cavaliers se divisaient déjà, deux d'entre eux coupant vers le nord pour suivre le camion. Les hommes criaient leurs encouragements et faisaient signe au jeune cavalier toujours en selle au milieu de la route puis ils firent de grands cercles avec leurs mains au-dessus de leurs têtes pour lui faire comprendre qu'il n'y avait pas de temps à perdre. Il s'était déjà poussé en avant dans la selle et ses pieds avaient trouvé les étriers et il sentait refroidir le sang dont son pantalon était transpercé. Il talonna Niño. Bird était à un mile en avant sur la prairie. Quand il regarda en arrière les cavaliers étaient à moins d'une centaine de pas et il se colla contre Niño et lui cria de donner toutes ses forces.

Il rejoignit Bird sur la prairie mais quand il le dépassa il avait dans son œil à peu près le même regard que Bailey et il sut qu'il l'avait perdu. Il regarda les cavaliers par-dessus son épaule et il appela une dernière fois son vieux cheval pour lui rendre courage puis il continua. Il entendit encore une fois la sourde détonation lointaine que fait un fusil en terrain découvert et quand il se retourna un des cavaliers avait mis pied à terre et s'était agenouillé à côté de son cheval pour tirer. Il se pencha très bas dans la selle et continua. Quand il regarda encore une fois par-dessus son épaule les deux cavaliers avaient rapetissé sur la plaine et quand il regarda pour la dernière fois ils étaient encore plus petits et Bird n'était nulle part en vue. Il ne revit plus jamais Tom.

Au milieu de la matinée seul dans cette contrée il mena en main le cheval trempé et fourbu le long du lit pierreux d'un arroyo. Il parlait au cheval et prenait soin de marcher sur les pierres et quand le cheval posait un pied dans le sable du lit de l'arroyo il lâchait les rênes et retournait en arrière et effaçait la marque avec une touffe d'herbe. Les jambes de son pantalon étaient raides de sang séché et il savait qu'il lui faudrait très vite trouver de l'eau pour lui et pour le cheval.

Il laissa le cheval avec le latigo desserré et grimpa sur le talus et se tapit dans les éboulis des bords de l'arroyo et scruta le terrain à l'est et au sud. Il ne voyait rien. Il redescendit et ramassa les rênes du cheval immobile et empoigna le pommeau de la selle et examina la forme sombre du sang dans le cuir et il resta un moment avec les rênes roulées dans son poing et son bras sur le garrot mouillé et salé du cheval de son père. Comme si ces fils de pute auraient pas pu me descendre à sa place ? dit-il.

Dans le crépuscule bleu de cette journée il aperçut une lumière loin au nord qu'il prit d'abord pour l'étoile Polaire. Il regardait pour voir si elle n'allait pas monter au-dessus de l'horizon mais elle ne montait pas et il infléchit légèrement sa route et conduisant en main le cheval fourbu il prit à pied dans cette direction à travers la prairie. Derrière lui le cheval trébuchait et il ralentit le pas et prit dans la main le montant de bride et marcha à côté du cheval en lui parlant. Le cheval couvert d'une croûte de sel blanc si épais qu'il brillait de givre comme une créature surnaturelle sur la plaine maintenant gagnée par l'obscurité. Quand il lui eut dit tout ce qu'il pouvait trouver à dire il lui raconta des histoires. Il lui raconta des histoires en espagnol que sa grand-mère lui avait racontées quand il était enfant et quand il lui eut raconté toutes celles dont il pouvait se souvenir il lui fredonna des chansons.

Un dernier mince copeau de l'ancienne lune s'accrochait au-dessus des montagnes au loin vers l'ouest. Vénus n'était plus là. À la nuit close un essaim vaporeux d'étoiles. Il ne comprenait pas à quoi elles pouvaient servir, il y en avait tant. Il continua à pied pendant une heure encore puis il s'arrêta et tâta le cheval pour voir s'il était sec et il sauta en selle et repartit. Quand il chercha la lumière elle avait disparu et il repéra sa position aux étoiles et au bout d'un moment la lumière resurgit dans le désert derrière la pointe sombre du promontoire qui l'avait cachée. Il ne chantait plus et il se demandait quelle prière il pourrait dire. Ce fut Boyd finalement qu'il implora. Ne meurs pas, l'implorait-il. T'es tout ce que j'ai au monde.

IL ÉTAIT PRÈS DE MINUIT quand il arriva à la clôture et il tourna à l'est et continua jusqu'à ce qu'il trouve une barrière. Il mit pied à terre et traversa avec le cheval en main et referma la barrière et se remit en selle et repartit le long de la pâle piste d'argile vers la lumière d'où des chiens qui s'étaient déjà levés arrivaient en hurlant.

La femme qui parut sur le seuil n'était pas jeune. Elle vivait en cet endroit retiré avec son mari qui disait-elle avait donné ses yeux pour la révolution. Elle cria pour faire taire les chiens et ils s'enfuirent et quand elle s'écarta pour le laisser passer son mari était debout dans la petite pièce au plafond bas comme s'il s'était levé pour accueillir quelque dignitaire. Quién es ? dit-il.

Elle dit que c'était un Américain qui s'était égaré et l'homme acquiesça. Il détourna la tête et le visage usé capta un instant la lumière de la lampe à huile. Il n'y avait pas d'yeux dans ses orbites et les paupières étaient étroitement closes ce qui lui donnait l'expression d'un homme continuellement plongé dans une douloureuse introspection. Comme si d'anciennes fautes le tourmentaient.

Ils s'assirent à une table en bois de pin badigeonnée de peinture verte et la femme lui apporta du lait dans une tasse. Il avait presque oublié qu'il y avait des gens qui buvaient du lait. Elle approcha une allumette de la mèche circulaire du brûleur d'un fourneau à essence et régla la flamme et y posa une casserole et quand l'eau commença à bouillir elle plongea des œufs un à un dans la casserole avec une cuiller et remit le couvercle. L'aveugle se tenait raide et très droit sur sa chaise. Comme s'il n'avait été lui-même qu'un invité dans sa propre maison. Une fois les œufs bouillis la femme les apporta tout fumants dans un bol et s'assit pour regarder le garçon manger. Il en prit un et le reposa aussitôt. La femme sourit.

Le gustan los blanquillos ? dit l'aveugle.

Sí. Claro.

Ils étaient assis autour de la table. Les œufs fumaient dans le bol. À la lueur de la lampe sans abat-jour où brûlait de l'huile de goudron les visages flottaient pareils à des masques.

Dígame, dit l'aveugle. Qué novedades tiene ?

Il leur dit qu'il était dans leur pays pour essayer de retrouver des chevaux qui avaient été volés à sa famille. Il dit qu'il voyageait avec son frère mais qu'il en avait été séparé. L'aveugle inclinait la tête pour entendre. Il demanda des nouvelles de la révolution mais le jeune homme n'avait aucune nouvelle à lui donner. Puis l'aveugle dit que si le pays était calme ce n'était pas forcément bon signe. Billy regarda la femme. La femme inclina solennellement la tête pour marquer son approbation. Elle semblait avoir un grand respect pour son mari. Il prit un œuf dans le bol et le fendit contre le bord et commença à le peler. Pendant qu'il mangeait la femme commença à lui faire le récit de leur vie.

Elle dit que l'aveugle avait d'humbles origines. Orígenes humildes, c'étaient ses propres mots. Elle dit qu'il avait perdu ses yeux en l'an de grâce 1913 dans la ville de Durango. À la fin de l'hiver de cette année-là il était parti vers l'est pour rejoindre Maclovio Herrera et le 3 février ils avaient livré bataille à Namiquipa et s'étaient emparés de la ville. En avril il combat à Durango aux côtés des rebelles sous les ordres de Contreras et Pereyra. Dans l'arsenal il y a une antique demi-couleuvrine de fabrication française et cette arme lui a été confiée. Ils n'ont pas pris la ville. Il aurait pu s'échapper, dit la femme. Mais il ne voulait pas quitter son poste. Il est fait prisonnier avec beaucoup d'autres. Les prisonniers sont invités à prêter serment de fidélité au gouvernement et ceux qui refusent sont traînés contre un mur et fusillés sans cérémonie. Il y avait parmi eux des hommes de beaucoup de pays. Des Américains et des Anglais et des Allemands. Et des hommes de pays dont personne n'a même jamais entendu parler. Mais ceux-là aussi sont conduits au mur et périssent dans les terribles rafales de balles de fusil, dans la terrible fumée. Ils sont tous tombés sans bruit côte à côte, le sang de leurs cœurs éclaboussant le plâtre du mur derrière eux. Cela l'aveugle l'a vu.

Parmi les défenseurs de Durango il y avait évidemment peu d'étrangers mais il y en avait quand même un. Un huertista allemand du nom de Wirtz qui était capitaine dans l'armée fédérale. Les rebelles capturés attendent debout dans la rue attachés ensemble avec du fil de clôture comme des jouets et ce type marche le long de leur colonne et se penche pour les examiner tour à tour et observer dans leurs yeux l'ouvrage de la mort pendant que les assassinats continuent derrière lui. L'homme parle bien l'espagnol malgré son accent allemand et il dit à l'artillero que seul le plus pitoyable des imbéciles accepterait de mourir pour une cause à la fois mauvaise et condamnée et le prisonnier lui crache au visage. Alors l'Allemand fait quelque chose de très étrange. Il sourit et commence par lécher la salive du prisonnier qui lui colle autour de la bouche. C'est un type très grand avec des mains énormes et il tend les bras en avant et saisit à deux mains la tête du jeune prisonnier et il se baisse comme s'il voulait l'embrasser. Mais ce n'est pas pour lui donner un baiser. Il lui a empoigné le visage et même si les autres ont peut-être l'impression qu'il se baisse pour l'embrasser sur les deux joues, peut-être selon la coutume militaire des Français, au lieu de cela voilà qu'il creuse les joues le plus fort qu'il peut et il arrache les yeux de la tête du prisonnier en les aspirant tour à tour dans sa bouche et ensuite il les recrache et les laisse pendre comme ça mouillés et bizarres au bout de leurs cordons et se balancer sur ses joues.

Et lui il est là. Il a très mal mais plus mal encore à la vue du monde brouillé qui s'offre maintenant à son regard et qui ne sera jamais plus le même qu'avant. Il ne peut pas non plus se résoudre à toucher ses yeux. Il hurle de désespoir et agite les mains devant lui. Il ne peut pas voir le visage de son ennemi. L'architecte de ses ténèbres, le voleur de sa lumière. Il peut voir la poussière piétinée de la rue. Un absurde fouillis de bottes d'hommes. Il peut voir sa propre bouche. Quand les prisonniers reçoivent l'ordre de faire demi-tour et de se mettre en route ses amis le prennent par le bras pour le soutenir et le guider pendant que le sol tangue furieusement sous ses pieds. Personne n'a jamais rien vu de semblable. Les gens se parlent avec une sorte d'effroi. Les trous rouges dans son crâne luisent comme des lampes. Comme s'il y avait là un feu plus profond que le démon avait fait remonter à la surface.

On a essayé de lui remettre les yeux dans leurs orbites avec une cuiller mais personne n'y est arrivé et ses yeux ont séché sur ses joues comme des raisins et le monde est devenu de plus en plus flou et incolore et pour finir il a disparu à jamais.

Billy regardait l'aveugle. Il était droit et impassible sur sa chaise. La femme attendit. Puis elle reprit.

Évidemment il y en avait qui disaient que ce Wirtz lui avait sauvé la vie parce que s'il n'avait pas été aveugle il aurait certainement été conduit au mur. D'autres disaient que ça aurait mieux valu. Personne ne demandait son avis à l'aveugle. Il est resté dans le froid cachot de pierre pendant que la lumière pâlissait autour de lui et finalement il est resté dans le noir. Les yeux ont séché et rétréci et les cordons au bout desquels ils pendaient ont séché et le monde a disparu et il a enfin dormi et rêvé du pays par lequel il était passé à cheval dans ses campagnes à travers les sierras et des oiseaux aux vives couleurs qu'il y avait là-bas et des fleurs sauvages et rêvé des jeunes filles nu-pieds au bord de la route dans les villages de montagne avec leurs yeux qui étaient des puits de promesses profonds et sombres comme le monde lui-même et sur tout cela le ciel bleu tendu au-dessus du Mexique où se donnait jour après jour une répétition générale de l'avenir de l'humanité pendant que l'effigie de la mort avec son crâne de papier et son costume orné de squelettes allait et venait devant les feux de la rampe en déclamant.

Hace veintiocho años, dit la femme. Y mucho ha cambiado. Y a pesar de eso todo es lo mismo.

Billy tendit la main pour prendre le dernier œuf dans le bol et le fendit et commença à le peler. À ce moment l'aveugle prit la parole. Il dit qu'au contraire rien n'avait changé et que tout était différent. Le monde était tout neuf chaque jour car c'était ainsi qu'il était chaque jour créé par Dieu. Pourtant tous les maux y étaient contenus comme avant, ni plus ni moins.

Billy prit une bouchée d'œuf. Il regarda la femme. Elle semblait attendre que l'aveugle en dise davantage et comme il ne disait rien elle continua comme avant.

Les rebelles sont revenus et ont pris Durango le 18 juin. Ils l'ont fait sortir de la prison et il est resté planté au milieu de la rue à écouter le bruit de la fusillade qui arrivait jusque-là depuis les faubourgs où les soldats de l'armée fédérale en déroute étaient traqués et abattus. Il restait là et il attendait, guettant une voix qu'il pourrait peut-être reconnaître.

Quién es usted, ciego ? lui demandent les gens. Il dit son nom mais personne ne le connaît. Quelqu'un lui découpe et lui donne un bâton de paloverde et avec cette canne pour tout bagage il part seul à pied sur la route de Parral.

Il devine l'heure du jour en tournant son visage vers l'aveugle soleil comme l'officiant d'un culte. Aux bruits de la campagne. À la fraîcheur de la nuit, à l'humidité. Aux cris des oiseaux et à la première chaleur annonçant sur sa peau la lumière. Les gens des maisons devant lesquelles il passe lui apportent de l'eau et de la nourriture et lui donnent des provisions pour la route. Les chiens qui accourent le poil hérissé pour lui barrer le chemin s'en retournent tout penauds. Il est surpris de l'autorité que lui confère sa cécité. Il a l'impression de ne manquer de rien.

Il avait plu dans la région et les fleurs sauvages s'épanouissaient au bord de la route. Il marche lentement, repérant les ornières avec sa canne de bois vert. Il n'a pas de bottes car elles lui ont été volées depuis longtemps et les premiers jours il marche nu-pieds et son cœur est plein de désespoir. Plein à déborder. Le désespoir est en lui comme s'il y avait élu domicile. Comme un parasite qui aurait expulsé son être même de sa demeure et pris la forme de cet espace en lui que son être avait jadis occupé. Il le sent logé contre sa gorge. Il ne peut pas manger. Il boit quelques gorgées d'eau d'une tasse qu'une main anonyme lui a tendue du fond des ténèbres du monde et il rend la tasse dans les mêmes ténèbres. Sa sortie de prison ne signifie pas grand-chose pour lui et certains jours sa liberté lui fait l'effet d'une nouvelle malédiction et c'est dans cet état d'esprit qu'il chemine tout doucement vers le nord en tapotant avec sa canne sur la route de Parral.

Dans la fraîche obscurité de la première nuit qu'il a passée seul dans la campagne il s'est mis à pleuvoir et il a fait halte pour écouter et il a entendu venir la pluie à travers le désert. Portée par le vent l'odeur des buissons de créosote mouillés. Il lève son visage et reste au bord de la route et songe que rien d'autre que le vent et la pluie ne s'approchera jamais de lui pour le toucher du fond de cette chose étrangère qu'est le monde. Ni en signe d'amour, ni en signe d'hostilité. Les liens qui le rattachaient au monde sont devenus rigides. Quand il bouge le monde bouge aussi et il ne pourra jamais s'en approcher et il ne pourra jamais lui échapper. Il s'est assis dans le chiendent au bord de la route sous la pluie et il s'est mis à pleurer.

Dans la matinée de son troisième jour de liberté il entre dans la ville de Juan Ceballos et là il s'arrête sur la route en levant sa canne au-dessus de sa tête et il se tourne, dressant l'oreille, louchant de son terrible regard torve. Mais déjà les chiens battent en retraite et une femme vient se poster à sa droite et commence à lui parler et lui demande si elle peut lui prendre la main et il la lui donne.

Y adónde va ? lui demande la femme.

Il dit qu'il ne sait pas. Il dit qu'il va là où mène la route. Le vent. La volonté de Dieu.

La voluntad de Dios, dit la femme. Comme si elle faisait un choix.

Elle le conduit chez elle. Il s'assied à une grossière table de planches et elle lui donne du pozole avec des fruits mais elle a beau insister il ne peut pas manger. Elle lui demande de lui dire d'où il vient mais il a honte de son état et il ne veut pas dire comment son malheur lui est arrivé. Elle lui demande s'il a toujours été aveugle et il réfléchit à cette question et au bout d'un moment il dit que oui.

Quand il repart il a aux pieds une paire de vieilles huaraches rapiécées et il porte sur son épaule un mince serape. Dans la poche de son pantalon en loques quelques pièces de cuivre. Les hommes qui parlent dans la rue se taisent à son approche et reprennent leur conversation quand il a passé son chemin. Comme s'il était qui sait un agent des ténèbres envoyé parmi eux pour espionner. Comme si les mots emportés par un aveugle acquéraient par la même une vie insoupçonnée et pouvaient prendre ailleurs dans le monde un tout autre sens auquel n'aurait jamais songé celui qui les avait prononcés. Il se retourne au milieu de la route sa canne levée au-dessus de sa tête. Ustedes no saben nada de mí, crie-t-il. Les hommes se taisent et il fait demi-tour et il repart et au bout d'un moment il les entend qui reprennent leur conversation.

Cette nuit-là il entend des bruits de bataille au loin sur la plaine et il s'arrête dans l'obscurité pour écouter. Il renifle le vent pour sentir l'odeur de la cordite et tend l'oreille à l'affût de bruits d'hommes et de chevaux mais tout ce qu'il peut entendre c'est le vague crépitement d'une fusillade et à intervalles réguliers les sourdes détonations d'un obusier tirant à mitraille et au bout d'un moment plus rien.

Le lendemain matin de bonne heure il traverse un pont en tapotant devant lui avec sa canne sur les planches. Il s'arrête. Il tend les bras et il repart. Il avance à pas prudents sur les planches et s'arrête pour écouter. D'en bas lui parvient un très faible bruit d'eau qui coule.

Il est descendu sur l'étroit remblai de la berge et s'est frayé un chemin à travers les roseaux jusqu'à ce qu'il arrive à l'eau. Il tend les bras devant lui et touche l'eau avec sa canne. Il commence à frapper l'eau puis il s'arrête. Il lève la tête pour écouter.

Quién está ? crie-t-il.

Personne ne répond.

Il pose son serape et se débarrasse de ses haillons et reprend sa canne et pénètre maigre et nu et sale dans l'eau de la rivière.

Il s'avance dans l'eau en se demandant si elle sera assez profonde pour l'emporter. Il s'imagine que son état d'éternelle nuit a peut-être d'une façon ou d'une autre déjà réduit de moitié la distance qui le sépare de la mort. Que pour lui la transition ne sera peut-être pas si longue car le monde est déjà à une certaine distance et si ce n'est pas sur le terrain de la mort qu'il empiète dans ses ténèbres, alors sur quel terrain et de qui ?

L'eau ne lui arrive qu'aux genoux. Il est debout dans la rivière, il s'appuie sur son bâton. Puis il s'assied. L'eau est fraîche, elle bouge lentement autour de lui. Il penche son visage pour en respirer l'odeur, pour la goûter. Il reste assis dans l'eau un long moment. Au loin il entend une cloche sonner lentement trois fois puis se taire. Il s'agenouille puis se penche en avant et se met à plat ventre le visage dans l'eau. Il a posé le bâton comme un joug derrière sa nuque en le tenant à deux mains contre son cou. Il retient sa respiration. Il la retient longuement en serrant bien fort son bâton. Quand il sent qu'il ne pourra pas la retenir plus longtemps il expulse ce qui lui reste d'air dans les poumons et il essaye d'aspirer l'eau mais il ne le peut pas et l'instant d'après il est à genoux dans la rivière haletant et toussant. Il a lâché sa canne et elle part à la dérive et il se relève et il fait quelques pas chancelants en toussant et en aspirant l'air et en giflant la surface de l'eau avec le plat de sa main.

L'homme qui le regarde du haut du pont le prend sans doute pour un détraqué. Sans doute pour quelqu'un qui essaye d'apaiser la rivière, ou quelque chose dans la rivière. Jusqu'au moment où il voit les orbites vides.

A la izquierda, lui crie-t-il.

L'aveugle s'arrête. Il s'accroupit en croisant les bras devant lui.

A su izquierda, crie l'homme.

L'aveugle tâte l'eau à main gauche.

A tres metros, crie l'homme. Pronto. Se va.

Il se jette en avant. Il cherche à tâtons. L'homme sur le pont lui crie les coordonnées et finalement la main de l'aveugle se referme sur son bâton et il s'assied pudiquement dans la rivière en serrant sa canne contre lui.

Qué hace, ciego ? crie l'homme.

Nada. No me molesta.

Yo ? Le molesto ? Ciego, ciego.

Il dit qu'il croyait que l'aveugle était en train de se noyer et qu'il s'apprêtait à lui porter secours quand il l'avait vu se relever en toussant et en crachant.

L'aveugle est assis le dos tourné au pont et à la route. Il sent la fumée du tabac et au bout d'un moment il demande à l'homme s'il peut avoir une cigarette.

Por supuesto.

Il se relève et s'avance vers la rive. Dónde está mi ropa ? demande-t-il.

L'homme le guide vers l'endroit où sont ses vêtements. Une fois rhabillé il remonte tant bien que mal sur la route et lui et l'homme restent assis sur le pont et fument. Le soleil sur son dos lui semble bon. L'homme dit qu'il n'y a pas assez d'eau dans la rivière pour se noyer et l'aveugle approuve de la tête. Il dit que de toute façon l'endroit n'est pas assez solitaire.

L'aveugle dit qu'il y a sans doute une église dans le voisinage, n'est-ce pas ? Son ami lui dit qu'il n'y a pas d'église. Qu'il n'y a rien nulle part dans le voisinage. L'aveugle dit qu'il a entendu une cloche et l'homme dit qu'il a un oncle qui est aveugle et que lui aussi il entend souvent des choses qui n'existent pas.

L'aveugle hausse les épaules. Il dit qu'il n'y a pas longtemps qu'il est aveugle. L'homme lui demande ce qui lui fait croire que le son des cloches ne peut venir que d'une église mais l'aveugle hausse encore une fois les épaules et se remet à fumer. Il demande quel autre bruit pourrait venir d'une église.

L'homme demande pourquoi il a souhaité mourir mais l'aveugle dit que ça n'a pas d'importance. L'homme demande si c'est parce qu'il ne peut pas voir et il dit que c'est une raison parmi d'autres. Ils fument. Finalement l'aveugle lui parle de l'idée qu'il a eue que de toute façon les aveugles ont déjà en partie quitté le monde. Il dit qu'il n'est plus qu'une voix qui parle dans des ténèbres étrangères aux motifs des vivants. Il dit que le monde avec tout ce qu'il contient n'est plus pour lui qu'une rumeur. Un soupçon. Il hausse les épaules. Il dit qu'il ne veut pas être aveugle. Qu'il a déjà vécu trop longtemps dans cette condition.

L'homme l'a écouté jusqu'au bout, ils restent assis sans mot dire. L'aveugle perçoit le faible chuintement de la cigarette de l'homme dans l'eau au-dessous du pont. Finalement l'homme dit que c'est un péché de perdre courage et que de toute façon le monde reste tel qu'il a toujours été. Que cela au moins personne ne peut le nier. Comme l'aveugle ne répond pas il lui dit de le toucher mais l'aveugle ne peut pas s'y résoudre.

Con permiso, dit l'homme. Il a pris la main de l'aveugle et posé ses doigts sur ses lèvres. Et les doigts de l'aveugle restent là. Le geste d'un homme adjurant un autre homme au silence.

Toca, dit l'homme. L'aveugle ne veut pas toucher. L'homme reprend la main de l'aveugle et la promène sur son visage. Toca. Il dit que si le monde est une illusion la perte du monde aussi est une illusion.

L'aveugle est assis la main posée sur le visage de l'homme. Puis il commence à déplacer sa main. Un visage d'un âge indéterminé. D'un homme brun ou d'un homme blond. Il touche le nez étroit. Les cheveux raides et rêches. Il touche les prunelles des yeux de l'homme au-dessous des minces paupières closes. Pas d'autre son que leur respiration dans le matin du haut pays désert. Il sent les prunelles bouger sous ses doigts. De petits mouvements vifs comme des mouvements dans une minuscule matrice. Il retire sa main. Il dit qu'il ne peut rien dire. Que c'est un visage. Es una cara, dit-il. Pues que ?

L'autre se tait. Comme s'il réfléchissait à ce qu'il va répondre. Il demande à l'aveugle s'il peut pleurer. L'aveugle dit que tout le monde peut pleurer mais ce que l'homme veut savoir c'est si les aveugles peuvent pleurer des larmes qui coulent là où étaient autrefois leurs yeux. Le peuvent-ils ? Il n'en a aucune idée. Il tire une dernière bouffée de la cigarette et la jette dans la rivière. Il répète que le monde dans lequel il se déplace est bien différent de ce qu'imaginent les hommes et qu'à vrai dire c'est à peine un monde. Il dit que d'avoir les yeux fermés ne nous apprend rien. Pas plus que le sommeil nous apprend quelque chose de la mort. Que le monde soit une illusion ou non est sans importance. Il parle des étendues arides du barrial et du fleuve et de la route et des montagnes au-delà et du ciel bleu au-dessus des montagnes et il dit que ce ne sont là que des divertissements pour tenir le monde à distance, le monde vrai et sans âge. Il dit que la lumière du monde n'est que dans les yeux des hommes car le monde lui-même se meut dans une éternelle obscurité et l'obscurité est sa vraie nature et sa vraie condition et que dans cette obscurité il tourne avec une parfaite cohésion de toutes ses composantes mais qu'il n'y a rien à voir. Il dit que le monde est sensible jusqu'à son noyau et plus noir et secret que ce que peuvent imaginer les hommes et que sa nature ne dépend nullement de ce qui est visible ou pas. Il dit qu'il pourrait contempler le soleil jusqu'à ce qu'il se couche et à quoi cela servirait-il ?

Ces paroles semblaient imposer silence à son ami. Ils étaient assis côte à côte sur le pont. Le soleil tombait droit sur eux. Finalement l'homme lui a demandé comment il en était arrivé à de telles idées et il a répondu que c'étaient des choses dont il se doutait depuis longtemps et que les aveugles avaient bien des choses à méditer.

Ils se sont levés pour partir. L'aveugle a demandé à son ami de quel côté il allait. L'homme a hésité. Il a demandé à l'aveugle de quel côté il allait, lui. L'aveugle a pointé son bâton.

Al norte, a-t-il dit.

Al sur, a dit l'autre.

Il a acquiescé. Il a tendu la main dans l'obscurité et ils se sont dit adieu.

Hay luz en el mundo, ciego, a dit l'homme. Como antes, así ahora. Mais l'aveugle a fait demi-tour et est reparti comme avant sur la route de Parral.

Ici la femme interrompit son récit et regarda Billy. Le jeune homme avait les paupières lourdes. Sa tête dodelinait.

Está despierto, el joven ? dit l'aveugle.

Billy se redressa.

Sí, dit la femme. Está despierto.

Hay luz ?

Sí. Hay luz.

L'aveugle était assis bien droit et solennel sur sa chaise. Les mains tendues paume vers le bas posées sur la table devant lui. Comme pour soutenir le monde, ou se soutenir lui-même dans le monde. Continuas, dit-il.

Bueno, dit la femme. Et elle dit qu'il y avait comme dans tous les contes trois voyageurs rencontrés en chemin. Ya nos hemos encontrado la mujer y el hombre. Elle regarda Billy. Y puede acertar quien es el tercero.

Un niño ?

Un niño. Exactamente.

Pero es verídica, esta historia ?

L'aveugle intervint pour dire qu'en effet c'était une histoire vraie. Il dit qu'il n'avait aucunement l'intention de le divertir ni même de l'instruire. Il dit que tout ce qu'ils voulaient c'était raconter ce qui était vraiment arrivé et que c'était là leur seul dessein.

Billy demanda comment il se pouvait que sur la longue

route qu'il y avait jusqu'à Parral il n'eût rencontré que trois personnes mais l'aveugle dit qu'en réalité il avait rencontré d'autres gens sur cette route et qu'il en avait reçu de nombreuses marques de bonté mais que les trois étrangers en question étaient ceux avec lesquels il avait parlé de sa cécité et qu'ils devaient donc être les principaux personnages d'une histoire qui avait pour héros un aveugle, qui avait pour thème la vue. Verdad ?

Es héroe, este ciego ?

Pendant un moment l'aveugle s'abstint de répondre. Il finit par dire que le mieux était d'attendre la suite du récit. Que le mieux était de juger par soi-même. Puis d'une main il fit signe à la femme et elle reprit comme avant.

Donc il marche vers le nord le long de la route ainsi qu'il a été dit et finalement au bout de neuf jours il arrive à la ville de Rodeo sur le rio Oro. On lui fait partout des présents. Les femmes viennent à lui. Elles l'arrêtent sur la route. Elles l'obligent à accepter ce qu'elles possèdent et elles proposent de l'accompagner une partie du chemin le long de la route. En marchant à son côté elles lui décrivent le village et les champs et l'état des cultures et elles lui disent les noms des personnes qui habitent les maisons devant lesquelles ils passent et elles lui confient des détails de leur vie familiale ou parlent des maladies des vieillards. Elles lui parlent des chagrins de leurs vies. De la mort des amis, de l'inconstance des amants. Elles parlent de l'infidélité des maris d'une manière qui le plonge dans l'embarras et elles s'agrippent à son bras et chuchotent les noms de putains. Aucune ne lui fait promettre le secret, aucune ne lui demande son nom. Le monde se révèle à lui comme jamais auparavant dans sa vie.

Le 26 juin de cette année-là une compagnie de huertistas qui se rendait à Torreón plus à l'est était passée par la ville de Rodeo. Ils étaient arrivés tard dans la nuit bon nombre d'entre eux pris de boisson et tous nu-pieds et ils avaient bivouaqué dans l'alameda et allumé un brasero avec les bancs qui leur tenaient lieu de bois de feu et dans l'aube grisâtre ils avaient rassemblé ceux qu'ils disaient être des sympathisants des rebelles et les avaient fait se mettre debout contre le mur de pisé de la granja et leur avaient donné des cigarettes et les avaient ensuite fusillés sous les yeux de leurs enfants et de leurs femmes et de leurs mères qui se lamentaient et s'arrachaient les cheveux. En arrivant dans la ville le lendemain l'aveugle croise sans le savoir un cortège funèbre dans la rue grise de torchis et avant qu'il ait pu se rendre vraiment compte de ce qui se passe autour de lui une jeune fille le prend par la main et l'amène au cimetière poussiéreux aux abords de la ville. Là parmi les pauvres croix de bois et les bocaux de faïence et les plats de verre bon marché qui attendent les offrandes on dépose à terre le premier des trois cercueils de bois d'emballage noircis tant bien que mal au goudron et à la suie pendant que le trompette de service joue un air martial et mélancolique et qu'un notable de la localité prend la parole à la place du prêtre car il n'y a pas de prêtre. La fille serre plus fort la main de l'aveugle, elle se penche vers lui.

Era mi hermano, dit-elle dans un murmure.

Lo siento, dit l'aveugle.

On soulève le mort de la caisse et on le dépose dans les bras de deux hommes qui sont descendus dans la tombe. Et là on l'allonge sur la terre nue et on lui croise sur la poitrine ses bras qui ont glissé sur les côtés et on lui met un bout de tissu sur le visage. Puis ces rudes fossoyeurs de fortune lèvent les bras en l'air et saisissent les mains de leurs amis qui attendent en haut et avec leur aide ils remontent de la fosse et les hommes jettent tour à tour une pelletée de terre sur le défunt vêtu de ses pauvres habits, le grisâtre caliche tombant avec un bruit sourd et les femmes pleurant à gros sanglots, puis les hommes hissent sur leurs épaules la caisse vide et son couvercle et retournent avec au village pour qu'elle serve au transport d'un autre cadavre. Au bruit l'aveugle comprend que des nouveaux venus arrivent dans le petit cimetière et il sent qu'on le conduit un peu plus loin à travers la foule grouillante pour qu'il soit encore une fois présent et qu'il entende encore une fois la simple et fruste oraison funèbre.

Quién es ? demande-t-il à mi-voix.

La fille a serré plus fort sa main. Otro hermano, dit elle.

Ils sont là debout à attendre la troisième inhumation et l'aveugle se penche et demande à la jeune fille combien de membres de sa famille vont être inhumés, mais elle dit que c'est le dernier.

Otro hermano ?

Mi padre.

De nouveau le bruit des mottes de terre qui tombent, de nouveau les gémissements des femmes. L'aveugle a remis son chapeau.

En revenant ils croisent un autre cortège qui se rend au cimetière et l'aveugle entend encore d'autres lamentations et d'autres piétinements dans la poussière sous l'atroce fardeau du défunt. Personne ne dit mot. Quand le cortège a passé son chemin la fille reconduit l'aveugle sur la route et ils continuent comme avant.

Il demande à la fille si quelqu'un de sa famille est encore en vie mais elle dit qu'il n'y a plus qu'elle car sa mère est morte depuis des années.

Il avait plu la nuit passée et la pluie était tombée dans le feu mort laissé par les assassins et l'aveugle a senti une odeur de cendres mouillées. Ils sont passés devant la granja de briques d'argile dont le mur auparavant noir de sang était maintenant tout propre lavé à grande eau par les femmes de la ville. À croire qu'il n'y avait jamais eu de sang sur ce mur-là. La fille lui parlait des exécutions et lui disait les noms de tous ceux qui avaient péri et lui disait qui ils étaient et comment ils avaient affronté la mort et comment ils étaient tombés. Les femmes avaient été repoussées et on les avait obligées à attendre jusqu'à ce que le dernier homme ait été abattu et ensuite le capitaine s'était écarté et elles s'étaient précipitées dans l'espoir de serrer leurs hommes dans leurs bras au moment où ils rendraient leur dernier soupir.

Y tú ? a dit l'aveugle.

Elle était d'abord allée auprès de son père mais il était déjà mort. Puis tour à tour auprès de chacun de ses frères.

d'abord auprès de l'aîné. Mais eux aussi étaient morts. Elle allait parmi les femmes accroupies qui étreignaient les corps sans vie et se balançaient et pleuraient. Les soldats étaient partis. Un combat de chiens avait éclaté dans la rue. Au bout d'un moment des hommes étaient arrivés avec des charrettes. Elle allait et venait avec le chapeau de son père à la main. Elle ne savait pas ce qu'elle devait en faire.

Elle tenait encore le chapeau sur ses genoux assise dans l'église à minuit quand le fossoyeur s'était arrêté pour lui parler. Il lui avait dit de rentrer chez elle mais elle avait dit que son père et ses frères étaient morts et gisaient dans la maison sur leurs matelas et qu'il y avait par terre un cierge allumé et qu'elle ne savait pas où dormir. Elle avait dit que sa maison était tout entière occupée par des morts et que c'était pour ça qu'elle était venue à l'église. Le fossoyeur l'avait écoutée. Puis il s'était assis à côté d'elle sur le banc de bois grossier. Il était tard, l'église était vide. Ils étaient assis côte à côte avec leurs chapeaux dans la main, elle le sombrero de paille tressée, lui le feutre noir poussiéreux. Elle pleurait. Il soupirait et semblait lui aussi fatigué et abattu. Il avait dit qu'on aimerait certes pouvoir dire que Dieu punirait ceux qui faisaient de telles choses et que c'était souvent ce que disaient les gens mais qu'il savait par expérience qu'on ne pouvait pas parler à la place de Dieu et que les hommes qui avaient derrière eux de mauvaises actions jouissaient souvent d'une vie confortable et que ces gens-là mouraient en paix et étaient enterrés avec honneur. Il avait dit que c'était une erreur d'attendre beaucoup de justice en ce monde. Il avait dit que l'idée que le mal était rarement récompensé n'était guère réaliste car s'il n'y avait pas d'avantages à faire le mal les hommes s'en détourneraient et quelle mérite y aurait-il alors à y renoncer ? De par la nature de sa profession il avait une plus grande expérience de la mort que la plupart des gens et il avait dit que s'il était vrai que le temps guérissait la douleur du deuil il ne le faisait qu'au prix d'une lente extinction des êtres chers qu'il effaçait de la mémoire du cœur qui était la seule demeure qu'ils avaient jamais eue et auraient jamais. Les visages s'estompent, les voix s'affaiblissent. Retiens-les, chuchotait le fossoyeur. Parle-leur. Crie leurs noms. Fais cela et ne laisse pas le chagrin s'éteindre qui est la récompense de chaque don.

La fille a répété ces paroles à l'aveugle quand ils se sont arrêtés devant le mur de la granja. Elle racontait comment les jeunes filles étaient venues tremper leurs foulards dans les flaques qui restaient par terre du sang des suppliciés ou comment elles avaient arraché des lambeaux d'étoffe de l'ourlet de leurs jupons. Il y avait à cause de cette pratique comme un continuel va-et-vient d'infirmières hébétées qui n'avaient plus aucune idée de leur vrai rôle. Le sang avait été vite aspirée dans la terre et à la tombée de la nuit avant qu'éclate l'averse des meutes de chiens étaient accourues et avaient arraché de grosses bouchées de terre saturée de sang et les avaient dévorées et fait claquer leurs mâchoires et les chiens s'étaient querellés puis étaient repartis et de nouveau le jour venu il n'y avait plus signe de mort ni de sang ni de meurtre.

Ils sont restés longuement sans parler. Au bout d'un moment l'aveugle a touché le visage de la jeune fille, son visage et sa joue et ses lèvres. Il n'a pas demandé s'il pouvait le faire. Elle ne fait pas un geste. Il lui touche les yeux, l'un après l'autre. Elle demande s'il a été soldat et il dit que oui et elle demande s'il a tué beaucoup d'hommes et il dit aucun. Elle lui demande de se baisser pour qu'elle puisse toucher son visage en fermant les yeux et voir ce qu'on peut apprendre ainsi et il fait ce qu'elle lui demande. Il ne lui a pas dit que ce ne serait pas la même chose pour elle. Quand elle est arrivée aux yeux elle a hésité.

Ándale, a-t-il dit. Está bien.

Elle touche les paupières ridées enfoncées dans les orbites. Elle les touche doucement du bout des doigts et elle lui demande si ça lui fait mal à cet endroit-là mais il dit que la seule chose qui lui fait mal c'est de se souvenir et qu'il lui arrive la nuit de rêver que cette obscurité n'est elle-même qu'un songe et alors il se réveille et il touche ces yeux qui ne sont pas là. Il dit que ces rêves-là sont un tourment et pourtant il ne souhaite pas en être délivré. Il dit que puisque le souvenir du monde doit fatalement pâlir il est fatal qu'il pâlisse dans ses rêves jusqu'au jour ou tôt ou tard comme il le redoute il ne lui restera qu'une totale obscurité sans une ombre du monde qui est là tout autour. Il dit qu'il craint ce que renferme cette obscurité car il est convaincu que le monde cache plus de choses qu'il n'en révèle.

Dans la rue des gens passent en marchant à petits pas. Persínese, murmure la jeune fille. L'aveugle ne veut pas lâcher sa main mais il a appuyé son bâton contre sa hanche et il se signe maladroitement de la main gauche. Le cortège est passé. La jeune fille reprend la main de l'aveugle et ils continuent.

Parmi les vêtements de son père elle lui a trouvé une veste et une chemise et des pantalons. Elle met dans un sac de mousseline les quelques vêtements qu'il y a encore dans la maison et elle ferme le sac avec un nœud et prend le couteau de cuisine et le molcajete et des cuillers avec ce qui reste de nourriture et elle enveloppe tout ça dans un vieux serape de Saltillo. La maison est fraîche et sent bon la terre. Dehors dans les enclos de murs et de clapiers il entend des oiseaux de basse-cour, une chèvre, un enfant. Elle apporte de l'eau dans un seau pour qu'il puisse se laver, ce qu'il fait avec un chiffon, après quoi il enfile les vêtements. Dans l'unique petite pièce qui est toute la maison il attend qu'elle revienne. La porte qui donne sur la rue est ouverte et les gens qui passent devant en allant au cimetière peuvent le voir. Quand elle revient elle lui prend la main comme avant et elle dit qu'il est guapo dans ses nouveaux vêtements et elle lui donne une des pommes qu'elle a achetées et ils mangent les pommes debout dans la pièce et ils hissent les balluchons sur leurs épaules et partent ensemble tous les deux.

La femme se pencha en arrière. Billy pensait qu'elle allait continuer mais elle n'en fit rien. Ils restaient assis en silence autour de la table.

Era la muchacha, dit-il.
Sí.
Il regarda l'aveugle. L'aveugle était assis avec son visage fatigué à demi caché dans la pénombre de la lampe à huile. Il avait sans doute senti le regard de Billy. Es una carantoña, no ? dit-il.
Billy dit que non. Qu'elle n'avait rien d'une laideronne. Et de toute façon l'aveugle n'avait-il pas dit que les apparences étaient trompeuses ?
Comme le visage de l'aveugle était dépourvu de toute expression on ne pouvait pas savoir quand il allait parler ou s'il allait parler. Au bout d'un moment il leva la main dans un geste étrange de bénédiction ou de désespoir. Para mí, sí, dit-il.
Billy regarda la femme. Elle était assise comme avant, les mains jointes sur la table. Il demanda à l'aveugle s'il avait ouï dire d'autres que lui qui avaient souffert aux mains de cet homme la même calamité que lui, mais l'aveugle répondit seulement qu'il en avait entendu parler, mais qu'il n'en avait vu ni rencontré aucun. Il dit que les aveugles ne recherchaient pas la compagnie de leurs semblables. Il raconta qu'un jour dans l'alameda de Chihuahua il avait entendu le tapotement d'une canne qui approchait et il avait annoncé sa condition d'aveugle et demandé s'il y avait là quelqu'un qui partageait les mêmes ténèbres. Le tapotement avait cessé. Personne n'avait parlé. Puis le tapotement avait repris et s'était éloigné le long du trottoir en diminuant dans la rue parmi les bruits de la circulation.
Il se pencha légèrement. Il dit à Billy qu'il devait comprendre que cet ogre existait bel et bien. Ce mangeur d'yeux. Lui et d'autres comme lui. Qu'ils n'avaient pas disparu du monde. Et ne disparaîtraient jamais.
Billy lui demanda si les hommes comme celui qui lui avait volé ses yeux n'étaient que des produits de la guerre mais l'aveugle dit que puisque la guerre était elle-même leur œuvre il ne pouvait guère en être ainsi. Il dit qu'à son avis nul ne pouvait dire d'où venaient de tels hommes ni où ils risquaient d'apparaître. Tout ce qu'on pouvait dire

c'était qu'ils existaient. Il dit que celui qui vous vole vos yeux vole un univers et du même coup reste lui-même à jamais caché. Comment savoir où est sa demeure ?

Y sus sueños, dit Billy. Se han hecho más pálidos ?

L'aveugle garda quelque temps le silence. On aurait pu croire qu'il s'était assoupi. Qu'il attendait un message qu'on allait lui délivrer. Il finit par dire que dans les premières années de sa cécité ses rêves étaient plus vivants qu'il n'aurait jamais osé l'espérer et qu'il en était venu à les attendre avec impatience mais que rêves et souvenirs s'étaient tous estompés les uns après les autres jusqu'à disparaître tout à fait. De tout ce qui avait été autrefois il ne restait plus trace. De l'apparence du monde. Des visages des êtres chers. Même sa propre personne avait fini par sombrer pour lui dans l'oubli. Quoi qu'il eût été il ne l'était plus. Il dit que comme pour tout homme qui arrive au terme de quelque chose il n'y avait rien d'autre à faire que de recommencer. Il dit qu'il ne pouvait pas se souvenir du monde de la lumière, del mundo de luz. Il y avait si longtemps. Que ce monde était un monde fragile. Que tout compte fait le monde qu'il avait fini par voir était plus durable. Plus vrai. Más verdadero, dit-il.

Il parla des premières années de sa cécité où le monde qui l'entourait attendait ses mouvements. Il dit que les hommes qui avaient des yeux pouvaient choisir ce qu'ils voulaient voir mais qu'aux aveugles le monde ne se révélait que lorsqu'il avait choisi d'apparaître. Il dit que pour l'aveugle tout était brusquement à portée de main, rien n'annonçait jamais son approche. Origines et destinations devenaient des rumeurs. Se déplacer c'était buter contre le monde. Reste tranquillement assis à ta place et le monde disparaît. Il dit que dans les premières années de sa nuit il avait pensé que la cécité était une variante de la mort. Mais qu'il se trompait. Perdre la vue c'était comme rêver d'une chute. On croyait qu'on ne toucherait jamais le fond de ce vide. On tombait et on tombait toujours. La lumière reculait. Le souvenir de la lumière. Le souvenir du monde. De son propre visage. De la laideronne.

Il leva lentement la main et la garda levée devant lui. Comme pour prendre la mesure de quelque chose. Il dit que si cette chute était une chute vers la mort alors c'était la mort elle-même qui était différente de ce qu'on imaginait. Où est le monde dans cette chute ? Est-ce qu'il recule aussi en même temps que la lumière et que le souvenir de la lumière ? Ou bien est-ce qu'il tombe lui aussi ? Il dit que dans sa cécité il en était venu à se perdre lui-même et à perdre tout souvenir de lui-même mais qu'il avait malgré tout découvert dans les plus profondes ténèbres de cette perte qu'il y avait une terre ferme et que c'était là qu'il fallait commencer.

Il dit que dans ce voyage le monde visible n'était plus qu'un divertissement. Pour les aveugles et pour tous les hommes. Qu'en fin de compte nous savons bien qu'il n'est pas possible de voir Dieu. Et qu'on marche en tendant l'oreille. En écoutant. Me entiendes, joven ? Debemos escuchar.

Quand il se tut Billy lui demanda si cela voulait dire que le conseil que le fossoyeur avait donné à la jeune fille dans l'église était un mauvais conseil mais l'aveugle dit que le fossoyeur avait donné le conseil qu'il pouvait donner vu ce qu'il savait de la vie et qu'il ne fallait pas lui en faire grief. Les hommes de sa profession allaient jusqu'à donner des conseils aux morts. Ou jusqu'à les recommander à Dieu quand le prêtre et leurs amis et leurs enfants s'en étaient tous retournés chez eux. Il dit que le fossoyeur pouvait sans doute se croire autorisé à parler d'une obscurité dont il ne connaissait rien car en eût-il connu quelque chose il n'aurait pas pu être fossoyeur. Quand Billy lui demanda si cette connaissance était un savoir spécial que seuls possédaient les aveugles l'aveugle dit que non. Il dit que la plupart des hommes se conduisent dans leur vie comme le menuisier dont les outils sont tellement émoussés que son travail avance trop lentement pour qu'il trouve le temps de les affûter.

Y las palabras del sepulturero acerca de la justicia ? dit Billy ? Qué opina ?

À ce moment la femme tendit le bras et prit le bol avec les coquilles d'œuf et dit qu'il était tard et que son mari ne devrait pas se fatiguer. Billy dit qu'il le comprenait mais l'aveugle leur dit de ne pas s'inquiéter. Il dit qu'il avait pas mal réfléchi à la question que le jeune homme venait de poser. Comme bien des hommes avant lui et comme les hommes continueraient de le faire quand il ne serait plus. Il dit que même le fossoyeur pouvait comprendre que tout récit est un récit d'ombre et de lumière et qu'il n'aurait sans doute pas voulu voir les choses autrement. Mais il y avait une autre dimension à cette histoire et c'était une chose dont les hommes ne parlaient pas. Il dit que les méchants savent que si le mal qu'ils font est suffisamment atroce les hommes ne protesteront pas. Que les hommes ont juste assez d'estomac pour les petits crimes et que ce sont les seuls auxquels ils opposent une résistance. Il dit que le véritable mal peut en le dégrisant dresser le petit malfaiteur contre ses propres forfaits et que confronté à ce mal il peut même trouver le chemin du bien qui lui était jusqu'alors étranger et y être irrésistiblement entraîné. Même cet homme-là sera peut-être effrayé de ce qui lui est révélé et aspirera peut-être à un ordre qui lui permette d'y faire face. Dans tout cela pourtant il y a deux choses qui lui auront sans doute échappé. Il ne saura pas que si l'ordre auquel aspirent les justes n'est jamais le bien en soi mais seulement l'ordre et rien d'autre, ce qui compte et ce qui l'emporte c'est finalement le désordre du mal. Il ne saura pas non plus que si les justes sont handicapés à chaque détour par leur ignorance du mal tout est évident pour les méchants, la lumière comme les ténèbres. Cet homme dont nous parlons cherchera à imposer un ordre et un lignage à des choses qui en sont naturellement dépourvues. Il appellera le monde à témoigner de la vérité de choses qui ne sont en réalité que ses désirs. Dans son ultime incarnation il voudra peut-être conforter ses mots avec du sang car il aura fini par s'apercevoir que les mots pâlissent et perdent leur saveur mais que la douleur est toujours nouvelle.

Quizás hay poca de justicia en este mundo, dit l'aveugle.

Mais pas pour les raisons qu'imagine le fossoyeur. C'est plutôt que l'image du monde est tout ce que les hommes connaissent du monde et que cette image du monde est pleine de dangers. Ce qui lui a été donné pour l'aider à trouver son chemin dans le monde peut aussi lui cacher la direction de sa vraie voie. La clé du paradis peut ouvrir les portes de l'enfer. Le monde qu'il croit être le ciboire de toutes choses divines sera réduit en poussière devant lui. Car le monde ne peut survivre que si sa substance est chaque jour renouvelée. Cet homme sera appelé à recommencer qu'il le veuille ou non. Somos dolientes en la oscuridad. Todos nosotros. Me entiendes ? Los que pueden ver, los que no pueden.

Billy scrutait le masque à la lueur de la lampe. L'aveugle dit que ce qu'il nous faut bien comprendre, c'est qu'en fin de compte tout est poussière. Tout ce que nous pouvons toucher. Tout ce que nous pouvons voir. C'est là que nous trouvons la preuve la plus profonde de la justice, de la miséricorde. C'est là que nous voyons le suprême bienfait de Dieu.

La femme se leva. Elle dit qu'il était tard. L'aveugle ne bougeait pas. Il restait assis comme avant. Billy le regardait. Finalement il lui demanda pourquoi c'était un tel bienfait et l'aveugle ne répondit pas et resta silencieux et au bout d'un long moment il dit que puisque tout ce qui pouvait être touché tombait en poussière on ne risquait pas de confondre ces choses-là avec les vraies. Ce n'étaient au mieux que des traces qui marquaient l'endroit où étaient les choses vraies. Même pas cela peut-être. Ce n'étaient peut-être que des obstacles qu'il fallait négocier dans l'ultime cécité du monde.

Au matin quand il sortit pour seller son cheval la femme était dans la cour et donnait aux volailles du grain qu'elle puisait dans une outre. Des merles sauvages se laissaient tomber au pied des arbres et attendaient et se nourrissaient parmi les volailles et elle les nourrissait tous sans discrimination. Billy l'observait. Il la trouvait très belle. Il sella son cheval et le laissa au milieu de la cour et fit ses adieux puis il se mit en selle et partit. Quand il tourna la tête elle leva la main. Tout autour d'elle il y avait des oiseaux. Vaya con Dios, cria-t-elle.

Il mit son cheval sur la route. Il n'avait pas été loin quand le chien sortit du chaparral et emboîta le pas au cheval. Il s'était battu et il était balafré et sanglant et gardait une patte levée contre son poitrail. Billy arrêta le cheval et le regarda. Le chien fit encore quelques pas en boitant et s'arrêta.

Où est Boyd ? dit Billy.

Le chien pointa les oreilles et regarda tout autour.

Alors bouche cousue.

Le chien tourna les yeux vers la maison.

Il était dans le camion. Il est pas ici.

Il mit le cheval en avant et le chien suivit et ils prirent au nord le long de la route.

Avant midi ils arrivèrent à la route principale qui allait au nord vers Casas Grandes et il arrêta son cheval à ce carrefour dans le désert et regarda au loin vers l'intérieur puis vers le sud mais il n'y avait rien à voir que le ciel et la route et le désert. Le soleil était presque à la verticale. Il sortit le fusil de la fonte de cuir couverte de poussière et l'ouvrit et sortit la cartouche et examina le culot pour voir de quel calibre était le plomb dont elle était chargée. C'était du numéro cinq et il eut envie de mettre à la place la cartouche de chevrotine mais pour finir il remit la numéro cinq dans la chambre et referma le fusil et le remit dans la fonte et prit au nord le long de la route de San Diego avec le chien boiteux qui suivait sur les talons du cheval. Où est Boyd ? disait-il. Où est Boyd ?

La nuit il dormit dans un champ enveloppé dans la couverture que la femme de l'aveugle lui avait donnée. Les berges ravinées d'un ruisseau coupaient la plaine peut-être à un mile plus loin et c'était de ce côté-là que le cheval voulait aller. Il s'allongea sur le sol fraîchissant et regarda les étoiles. La forme sombre du cheval à sa main gauche là où il l'avait attaché. Le cheval levant la tête au-dessus de la ligne d'horizon pour écouter parmi les constellations puis se remettant à paître. Il contemplait ces mondes, la nuit anonyme jonchée de leurs pâles étincelles, et il essayait de parler de son frère à Dieu. Au bout d'un moment il s'endormit. Il dormit et se réveilla d'un rêve troublant et ne put pas se rendormir.

Dans son rêve il marchait en enfonçant dans de la neige épaisse le long d'une crête vers une maison sans lumière et des loups l'avaient suivi jusqu'à la clôture. Ils se passaient leur gueule maigre le long de leur flanc et se coulaient contre ses genoux et fouillaient la neige avec leur nez et secouaient leur tête et dans le froid leurs haleines confondues fumaient tout autour comme un chaudron et la neige était si bleue au clair de lune et leurs yeux la plus pâle topaze quand ils s'asseyaient sur les hanches et gémissaient et rentraient leurs queues et ils rampaient et frissonnaient en approchant de la maison et leurs crocs luisaient tellement blancs et leurs langues écarlates pendaient. Arrivés à la barrière ils n'étaient pas allés plus loin. Ils avaient tourné la tête vers les silhouettes sombres des montagnes. Et lui il s'était agenouillé dans la neige et il avait tendu les bras vers eux et ils avaient touché son visage avec leurs museaux de fauves et s'étaient reculés de quelques pas et leur haleine était tiède et sentait la terre et le cœur de la terre. Quand le dernier loup s'était avancé ils étaient restés là rangés en croissant devant lui et leurs yeux étaient comme les feux d'une scène de théâtre braqués sur le monde rigoureusement ordonné puis ils avaient fait demi-tour et ils étaient repartis à longues foulées dans la neige et s'étaient évanouis dans la nuit d'hiver en fumant. Dans la maison ses parents étaient endormis et quand il s'était glissé dans son lit Boyd s'était tourné vers lui et avait dit tout bas qu'il avait fait un rêve et que dans ce rêve Billy s'était enfui de la maison et quand il s'était réveillé au milieu de ce rêve et qu'il avait vu son lit vide il avait cru que c'était vrai.

Dors, avait dit Billy.

Tu vas pas partir et me laisser, hein Billy ?

Non.

Tu promets ?

Oui. Je promets.

Quoi qu'il arrive ?

Oui. Quoi qu'il arrive.

Billy ?

Dors.

Billy.

Chut. Tu vas les réveiller.

Mais dans le rêve Boyd avait répondu tout bas qu'ils ne se réveilleraient pas et ce fut tout.

L'aube fut longue à venir. Il se leva et fit quelques pas dans le désert et scruta l'orient en quête d'une lueur. Dans la grisaille d'avant l'aube les appels des tourterelles juchées en haut des acacias. Un vent qui venait du nord. Il roula la couverture et mangea la dernière tortilla et les œufs durs que la femme de l'aveugle lui avait donnés et il sella le cheval et se mit en route au moment où le soleil sortait de terre à l'est.

Une heure plus tard à peine il pleuvait. Il détacha la couverture roulée derrière lui et la jeta sur ses épaules. Il voyait le mur gris de la pluie avancer à travers le désert et déjà les gouttes martelaient l'argile grise de la piste. Le cheval peinait. Le chien marchait à côté. Ils avaient l'air de ce qu'ils étaient, des réprouvés en terre étrangère. Sans toit, traqués, fourbus.

Il fut toute la journée à cheval sur les terres gréseuses qui s'étendaient entre les bords ravinés de la rivière et la longue courbe bien nette de la route à l'ouest. La pluie faiblissait mais ne cessait pas. Elle continua toute la journée. Par deux fois il aperçut des cavaliers devant lui sur la plaine et il arrêta le cheval mais les cavaliers continuèrent. Le soir il traversa les voies de chemin de fer et il entra dans le bourg de Mata Ortíz.

Il fit halte devant la porte d'une petite boutique peinte en bleu et mit pied à terre et attacha les rênes à un poteau et entra et attendit dans la mi-obscurité. Une voix de femme lui parla. Il lui demanda s'il y avait un médecin dans la localité.

Médico ? dit-elle. Médico ?

Elle était assise sur une chaise au bout du comptoir avec ce qui semblait être un chasse-mouches dans ses bras.

En este pueblo, dit-il.

Elle l'examinait. Comme pour tenter de découvrir la nature de son mal. Ou de ses blessures. Elle dit qu'il n'y avait pas de médecin d'ici à Casas Grandes. Puis elle se souleva de sa chaise et commença à pousser des petits cris et à gesticuler avec le chasse-mouches comme pour le repousser.

Pardon ? dit-il.

Elle retomba sur sa chaise en riant. Elle hocha la tête et mit son autre main devant la bouche. No, dit-elle. No. El perro. El perro. Dispénsame.

Il se retourna et vit le chien debout sur le seuil derrière lui. La femme se leva péniblement en riant toujours et s'avança en tripotant une paire de vieilles lunettes à monture de fil de fer. Elle se les mit sur l'arête du nez et saisit Billy par le bras et le tourna vers la lumière et quand elle vit ses cheveux blonds :

Güero, dit-elle. Busca el herido, no ?

Es mi hermano.

Ils étaient face à face en silence. Elle n'avait pas lâché son bras. Il essayait de lire dans ses yeux mais la lumière se reflétait sur le verre des lunettes et l'un des verres était sale au point d'en être presque opaque comme si elle n'avait jamais songé à le nettoyer étant pratiquement aveugle de cet œil-là.

El vivía ? dit-il.

Elle dit qu'il était vivant quand il était passé devant sa porte et que les gens avaient suivi le camion jusqu'au bout de la ville et qu'il était encore vivant à la sortie de Mata Ortíz mais après cela comment savoir ?

Il la remercia et se retourna pour partir.

Es su perro ? dit-elle.

Il dit que c'était le chien de son frère. Elle dit qu'elle

l'avait deviné parce que le chien avait l'air de se faire du souci. Elle regarda dans la rue où attendait le cheval.

Es su caballo, dit-elle.

Sí.

Elle acquiesça. Bueno, dit-elle. Monte, caballero. Monte y vaya con Dios.

Il la remercia et sortit et rejoignit le cheval et le détacha et se mit en selle. Il tourna la tête et toucha le bord de son chapeau en regardant la vieille femme debout dans l'encadrement de la porte.

Momento, dit-elle.

Il attendit. Au bout d'un moment une jeune fille sortit et passa devant la femme et s'avança jusqu'à l'étrier du cheval et leva les yeux. Elle était très belle et très timide. Elle tendit la main vers lui, le poing fermé.

Qué tiene ? dit-il.

Tómelo.

Il tendit la main et elle y déposa un petit cœur en argent. Il le tourna à la lumière et le regarda. Il lui demanda ce que c'était.

Un milagro, dit-elle.

Milagro ?

Si. Para el güero. El güero herido.

Il retourna le cœur dans le creux de sa main et il regarda la jeune fille.

No era herido en el corazón, dit-il. Mais elle détourna les yeux et ne répondit pas et il la remercia et mit le cœur dans sa poche de chemise. Gracias, dit-il. Muchas gracias.

Elle s'écarta du cheval. Que joven tan valiente, dit-elle et il dit qu'en effet son frère était courageux et il toucha encore une fois son chapeau et fit un signe de la main à la vieille femme debout à l'entrée de la boutique toujours avec son chasse-mouches et il mit le cheval en avant sur l'unique rue de terre du bourg de Mata Ortíz en direction du nord vers San Diego.

Le ciel était noir et sans étoiles derrière le rideau de la pluie quand il franchit le pont et monta la colline vers les domicilios. Les mêmes chiens accoururent en hurlant et tournèrent autour du cheval et il passa devant les portes vaguement éclairées et devant les restes des feux du soir où un voile de fumée de bois s'attardait au-dessus de la cour dans l'air humide. Il ne vit personne s'élancer pour annoncer la nouvelle de son arrivée mais quand il s'arrêta devant la porte des Muñoz Mme Muñoz était là qui l'attendait. Les gens sortaient des maisons. Il resta en selle et la regarda.

Él está ? dit-il.

Sí. Él está.

Él vive ?

Él vive.

Il descendit de cheval et tendit les rênes au gamin qui se trouvait le plus près dans le groupe rassemblé autour de lui et il enleva son chapeau et franchit la porte basse. La femme le suivit. Boyd était étendu sur une paillasse de l'autre côté de la pièce. Le chien était déjà près de lui tapi sur la paillasse. Par terre tout autour étaient posés des présents de nourriture et des fleurs et des images saintes en bois ou en argile ou en tissu et de petites boîtes en bois faites à la main qui contenaient des milagros et aussi des pots et des paniers et des fioles de verre et des figurines. Au mur dans une niche au-dessus de lui un cierge brûlait dans un verre au pied de la pauvre madone de bois mais il n'y avait pas d'autre lumière.

La femme chuchota que c'étaient des cadeaux des paysans.

Del ejido ?

Elle dit que quelques cadeaux venaient de l'ejido mais que la plupart étaient des présents des paysans qui avaient amené Boyd ici. Elle dit que le camion était revenu et que les hommes s'étaient rangés les uns derrière les autres avec leurs chapeaux à la main et avaient déposé leurs cadeaux à côté de lui.

Billy s'accroupit et regarda Boyd. Il écarta la couverture et souleva la chemise qu'il avait sur lui. Boyd était enveloppé de bandes de mousseline comme quelqu'un qu'on a apprêté pour la mort et son sang avait coulé à travers l'étoffe et le sang était sec et noir. Il posa sa main sur le front de son frère et Boyd ouvrit les yeux.

Comment ça va, petit frère ? dit-il.

Je croyais qu'ils t'avaient eu, chuchota Boyd. Je te croyais mort.

Je suis ici tu vois.

Ce brave Niño.

Oui. Ce brave Niño.

Il était pâle et brûlant. Tu sais ce que je fête aujourd'hui ? dit-il.

Non, qu'est-ce que tu fêtes ?

Mon anniversaire. J'ai quinze ans aujourd'hui. Même si je vis pas un jour de plus.

T'en fais pas pour ça.

Il se tourna vers la femme. Qu'est-ce que dit le médecin ?

La femme hocha la tête. Il n'y avait pas de médecin. On avait envoyé chercher une vieille femme qui n'était guère qu'une bruja, et elle avait mis un cataplasme d'herbes sur ses blessures et lui avait fait boire une infusion.

Y que dice la bruja ? Es grave ?

La femme détourna la tête. À la lueur du cierge dans la niche il aperçut les larmes sur son visage sombre. Elle se mordait la lèvre. Elle ne répondait pas. Nom d'une pipe, fit-il entre ses dents.

Il était trois heures du matin quand il arriva à cheval à Casas Grandes. Il franchit le haut remblai de la voie de chemin de fer et remonta la rue de l'alameda jusqu'à ce qu'il aperçoive une lumière dans un estaminet. Il mit pied à terre et entra. À une table près du comptoir un homme dormait affaissé sur sa chaise, la tête appuyée sur ses bras croisés, et à part cela la salle était vide.

Hombre, dit Billy.

L'homme sursauta. Le jeune homme devant lui avait toute l'apparence de quelqu'un qui apporte de mauvaises nouvelles. Il se redressa, l'air méfiant, avec les mains sur la table de chaque côté.

El médico, dit Billy. Dónde vive el médico.

LE MOZO DU MÉDECIN tira le verrou et souleva le loquet de la petite porte ménagée dans le portail de bois et resta sur le seuil juste à l'intérieur du hall plongé dans l'obscurité. Il ne dit rien, se contentant d'écouter le récit du suppliant. Quand Billy eut achevé il inclina la tête. Bueno, dit-il, pásale.

Il s'écarta et Billy entra et le mozo poussa le verrou. Espera aquí, dit-il. Puis il s'éloigna à pas feutrés sur les pavés et disparut dans l'obscurité.

Il attendit longtemps. Du fond du hall venait une odeur de plantes vertes et de terre et d'humus. Un frisson de vent. De choses dérangées dans leur sommeil. Dehors devant le portail Niño poussa un petit hennissement. Une lumière parut enfin dans le patio et le mozo reparut. Derrière lui le médecin.

Il n'était pas habillé mais il arriva en robe de chambre, une main dans une poche. Un homme de petite taille et pas très soigné.

Dónde está su hermano ? dit-il.

En el ejido de San Diego.

Y cuándo occurió ese accidente ?

Hace dos días.

Le médecin scrutait le visage de Billy dans la pâle lumière jaune.

Est-ce qu'il a beaucoup de fièvre ?

Je ne sais pas. Oui. Sans doute.

Le docteur inclina la tête. Il dit au mozo de faire démarrer la voiture puis il se tourna de nouveau vers Billy. Il me faut quelques minutes, dit-il. Cinq minutes.

Il leva la main en écartant cinq doigts.

Oui.

Naturellement vous n'avez pas de quoi payer.

J'ai un cheval dehors. C'est un bon cheval. Je vous le donnerai.

Je ne veux pas de votre cheval.

J'ai ses papiers en règle. Tengo los papeles.

Le docteur avait déjà tourné les talons. Amenez le cheval, dit-il. Vous pouvez le laisser ici.

Est-ce qu'il y a assez de place pour qu'on prenne la selle avec nous ?

La selle ?

Je voudrais garder la selle. C'est mon père qui me l'a donnée. J'sais pas comment je pourrais la ramener.

Vous la ramènerez sur votre cheval.

Vous voulez pas du cheval ?

Non. C'est entendu comme ça.

Il attendit dehors dans la rue avec Niño pendant que le mozo enlevait les barres et ouvrait les grands vantaux de bois. Il allait entrer avec le cheval en main mais le mozo lui fit signe d'attendre puis il fit demi-tour et disparut. Au bout d'un moment il entendit la voiture démarrer et le mozo revint, traversant le hall au volant d'un vieux coupé Dodge modèle Opera. Il sortit l'automobile dans la rue et descendit et laissa tourner le moteur et prenant les rênes il franchit le portail avec le cheval en main et conduisit le cheval à l'intérieur. Quelques minutes plus tard le médecin reparut. Il était vêtu d'un costume foncé et le mozo suivait derrière avec sa trousse à la main.

Listo ? dit le médecin.

Listo.

Le médecin fit le tour de la voiture et monta. Le mozo tendit le sac à l'intérieur et ferma la portière. Billy monta de l'autre côté et le médecin alluma les phares et le moteur s'arrêta.

Il attendit sans descendre de la voiture. Le mozo ouvrit la portière et tendit la main sous le siège et prit la manivelle et se campa devant la voiture et le médecin éteignit les phares. Le mozo se baissa et mit la manivelle dans l'encoche et se releva et donna un tour de manivelle et le moteur repartit. Le médecin fit hurler le moteur et ralluma les phares et abaissa la vitre et prit la manivelle que lui tendait le mozo. Puis il tira le levier de vitesse vers le bas pour mettre en prise et ils s'ébranlèrent.

La rue était étroite et mal éclairée et les rayons jaunes des phares s'écrasaient sur un mur au bout de la rue. Juste à ce moment une famille entrait dans la rue, l'homme devant suivi d'une femme et de deux fillettes qui portaient des paniers et des balluchons noués n'importe comment. Elles se figèrent comme des biches dans la lumière des phares et leurs postures étaient la réplique des ombres démesurées qui se pressaient contre le mur derrière elles, l'homme s'arrêtant, droit et raide, et la femme et l'aînée des fillettes levant le bras en l'air comme pour se protéger. Le médecin braqua le grand volant de bois vers la gauche et le faisceau des phares bascula et les silhouettes replongèrent dans l'indéfinissable obscurité de la nuit mexicaine.

Parlez-moi de l'accident, dit le médecin.

Mon frère a reçu une balle de fusil dans la poitrine.

Et quand est-ce arrivé ?

Il y a deux jours.

Est-ce qu'il parle ?

Pardon ?

Est-ce qu'il parle ? Est-ce qu'il est réveillé ?

Oui monsieur. Il est réveillé. Il a jamais été très bavard.

Oui, fit le médecin. Naturellement. Il alluma une cigarette. Il roulait vers le sud en fumant sans parler. Il dit seulement qu'il y avait une radio dans la voiture et que Billy pouvait l'allumer s'il en avait envie mais Billy se dit que le docteur l'aurait allumée lui-même s'il avait voulu l'écouter. C'est ce que fit le médecin au bout d'un moment. Ils écoutèrent de la musique qui venait de la station d'Acuna, une localité de la frontière texane, et le médecin conduisait et fumait en silence et les regards incandescents du bétail à la pâture dans les fossés au bord de la route flottaient dans le faisceau des phares. Au-delà c'était partout le désert qui s'enfonçait dans l'obscurité.

Ils prirent dans le limon de la rivière la route de l'ejido entre les formes pâles des troncs des peupliers découpés en silhouette dans la lumière des phares et ils franchirent lentement le pont de bois et montèrent la côte et entrèrent dans la cour. Les chiens de l'ejido s'élancèrent puis revinrent en hurlant. Billy indiqua le chemin et ils passèrent devant les portes sombres des paysans endormis et s'arrêtèrent devant la faible lueur jaune là où son frère reposait au fond de la chambre parmi les offrandes comme une image sainte un jour de fête. Le médecin coupa le moteur et les phares et voulut prendre sa trousse mais Billy l'avait déjà prise pour la porter. Il remercia d'un signe de tête et descendit de la voiture et ajusta son chapeau et entra dans la maison suivi de Billy.

Mme Muñoz était déjà sortie de l'autre pièce et elle était debout dans la timide lumière de la lampe votive, vêtue de l'unique robe que Billy lui connaissait et elle dit bonsoir au médecin. Le médecin lui tendit son chapeau puis déboutonna sa veste et la fit glisser de ses épaules et la maintint levée devant lui et la tourna de l'autre côté et sortit son étui à lunettes de la poche intérieure. Puis il tendit la veste à Mme Muñoz et retira ses boutons de manchettes le gauche puis le droit et les mit dans sa poche de pantalon et roula de deux tours chacune les manches de sa chemise blanche amidonnée et s'assit sur la paillasse basse et sortit les lunettes de leur étui et les chaussa et regarda Boyd. Il lui posa la main sur le front. Cómo estás ? dit-il. Cómo te sientes ?

Nunca mejor, soupira Boyd.

Le médecin sourit. Il se tourna vers Mme Muñoz. Hiérvame algo de agua, dit-il. Puis il sortit de sa poche une petite lampe électrique au boîtier nickelé et se pencha sur Boyd. Boyd ferma les yeux mais le médecin abaissa tour à tour la paupière inférieure de l'œil droit puis du gauche et les examina. Il déplaçait lentement la lumière d'avant en arrière devant les pupilles et regardait au fond. Boyd essaya de détourner la tête mais le médecin avait appuyé sa main contre sa joue. Véame, dit-il.

Il repoussa la couverture. Une minuscule créature détala sur la mousseline. Boyd portait le petit maillot de coton blanc sans col ni boutons que les paysans mettent pour travailler aux champs. Le médecin tira le maillot vers le haut et libéra le coude droit de Boyd de la manche et fit passer le maillot par-dessus la tête de Boyd et le retira en le faisant très prudemment glisser le long du bras gauche et le tendit à Billy sans le regarder. Boyd était emmailloté de toile et sa blessure avait saigné à travers l'étoffe et le sang avait séché et noirci. Le médecin glissa sa main à plat sous les bandages et la posa sur la poitrine de Boyd. Respire, dit-il. Respire profundo. Boyd aspira, mais sa respiration était caverneuse et pénible. Le médecin fit glisser sa main sur le côté gauche de sa poitrine près des taches sombres qu'il y avait sur la toile et lui dit encore une fois de respirer. Il se pencha et ouvrit les serrures de sa trousse et sortit son stéthoscope et le suspendit à son cou et sortit une paire de ciseaux à bouts aplatis et commença à couper les bandes souillées et souleva les bouts sectionnés qui étaient raides de sang. Il posa ses doigts sur le torse nu de Boyd et tapota sur le médius de sa main gauche avec le médius de sa main droite et écouta. Il déplaça sa main et recommença. Il fit descendre sa main jusqu'à l'abdomen creux et jaunâtre de Boyd et palpa doucement avec ses doigts. Il observait le visage du patient.

Tienes muchos amigos, dit-il. No ?

Cómo ? soupira Boyd.

Tantos regalos.

Il mit dans ses oreilles les embouts du stéthoscope et appuya la membrane sur la poitrine de Boyd et écouta. Il la déplaçait de droite à gauche. Respire profundo, dit-il. Por la boca. Otra vez. Bueno. Il plaça la membrane sur le cœur de Boyd et écouta. Il écoutait en fermant les yeux.

Billy, soupira Boyd.

Chut, fit le médecin. Il porta ses doigts à ses lèvres. No habla.

Il suspendit le stéthoscope à son cou et tira de la poche de son gilet la chaîne d'une montre en or à guichet dont il fit basculer le couvercle d'une pression du pouce. Il appuya deux doigts sur le cou de Boyd au-dessous de la mâchoire et inclinant vers la lampe votive la blanche surface émaillée de la montre il attendit tranquillement que le mince filament de la trotteuse eût parcouru les petits chiffres romains inscrits en noir sur le cadran.

Cuándo puedo yo hablar, soupira Boyd.

Le médecin sourit. Ahora si quieres, dit-il.

Billy ?

Oui.

T'es pas forcé de rester.

Ça va bien.

T'es pas forcé de rester si t'en as pas envie. Ça fait rien.

Je reste.

Le médecin remit la montre dans son gilet. Saca la lengua, dit-il.

Il examina la langue de Boyd et lui mit un doigt dans la bouche et palpa la paroi intérieure de sa joue. Puis il se baissa et prit sa trousse et la posa à côté de lui sur la paillasse et l'ouvrit et l'inclina légèrement vers la lumière. La trousse était faite d'un épais cuir chagriné teint en noir et elle était éraflée et usée dans les coins et le cuir à ces endroits-là et le long des bords avait repris sa teinte brune. Les fermoirs de cuivre étaient ternis par quatre-vingts années d'usage car son père s'en était servi avant lui. Il sortit son appareil à pression et enroula le brassard autour du bras maigre de Boyd et gonfla en pressant sur la poire. Il posa la membrane du stéthoscope au creux du coude de Boyd et écouta. Il regarda l'aiguille descendre puis rebondir. Dans les verres de ses antiques lunettes la flamme mince et droite de la lampe votive était juste au centre. Très petite, très tenace. Comme la lueur de la sainte quête qui brûlait dans ses yeux vieillissants. Il commença à défaire les bandages et se tourna vers Billy. Il demanda s'il y avait une petite table dans la maison. Ou une chaise.

Hay una silla.

Bueno. Tráigala. Y tráigame un contenedor de agua. Una bota o cualquier cosa que tenga.

Sí señor.

Y traiga un vaso de agua potable.

Oui monsieur.

Él debe tomar agua. Me entiendes ?

Oui monsieur.

Y deja abierta la puerta. Necesitamos aire.

Oui monsieur.

Il revint avec la chaise qu'il portait à l'envers sur son bras par le barreau et il tenait d'une main une marmite d'argile remplie d'eau et de l'autre une tasse avec de l'eau tirée du puits. Le médecin s'était levé et avait mis un tablier blanc et il tenait à la main une serviette et une barre de savon de couleur sombre. Bueno, dit-il. Il enveloppa le savon dans la serviette et le mit sous son bras et prit prudemment la chaise qu'avait apportée Billy et la remit à l'endroit et la posa par terre et la tourna légèrement pour qu'elle soit exactement là où il voulait. Il prit la marmite de la main de Billy et la posa sur la chaise et il se baissa et chercha dans sa trousse et en sortit une paille en verre au bout recourbé et la mit dans la tasse que Billy tenait à la main. Il lui dit de donner l'eau à son frère pour qu'il boive. Il lui dit de le faire boire lentement.

Oui, dit Billy.

Bueno, dit le médecin. Il prit la serviette qu'il avait sous le bras et remonta ses manches d'un tour chacune. Il regarda Billy.

No te preocupes, dit-il.

Oui, dit Billy. J'essayerai.

Le médecin acquiesça et fit demi-tour et alla se laver les mains. Billy s'assit sur la paillasse et se pencha en avant en tenant la tasse et la paille pour donner à boire à Boyd. Je peux te remettre ces couvertures, dit-il. T'as pas froid, hein ?

J'ai pas froid.

Vas-y.

Boyd commença à boire.

Bois pas trop vite, dit Billy. Il inclina la tasse. Tu ressembles à un de ces culs-terreux dans c't accoutrement.

Boyd aspira une longue gorgée à travers la paille et détourna la tête en toussant.

Bois pas si vite.

Il reprit sa respiration. Il se remit à boire. Billy retira la tasse et attendit et la lui offrit de nouveau. Il y eut un chuintement et un gargouillis. Il inclina la tasse. Quand

Boyd eut fini de boire il attendit le temps d'avoir repris sa respiration puis il leva les yeux sur Billy. On peut ressembler à bien pire, dit-il.

Billy posa la tasse sur la chaise. J'me suis pas très bien occupé de toi, hein ? dit-il.

Boyd ne répondit pas.

Le docteur dit que tu vas bien t'en tirer.

Boyd était allongé sur la paillasse, le souffle court, la tête en arrière. Il contemplait les poutres sombres du plafond.

Il dit que tu vas te sentir comme neuf.

Je l'ai pas entendu dire ça, dit Boyd.

Quand le médecin revint Billy prit la tasse et se leva. Le médecin s'essuyait les mains. Él tenía sed, verdad ?

Oui, dit Billy.

Mme Muñoz entra avec un seau d'eau fumant. Billy alla à sa rencontre et prit le seau par son anse et le médecin lui fit signe de le poser sur l'âtre. Il plia la serviette et la posa à côté de sa trousse et posa le savon par-dessus et s'assit. Bueno, dit-il. Bueno. Il se tourna vers Billy. Ayúdame, dit-il.

Ensemble ils tournèrent Boyd sur le côté. Boyd eut un hoquet et battit l'air d'une main. Il saisit l'épaule de Billy.

Du calme petit frère, dit Billy. Je sais comme ça fait mal.

Non tu le sais pas, gémit Boyd.

Está bien, dit le médecin. Está bien así.

Il détacha doucement de la poitrine de Boyd la toile souillée et noircie et l'enleva et la tendit à Mme Muñoz. Il n'enleva pas les noirs cataplasmes d'herbe, ni celui que Boyd avait sur la poitrine ni l'autre plus grand qu'il avait derrière l'épaule. Il se pencha sur Boyd et pressa doucement les cataplasmes, d'abord l'un puis l'autre, pour voir s'il n'y avait rien dessous qui s'en échappait et il renifla, soupçonneux du moindre indice de pourriture. Bueno, dit-il. Bueno. Il toucha doucement l'endroit entre les cataplasmes sous le bras de Boyd où la peau était bleuâtre et tuméfiée.

La entrada es en el pecho, no ?

Sí, dit Billy,

Il acquiesça et prit la serviette et le savon et plongea la serviette dans la marmite remplie d'eau et la savonna et entreprit de nettoyer le dos et la poitrine de Boyd en lavant avec soin autour des cataplasmes et sous son bras. Il rinça la serviette dans la marmite et la tordit pour l'essorer et se baissa pour enlever le savon. La serviette là où il la regardait était noire de crasse. No estás demasiado frío ? dit-il. Estás cómodo ? Bueno. Bueno.

Quand il eut terminé il posa la serviette et mit la marmite par terre et se pencha et sortit de sa trousse une serviette pliée qu'il posa sur la chaise et qu'il ouvrit soigneusement, juste du bout des doigts. À l'intérieur il y avait une deuxième serviette désinfectée à l'autoclave dont il avait fait un sac fermé avec du sparadrap. Il détacha et souleva doucement le sparadrap et en serrant à peine les bords entre le pouce et un doigt il étala la serviette sur le siège de la chaise. À l'intérieur il y avait des carrés de gaze et des carrés de mousseline et des tampons d'ouate. De petites serviettes pliées. Des rouleaux de bandes de toile. Il écarta les mains sans rien toucher et il sortit de sa trousse deux petites cuvettes émaillées en forme de haricot emboîtées l'une dans l'autre et en posa une à côté de la trousse et inclinant l'autre il la remplit à moitié d'eau bouillante en la plongeant dans le seau puis la fit passer tout doucement sur la chaise en la tenant à deux mains et la posa au bord de la chaise assez loin des bandages. Dans leurs compartiments où ils étaient soigneusement rangés à leurs places dans sa trousse il choisit ses instruments d'acier inoxydable. Des ciseaux pointus et une grosse pince et des pincettes à hémostase, peut-être une douzaine. Boyd regardait. Billy regardait. Il plongea les instruments dans le haricot et sortit de la trousse une petite seringue à poire rouge et la mit dans le haricot puis il prit une petite boîte métallique de bismuth et il prit deux bâtonnets de nitrate d'argent et les sortit de leur enveloppe de papier d'aluminium et les posa sur la serviette à côté du haricot. Puis il prit un flacon de teinture d'iode et dévissa le bouchon et passa le flacon à Mme Muñoz et tendit les mains au-dessus du haricot et demanda à Mme Muñoz de lui verser de la teinture d'iode sur les mains. Elle fit un pas en avant et enleva le bouchon du flacon.

Ándale, dit-il.

Elle versa de la teinture d'iode.

Más, dit-il. Un poquito más.

Comme la porte donnant sur la cour était ouverte la flamme vacilla et tressaillit dans le verre et la petite lueur qui en émanait grandit et diminua et faillit mourir tout à fait. À les voir ainsi penchés tous trois sur la misérable paillasse de Boyd on eût dit des assassins en train de commettre un meurtre rituel. Bastante, dit le médecin. Bueno. Il tendit les mains devant lui et les laissa s'égoutter. Elles étaient teintes en brun rouille. La teinture d'iode se répandait dans le haricot comme du sang qui coagule. Il fit un signe de tête à Mme Muñoz. Ponga el resto en el agua, dit-il.

Elle versa le reste de la teinture d'iode dans le haricot et le médecin tâta l'eau du bout du doigt puis tira vivement du haricot une pincette à hémostase avec laquelle il saisit un paquet de carrés de mousseline qu'il trempa puis sortit de l'eau et laissa s'égoutter. Puis il se tourna de nouveau vers Mme Muñoz. Bueno, dit-il. Quita la cataplasma.

Elle porta une main à ses lèvres. Elle regarda Boyd et elle regarda le médecin.

Ándale pues, dit-il. Está bien.

Elle fit le signe de la croix et se pencha et étendit le bras et saisit le chiffon qui recouvrait le cataplasme et le souleva et glissa son pouce sous le cataplasme et tira. Il était fait d'herbes enchevêtrées et il était noir de sang et ne venait pas facilement. Comme une chose qui était là en train de se nourrir. Elle recula et le plia dans la toile souillée. Boyd gisait sous la lueur vacillante de la lampe votive avec un petit trou rond à quelques pouces au-dessus et à gauche du mamelon gauche. La blessure était sèche et couverte de croûte et livide. Le médecin se baissa et la tamponna soigneusement avec le coton. La teinture d'iode tachait la peau de Boyd. Le sang affluait lentement dans le trou et coulait en mince filet sur la poitrine de Boyd. Le médecin posa un carré de gaz propre sur la blessure. Ils le virent noircir lentement. Le médecin regarda Mme Muñoz.

La otra ? dit-elle.

Sí. Por favor.

Elle se pencha et détacha le cataplasme du dos de Boyd avec son pouce et l'enleva. Plus grand, plus noir, plus laid. Dessous il y avait un trou rouge béant aux bords déchiquetés. La chair autour était couverte de croûtes et de sang noirci. Le médecin posa une série de carrés de gaze sur la blessure et posa un carré de mousseline par-dessus et appuya du bout des doigts pour le maintenir en place. La mousseline noircit lentement. Le médecin mit de nouvelles compresses. Un mince filet de sang descendait le long du dos de Boyd. Le médecin l'épongea et pressa de nouveau du bout des doigts sur la blessure.

Quand l'hémorragie s'arrêta il prit un linge et le trempa dans le haricot contenant la solution de teinture d'iode et tout en maintenant la pile contre la plaie sur le dos de Boyd il commença à nettoyer méticuleusement autour des deux blessures. Il jetait les tampons souillés dans le haricot vide à côté de lui et quand il eut fini il remonta ses lunettes sur l'arête de son nez avec le revers du poignet et regarda Billy.

Prends-lui la main, dit-il.

Mánde ?

Prends-lui la main.

No sé si me va permitir.

Él te permite.

Il s'assit au bord de la paillasse et prit la main de Boyd et Boyd serra la main dans son poing.

Faites que je m'en sorte.

Qué dice ?

Nada, dit Billy. Ándale.

Le médecin prit un linge stérile et l'enroula autour de la petite lampe électrique et alluma la lampe électrique et la leva et la mit dans sa bouche. Puis il lâcha le linge dans le haricot où étaient les tampons et se baissa et sortit du haricot une pincette à hémostase et se pencha sur Boyd et enleva doucement les pansements de la blessure du côté où était ressortie la balle et braqua la lumière de sa lampe dessus. Le sang s'était déjà remis à couler et il posa la pincette à hémostase dans la blessure et la ferma.

Boyd s'arc-bouta et rejeta la tête en arrière mais pas une plainte ne sortit de ses lèvres. Le docteur retira une autre pincette du haricot et épongea le sang avec un morceau de toile et examina la blessure à la lumière de la lampe électrique et posa et ferma la pincette. Les tendons qui saillaient sur le cou de Boyd luisaient dans la lumière. Le médecin serrait la lampe électrique entre ses dents. Unos pocos minutos más, dit-il. Unos pocos minutos.

Il posa encore deux pincettes à hémostase puis il prit dans le haricot la seringue à poire rouge et la remplit avec la solution de teinture d'iode et dit à Mme Muñoz de prendre la serviette et de la maintenir contre le dos de Boyd. Puis il arrosa lentement la blessure. Il nettoya la blessure avec un tampon et l'aspergea encore une fois en enlevant des caillots de sang et des bouts de matière. Il plongea la main dans le haricot et en sortit une pincette à hémostase et la mit en place et la ferma.

Pobrecito, dit la femme.

Unos pocos minutos más, dit le médecin.

De nouveau il aspergea la blessure avec la seringue et il prit un des bâtons de nitrate d'argent et avec un tampon de mousseline qu'il tenait d'une main dans une pincette il enleva caillots et débris pendant qu'il cautérisait de l'autre au nitrate d'argent. Le nitrate d'argent laissait de pâles traînées grises dans le tissu. Il posa encore une pincette et rinça encore une fois la blessure. Mme Muñoz plia encore une fois la serviette en deux sur le dos de Boyd et la maintint en place. Avec la grosse pince le médecin sortit de la blessure un minuscule fragment et l'examina à la lumière de la lampe. Ça avait à peu près la taille d'un grain de blé et il le levait et le tournait dans le petit cône de lumière.

Qué es eso ? dit Billy.

Le médecin se pencha avec la lampe électrique entre ses dents pour que Billy puisse voir. Plomo, fit-il. Mais c'était un mince copeau arraché à la sixième côte de Boyd et il faisait allusion à la vague coloration métallique sur la face arrondie de l'os. Il le posa sur la serviette ainsi que la pince et palpa d'avant en arrière avec son index le long des côtes de Boyd. Il observait en même temps le visage de Boyd. Te duele ? dit-il. Allá ? allá ? Boyd gisait sur la paillasse, le visage tourné de l'autre côté. Au bruit que faisait sa poitrine il pouvait à peine respirer.

Le médecin retira du haricot une paire de petits ciseaux pointus et regarda Billy puis commença à couper les tissus morts le long des bords de la blessure. Billy se pencha en avant et serra à deux mains la main de Boyd.

Le interesa el perro, dit le médecin.

Billy regarda vers la porte. Le chien était assis les yeux fixés sur eux. Dehors, dit-il.

Está bien, dit le médecin. No lo molesta. Es de su hermano, no ?

Sí.

Le médecin acquiesça.

Quand il eut fini il dit à Mme Muñoz de tenir la serviette au-dessous de la blessure sur la poitrine de Boyd et là aussi il rinça et nettoya la plaie. Il la rinça encore une fois et l'explora avec un tampon. Finalement il se pencha en arrière et retira la lampe électrique de sa bouche et la posa sur la serviette et regarda Billy.

Es un muchacho muy valiente, dit-il.

Es grave ? dit Billy.

Es grave, dit le médecin. Pero no es muy grave.

Qué sería muy grave ?

Le médecin ajusta ses lunettes, les remontant cette fois encore avec le poignet. Il commençait à faire froid dans la chambre. On voyait très vaguement l'haleine du médecin monter en volutes et disparaître dans la lumière absente. Une fine perle de sueur restait suspendue sur son front. Il fit le signe de la croix dans l'air devant lui. Eso, dit-il. Eso es muy grave.

Il tendit le bras et reprit la lampe électrique avec un carré de gaze autour. Il la mit entre ses dents et reprit la poire et la remplit et la posa à côté de lui puis il desserra lentement la première des pincettes à hémostase qui formaient une estacade de métal autour de la blessure dans le dos de Boyd. Il la retira très lentement. Puis il enleva la suivante.

Il prit la poire et rinça délicatement la blessure et la tamponna et reprit le bâton de nitrate d'argent et en frotta délicatement la blessure. Il le déplaçait de haut en bas sur la blessure. Quand il eut enlevé la dernière pincette à hémostase et qu'il l'eut jetée dans le haricot il resta assis un moment avec les deux mains posées sur le dos de Boyd comme pour l'exhorter à guérir. Puis il prit la boîte de bismuth et dévissa le couvercle en maintenant la boîte au-dessus des blessures et les arrosa de poudre blanche.

Il posa des carrés de gaze sur les plaies. Sur la blessure que Boyd avait dans le dos il appliqua une petite serviette propre qu'il choisit parmi ses pansements stériles et il mit du sparadrap par-dessus puis ils soulevèrent Boyd de sa paillasse lui et Billy et le médecin l'enveloppa très vite d'une bande de toile en faisant passer le rouleau sous ses bras jusqu'à ce qu'il arrive au bout. Il fixa l'extrémité avec deux petites agrafes d'acier et tous deux remirent à Boyd son maillot et le reposèrent sur la couchette. Sa tête ballottait de droite et de gauche et un long râle sortait de sa bouche.

Fué muy afortunado, dit le médecin.

Cómo ?

Boyd, expliqua le médecin, avait eu beaucoup de chance de ne pas avoir eu les poumons perforés. Beaucoup de chance que la grosse artère qui était tout près de la trajectoire de la balle n'ait pas été déchirée. Et surtout qu'il n'y ait pas eu d'infection grave. Muy afortunado, répéta-t-il.

Il enveloppa ses instruments dans la serviette et les remit dans sa trousse puis il vida les haricots dans le seau et les essuya à fond et les rangea et ferma la trousse. Il se rinça et se sécha les mains et sortit ses boutons de manchettes de sa poche et déroula ses manches et y remit les boutons. Il dit à Mme Muñoz qu'il reviendrait le lendemain changer les pansements et qu'il lui laisserait tout ce qu'il fallait et qu'il lui montrerait comment s'y prendre. Il dit que le jeune homme devait boire beaucoup d'eau. Qu'il fallait le tenir au chaud. Puis il tendit sa trousse à Billy et se tourna et Mme Muñoz l'aida à remettre sa veste et il prit son chapeau et la remercia de son aide et sortit en se baissant pour franchir la porte basse.

Billy sortit derrière avec la trousse et intercepta le médecin au moment où il arrivait devant la voiture avec la manivelle. Il lui tendit la trousse et lui prit la manivelle. Permítame, dit-il.

Il se baissa dans l'obscurité et chercha avec les doigts l'encoche dans la grille du radiateur et introduisit la manivelle et la poussa à fond dans la douille. Puis il se releva et donna un tour de manivelle. Le moteur démarra et le médecin approuva de la tête. Bueno, dit-il. Il recula le long du garde-boue et mit le moteur au ralenti et se retourna et prit la manivelle des mains de Billy et se pencha et la rangea sous le siège.

Gracias, dit-il.

A usted.

Le médecin inclina la tête. Il regarda vers la porte où Mme Muñoz était debout sur le seuil et il regarda de nouveau Billy. Il sortit une cigarette de sa poche et la mit dans sa bouche.

Se queda con su hermano, dit-il.

Sí. Acepte el caballo, por favor.

Le médecin dit qu'il ne pouvait pas accepter. Il dit qu'il enverrait son mozo avec le cheval dans la matinée. Il regarda le ciel à l'est où la première lueur grise émergeait de l'obscurité complice derrière la ligne des toits de l'hacienda. Ya es de mañana, dit-il. Viene la madrugada.

Oui, dit Billy.

Reste avec ton frère. J'enverrai le cheval.

Puis il grimpa dans la voiture et ferma la portière et alluma les phares. Il n'y avait rien à voir mais les paysans de l'ejido étaient sortis sur le pas de leurs portes tout le long des logements, hommes et femmes blêmes à la lueur des lampes, blêmes dans leurs vêtements de coton écru, les enfants s'agrippant à leurs genoux et tous regardant l'automobile passer lentement puis tourner dans la cour et sortir et descendre la route et les chiens courir à côté en hurlant et en se baissant pour mordre les pneus qui crissaient doucement sur l'argile.

QUAND BOYD se réveilla dans la matinée Billy était là assis et quand il se réveilla à midi et quand il se réveilla encore une fois dans la soirée il était là. Il resta ainsi jusqu'au crépuscule, dodelinant de la tête et vacillant, et sursauta en entendant son nom.

Billy ?

Il ouvrit les yeux. Il se pencha en avant.

J'ai plus d'eau.

Attends que j'aille t'en chercher. Où est le verre ?

Juste ici. Billy ?

Quoi ?

Il faut que tu ailles à Namiquipa.

J'irai nulle part.

Elle va croire qu'on l'a laissée tomber.

J'peux pas te laisser.

T'en fais pas pour moi.

J'peux pas aller là-bas et te laisser.

Bien sûr que si.

T'as besoin de quelqu'un pour s'occuper de toi.

Écoute, dit Boyd. J'suis tiré d'affaire. Vas-y comme je te le demande. Tu te faisais de la bile à cause du cheval de toute façon.

Le mozo arriva le lendemain à midi monté sur un burro avec Niño au bout d'une longe de licol. Les paysans étaient aux champs et il traversa le pont et passa le long des logements en criant du haut de son burro le nom du señor Paramo. Billy sortit et le mozo arrêta le burro et le salua. Su caballo, dit-il.

Il regarda le cheval. Le cheval avait été nourri et pansé et abreuvé et il était bien reposé et on l'aurait pris pour un tout autre cheval ce qu'il dit au mozo. Le mozo en convint aisément et ayant détaché la longe du licol de la corne de la selle il se laissa glisser à bas du burro.

Por qué no montaba el caballo ? dit Billy.

Le mozo haussa les épaules. Il dit qu'il ne pouvait pas monter un cheval qui n'était pas à lui.

Quiere montarlo ?

Il haussa les épaules. Il attendait, la longe dans la main.

Billy s'approcha du cheval et prit les rênes enroulées autour de la corne de la selle et brida le cheval et lâcha les rênes et enleva le licol de l'encolure de Niño.

Ándale, dit-il.

Le mozo enroula la longe et la suspendit au pommeau de la selle du burro et fit le tour du cheval et le flatta et prit les rênes et passa un pied dans un étrier et s'enleva en selle. Il fit tourner le cheval et partit sur le paseo entre les maisons de la rangée et mit le cheval au trot et monta la côte derrière l'hacienda et arrivé en haut il fit demi-tour car il ne voulait pas que le cheval soit hors de portée des regards. Il exécuta un reculer et une pirouette et plusieurs chiffres de huit puis il redescendit la colline au galop et arrêta le cheval devant la porte en glissé accroupi et sauta à terre le tout en un seul mouvement.

Le gusta ? dit Billy.

Claro que sí, dit le mozo. Il se pencha et posa le plat de la main sur l'encolure du cheval puis il inclina la tête et fit demi-tour et monta sur le burro et descendit le paseo sans regarder en arrière.

IL FAISAIT PRESQUE NUIT quand il partit. Mme Muñoz tenta de le convaincre d'attendre jusqu'au matin mais il ne voulait rien entendre. Le médecin était passé à la fin de l'après-midi et il avait laissé des pansements pour Mme Muñoz et un paquet de sels d'Epsom et Mme Muñoz avait préparé à Boyd une infusion de camomille et d'arnica et de racines de l'arbuste qu'on appelle golondrina, l'hirondelle. Elle avait mis des provisions pour Billy dans un vieux sac de toile et il l'accrocha à la corne de la selle et monta et fit tourner le cheval et regarda Mme Muñoz.

Dónde está la pistola ? dit-il.

Elle dit qu'il était derrière l'oreiller sous la tête de son frère. Il acquiesça. Il regarda en bas de la route vers le pont et la rivière et il regarda de nouveau Mme Muñoz. Il lui demanda si des hommes étaient venus à l'ejido.

Sí, dit-elle. Dos veces.

De nouveau il inclina la tête. Es peligroso para ustedes.

Elle haussa les épaules. Elle dit que la vie était dangereuse. Elle dit qu'un homme du peuple n'avait pas le choix.

Il sourit. Mi hermano es hombre de la gente ?

Si, dit-elle. Claro.

Il prit la route vers le sud entre les peupliers des berges, traversant le bourg de Mata Ortíz et continuant jusqu'à ce que la lune apparue à l'ouest eût rejoint son froid méridien puis il s'écarta de la route et fit halte pour le reste de la nuit dans un bouquet d'arbres qu'il avait aperçu de loin en silhouette sur le ciel. Il se roula dans son serape et suspendit son chapeau à la tige de ses bottes et ne se réveilla qu'au point du jour.

Il fut à cheval toute la journée du lendemain. Il y avait peu de voitures et il ne vit pas de cavaliers. Dans la soirée le camion qui avait transporté son frère à San Diego arriva du nord en peinant sur la route dans de lentes spirales de poussière et s'arrêta en grinçant. Les paysans debout sur le plateau du camion lui firent signe et l'appelèrent et il arrêta son cheval à côté du camion et rabattit son chapeau sur sa nuque et leur tendit la main. Ils se pressaient au bord du plateau et tendaient leurs mains vers lui et il se pencha de côté dans la selle et leur serra la main à tous. Ils dirent que c'était dangereux pour lui de prendre par la route. Ils ne demandèrent pas de nouvelles de Boyd et quand il voulut leur en donner ils lui firent signe que c'était inutile car ils étaient allés le voir le jour même. Ils dirent qu'il avait mangé et qu'il avait bu un petit verre de pulque pour y puiser des forces et que tous les signes semblaient on ne peut plus favorables. Ils dirent que seule la main de la Vierge avait pu l'aider à survivre à pareille blessure. Herida tan grave, dirent-ils. Tan horrible. Herida tan fea.

Quand ils parlèrent de son frère qui était couché avec le pistolet sous son oreiller ils baissèrent la voix. Tan joven, disaient-ils. Tan valiente. Mais dangereux avec ça, disaient-ils. Comme le puma blessé dans son repaire.

Billy les regardait. Il regardait vers l'ouest les terres gagnées par la fraîcheur, les longues raies d'ombres. Des acacias s'envolaient des plaintes de tourterelles. Les paysans pensaient que son frère avait tué le manchot dans un combat au revolver ou au fusil dans les rues de Boquilla y Anexas. Que le manchot avait tiré sur lui sans provocation et quelle folie c'était de la part du manchot de ne pas avoir tenu compte du grand courage du jeune homme blond. Ils insistaient pour que Billy leur donne des détails. Qu'il leur raconte comment le güerito s'était relevé ensanglanté dans la poussière pour sortir son revolver et faire feu sur le manchot qui était tombé raide mort de son cheval. Ils parlaient à Billy avec beaucoup de respect et ils lui demandèrent comment il se faisait qu'ils se soient engagés lui et son frère sur le chemin des justiciers.

Il scrutait leurs visages. Ce qu'il voyait dans ces yeux était très émouvant pour lui. Le chauffeur et les deux autres hommes assis dans la cabine étaient descendus et se tenaient debout à côté du plateau à l'arrière du camion. Tous attendaient de voir ce qu'il allait dire. Finalement il leur dit que tout ce qu'on racontait de la confrontation était grandement exagéré et que son frère n'avait que quinze ans et que c'était lui qu'il fallait blâmer car il aurait dû mieux s'occuper de son frère. Il n'aurait pas dû l'amener dans un pays étranger pour y être abattu dans la rue comme un chien. Ils hochaient la tête en répétant l'âge de Boyd. Quince años, disaient-ils. Qué guapo. Qué joven tan enforzado. Au bout d'un moment il les remercia de prendre soin de son frère comme ils le faisaient et toucha le bord de son chapeau ce qui fait qu'une fois encore ils se pressèrent tous autour de lui avec leurs mains tendues et encore une fois il leur serra la main à tous et au chauffeur et aux deux hommes debout sur la route puis il tourna son cheval et passa le long du camion et repartit sur la route en direction du sud. Il entendit les portières du camion claquer derrière lui et il entendit le chauffeur mettre en prise et le camion le dépassa lentement dans la poussière de plus en plus épaisse. Les paysans sur le plateau du camion agitèrent la main et quelques-uns enlevèrent leurs chapeaux et un homme se dressa et s'appuyant d'une main à l'épaule de son compagnon il leva le poing en l'air et lui cria : Hay justicia en el mundo. Puis ils s'éloignèrent sur la route.

Cette nuit-là il se réveilla en sentant la terre trembler sous lui et il se dressa et chercha des yeux son cheval. Le cheval était là, sa tête levée vers l'ouest nettement dessinée sur le ciel nocturne du désert. Un train passait au loin, le cône jaune pâle du phare forant lentement et patiemment le désert et le lointain martèlement des bogies incongru et mécanique dans cette sombre gaste de silence. Enfin la petite lueur carrée au hublot du fourgon de queue. Le train passa, ne laissant suspendue au-dessus du désert que la vague trace de fumée pâle échappée de la chaudière et ensuite il y eut de loin en loin l'écho du long coup de sifflet solitaire quand le convoi demanda le passage en approchant de Las Varas.

Il entra dans Boquilla à midi avec le fusil posé en travers du pommeau de la selle. Il n'y avait personne. Il prit la route vers le sud en direction de Santa Ana de Babícora. À la nuit tombante il commença à croiser des cavaliers qui allaient au nord vers Boquilla, de jeunes hommes et de jeunes garçons aux cheveux noirs luisants plaqués sur le crâne et aux bottes bien astiquées, les chemises de coton bon marché qu'ils portaient repassées avec des briques brûlantes. C'était le samedi soir et ils allaient au bal. Ils le saluaient d'un air grave, montés sur des burros ou sur les petites mules des mines. Il leur retournait leur salut, ses yeux guettant chaque geste, le fusil posé droit devant lui la joue de crosse contre l'intérieur de sa cuisse. Le brave cheval qu'il montait écartant les naseaux sur leur passage.

Quand il traversa La Pinta sur la haute plaine à genévriers au-dessus du val de Santa María la lune était levée et quand il entra dans Santa Ana de Babícora il était minuit et la ville était noire et vide. Il abreuva le cheval dans l'alameda et prit à l'ouest la route de Namiquipa. Au bout d'une heure il arriva à un petit ruisseau qui faisait partie du cours supérieur de la Santa María et il tourna le cheval pour s'éloigner de la route et l'entrava dans l'herbe épaisse et s'enroula dans son serape et dormit du sommeil sans rêve d'un homme à bout de forces.

Quand il se réveilla le soleil était levé depuis plusieurs heures. Il alla jusqu'au ruisseau avec ses bottes à la main et resta debout dans l'eau et se baissa pour se rincer la figure. Quand il se redressa et chercha des yeux le cheval le cheval était à côté de lui et regardait du côté de la route. Au bout de quelques minutes un cavalier apparut. Le long de la route sur le cheval que montait autrefois leur mère venait la fille vêtue d'une robe neuve de coton bleu et coiffée d'un petit chapeau de paille dont le ruban vert lui tombait dans le dos. Billy la regarda passer et quand il l'eut perdue de vue il s'assit dans l'herbe et examina ses bottes qu'il avait posées là debout et regarda le cours paresseux du ruisseau et les tiges d'herbe qui pliaient et à chaque fois se redressaient dans la brise matinale. Puis il attrapa ses bottes et les enfila et se leva et alla brider et seller le cheval et se mit en selle et regagna la route et continua derrière la fille.

En entendant le cheval sur la route elle posa la main sur la calotte de son chapeau et tourna la tête et regarda derrière elle. Puis elle s'arrêta. Il ralentit le cheval et la rejoignit. Elle le scrutait de ses yeux sombres.

Está muerto ? dit-elle. Está muerto ?

No.

No me mienta.

Le juro por Dios.

Gracias a Dios. Gracias a Dios. Elle se laissa glisser à bas du cheval et lâcha les rênes et s'agenouilla dans ses vêtements neufs sur l'argile sèche et défoncée de la route et fit le signe de la croix et ferma les yeux et joignit les mains pour prier.

Une heure plus tard quand ils repassèrent par Santa Ana de Babícora elle avait encore à peine parlé. Il était presque midi et ils remontèrent l'unique rue de terre longeant les basses rangées des maisons affaissées aux murs de pisé et la demi-douzaine d'arbres peints de l'alameda et ils se retrouvèrent une fois encore sur la haute plaine déserte. En traversant le bourg il n'avait rien vu qui ressemblât à une épicerie et s'il y en avait eu une il n'avait de toute façon rien pour payer. Elle maintenait modestement son cheval à une douzaine de pas derrière lui et il la regarda une ou deux fois par-dessus son épaule mais elle ne lui adressa ni sourire ni signe de reconnaissance et au bout d'un moment il cessa de se retourner. Il savait qu'elle n'était pas partie de chez elle sans provisions mais elle n'en parlait pas et lui non plus. Un peu plus loin au nord de la ville elle dit quelque chose derrière lui et il s'arrêta et tourna son cheval sur la route.

Tienes hambre ? dit-elle.

Il rabattit son chapeau en arrière et la regarda. J'ai une faim à bouffer des tripes de chevaux de bois, dit-il.

Mande ?

Ils mangèrent dans un bosquet d'acacias au bord de la route. Elle étala son serape et disposa les tortillas dans un linge et les tamales dans leurs enveloppes de feuilles de maïs striées et un petit bocal de frijoles dont elle dévissa le couvercle et dans lequel elle planta une cuiller en bois. Elle déplia un linge où il y avait quatre empanadas. Deux épis de maïs froids saupoudrés d'une poudre de piment rouge. Le quart d'une petite tomme de fromage de chèvre.

Elle était assise les jambes ramenées sous sa jupe, la tête tournée de côté pour que le bord de son chapeau protège son visage du soleil. Ils mangeaient. Quand il lui demanda si elle ne voulait pas en savoir davantage sur Boyd elle dit qu'elle savait déjà beaucoup de choses. Il l'observait. Ses vêtements semblaient une trop frêle enveloppe. Elle avait une marque bleue au poignet. À part cela sa peau était si parfaite qu'elle en paraissait étrangement artificielle. Comme de la peinture dont on l'eût badigeonnée.

Tienes miedo de los hombres, dit-il.

Cuáles hombres ?

Todos los hombres.

Elle tourna la tête et le regarda. Elle baissa les yeux. Il pensait qu'elle réfléchissait à sa question mais elle fit un geste pour chasser un scarabée de la couverture et avança la main et prit une empanada et y mordit délicatement.

Y quizás tienes razón, dit-il.

Quizás.

Elle détourna les yeux vers les chevaux qui attendaient debout dans l'herbe, fouaillant de la queue au bord de la route. Il pensait qu'elle n'en dirait pas davantage mais elle commença à parler de sa famille. Elle dit que sa grand-mère était devenue veuve à cause de la révolution et s'était remariée et s'était de nouveau retrouvée veuve dans l'année et s'était mariée une troisième fois et s'était retrouvée veuve une troisième fois et ne s'était plus jamais mariée bien qu'elle en ait eu maintes fois l'occasion car elle était d'une grande beauté et elle n'avait pas encore vingt ans quand son dernier mari, ainsi qu'un oncle l'avait raconté, était tombé à Torreón une main sur la poitrine comme pour prêter serment de fidélité, serrant contre lui la balle de fusil comme un présent, le sabre et le revolver qu'il portait désormais inutiles roulant à terre derrière lui entre les agaves, dans le sable, le cheval sans cavalier piétinant dans le tumulte des balles et de la mitraille et les cris des hommes et s'éloignant au trot avec les étriers qui lui battaient les flancs puis revenant, errant à contre-jour avec d'autres de ses pareils parmi les corps des morts sur l'aveugle plaine tandis que l'obscurité se refermait sur eux et que les petits oiseaux chassés de leurs tonnelles dans les buissons revenaient et voletaient tout autour en pépiant et que la lune se levait aveugle et blanche à l'est et que les petits coyotes accouraient qui allaient dévorer les morts en les arrachant à leurs vêtements.

Elle dit que sa grand-mère doutait de bien des choses ici-bas et surtout des hommes. Elle disait que dans tous les métiers sauf dans le métier des armes les hommes doués et résolus pouvaient réussir. Dans la guerre ils trouvaient la mort. Sa grand-mère lui parlait souvent des hommes et elle en parlait avec beaucoup de sérieux et elle disait que les hommes téméraires étaient très séduisants pour les femmes et que c'était tout simplement un malheur entre bien d'autres mais qu'on ne pouvait guère y remédier. Elle disait qu'être femme c'était mener une vie de peine et de chagrin et que ceux qui prétendaient le contraire refusaient tout simplement de voir la réalité en face. Et elle disait que puisqu'il en était ainsi et qu'on n'y pouvait rien mieux valait suivre son cœur dans la joie comme dans la misère que de chercher un réconfort qu'on ne trouverait de toute façon pas. En chercher un c'était aller au-devant du malheur sans connaître rien d'autre ou presque. Elle disait que c'étaient là des choses bien connues de toutes les femmes mais qu'elles en parlaient rarement. Enfin elle disait que si les femmes étaient attirées par les hommes téméraires c'était parce qu'elles savaient au fond de leur cœur qu'elles n'avaient que faire d'un homme qui ne tuerait pas pour elles.

Elle avait fini de manger. Elle était assise les mains croisées sur les genoux et les choses qu'elle venait de dire contrastaient étrangement avec son maintien. La route était déserte, la campagne silencieuse. Il lui demanda si elle pensait que Boyd pourrait tuer un homme. Elle tourna la tête et le regarda attentivement. Comme si elle parlait à quelqu'un avec qui il fallait bien peser ses mots pour qu'il en saisisse le sens. Elle finit par dire que la nouvelle s'était répandue dans toute la région. Que tout le monde savait que le güerito avait tué le gerente de Las Varitas. L'homme qui avait trahi Socorro Rivera et vendu les siens à la Guardia Blanca de La Babícora.

Billy écouta tout cela et quand elle eut terminé il dit que le manchot était tombé de son cheval et s'était rompu les reins et qu'il avait vu de ses propres yeux ce qui s'était passé.

Il attendit. Au bout d'un moment elle leva les yeux.

Quieres algo más ? dit-elle.
No. Gracias.
Elle commença à emballer les restes de leur pique-nique. Il l'observait mais n'essaya pas de l'aider. Il se leva et elle plia le serape et y enroula ce qui restait des provisions et le renoua avec les cordons.
No sabes nada de mi hermano, dit-il.
Quizás, dit-elle.
Elle était debout le serape roulé sur son épaule.
Por qué no me contesta ? dit-il.
Elle leva les yeux sur lui. Elle dit qu'elle lui avait répondu. Elle dit que dans toutes les familles il y avait quelqu'un qui était différent et que les autres croyaient connaître cette personne mais qu'ils ne la connaissaient pas. Elle dit qu'elle était elle-même une de ces personnes-là et qu'elle savait de quoi elle parlait. Puis elle tourna les talons et partit vers les chevaux qui étaient en train de paître dans l'herbe poussiéreuse au bord de la route et elle attacha le serape derrière le troussequin et serra la sangle et se mit en selle.
Il monta à son tour et la dépassa en arrivant à la route. Puis il s'arrêta et regarda par-dessus son épaule. Il dit qu'il y avait des choses au sujet de son frère que seule sa famille pouvait connaître et que maintenant que sa famille était morte personne d'autre que lui ne les connaissait. Le moindre petit détail. Chaque fois qu'il avait été malade quand il était petit ou le jour où il avait été piqué par un scorpion et où il avait cru qu'il allait mourir ou des choses de sa vie dans une autre partie du pays dont même Boyd se souvenait mal ou pas du tout, par exemple sa grand-mère ou sa sœur jumelle qui était morte et enterrée depuis si longtemps en un lieu qu'il ne reverrait sans doute jamais.
Sabías que él tenía une gemela ? dit-il. Que murió cuando tenía cinco años ?
Elle dit qu'elle ne savait pas que Boyd avait eu autrefois une sœur jumelle ni qu'elle était morte mais que ça n'avait pas d'importance car maintenant il en avait une autre. Puis

elle mit le cheval en avant et le dépassa et continua sur la route.

Une heure plus tard ils passèrent devant trois gamines qui étaient à pied. Il y en avait deux qui portaient entre elles une corbeille avec un linge par-dessus. Elles se rendaient au village de Soto Maynez et elles avaient encore pas mal de chemin. Elles tournèrent la tête en entendant les cavaliers derrière elles sur la route et elles se serrèrent l'une contre l'autre avec un fou rire et au passage des cavaliers elles se poussèrent au bord de la route et levèrent sur eux leurs sombres yeux espiègles en pouffant dans leurs mains. Billy toucha son chapeau et continua mais la fille s'arrêta et mit son cheval au pas en arrivant à leur hauteur et quand il regarda par-dessus son épaule elle leur parlait. Elles n'étaient guère plus jeunes qu'elle mais elle les réprimandait de cette voix sourde et monotone qu'il lui connaissait. Elles finirent par se taire et se tassèrent contre le chaparral au bord de la route mais la fille arrêta tout à fait son cheval et continua jusqu'à ce qu'elle eût dit tout ce qu'elle avait à dire. Puis elle tourna et poussa son cheval en avant sans même regarder par-dessus son épaule.

Ils furent toute la journée à cheval. Il faisait nuit quand ils arrivèrent à Boquilla et il traversa la ville comme il l'avait fait à l'aller le fusil dressé devant lui. Quand ils arrivèrent à l'endroit où le manchot était tombé elle fit le signe de la croix et porta ses doigts à ses lèvres Puis ils continuèrent. Les rares troncs des arbres peints de l alameda avaient une pâleur d'ossements sous la lueur qui tombait des fenêtres. Quelques fenêtres avaient des vitres mais la plupart étaient tendues de papier de boucherie huilé rentré dans les châssis et il n'y avait derrière ni mouvements ni ombres mais seulement ces carrés jaunâtres pareils à des parchemins ou à de vieilles cartes vides d'où le temps avait effacé depuis longtemps toute indication de routes ou de reliefs. À la sortie de l'agglomération un feu flambait au bord de la route et ils ralentirent l'allure et passèrent avec méfiance mais ce n'était qu'un feu de détritus et il n'y avait personne autour et ils continuèrent vers l'ouest sur les terres obscurcies.

Cette nuit-là ils bivouaquèrent dans un creux au bord du lac et partagèrent le reste des provisions qu'elle avait apportées. Quand il lui demanda si elle n'aurait pas eu peur de faire ce chemin toute seule en pleine nuit elle dit qu'on ne pouvait rien y faire et qu'il fallait s'en remettre à la miséricorde de Dieu.

Il demanda si Dieu veillait toujours sur elle et elle regarda longuement au cœur du feu les braises rougir puis noircir puis rougir encore sous le vent qui soufflait du lac. Elle finit par dire que Dieu veillait sur toute chose et que l'on ne pouvait pas plus échapper à Sa miséricorde qu'à Son jugement. Elle dit que même les méchants ne pouvaient échapper à Son amour. Il l'observait. Il dit que quant à lui ce n'était pas l'idée qu'il se faisait de Dieu et qu'il avait plus ou moins renoncé à Lui adresser ses prières et elle inclina la tête sans détacher son regard du feu et elle dit qu'elle le savait.

Elle prit sa couverture et alla au bord du lac. Il la regarda s'éloigner puis il se débarrassa de ses bottes et s'enroula dans son serape et sombra dans un sommeil inquiet. Il se réveilla pendant la nuit ou au petit matin et se tourna et regarda le feu pour voir combien de temps il avait dormi mais le feu était presque froid. Il regarda vers l'est pour voir s'il n'y avait pas trace de la première grisaille d'avant l'aube quelque part au-dessus de la campagne mais il n'y avait que du noir et les étoiles. Il remua les cendres avec un bâton. Les quelques braises rouges qui apparurent dans le cœur noir du feu avaient quelque chose d'improbable et de secret. Comme les yeux de choses qu'on a dérangées mais qu'il vaut mieux laisser en paix. Il se leva et descendit jusqu'au lac avec le serape sur les épaules et regarda les étoiles dans le lac. Le vent était tombé et l'eau était noire et immobile. C'était comme un trou dans ce monde du haut désert et les étoiles s'y noyaient. Quelque chose l'avait réveillé et il pensa qu'il avait peut-être entendu des cavaliers sur la route et qu'ils avaient vu son feu mais il n'y avait pas de feu à voir et ensuite il se dit que la fille s'était peut-être levée et était venue près du feu et était restée debout à côté de lui pendant qu'il dormait et il se souvint qu'il avait senti de la pluie sur son visage mais il ne pleuvait pas et il n'était pas tombé de pluie et à ce moment il se souvint de son rêve. Dans ce rêve il était dans un autre pays qui n'était pas ce pays et la fille qui était à genoux près de lui était une autre. Ils étaient agenouillés sous la pluie dans une ville plongée dans les ténèbres et il tenait dans ses bras son frère mourant mais il ne pouvait pas voir son visage et il ne pouvait pas dire son nom. Quelque part un chien hurlait dans les rues noires et trempées. C'était tout. Il regarda du côté du lac où il n'y avait pas de vent mais rien que le noir silence et les étoiles et pourtant il sentit un vent froid qui passait. Il s'accroupit parmi les roseaux au bord du lac et il comprit qu'il redoutait le monde à venir car des certitudes s'y trouvaient déjà que nul ne souhaiterait connaître. Il vit comme sur une lente tapisserie se dérouler les images de choses qu'il avait vues et de choses qu'il n'avait pas vues. Il vit la louve morte dans les montagnes et le sang de l'épervier sur la pierre et il vit un cercueil de verre enveloppé de draps noirs et porté au bout de perches dans une rue par des mozos. Il vit l'arc abandonné partir à la dérive comme un serpent mort sur les eaux froides du Bavispe et le fossoyeur solitaire dans les ruines de la ville où avait eu lieu le terremoto et l'ermite dans le transept en ruine de l'église de Caborca. Il vit de l'eau de pluie tomber goutte à goutte d'une ampoule électrique vissée dans le mur de tôle d'un entrepôt. Il vit une chèvre aux cornes d'or attachée dans un champ boueux.

Enfin il vit son frère debout en un lieu où il ne pouvait l'atteindre, comme exilé derrière une vitre dans un monde où il ne pourrait jamais aller. En le voyant là il sut qu'il l'avait déjà vu ainsi avant dans ses rêves et il sut que son frère allait lui sourire et il attendit qu'il sourie, un sourire qu'il avait suscité et auquel il ne savait quel sens donner et il se demanda s'il n'était pas enfin arrivé au point où il ne pouvait plus distinguer ce qui s'était passé de ce qui n'était qu'une apparence. Sans doute était-il agenouillé là depuis un bon moment car le ciel à l'est prenait la teinte grise de l'aube et les étoiles tombaient en cendre dans le lac plus pâle et les oiseaux commençaient à pépier sur la rive d'en face et le monde à reprendre forme encore une fois.

Ils se mirent en route de bonne heure sans avoir rien mangé que les dernières tortillas aux bords desséchés et déjà rassis. Elle restait derrière lui et ils ne se parlaient pas et c'est en cheminant de la sorte qu'ils traversèrent à midi le pont de bois de la rivière et arrivèrent à Las Varas.

Il y avait peu de monde dehors. Ils achetèrent des haricots et des tortillas dans une petite épicerie et quatre tamales à une vieille femme qui en vendait dans la rue en les sortant d'un fût à essence en acier monté sur un châssis de bois à roues de fonte comme celles des charrettes à minerai. La fille paya la vieille femme et ils s'assirent derrière une boutique sur une pile de bois de feu qui était du pin pignon et mangèrent en silence. Les tamales avaient l'odeur et la saveur du charbon de bois. Pendant qu'ils mangeaient un homme s'approcha et sourit et salua. Billy regarda la fille, elle le regarda. Il regarda le cheval et la crosse du fusil qui dépassait de la fonte sous la selle.

No me recuerdas, dit l'homme.

Billy le regarda. Il regarda ses bottes. C'était le muletier vu pour la dernière fois sur les marches de la caravane de la troupe de chanteurs d'opéra dans le bouquet d'arbres au bord de la route au sud de San Diego.

Lo conozco, dit Billy. Cómo le va ?

Bien. Il regarda la fille. Dónde está su hermano ?

Ya está en San Diego.

Le muletier inclina la tête d'un air entendu. En homme qui comprend ces situations-là.

Dónde está la caravana ? dit Billy.

Le muletier dit qu'il n'en savait rien. Il dit qu'ils avaient attendu au bord de la route mais que personne n'était jamais venu.

Cómo no ?

Le muletier haussa les épaules. Il fouetta l'air de la paume de sa main. Se fué, dit-il.

Con el dinero.

Claro.

Il dit que les autres les avaient laissés sans ressources et sans moyen de locomotion. Quand il était parti à son tour la Dueña avait vendu tous les mulets sauf un et une querelle avait éclaté. Quand Billy demanda ce qu'elle allait faire le muletier haussa les épaules. Il regarda au bout de la rue. Il regarda Billy. Il lui demanda s'il n'avait pas quelques sous à lui donner pour qu'il puisse s'acheter à manger.

Billy dit qu'il n'avait pas d'argent mais la fille s'était déjà levée et elle alla jusqu'au cheval et quand elle revint elle donna au muletier quelques pièces de monnaie et il la remercia plusieurs fois et s'inclina et porta la main à son chapeau et mit les pièces dans sa poche et leur souhaita bon voyage et tourna les talons et partit le long de la rue et disparut dans l'unique estaminet de ce bourg perdu.

Pobrecito, dit la fille.

Billy cracha dans l'herbe sèche. Il dit qu'il aurait parié que le muletier mentait et qu'en plus c'était un ivrogne et qu'elle n'aurait pas dû lui donner d'argent. Puis il se leva et alla auprès des chevaux et boucla le latigo et prit les rênes et monta et traversa la ville en direction des voies de chemin de fer et prit la route du nord sans même se retourner pour voir si elle allait le suivre.

Pendant les trois jours qu'il leur fallut pour arriver à San Diego elle dit à peine quelques mots. La dernière nuit elle aurait voulu continuer dans le noir pour arriver à l'ejido mais Billy ne voulait pas. Ils établirent leur bivouac au bord de la rivière au sud de Mata Ortíz et ils firent un feu avec du bois de dérive sur un banc de gravier au milieu de la rivière et elle mit à réchauffer le reste des haricots et des tortillas desséchés qui étaient tout leur ordinaire depuis qu'ils avaient quitté Las Varas. Ils mangèrent assis l'un en face de l'autre pendant que le feu baissait et le feu ne fut bientôt plus qu'une frêle corbeille de braises et la lune se leva à l'est et d'en haut leur parvenaient très faibles et très lointains les cris d'oiseaux en route vers le sud et ils les virent passer en minces cryptogrammes puis franchir le bord igné du couchant et se confondre avec le crépuscule et les ténèbres au-delà.

Las grullas llegan, dit-elle.

Il les suivait des yeux. Les grues passaient en direction du sud et il regardait leurs minces colonnes voler le long des invisibles couloirs inscrits dans leur sang depuis une centaine de milliers d'années. Il les suivit des yeux jusqu'à ce qu'il les eût perdues de vue et que le dernier appel flûté et grêle comme une trompette d'enfant se fût dissipé dans la nuit tombante et au bout d'un moment la fille se leva et prit son serape et partit le long du banc de gravier et disparut entre les peupliers.

Ils traversèrent le pont de planches et montèrent la côte de l'ancienne hacienda à midi le lendemain. Les gens étaient debout sur le pas de leurs portes le long des domicilios alors qu'ils auraient dû être aux champs et il comprit que ce devait être un des jours de fête du calendrier. Il la dépassa et arrêta son cheval devant le logement des Muñoz et mit pied à terre et lâcha les rênes et enleva son chapeau et se baissa et franchit la porte basse.

Boyd était assis sur la paillasse, adossé au mur. La flamme de la lampe votive vacilla dans le verre au-dessus de sa tête et emmailloté comme il était dans ses bandelettes de toile on eût dit qu'il s'était soudain redressé pour assister à sa propre veillée funèbre. Le chien muet était couché par terre et il se leva et se frotta contre Billy. Dónde estabas ? dit Boyd. Il ne s'adressait pas à son frère. Mais à la fille qui venait de franchir en souriant la porte basse derrière lui.

LE LENDEMAIN il alla à cheval le long de la rivière et resta parti toute la journée. Les minces écheveaux d'oiseaux sauvages quittaient le pays, passant très haut dans le ciel, et les feuilles tombaient dans la rivière, de saules et de peupliers, se lovant et tournoyant dans le courant. Leurs ombres qui glissaient sur les pierres de la rivière avaient les contours de lettres tracées à la main. Il faisait sombre quand il rentra, passant de flaque en flaque de lumière dans la fumée des feux de cuisine, comme une sentinelle à cheval chargée d'inspecter les feux de guet d'un bivouac. Dans les jours qui suivirent il travailla avec les gardiens de troupeau, ramenant les moutons des collines et leur faisant franchir le haut portail voûté de l'enceinte où les bêtes s'affolaient et grimpaient les unes sur les autres et où les esquiladores les attendaient avec leurs cisailles toutes prêtes. On poussait les moutons une demi-douzaine à la fois dans la haute bâtisse délabrée de l'entrepôt et les esquiladores les coinçaient et les maintenaient debout entre leurs genoux et les tondaient à la main et de jeunes garçons ramassaient la laine sur les lattes du plancher creusées par les pluies et la tassaient avec leurs pieds dans les longs sacs de coton.

Il faisait frais le soir et il restait assis auprès du feu et buvait du café avec les gens de l'ejido pendant que les chiens erraient de feu en feu en quête de nourriture. Maintenant Boyd sortait à cheval le soir, allant au pas le buste raide dans la selle avec la fille montée sur Niño juste à côté de lui. Il avait perdu son chapeau lors de l'escarmouche de la rivière et il portait un vieux chapeau de paille qu'on lui avait trouvé et une chemise taillée dans de la toile à matelas rayée. Quand ils étaient de retour Billy allait à pied là où les chevaux étaient entravés au-dessous des domicilios et monté à cru sur Niño il allait à la rivière et le faisait barboter dans l'eau sombre des bas-fonds où il avait vu la Dueña se baigner nue et le cheval buvait et levait sa face ruisselante et ils écoutaient ensemble le bruit de la rivière qui coulait et le nasillement des canards un peu plus loin sur l'eau et parfois l'aigre et mince criaillement de vols de grues sauvages toujours en route pour le sud à un mile au-dessus de la rivière. Ce soir-là il continua sur l'autre rive au crépuscule et il distingua dans le limon de la rivière entre les peupliers les traces des chevaux là où Boyd était passé et il suivit les traces pour voir où ils étaient allés et il essaya de deviner les pensées du cavalier qui les avait faites. Quand il fut de retour à pied dans la cour il était tard et il franchit la porte basse et s'assit sur la paillasse où son frère était endormi.

Boyd, dit-il.

Son frère se réveilla et se tourna et resta allongé dans la lueur glauque de la bougie et le regarda. Il faisait chaud dans la chambre avec la chaleur de la journée qui suintait des murs de pisé et Boyd était nu jusqu'à la ceinture. Il avait enlevé les bandages de sa poitrine et il était plus pâle que son frère se rappelait l'avoir jamais vu et si maigre avec la cage de ses côtes saillant sous la peau pâle et quand il se tourna dans la lumière rougeâtre Billy aperçut juste un instant le trou qu'il avait dans la poitrine et il détourna les yeux comme un homme qui vient malgré lui de surprendre un secret auquel il n'a pas droit, auquel il n'est pas préparé. Boyd remonta la couverture de mousseline et se pencha en arrière et le regarda. Son visage si maigre et tout autour de lui ses longs cheveux pâles pas coupés. Qu'est-ce qu'il y a ? dit-il.

Parle-moi.

Va dormir.

Je veux que tu me parles.

Ça va bien. Tout va bien.

Non. J'crois pas.

Tu te fais trop de bile, c'est tout. J'vais très bien.

Je sais, dit Billy. Mais pas moi.

TROIS JOURS PLUS TARD quand il se réveilla au matin et qu'il sortit ils étaient partis. Il alla au bout de la rangée des domicilios et regarda du côté de la rivière. Dans le champ le cheval de son père leva la tête et le regarda et regarda en bas de la route vers la rivière et le pont de la rivière et la route au-delà.

Il alla chercher ses affaires dans la maison et sella le cheval et partit. Il ne dit au revoir à personne. Il arrêta le cheval sur la route après les peupliers de la rive et regarda au loin vers les montagnes et il regarda vers l'ouest où des cumulus s'étaient amoncelés coupés de la mince ligne noire de l'horizon et il regarda le sombre ciel cyanique raide et voûté tendu sur tout le Mexique où l'antique monde s'accrochait aux pierres et aux spores des choses vivantes et logeait dans le sang des hommes. Il tourna le cheval et prit au sud le long de la route sans ombre dans le jour gris, le fusil qu'il avait sorti de la fonte posé en travers de l'arçon de la selle. Car l'hostilité du monde lui apparaissait ce jour-là avec une nouvelle évidence, froide et irrémédiable comme elle l'est fatalement pour quiconque n'a plus d'autre motif de lui résister que lui-même.

Il les chercha pendant des semaines mais il ne trouva que des ombres et des rumeurs. Il trouva le petit milagro en forme de cœur dans le gousset de son pantalon et l'en sortit au bout de son index et le garda dans la paume de sa main et le contempla longtemps, longtemps. Il poussa au sud jusqu'à Cuauhtémoc. Puis il repartit vers le nord jusqu'à Namiquipa mais ne put trouver personne qui voulût bien avouer connaître la fille et il alla à l'ouest jusqu'à La Norteña et jusqu'à la ligne de partage des eaux et il devint maigre et squelettique dans ses voyages et pâle de la poussière de la route mais il ne les revit jamais. Il arrêta son cheval à l'aube au carrefour de Buenaventura et regarda le gibier d'eau passer au-dessus de la rivière et des étangs solitaires, le sombre mouvement liquide des ailes sur le rouge du couchant. Il regagna le Nord par les petits hameaux de pisé de la mesa, par Alamo et Galeana, des localités par lesquelles il était passé avant et où son retour était remarqué par les villageois de sorte que son propre voyage commençait à prendre des allures de légende. Il faisait froid la nuit sur les hautes plaines en ces premiers jours de décembre et il n'avait pour ainsi dire rien qui pût lui tenir chaud. Quand il entra une fois de plus dans Casas Grandes il n'avait pas mangé depuis deux jours et il était minuit passé et il tombait une pluie froide.

Il frappa longtemps au portail. Au fond de la maison un chien aboyait. Une lampe finit par s'allumer.

Quand le mozo ouvrit le portail et regarda dehors et le

vit debout sous la pluie avec le cheval qu'il tenait par la bride il ne parut pas surpris. Il demanda des nouvelles de son frère et Billy dit que son frère s'était remis de ses blessures mais qu'il avait disparu et il s'excusa à cause de l'heure tardive mais demanda s'il pourrait voir le médecin. Le mozo dit que l'heure n'avait pas d'importance car le médecin était mort.

Il ne demanda pas au mozo quand le médecin était mort ni de quoi. Il restait debout sur le seuil avec son chapeau qu'il tenait à deux mains devant lui. Lo siento, dit-il.

Le mozo acquiesça. Ils restèrent un moment silencieux puis Billy remit son chapeau et se tourna et passa un pied dans l'étrier et monta et resta en selle sur le sombre cheval mouillé et regarda le mozo. Il dit que le médecin était un homme bon et il regarda au bout de la rue vers les lumières de la ville et il regarda encore une fois le mozo.

Nadie sabe lo que le espera en este mundo, dit le mozo.

De veras, dit Billy.

Il inclina la tête et porta la main à son chapeau et redescendit la rue plongée dans l'obscurité.

4

IL PASSA LA FRONTIÈRE à Columbus, Nouveau-Mexique. Le douanier de service au poste frontière posa sur lui un bref regard et lui fit signe de passer. Comme s'il avait trop vu de ses pareils depuis quelque temps pour avoir des doutes à son sujet. Billy arrêta quand même son cheval. Je suis américain, dit-il, même si j'en ai pas l'air.

On dirait que t'as laissé pas mal de lard de l'autre côté, dit le douanier.

Sûr que je me suis pas engraissé, ça je peux le dire.

Je suppose que tu reviens pour t'engager.

Si on veut de moi.

T'as pas de souci à te faire. L'armée te prendra tout de suite. À moins que t'aies les pieds plats.

Les pieds plats ?

Ouais. Ils veulent pas des types qui ont les pieds plats.

De quoi diable est-ce que vous parlez ?

Je parle de l'armée.

De l'armée ?

Ouais. De l'armée. Ça fait combien de temps que t'es parti ?

J'en ai aucune idée. J'sais même pas quel mois on est.

Tu ne sais pas ce qui s'est passé ?

Non. Qu'est-ce qui s'est passé ?

Crénom du diable, mon gars. On est en guerre.

Il prit au nord la route de Deming, une longue route de terre toute droite. La journée était froide et il avait drapé la couverture sur ses épaules. Ses genoux sortaient de son pantalon et ses bottes tombaient en morceaux. Les poches de sa chemise qui avaient tenu un moment à quelques bouts de fil étaient depuis longtemps arrachées, jetées, la chemise déchirée dans le dos avait été recousue avec de l'agave et le col de sa veste s'était détaché et la doublure en s'effilochant ornait son cou d'une vilaine dentelle qui lui donnait des allures improbables de dandy ruiné. Les quelques voitures qui passaient l'évitaient d'un crochet aussi large que le permettait la route étroite et les gens se retournaient pour le regarder entre les tourbillons de poussière comme quelque chose qui n'avait pas sa place dans ce paysage. Une chose d'un temps révolu qu'ils ne connaissaient que par ouï-dire. Ou par les livres. Il fut toute la journée à cheval sur la route et dans la soirée il traversa les bas contreforts des Florida Mountains et il continua par les hautes plaines au crépuscule et à la nuit tombée. Il croisa dans cette obscurité une file de cinq cavaliers qui allaient au sud dans la direction d'où il était venu et il leur parla en espagnol et leur dit bonsoir et ils lui répondirent chacun son tour d'une voix étouffée en passant à côté de lui. Comme si l'épaisseur de la nuit et l'étroitesse du chemin avaient fait d'eux des complices. Comme si cet endroit était le seul où des complices pouvaient croiser votre chemin.

Il arriva à Deming à minuit et suivit la grand-rue d'un bout à l'autre. Dans le silence les sabots déferrés du cheval claquaient avec un bruit mat sur le bitume. Il faisait très froid. Il n'y avait rien d'ouvert. Il passa la nuit à la gare routière au croisement de la rue de l'Épicéa et de la rue de l'Or, dormant par terre allongé sur le carrelage dans le serape crasseux avec son sac de guerre pour oreiller et son chapeau taché et crasseux sur la figure. La selle noire de sueur était posée debout contre le mur avec le fusil à côté dans la fonte. Il dormit sans ôter ses bottes et il se leva deux fois dans la nuit et alla voir ce que faisait le cheval qu'il avait laissé attaché à un réverbère avec le lasso.

Au matin, dès que le café fut ouvert, il alla au comptoir et demanda à la serveuse où il fallait aller pour s'engager dans l'armée. Elle dit que le bureau de recrutement était situé dans l'armurerie de la rue de l'Argent mais que ce n'était sans doute pas ouvert de si bonne heure.

Merci m'dame, dit-il.

Vous voulez du café ?

Non m'dame. J'ai pas de quoi payer.

Asseyez-vous, dit-elle.

Oui m'dame.

Il s'assit sur un tabouret et elle lui apporta du café dans un gobelet de porcelaine blanche. Il la remercia et s'assit pour boire. Au bout d'un moment elle revint du grill avec une assiette d'œufs au lard qu'elle posa devant lui et une assiette de pain grillé.

Ne dites à personne qui vous a donné ça, dit-elle.

Le bureau de recrutement était fermé et il attendait sur les marches avec deux garçons de Deming et un troisième qui venait d'un ranch de la région quand le sergent arriva et ouvrit la porte.

Ils restèrent debout devant son bureau. Il les examinait attentivement.

Lequel d'entre vous n'a pas dix-huit ans ? dit-il.

Aucun ne répondit.

D'habitude il y en a un sur quatre et je vois devant moi quatre recrues.

J'ai que dix-sept ans, dit Billy.

Le sergent acquiesça. Bon, dit-il. Il faut que tu demandes à ta mère de signer pour toi.

Je n'ai pas de mère. Elle est morte.

Demande à ton père alors.

Il est mort aussi.

Alors il faut que tu demandes à ton plus proche parent. Un oncle ou qui tu voudras. Il faut que son autorisation soit certifiée par un notaire.

J'ai pas de proche parent. J'avais qu'un frère et il est plus jeune que moi.

Où est-ce que tu travailles ?

Je travaille nulle part.

Le sergent se pencha en arrière. T'es d'où ? dit-il.

De quelque part du côté de Cloverdale.

T'as forcément de la famille.

Pas que je sache. Non.

Le sergent tapota sur le bureau avec son crayon. Il regarda par la fenêtre. Il regarda les autres garçons.

Vous voulez tous vous engager dans l'armée ? dit-il.

Ils se regardèrent. Oui, firent-ils.

Vous n'avez pas l'air d'en être bien sûrs.

Si sergent, dirent-ils.

Il hocha la tête et fit pivoter son fauteuil et plaça un formulaire imprimé sur le rouleau de sa machine à écrire.

Je veux m'engager dans la cavalerie, dit le gars qui venait du ranch. Mon père était dans la cavalerie pendant la dernière guerre.

Eh bien fiston faudra leur dire en arrivant à Fort Bliss que c'est ça que tu veux faire.

Oui. Est-ce qu'il faut que j'apporte ma selle avec moi ?

T'as rien besoin d'apporter du tout. Ils vont s'occuper de toi comme ta propre mère.

Oui.

Il inscrivit tour à tour leurs noms et leurs dates de naissance et le nom de leur plus proche parent ainsi que leurs adresses et il signa quatre bons de repas et les leur donna et leur expliqua comment se rendre au cabinet du médecin où ils devaient passer leur visite médicale et leur remit les formulaires à remplir.

Vous devriez en avoir terminé et être de retour ici tout de suite après le déjeuner, dit-il.

Et moi ? dit Billy.

Toi attends ici. Vous autres, filez maintenant. Je vous reverrai ici cet après-midi.

Quand ils furent sortis le sergent tendit à Billy ses formulaires et son bon de repas.

Regarde ici en bas de la deuxième feuille, dit-il. C'est le formulaire de l'autorisation parentale. Si tu veux t'engager dans une armée d'adultes il faut le rapporter avec la signature de ta maman dessus. S'il faut qu'elle revienne du paradis pour signer je n'y vois pas d'inconvénient. Tu vois ce que je veux dire ?

Oui. J'suppose que vous voulez que j'écrive le nom de ma pauvre maman sur ce bout de papier.

J'ai jamais dit ça. Tu m'as entendu dire ça ?

Non.

Alors file. Je te reverrai après le déjeuner.

Bon.

Il fit demi-tour et sortit. Des gens attendaient à l'entrée derrière lui et ils s'écartèrent pour le laisser passer.

Parham, dit le sergent.

Il se retourna. Sergent, dit-il.

J'veux te revoir ici cet après-midi, tu m'entends ?

Oui.

T'as rien à faire ailleurs.

Il traversa la rue et détacha son cheval et se mit en selle et remonta la rue de l'Argent et la rue de l'Épicéa-Ouest avec les papiers qu'il tenait dans la main. Toutes les rues tracées d'est en ouest portaient des noms d'arbres, toutes celles allant au nord et au sud des noms de minéraux. Il attacha son cheval devant le café Manhattan en diagonale de la gare routière à l'angle opposé de la place. Juste à côté se trouvaient les bureaux de la Victoria Land and Cattle Company et deux hommes coiffés de chapeaux à bord étroit et chaussés de bottes à talons droits comme en portaient les propriétaires de la région discutaient sur le trottoir. Ils le regardèrent quand il arriva à leur hauteur et il les salua mais son salut ne fut pas retourné.

Il se glissa dans un box et posa les papiers sur la table et regarda le menu. Quand la serveuse s'approcha il voulut commander le plat du jour mais elle dit que le déjeuner n'était pas servi avant onze heures. Elle dit qu'il pouvait avoir un petit déjeuner.

J'ai déjà pris un petit déjeuner aujourd'hui.

Eh bien y a pas d'arrêté municipal interdisant d'en prendre plusieurs.

Et y aura assez dans ce petit déjeuner pour un type qui a très faim ?

Assez pour qu'il ait plus faim du tout.

J'ai un bon de repas du bureau de recrutement.

Je sais. Je le vois sur la table.

Est-ce que je peux avoir quatre œufs ?

Vous avez qu'à me dire comment vous les voulez.

Elle apporta le petit déjeuner sur un plat rectangulaire en faïence avec les quatre œufs frits le jaune retourné et encore baveux et une tranche de jambon frit et des gruaux avec du beurre et elle apporta une assiette de biscuits et un petit bol de sauce.

Si vous voulez autre chose vous n'avez qu'à me le dire, dit-elle.

D'accord.

Vous voulez un petit pain sucré ?

Oui m'dame.

Vous voulez encore du café ?

Oui m'dame.

Il leva les yeux sur elle. Elle avait la quarantaine et elle avait des cheveux noirs et de mauvaises dents. Elle lui sourit. J'aime voir un gars qui a bon appétit, dit-elle.

Eh bien, dit-il. Vous en avez un devant vous en ce moment.

Quand il eut fini de manger il but son café et prit le formulaire que sa mère était censée signer. Il l'examina et réfléchit et au bout d'un moment il demanda à la serveuse si elle pouvait lui apporter un stylo.

Elle en apporta un et le lui tendit. Ne l'emportez pas, dit-elle. C'est pas le mien.

J'vais pas l'emporter.

Elle retourna au comptoir et il se pencha sur le formulaire et écrivit sur la ligne le nom de Louisa May Parham. Le prénom de sa mère était Caroline.

Au moment où il sortait les trois autres garçons venaient à sa rencontre sur le trottoir en direction du café. Ils se parlaient comme s'ils s'étaient tous connus depuis toujours. En le voyant ils se turent et il leur parla et leur demanda comment ça se passait et ils dirent que ça se passait très bien et entrèrent dans le café.

Le médecin s'appelait Moir et son cabinet était situé rue du Pin-Ouest. Le temps qu'il y arrive il y avait là une demi-douzaine de types qui attendaient, pour la plupart des hommes jeunes et des jeunes gens assis avec leur formulaire de recrutement entre les doigts. Il dit son nom à l'infirmière assise au bureau et prit une chaise et attendit avec les autres.

Quand l'infirmière appela enfin son nom il s'était endormi et il se réveilla en sursaut et regarda autour de lui sans trop savoir où il était. Elle répéta son nom : Parham.

Il se leva. C'est moi, dit-il.

L'infirmière lui tendit un formulaire et il se retrouva dans l'entrée où elle lui mit un morceau de carton sur l'œil en lui disant de lire le tableau qu'il y avait au mur. Il lut jusqu'à la dernière lettre du bas et elle passa à l'autre œil.

Vous avez de bons yeux, dit-elle.

Oui madame, dit-il. J'suis né avec.

Je l'imagine, dit-elle. Quand on commence avec une mauvaise vue c'est rare que ça s'améliore.

Quand il entra dans le cabinet du médecin, le médecin le fit asseoir dans un fauteuil et regarda au fond de ses yeux avec une lampe électrique puis il lui mit dans l'oreille un tube de métal froid et regarda à l'intérieur. Il lui dit de déboutonner sa chemise.

Vous êtes venu ici à cheval, dit-il.

Oui monsieur.

D'où veniez-vous ?

Du Mexique.

Je vois. Y a-t-il des antécédents médicaux dans votre famille ?

Non monsieur. Tout le monde est mort.

Je vois, dit le médecin.

Il appliqua la membrane froide du stéthoscope contre la poitrine de Billy et écouta. Il lui tapota la poitrine du bout des doigts. Il remit le stéthoscope contre sa poitrine et écouta en fermant les yeux. Il se redressa et enleva les embouts de ses oreilles et se pencha en arrière dans son fauteuil. Vous avez un souffle au cœur, dit-il.

Qu'est-ce que ça signifie ?

Ça signifie que l'armée ne veut pas de vous.

Il travailla pendant une dizaine de jours pour un élevage

de chevaux sur la route principale et coucha dans une stalle de l'écurie jusqu'à ce qu'il eût gagné de quoi s'acheter des vêtements et payer le billet d'autocar pour El Paso et il confia son cheval au patron et partit vers l'est avec une veste de travail neuve en denim et une chemise bleue neuve à boutons de nacre.

Il arriva à El Paso par une journée froide et venteuse. Il trouva le bureau de recrutement et le secrétaire remplit encore une fois les mêmes formulaires et il attendit avec pas mal d'autres hommes et ils se déshabillèrent et mirent leurs vêtements dans une corbeille et on leur donna un jeton en cuivre avec un numéro gravé dessus et ils firent la queue tout nus avec leur formulaire à la main.

Quand il arriva à la salle d'examen il tendit le formulaire médical au médecin et le médecin inspecta l'intérieur de sa bouche et de ses oreilles. Puis il appliqua le stéthoscope contre sa poitrine. Il lui dit de se retourner et il appliqua le stéthoscope contre son dos et écouta. Puis il écouta de nouveau sa poitrine. Puis il prit un tampon sur le bureau et tamponna le formulaire de Billy et le signa et prit le formulaire et le lui tendit.

Je ne peux pas vous accepter, dit-il.

Qu'est-ce que j'ai qui ne va pas ?

Vous avez une irrégularité du rythme cardiaque.

Mon cœur n'a rien qui ne va pas.

Si. Justement.

Je vais mourir ?

Un jour ou l'autre. Ce n'est probablement pas si grave que ça. Mais ça vous empêchera d'entrer dans l'armée.

Vous pourriez m'accepter si vous vouliez.

Je pourrais. Mais je ne le ferai pas. On s'en apercevrait à un moment ou à un autre. Tôt ou tard.

Il n'était pas encore midi quand il sortit et descendit la rue San-Antonio. Il prit la rue d'El-Paso-Sud jusqu'au Splendid et mangea le plat du jour et retourna à pied à la gare routière et il était de retour à Deming avant la nuit.

Le lendemain matin quand il entra dans la travée centrale de l'écurie M. Chandler triait des harnais dans la sellerie.

Il leva les yeux. Alors, dit-il, est-ce qu'ils t'ont pris dans l'armée ?

Non monsieur. Ils n'ont pas voulu de moi.

Je suis désolé d'entendre ça.

Oui. Moi aussi.

Qu'est-ce que tu comptes faire ?

Je vais essayer à Albuquerque.

Fiston ils ont ouvert un tas de bureaux de recrutement un peu partout dans le pays. On pourrait passer sa vie à en faire le tour.

Je le sais. J'vais essayer une dernière fois.

Il travailla jusqu'à la fin de la semaine et toucha sa paie et prit l'autocar le dimanche matin. Le trajet prit toute la journée. La nuit tomba juste au nord de Socorro et le ciel était plein de bandes d'oiseaux aquatiques qui tournoyaient et descendaient dans les marais des bords du fleuve à l'est de la route. Il les regardait le visage collé à la vitre froide qui s'assombrissait. Il tendait l'oreille à l'affût de leurs cris mais il ne pouvait pas les entendre à cause du bourdonnement du moteur.

Il coucha à l'YMCA et se présenta le matin au bureau de recrutement à l'ouverture et avant midi il reprit l'autocar en direction du sud. Il avait demandé au médecin s'il n'y avait pas un médicament qu'il pourrait prendre mais le médecin avait dit que non. Il avait demandé s'il y avait quelque chose qu'on pouvait prendre pour avoir le cœur normal pendant quelque temps.

D'où est-ce que vous êtes ? dit le médecin.

De Cloverdale, Nouveau-Mexique.

Dans combien de bureaux de recrutement êtes-vous allé pour essayer de vous engager ?

Ça fait le troisième.

Fiston, même si on avait un médecin sourd on ne lui demanderait pas d'examiner les recrues avec un stéthoscope. À mon avis, vous n'avez qu'une chose à faire, rentrer chez vous.

J'ai pas de chez moi.

Je croyais que vous étiez de Trucdale ou je ne sais quoi.

De Cloverdale.

Cloverdale.

J'étais de là-bas mais je le suis plus. J'sais pas où aller. Je crois qu'il faut qu'on me prenne dans l'armée. De toute façon si je dois mourir pourquoi ne pas se servir de moi ? J'ai pas peur.

Je voudrais bien pouvoir vous accepter, dit le médecin. Mais je ne peux pas. Ça ne dépend pas de moi. Il y a des règlements que je dois suivre comme tout le monde. On refuse tous les jours des types épatants.

Oui monsieur.

Qui vous a dit que vous alliez mourir ?

J'sais pas. On m'a jamais dit le contraire.

Écoutez, dit le médecin. On n'aurait pas vraiment pu vous dire le contraire même si vous aviez un cœur de cheval. Pas vrai ?

Non monsieur. Sans doute que non.

Allez-y maintenant.

Pardon ?

Allez-y maintenant.

Quand l'autocar s'arrêta sur le terre-plein derrière la gare routière de Deming il était trois heures du matin. Il alla à pied jusque chez Chandler et alla chercher sa selle dans la sellerie et entra dans la stalle et sortit Niño dans la travée et lui mit son tapis de selle. Il faisait très froid. L'écurie était construite en lattes de chêne et il voyait l'haleine du cheval passer entre les planches à la lueur de l'unique ampoule jaune accrochée dehors. Ruiz le palefrenier s'était levé et attendait sur le seuil avec sa couverture sur les épaules. Il regardait Billy seller son cheval. Il lui demanda s'il avait réussi à s'engager dans l'armée.

No, dit Billy.

Lo siento.

Yo también.

Adónde va ?

No sé.

Regresa a Mexico ?

No.

Ruiz acquiesça. Buen viaje, dit-il.

Gracias.

Il conduisit le cheval en main le long de la travée et lui fit franchir la porte de l'écurie et se mit en selle et partit.

Il traversa la ville et prit l'ancienne route du sud vers Hermanas et Hachita. Le cheval était ferré de neuf et en pleine forme avec tout le grain dont il avait été nourri et il continua jusqu'au lever du soleil et toute la journée il continua jusqu'au couchant et jusqu'à la nuit tombée. Il dormit sur la haute plaine enveloppé dans sa couverture et se leva transi de froid avant l'aube et repartit. Il quitta la route juste à l'ouest de Hachita et prit par les contreforts des Little Hatchet Mountains et arriva à la voie ferrée qui venait de la fonderie de la Phelps Dodge au sud et traversa les voies et le soleil se couchait quand il arriva aux basses eaux du lac salé.

Il y avait de l'eau stagnante dans les bas-fonds des salines aussi loin que portait son regard et l'éclat du couchant sur l'eau en faisait un lac de sang. Il voulut mettre le cheval en avant mais le cheval ne pouvait pas voir de l'autre côté du lac et bronchait et regimbait. Il tourna et prit au sud le long des salines. La cime du Gillespie était couverte de neige et au-delà les pics des Animas se dressaient dans l'ultime soleil de cette journée avec de la neige rouge dans les anfractuosités. Loin au sud les pâles et antiques cordillères du Mexique confisquaient le monde visible. Il arriva aux vestiges d'une ancienne clôture et mit pied à terre et arracha les crampons des piquets squelettiques et alluma un feu et s'assit avec ses bottes croisées devant lui les yeux fixés sur les flammes. Le cheval restait à l'écart dans l'obscurité à la limite du feu et contemplait d'un œil morne le sol sodique et nu. C'est de ta faute, dit Billy. Compte pas sur moi pour te plaindre.

Ils traversèrent dans la matinée la cuvette peu profonde du lac et avant midi ils arrivèrent à l'ancienne route de Playas et la suivirent vers l'ouest jusque dans les montagnes. Il y avait de la neige au col et pas une seule trace dans la neige. Ils descendirent dans la belle vallée d'Animas et prirent au sud la route qui venait d'Animas et arrivèrent à la ferme de Sanders environ deux heures après la tombée de la nuit.

Il appela depuis la barrière et la jeune fille s'avança sur la galerie.

C'est Billy Parham, cria-t-il.

Qui ?

Billy Parham.

Entre, Billy Parham, cria-t-elle.

Quand il entra dans le salon M. Sanders se leva. Il était plus âgé, plus petit, plus frêle. Entre dans cette maison, dit-il.

Je suis affreusement sale.

Entre. On te croyait mort.

Non monsieur. Non je le suis pas encore.

Le vieil homme lui serra la main et la garda dans la sienne. Il regardait vers la porte derrière lui. Où est Boyd ? dit-il.

Ils soupèrent dans la salle à manger. La jeune fille les servit puis elle s'assit. Ils mangèrent du rôti de bœuf et des pommes de terre et des haricots et la jeune fille lui passa un plat de pain recouvert d'un linge et il prit un morceau de pain de maïs et le tartina de beurre. C'est rudement bon, dit-il.

C'est une bonne cuisinière, dit le vieil homme. J'espère qu'elle va pas décider de se marier et de me quitter. S'il fallait que je fasse la cuisine moi-même les chats s'en iraient.

Oh ! grand-père, dit la jeune fille.

Miller aussi ils voulaient le réformer, dit le vieil homme. À cause de sa jambe. Ils l'ont pris à Albuquerque. À croire qu'ils les prennent en série là-bas.

En tout cas ils ont pas voulu de moi. Est-ce qu'ils vont le mettre dans la cavalerie ?

Je ne crois pas. Y aura même pas de cavalerie, à mon avis.

Il regardait de l'autre côté de la table, en mastiquant lentement. Dans la lumière jaune du lustre de verre pressé les photographies et les portraits d'autrefois accrochés au-dessus du buffet étaient comme des objets sauvés d'un déménagement. Même le vieil homme semblait leur être étranger. Étranger aux bâtiments couleur sépia, aux vieilles toitures de bardeaux. Aux gens à cheval. Aux hommes en costume et cravate assis entre des cactus de carton-pâte dans un studio de photographe les jambes de leurs pantalons rentrées dans les tiges de leurs bottes et les fusils posés droits devant eux. Au robes démodées des femmes. À l'expression méfiante ou hantée qu'il y avait dans leurs yeux. Comme si on les avait photographiés sous la menace d'un fusil.

C'est John Slaughter là-bas au bout sur cette photo.

Laquelle ?

La dernière en haut à droite au-dessous du certificat de Miller. On avait pris cette photo devant chez lui.

Qui est l'Indienne ?

C'est Apache May. Ils l'ont ramenée d'un camp d'Indiens où ils avaient fait un raid. Une bande d'Apaches qui volaient du bétail. En 1895 ou 96, quelque chose comme ça. C'est bien possible qu'il en ait tué quelques-uns. Il est revenu avec elle, c'était qu'une gosse. Elle portait une robe taillée dans une affiche électorale et il l'a amenée ici et il l'a élevée comme sa propre fille. Il en était complètement fou. Elle est morte dans un incendie peu de temps après qu'on a pris cette photo.

Vous le connaissiez ?

Oui. J'ai travaillé quelque temps pour lui.

Est-ce que vous avez jamais tué un Indien ?

Non. J'ai bien failli une ou deux fois. Des gars qui travaillaient pour moi.

Qui est-ce là sur le mulet ?

C'est James Autry. Il montait n'importe quoi, ça lui était égal.

Et là, avec le couguar sur le cheval de bât ?

Le vieil homme hocha la tête. Je sais son nom, dit-il, mais je peux pas le dire.

Il vida sa tasse de café et se leva et alla chercher ses

cigarettes et un cendrier sur le buffet. C'était un cendrier qui venait de l'Exposition universelle de Chicago et il était en fer-blanc avec une inscription qui disait 1833-1933, un Siècle de Progrès. Mettons-nous ici, dit-il. Ils passèrent au salon. Il y avait un harmonium à panneaux de chêne contre le mur qu'on longeait en sortant de la salle à manger. Un napperon de dentelle par-dessus. Un portrait encadré de l'épouse du vieil homme à l'époque où c'était une jeune femme. Le portrait avait été colorié à la main.

Ce machin-là ne fait pas de musique, dit le vieil homme. Il n'y a personne pour en jouer de toute façon.

Ma grand-mère en jouait, dit Billy. À l'église.

Les femmes jouaient d'un instrument autrefois, dit le vieil homme. Plus maintenant. Il suffit de remonter un phonographe.

Il se pencha et ouvrit la porte du poêle avec le tisonnier et attisa le feu et y mit une nouvelle bûche fendue et referma la porte. Ils étaient assis dans le salon et le vieil homme lui racontait des histoires de ses jeunes années. Il lui parla de l'époque où il travaillait comme conducteur de troupeau au Mexique et du raid de Pancho Villa contre Columbus, Nouveau-Mexique, en 1916, et des hommes que le shérif envoyait dans les fins fonds de l'État traquer les brigands en fuite vers la frontière et de la sécheresse et de l'épizootie de 86 et des bœufs Corriente qu'ils avaient achetés pour trois fois rien sur ces terres maudites et ramené au nord par les hautes plaines calcinées. Du bétail si maigre, dit le vieil homme, que le soir quand on passait devant le soleil qui flambait sur le bord occidental du désert il en était presque transparent.

Qu'est-ce que tu comptes faire ? dit-il.

J'en sais rien. Essayer de me faire embaucher quelque part je suppose.

Ici on a pratiquement mis la clé sous la porte.

Je comprends. Je ne demandais rien.

Cette guerre, dit le vieil homme. Il n'y a pas moyen de savoir ce qui va se passer.

Non monsieur. J'crois pas.

Le vieil homme tenta de le convaincre de rester pour la nuit mais il ne voulait pas. Ils s'attardèrent un moment sur la galerie. Il faisait froid et la prairie tout autour était plongée dans un profond silence. Le cheval les appela d'un hennissement depuis la barrière.

Tu ferais mieux de partir au matin quand tu seras bien reposé, dit le vieil homme.

Je sais. Mais j'aime mieux partir.

D'accord.

De toute façon, j'aime bien aller à cheval la nuit.

Oui, dit le vieil homme. Moi aussi j'ai toujours aimé ça. Fais bien attention à toi, fiston.

Oui monsieur. Merci.

IL ÉTABLIT SON BIVOUAC cette nuit-là sur la vaste plaine des Animas et le vent se mit à souffler dans l'herbe et il dormit par terre enveloppé dans le serape et dans la couverture de laine que le vieil homme lui avait donnée. Il fit un petit feu mais il n'avait pas assez de bois et le feu s'éteignit dans la nuit et il se réveilla et vit les étoiles d'hiver lâcher prise et courir à leur mort dans l'obscurité. Il entendait le cheval frapper du pied dans ses entraves et l'herbe craquer doucement dans la bouche du cheval et il l'entendait souffler ou battre de la queue et il vit loin au sud au-delà des Hatchet Mountains les lueurs des éclairs au-dessus du Mexique et il comprit qu'il ne serait pas enterré dans cette vallée mais sur une terre lointaine parmi des étrangers et il regarda au loin l'herbe fouettée par le vent sous la lueur froide des étoiles comme si c'était la terre elle-même qui se jetait dans le vide et il dit doucement avant de se rendormir que la seule chose qu'il savait de toutes les choses prétendument connues c'était qu'aucune n'offrait la moindre certitude. Pas seulement la guerre qui commençait. Mais rien au monde.

Il trouva du travail au ranch des Hachoirs, sauf que ce n'était plus le ranch des Hachoirs. On l'envoya dans des pacages isolés du côté du Petit Colorado. En trois mois il vit trois créatures humaines. Quand il toucha sa paie en mars il alla au bureau de poste de Winslow et envoya un mandat à M. Sanders pour lui rembourser les vingt dollars qu'il lui devait et il entra dans un café de First Street et s'assit sur un tabouret et rabattit son chapeau en arrière avec le pouce et commanda une bière.

Qu'est-ce que je te sers comme bière ? dit le patron.

N'importe laquelle. Je m'en fiche.

T'as pas l'âge de boire de la bière.

Alors pourquoi vous m'avez demandé laquelle je voulais ?

Ça n'a pas d'importance parce que je ne vais pas te servir.

Laquelle il boit lui ?

L'homme assis au comptoir qu'il avait désigné d'un geste du menton le regardait attentivement. C'est une bière pression, fiston, dit-il. T'as qu'à dire que tu veux une bière pression.

Bon. Merci.

De rien.

Il continua dans la rue et entra dans le café suivant et s'assit sur un tabouret. Le patron s'avança et se campa devant lui.

Une bière pression.

Le patron repartit le long du comptoir et tira de la bière qu'il fit couler dans une chope ronde en verre et revint et posa la chope sur le comptoir. Billy sortit un dollar qu'il mit sur le comptoir et le serveur alla à la caisse enregistreuse et encaissa et déposa soixante-quinze cents devant lui.

D'où tu es ? dit-il.

Du côté de Cloverdale. Je travaillais aux Hachoirs.

C'est fini les Hachoirs. Babbitts a vendu le ranch.

Ouais. Je sais.

Il l'a vendu à un éleveur de moutons.

Ouais.

Qu'est-ce que tu penses de ça ?

J'en sais rien.

Eh bien moi je sais ce que j'en pense.

Billy regarda à l'autre bout du comptoir. Le café était vide à part un soldat qui avait l'air soûl. Le soldat l'observait.

Seulement ils lui ont jamais vendu la marque, pas vrai ? dit le patron.

Non.

Non. Et c'est pour ça que les Hachoirs c'est fini.

Tu veux tirer à pile ou face qui paie le juke-box ? dit le soldat.

Billy le regarda. Non, fit-il. Ça me dit rien.

Reste dans ton coin alors.

J'y compte bien.

Tu crois qu'elle est frelatée, ma bière ? dit le patron.

Non. J'crois pas. Vous avez beaucoup de réclamations ?

J'ai juste remarqué que tu buvais pas. C'est tout.

Billy regarda la bière. Il regarda au bout du comptoir. Le soldat s'était légèrement tourné de biais et gardait une main posée sur son genou. Comme s'il se demandait s'il allait se lever ou pas.

Je me suis juste dit que tu croyais peut-être qu'elle était frelatée, dit le patron.

J'ai pas l'impression, dit Billy. Mais si elle l'est je vous le ferai savoir.

T'as pas une cigarette ? dit le soldat.

J'fume pas.

Tu fumes pas.

Non.

Le patron sortit un paquet de Lucky Strike de sa poche de chemise et le plaqua sur le comptoir et le poussa vers le soldat. Voilà pour toi, militaire, dit-il.

Merci, dit le soldat. D'une secousse il fit sortir une cigarette toute droite du paquet et la tira avec sa bouche et sortit un briquet de sa poche et alluma la cigarette et posa le briquet sur le comptoir et poussa à son tour le paquet de cigarettes pour le rendre au patron. Qu'est-ce que t'as dans ta poche ? dit-il.

À qui vous parlez ? dit Billy.

Le soldat souffla la fumée le long du comptoir. C'est à toi que je parle, dit-il.

Eh bien, dit Billy. J'crois que ça ne regarde que moi ce que j'ai dans ma poche.

Le soldat ne répondit pas. Il fumait. Le patron avança la main et prit le paquet sur le comptoir et en sortit une cigarette et l'alluma et remit le paquet dans sa poche de chemise. Il s'appuyait contre les étagères du fond avec les bras croisés devant lui et la cigarette qui se consumait entre ses doigts. Personne ne parlait. Comme s'ils avaient attendu que quelqu'un arrive.

Tu sais quel âge j'ai ? dit le patron.

Billy le regarda. Non, dit-il. Comment je pourrais savoir votre âge ?

J'aurai trente-huit ans en juin. Le 14.

Billy ne répondit pas.

C'est pour ça que j'suis pas en uniforme.

Billy regarda le soldat. Le soldat fumait.

J'ai essayé de m'engager, dit le patron. J'ai essayé de mentir sur mon âge mais ils ont rien voulu entendre.

Il s'en fout, dit le soldat. Ça signifie rien pour lui, l'uniforme.

Le patron tira sur sa cigarette et souffla la fumée vers le comptoir. Je parie que ça signifierait quelque chose s'ils s'amenaient devant la porte dix de front avec leur soleil levant sur le col. Je parie que ça signifierait quelque chose alors.

Billy prit sa chope de bière et la vida d'un trait et la reposa sur le bar et se leva et rabattit son chapeau en avant et regarda une dernière fois le soldat et se retourna et sortit.

Il passa encore neuf mois dans le coin à travailler pour l'Aja et quand il quitta le ranch il avait un cheval de bât payé sur son salaire et un vrai couchage et une bâche pour dormir dessus et un vieux fusil Stevens à un coup calibre 32. Il prit au sud par les hautes plaines à l'ouest de Socorro et il passa par Magdalena et traversa les plaines de Saint Augustine. Quand il arriva à Silver City il neigeait et il prit une chambre au Palace Hotel et resta dans la chambre à regarder la neige qui tombait dans la rue. Il n'y avait personne dehors. Il sortit au bout d'un moment et descendit Bullard Street jusqu'au magasin de fourrage mais le magasin était fermé. Il trouva une épicerie et acheta six boîtes de céréales de petit déjeuner et revint et en donna aux chevaux et laissa les chevaux dans la cour derrière l'hôtel et alla dîner dans la salle à manger de l'hôtel et monta se coucher. Quand il descendit le lendemain matin il se retrouva seul au petit déjeuner et quand il sortit pour essayer d'acheter des habits tous les magasins étaient fermés. Il faisait gris et froid dans les rues et un vent aigre soufflait du nord et il n'y avait personne dehors. Il essaya la porte de la droguerie parce qu'il y avait de la lumière à l'intérieur mais elle était fermée comme les autres. Quand il revint à l'hôtel il demanda à l'employé si c'était dimanche et l'employé dit que non, que c'était vendredi.

Il regarda dehors dans la rue. Il n'y a pas une boutique ouverte, dit-il.

C'est Noël, dit l'employé. Les boutiques n'ouvrent pas le jour de Noël.

Son errance l'amena jusqu'à la pointe septentrionale du Texas et il travailla presque toute l'année suivante pour les Matadors puis il travailla pour le T. As de carreau. Il continua vers le sud en se faisant embaucher dans de petites exploitations, parfois juste pour une semaine. Au printemps de la troisième année de guerre il y avait à peine un ranch de la région sans son étoile d'or à une fenêtre. En signe de deuil. Il travailla jusqu'en mars dans une petite propriété près de Magdalena, Nouveau-Mexique, et un jour il alla chercher sa paie et sella son cheval et attacha son couchage sur le cheval de bât et repartit vers le sud. Il traversa la dernière route empierrée juste à l'est de Steins et deux jours plus tard il arriva à la barrière du SK Barre, la ferme de M. Sanders. C'était une fraîche journée printanière et le vieil homme était assis sur la galerie dans son fauteuil à bascule avec son chapeau sur la tête et une Bible sur les genoux. Il se pencha en avant pour voir s'il pourrait dire qui était là. Comme si se rapprocher de quelques centimètres pouvait l'aider à mieux distinguer le cavalier. Il paraissait plus frêle et plus âgé, très diminué depuis deux ans qu'il l'avait vu. Billy cria son nom et le vieil homme lui dit de descendre, ce qu'il fit. Quand il fut au bas des marches il s'arrêta une main posée sur la balustrade à la peinture écaillée et leva les yeux sur le vieil homme. Le vieillard était assis avec sa Bible refermée sur un doigt pour marquer la page. C'est toi, Parham ? dit-il.

Oui monsieur. Billy.

Il monta les marches et enleva son chapeau et serra la main du vieil homme. Ses yeux étaient d'un bleu plus pâle, comme déteints. Il garda longtemps la main de Billy dans la sienne. Que Dieu te bénisse, dit-il. J'ai pensé à toi mille fois. Assieds-toi ici qu'on puisse causer.

Il approcha un des vieux fauteuils cannés et s'assit et posa son chapeau sur un genou et regarda vers les montagnes au-delà des pâturages puis il regarda le vieil homme.

Je suppose que t'es au courant au sujet de Miller.

Non monsieur. Je n'ai pas eu beaucoup de nouvelles.

Il a été tué sur l'atoll de Kwajalein.

Ça me fait beaucoup de peine de l'apprendre.

Ça a été très dur pour nous. Très dur.

Ils se taisaient. Une brise soufflait de la campagne. Un pot de fougères arborescentes accroché à l'angle des chenaux se balançait doucement et son ombre oscillait sur les planches de la galerie, une ombre lente et aléatoire et décentrée.

Comment va la santé ? dit Billy.

Oh ça ne va pas trop mal. J'ai été opéré de la cataracte à l'automne mais je me remets. Leona m'a quitté pour se marier. Maintenant son mari a été expédié outre-mer et elle habite à Roswell je me demande bien pourquoi. Elle a trouvé du travail. J'ai essayé de la raisonner mais tu sais bien comme c'est.

Oui monsieur.

De toute façon je ne devrais pas être ici. J'ai fait mon temps.

J'espère que vous vivrez toujours.

Ne me le souhaite pas.

Il s'était penché en arrière et avait refermé la Bible. La pluie arrive par ici, dit-il.

Oui. On dirait.

Tu la sens ?

Oui.

J'ai toujours aimé cette odeur-là.

Ils se turent un moment. Puis Billy demanda : Vous la sentez ?

Non.

Ils restèrent silencieux.

T'as des nouvelles de Boyd ? dit le vieil homme.

Aucune. Il est jamais revenu du Mexique. Ou s'il est revenu j'suis pas au courant.

Le vieil homme resta longtemps silencieux. Il regardait au sud les prairies gagnées par l'obscurité.

Un jour en Arizona j'ai vu la pluie tomber sur une route asphaltée, dit-il. Il pleuvait d'un côté de la ligne blanche sur au moins un demi-mile et de l'autre côté la route était sèche comme tout. Jusqu'à la ligne du milieu exactement.

J'peux bien le croire, dit Billy. J'ai déjà vu la pluie tomber comme ça.

C'était une chose curieuse à voir.

J'ai vu un orage au milieu d'une tempête de neige un jour, dit Billy. Avec du tonnerre et des éclairs. On voyait pas les éclairs. Tout s'illuminait tout autour, c'était blanc comme du coton.

Il y a un Mexicain qui m'a dit la même chose dans le temps, dit le vieil homme. Je ne savais pas s'il fallait le croire ou non.

C'est au Mexique que j'ai vu ça.

Peut-être que ces choses-là ne peuvent pas arriver par ici.

Billy sourit. Il avait les bottes croisées devant lui sur les planches de la galerie et contemplait le paysage.

J'aime bien tes bottes, dit le vieil homme.

Je les ai achetées à Albuquerque.

Ça m'a l'air de bonnes bottes.

J'espère que oui. Je les ai payées assez cher.

Les prix grimpent comme un chat à un arbre avec la guerre et tout. Et encore. Quand il y a quelque chose à acheter.

Des tourterelles descendaient et traversaient la prairie vers la mare à l'ouest de la maison.

Tu ne t'es pas marié pendant que t'étais parti ? dit le vieil homme.

Non monsieur.

Les gens détestent les célibataires. Je me demande bien pourquoi. Tout le monde m'asticotait pour que je me remarie et pourtant j'avais près de soixante ans quand ma femme est morte. À commencer par ma belle-sœur. J'avais déjà été marié à la meilleure femme qu'on trouvera jamais. On n'a pas deux fois cette chance-là.

Non. Sans doute que non.

Je me rappelle ce que le vieux Bud Langford disait aux gens. Il leur disait : Il faudrait une rudement bonne épouse pour que ça vaille mieux que pas d'épouse du tout. Bien sûr il a jamais été marié, lui. Alors je me demande ce qu'il pouvait en savoir.

Je crois que je dois dire que personnellement j'y comprends pas le premier mot.

À quoi ?

Aux femmes.

Bien, dit le vieil homme. Au moins t'as pas pris l'habitude de mentir.

Ça m'avancerait à rien.

Pourquoi tu ne rentres pas tes chevaux avant que ton barda se fasse tremper là-bas dehors ?

Je crois qu'il vaut mieux que je parte.

Tu ne vas pas partir sous la pluie. Le souper sera servi dans deux minutes. J'ai une Mexicaine qui fait la cuisine pour moi.

Bon. Il vaut sans doute mieux que je parte tant que j'en ai le courage.

Reste juste pour le souper. Crénom. Tu viens juste d'arriver.

Quand il revint de l'écurie le vent soufflait plus fort mais il n'avait pas encore commencé à pleuvoir.

Je me souviens de ce cheval, dit le vieil homme. C'était le cheval de ton papa.

Oui.

Il l'avait acheté à un Mexicain. Il disait que le cheval quand il l'avait acheté ne connaissait pas un mot d'anglais.

Le vieil homme se souleva de son fauteuil à bascule et serra sa Bible sous son bras. Même se lever de son fauteuil devient pénible. Incroyable, hein ?

Vous croyez que les chevaux comprennent ce que disent les gens ?

J'suis même pas sûr que la plupart des gens le comprennent. Entrons. Ça fait deux fois qu'elle nous appelle.

Au matin il se leva avant l'aube et il traversa la maison plongée dans l'obscurité pour aller à la cuisine où une lampe était allumée. La femme était assise à la table de la cuisine en train d'écouter une vieille radio en bois qui avait la forme d'une mitre d'évêque. Elle écoutait un poste de Ciudad Juárez et quand il parut dans l'encadrement de la porte elle éteignit la radio et le regarda.

Está bien, dit-il. No tiene que apagarlo.

Elle haussa les épaules et se leva. Elle dit que l'émission était de toute façon terminée. Elle lui demanda s'il voulait son petit déjeuner et il dit que oui.

Pendant qu'elle le préparait il alla à l'écurie panser les chevaux et curer leurs sabots puis il sella Niño sans boucler le latigo et il arrima la vieille selle de bât Visalia sur son cheval de bât et y attacha la bâche et rentra dans la maison. Elle sortit son petit déjeuner du four et le posa sur la table. Elle avait préparé des œufs au jambon et des tortillas de froment et des haricots et elle posa tout cela devant lui et lui versa son café.

Quiere crema ? dit-elle.

No gracias. Hay salsa ?

Elle posa la sauce à côté de lui dans un petit mortier en pierre de lave.

Gracias.

Il crut qu'elle allait partir mais elle restait. Elle le regardait manger.

Es pariente del señor Sanders ? dit-elle.

No. Él era amigo de mi padre.

Il leva les yeux sur elle. Siéntate, dit-il. Puede sentarse.

Elle fit un petit geste de la main. Il ne savait pas ce que ça signifiait. Elle restait debout comme avant.

Su salud no es buena, dit-il.

Elle dit qu'en effet le vieil homme n'était pas en bonne santé. Elle dit qu'il avait des ennuis avec ses yeux et qu'il était très triste à cause de son neveu qui avait été tué à la guerre. Conoció a su sobrino ? dit-elle.

Sí. Y usted ?

Elle dit qu'elle n'avait pas connu son neveu. Elle dit que quand elle était venue travailler ici le neveu était déjà mort. Elle dit qu'elle avait vu sa photo et que c'était un très beau garçon.

Il mangea le reste des œufs et essuya l'assiette avec la tortilla et mangea la tortilla et but le reste du café et s'essuya la bouche et leva les yeux et remercia.

Tiene que hacer un viaje largo ? dit-elle.

Il se leva et posa la serviette sur la table et reprit son chapeau qu'il avait posé sur l'autre chaise et se couvrit. Il dit qu'il avait en effet un long voyage devant lui. Il dit qu'il ne savait pas à quoi ressemblerait la fin du voyage ou s'il saurait une fois arrivé que le voyage était fini et il lui demanda en espagnol de prier pour lui mais elle dit qu'elle avait déjà décidé de le faire avant qu'il le lui ait demandé.

IL DÉDOUANA LES CHEVAUX à la douane mexicaine de Berendo et rangea dans sa sacoche le bordereau revêtu des tampons officiels et donna un dollar d'argent au douanier mexicain. Le douanier le salua gravement et l'appela caballero et il continua et arriva au sud dans l'État de Chihuahua. La dernière fois qu'il était passé par ce port d'entrée il y avait sept ans de cela il avait treize ans et son père montait le cheval qu'il montait maintenant et ils avaient pris livraison d'un troupeau de huit cents têtes conduit par deux Américains d'un ranch abandonné perdu dans les montagnes à l'ouest d'Ascensión. Il y avait alors un café dans la localité mais il n'y en avait plus. Il descendit la petite rue de terre et acheta trois tacos à une femme assise près d'un brasero de charbon de bois dans la poussière du bas-côté et les mangea en route.

Deux journées de cheval l'amenèrent dans la soirée à la ville de Janos, ou plutôt aux lumières de cette agglomération située au-dessous de lui dans la plaine envahie par l'obscurité. Il arrêta son cheval sur l'ancienne route de chariots creusée d'ornières et regarda au loin vers les sierras occidentales découpées en noir contre le rideau rouge sang du ciel. Au loin c'était le pays du Bavispe et les hautes Pilares où la neige s'accrochait encore dans les plis des versants nord et les nuits étaient encore froides là-haut sur l'alto plano où il avait monté un autre cheval dans un autre âge il y avait de cela si longtemps.

Il approcha par l'est dans l'obscurité, passa devant les restes d'une des tours de pisé de l'ancienne ville fortifiée et traversa lentement une agglomération entièrement faite de pisé et en ruine depuis une centaine d'années. Il passa devant la haute église de pisé et devant les anciennes cloches espagnoles vert-de-grisées suspendues à leur mât au-dessus de leur chevalement dans la cour et devant les portes ouvertes des maisons où des hommes étaient assis et fumaient tranquillement. Derrière eux dans la lueur jaune des lampes à pétrole les femmes vaquaient à leurs tâches. Au-dessus de la ville stagnait un brouillard provenant des fumées de charbon de bois et quelque part dans ces sombres terriers il y avait de la musique.

Il suivit le bruit à travers les étroits couloirs de pisé et s'arrêta enfin devant une porte ou plutôt un assemblage de grossières planches de pin maculées de térébenthine séchée qui pendaient à des charnières de cuir cru. Le local où il entra n'était qu'une pièce de plus dans la rangée de huttes habitées ou abandonnées qui bordaient les deux côtés de la ruelle. Quand il entra la musique se tut et les musiciens se retournèrent et le regardèrent. Il y avait plusieurs tables dans la salle toutes avec des pieds exagérément chantournés tachés de boue comme si les tables étaient restées dehors sous la pluie. Quatre hommes étaient assis à une table avec des verres et une bouteille. Le long du mur du fond il y avait un comptoir du Brunswick abondamment travaillé amené ici Dieu sait d'où et derrière sur les étagères de bois sculpté couvertes de poussière une demi-douzaine de bouteilles, quelques-unes avec des étiquettes, d'autres sans.

Está abierto ? dit-il.

Le patron du bar repoussa sa chaise sur le sol d'argile et se leva. Il était très grand et quand il se leva sa tête disparut dans l'obscurité au-dessus de l'unique ampoule qui pendait à l'aplomb de la table sous son abat-jour. Sí, caballero, dit-il. Cómo no ?

Il alla au comptoir et prit un tablier accroché à un clou et le noua autour de sa taille et se campa les mains croisées devant lui contre l'acajou ouvragé du comptoir éclairé d'une lueur blafarde. Il avait l'air d'un boucher officiant dans une église. Billy salua d'un signe de tête les trois autres hommes assis autour de la table et leur dit bonsoir mais aucun ne lui rendit son salut. Les musiciens se levèrent avec leurs instruments et sortirent à la file dans la rue.

Il inclina légèrement son chapeau sur sa nuque et traversa la salle et posa les mains sur le comptoir et examina les bouteilles sur le mur du fond.

Déme un Waterfills y Frazier, dit-il.

Le patron leva un doigt. Comme pour approuver la sagesse de ce choix. Il tendit le bras et prit un gobelet parmi une collection hétéroclite et le posa sur le comptoir et prit la bouteille de whisky et remplit le verre à moitié.

Agua ? dit-il.

No gracias. Tome algo para usted.

Le patron le remercia et prit un autre verre et le remplit et posa la bouteille sur le comptoir. Sa main avait laissé sur la poussière de la bouteille une empreinte visible dans l'éclat jaunâtre de l'ampoule. Billy leva son verre et regarda le patron par-dessus le bord. Salud, dit-il.

Salud, dit le patron. Ils burent. Billy reposa son verre et le montra du doigt d'un geste circulaire qui englobait le verre du patron. Il se retourna et regarda les trois hommes assis à la table. Y sus amigos también, dit-il.

Bueno, dit le patron. Cómo no.

Il traversa la salle ceint de son tablier avec la bouteille à la main et remplit les verres et ils trinquèrent à sa santé et il leva son verre et ils burent. Le patron retourna au comptoir où il parut hésiter, avec son verre et la bouteille dans la main. Billy posa son verre sur le comptoir. De la table où étaient assis les buveurs une voix lui parvint qui l'invitait à se joindre à eux. Il prit son verre et se retourna et les remercia. Il ne savait pas qui avait parlé.

Quand il s'assit sur la chaise qu'avait libérée le patron et qu'il leva les yeux il put constater que le plus âgé des trois hommes était très soûl. Il portait une guayabera tachée de sueur et il était affaissé dans sa chaise avec le menton qui tombait dans son col ouvert. Les yeux noirs dans leurs cavités cernées de rouge étaient mornes et sans profondeur. Comme de la crasse de plomb coulée dans des forages pour y enfermer des forces virulentes ou prédatrices. Dans le lent clignotement des paupières un trop long intervalle. Ce fut le jeune homme assis à sa droite qui prit la parole. Il dit qu'il y avait un long chemin à faire entre deux verres de whisky quand on voyageait dans ce pays.

Billy acquiesça. Il regarda la bouteille posée sur leur table. Elle était légèrement jaune, légèrement difforme. Il n'y avait ni bouchon ni étiquette et elle contenait un mince dépôt de fluide, un mince sédiment. La mince spirale du ver de l'agave. Tomamos mescal, dit l'homme. Il se pencha en arrière dans sa chaise et appela le patron. Venga, cria-t-il. Siéntate con nosotros.

Le patron posa la bouteille de whisky sur le comptoir mais Billy lui dit de l'apporter. Le patron dénoua son tablier et l'enleva et le raccrocha au clou et s'avança avec la bouteille. Billy désigna d'un geste les verres posés sur la table. Otra vez, dit-il.

Otra vez, dit le patron. Il versa une tournée. Quand il eut rempli tous les verres sauf celui de l'homme ivre il hésita car le verre de l'homme ivre était encore plein de la tournée d'avant. Le jeune homme lui toucha le coude. Alfonso, dit-il. Tome.

Alfonso ne buvait pas. Son œil de plomb regardait fixement le nouveau venu. Il ne semblait pas tellement diminué par la boisson, mais plutôt rendu à un état atavique auquel il avait jadis échappé. Le jeune homme regarda l'Américain assis de l'autre côté de la table. Es un hombre muy serio, dit-il.

Le patron posa la bouteille devant eux et tira une chaise d'une table voisine et s'assit. Ils levèrent tous leurs verres. Ils allaient boire mais Alfonso choisit ce moment pour parler. Quién es, joven ? dit-il.

Ils se figèrent. Ils regardèrent Billy. Billy leva son verre et but et posa le verre vide et regarda de nouveau ces yeux qui le contemplaient de l'autre côté de la table.

Un hombre, dit-il. No más.

Americano.

Claro. Americano.

Es vaquero ?

Sí. Vaquero.

L'homme ivre ne bougeait pas. Ses yeux ne bougeaient pas. Il aurait aussi bien pu se parler à lui-même.

Tome, Alfonso, dit le jeune homme. Il leva son verre et regarda autour de la table. Les autres levèrent leurs verres. Ils burent tous.

Y usted ? dit Billy.

L'homme ivre ne répondit pas. Sa lèvre rouge humide pendait mollement sous ses dents blanches parfaites. Il ne semblait pas avoir entendu.

Es soldado ? dit-il.

Soldado no.

Le jeune homme dit que l'homme ivre avait été soldat pendant la révolution et qu'il avait combattu à Torreón et à Zacatecas et qu'il avait été blessé plusieurs fois. Billy regarda l'homme ivre. Le noir opaque de ses yeux. Le jeune homme dit qu'il avait reçu trois balles dans la poitrine à Zacatecas et qu'il était resté gisant dans la poussière des rues dans le noir et le froid pendant que les chiens buvaient son sang. Il dit que tout le monde pouvait voir les trous qu'il y avait dans la poitrine du patriote.

Otra vez, dit Billy. Le patron se pencha en avant avec la bouteille et remplit les verres.

Quand tous les verres furent remplis le jeune homme leva son verre et proposa un toast à la révolution. Ils burent. Ils reposèrent leurs verres et s'essuyèrent la bouche du revers de la main et regardèrent l'homme ivre. Por qué viene aquí ? dit l'homme ivre.

Ils regardèrent Billy.

Aquí ? dit Billy.

Mais l'homme ivre ne répondait pas aux questions, il se contentait de les poser. Le jeune homme se pencha un peu en avant. En este país, dit-il à mi-voix.

En este país, dit Billy. Ils attendaient. Il se pencha en avant et tendit le bras de l'autre côté de la table et prit le verre de mescal de l'homme ivre et en jeta le contenu dans la salle et reposa le verre sur la table. Personne ne bougeait. Il fit signe au patron. Otra vez, dit-il.

Le patron avança lentement la main vers la bouteille et une fois de plus remplit lentement les verres. Il reposa la bouteille et s'essuya la main au genou de son pantalon. Billy prit son verre et le garda devant lui. Il dit qu'il était dans leur pays pour retrouver son frère. Il dit que son frère était un peu fou et qu'il n'aurait pas dû l'abandonner mais qu'il l'avait fait.

Ils étaient assis autour de la table, leurs verres à la main. Ils regardaient l'homme ivre. Tome, Alfonso, dit le jeune homme. D'un geste il lui montrait son verre. Le patron leva son verre et but et reposa le verre vide sur la table et se pencha en arrière. Comme un joueur qui a déplacé son pion et qui se cale dans son siège dans l'attente des résultats. Il regarda le benjamin qui était assis de l'autre côté de la table un peu à l'écart avec son chapeau rabattu sur le front et son verre plein qu'il tenait à deux mains devant lui comme une offrande. Et qui n'avait pas encore prononcé une parole. Toute la salle commençait à bruire d'un faible bourdonnement.

Le but de toute cérémonie est d'éviter que coule le sang. Mais l'homme ivre habitait de par son état une zone grise de responsabilité et c'était à ce sens émoussé que l'homme assis à son côté adressait un appel muet. Il sourit et haussa les épaules et leva son verre à la santé du Norteamericano et but. Quand il reposa son verre l'homme ivre s'anima. Il se pencha lentement en avant et tendit la main pour prendre son verre et le jeune homme sourit et leva encore une fois son verre comme pour fêter le retour parmi eux de ce compagnon enfin tiré de son obsession. Mais l'homme ivre serra son verre entre ses doigts puis allongea lentement le bras par-dessus le bord de la table et versa le whisky par terre et reposa le verre sur la table. Puis il tendit une main tremblante vers la bouteille de mescal et tourna la bouteille la tête en bas et versa dans son verre le jaune carburant huileux et reposa la bouteille sur la table avec le sédiment et le lombric qui s'enroulait lentement dans le sens des aiguilles d'une montre sur le culot de verre. Puis il se pencha en arrière comme avant.

Le jeune homme regarda Billy. Dehors dans la ville envahie par l'obscurité un chien aboyait.

No le gusta el whisky ? dit Billy.

L'homme ivre ne répondit pas. Le verre de mescal était posé exactement à l'endroit où Billy l'avait vu en entrant dans le bar.

Es el sello, dit le jeune homme.

El sello ?

Sí.

Il dit que son compagnon ne pouvait pas accepter le cachet qu'il y avait sur la bouteille car c'était le cachet d'un État oppresseur. Il dit qu'il ne voulait rien boire de ces bouteilles-là. Que c'était une question d'honneur.

Billy regarda l'homme ivre.

Es mentira, dit l'homme ivre.

Mentira ? dit Billy.

Sí. Mentira.

Billy regarda le jeune homme. Il lui demanda ce qui était un mensonge mais le jeune homme lui dit de ne pas faire attention. Nada es mentira, dit-il.

No es cuestión de ningún sello, dit l'homme ivre.

Il parlait lentement mais avec une certaine aisance. Il s'était tourné de profil et ses paroles s'adressaient au jeune homme assis à côté de lui. Puis il se remit face à la table et continua de dévisager Billy. Billy fit un mouvement circulaire avec le doigt. Otra vez, dit-il. Le patron tendit le bras et prit la bouteille.

Si vous préférez boire cette infecte pisse de chat plutôt que du bon whisky américain, dit Billy, je vous souhaite bonne chance.

Mánde ? dit l'homme ivre.

Le patron parut hésiter. Puis il se pencha et remplit les verres vides et prit le bouchon et le remit dans la bouteille. Billy leva son verre. Salud, dit-il. Il but. Tout le monde but. Sauf l'homme ivre. Dehors dans la rue les vieilles cloches espagnoles sonnèrent une fois, sonnèrent deux fois. L'homme ivre se pencha en avant. Il tendit la main derrière son verre de mescal posé devant lui et reprit la bouteille de mescal. Il la leva et remplit à ras bord le verre de Billy d'un léger mouvement circulaire de la main. Comme s'il y avait un mouvement rituel prescrit pour remplir un verre à liqueur. Puis il redressa la bouteille et la remit sur la table et se pencha en arrière.

Le patron et les deux jeunes gens gardaient leurs verres levés devant eux dans leur main. Billy regarda le mescal. Il se pencha en arrière. Il regarda vers la porte. Il aperçut Niño dans la rue. Les musiciens qui étaient sortis s'étaient déjà remis à jouer quelque part dans une autre rue, une autre taverne. Ou c'étaient peut-être d'autres musiciens. Il tendit le bras et leva le verre de mescal et l'examina à la lumière. Un sédiment tournait dans le verre comme de la fumée. De menues traces de débris. Personne ne bougeait. Il inclina le verre et but.

Salud, cria le jeune homme. Ils burent. Le patron but. Ils firent claquer leurs verres vides sur la table et sourirent à la ronde. Puis Billy se pencha sur le côté et cracha le mescal par terre.

Dans le silence qui s'ensuivit le bourg lui-même semblait avoir été aspiré par le désert alentour. Il n'y avait aucun bruit nulle part. L'homme ivre était encore assis sa main figée dans le geste amorcé pour prendre le verre. Le jeune homme baissa les yeux. Dans l'ombre de la lampe ses yeux semblaient fermés et l'étaient peut-être. L'homme ivre ferma sa main qui s'apprêtait à prendre le verre et l'abaissa sur la table. Billy fit un lent mouvement circulaire avec son doigt. Otra vez, dit-il.

Le patron regarda Billy. Il regarda le patriote aux yeux de plomb assis le poing levé à côté de son verre. Era demasiado fuerte para él, dit-il. Demasiado fuerte.

Billy ne détachait pas son regard de l'homme ivre. Más mentiras, dit-il. Il dit que ce n'était pas vrai, que le mescal n'était pas trop fort pour lui comme l'avait dit le patron.

Ils restaient assis autour de la table, les yeux fixés sur la bouteille de mescal. Sur la demi-lune noire de l'ombre de la bouteille à côté de la bouteille. Comme l'homme ivre ne bougeait pas et ne disait rien Billy tendit la main devant lui pour prendre la bouteille de whisky et remplit encore une fois les verres et reposa la bouteille sur la table. Puis il repoussa sa chaise et se leva. L'homme ivre posa les deux mains sur le bord de la table.

L'homme qui n'avait pas encore prononcé une parole dit en anglais que si Billy faisait mine de sortir son portefeuille l'homme ivre lui tirerait dessus.

Je n'en doute pas une minute, dit Billy. Puis il s'adressa au patron sans quitter des yeux l'homme assis de l'autre côté de la table. Cuánto debo ? dit-il.

Cinco dolares, dit le patron.

Il plongea deux doigts dans sa poche de chemise et sortit ses billets et les déplia avec le pouce et fit glisser un billet de cinq dollars et le posa sur la table. Il regarda l'homme qui lui avait parlé en anglais. Est-ce qu'il va me tirer dans le dos ? dit-il.

L'homme le regarda par-dessous le bord de son chapeau et sourit. Non, dit-il. Je ne crois pas.

Billy toucha le bord de son chapeau et salua les hommes assis autour de la table. Caballeros, dit-il. Et il se retourna pour gagner la porte en laissant sur la table son verre encore plein.

S'il vous appelle ne vous retournez pas, dit le benjamin.

Il ne s'arrêta pas et ne se retourna pas et il était presque arrivé à la porte quand l'homme ivre l'appela. Joven, dit-il.

Il s'arrêta. Dehors dans la rue les chevaux levèrent la tête et le regardèrent. Il mesura du regard la distance qui le séparait de la porte et qui n'était guère plus que sa propre longueur. Vas-y, dit-il. Vas-y. Il se retourna.

L'homme ivre n'avait pas bougé. Il était assis dans sa chaise et le benjamin qui parlait anglais s'était levé et était debout à côté de lui une main sur son épaule. Ils semblaient poser pour une photo de magazine sur le monde des hors-la-loi.

Me llama embustero ? dit l'homme ivre.

No, dit-il.

Il lui demanda encore une fois s'il le traitait de menteur. Embustero ? Il saisit les bords de sa chemise et l'ouvrit d'un seul coup. Elle était attachée avec des pressions et elle s'ouvrit facilement et sans bruit. Les pressions étaient peut-être usées et molles d'avoir trop souvent servi à pareilles démonstrations dans le passé. Il restait assis les bords de sa chemise largement écartés sur sa poitrine comme pour rappeler à lui la trinité des balles de fusil dont l'empreinte marquait juste au-dessus du cœur son torse lisse et glabre d'un triangle de stigmates parfaitement isocèle. Des hommes assis à la table aucun ne bougeait. Aucun ne regardait le patriote ni ses cicatrices car ils avaient déjà tous vu cela avant. Ils observaient le jeune homme blond debout dans l'encadrement de la porte. Ils ne bougeaient pas et il n'y avait pas un son et il tendait l'oreille à l'affût d'un bruit quelque part dans la ville qui lui eût indiqué qu'elle n'était pas à l'écoute elle aussi car il avait l'impression que certaines circonstances de son arrivée ici étaient non seulement connues mais voulues et il guettait un signe des musiciens qu'il avait fait fuir rien qu'en entrant dans ce local et qui écoutaient peut-être aussi le silence tapis n'importe où derrière les gravats de pisé et il était à l'affût de tout bruit qui n'était pas les coups sourds de son cœur refoulant le sang dans un lent travail d'hydraulique par les sombres canaux étroits de son être corporel. Il regarda l'homme qui l'avait averti de ne pas se retourner mais c'était le seul avertissement qu'il pouvait en attendre. Ce qu'il voyait c'était que de l'histoire de cette insignifiante république où il semblait qu'il allait maintenant mourir le seul produit tangible qui eût un peu d'autorité ou de sens ou le moindre droit à l'existence était assis là devant lui dans la lumière jaunâtre de cette taverne et que toutes les interprétations sorties des lèvres ou de la plume des hommes devraient être une fois encore reforgées à chaud sur l'enclume de leur propre mise en scène avant de pouvoir seulement passer pour un mensonge. Puis tout fut fini. Il enleva son chapeau et attendit. Alors pour le meilleur ou pour le pire il se couvrit et tourna les talons et franchit la porte et détacha les chevaux et se mit en selle et partit le long de la rue étroite avec le cheval de bât au bout de la longe et sans se retourner.

IL ÉTAIT À PEINE SORTI de la ville quand une goutte de pluie de la taille d'une bille atterrit dans le bord de son chapeau. Puis une autre. Il leva les yeux sur un ciel dégagé. Les planètes visibles qui brûlaient à l'est. Il n'y avait ni vent ni odeur de pluie dans l'air pourtant les gouttes tombaient plus fort. Le cheval voulut faire halte sur la route et le cavalier tourna son regard sur les contours sombres de la ville. Aux étroites fenêtres quelques carrés de lumière glauque et rougeâtre. Le claquement de la pluie sur l'argile durcie de la route comme des chevaux traversant un pont quelque part dans l'obscurité. Il commençait à se sentir soûl. Il arrêta le cheval et lui fit faire demi-tour et revint sur ses pas.

Il fit entrer le cheval par la première porte qu'il trouva, lâchant la longe du cheval de bât et se penchant contre l'encolure de son cheval pour franchir le linteau de la porte. Une fois à l'intérieur il resta en selle sous la pluie et leva les yeux pour contempler les étoiles au-dessus de lui. Il fit faire demi-tour au cheval et ressortit et franchit un autre portail et le bruit mou des gouttes de pluie sur la calotte de son chapeau s'interrompit aussitôt. Il descendit et se mit à taper des pieds dans le noir pour voir de quoi le sol était fait. Il sortit et fit entrer le cheval de bât et défit l'as de carreau et posa la bâche par terre et détacha et retira la selle de bât et entrava le cheval et le ramena dehors sous la pluie. Puis il défit le latigo de son cheval de selle et retira la selle et les sacoches et posa la selle contre le mur et s'agenouilla et chercha à tâtons les cordelettes de la bâche et les dénoua et déroula la bâche et s'assit et retira ses bottes. Il se sentait de plus en plus soûl. Il enleva son chapeau et s'allongea. Le cheval passa à côté de sa tête et alla regarder par la porte. Va pas me marcher par-dessus espèce d'idiot, dit-il.

Au matin quand il se réveilla la pluie avait cessé et il faisait grand jour. Il se sentait très mal. Il s'était levé il ne savait plus quand pendant la nuit et il était sorti en titubant pour vomir et il se rappelait qu'il avait regardé dans le noir avec ses yeux mouillés en quête d'un signe quelconque des chevaux et qu'il était ensuite rentré sur des jambes chancelantes. Il ne s'en serait peut-être pas souvenu mais quand il se redressa et qu'il chercha des yeux ses bottes autour de lui il les avait aux pieds. Il ramassa son chapeau et le mit et regarda vers la porte. Des enfants qui s'étaient assis à croupetons pour l'observer se levèrent et s'écartèrent.

Dónde están los caballos ? dit-il.

Ils dirent que les chevaux mangeaient.

Il se leva trop vite et s'adossa au chambranle de la porte avec la main sur les yeux. Il était brûlant de soif. Il releva la tête et franchit la porte et regarda les enfants. Ils pointaient le doigt vers la route.

Il longea la dernière rangée des basses constructions de pisé avec les enfants qui suivaient derrière et conduisit le cheval dans une prairie couverte d'herbe épaisse au sud de la ville où un petit ruisseau traversait la route. Il tenait dans sa main les rênes de Niño. Les enfants regardaient.

Quieres montar ? dit-il.

Ils se regardèrent. Le plus jeune était un gamin d'environ cinq ans et il leva les deux bras en l'air et attendit. Billy le souleva et le mit à califourchon sur le cheval puis la petite fille et enfin le gamin le plus âgé. Il dit au grand de tenir les petits et le gamin acquiesça et il reprit les rênes et la longe du cheval de bât et ramena les deux chevaux vers la route.

Une femme arrivait de la ville. En la voyant les enfants se mirent à chuchoter. Elle portait un seau bleu pâle avec un linge par-dessus. Elle s'arrêta au bord de la route avec le seau qu'elle tenait à deux mains devant elle par l'anse de fil de fer. Puis elle traversa le champ dans leur direction.

Billy toucha son chapeau et lui dit bonjour. Elle s'arrêta sans lâcher le seau. Elle dit qu'elle l'avait cherché. Elle dit qu'elle savait qu'il n'était pas allé loin parce que son couchage et sa selle étaient là où il les avait laissés. Elle dit que les enfants lui avaient dit qu'il y avait un cavalier endormi dans les caídas au bord de la route et qu'il était malade et elle lui avait apporté du menudo encore tout chaud du feu et que s'il en mangeait il retrouverait des forces pour son voyage.

Elle se baissa et posa le seau par terre et souleva le linge et le lui tendit. Il tenait le linge à la main et regardait le seau. À l'intérieur il y avait un bol de fer-blanc tavelé. Le bol était recouvert d'une soucoupe et entre le bol et le seau étaient coincées des tortillas pliées. Il regarda la femme.

Ándale, dit-elle. Elle montrait le seau.

Y usted ?

Ya comí.

Il regarda les enfants alignés sur le dos du cheval. Il tendit les rênes et la longe au gamin.

Toma un paseo, dit-il.

Le gamin allongea le bras et prit les rênes et il passa le bout du lasso à la fillette et fit ensuite passer la demi-rêne par-dessus la tête de la fillette et talonna le cheval. Billy regarda la femme. Es muy amable, dit-il. Elle lui dit de manger avant que ça refroidisse.

Il s'accroupit par terre et voulut soulever le bol mais il était trop chaud. Con permiso, dit-elle. Elle baissa la main et prit le bol dans le seau et enleva la soucoupe et posa le bol sur la soucoupe et le lui tendit. Puis elle se baissa et prit une cuiller qu'elle lui tendit aussi.

Gracias, dit-il.

Elle s'agenouilla dans l'herbe en face de lui pour le regarder manger. Les rubans de tripes flottaient comme de gros vers de terre paresseux dans le bouillon clair et huileux. Il dit qu'il n'était pas vraiment malade mais seulement un peu crudo après sa soirée à la taverne. Elle dit qu'elle comprenait et que ça n'avait pas d'importance et qu'il n'y avait pas moyen de savoir de qui venait la maladie, grâce à Dieu pour nous tous.

Il prit une tortilla dans le seau et la déchira et la plia et la trempa dans le bouillon. Il sortit un morceau de tripes et le morceau glissa de la cuiller et il le coupa en deux avec le bord de la cuiller en le pressant contre le flanc du bol. Les tripes étaient brûlantes et fortement épicées. Il mangeait. Elle regardait.

Les enfants s'étaient arrêtés derrière lui sur le cheval et attendaient. Il leva les yeux sur eux et fit un geste circulaire avec le doigt et ils repartirent. Il regarda la femme.

Son suyos ?

Elle hocha la tête. Elle dit que non.

Il acquiesça. Il les regarda s'éloigner. Le bol avait un peu refroidi et il le prit par le bord et le souleva en l'inclinant et but une gorgée et mordit dans la tortilla. Muy sabroso, dit-il.

Elle dit qu'elle avait eu un fils mais qu'il était mort il y avait de cela vingt ans.

Il la regarda. Il songea qu'elle ne paraissait pas assez âgée pour avoir eu un enfant vingt ans plus tôt mais en fait elle semblait ne pas avoir d'âge du tout. Il dit qu'elle devait être très jeune alors et elle dit qu'en effet elle était très jeune alors mais que la douleur des jeunes était grandement sous-estimée. Elle se mit la main sur la poitrine, elle dit que l'enfant vivait dans son âme.

Il regarda de l'autre côté du champ. Les enfants étaient à califourchon sur le cheval au bord de la rivière et le gamin semblait attendre que le cheval boive. Le cheval attendait ce qu'on allait exiger de lui. Billy mangea les derniers restes de tripes et plia le dernier quartier de la tortilla et essuya le bol avec et mangea le morceau de tortilla et remit bol et cuiller et soucoupe dans le seau et regarda la femme.

Cuánto le debo, señora, dit-il.

Señorita, dit-elle. Nada.

Il sortit de sa poche de chemise les billets pliés. Para los niños.

Niños no tengo.

Para los nietos.

Elle rit et hocha la tête. Nietos tampoco, dit-elle.

Il tenait l'argent dans sa main.

Es para el camino, dit-elle.

Bueno. Gracias.

Déme su mano.

Cómo ?

Su mano.

Il lui tendit la main et elle la prit et la tourna paume vers le haut et la garda dans la sienne et l'examina.

Cuántos años tiene ? dit-elle.

Il dit qu'il avait vingt ans.

Tan joven. Elle explorait sa paume du bout de son doigt. Elle pinça les lèvres. Hay ladrones aquí, dit-elle.

En mi palma ?

Elle se pencha en arrière et ferma les yeux et rit. Elle riait avec un enthousiasme facile. Me lleva Judas, dit-elle. No. Elle hocha la tête. Elle ne portait qu'une mince camisole à fleurs et ses seins se balançaient sous l'étoffe. Ses dents étaient blanches et parfaites. Ses jambes nues et brunes.

Dónde pues ? dit-il.

Elle pinça sa lèvre inférieure avec ses dents et le contempla de ses yeux noirs. Aquí, dit-elle. En este pueblo.

Hay ladrones en todos lados, dit-il.

Elle hocha la tête. Elle dit qu'au Mexique il y avait des villages où habitaient des voleurs et des villages où il n'y en avait pas. Elle dit que c'était un arrangement raisonnable.

Il lui demanda si elle faisait partie des voleurs et elle se remit à rire. Ay, dit-elle. Dios mío, que hombre. Elle le regarda. Quizás, dit-elle.

Il lui demanda quel genre de choses elle volerait si elle était voleuse mais elle se contenta de sourire et tourna sa main dans la sienne et l'examina.

Qué ve ? dit-il.

El mundo.

El mundo ?

El mundo según usted.

Es gitana ?

Quizás sí. Quizás no.

Elle posa son autre main sur la sienne. Elle regarda de l'autre côté du champ où les enfants se promenaient à cheval.

Qué vio ? dit-il.

Nada. No vi nada.

Es mentira.

Sí.

Il lui demanda pourquoi elle ne voulait pas lui dire ce qu'elle avait vu mais elle se contenta de sourire et de hocher la tête. Il lui demanda s'il n'y avait pas de bonnes nouvelles du tout et elle devint plus grave et fit oui de la tête et de nouveau elle tourna sa paume vers le haut. Elle dit qu'il vivrait une longue vie. Elle suivit la ligne là où elle décrivait un cercle sous la base du pouce.

Con mucha tristeza, dit-il.

Bastante, dit-elle. Elle dit qu'il n'y a pas de vie sans tristesse.

Pero usted ha visto algo malo, dit-il. Qué es ?

Elle dit que quoi qu'elle ait vu de bon ou de mauvais on

ne pouvait rien y changer et que tout lui serait révélé au moment choisi par Dieu. Elle l'examinait la tête vaguement penchée sur le côté. Comme s'il y avait une question qu'il devait poser si seulement il avait l'esprit assez vif pour la poser mais il ne savait pas quelle question c'était et le moment fut bientôt passé.

Qué novedades tiene de mi hermano ? dit-il.

Cuál hermano ?

Il sourit. Il dit qu'il n'avait qu'un frère.

Elle découvrit sa main et la garda dans la sienne. Sans la regarder. Es mentira, dit-elle. Tiene dos.

Il hocha la tête.

Mentira tras mentira, dit-elle. Elle se pencha pour examiner sa paume.

Qué ve ? dit-il.

Veo dos hermanos. Uno ha muerto.

Il dit qu'il avait une sœur qui était morte mais elle hocha la tête. Hermano, dit-elle. Uno que vive, uno que ha muerto.

Cuál es cuál ?

No sabes ?

No.

Ni yo tampoco.

Elle lâcha sa main et se leva et ramassa le seau. De nouveau elle regarda de l'autre côté de la route là où étaient les enfants et le cheval. Elle dit qu'il avait peut-être eu de la chance dans la nuit car la pluie avait sans doute retenu à l'intérieur des gens qui sans cela auraient peut-être rôdé dehors mais elle dit que la pluie qui porte bonheur peut aussi trahir. Elle dit aussi que si la pluie tombe selon qu'il plaît à Dieu le mal choisit son heure et que ceux qu'il frappe ne sont peut-être pas eux-mêmes tout à fait exempts d'une certaine noirceur. Elle dit que le cœur se trahit lui-même et que les méchants ont souvent des yeux pour voir ce qui pour les bons reste caché.

Y sus ojos ?

Elle hocha la tête, sa noire chevelure ondoyait sur ses épaules. Elle dit qu'elle n'avait rien vu. Elle dit que ce n'était qu'un jeu. Puis elle se tourna et traversa le champ et repartit le long de la route.

Il chevaucha vers le sud toute la journée et le soir il passa par la ville de Casas Grandes et prit au sud le long de la route qu'il avait prise pour la première fois avec son frère trois ans plus tôt, passant au crépuscule le long des ruines sombres, le long de l'ancien jeu de paume où comme ce soir-là chassaient les engoulevents. Le lendemain il arriva à l'hacienda de San Diego et arrêta le cheval sous les antiques peupliers de la rivière. Puis il poussa le cheval en avant et traversa le pont de planches et arriva aux domicilios.

Le logement des Muñoz était vide. Il fit le tour des pièces. Il n'y avait aucun meuble d'aucune sorte. Dans la niche qui abritait la Vierge rien qu'une croûte grise d'ancienne cire là où le cierge avait coulé sur le plâtre poussiéreux.

Il s'attarda sur le seuil puis il sortit et se remit en selle et arriva dans la cour et franchit le portail. Dans la cour un vieillard qui tressait des paniers lui dit qu'ils étaient partis. Il demanda au vieillard s'il savait où ils étaient allés mais le vieillard ne semblait pas avoir une notion claire de l'idée de destination. Il fit un geste large qui désignait le monde. Le cavalier restait en selle et regardait la cour. La vieille automobile de tourisme. Les bâtiments en ruine. Un dindon dans l'embrasure d'une fenêtre sans châssis. Le vieillard s'était remis à sa vannerie et il lui souhaita une bonne journée et tourna le cheval et conduisant par la longe le cheval de bât il franchit le haut portail voûté et passa devant les logements des paysans et redescendit la colline vers la rivière et retraversa le pont.

Deux jours plus tard il passa par Las Varas et prit à l'est vers Boquilla sur la route où ils avaient vu lui et son frère le cheval de leur père arriver du lac sur la route mouillé et dégoulinant. Il n'avait pas plu sur les hautes terres et la route était couverte de poussière. Un vent sec soufflait du nord. Sur la plaine lointaine de l'autre côté du lac des rafales de poussière arrivaient de La Babícora comme s'il y avait eu un incendie. Au soir le gros Waco rouge arriva de l'ouest et décrivit un cercle dans le ciel et descendit entre les arbres.

Il établit son bivouac sur la plaine et fit un petit feu qui crépitait dans le vent comme un feu de forge et dévorait sa maigre provision de bâtons et de rameaux. Il le regardait brûler et le regardait brûler. Les lambeaux de flammes qui filaient au loin se brisaient et disparaissaient comme un cri dans l'obscurité. Le lendemain il passa par La Babícora et Santa Ana de Babícora et prit la route du nord vers Namiquipa.

La ville n'était guère qu'un camp de mineurs située sur une falaise au-dessus de la rivière et il attacha son cheval au pied de la ville à l'est dans un bosquet de saules et prit un bain dans la rivière et lava ses vêtements. Au matin en entrant dans la ville il rencontra un cortège nuptial qui passait sur la route. Une banale charrette en bois décorée de rubans. Une bâche de toile tendue sur un rachitique treillis de baguettes de saule pour abriter la mariée du soleil. La charrette était tirée par un unique petit mulet, gris et lent, la mariée seule dans la charrette, assise sous le dais fragile avec une ombrelle ouverte dans sa main. Sur la route à côté d'elle marchait un groupe d'hommes vêtus de costumes noirs ou de costumes gris qui avaient peut-être été noirs autrefois et au moment où ils passaient la mariée se tourna et regarda le cavalier arrêté sur son cheval immobile au bord de la route comme un pâle présage de malheur et elle fit le signe de la croix puis détourna la tête et ils continuèrent. Il allait revoir la charrette un peu plus tard dans le bourg. Le mariage ne devait avoir lieu que l'après-midi et ils n'étaient arrivés de si bonne heure que pour profiter de l'absence de poussière sur la route à cette heure matinale.

Il entra à leur suite dans la ville et il parcourut à cheval les ruelles poussiéreuses. Il n'y avait personne dehors. Il se pencha de côté et tapa à une porte au hasard et écouta. Personne ne venait. Il sortit une botte de l'étrier et donna un coup de pied dans la porte pour frapper plus fort mais le loquet était mal fermé et la porte s'ouvrit lentement sur la pénombre d'une pièce basse.

Hola, cria-t-il.

Personne ne répondit. Il regarda l'étroite ruelle devant lui. Il regarda à l'intérieur par-dessus la porte. Contre le mur du fond du taudis il y avait une chandelle qui se consumait sur une assiette et couché sur des tréteaux parmi des fleurs sauvages des montagnes gisait un vieillard vêtu de son costume funèbre.

Il mit pied à terre et lâcha les rênes et entra par la porte basse et enleva son chapeau. Le vieillard avait les mains croisées sur la poitrine et il n'avait pas de chaussures et ses pieds nus avaient été attachés l'un à l'autre par les orteils avec une cordelette pour les empêcher de retomber. Billy appela doucement dans l'obscurité mais cette pièce était toute la maison. Quatre chaises vides étaient posées contre un mur. Tout était recouvert d'une fine poussière. En haut du mur du fond il y avait une petite fenêtre et il traversa la pièce et regarda dans le patio derrière la maison. Un vieux corbillard était garé là avec les brancards inclinés en arrière contre la caisse. De l'autre côté de l'enclos, dans un hangar ouvert, un cercueil de bois brut reposait sur des chevalets faits de perches de bois de pin. Le couvercle du cercueil était appuyé contre le mur du hangar. Le cercueil et le couvercle avaient été noircis à l'extérieur mais l'intérieur de la boîte était du bois frais tout nu sans étoffe ni garniture d'aucune sorte.

Il se tourna et regarda le vieil homme sur sa planche funéraire. Le vieil homme avait une moustache et sa moustache et ses cheveux étaient gris argent. Les mains croisées sur sa poitrine étaient larges et robustes. Ses ongles n'avaient pas été nettoyés. Sa peau était sombre et poussiéreuse, ses pieds nus carrés et noueux. Le vêtement qu'il portait semblait trop petit pour lui et il était d'une coupe qu'on ne voyait plus depuis longtemps même dans la région et le défunt l'avait sans doute depuis toujours.

Il ramassa une petite fleur jaune qui avait la forme d'une pâquerette comme celles qu'il avait vu pousser au bord des routes et il regarda la fleur et le vieillard. Dans la pièce l'odeur de la cire, un vague indice de pourriture. Une faible effluve laissée par le copal brûlé. Qué novedades ahora viejo ? dit-il. Il passa la fleur dans la boutonnière de sa poche de chemise et sortit et referma la porte derrière lui.

PERSONNE DANS CETTE VILLE ne savait ce qu'était devenue la fille. Sa mère avait déménagé. Sa sœur s'en était allée à Mexico il y avait des années, qui savait ce qui pouvait arriver à des filles comme ça ? Dans l'après-midi la noce remonta la rue avec la mariée et le marié assis sur le siège de la charrette couverte. Ils passèrent lentement, au son d'un tambour et d'un cornet, la charrette grinçant, la mariée dans son voile de blancheur, le marié en noir. Leurs sourires comme des grimaces, de la terreur dans leurs yeux. Ils avaient l'apparence de certains personnages populaires de ce pays qui dansent ensemble avec leurs pâles ossements peints sur leurs costumes. La charrette au grincement lent pareille à celle qui traverse les songes du paisano dans son lourd sommeil, passant lentement de gauche à droite à travers l'irremplaçable nuit pour laquelle lui seul donne sa peine, s'éloignant au point du jour dans un faible cliquetis, un vague effroi.

Au soir ils allèrent chercher le vieillard à la maison mortuaire et l'inhumèrent au cimetière parmi les vieilles planches de guingois qui tenaient lieu de pierres tombales en ce recoin austère du haut pays. Personne ne contesta le droit du güero d'être parmi les proches du défunt et il les salua sans un mot et entra dans la maison basse où une table avait été dressée avec presque tout ce que cette contrée pouvait offrir de gourmandises. Pendant qu'il mangeait des tamales adossé au mur une femme s'approcha de lui et lui dit qu'il ne serait pas si facile de retrouver la fille car c'était une bandida notoire et beaucoup de gens la recherchaient. Elle dit que le bruit courait à La Babícora que sa tête avait été mise à prix. Elle dit que certains croyaient que la fille faisait don aux pauvres de pièces d'argent et de bijoux et que d'autres croyaient que c'était une sorcière ou un démon. Il se pouvait aussi que la fille soit morte mais une chose était sûre, elle n'avait pas été tuée à Ignacio Zaragosa.

Il la regardait attentivement. C'était une jeune femme de la campagne. Vêtue d'une pauvre camisole noire de coton au mordant défectueux, imparfaitement teint. La teinture noire avait laissé des cernes sombres sur ses poignets.

Y por qué me dice esto pues ? dit-il.

Elle se tut, sa lèvre supérieure pincée dans les dents du bas. Au bout d'un moment, elle dit que c'était parce qu'elle savait qui il était.

Y quién soy ? dit-il.

Elle dit qu'il était le frère du güerito.

Il posa par terre le pied qu'il avait appuyé contre le mur derrière lui et la regarda et regarda dans la pièce les sombres silhouettes endeuillées qui passaient en allant s'approvisionner au buffet comme d'antiques figurines de la mort à son festin et il la regarda de nouveau. Il lui demanda si elle savait où il pourrait trouver son frère.

Elle ne répondit pas. Le mouvement des personnages dans la pièce se ralentit, les murmures étouffés de sympathie ne furent bientôt plus qu'un chuchotement. Les convives se souhaitèrent de bien profiter de leur repas puis tout cela se désintégra dans la multiplicité de sa propre répétition et il entendit toutes ces cérémonies d'avant s'imbriquer comme des pièces de bois dans leurs encoches. Comme une gâchette dans une serrure ou comme les dents de bois d'un antique engrenage glissant une à une dans les mortaises du pignon tournant à leur rencontre. No sabe ? dit-elle.

No.

Elle leva la main l'index posé sur les lèvres. Presque une exhortation au silence. Puis elle tendit le bras vers lui, presque à le toucher. Elle dit que les ossements de son frère reposaient au cimetière de San Buenaventura.

Il faisait nuit quand il sortit et il détacha le cheval et se mit en selle. Il dépassa les cireuses lueurs jaunâtres des fenêtres et prit au sud sur la route par laquelle il était venu. Après la première côte la ville disparut derrière lui et il y avait partout des étoiles à foison dans le noir au-dessus de lui et il n'y avait de bruit nulle part dans la nuit sauf le cliquetis régulier des sabots sur la route, le faible grincement du cuir, la respiration des chevaux.

Il parcourut la région pendant des semaines en interrogeant quiconque acceptait d'être interrogé. Dans une auberge du village de montagne de Temosachic il entendit pour la première fois les couplets du corrido où il est question du jeune güero venu du nord. *Si blond de cheveux. Le revolver en main. Que cherches-tu jeune homme ? Pourquoi te lever si matin ?* Il demanda au chanteur qui était ce jeune homme dont il était question dans sa chanson mais le chanteur se contenta de répondre que le jeune homme était un justicier ainsi qu'il était dit dans la chanson et qu'il était mort depuis bien des années. Le chanteur tenait d'une main le col ciselé de son instrument et il leva son verre posé sur la table et trinqua en silence à la santé de l'homme qui l'interrogeait et trinqua à voix haute à la mémoire de tous les hommes justes qu'il y a au monde car ainsi qu'il était dit dans la chanson leur route était une route saturée de sang et les actes de leurs vies étaient inscrits dans ce sang qui est le sang du cœur du monde et il dit que c'est d'eux et d'eux seulement que parlent les chansons que chantent les hommes dignes de ce nom.

À la fin avril dans la ville de Madera il remisa son cheval et partit faire un tour entre les tentes foraines dressées dans le champ derrière les voies de chemin de fer. Il faisait froid dans ce bourg de montagne et l'air était plein de fumée de bois de pin pignon et d'une odeur de résine qui venait de la scierie. Des lampions étaient accrochés en l'air à un fil et les bonimenteurs vantaient leurs remèdes ou vantaient les merveilles cachées dans les misérables tentes ornées de motifs au pochoir. Les tentes étaient maintenues par des câbles à des piquets fichés dans l'herbe piétinée. Il acheta un bol de cidre à un marchand ambulant et regarda les visages des gens du lieu, les visages noirs et graves, les yeux noirs qui semblaient sur le point de s'embraser sous les clartés de la fête. Les jeunes filles qui passaient en se donnant la main. La naïve impudence de leurs regards. Il s'arrêta devant une roulotte peinte où un homme debout à un pupitre rouge et or haranguait un groupe en psalmodiant. Une roue de tombola ornée des figures du tarot était fixée à la paroi de la caravane et debout sur une estrade de bois une fille vêtue d'un fourreau rouge et d'un boléro noir et argent s'apprêtait à faire tourner la roue. L'homme derrière son pupitre se tourna vers la fille et tendit sa canne et la fille sourit et appuya sur le côté de la roue qui se mit à tourner en faisant clac clac clac. Toutes les têtes se levèrent pour regarder. Les clous qui faisaient saillie sur le bord de la roue commencèrent à cogner sur le cliquet de cuir et la roue ralentit et s'arrêta et la femme se tourna vers le public et sourit. Le bonimenteur leva sa canne et annonça la pâle figure désignée par le sort.

La sirena, cria-t-il.

Personne ne bougea.

Alguien ?

Il parcourut la foule du regard. Les gens attendaient entre les cordes de l'enclos de fortune. Il gardait sa canne levée au-dessus de leurs têtes comme pour les admettre dans une confrérie. La canne était d'émail noir et son pommeau d'argent avait la forme d'un buste qui était peut-être un portrait du bonimenteur lui-même.

Otra vez, cria-t-il.

Ses yeux parcouraient le public. Ils passèrent sur Billy qui se tenait un peu à l'écart puis revinrent se poser sur lui. La roue tournait en cliquetant sur sa trajectoire légèrement excentrée, brouillant les chiffres dans sa rotation. Le frein de cuir cliquetait.

Un petit bonhomme édenté s'approcha de Billy et le tira par la chemise. Il ouvrit le jeu de cartes devant lui. Sur le dos des cartes un motif de symboles cabalistiques entrelacés comme un damas. Tome, dit-il. Pronto, pronto.

Cuánto ?

Está libre. Tome.

Il sortit de sa poche une pièce d'un peso et voulut la donner à l'homme mais l'homme hocha la tête. Il regarda vers la roue. La roue tournait avec un lent cliquetis.

Nada, nada, dit-il. Tenga prisa.

La roue cliquetait, cliquetait. Il prit une carte.

Espere, cria le bonimenteur. Espere…

Il y eut encore un ultime cliquetis mou et la roue s'arrêta.

La calavera, cria le bonimenteur.

Il retourna la carte. Il y avait dessus une tête de mort.

Alguien ? cria le bonimenteur. Dans la foule on se regardait.

Le petit bonhomme saisit Billy par le coude. Lo tiene, dit-il. Lo tiene.

Qué gano ?

L'homme hocha impatiemment la tête. Il essaya de lever la main qui tenait la carte. Il dit qu'il verrait bien.

Ver qué ?

Adentro, chuchota l'homme. Adentro. Il tendit le bras et saisit la carte et la leva au-dessus de sa tête. Aquí, cria-t-il. Aquí tenemos la calavera.

Dans une lente accélération le bonimenteur déplaça sa canne au-dessus des têtes des spectateurs et pointa soudain le pommeau d'argent vers Billy et le compère.

Tenemos ganador, cria-t-il. Adelante, adelante.

Venga, siffla le compère. Il tirait Billy par le coude. Mais cette fois Billy avait vu saigner sous la couche de peinture criarde une ancienne inscription d'un autre temps et il reconnut la caravane de la troupe d'opéra ambulant qu'il avait vue garée avec ses roues aux rayons dorés dans la cour enfumée de l'hacienda de San Diego la première fois qu'il avait franchi le portail avec Boyd il y avait de cela si longtemps et il reconnut la roulotte qu'il avait vue échouée au bord de la route avec la belle diva qui attendait assise sous son auvent que reviennent les hommes et les chevaux qui ne reviendraient jamais. Il repoussa la main du compère. No quiero ver, dit-il.

Sí, sí, grommela le compère. Es un espectáculo. Nunca ha visto nada como esto.

Il saisit le chétif poignet du compère et le garda dans sa main. Oiga, hombre, dit-il. No quiero verlo, me entiende ?

Le compère semblait rapetisser sous la pression de ses

doigts. Il jeta par-dessus son épaule un regard éperdu vers le bonimenteur qui attendait avec sa canne posée sur le pupitre devant lui. Toutes les têtes s'étaient tournées pour voir le gagnant à l'extrême limite des lumières. La femme debout devant la roue prenait des poses aguichantes, l'index replié dans la fossette de sa joue. Le bonimenteur leva sa canne et en balaya l'espace devant lui. Adelante, cria-t-il. Qué pasó ?

Billy repoussa le compère et dégagea son poignet mais loin de se décourager le compère se collait à son côté et tentait de saisir ses vêtements avec de petits mouvements de ses doigts préhensiles. Il commença à lui décrire en chuchotant à son oreille les charmes du spectacle qui allait se donner dans la roulotte. Le bonimenteur l'appela encore une fois. Il dit que tout le monde attendait. Mais Billy avait déjà tourné les talons et le bonimenteur l'appela une dernière fois et fit à l'intention du public des remarques qui déclenchèrent les rires et les têtes se tournèrent pour regarder. Le compère avait l'air perdu avec la carte qu'il tenait toujours dans la main mais le bonimenteur dit qu'il n'y aurait pas de troisième tirage au sort et que la femme qui faisait tourner la roue choisirait elle-même celui qui pourrait entrer gratuitement. Elle sourit et scruta les visages de ses yeux fardés et pointa le doigt sur un jeune garçon qui se trouvait au premier rang du public mais le bonimenteur dit qu'il était trop jeune et que ce ne serait pas permis et la femme fit la moue et dit qu'il était tout de même très beau garçon puis elle choisit un paysan brun de peau debout devant elle, raide et crispé dans ce qui aurait pu être des fripes de location et elle descendit les marches et le prit par la main et le bonimenteur leva un rouleau de tickets dans son poing et les hommes s'élancèrent en avant pour en acheter.

Il sortit de la zone éclairée par les lampions et traversa le champ pour retourner à ses chevaux. Il paya le palefrenier et prenant Niño par la bride il le sépara des autres animaux et se mit en selle. Il regarda une dernière fois les lueurs des lampions de la foire qui brûlaient dans l'air vif et enfumé puis il traversa les voies de chemin de fer et sortit de Madera par la route du sud en direction de Temosachic.

Une semaine plus tard il repassa par La Babícora dans la pénombre du petit matin. Un matin frais et tranquille. Pas de chiens. Le martèlement des sabots des chevaux. À la lueur de la lune l'ombre bleue des chevaux et des cavaliers qui passait de biais le long de la rue dans un perpétuel plongeon la tête la première. La route du nord avait été récemment nivelée au scraper et il chevauchait sur le bas-côté dans la terre molle des déblais. Les sombres silhouettes des genévriers comme des îlots sur la plaine dans l'aube naissante. Les sombres silhouettes du bétail. Un soleil blanc qui se levait.

Il abreuva les chevaux à un marais d'herbe grasse où de vieux peupliers dressaient leurs cercles magiques et il se roula dans sa couverture et dormit. Quand il se réveilla il y avait un homme qui l'observait du haut de son cheval. Il se redressa. L'homme sourit. Te conozco, dit-il.

Billy allongea le bras et prit son chapeau et le mit. Ouais, dit-il. Et moi aussi je te connais.

Mande ?

Dónde está su compañero ?

L'homme leva la main du pommeau de sa selle et fit un geste vague. Se murió, dit-il. Dónde está la muchacha ?

Lo mismo.

L'homme sourit. Il dit que les voies de Dieu sont bien mystérieuses.

Tiene razón.

Y su hermano ?

No sé. Muerto también, tal vez.

Tantos, dit l'homme.

Billy regarda du côté des chevaux qui broutaient. Il avait dormi avec la tête sur la mochila où était rangé le revolver. Les yeux de l'homme suivirent son regard. Il dit que pour tout homme que la mort choisit un autre est épargné et il sourit d'un air complice. Comme quelqu'un qui vient de rencontrer un de ses pairs. Il se pencha en avant les mains appuyées sur le pommeau de sa selle et cracha.

Qué piensa ? dit-il.

Billy n'était pas sûr d'avoir très bien compris la question qu'on lui posait. Il dit que ça arrive que des gens meurent.

L'homme se tut et réfléchit froidement à ces paroles. Comme si elles avaient eu peut-être un sens plus profond qu'il fallait méditer. Il dit que les hommes s'imaginaient que les choix de la mort étaient une chose impénétrable mais en réalité tout acte suscitait l'acte qui le suivait et dans la mesure où les hommes mettaient un pied devant l'autre ils étaient complices de leur propre mort comme de toutes les circonstances de leur destin. Il dit que la mort d'un homme était de toute façon décidée à l'instant de sa naissance et qu'il ne pouvait en être autrement et que les hommes chercheraient et trouveraient leur mort malgré tous les obstacles. Il dit que les deux choses revenaient au même et que si les hommes trouvaient parfois la mort en des lieux étranges et obscurs qu'ils auraient sans doute pu facilement éviter il était plus exact de dire qu'aussi mystérieuses ou tortueuses que soient les voies de leur destruction ils sauraient quand même les trouver. Il sourit. Il parlait comme un homme qui semblait comprendre que la mort est la condition de l'existence et que la vie n'en est qu'une émanation.

Qué piensa usted ? dit-il. Billy dit qu'il n'avait pas d'autre opinion que celle qu'il avait déjà donnée. Il dit que peu importait que la vie d'un homme fût inscrite quelque part dans un livre ou façonnée jour après jour car c'était une seule et même chose puisqu'il n'y avait qu'une seule réalité et que cette réalité c'était la vie qu'on avait à vivre. Il dit que s'il était exact que les hommes façonnent leur propre vie il était également vrai que leur vie ne pouvait pas avoir d'autre forme car quelle forme cela pourrait-il être ?

Bien dicho, dit l'homme. Il regarda au loin. Il dit qu'il pouvait lire les pensées des autres. Billy ne lui fit pas remarquer qu'il lui avait déjà demandé deux fois quelles étaient les siennes. Il demanda à l'homme s'il pouvait dire ce qu'il pensait à cet instant mais l'homme se contenta de répondre qu'ils pensaient tous les deux la même chose. Puis il dit qu'il ne pouvait pas garder rancune à un homme à cause d'une femme car étaient-elles autre chose que du cheptel parqué là pour être capturé et ce n'était qu'un jeu qu'aucun homme digne de ce nom ne pouvait prendre au sérieux. Il dit qu'il n'avait pas une très haute opinion des hommes qui tuaient à cause de putains. En tout cas, dit-il, la garce était morte et la terre continuait de tourner.

Il se remit à sourire. Il avait quelque chose dans la bouche et il le fit rouler sur le côté et se passa la langue sur les dents et le ramena contre l'autre joue. Il toucha son chapeau.

Bueno, dit-il. El camino espera.

Il porta encore une fois la main à son chapeau et talonna le cheval et lui scia la bouche à lui faire sortir les yeux de la tête et le cheval s'accroupit et piétina et partit au trot entre les arbres et arriva sur la route où il eut bientôt disparu. Billy ouvrit les boucles de la mochila et sortit le revolver et ouvrit la portière de chargement et fit tourner le barillet et vérifia les chambres puis il abaissa le chien avec son pouce et resta assis un long moment à écouter et à attendre.

Le 15 mai d'après la date indiquée sur le premier journal qu'il voyait depuis sept semaines il arriva une fois encore à Casas Grandes et remisa son cheval et prit une chambre à l'hôtel Camino Recto. Au matin il se leva et longea le couloir carrelé qui menait aux toilettes. En revenant il se mit à la fenêtre où la lumière matinale tombait de biais sur la corde nue du tapis usé et il écouta une jeune fille qui chantait en bas dans le jardin. Elle était assise sur une nappe de toile blanche et à côté d'elle entassés sur la nappe il y avait plusieurs boisseaux de noix pécan. Elle était assise avec une pierre plate coincée entre ses genoux et elle cassait les noix pécan avec un pilon de pierre et tout en travaillant elle chantait. Penchée en avant avec le voile de ses cheveux noirs tombant sur ses mains elle travaillait et elle chantait. Elle chantait :

Pueblo de Bachiniva
Abril era el mes

Jinetes armados
Llegaron los seis

Elle écrasait les coques entre les pierres, elle en détachait le fruit et le jetait dans une jarre à côté d'elle.

Si tenía miedo
No se le veía en su cara
Cuantos vayan llegando
El güerito les espera[1]

De ses doigts délicats séparant la chair des coques, les hémisphères finement striés où sont inscrits, sachons-le, chaque trait de l'arbre qui les a portés, chaque trait de l'arbre auquel ils donneront un jour naissance. Puis elle répéta les deux couplets de la même chanson. Il boutonna sa chemise et mit son chapeau et descendit l'escalier et sortit dans la cour. En le voyant s'avancer sur les pavés elle s'arrêta de chanter. Il toucha son chapeau et lui souhaita une bonne journée. Elle leva les yeux et sourit. C'était une fille d'environ seize ans. Elle était très belle. Il lui demanda si elle connaissait d'autres couplets du corrido qu'elle chantait mais elle dit que non. Elle dit que c'était un ancien corrido. Elle dit que c'était une chanson très triste et qu'à la fin le güerito et sa fiancée mouraient dans les bras l'un de l'autre car ils n'avaient plus de munitions. Elle dit qu'à la fin les hommes du patron repartaient et que les gens venaient de la ville pour emporter le jeune homme blond et sa fiancée en un lieu secret et les y enterrer et que les petits oiseaux s'envolaient mais qu'elle ne se rappelait pas toutes les paroles et que de toute façon ça la gênait qu'il l'ait entendue chanter. Il sourit. Il lui dit qu'elle avait une très jolie voix et elle détourna la tête et fit claquer sa langue.

1. « Au village de Bachiniva / Sont arrivés six cavaliers / C'était en avril ce jour-là / Avec leurs armes six cavaliers./ S'il avait peur s'il a frémi / La peur n'était pas dans ses yeux / Si nombreux que soit l'ennemi / Il les attend blond de cheveux. »

Il regardait vers les montagnes à l'ouest de l'autre côté de la cour. La fille l'observait.

Déme su mano, dit-elle.

Mande ?

Déme su mano. Elle tendit sa propre main devant elle, le poing fermé. Il s'accroupit sur les talons de ses bottes et tendit sa main et elle lui donna une poignée de noix pécan qu'elle venait de décortiquer et elle cacha sa main sous la sienne et regarda tout autour comme si c'était un présent secret dont personne ne devait être témoin. Ándale pues, dit-elle. Il la remercia et se releva et retraversa la cour et remonta dans sa chambre mais quand il regarda par la fenêtre elle était partie.

Dans les jours qui suivirent il parcourut à cheval les hautes terres de La Babícora. Il allumait son feu dans une combe abritée et à la nuit tombée il allait parfois à pied dans les prairies et il s'allongeait par terre dans le silence du monde et contemplait le firmament qui brûlait au-dessus de lui. Ces nuits-là en regagnant son feu il pensait souvent à Boyd, il pensait à lui assis dans le noir près d'un feu tout pareil dans une contrée toute pareille. Le feu sur la pente à peine plus qu'une lueur, caché dans le sol comme une furtive vision du noyau igné de la terre surgissant dans l'obscurité. Il se faisait l'effet d'un homme qui n'a pas eu de vie avant. Comme s'il était mort depuis des années et qu'il eût toujours été depuis quelqu'un d'autre qui n'avait pas de passé, quelqu'un qui n'avait pas de vie tangible à attendre de l'avenir. Il lui arrivait de croiser dans son errance des équipes de vaqueros qui traversaient les hautes prairies, montés parfois sur des mulets dont le pied est plus sûr dans les montagnes, poussant parfois des bœufs devant eux. Il faisait froid la nuit dans les montagnes mais ils semblaient vêtus de minces vêtements et ils n'avaient que leur serape comme couverture pour y dormir. On les appelait mascareñas à cause du bétail à face blanche qu'ils élevaient sur La Babícora et on les appelait agringados parce qu'ils travaillaient pour l'homme blanc. Ils traversaient en files silencieuses les pentes en terrasses, franchissant les cols et continuant vers les hautes prairies herbeuses des marécages, montant leurs chevaux avec leur dignité native le soleil bas étincelant sur les tasses de fer-blanc attachées à la corne de leur selle. Il voyait leurs feux brûler sur la montagne la nuit mais ne s'en approchait jamais.

Un certain soir juste avant la tombée de la nuit il arriva sur une route et tourna et la suivit vers l'ouest. Le soleil rouge qui flambait dans une large brèche des montagnes devant lui se dépouillait de sa forme et se laissait aspirer lentement pour éclairer tout le ciel d'une ultime explosion de pourpre. À la nuit close il y avait au loin sur la plaine l'unique lueur jaune d'une habitation et il continua dans cette direction-là jusqu'à une cahute de planches à recouvrement et arrêta son cheval et appela. Un homme parut dans l'encadrement de la porte et s'avança sur la galerie.

Quién es ? dit-il.

Un viajero.

Cuántos son ustedes ?

Yo sólo.

Bueno, dit l'homme, desmonte. Pásale.

Il mit pied à terre et attacha les rênes de bride au poteau de la galerie et monta les marches et enleva son chapeau. L'homme tenait la porte ouverte pour lui et il entra et l'homme le suivit et referma la porte et pointa le menton vers le feu.

Ils s'assirent et burent du café. L'homme s'appelait Quijada et c'était un Indien Yaqui du Sonora occidental et c'était l'intendant de la section de Nahuerichic du domaine de La Babícora qui avait dit à Boyd de séparer leurs chevaux de la manade et de les emmener. Il avait vu le jeune güero parcourir seul les montagnes et il avait dit à l'alguazil de ne pas lui faire de mal. Il dit à son visiteur qu'il savait qui il était et pourquoi il était venu. Puis il se pencha en arrière dans son fauteuil. Il porta la tasse à ses lèvres et but et regarda le feu.

Vous êtes l'homme qui nous a rendu nos chevaux, dit Billy.

L'autre acquiesça. Il se pencha en avant et regarda Billy

puis contempla le feu. L'épaisse tasse de porcelaine sans anse à laquelle il buvait ressemblait à un mortier de pharmacien et il la tenait devant lui à deux mains les coudes appuyés sur les genoux et Billy pensait qu'il allait dire encore quelque chose mais il ne disait rien. Billy but à sa tasse et la garda dans sa main. Le feu crépitait. Dehors dans le vaste monde tout était silencieux. Est-ce que mon frère est mort ? dit-il.

Oui.

Il a été tué à Ignacio Zaragosa ?

Non. À San Lorenzo.

La fille aussi ?

Non. Quand ils l'ont emmenée elle était couverte de sang et elle ne tenait plus debout et naturellement les gens ont cru qu'elle était morte mais elle ne l'était pas.

Qu'est-ce qu'elle est devenue ?

Je ne sais pas. Elle est peut-être retournée dans sa famille. Elle était très jeune.

J'ai essayé de me renseigner à Namiquipa. Personne ne savait ce qu'elle était devenue.

On ne vous dira rien à Namiquipa

Où mon frère est-il enterré ?

Il est enterré à Buenaventura.

Est-ce qu'il y a une pierre ?

Il y a une planche. Il était très aimé. C'était quelqu'un de très populaire.

Il n'a pas tué le manchot à Boquilla.

Je sais.

J'étais là.

Oui. Il a tué deux hommes à Galeana. Personne ne sait pourquoi. Ils ne travaillaient même pas pour le latifundio. Mais le frère d'un des deux hommes était un ami de Pedro Lopez.

L'alguazil.

L'alguazil. Oui.

Il l'avait vu une fois dans les montagnes, lui et ses trois acolytes, tous trois descendant une ligne de crête au crépuscule. L'alguazil portait à son ceinturon un sabre à courte lame dans un fourreau et n'avait de comptes à rendre à personne. Quijada se pencha en arrière, ses bottes croisées devant lui. La tasse sur ses genoux. Tous deux regardaient le feu. Comme s'il y avait eu dans l'âtre une pièce de métal en train de recuire. Quijada leva sa tasse comme s'il allait boire. Puis il la reposa.

D'un côté il y a le latifundio de La Babícora, dit-il. Avec toute la fortune et tout le pouvoir de M. Hearst à sa disposition. Et de l'autre il y a les paysans en guenilles. À votre avis lequel des deux sera gagnant ?

J'en sais rien.

Ses jours sont comptés.

Les jours de M. Hearst ?

Oui.

Pourquoi vous travaillez pour La Babícora ?

Parce qu'ils me paient.

Qui était Socorro Rivera ?

Quijada tapota doucement le bord de sa tasse avec l'alliance en or qu'il portait au doigt. Socorro Rivera a essayé d'organiser les ouvriers contre le latifundio. Il a été tué au paraje de Las Varitas par les Guardias Blancas il y a cinq ans avec deux autres hommes. Crecencio Macías et Manuel Jiménez.

Billy inclina la tête.

L'âme du Mexique est très ancienne, dit Quijada. Quiconque prétend la connaître est un menteur ou un imbécile. Ou les deux. Maintenant que les Yankees les ont une fois de plus trahis les Mexicains s'empressent de revendiquer leur sang indien. Mais nous ne voulons pas d'eux. Les Yaquis moins que personne. Les Yaquis n'oublient pas facilement.

Je vous crois. Avez-vous jamais revu mon frère après que nous sommes partis avec les chevaux ?

Non.

Comment savez-vous ce qui lui est arrivé ?

C'était un homme traqué. Où vouliez-vous qu'il aille ? C'était fatal, il a été accueilli par Casares. On rejoint l'ennemi de ses ennemis.

Il n'avait que quinze ans. Seize, je crois.

À plus forte raison.

Ils ne se sont pas très bien occupés de lui, vous ne trouvez pas ?

Il ne voulait pas qu'on s'occupe de lui. Il voulait tuer les gens. Ce qui fait de quelqu'un un bon ennemi en fait aussi un ami fidèle.

Vous travaillez quand même pour M. Hearst ?

Oui.

Il se tourna et regarda Billy. Je ne suis pas mexicain, dit-il. Je n'ai pas ces loyautés-là. Ces obligations-là. J'en ai d'autres.

Vous auriez tué mon frère de votre main ?

Votre frère ?

Oui.

Si on en était arrivé là. Oui.

Je ne devrais peut-être pas boire votre café.

Peut-être pas.

Ils restèrent un long moment silencieux. Finalement Quijada se pencha en avant et contempla sa tasse. Il aurait dû rentrer chez lui, dit-il.

Oui.

Pourquoi ne l'a-t-il pas fait ?

J'en sais rien. Peut-être à cause de la fille.

La fille ne serait pas venue avec lui ?

Sans doute que si. Il avait pas vraiment de chez lui où retourner.

Je crois que c'est vous qui auriez dû mieux vous occuper de lui.

C'était pas si facile de s'occuper de lui. Vous l'avez dit vous-même.

Oui.

Que dit le corrido ?

Quijada hocha la tête. Le corrido dit tout et ne dit rien. J'ai entendu l'histoire du güerito, du jeune homme blond, il y a de cela des années. Avant que votre frère soit né.

Vous ne croyez pas que le corrido parle de lui ?

Bien sûr qu'il parle de lui. Le corrido dit ce qu'il veut

dire. Il raconte le fil de l'histoire. Le corrido est l'histoire du pauvre. Il ne reconnaît pas les vérités de l'histoire mais les vérités des hommes. Il raconte l'histoire de cet homme solitaire qui est tous les hommes. Il croit que lorsque deux hommes se rencontrent il peut arriver l'une ou l'autre de deux choses et aucune autre. L'une est un mensonge et l'autre la mort.

Ça peut vouloir dire que la mort est la vérité.

Oui. Ça veut dire que la mort est la vérité. Il regarda Billy. Même si le güerito de la chanson est votre frère ce n'est plus votre frère. Vous ne pouvez pas le reprendre.

J'ai l'intention de le ramener avec moi.

Ça ne sera pas permis.

À qui faudrait-il que je m'adresse ?

Il n'y a personne.

À qui faudrait-il que je m'adresse s'il y avait quelqu'un ?

Vous pourriez vous adresser à Dieu. À part cela il n'y a personne.

Billy hocha la tête. Il regardait le sombre reflet de son propre visage déformé dans le cercle blanc de la tasse. Au bout d'un moment il leva les yeux. Il contemplait le feu. Est-ce que vous croyez en Dieu ? dit-il.

Quijada haussa les épaules. Les jours de fête, dit-il.

Il n'y a personne pour nous dire ce que sera notre vie, pas vrai ?

Non.

Ce n'est jamais la vie qu'on attendait.

Quijada acquiesça. Si les gens connaissaient l'histoire de leur vie combien choisiraient de la vivre ? Les gens se demandent ce que leur réserve l'avenir. Mais l'avenir ne leur réserve rien. Chaque jour est fait de ce qu'il y a eu avant. Le monde lui-même est sans doute surpris de la forme de ce qui survient. Même Dieu peut-être.

On était venus ici pour chercher nos chevaux. Moi et mon frère. J'crois pas qu'il s'intéressait tellement aux chevaux, mais j'étais trop bête pour le voir. Je ne le connaissais pas du tout. Je croyais le connaître. Je crois que lui me connaissait beaucoup mieux. Je voudrais le ramener et l'enterrer dans son propre pays.

Quijada vida sa tasse et la reposa sur ses genoux.

J'ai l'impression que vous ne trouvez pas que c'est une si bonne idée que ça.

Je crois que vous risquez d'avoir des ennuis.

Mais ce n'est pas tout ce que vous pensez.

Non.

Vous pensez que sa place est là où il est.

Je crois que les morts n'ont pas de nationalité.

Non. Mais leurs proches en ont une.

Quijada ne répondit pas. Au bout d'un long moment il bougea. Il se pencha en avant. Il leva le gobelet de porcelaine blanche et le garda dans la paume de sa main et le contempla. Le monde n'a pas de nom, dit-il. Les noms des collines et des sierras et des déserts n'existent que sur les cartes. On leur donne des noms de peur de s'égarer en chemin. Mais c'est parce qu'on s'est déjà égaré qu'on leur a donné ces noms. Le monde ne peut pas se perdre. Mais nous, nous le pouvons. Et c'est parce que c'est nous qui leur avons donné ces noms et ces coordonnées qu'ils ne peuvent pas nous sauver. Et qu'ils ne peuvent pas nous aider à retrouver notre chemin. Votre frère est à l'endroit que le monde a choisi pour lui. Il est là où il faut qu'il soit. Et pourtant l'endroit qu'il a trouvé est aussi celui qu'il a lui-même choisi. C'est un coup de chance à ne pas dédaigner.

CIEL GRIS, terre grise. Il prit au nord et chevaucha toute la journée avachi dans sa selle sur le cheval ruisselant et avachi qui enfonçait dans le sable boueux des routes du haut pays. La pluie balayait la route dans les rafales de vent et tambourinait sur son ciré et les empreintes des sabots se refermaient derrière lui en chuintant. Au soir il entendit encore une fois les grues qui passaient au-dessus des nuages, supputant l'inclinaison de l'arc terrestre au-dessous d'elles, les aléas du climat terrestre. Leurs yeux métalliques rivés aux couloirs choisis par Dieu pour leur itinéraire. Leurs cœurs en crue.

Il arriva le soir dans la ville de San Buenaventura et passé les mares d'eau stagnante de l'alameda aux troncs d'arbre peints en blanc et la vieille église blanche il prit l'ancienne route de Gallego. La pluie s'était arrêtée et la pluie dégoulinait des arbres de l'alameda et dégoulinait des hautes gouttières des maisons aux murs de pisé le long desquelles il passait. La route montait par les collines basses à l'est de la ville et là sur une banquette de terre à un mile environ au-dessus de la ville se trouvait le cimetière.

Il tourna et avança péniblement dans l'allée boueuse et arrêta son cheval devant le portail de bois. Le cimetière était un vaste enclos presque à l'abandon situé sur un champ plein de cailloux épars et de ronces et ceint d'un mur bas de pisé en ruine depuis toujours. Il s'arrêta et contempla cette désolation. Il se tourna et jeta un regard sur le cheval de bât par-dessus son épaule et sur l'écume grise des nuages et la lumière du soir déjà défaillante à l'ouest. Le vent s'engouffrait par la brèche des montagnes et il mit pied à terre et lâcha les rênes et franchit le portail et traversa le champ pierreux et inégal. Un corbeau s'envola d'entre les fougères et partit au fil du vent en poussant son cri aigre. Les dolmens de grès rouge dressés parmi les tablettes et les croix posées presque au ras du sol sur cette lande sauvage évoquaient les ruines lointaines d'une enclave gréco-romaine dans l'arène des montagnes bleues, des collines toutes proches.

La plupart des tombes n'étaient guère que des cairns de pierre sans inscription d'aucune sorte. Quelques-unes étaient surmontées d'une simple croix de bois faite de deux planches clouées ou attachées ensemble avec du fil de fer enroulé autour. Les cailloux ronds qui jonchaient le sol étaient les restes dispersés de ces cairns et sans les stèles de grès rouge l'endroit aurait pu être l'ossuaire d'un lendemain de bataille. Hormis le vent dans les touffes rêches du chiendent il n'y avait aucun bruit. Il suivit une sente étroite et incertaine qui serpentait entre les tombes, entre les dalles et les tablettes mortuaires noires de mousse. À mi-chemin un poteau de pierre rouge qui avait la forme d'un tronc d'arbre étêté.

Son frère était inhumé contre le mur sud au pied d'une croix de bois où l'on avait inscrit avec un clou chauffé au rouge les mots Fall el 24 de febrero 1943 – sus hermanos en armas dedican este recuerdo DEP[1]. Incliné contre la planche un anneau de fil de fer rouillé qui avait été une couronne. Il n'y avait pas de nom.

Il s'accroupit et enleva son chapeau. Un peu plus loin au sud un monceau de détritus se consumait dans l'air humide et une fumée noire montait vers les nuages noirs. Une désolation absolue.

Il faisait nuit quand il retourna à Buenaventura. Il mit pied à terre devant la porte de l'église et entra et enleva son chapeau. Quelques petits cierges brûlaient devant l'autel et dans cette demi-lumière fugitive était agenouillée une silhouette solitaire penchée dans la prière. Il longea l'allée. Il y avait par terre des carreaux descellés qui se balançaient et cognaient sous ses bottes. Il se pencha et toucha du bras la silhouette agenouillée. Señora, dit-il.

Elle leva la tête, un sombre visage ridé à peine visible dans les plis sombres de son rebozo.

Dónde está el sepulturero ?

Muerto.

Quién está encargado del cementerio ?

Dios.

Dónde está el sacerdote ?

Se fue.

Il regarda autour de lui dans l'obscurité de l'église. La vieille femme semblait attendre d'autres questions mais il n'en trouvait pas à lui poser.

Qué quiere, joven ? dit-elle.

Nada. Está bien. Il la regarda. Por quién está orando ? dit-il.

1. Décédé le 24 février 1943 – ses frères d'armes lui dédient ce souvenir. Qu'il repose en paix.

Elle dit qu'elle ne faisait que prier. Elle dit qu'elle laissait à Dieu le soin de décider à qui iraient ses prières. Elle priait pour tout le monde. Elle prierait pour lui.

Gracias.

No puedo hacerlo de otro modo.

Il acquiesça. Il la connaissait si bien, cette vieille femme du Mexique, ses fils morts depuis longtemps dans le sang et la violence que ses prières et ses prosternations semblaient impuissantes à apaiser. Sa forme frêle était une constante dans ce pays, ses souffrances silencieuses. Derrière les murs de l'église, la nuit abritait une peur millénaire dans sa panoplie faite de plumes et des écailles du poisson royal et si les enfants étaient encore en proie à cette terreur qui pouvait dire quels pires ravages de guerre et de tourment et de désespoir la constance de cette vieille femme avait peut-être empêchés, quelles histoires plus cruelles encore contre lesquelles il n'y avait finalement à opposer que sa frêle silhouette penchée et balbutiante, ses mains d'aïeule serrées sur les graines de fruit de son rosaire. Immuable, austère, implacable. Devant un Dieu tout pareil.

Quand il repartit de bonne heure le lendemain matin la pluie s'était arrêtée mais le temps ne s'était pas levé et la campagne était grise sous un ciel gris. Au sud les pics nus de la sierra del Nido sortirent des nuages et disparurent. Il mit pied à terre devant le portail de bois et mit les entraves au cheval de bât et détacha la pelle et se remit en selle et repartit le long du sentier entre les cailloux arrondis avec la pelle sur son épaule.

Quand il arriva à la tombe il descendit de cheval et jeta la pelle par terre et sortit ses gants de la sacoche et regarda le ciel gris et finalement il dessella le cheval et lui mit les entraves et le laissa brouter entre les pierres. Puis il se tourna et s'accroupit et secoua la fragile croix de bois pour la dégager de son socle de cailloux et la souleva. La pelle était un ustensile primitif au manche découpé dans un long bâton de paloverde et le talon gardait les marques qu'on y avait faites en le travaillant au marteau sur une étampe de maréchal et les bords avaient été grossièrement soudés à la forge. Il la souleva dans sa main et regarda encore une fois le ciel et se pencha et commença à enlever le cairn de pierre sèche sur la tombe de son frère.

Il fut longtemps à ce travail. Il avait enlevé son chapeau et au bout d'un moment il enleva sa chemise et la posa sur le mur. Arrivé ce qu'il croyait être midi il avait enlevé à peu près trois pieds de terre et il enfonça la pelle et retourna là où il avait laissé la selle et les sacoches et il sortit son repas de tortillas aux haricots et s'assit dans l'herbe pour manger et boire de l'eau à une gourde de zinc ensachée dans de la toile. De toute la matinée personne n'était passé sur la route à part un autocar solitaire qui avait lentement gravi la côte en faisant grincer son moteur puis franchi le col en direction de l'est vers Gallego.

Dans l'après-midi trois chiens apparurent et s'assirent entre les pierres pour l'observer. Il se baissa pour ramasser un caillou mais ils esquivèrent et disparurent entre les fougères. Plus tard une voiture arriva sur la route du cimetière et s'arrêta au portail et deux femmes suivirent le sentier et gagnèrent le coin ouest. Au bout d'un moment elles repartirent. L'homme qui les avait amenées s'était assis sur le mur et fumait. Il regarda Billy mais ne lui parla pas. Billy creusait toujours.

Au milieu de l'après-midi la lame heurta le cercueil. Il avait cru qu'il n'y en aurait peut-être pas. Il se remit à creuser. Quand il eut dégagé le haut du cercueil il ne restait pas grand-chose de la journée. Il creusa sur les côtés et tâtonna le long du bois pour trouver les poignées mais il ne put rien trouver. Il creusa jusqu'à ce qu'il eût dégagé une extrémité du cercueil et à ce moment-là il commençait à faire nuit. Il planta la pelle dans la terre meuble et alla chercher Niño.

Il sella le cheval et le ramena à la tombe et prit le lasso et fit une boucle à un bout et l'arrima puis il passa l'autre extrémité autour du cercueil en poussant contre le bois avec la lame de la pelle. Puis il jeta la pelle et remonta de la fosse et alla jusqu'au cheval et le fit avancer lentement.

Le lasso se tendit. Il regarda par-dessus son épaule. Puis

il poussa de nouveau le cheval en avant. Il y eut une sourde explosion de bois dans la fosse et le lasso se ramollit. Le cheval s'arrêta.

Il revint sur ses pas. Le cercueil avait éclaté et il pouvait voir les os de Boyd dans leurs vêtements funèbres entre les planches brisées. Il s'assit par terre. Le soleil s'était couché et il commençait à faire sombre. Le cheval attendait au bout du lasso. Il sentit tout à coup qu'il avait froid et il se leva et s'approcha du mur et prit sa chemise et l'enfila et revint.

Il suffirait de remettre la terre, dit-il. Ça ne prendrait même pas une heure.

Il alla à ses sacoches et en sortit ses allumettes et revint et en alluma une et la tendit devant lui au-dessus de la tombe. Le cercueil était défoncé. Une odeur moisie de cave s'exhalait de la terre noire. Il éteignit l'allumette et alla jusqu'au cheval et dégagea le lasso et revint en l'enroulant dans sa main et s'arrêta avec le rouleau de corde dans le crépuscule bleu et sans vent et regarda au loin vers le nord où les premières étoiles brûlaient sous le ciel couvert. Bon, dit-il. Tu pourrais faire ça.

Il dégagea du cercueil le bout du lasso et posa le lasso sur le tas de terre meuble. Puis il reprit la pelle et fendit avec le bord une des planches éclatées et en détacha une longue baguette dont il fit tomber la poussière en la cognant contre le cercueil puis il craqua une allumette et quand la baguette fut allumée il l'enfonça de biais dans la fosse. Puis il redescendit au fond et à cette pâle et vacillante lueur il arracha les planches avec la pelle et les jeta à l'écart jusqu'à ce que les restes de son frère soient entièrement visibles. Il gisait sur un grabat de chiffons pourrissants, perdu dans ses vêtements comme d'habitude.

Il repassa le portail à cheval et mit pied à terre et repéra le cheval de bât un peu plus loin au sud et se remit en selle et alla chercher l'animal et revint avec lui par le portail et jusqu'à la tombe. Il descendit et détacha son couchage et le déroula par terre et retira la bâche et l'étala. C'était une nuit sans vent et son cierge en bois de cercueil brûlait encore au bord de la fosse. Il redescendit dans l'excavation et souleva son frère dans ses bras et le remonta. Il ne pesait rien. Il disposa les os sur la bâche et la replia par-dessus et en noua les coins avec des cordelettes sous les yeux du cheval qui regardait. De la route de gravier lui parvint le gémissement d'un camion dans la montée et les phares apparurent et balayèrent lentement le désert et les mornes promontoires puis le camion passa sur son pâle sillage de poussière et continua vers l'est en grinçant.

Le temps de refermer la fosse il était près de minuit. Il piétina la terre avec ses bottes puis il remit les cailloux sur le dessus de la fosse et pour finir il prit la croix qu'il avait appuyée contre le mur et la remit debout entre les cailloux et entassa des cailloux tout autour pour la soutenir. La torche de bois était depuis longtemps consumée et il en ramassa le bout carbonisé et le jeta par-dessus le mur. Puis il jeta la pelle derrière.

Il souleva Boyd et le posa en travers de l'arçon sur le cheval de bât et il roula les couvertures de son couchage et les posa en travers sur la croupe du cheval et attacha le tout. Puis il revint et ramassa son chapeau et le mit et ramassa la gourde et l'accrocha à la corne de la selle par la courroie et remonta et tourna le cheval. Il s'attarda encore un instant pour jeter un dernier regard. Puis il redescendit. Il alla à la tombe et quand il eut dégagé la croix de bois d'entre les cailloux il revint à son cheval de bât et attacha la croix sur le côté gauche de l'arçon puis il remonta et menant le cheval de bât par sa longe il sortit du cimetière sur Niño et repassa le portail et se retrouva sur la route. Arrivé à la route principale il la traversa et prit en rase campagne vers le bassin versant de la Santa María, gardant l'étoile Polaire à main droite, se retournant de temps à autre pour s'assurer que la toile contenant la dépouille de son frère tenait bon. Le jappement des petits renards du désert. Les anciens dieux de ce pays qui suivaient sa progression sur les terres envahies par l'obscurité. Inscrivant peut-être son nom dans leur antique journal des vanités.

Après deux nuits de route ou presque il passa les lumières de Casas Grandes à l'ouest, la petite bourgade reculant derrière lui sur la plaine. Il traversa l'ancienne route qui venait de Guzmán et Sabinal et arriva à la rivière de Casas Grandes et prit la piste vers le nord le long du talus de la berge. Dans les premières heures de la matinée et avant qu'il fasse tout à fait jour il traversa le bourg de Coralitos, à moitié abandonné, à moitié en ruine. Les maisons du bourg avec leurs murs percés de meurtrières à cause des Apaches disparus. Les terrils nus sombres et volcaniques sur l'horizon. Il traversa les voies de chemin de fer et à une heure au nord de la ville dans l'aube grise quatre cavaliers surgirent d'un bouquet d'arbres et arrêtèrent leurs chevaux sur la piste, lui barrant le passage.

Il tendit les rênes. Les cavaliers restaient en selle, silencieux. Les sombres chevaux qu'ils montaient levèrent le nez comme pour repérer son odeur dans l'air. Au-delà des arbres la forme claire et plate de la rivière pareille à un couteau. Il regarda les cavaliers. Il ne les avait pas vus bouger mais ils semblaient s'être rapprochés. Ils restaient en selle, deux de chaque côté sur la piste devant lui.

Qué tiene allá ? dirent-ils.

Los huesos de mi hermano.

Personne ne dit rien. L'un des cavaliers se détacha du groupe et mit son cheval en avant. Il traversa la piste et la retraversa. Droit dans sa selle, arrogant. Comme s'il se livrait à un sinistre dressage. Il arrêta son cheval presque à portée de main et se pencha en avant les bras croisés sur le pommeau de sa selle.

Huesos ? dit-il.

Sí.

La jeune lueur du levant était derrière lui et son visage était une ombre sous la forme de son chapeau. Les autres cavaliers découpaient des silhouettes plus sombres encore. Le cavalier se tenait droit dans sa selle et les regardait par-dessus son épaule. Puis il se retourna vers Billy.

Ábralo, dit-il.

No.

No ?

Ils restaient en selle. Il y eut un éclair de blanc sous son chapeau comme s'il avait souri. Il venait de saisir les rênes du cheval entre ses dents. Puis il y eut l'éclair d'un couteau qui avait surgi de ses vêtements sans qu'on sût exactement d'où et qui capta la lumière en tournant à peine l'espace d'une seconde comme un poisson au fond d'une rivière. Billy sauta à bas de son cheval du côté hors montoir. Le brigand saisit la longe du cheval de bât mais le cheval de bât regimba et s'accroupit sur les hanches et l'homme poussa son cheval en avant et passa son couteau sous les sangles tandis que le cheval de bât se débattait au bout de la longe. Ses compagnons se mirent à ricaner et l'homme jura et tira vers lui le cheval de bât et arrima la longe à la corne de sa selle et avança le bras et coupa les cordes et tira sur le ballot d'ossements qui tomba à terre.

Billy essayait de défaire le nœud sur le rabat de la sacoche pour sortir son revolver mais Niño se mit à tourner et à piaffer et recula en secouant violemment la tête. Le bandit dégagea et jeta la longe et descendit. Le cheval de bât tourna et partit au trot. L'homme se pencha sur la forme gisant à terre dans son linceul et trancha de bout en bout cordes et bâche d'une seule longue passe de son couteau et ouvrit la toile à coups de pied pour révéler dans le petit jour grisâtre la pauvre forme de Boyd dans sa veste trop large avec ses mains croisées sur la poitrine, ses mains desséchées où les empreintes des os s'étaient incrustées dans le cuir de la peau, Boyd qui était couché là le visage tourné vers le ciel, replié sur lui-même comme une créature fragile transie de froid dans cette aube indifférente.

Fils de pute, dit Billy. Fils de pute.

Es un engaño ? dit l'homme. Es un engaño ?

Il donna un coup de pied dans la misérable chose sans corps. Il volta en brandissant son couteau.

Dónde está el dinero ?

Las alforjas, cria l'un des cavaliers. Billy s'était jeté sous l'encolure de Niño et il allongea le bras pour saisir le rabat de la sacoche du côté hors montoir. Le brigand fendit d'un coup de couteau le couchage tombé à terre et l'ouvrit d'un coup de pied et le piétina sous ses bottes puis il tourna et avança le bras et saisit les rênes de Niño. Mais le cheval avait sans doute déjà perçu le déclic de quelque chose de démoniaque car il se cabra et recula et en reculant il posa les pieds entre les os de Boyd et il se cabra de nouveau et battit l'air de ses antérieurs et le bandit perdit l'équilibre et un des sabots de devant se prit dans sa ceinture et la lui arracha et lui déchira le devant de son pantalon. Il s'écarta du cheval et jura furieusement et tenta encore une fois de saisir les rênes qui se balançaient et les hommes derrière lui éclatèrent de rire et avant que quiconque ait pu seulement imaginer qu'une telle chose allait se produire il plongea son couteau dans la poitrine du cheval.

Le cheval se figea et resta sur place, secoué de frissons. La pointe du couteau s'était logée dans le poitrail de l'animal et le bandit fit un pas en arrière et écarta les bras.

Va crever en enfer, cria Billy. Il tenait le cheval tremblant par la sous-gorge et saisit le manche du couteau et retira la lame de la poitrine du cheval et jeta le couteau. Le sang jaillit, le sang inonda l'avant-main du cheval. Il arracha son chapeau et le pressa contre la blessure en jetant des regards furieux sur les hommes à cheval. Ils restaient en selle comme avant. L'un des cavaliers se pencha et cracha et leva la mâchoire vers ses compagnons. Vámonos, dit-il.

Le bandit exigeait que Billy aille chercher le couteau. Billy ne répondit pas. Tout en appuyant son chapeau contre la poitrine du cheval il tenta encore une fois d'atteindre la sacoche derrière lui et d'ouvrir le rabat mais sa main n'arrivait pas jusque-là. Le bandit allongea le bras et saisit les courroies et fit tomber les sacoches à terre sous le cheval et les tira vers lui.

Vámonos, cria le cavalier.

Mais le bandit avait déjà trouvé le revolver et il le leva bien haut pour le montrer à ses compagnons. Il retourna les sacs et dispersa les affaires de Billy par terre à coups de pied, son linge de rechange, son rasoir. Il ramassa une chemise et la leva devant lui puis la jeta sur son épaule et il arma le revolver et fit tourner le barillet et rabattit le chien. Il enjamba les os qu'il avait sortis de la bâche qui était leur linceul et arma le revolver et l'appuya contre la tête de Billy et exigea qu'il lui donne son argent. Billy sentait sous ses doigts le chapeau de plus en plus chaud, de plus en plus poisseux de sang contre la poitrine du cheval. Le sang traversait le feutre et coulait sur son bras. Va te faire foutre, dit-il.

Vámonos, répéta le cavalier. Il fit tourner son cheval.

L'homme qui tenait le revolver les regarda. Tengo que encontrar mi cuchillo, dit-il.

Il mit le chien à l'abattu et fit le geste de passer le revolver sous sa ceinture mais il n'avait pas de ceinture. Il se tourna et regarda vers l'amont où le jour avançait derrière les ravines broussailleuses de la rivière. L'haleine des chevaux immobiles montait en volutes et disparaissait. Le chef lui dit d'aller chercher son cheval. Il lui dit qu'il n'avait pas besoin de son couteau et qu'il avait tué un bon cheval pour rien.

Et d'un seul coup, ils eurent disparu. Billy pressait toujours dans sa main le chapeau écrasé saturé de sang comme une éponge et il entendit les chevaux traverser la rivière en amont puis il n'entendit plus que la rivière et les premiers oiseaux qui se réveillaient dans la campagne et sa propre haleine et la respiration caverneuse du cheval. Il passa son bras autour du cou du cheval et l'y laissa et il sentit le cheval trembler et il le sentit qui se pressait contre lui et il eut peur qu'il meure et il sentit dans la poitrine du cheval un désespoir très semblable au sien.

Il tordit le chapeau imprégné de sang et s'essuya la main à son pantalon et défit la boucle et enleva la selle et la laissa où elle était tombée sur la piste parmi tous les débris qu'il y avait là et il conduisit lentement le cheval entre les arbres et lui fit traverser un banc de gravier et le fit entrer dans la rivière. L'eau était froide qui s'engouffrait dans ses bottes et il parla au cheval et se pencha et remplit d'eau la calotte de son chapeau et en aspergea la poitrine du cheval. Le cheval dégageait de la vapeur dans le froid et ça commençait à glouglouter et à racler dans ses poumons, un bruit tout à fait anormal. Il pressa la paume de sa main contre le trou qu'avait fait le couteau mais le sang ruisselait entre ses doigts. Il enleva sa chemise et la roula en boule et l'appliqua contre la poitrine de l'animal mais la chemise fut bientôt pleine de sang et ça continuait de saigner.

Il avait laissé les rênes traîner à la surface de l'eau et il caressa le cheval et lui parla et le laissa un moment là pendant qu'il retournait sur la rive et creusait avec ses doigts sous les racines des saules pour ramener une poignée d'argile mouillée. Il revint et plaqua l'argile sur la blessure et l'étala avec le plat de sa main. Il rinça la chemise et l'essora et la plia sur le cataplasme de boue et attendit dans le jour gris avec la vapeur qui montait de la rivière. Il ne savait pas si le sang s'arrêterait jamais de couler mais le sang s'arrêta et quand la pâle lumière du soleil répandit ses premiers rayons sur la plaine à l'est le paysage gris sembla se taire et se taire les oiseaux et sous le soleil neuf les pics des montagnes lointaines à l'ouest au-delà du farouche pays du Bavispe sortirent de l'aube comme un monde rêvé. Le cheval se tourna et posa sa longue face osseuse sur son épaule.

Il ramena l'animal sur la rive et sur la piste et le tourna face à la lumière. Il regarda à l'intérieur de sa bouche pour voir s'il y avait du sang mais il n'en vit aucune trace. Mon vieux Niño, dit-il. Mon vieux Niño. Il laissa la selle et les sacoches là où elles étaient tombées. Son couchage piétiné. Le corps de son frère sens dessus dessous dans ses bandelettes avec son bras jaunâtre écarté. Il menait lentement le cheval à son côté en pressant contre son poitrail la chemise souillée de boue. L'eau de la rivière clapotait dans ses bottes et il avait très froid. Ils remontèrent la piste jusqu'à un bouquet d'acajous sauvages où ils seraient en partie cachés si des groupes venaient à passer le long de la rivière puis il retourna chercher la selle et les sacoches et son couchage. Puis il alla chercher les restes de son frère.

Les os ne semblaient être maintenus ensemble que par l'enveloppe extérieure du cuir desséché et par leurs téguments mais ils tenaient et rien ne manquait. Il s'agenouilla sur la route et replia les bras sans pesanteur et enroula la bâche autour et tendit les cordes et les noua bout à bout pour que les morceaux sectionnés aient la longueur voulue. Quand il eut fait tout cela le soleil était déjà haut dans le ciel et il prit les os dans ses bras et les apporta sous les arbres et les posa par terre. Ensuite il retourna à la rivière et lava et essora son chapeau et le plongea dans l'eau de la rivière et le rapporta au cheval pour voir si le cheval voudrait boire. Le cheval ne voulait pas. Il gisait dans le feuillage et la chemise avait glissé dans le feuillage et la compresse d'argile avait commencé à tomber en morceaux et le sang s'était remis à couler de la blessure et formait une mare sombre dans les petites soucoupes dentelées des feuilles sèches de l'acajou et le cheval ne voulait pas lever la tête.

Il partit chercher le cheval de bât mais il ne le vit nulle part. Il alla à la rivière et s'accroupit et rinça sa chemise et l'enfila et déterra une nouvelle poignée d'argile sous les saules et la rapporta et étendit la boue fraîche sur l'ancienne et s'assit dans les feuilles en frissonnant sans quitter des yeux le cheval. Au bout d'un moment il repartit et suivit quelque temps la piste pour tenter de retrouver l'autre cheval.

Il n'y avait pas moyen de le trouver. En revenant vers l'amont il ramassa la gourde qui gisait au bord de la piste et il ramassa sa tasse et son rasoir et retourna au bouquet d'arbres. Le cheval frissonnait couché sur le feuillage et il sortit une couverture de son couchage et l'étendit sur le cheval et s'assit avec les mains sur l'épaule du cheval et au bout d'un moment il s'endormit.

Il se réveilla en sursaut d'il ne savait quel cauchemar. Il se pencha sur le cheval qui respirait paisiblement couché à terre sur le feuillage et il regarda le soleil pour voir où on en était de la journée. Sa chemise était presque sèche sur sa peau et il déboutonna la poche et sortit son argent et étala les billets par terre pour les faire sécher. Puis il sortit de la sacoche la boîte d'allumettes et étala les allumettes sur l'herbe. Il retourna sur la piste à l'endroit où s'était produite l'embuscade et chercha dans les broussailles au bord de la piste jusqu'à ce qu'il eût trouvé le couteau.

C'était un poignard à l'ancienne improvisé avec un couteau militaire bon marché qu'on avait affûté sur les deux bords de la lame. Il essuya le couteau à son pantalon et revint et mit le couteau avec le reste de ses affaires. Puis il retourna à l'endroit où il avait laissé Boyd. Une colonne de fourmis rouges avait trouvé les os et il s'accroupit dans les feuilles et les regarda puis il se releva et les écrasa par terre et ramassa la bâche et l'emporta et la coinça dans la fourche d'un arbre et alla s'asseoir à côté du cheval.

Il ne passa personne de toute la journée. Dans l'après-midi il essaya encore une fois de retrouver l'autre cheval. Il pensait qu'il était peut-être parti vers l'amont ou que les bandits l'avaient emmené mais en tout cas il ne le revit jamais. À la nuit tombée les allumettes avaient séché et il alluma un feu et mit des haricots à bouillir et s'assit devant le feu et écouta la rivière couler dans l'obscurité. La lune d'ouate qu'il y avait eu à l'est dans le ciel toute la journée montait sur l'horizon et il s'allongea dans ses couvertures et guetta pour voir s'il passerait devant elle des oiseaux volant cap au nord vers l'amont mais s'il y en eut il ne les vit pas et au bout d'un moment il s'endormit.

Dans la nuit pendant qu'il dormait Boyd vint le trouver et s'accroupit devant les braises sombres du feu comme il l'avait fait des centaines de fois et sourit de son vague sourire qui n'était pas tout à fait blasé et il enleva son chapeau et le garda dans sa main devant lui et en contempla l'intérieur. Dans le rêve il savait que Boyd était mort et que sa condition de mort était un thème qu'il fallait aborder avec une certaine prudence car qui est susceptible dans la vie l'est sans doute doublement dans la mort et il n'avait aucun moyen de savoir quels mots ou quels gestes pourraient le renvoyer à ce néant d'où il était venu. Finalement quand il lui demanda quel effet ça faisait d'être mort Boyd se contenta de sourire et détourna les yeux et ne répondit pas. Ils parlèrent d'autres choses et il fit un effort pour ne pas se réveiller au milieu de son rêve mais le fantôme s'estompa et s'évanouit et il se réveilla et resta allongé par terre à regarder les étoiles à travers le fouillis des branches d'arbres et il se demanda à quoi pouvait ressembler l'endroit où était Boyd mais Boyd était mort et décomposé avec ses os enveloppés dans la bâche entre les arbres un peu plus loin en amont et il tourna son visage vers le sol et pleura.

Il dormait au matin quand il entendit les cris de muletiers et le claquement de fouets et des voix chantant à tue-tête quelque part en aval dans les bois. Il mit ses bottes et alla auprès du cheval couché sur le feuillage. Sous la couverture le flanc du cheval se soulevait et s'abaissait qu'il avait craint de trouver raide et froid et le cheval leva un œil sur lui quand il s'agenouilla. Un œil où il y avait le ciel et les voûtes des arbres et son propre visage qui s'approchait. Il posa une main sur le poitrail de l'animal où la boue s'était coagulée et desséchée et fendue. Le poil était rigide et rêche de sang séché. Il caressa l'épaule musculeuse et parla au cheval et le cheval souffla lentement par les naseaux.

Il retourna chercher de l'eau dans son chapeau mais le cheval ne pouvait pas boire sans se lever. Il s'assit et lui humecta la bouche avec sa main et écouta les muletiers qui approchaient sur la piste et au bout d'un moment il se leva et sortit du bouquet d'arbres pour les attendre.

Ils apparurent à la lisière des arbres avec une équipe de six bœufs attelés au joug et ils portaient des costumes comme il n'en avait encore jamais vu. Des Indiens ou des gitans peut-être à en juger par les couleurs criardes des chemises et des écharpes qu'ils portaient. Ils menaient les bœufs avec des guides et une accouple et les bœufs peinaient et se balançaient dans leurs traits et leur haleine fumait dans le froid matinal. Derrière eux sur un radeau improvisé construit avec du bois d'œuvre tout frais et monté sur de vieux essieux était un avion d'un modèle antique. Il était démonté et les ailes étaient attachées avec des cordes le long du fuselage. La gouverne dans le plan fixe vertical se balançait d'arrière en avant avec de petits mouvements erratiques au gré des secousses du radeau comme pour effectuer des corrections de la trajectoire et les bœufs se balançaient lourdement dans leur harnais et le caoutchouc des pneus disparates crissait doucement sur les pierres et les herbes de chaque côté de la piste étroite.

Dès qu'ils l'aperçurent les convoyeurs le saluèrent en gesticulant et l'appelèrent. Comme s'ils s'attendaient presque à le rencontrer tôt ou tard. Ils portaient des colliers et des bracelets d'argent et certains portaient des anneaux d'or à leurs oreilles et ils l'appelèrent et lui montrèrent un peu plus en amont le long de l'étroit sentier dans le coude de la rivière une plage d'herbe épaisse où ils comptaient faire halte et l'attendre. L'avion était à peine plus qu'une carcasse et des lambeaux de toile déteints couleur de compote de rhubarbe s'accrochaient aux nervures et aux haubans de frêne cintrés à la vapeur et on pouvait voir à l'intérieur les fils et les câbles qui partaient vers la gouverne de direction et les gouvernails de profondeur à l'arrière et le cuir des sièges fendu et ondulé et noirci par le soleil et dans leurs boîtiers de nickel terni le cadran des instruments de bord au verre glauque et marbré par le frottement des sables du désert. Les mâts d'aile étaient attachés tout du long par paquets et les pales de l'hélice étaient rabattues contre le capot et les jambes du train d'atterrissage repliées sous le fuselage.

Ils continuèrent et s'arrêtèrent sur la pelouse et confièrent les animaux au plus jeune et revinrent ensuite sur la piste en se roulant des cigarettes et en se passant un esclarajo fait d'un étui de cartouche de calibre 50 et d'une mèche d'étoupe. C'étaient des gitans de Durango et ils commencèrent par lui demander ce qui était arrivé au cheval.

Il leur dit que le cheval était blessé et à son avis dans un état critique. L'un des gitans lui demanda quand c'était arrivé et il leur dit que c'était arrivé la veille. Le gitan dit à un des jeunes de retourner au radeau et au bout de quelques minutes le jeune homme revint avec une vieille musette de toile. Puis tout le groupe alla examiner le cheval sous les arbres.

Le gitan s'agenouilla dans le feuillage et commença par regarder au fond des yeux de l'animal. Puis il décolla de la poitrine du cheval le cataplasme de boue craquelée et examina la blessure. Il regarda Billy.

Herida de cuchillo, dit Billy.

Le gitan n'avait pas changé d'expression et n'avait pas détaché ses yeux de Billy. Billy regarda les autres hommes du groupe. Ils étaient tous accroupis autour du cheval. Il pensa que si le cheval mourait ils allaient peut-être le manger. Il dit que le cheval avait été attaqué par un fou qui faisait partie d'une bande de quatre brigands. L'homme acquiesça. Il se passa la main sous le menton. Il ne regardait plus le cheval. Il demanda à Billy s'il voulait vendre le cheval et Billy eut pour la première fois la certitude que le cheval vivrait.

Ils restaient accroupis par terre, tous les yeux fixés sur lui. Il regarda le convoyeur. Il dit que le cheval avait appartenu à son père et qu'il ne pouvait pas s'en séparer et l'homme acquiesça et ouvrit la musette.

Porfirio, dit-il. Tráigame agua.

Il regarda entre les arbres vers le bivouac de Billy où un mince panache de fumée se dressait, raide comme une corde, dans l'air matinal. Il cria à l'homme de mettre de l'eau à bouillir puis il regarda de nouveau Billy. Con su permiso, dit-il.

Por supuesto.

Ladrones.

Sí. Ladrones.

Le convoyeur regarda le cheval. Il leva le menton vers l'arbre où les os de Boyd reposaient coincés dans leurs tréteaux.

Qué tiene allá ? dit-il.

Billy répondit que c'étaient les os de son frère.

Huesos, dit le gitan. Il se tourna et regarda dans la direction de la rivière où son compagnon était parti avec le seau. Les trois autres attendaient. Rafael, dit-il. Leña. Il se tourna vers Billy et sourit. Il parcourut du regard le petit bouquet d'arbres et pressa le plat de sa main contre sa joue d'un geste singulier comme pourrait le faire un homme qui vient de se souvenir qu'il a oublié quelque chose. Il portait à son index une bague en or ouvragée et des bijoux et il portait une chaînette d'or autour du cou. Il se remit à sourire et fit un geste vers le feu pour que tout le monde vienne de ce côté-là.

Ils ramassèrent du bois et ranimèrent le feu et allèrent chercher des cailloux pour en faire un trépied et y posèrent le seau pour faire bouillir l'eau. Il y avait dans le seau plusieurs poignées de petites feuilles vertes qu'on avait mises là à tremper et le porteur d'eau avait recouvert le seau de ce qui était apparemment une vieille cymbale de cuivre et tout le monde s'assit autour du feu et regarda le seau et au bout d'un moment de la fumée s'éleva d'entre les flammes. Le prénommé Rafael souleva le couvercle avec un bâton et le posa à côté et remua l'écume verte à l'intérieur puis remit le couvercle. Une pâle infusion verte débordait sur les flancs du seau et sifflait dans les flammes. Le convoyeur se roulait une cigarette. Il passa la blague de toile à l'homme assis à côté de lui et se pencha et sortit du feu un tison et inclinant la tête sur le côté il alluma la cigarette puis remit le tison dans le feu. Billy lui demanda s'il n'avait pas peur des voleurs dans ces parages mais l'homme se contenta de répondre que les voleurs hésitaient à s'attaquer aux gitans car eux aussi c'étaient des gens de la route.

Billy lui demanda où ils allaient avec l'avion.

Le gitan tourna le menton. Al norte, dit-il.

Ils fumaient. Du seau montait de la vapeur. Le gitan sourit.

Il dit qu'au sujet de l'avion il y avait trois histoires. Cuál quiere oír ? dit-il.

Billy sourit. Il dit qu'il voulait entendre la vraie.

Le gitan pinça les lèvres. Il semblait s'interroger sur la vraisemblance d'une telle hypothèse. Il finit par dire qu'il fallait d'abord préciser qu'il y avait en fait deux avions identiques, tous deux pilotés par de jeunes Américains, qui s'étaient tous deux écrasés dans les montagnes pendant le désastreux été de 1915.

Il aspira une longue bouffée et souffla la fumée vers le

feu. Il dit que certains faits étaient connus. Il y avait une base commune et on pouvait commencer par là. L'avion s'était posé sur les hautes montagnes désertiques du Sonora et le vent et les rafales de sable l'avaient dépouillé de son étoffe et les Indiens qui passaient avaient arraché du tableau de bord la plaque d'immatriculation en cuivre et l'avaient emportée pour en faire une amulette de sorte que l'avion était resté pendant près de trente ans perdu sur ces hautes terres sauvages sans que personne le réclame et puisse même le réclamer. Jusque-là il n'y avait qu'une seule histoire. Qu'il y ait deux avions ou un seul. Quel que soit l'avion l'histoire était la même.

Il tirait consciencieusement sur le mégot de la cigarette coincée entre son pouce et son index, son œil sombre louchant dans la fumée qui montait au-dessus de son nez dans l'air immobile. Finalement Billy lui demanda quelle différence cela pouvait faire puisqu'il n'y avait pratiquement pas de différence entre les deux avions. Le gitan acquiesça. Il semblait approuver la question bien qu'il n'y eût pas répondu. Il dit que le père du pilote décédé avait conclu un contrat pour faire transporter l'avion dans une localité de la frontière un peu à l'est de Palomas. Il avait envoyé son fondé de pouvoir dans la ville de Madera – pueblo que conoce – et ce fondé de pouvoir était un de ces hommes dont on pouvait justement attendre pareille question.

Il sourit. Il fuma le reste de la cigarette jusqu'à ce qu'elle soit réduite en cendre et fit tomber la cendre dans le feu et souffla lentement la fumée. Il suça son pouce et l'essuya contre le genou de son pantalon. Il dit que pour les gens de la route la réalité des choses avait toujours de l'importance. Il dit que le stratège ne confondait pas ses stratagèmes avec la réalité du monde car alors que deviendrait-il ? Il dit que le menteur devait d'abord savoir la vérité. El mentiroso debe primero saber la verdad, dit-il. De acuerdo ?

Il tourna la tête vers le feu. Le porteur d'eau se leva et remua les braises avec un bâton et remit du bois au-dessous du seau et retourna à sa place. Le gitan attendit qu'il eût terminé. Puis il continua. Il expliqua que l'identité du petit biplan de toile n'avait d'importance que pour l'histoire de l'avion lui-même et que puisqu'il était bien connu que cet appareil en lambeaux avait une réplique en tout aussi piteux état la question de son identité avait été en fait posée. Il dit que les hommes sont convaincus que la vérité d'une chose réside dans cette chose même, quoi que pensent ceux qui l'ont sous les yeux, mais qu'un faux est tenu pour tel aussi ressemblant soit-il. Si l'avion pour lequel leur client avait payé pour qu'on le sorte du désert et qu'on le transporte jusqu'à la frontière n'était pas l'avion dans lequel son fils avait péri son étroite ressemblance avec le vrai n'était guère un argument en faveur de l'appareil mais plutôt une fausse maille de plus dans la trame du monde pour mieux égarer les hommes. Alors où est la vérité dans tout cela ? Le respect qui s'attache aux vestiges de l'histoire est un sentiment naturel chez l'homme. On pourrait même dire qu'une chose ne tire son importance que de l'histoire à laquelle elle a participé. Mais où se situe cette histoire ?

Le gitan tourna son regard vers l'amont là où l'avion était posé derrière les arbres. Il semblait méditer sur sa forme. Comme si cette construction primitive renfermait une énigme pas encore décryptée qui était peut-être la clé des campagnes de la révolution, des stratégies d'Angeles, des tactiques de Villa. Et pour quoi le client le voulait-il ? Qu'était-ce d'autre après tout que le cercueil de son fils ?

Personne ne répondit. Au bout d'un silence le gitan reprit. Il dit qu'il avait cru à un moment que le client voulait seulement avoir l'avion comme souvenir. Parce que les os de son fils étaient depuis longtemps dispersés sur la sierra. Mais il était maintenant d'un autre avis. Il dit que tant que l'avion restait dans les montagnes son histoire formait un tout. Elle était sans rupture. Suspendue dans le temps. La présence de l'avion sur la montagne était tout son passé à jamais cristallisé en une seule image que chacun pouvait contempler. Le client pensait et il pensait avec raison que s'il pouvait arracher cette épave de l'endroit où elle reposait depuis des années et des années dans la pluie et la neige et le soleil, alors et alors seulement il pourrait la priver du pouvoir tyrannique qu'elle exerçait sur ses rêves. Le gitan fit de la main un lent geste gracieux. Il dit que l'histoire du fils s'achevait dans les montagnes. Et que tout ce qu'il possédait de réalité était resté là-bas.

Il hocha la tête. Il dit que les tâches simples se révèlent souvent les plus difficiles. Il dit que de toute façon ce cadeau rapporté des montagnes n'aurait pas vraiment le pouvoir d'apaiser le cœur d'un vieillard car une fois encore le voyage n'aboutirait à rien et rien ne serait changé. Et l'identité de l'avion serait mise en doute alors qu'elle ne faisait aucun doute tant que l'avion était dans les montagnes. Agir ainsi c'était forcer la décision. Et là était la difficulté. Et comme il arrivait souvent Dieu avait finalement pris les choses en main et s'était lui-même prononcé. Car pour finir les deux avions avaient été ramenés de la montagne et il y en avait un au fond du rio Papigochic et l'autre était là devant eux. Como lo ve.

Ils marquèrent une pause. Rafael se releva et tisonna le feu et souleva le couvercle du seau et agita la soupe fumante qu'il y avait à l'intérieur et remit le couvercle. Cependant le gitan s'était roulé une autre cigarette et l'avait allumée. Il se demandait comment il allait poursuivre.

La ville de Madera. Une carte sale et arbitraire imprimée sur du mauvais papier dont les plis se déchiraient déjà. Une sacoche en toile remplie de pièces d'argent. Deux hommes qui se rencontrent par hasard dont aucun ne se fierait jamais à la parole de l'autre. Le gitan pinça les lèvres. Une moue qui ne pouvait pas passer tout à fait pour un sourire. Il dit que les espoirs timides étaient rarement déçus. Ils étaient partis dans les montagnes à l'automne, il y avait deux ans de cela maintenant, et ils avaient construit un traîneau avec des branches d'arbres et avec cet engin ils avaient amené l'épave jusqu'à la corniche en haut des grandes gorges du río Papigochic. Là ils comptaient le faire descendre avec une corde et un treuil au bord de la rivière et une fois en bas construire un radeau pour y mettre l'engin et le convoyer sur l'eau carcasse ailes et mâts jusqu'au pont de la route de Mesa Tres Ríos et de là par terre jusqu'à la frontière à l'ouest de Palomas. La neige les avait chassés de la montagne avant même qu'ils soient arrivés à la rivière.

Les autres hommes assis autour du feu à la lueur fantomatique dans la lumière du jour semblaient écouter attentivement ses paroles. Comme s'ils n'avaient eux-mêmes été que tout récemment recrutés pour cette entreprise. Le gitan parlait lentement. Il leur décrivit la nature du terrain où l'avion s'était abattu. Sa cruauté et les hauts marécages couverts d'herbe épaisse et les profondes barrancas où les jours étaient d'une brièveté polaire, des barrancas au fond desquelles de grands fleuves ressemblaient à des bouts de ficelle. Ils avaient quitté le pays et étaient revenus au printemps. Il ne leur restait pas un sou. Une diseuse de bonne aventure avait tenté de les convaincre de s'en retourner. Une femme de leur race. Il avait médité les paroles de cette femme, mais il savait ce qu'elle ne savait pas. Que si un rêve peut prédire l'avenir il peut aussi faire avorter cet avenir. Car Dieu ne permettra pas que nous sachions de quoi demain sera fait. Il n'est tenu envers personne de faire en sorte que le monde suive exactement son cours et ceux qui par on ne sait quelle sorcellerie ou on ne sait quel rêve parviennent à percer le voile qui cache d'une ombre si épaisse tout ce qu'il y a devant eux contribuent peut-être, à cause même de cette vision, à persuader Dieu de changer brutalement le monde de cap et de le mettre sur une tout autre route, et alors que peut le sorcier ? Que peut le rêveur avec son rêve ? Il fit une pause pour laisser à chacun le temps de réfléchir à cette question. Pour pouvoir y réfléchir lui-même. Puis il reprit. Il parla du froid qu'il faisait à cette saison dans les montagnes. Il peupla pour eux le terrain de certains oiseaux et de certains animaux. De perroquets. De couguars. D'hommes d'un autre âge vivant dans les grottes de ce pays si loin de tout que le monde avait négligé de les tuer. Du Tarahumara dressé à moitié nu au bord de l'à-pic de pierre en surplomb du vide pendant que le fuselage et le squelette des ailes de l'avion détruit se balançaient dans l'azur et rapetissaient et tournaient lentement dans le gouffre de plus en plus profond de la barranca silencieuse et sans écho et qu'en bas loin au-dessous d'eux les formes de vautours décrivaient de lentes spirales comme des grains de cendre dans un flux d'air ascendant.

Il parla des rapides de la rivière et des énormes rocs qui se dressaient dans la gorge et de la pluie la nuit dans les montagnes et de la rivière hurlant comme un train dans les défilés et la nuit la pluie qui était tombée sur des miles et des miles dans cette ultime crevasse de l'écorce terrestre sifflait dans leur feu de bois de dérive et les blocs de pierre tout autour entre lesquels l'eau déferlait en rugissant frémissaient comme une femme et quand ils se parlaient aucun mot ne s'articulait dans l'air si terrible était le vacarme dans ce monde souterrain.

Ils avaient passé neuf jours dans la gorge pendant que la pluie tombait et que l'eau de la rivière montait jusqu'au moment où ils s'étaient retrouvés coincés là-haut dans une anfractuosité de rochers comme des rats en déroute tous les sept sans nourriture ni feu et toute la gorge tremblant comme si le monde lui-même allait s'ouvrir sous leurs pieds et les engloutir jusqu'au dernier et ils avaient posté des guetteurs la nuit jusqu'au moment où il s'était lui-même demandé à quoi bon guetter ? Que faire si jamais ça arrivait ?

La cymbale de cuivre se souleva légèrement d'un côté au-dessus du seau et une mousse verte jaillit et coula sur le côté et la cymbale retomba sans bruit. Le gitan étendit le bras et égrena d'un air songeur le bout de cendre de sa cigarette dans les braises.

Nueve días. Nueve noches. Sin comida. Sin fuego. Sin nada. La rivière monte et ils attachent le radeau avec les cordes du treuil puis avec des lianes et la rivière continue de monter et dévore le radeau perche par perche et planche par planche et il n'y a rien à faire et la pluie tombe toujours. Les ailes sont parties les premières. Ils s'accrochent aux rochers lui et ses hommes dans l'obscurité rugissante pareils à des singes assiégés et ils se parlent en hurlant d'une voix muette dans le maelström et son cousin Macio descend pour arrimer le fuselage mais à quoi le fuselage peut-il servir sans les ailes personne n'en sait rien et il s'en est fallu de peu que Macio lui-même soit emporté et englouti. Au matin du dixième jour la pluie a cessé. Ils repartent le long des rochers dans l'aube grise détrempée mais tout signe de leur entreprise a disparu dans la crue comme si rien de tout cela n'avait jamais existé. La rivière continue de monter et le lendemain matin pendant qu'ils regardent assis sur une pierre les yeux rivés sur le torrent hypnotique un noyé surgit de la cataracte en amont comme un énorme poisson pâle et décrit un cercle le visage plongé dans l'écume des remous au-dessous d'eux comme s'il cherchait quelque chose au fond de la rivière puis il est entraîné vers l'aval où il continue sa croisière. À le voir on dirait qu'il a déjà fait pas mal de chemin dans ses voyages car ses vêtements sont partis et aussi un grand morceau de sa peau et il ne lui reste que la plus mince touffe de cheveux sur son crâne entièrement scalpé par son passage sur les cailloux de la rivière. Il tourne flasque et désarticulé dans l'écume comme un corps qui n'aurait plus de squelette. Un incube ou un mannequin. Mais quand il passe juste au-dessous d'eux il révèle à leurs regards ce dont les hommes sont faits et qu'il vaut mieux laisser caché. Ils voient les os et les ligaments et ils voient les plateaux des petites côtes et à travers la peau lessivée et arrachée les formes sombres des organes à l'intérieur. Il tourne et prend de la vitesse et s'élance dans le flot grondant comme si d'urgentes besognes l'attendaient plus loin.

Le gitan souffla mollement entre ses dents. Il regarda le feu.

Y entonces qué ? dit Billy.

Il hocha la tête. Comme si l'évocation de ces choses était une épreuve pour lui. Finalement ils étaient remontés pour sortir de la gorge et ils avaient marché jusqu'à Sahuaripa pour sortir des montagnes et là ils avaient attendu qu'un camion passe sur la route à peine carrossable qui venait de Divisaderos et ils avaient voyagé quatre jours durant sur le plateau de ce camion, assis avec des pelles en travers des genoux, informes sous la boue, sautant à terre un nombre incalculable de fois pour creuser et remblayer dans la gadoue comme des forçats pendant que le chauffeur leur criait ses ordres depuis la cabine puis repartant sur le véhicule grinçant. Pour Bacanora. Pour Tonichi. Puis de nouveau vers le nord par Nuri jusqu'à San Nicolás et Yécora et par les montagnes vers Temosachic et Madera où le type avec qui ils avaient conclu le premier contrat exigerait le remboursement de l'argent qu'il leur avait avancé.

Le gitan jeta le mégot de sa cigarette dans le feu et croisa ses bottes devant lui et les prit dans ses mains et resta assis penché en avant les yeux fixés sur les flammes. Billy lui demanda si l'avion avait été retrouvé et il dit que non car il n'y avait assurément rien à retrouver. Ensuite Billy lui demanda pourquoi ils étaient même retournés à Madera et l'homme réfléchit à cette question. Finalement il dit qu'il ne croyait pas que c'était par hasard qu'il avait rencontré cet homme la première fois et qu'il avait été engagé pour aller dans les montagnes et que ce n'était pas non plus le hasard qui avait envoyé les pluies et gonflé les eaux du Papigochic. Il y eut un moment de silence. L'homme qui s'occupait du seau se leva une troisième fois et le remua et le mit à côté à refroidir. Billy regardait les visages solennels autour du feu. Les os sous la peau olivâtre. Des vagabonds en ce bas monde. Assis en cercle, accroupis sans effort dans le sous-bois, à la fois vigilants et sereins. Ils n'entretenaient aucun rapport de propriété avec rien, à peine peut-être avec l'espace qu'ils occupaient. De leurs vies antérieures ils avaient tiré la même conclusion que leurs pères avant eux. À savoir que le mouvement lui-même est une forme de propriété. Billy les regarda et il dit que l'avion qu'ils convoyaient maintenant vers le nord par la route était par conséquent un autre avion.

Les yeux noirs se tournèrent tous vers le chef de leur petite tribu. Il resta un long moment silencieux. Au loin sur la route un des bœufs se mit à pisser bruyamment. Le gitan finit par trouver ses mots et dit qu'à son avis si le destin était intervenu dans cette affaire c'était qu'il avait de bonnes raisons de le faire. Il dit que le destin pouvait se mêler des affaires des hommes pour les contrarier ou les tenir en échec mais qu'affirmer que le destin pouvait rejeter la vérité et conforter le mensonge semblait être une contradiction dans les termes. C'était une chose de parler d'une volonté dans le monde qui allait à l'encontre de notre propre volonté. Mais c'était bien autre chose de parler d'une volonté qui allait à l'encontre de la vérité, car alors plus rien n'aurait de sens. Billy lui demanda ensuite s'il pensait que Dieu avait emporté le faux avion pour désigner le vrai mais le gitan dit qu'il n'en était pas ainsi. Quand Billy dit que s'il l'avait bien compris cela signifiait que c'était Dieu qui avait finalement pris la décision au sujet des deux avions le gitan dit qu'il croyait qu'il en était ainsi mais qu'il ne pensait pas que Dieu eût voulu s'adresser à quiconque par cet acte. Il dit qu'il n'était pas quelqu'un de superstitieux. Les gitans écoutèrent cette réponse jusqu'au bout puis se tournèrent vers Billy pour voir ce qu'il allait répliquer. Billy dit qu'il avait l'impression que les convoyeurs n'attachaient pas grande importance à l'identité de l'avion mais le gitan se contenta de tourner la tête et de l'examiner de ses yeux sombres et troublés. Il dit qu'au contraire l'identité de l'avion avait une grande importance et que c'était en fait tout le sujet de leur investigation. Dans une certaine perspective on pouvait même se risquer à dire que le grand problème du monde c'était que ce qui survivait était présenté comme preuve certaine des événements passés. Une fausse autorité s'accrochait à ce qui perdurait, comme si ces monuments du passé qui avaient supporté l'épreuve du temps l'avaient fait par un acte de leur propre volonté. Pourtant le témoin ne pouvait pas survivre à l'événement dont il avait été le témoin. Dans le monde tel qu'il s'offrait à nous ce qui prévalait ne pouvait jamais parler pour ce qui avait péri mais ne pouvait qu'afficher sa propre arrogance. Ce qui l'avait emporté se présentait comme le symbole et le produit du monde disparu mais n'était ni l'un ni l'autre. Il dit que de toute façon le passé n'était guère plus qu'un rêve et que le pouvoir qu'on lui accordait dans le monde était grandement exagéré. Car le monde était refait chaque jour à neuf et c'était seulement parce que les hommes s'accrochaient à des coquilles disparues qu'ils avaient pu faire du monde une coquille de plus.

La coquille n'est pas la chose, dit-il. Ça a l'air d'être la même chose. Mais ça ne l'est pas.

Y la tercera historia ? dit Billy.

La tercera historia, dit le gitan, es ésta. Elle existe dans l'histoire des histoires. Car en fin de compte la vérité ne perdure que dans la parole. Il leva ses mains devant lui et contempla ses paumes. Comme si elles accomplissaient une tâche qui lui échappait. Le passé, dit-il, est toujours ce débat entre les tenants d'opinions contraires. Les souvenirs s'estompent avec l'âge. Nos images n'ont pas de dépositaire. Les êtres chers qui nous rendent visite dans nos songes sont des étrangers. Même bien voir est un effort. On cherche un témoin mais le monde n'en produira pas. C'est la troisième histoire. C'est l'histoire que tout homme compose seul avec ce qui lui reste. Des morceaux d'épaves. Des os. Les paroles des morts. Comment faire un monde avec ça ? Comment vivre dans ce monde une fois qu'on l'a fait ?

Le gitan regarda vers le seau. Il n'en sortait plus de vapeur et il fit un signe de tête et se mit debout. Rafael se leva et ramassa la musette et la passa par-dessus son épaule et prit le seau et tout le monde suivit le gitan à travers les bois le long de la rivière jusqu'à l'endroit où gisait le cheval et là un des hommes se mit à genou et souleva de terre la tête du cheval pendant que Rafael sortait du sac un entonnoir en cuir et une longueur de tuyau en caoutchouc et ils empoignèrent la bouche du cheval et lui ouvrirent les mâchoires puis Rafael graissa le tuyau et le fit descendre dans le gosier du cheval et y introduisit l'entonnoir au bout. Après quoi ils versèrent sans cérémonie le contenu du seau dans les entrailles du cheval.

Quand ils eurent fini le gitan lava encore une fois le sang séché qui restait sur la poitrine du cheval et examina la blessure puis il retira du fond du seau une double poignée de feuilles bouillies et les appliqua contre la blessure pour faire un cataplasme qu'il recouvrit de toile de sac et qu'il attacha avec un cordon passé au cou du cheval et derrière ses antérieurs. Quand il eut terminé il se leva et fit un pas en arrière et contempla longuement l'animal. Le cheval avait un aspect bien étrange en effet. Il souleva à moitié la tête et les regarda en battant des paupières puis il poussa un soupir et allongea le cou sur les feuilles et resta couché là. Bueno, dit le gitan. Il regarda Billy et sourit.

Ils s'arrêtèrent sur la route et le gitan remit d'aplomb le bord de son chapeau et remonta sous son menton le morceau filigrané d'os d'oiseau qui lui servait de jugulaire et regarda les bœufs et le radeau et l'avion. Il regarda entre les arbres là où la bâche roulée contenant le corps de Boyd était coincée dans les branches basses du cyprès. Il regarda Billy.

Billy dit qu'il retournait dans son pays.

De nouveau le gitan sourit et regarda vers le nord le long de la route. Otros huesos, dit-il. Otros hermanos. Il dit que quand il était petit il avait beaucoup voyagé en pays gringo. Il dit qu'il avait suivi son père à travers les rues des villes de l'Ouest et qu'ils allaient chercher toutes sortes de vieilleries dans les maisons et qu'ensuite ils les vendaient. Il dit qu'ils trouvaient parfois dans des malles et des caisses de vieilles photographies et d'anciens daguerréotypes. Les portraits de ces gens n'avaient de valeur que pour les vivants qui les avaient connus et avec le passage des ans il n'en restait plus un seul. Mais son père était un gitan et avait un esprit de gitan et avec des pinces à linge il accrochait ces images rayées et pâlies à des fils tendus entre les ridelles au-dessus de la charrette. Et elles y restaient. Personne ne s'y intéressait jamais. Personne ne voulait les acheter. Au bout d'un moment l'enfant avait cru y voir une mise en garde et il scrutait ces visages couleur sépia en quête d'un secret qu'ils pourraient lui révéler des jours de leur mortalité. Peu à peu les visages lui devenaient très familiers. D'après leurs antiques vêtements ils étaient morts depuis longtemps et il les contemplait tels qu'ils apparaissaient sur la photo posant assis sur les marches d'une galerie, assis sur des chaises dans une cour. Tous les rêves passés et futurs et mort-nés tous cautérisés dans cette brève irruption de lumière dans la boîte de l'appareil photographique. Il scrutait ces visages. Un air de vague mécontentement. Un air de chagrin. Peut-être une amertume grandissante à l'idée de choses alors en germe mais aujourd'hui à jamais révolues.

Son père disait que les gadjé étaient une espèce indéchiffrable et c'était ce qu'il avait lui-même constaté. Dans toute et au-delà de toute représentation. Les photographies accrochées au fil tendu au-dessus de la charrette étaient devenues pour lui une forme de questionnement du monde. Il y sentait un certain pouvoir et il avait compris que les gadjé croyaient qu'elles portaient malheur car ils les regardaient à peine mais la vérité était encore plus sombre comme l'était toujours la vérité.

Ce qu'il avait fini par voir c'était que tous ces gens sur leurs photos de famille défraîchies ne pouvaient avoir de valeur que dans le cœur d'un autre et de même ce cœur-là dans celui d'un autre et ainsi de suite dans une terrible et interminable érosion et qu'à part cela ils n'avaient aucune valeur. Toute représentation était une idole. Toute ressemblance une hérésie. Ils avaient cru trouver dans leurs images un peu d'immortalité mais l'oubli ne peut être apaisé. C'était cela que son père avait voulu lui dire et c'était pour cela qu'ils étaient des gens de la route. C'était la raison d'être des daguerréotypes jaunissants qui se balançaient à leurs pinces à linge sur le fil tendu entre les planches de la charrette paternelle.

Il dit que les voyages en compagnie des morts étaient des voyages difficiles, comme chacun le savait, mais qu'à vrai dire on voyage toujours en leur compagnie. Il dit qu'à son avis il était imprudent de croire que les morts n'ont pas le pouvoir d'agir en ce monde, car leur pouvoir est grand et c'est sur ceux qui s'en doutent le moins qu'ils ont le plus d'influence. Il dit : ce que les hommes ne comprennent pas c'est que ce que les morts ont quitté n'est pas le monde lui-même mais seulement l'image du monde dans le cœur des hommes. Il dit qu'on ne peut pas quitter le monde car le monde sous toutes ses formes est éternel de même que toutes les choses qui y sont contenues. Dans ces visages à jamais anonymes parmi leurs effets d'un autre âge était inscrit un message qui ne pouvait jamais être dit parce que le temps tuerait toujours le messager avant même qu'il arrive à destination.

Il sourit. On croit être les victimes du temps, dit-il. En réalité le chemin du monde n'est nulle part immobile. Comment serait-ce possible ? Nous sommes nous-mêmes notre propre voyage. C'est pourquoi nous sommes aussi le temps. Nous sommes le temps lui-même. Fugitif. Impénétrable. Implacable.

Il se tourna et parla aux autres en romani et l'un des hommes prit un fouet à un crochet fiché dans les planches du radeau et déroula la lanière et la lança en spirale dans l'air où son claquement retentit à travers les bois comme l'écho d'un coup de feu et la caravane s'ébranla. Le gitan se retourna et sourit. Il dit qu'ils se rencontreraient peut-être une autre fois sur une autre route car le monde n'était pas aussi vaste qu'on l'imaginait. Quand Billy lui demanda combien il lui devait pour ses services il annula sa dette d'un geste de la main. Para el camino, dit-il. Puis il se retourna et partit derrière les autres. Billy restait debout sur la route tenant dans la main la mince liasse de billets ensanglantés qu'il avait sortie de sa poche. Il appela le gitan et le gitan se retourna.

Gracias, cria-t-il.

Le gitan leva la main. Por nada.

Yo no soy un hombre del camino.

Mais le gitan se contenta de sourire et agita la main. Il dit que les usages de la route étaient la règle pour tous ceux qui s'y trouvaient. Il dit que sur la route il n'y avait pas d'exceptions. Puis il se retourna et partit à grands pas rejoindre les autres.

DANS LA SOIRÉE le cheval se releva et resta debout sur des jambes tremblantes. Il ne lui mit pas le licol mais se contenta de marcher à côté de lui jusqu'à la rivière où le cheval s'avança dans l'eau avec une grande méfiance et but interminablement. Le soir alors qu'il s'apprêtait à souper avec les tortillas et le fromage de chèvre que les gitans lui avaient laissés un cavalier arriva sur la route. Solitaire. Sifflant en chemin. Il s'arrêta entre les arbres puis il s'approcha plus lentement.

Billy se leva et alla à la route et le cavalier arrêta son cheval et resta en selle. Il rabattit son chapeau un peu en arrière, pour mieux voir, pour mieux être vu. Il regarda Billy et le feu et le cheval couché dans le bois un peu plus loin.

Buenas tardes, dit Billy.

Le cavalier inclina la tête. Il montait un bon cheval et portait de bonnes bottes et un bon Stetson et fumait un petit puro noir. Il retira le cigare de sa bouche et cracha et l'y remit.

Tu parles l'américain ? dit-il.

Oui. Je le parle.

Je me disais bien que t'avais l'air plutôt sensé. Qu'est-ce que tu fiches ici crénom de Dieu ? Qu'est-ce qu'il a qui ne va pas, ce cheval ?

Écoute, j'crois que je m'occupe de mes affaires. Et j'peux en dire autant du cheval.

L'homme ne parut pas l'entendre. Il est pas mort, hein ?

Non. Il est pas mort. Il a été blessé d'un coup de couteau par des brigands.

D'un coup de couteau par des brigands ?

C'est ça.

Tu veux dire qu'ils l'ont assommé ?

Non. J'veux dire qu'ils lui ont donné un coup de surin dans le poitrail.

Et pourquoi donc crénom de Dieu ?

Je te le demande.

J'en sais rien.

Eh bien moi non plus.

Le cavalier fumait d'un air pensif sans descendre de cheval. Il regarda de l'autre côté de la vallée à l'ouest de la rivière. J'y comprends rien à ce pays, dit-il. Rien de rien.

T'as pas un peu de café quelque part dans tes bagages, des fois ?

Je viens d'en mettre à chauffer. Si tu veux bien descendre de ton cheval j'suis en train de préparer à souper. C'est pas grand-chose mais t'es le bienvenu.

Eh bien j'accepte ton hospitalité.

Il descendit d'un air las et fit passer les rênes de bride derrière son dos et ajusta encore une fois son chapeau et s'avança avec le cheval en main. Rien de rien je te le jure, dit-il. T'as pas vu mon aéroplane passer par ici ?

Ils s'assirent à croupetons devant le feu pendant que les bois noircissaient et ils attendirent que le café commence à bouillir. J'aurais jamais cru que des gitans auraient tant de cœur à l'ouvrage, dit l'homme. J'avais des doutes à leur sujet. Mais je suis comme ça, quand je me trompe je suis prêt à l'admettre.

Eh bien, c'est une bonne qualité.

Sûrement que oui.

Ils mangèrent les haricots roulés dans les tortillas avec le fromage fondu. Le fromage était rance et sentait le bouc. Billy souleva le couvercle de la cafetière avec un bâton et regarda à l'intérieur et remit le couvercle. Il regarda l'homme. L'homme était assis par terre en tailleur avec les semelles de ses bottes serrées l'une contre l'autre dans sa main.

Tu m'as l'air d'avoir passé un bout de temps par ici, dit l'homme.

J'en sais rien. De quoi j'ai l'air ?

D'avoir besoin de rentrer chez toi.

Oui. T'as sans doute raison. C'est mon troisième voyage. C'est la seule fois que je suis venu ici en y trouvant ce que j'étais venu chercher. Seulement c'est pas mais alors pas du tout ce que j'aurais voulu ramener.

L'homme approuva d'un signe de tête. Il ne semblait pas avoir envie de savoir ce que Billy était venu chercher. Tu peux me croire, dit-il. Il gèlera en enfer le jour où on me reverra dans le coin. Et comment qu'il gèlera putain de Dieu. C'est moi qui te le dis.

Billy avait versé le café. Ils buvaient. Le café était horriblement chaud dans les tasses de fer-blanc mais l'homme ne semblait pas s'en apercevoir. Il buvait et regardait au loin à travers les bois sombres du côté de la rivière et des nattes argentées de la rivière vrillées aux bancs de gravier au clair de lune. En aval le bol nacré de la lune fiché dans les récifs des nuages comme un crâne où brûle un cierge. Il jeta le marc de café dans l'obscurité. Je ferais mieux de partir, dit-il.

Reste si ça te dit.

J'aime bien aller à cheval la nuit.

J'comprends ça.

Je crois qu'on fait plus de chemin comme ça.

C'est plein de voleurs partout dans le coin, dit Billy.

Des voleurs, dit l'homme. Il contemplait le feu. Au bout d'un moment il sortit de sa poche un de ses minces cigares noirs et l'examina. Puis il en arracha le bout avec les dents et le recracha dans le feu.

Tu fumes le cigare ?

J'm'y suis jamais mis.

C'est pas contre ta religion ?

Pas que je sache.

L'homme se pencha et retira du feu un tison incandescent et alluma le cigare avec. Il fallut un bout de temps pour que le tabac prenne. Quand le cigare fut bien allumé il remit le tison dans le feu et souffla un rond de fumée puis un autre plus petit au centre du premier.

Quelle heure il était quand ils sont partis d'ici ? dit-il.

J'en sais rien. Peut-être midi.

Ils auront pas fait dix miles.

Il était peut-être plus tard.

Chaque fois que je m'arrête quelque part ils ont un accident. Ça rate jamais. C'est de ma faute. Je me laisse toujours distraire par les señoritas. Et les mam'zelles aussi, elles me plaisaient drôlement là-bas quand j'étais dans l'armée. J'aime ça quand elles parlent pas anglais. T'y as été dans l'armée ?

Non.

Il étendit le bras et retira le bâton dont il s'était servi pour allumer son cigare et l'agita pour éteindre la flamme puis il se tourna et comme un gosse il dessina dans le noir derrière lui avec le bout rouge et calciné. Au bout d'un moment il remit le bâton dans le feu.

Ton cheval est si mal en point que ça ? dit-il.

J'en sais rien. Ça fait deux jours qu'il est comme ça.

T'aurais dû demander à ce gitan de s'en occuper. Ils sont censés tout savoir de ce qu'il faut savoir d'un cheval.

C'est vrai ça ?

J'en sais rien. J'sais qu'ils sont très forts pour rendre bonne mine à un cheval malade le temps qu'il faut pour le vendre.

J'ai pas l'intention de le vendre.

Je vais te dire ce que tu devrais faire.

Et qu'est-ce que c'est ?

Bien entretenir ton feu.

Et pourquoi ?

À cause des couguars voilà pourquoi. Leur viande préférée c'est la viande de cheval.

Billy acquiesça. Je l'ai toujours entendu dire, dit-il.

Tu sais pourquoi tu l'as toujours entendu dire ?

Pourquoi je l'ai toujours entendu dire ?

Ouais.

Non. Pourquoi ?

Parce que c'est vrai voilà pourquoi.

Tu crois que la plupart des trucs qu'on entend dire c'est des trucs vrais ?

C'est ce que j'ai constaté jusqu'à présent.

Eh bien pas moi.

L'homme fumait et contemplait le feu. Au bout d'un moment il dit : Moi non plus si tu veux le savoir. J'ai juste dit ça histoire de causer. J'ai pas été dans l'armée non plus comme je te l'ai dit. J'suis pas bon pour le service. L'ai jamais été, le serai jamais.

C'est vrai que ces gitans ont ramené l'avion des sierras et ont descendu le Papigochic avec ?

C'est ça qu'ils t'ont raconté ?

Ouais.

Cet avion vient d'une grange du ranch de Taliafero du côté de Flores Magón. Il aurait même pas pu voler dans les coins dont tu parles. Cet avion-là ne peut pas monter au-dessus de six mille pieds.

Est-ce que le type qui pilotait a été tué dedans ?

Pas que je sache.

C'est pour ça que t'es venu ici ? Pour retrouver cet avion et le ramener ?

J'suis venu ici parce que j'ai flanqué le ballon à une fille de McAllen au Texas et que son papa voulait me faire la peau.

Billy regardait le feu.

Tu peux me croire, j'sais ce que ça veut dire quitter le diable pour l'enfer, dit l'homme. T'as jamais reçu un coup de fusil ?

Non.

Moi deux fois. La dernière fois c'était sur la grand-place de Cuauhtémoc en plein jour un samedi après-midi. Tout le monde a tout de suite filé. Il y a deux femmes, des mennonites, qui m'ont ramassé dans la rue et fourré dans un chariot autrement je serais encore là-bas couché dans la poussière.

Où t'as été blessé ?

Juste ici, dit-il. Il se tourna et remonta une mèche de cheveux au-dessus de sa tempe droite. Regarde. On voit la blessure.

Il se pencha et cracha dans le feu et regarda le cigare et le remit dans sa bouche. Il aspira une bouffée. J'suis pas fou, dit-il.

J'ai jamais dit que tu l'étais.

Non. Mais t'aurais pu le penser.

T'aurais pu le penser de moi.

Oui.

Est-ce que c'est vraiment arrivé ou c'est juste histoire de causer ?

Non. C'est arrivé.

Mon frère a reçu un coup de fusil et a été tué par ici. Je

suis venu pour le ramener chez nous. Il a reçu un coup de fusil et il a été tué un peu plus loin au sud. Dans une petite ville qui s'appelle San Lorenzo.

On a vite fait de se faire tuer par ici. Aussi vite fait que n'importe quoi que tu peux décider de faire.

Mon père a été tué à coups de fusil au Nouveau-Mexique. C'est son cheval qui est couché là-bas.

Le monde est cruel, dit l'homme.

Il était arrivé du Texas en 1919. Il avait à peu près l'âge que j'ai maintenant. Il est pas né là-bas. Il est né dans le Missouri.

J'avais un oncle qui est né dans le Missouri. Son père est tombé ivre mort d'un chariot dans la boue une nuit qu'il passait par là et voilà comment il est né dans le Missouri.

Ma mère venait d'un ranch dans le comté de De Baca. Sa mère était une Mexicaine pur sang et parlait pas un mot d'anglais. Elle a habité avec nous jusqu'à sa mort. J'avais une petite sœur qui est morte quand j'avais sept ans mais je m'en souviens très bien. J'suis allé à Fort Sumner pour essayer de retrouver sa tombe mais j'ai rien pu trouver. Elle s'appelait Margaret. J'ai toujours bien aimé ce nom-là pour une fille. Si jamais j'ai une fille c'est comme ça que je l'appellerai.

J'ferais mieux d'y aller.

Bon.

Pense à ce que je t'ai dit à propos de ton feu.

D'accord.

On dirait que t'as eu ta part d'ennuis en ce bas monde.

Mais non. J'avais envie de causer, c'est tout. J'ai eu plus de chance que bien d'autres. Y a qu'une vie qui en vaut la peine et j'suis né dedans. Ça rattrape tout le reste. Mon petit frère savait mieux s'y prendre. Un vrai gars du pays. Il était plus malin que moi aussi. Et pas seulement pour les chevaux. Papa le savait. Il le savait et il savait que je le savais et c'est tout ce qu'il y a à dire là-dessus.

J'ferais mieux d'y aller.

Garde l'œil ouvert.

J'en ai bien l'intention.

Il se leva, il ajusta son chapeau. La lune était haute et le ciel s'était éclairci. La rivière derrière les arbres était comme du métal fondu.

Ce monde sera jamais le même, dit le cavalier. Tu le sais ?

Je le sais. Il l'est déjà plus.

QUATRE JOURS PLUS TARD il partit vers le nord le long de la rivière avec les restes de son frère sanglés sur un travois fait de troncs de jeunes arbustes qui traînait derrière le cheval. Il leur fallut trois jours pour arriver à la frontière. Il passa devant le premier des obélisques blancs marquant le tracé de la frontière internationale à l'ouest de Dog Springs et arrivé là il traversa l'antique réservoir asséché. Les anciennes levées de terre étaient effondrées par endroits et il s'avança sur l'argile fissurée du réservoir avec les perches du travois qui raclaient le sol derrière lui. L'argile gardait les traces de bovins et d'antilopes et de coyotes qui avaient traversé après de récentes pluies et il arriva à un endroit marqué un peu partout du rustique trident des empreintes de grues sauvages là où elles avaient atterri et paradé dans la boue stérile. Il dormit cette nuit-là dans son propre pays et il fit un rêve où il vit des pèlerins de Dieu peiner au bord d'une corniche déjà sombre dans ce qui restait du crépuscule de cette journée et ils semblaient retourner d'une expédition qui n'était pas une campagne guerrière et ils n'étaient pas en fuite non plus et semblaient plutôt revenir d'une mission à laquelle ces entreprises et toutes les autres étaient sans doute subordonnées. Un sombre arroyo le séparait de l'endroit par où ils passaient et il regarda pour voir s'il pouvait d'après la nature de leurs outils deviner ce qu'ils venaient de faire mais ils n'en portaient aucun et ils continuèrent en silence à contre-jour sur un ciel de plus en plus noir et ils eurent bientôt disparu. Quand il se réveilla dans la nuit noire il crut que quelque chose était vraiment passé dans l'obscurité du désert et il resta longtemps éveillé mais il n'avait pas l'impression que cette chose reviendrait jamais.

Le lendemain il passa par Hermanas et prit vers l'ouest par la route poussiéreuse et ce soir-là il resta en selle au carrefour devant l'épicerie de Hatchita et regarda au loin vers le sud-ouest où le soleil tardif éclairait les pics des Animas et il savait qu'il ne retournerait pas de ce côté-là. Il traversa lentement le val des Animas en traînant le travois derrière lui et cette étape lui prit toute la journée. Quand il entra dans la ville d'Animas le lendemain matin c'était le mercredi des Cendres d'après le calendrier et les premières personnes qu'il vit ce furent des Mexicains avec des marques dessinées à la suie sur le front, cinq enfants et une femme marchant à la file sur le bord poussiéreux de la route venant de la ville. Il leur dit bonjour mais ils se contentèrent de faire le signe de la croix en voyant le corps sur le travois et passèrent leur chemin. Il acheta une pelle à la quincaillerie et sortit de la ville par le sud et continua jusqu'au petit cimetière et là il entrava le cheval et le laissa brouter devant le portail pendant qu'il creusait la tombe.

Il était jusqu'à la taille dans la boue sèche et le caliche quand le shérif gara sa voiture et descendit et passa le portail.

Je me doutais que c'était toi, dit-il.

Billy s'arrêta et s'appuya sur la pelle et le regarda de biais. Il avait enlevé son haillon de chemise et il allongea le bras et la ramassa et essuya la sueur de son front et attendit.

C'est ton frère sur ce machin-là j'suppose, dit le shérif.

Oui.

Le shérif hocha la tête. Il détourna les yeux et contempla le paysage alentour. Comme s'il y avait eu là quelque chose sur quoi on ne pouvait pas tout à fait mettre le doigt. Il baissa les yeux sur Billy.

Y a pas grand-chose à dire, hein ?

Non. Pas grand-chose.

Bon. On peut pas enterrer n'importe qui comme ça n'importe où. Je vais parler au juge et voir si je peux lui faire délivrer un certificat de décès. J'sais même pas à qui appartient la concession là où t'es en train de creuser.

Oui.

Viens me voir demain à Lordsburg.

D'accord.

Le shérif rabattit son chapeau sur son front et hocha la tête et tourna les talons et repassa le portail pour aller à sa voiture.

Dans les jours qui suivirent il alla au nord à Silver City et à l'ouest à Duncan dans l'État d'Arizona puis de nouveau au nord par les montagnes jusqu'à Glenwood, jusqu'à Reserve. Il travailla pour le Carrizozo et pour le GS et il partit sans savoir pourquoi et au mois de juillet de la même année il retourna au sud à Silver City et prit l'ancienne route qui menait à l'est jusqu'aux mines de Santa Rita et au-delà puis il continua par San Lorenzo et la chaîne de Black Range. Un vent s'était mis à souffler des montagnes du Nord et la prairie devant lui s'était assombrie sous les nuages en mouvement. Le cheval avançait en baissant la tête et en traînant les pieds et le cavalier se tenait très droit dans sa selle avec son chapeau rabattu sur les yeux. Alentour ce n'était que griffe-de-chat et que créosote sur une plaine de gravier et il n'y avait pas de clôture et à peine d'herbe. Quelques miles encore et il arriva à la route empierrée et arrêta son cheval. Un camion passa en grinçant et disparut dans le lointain. À quatre-vingts miles de là les Organ Mountains dressaient leurs crêtes de roche nue luisantes sous les nuages dans l'éclat marqueté d'un soleil de fin d'après-midi. Le temps d'un regard elles s'enveloppèrent d'ombre. Le vent qui soufflait du désert était chargé de crachin. Il traversa la tranchée de la route et remonta sur le bitume et ralentit le cheval et regarda par-dessus son épaule. Le panis qui s'était emparé du bas-côté de la route se tordait sous le vent. Il retourna en arrière vers des bâtiments qu'il avait aperçus. Au bord de la route d'asphalte les carcasses de pneus jetés par les poids lourds gisaient en guirlandes moutonnantes comme les peaux noires de soleil d'antiques sauriens venus là pour faire leur mue. Le vent soufflait du nord et la pluie arriva par rafales et s'abattit en nappes en travers de la route devant lui.

Il y avait trois bâtiments d'adobe un peu à l'écart de la route qui avaient été autrefois un garage et les toits avaient pratiquement disparu et la plupart des poutres avaient été emportées. Il restait devant l'entrée une vieille pompe à essence rouillée peinte en orange dont le verre des jauges avait été brisé. Il conduisit le cheval dans le plus spacieux des trois bâtiments et le dessella et posa la selle debout par terre. Dans un angle il y avait un tas de foin et il y donna des coups de pied pour le ramollir ou peut-être seulement pour voir ce qui pouvait s'y cacher. Le foin était sec et poussiéreux et il y avait encore un creux là où quelque chose y avait dormi. Il sortit et fit le tour du bâtiment et revint avec un vieil enjoliveur de roue et y versa de l'eau de son sac de toile et le tendit au cheval pour qu'il boive. Dehors entre les restes du châssis de bois de la fenêtre il apercevait la route d'un noir luisant sous la pluie.

Il prit ses couvertures et les étendit dans le foin et il était assis là en train de manger des sardines dans une boîte de conserve et de regarder la pluie quand un chien jaune surgit au coin du bâtiment et entra par la porte ouverte et s'arrêta. Il commença par regarder le cheval. Puis il tourna la tête et le regarda. C'était un vieux chien avec du poil gris partout sur le museau et son arrière-train était horriblement mutilé et sa tête était de travers par rapport à son corps et quand il se déplaçait ses mouvements avaient quelque chose de grotesque, une bête arthritique et désarticulée qui rampait sur le côté et reniflait le sol pour capter l'odeur de l'homme. Puis il leva la tête et tâta l'air avec son nez et tenta de l'apercevoir parmi les ombres avec ses yeux laiteux à demi aveugles.

Billy posa prudemment la boîte de sardines à côté de lui. Il pouvait sentir l'odeur de l'animal dans l'humidité. Le chien s'était arrêté dans l'encadrement de la porte avec la pluie qui tombait dans le chiendent et le gravier derrière lui et il était mouillé et misérable et à ce point balafré et mutilé qu'on eût dit un animal fait de morceaux de chiens cousus ensemble par des vivisecteurs fous. Il resta un moment sur le seuil puis s'ébroua à sa façon grotesque et partit en boitant et en gémissant dans l'autre coin du hangar et une fois là il regarda en arrière puis fit trois tours et se coucha.

Billy essuya la lame de son couteau à la jambe de son pantalon et posa le couteau par-dessus la boîte de conserve et chercha des yeux ce qu'il pouvait trouver. Il saisit une motte de boue qui se détachait du mur et la lança. Le chien émit un étrange bruit plaintif mais ne bougea pas.

Fous le camp, cria-t-il.

Le chien gémit. Il restait couché à la même place.

Billy jura entre ses dents et se mit debout et chercha quelque chose qui pourrait lui servir d'arme. Le cheval le regarda puis regarda le chien. Il traversa le hangar et sortit sous la pluie et tourna à l'angle du mur. Quand il revint il tenait dans son poing un tronçon de lance d'arrosage de trois pieds de long et avec cette arme il avança droit sur le chien. Fous le camp, cria-t-il. Dehors.

Le chien se leva en gémissant et se traîna le long du mur et sortit dans la cour en boitant. Quand Billy fit volte-face pour retourner à ses couvertures le chien se glissa devant lui et rentra dans le bâtiment. Billy se jeta sur lui avec le tuyau et le chien s'échappa.

Il le suivit. Dehors le chien s'était arrêté au bord de la route et restait sous la pluie à le regarder. C'était peut-être un chien de chasse dans le temps, peut-être l'avait-on laissé pour mort dans les montagnes ou au bord d'une route. Dépositaire de dix mille indignités et annonciateur de Dieu sait quoi. Il se baissa et ramassa une poignée de petits cailloux tombés du tablier de gravier et les lança devant lui. Le chien leva sa tête difforme et poussa un hurlement sinistre. Il s'avança sur lui et le chien s'enfuit sur la route. Il lui courut après et lui lança encore des pierres et cria pour le chasser puis lança le bout de tuyau. Le tuyau rebondit sur la route et roula derrière le chien et le chien poussa encore un hurlement et s'enfuit en boitant sur ses pattes torses désarticulées, sa curieuse tête de travers au bout de son cou. Dans sa fuite il levait la gueule sur le côté et s'était remis à hurler. C'était un cri déchirant. Quelque chose qui n'était pas de ce monde-ci. Comme si une effroyable variante de la douleur eût fait irruption du monde disparu. Il partit sous l'averse le long de la route sur ses pattes bancales et dans sa fuite il continua de hurler et de hurler le désespoir de son cœur jusqu'à ce qu'il soit hors de portée de tout regard et de tout bruit dans la nuit qui approchait.

IL SE RÉVEILLA dans la blanche lumière méridienne du désert et se dressa dans ses couvertures puantes. L'ombre du châssis de bois nu de la fenêtre marquée en trompe-l'œil sur le mur opposé commença à pâlir et à s'effacer sous ses yeux. Comme si un nuage était passé sur le soleil. Il écarta d'un coup de pied les couvertures et enfila ses bottes et mit son chapeau et se leva et sortit. La route était gris pâle dans la lumière du jour et le jour refluait le long des corniches du monde. Les petits oiseaux s'étaient réveillés dans les fougères du désert au bord de la route et commençaient à pépier et à s'égailler et plus loin sur le bitume des colonnes de tarentules qui avaient traversé la route dans la nuit comme des crabes terrestres s'étaient arrêtées, leurs articulations figées dans des poses narquoises de marionnettes, auscultant de leur pas mesuré d'octopode ces ombres d'elles-mêmes suspendues au-dessous d'elles tout à coup.

Il regarda la route et regarda la lumière qui faiblissait. Au nord tout le long de la corniche des nuages aux contours de plus en plus sombres. Il avait cessé de pleuvoir pendant la nuit et un arc-en-ciel ou un halo tendait au-dessus du désert un arc pâle de néon et il regarda encore une fois la route qui était comme avant mais plus sombre pourtant et de plus en plus sombre à mesure qu'elle s'éloignait vers l'est là où il n'y avait ni soleil ni aube et quand il regarda encore une fois au nord le jour refluait de plus en plus vite et la lumière de midi dans laquelle il s'était réveillé devenait tantôt un étrange crépuscule et tantôt une étrange ténèbre et les oiseaux qui volaient çà et là s'étaient posés à terre et une fois encore tous s'étaient tus dans les fougères au bord de la route.

Il sortit. Un vent froid descendait des montagnes. Il soufflait des pentes occidentales du continent où la neige d'été s'attardait au-dessus de la limite des arbres et le vent passait par les hautes forêts d'épicéas et entre les fûts des trembles et balayait la plaine du désert au-dessous. Il avait cessé de pleuvoir dans la nuit et il s'avança sur la route et appela le chien. Il appelait et appelait. Immobile dans cette inexplicable obscurité. Où il n'y avait aucun bruit nulle part sauf le bruit du vent. Au bout d'un moment il s'assit sur la route. Il enleva son chapeau et le posa sur le bitume devant lui et baissa la tête et prit son visage dans ses mains et pleura. Il resta assis là longtemps et au bout d'un moment l'orient se teinta de gris et au bout d'un moment le juste soleil de Dieu se leva, une fois encore, pour tous et sans distinction.

RÉALISATION : I.G.S. CHARENTE-PHOTOGRAVURE À L'ISLE-D'ESPAGNAC
IMPRESSION : BRODARD ET TAUPIN À LA FLÈCHE
DÉPÔT LÉGAL: MAI 2000. N° 41393-3 (45340)
IMPRIMÉ EN FRANCE

Collection Points

DERNIERS TITRES PARUS

P1825. Patients si vous saviez, *Christian Lehmann*
P1826. La Société cancérigène
Geneviève Barbier et Armand Farrachi
P1827. La Mort dans le sang, *Joshua Spanogle*
P1828. Une âme de trop, *Brigitte Aubert*
P1829. Non, ce pays n'est pas pour le vieil homme
Cormack Mc Carthy
P1830. La Psy, *Jonathan Kellerman*
P1831. La Voix, *Arnaldur Indridason*
P1832. Les Nouvelles Enquêtes du juge Ti, vol. 4
Petits meurtres entre moines, *Frédéric Lenormand*
P1833. Les Nouvelles Enquêtes du juge Ti, vol. 5
Madame Ti mène l'enquête, *Frédéric Lenormand*
P1834. La Mémoire courte, *Louis-Ferdinand Despreez*
P1835. Les Morts du Karst, *Veit Heinichen*
P1836. Un doux parfum de mort, *Guillermo Arriaga*
P1837. Bienvenue en enfer, *Clarence L. Cooper*
P1838. Le Roi des fourmis, *Charles Higson*
P1839. La Dernière Arme, *Philip Le Roy*
P1840. Désaxé, *Marcus Sakey*
P1841. Opération vautour, *Stephen W. Frey*
P1842. Éloge du gaucher, *Jean-Paul Dubois*
P1843. Le Livre d'un homme seul, *Gao Xingjian*
P1844. La Glace, *Vladimir Sorokine*
P1845. Je voudrais tant revenir, *Yves Simon*
P1846. Au cœur de ce pays, *J.M. Coetzee*
P1847. La Main blessée, *Patrick Grainville*
P1848. Promenades anglaises, *Christine Jordis*
P1849. Scandales et folies.
Neuf récits du monde où nous sommes, *Gérard Mordillat*
P1850. Un mouton dans la baignoire, *Azouz Begag*
P1851. Rescapée, *Fiona Kidman*
P1852. Le Sortilège de l'ombre. Le Cycle de Deverry II
Katharine Kerr
P1853. Comment aiment les femmes. Du désir et des hommes
Maryse Vaillant
P1854. Courrier du corps. Nouvelles voies de l'anti-gymnastique
Thérèse Bertherat
P1855. Restez zen. La méthode du chat, *Henri Brunel*
P1856. Le Jardin de ciment, *Ian McEwan*
P1857. L'Obsédé (L'Amateur), *John Fowles*
P1858. Moustiques, *William Faulkner*
P1859. Givre et sang, *John Cowper Powys*

P1860. Le Bon Vieux et la Belle Enfant, *Italo Svevo*
P1861. Le Mystère Tex Avery, *Robert Benayoun*
P1862. La Vie aux aguets, *William Boyd*
P1863. L'amour est une chose étrange, *Joseph Connolly*
P1864. Mossad, les nouveaux défis, *Gordon Thomas*
P1865. 1968, Une année autour du monde, *Raymond Depardon*
P1866. Les Maoïstes, *Christophe Bourseiller*
P1867. Floraison sauvage, *Aharon Appelfeld*
P1868. Et il y eut un matin, *Sayed Kashua*
P1869. 1000 mots d'esprit, *Claude Gagnière*
P1870. Le Petit Grozda. Les merveilles oubliées du Littré
Denis Grozdanovitch
P1871. Romancero gitan, *Federico García Lorca*
P1872. La Vitesse foudroyante du passé, *Raymond Carver*
P1873. Ferrements et autres poèmes, *Aimé Césaire*
P1874. La Force qui nous manque, *Eva Joly*
P1875. Enfants des morts, *Elfriede Jelinek*
P1876. À poèmes ouverts, *Anthologie Printemps des poètes*
P1877. Le Peintre de batailles, *Arturo Pérez-Reverte*
P1878. La Fille du Cannibale, *Rosa Montero*
P1879. Blue Angel, *Francine Prose*
P1880. L'Armée du salut, *Abdellah Taïa*
P1881. Grille de parole, *Paul Celan*
P1882. Nouveaux poèmes *suivi de* Requiem, *Rainer Maria Rilke*
P1883. Dissimulation de preuves, *Donna Leon*
P1884. Une erreur judiciaire, *Anne Holt*
P1885. Honteuse, *Karin Alvtegen*
P1886. La Mort du privé, *Michael Koryta*
P1887. Tea-Bag, *Henning Mankell*
P1888. Le Royaume des ombres, *Alan Furst*
P1889. Fenêtres de Manhattan, *Antonio Muñoz Molina*
P1890. Tu chercheras mon visage, *John Updike*
P1891. Fonds de tiroir, *Pierre Desproges*
P1892. Desproges est vivant, *Pierre Desproges*
P1893. Les Vaisseaux de l'ouest. Les Monarchies divines V
Paul Kearney
P1894. Le Quadrille des assassins. Trilogie Morgenstern I
Hervé Jubert
P1895. Un tango du Diable. Trilogie Morgenstern II
Hervé Jubert
P1896. Le Cycle de Kraven. La Ligue des héros I
Xavier Mauméjean
P1897. Train perdu, wagon mort, *Jean-Bernard Pouy*
P1898. Cantique des gisants, *Laurent Martin*
P1899. La Nuit de l'abîme, *Juris Jurjevics*
P1900 Tango, *Elsa Osorio*
P1901. Julien, *Gore Vidal*